U0599223

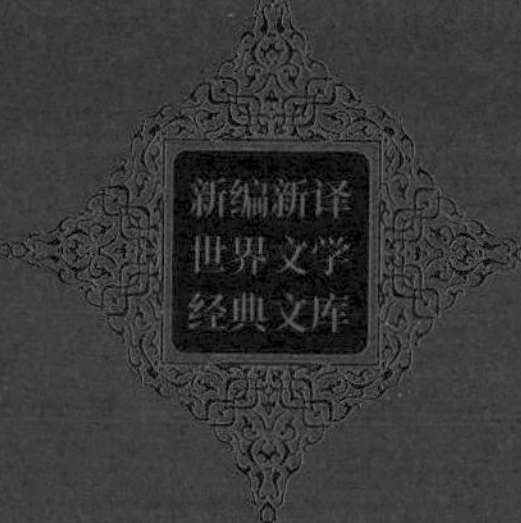
新编新译
世界文学
经典文库

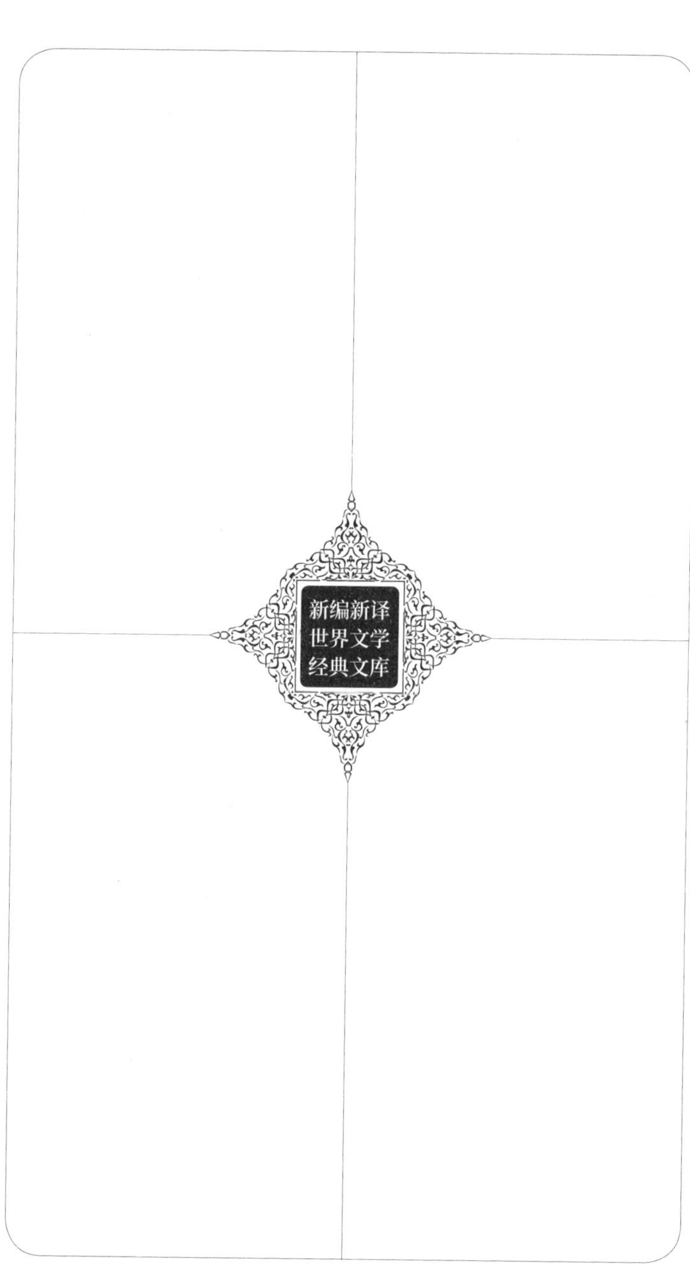
新编新译
世界文学
经典文库

М А С Т Е Р И

大师与玛格丽特

Михаил Афанасьевич Булгаков

М А Р Г А Р И Т А

[俄罗斯] 米·布尔加科夫 著
苏玲 译

作家出版社

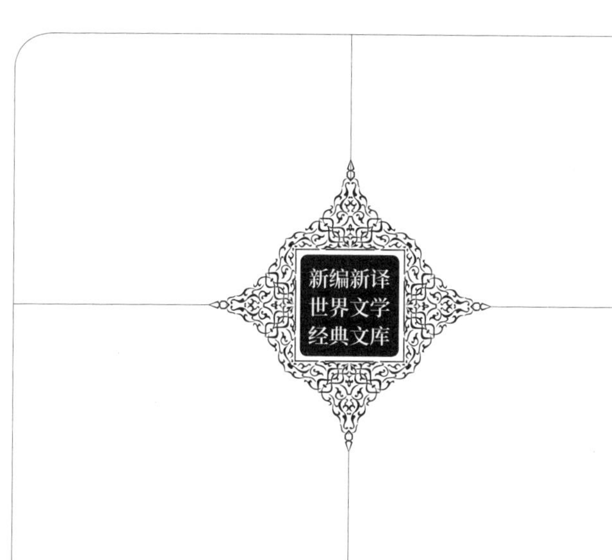

编委会

陈众议
路英勇
高　兴
张亚丽
苏　玲
王　松
叶丽贤
戴潍娜
袁艺方

代序

经典，作为文明互鉴的心弦

陈众议　　2020年11月27日于北京

"只有浪子才谈得上回头。"此话出自诗人帕斯。它至少包含两层意义：一是人需要了解别人（后现代主义所谓的"他者"），而后才能更好地了解自己，恰似《旧唐书》所云："夫以铜为镜，可以正衣冠；以古为镜，可以知兴替；以人为镜，可以明得失"；二是人不仅要读万卷书，还要行万里路。读万卷书难免产生"影响的焦虑"（布鲁姆语），但行万里路恰可稀释这种焦虑，使人更好地归去来兮，回归原点、回到现实。

由此推演，"民族的就是世界的"（据称典出周氏兄弟）同样可以包含两层意思：一是合乎逻辑，即民族本就是世界的组成部分；二是事实并不尽然，譬如白马非马。后者构成了一个悖论，即民族的并不一定是世界的。拿《红楼梦》为例，当"百日维新"之滥觞终于形成百余年滚滚之潮流，她却远未进入"世界文学"的经典谱系。除极少数汉学家外，《红楼梦》在西方可以说鲜为人知。反之，之前之后的法、英等西方国家文学，尤其是20世纪的美国文学早已在中国文坛开枝散叶，多少文人读者对其顶礼膜拜、如数家珍！究其原因，还不是它们背后的国家硬实力、话语权？福柯说"话语即权力"，我说权力即话语。如果没有"冷战"以及美苏双方为了争夺的推重，拉美文学难以"爆炸"；即或"爆炸"，也难以响彻世界。这非常历史，也非常现实。

同时，文学作为人类文明的重要组成部分，是人类进步不可或缺的标志性成果。孔子固然务实，却为我们编纂了吃不得、穿不了的"无用"《诗经》，可谓功莫大焉。同样，马克思主义的经典作家向来重视文学，尤其是经典作家在反映和揭示社会本质方面的作用。马克思在分析英国社会时就曾指出，英国现实主义作家

“向世界揭示的政治和社会真理，比一切职业政客、政论家和道学家加在一起所揭示的还要多”。恩格斯也说，他从巴尔扎克那里学到的东西，要比从“当时所有职业的历史学家、经济学家和统计学家那里学到的全部东西还要多”。列宁则干脆地称托尔斯泰是俄国革命的一面镜子。这并不是说只有文学才能揭示真理，而是说伟大作家所描绘的生活、所表现的情感、所刻画的人物往往不同于一般的抽象概括、冰冷的数据统计。文学更加具象、更加逼真，因而也更加感人、更加传神。其潜移默化、润物无声的载道与传道功能、审美与审丑功用非其他所能企及，这其中语言文字举足轻重。因之，文学不仅可以使我们自觉，而且还能让我们他觉。站在新世纪、新时代的高度和民族立场上重新审视外国文学，梳理其经典，将不仅有助于我们把握世界文明的律动和了解不同民族的个性，而且有利于深化中外文化交流、文明互鉴，进而为我们吸收世界优秀文明成果、为中国文学及文化的发展提供有益的“他山之石”。同样，立足现实、面向未来，需要全人类的伟大传统，需要“洋为中用”“古为今用”，否则我们将没有中气、丧失底气，成为文化侏儒。

众所周知，洞识人心不能停留在切身体验和抽象理念上，何况时运交移，更何况人不能事事躬亲、处处躬亲。文学作为人文精神和狭义文化的重要基础，既是人类文明的重要见证，同时也是一时一地人心、民心的最深刻，也最具体、最有温度、最具色彩的呈现，而外国文学则是建立在各民族无数作家基础上的不同时代、不同民族的认识观、价值观和审美观的形象体现。因此，外国文学，尤其是外国文学经典为我们接近和了解世界提供了鲜活的历史画面与现实情境；走进这些经典永远是了解此时此地、彼时彼地人心民心的最佳途径。这就是说，文学指向各民族变化着的活的灵魂，而其中的经典（包括其经典化或非经典化过程）恰恰是这些变化着的活的灵魂。亲近她，也即沾溉了从远古走来、向未来奔去的人类心流。

此外，文学经典恰似“好雨知时节”，“润物细无声”，又毋庸置疑是各民族集体无意识和作家、读者个人无意识的重要来源。她悠悠地潜入人们的心灵和脑海，进而左右人们下意识的价值判断和审美取向。还是那个例子，我们五服之内的先人还不会喜欢金发碧眼，现如今却是不同。这是“西学东渐”以来我们的审美观，乃至价值观的一次重大改变。其中文学（当然还有广义的艺术）无疑是主要介质。这是因为文学艺术可以自立逻辑，营造相对独立的气韵，故而它们也是艺术化的生命哲学；其核心内容不仅有自觉，而且还有他觉。没有他觉，人就无法客观地了解自己。这也是我们有选择地拥抱外国文学艺术，尤其是外国文艺经典的理由。没有参照，人就没有自知之明，何谈情商智商？倘若还能潜入外国作家的内心，或者假借他们以感悟世界、反观自身，我们便有了第三只眼、第四只眼、第N只眼。何乐而不为？！

且说中华民族及其认同感曾牢固地建立在乡土乡情之上。这显然与几千年来中华民族的文化发展方式有关。从最基本的经济基础看，中华文明首先是农业文明，故而历来崇尚“男耕女织”“自力更生”。由此，相对稳定、自足的“桃花源”式的小农经济和自足自给被绝大多数人当作理想境界。正因为如此，世界上没有其他民族像中华民族这么依恋故乡和土地（柏杨语）。同时，因为依恋乡土，我们的祖先也就相对追求安定、不尚冒险。由此形成的安稳、和平性格使中华民族大抵有别于西方民族。反观我们的文学，最撩人心弦、动人心魄的莫过于思乡之作。如是，从《诗经》开始，乡思乡愁连绵数千年而不绝，其精美程度无与伦比。“昔我往矣，杨柳依依；今我来思，雨雪霏霏”（《诗经》）；“露从今夜白，月是故乡明”（杜甫）；“举头望明月，低头思故乡”（李白）；“春风又绿江南岸，明月何时照我还？”（王安石）。如此等等，不一而足。当然，我们的传统不尽于此，重要的经史子集和儒释道，仁义礼智信和温良恭俭让，以及少数民族文化等皆是中华传统文化的组成部分。而且，这里既有六经注我，也有我注六经；既有入乎其内，也有出乎其外，三言两语断不能涵括。诚然，四十多年，改革开放、西风浩荡，这是出于了解的诉求、追赶的需要。其代价则是价值观和审美感悦令人绝望的全球趋同。与此同时，文化取向也从重道轻器转向了重器轻道。四海为家、全球一村正在逼近；城市一体化、乡村空心化不可逆转。传统定义上的民族意识正在淡出。作为文学表象，那便是山寨产品充斥、三俗作品泛滥。与此同时，或轻浮或狂躁，致使伪命题及去心化现象比比皆是；文学语言简单化（却美其名曰“生活化”）、卡通化（却美其名曰“图文化”）、杂交化（却美其名曰“国际化”）、低俗化（却美其名曰“大众化”）等等，以及工具化、娱乐化等去审美化、去传统化趋势在网络文化的裹挟下势不可挡。

正所谓“彼亦一是非，此亦一是非”，如何在全球化这把双刃剑中取利去弊，业已成为当务之急。“不忘本来，吸收外来，面向未来”无疑是全球化过程中守正、开放、创新的不二法门。因此，如何平衡三者的关系，使其浑然一致，在于怎样让读者走出去，并且回得来、思得远。这有赖于同仁努力；有赖于既兼收并包，又有魂有灵，从而在人类命运共同体的旗帜下复兴中华，并不遗余力地建构同心圆式经典谱系。毫无疑问，唯有经典才能在“熏、浸、刺、提”“陶、熔、诱、掖”中将民族意识与博爱精神和谐统一。让《红楼梦》《三国演义》《水浒传》《西游记》等中国文学经典的真善美成为全世界共同的精神财富吧！让世界文学的所有美好与丰饶滋润心灵吧！这正是作家出版社与中国社会科学院外国文学研究所精心遴选，联袂推出这套世界文学经典丛书的初衷所在。我等翘首盼之，跂予望之。

作为结语，我不妨援引老朋友奥兹，即经典作家是好奇心十足的孩子，他用手指去触碰“请勿触碰”之处；同时，经典作家也可能带你善意地走进别人的卧室……作家卡尔维诺也曾列数经典的诸多好处；但是说一千、道一万，只有读了你才知道其中的奥妙。当然，前提是要读真正的经典。朋友，你懂的！

……你究竟是谁？

“我，是那力的一部分，想要作恶，却总是行善。”

歌德——《浮士德》

目录

第一部

第二部

第一部

第 一 章

千万别和陌生人说话

春天，一个炎热的日落时分，牧首塘边出现了两个人。一个年近四十，身着一套浅灰夏季西服，矮个头，深色头发，身材壮实，秃顶，手里托着个大蛋糕似的端着自己的礼帽，一张被剃得干干净净的脸上架着一副超大号的骨质黑框眼镜。另一个是年轻人，宽肩，一头蓬乱的浅棕色头发支棱着，头上歪戴一顶方格鸭舌帽，身着方格翻领衬衣和皱巴巴的白西裤，脚上是一双黑色便鞋。

走在前面的那位不是别人，正是米哈伊尔 · 亚历山大洛维奇 · 柏辽兹，一家大型文学刊物的主编和莫斯科几大文学协会之一、被简称为“莫文协”的执行主席。他身旁那位年轻的同行者，就是诗人伊凡 · 尼古拉耶维奇 · 波内廖夫，笔名“流浪汉”。

进了椴树的树荫下，作家们的头一件事便是冲向售货亭。这售货亭被装饰得花花绿绿，牌子上写着：“啤酒、饮料”。

嗯，还应该交代一下在这恐怖的五月黄昏中的头一件怪事。此时，不仅在小货亭周围，就是在与小铠甲街平行的整个林荫道上，你也见不到一个人影。日头把莫斯科烤得快冒烟了，现在它在干燥的雾霭中朝着花园环路之外的某个地方落去。这个时候，人们好像连喘气的力气都没有了，谁会坐在这椴树底下的长椅上呢，所以此时的林荫道上空无一人。

“买两瓶纳尔赞［一种碳酸饮料。］。”柏辽兹说。

“没有纳尔赞。”售货亭里的女人答道，面露不悦。

“有啤酒吗？”“流浪汉”问，他的嗓音有些嘶哑。

“啤酒要等到晚上才能送到。”女人说。

“那有什么呢？”柏辽兹问。

“杏汁汽水，还是没有冰镇的。”女人回答。

“那，就这，就这个，来吧！”

杏汁汽水往外冒着大量的黄色泡沫，空气中霎时充满了一股理发馆的气味。两位喝了个够，开始不停地打起了饱嗝。付了账，他们在面朝池塘背朝铠甲街的长椅上坐了下来。

这第二件怪事只与柏辽兹一个人有关。突然，他停止了打嗝，心脏怦地跳了一下便不知去向，接着，它似乎又回到了原位，不过感觉里面好像被插了一根生锈的针。不仅如此，柏辽兹还感到了一种巨大而莫名的恐惧，令他想立刻逃离牧首塘。

柏辽兹心事重重地看了看四周，仍然不明白什么令他恐惧。他的脸色变得惨白，他一边用手绢擦着额头，心里一边在想：“我这是怎么了？以前从不这样啊……可能是心脏出了毛病……操劳过度吧……也许，我该丢开一切，到基斯洛沃茨克去……”

这时，酷热的空气开始在他眼前浓缩，一个透明而模样古怪的人从这浓缩的空气中显出形来。他长着个小脑袋瓜，头戴一顶骑士帽，身穿一件空气做的花格外套，又短又小……他身高一俄丈［1俄丈为2.134米。］，不过肩膀很窄，身形奇瘦，而脸上的表情呢，请诸位注意，是带着嘲笑。

生活已使柏辽兹不习惯任何意外的事情发生。他的脸色越发苍白，眼睛睁得圆圆的，思绪已陷入惊恐之中：“这不可能吧！……”

但是，这事的的确确发生了！现在，那个瘦高个儿的人双脚离地，正在他面前左右摇晃呢。

柏辽兹被吓得赶紧闭起了双眼。当他重新睁开眼睛时，刚才的一切已经消失了。雾气散去，穿花格衫的人不见了，而原先插在心脏里的那根锈了的针也被拔去了。

“真是见鬼了！”编辑大喊一声，“你知道吗，伊凡，我刚才差点被热晕过去！眼前甚至还出现了幻觉……”他想笑一笑，但眼里满是惊恐之色，双手还在不停地颤抖。待情绪渐渐镇定下来，他开始用手绢扇着风，说话的声音又正常自如了：“来，我们接着说……”刚刚因为喝汽水而被打断的话题，又被他重新提起。

正如我们后来所知，这场谈话是关于耶稣基督的。事情的原由，是主编为杂志一本定期出版的小册子约请诗人写一首反宗教长诗。伊凡·尼古拉耶维奇很快就把这首诗写了出来。遗憾的是，这首诗怎么也不能令主编满意。“流浪汉”用十分灰暗的笔调勾勒了长诗的主人公——耶稣的形象，可无论怎样，主编都认为这首诗必须重写。于是，主编现在就要给诗人上关于耶稣的一课，以便指出诗人的主要错处。

很难说出伊凡·尼古拉耶维奇是怎么搞糟了的：要么是他的才气不够，要么是他对所写的题材一无所知。他的确写出了耶稣，而且是活生生的耶稣。这个耶稣虽然并不存在，却被赋予了一切反面的性格特征。

柏辽兹试图向诗人说明，重要的不是耶稣是怎样的，是好人还是坏人，而是世上根本不存在这个人物，一切关于他的故事，都是人们的虚构，是最平常不过的神话传说。

应该说，主编是个饱读诗书的人，而且非常善于在自己的话语中引经据典。比如他说，著名的亚历山大城的斐洛〔斐洛（约前25—约50），犹太神秘主义哲学家。〕和学识渊博的优素福·弗拉维〔优素福·弗拉维（37—100后），古犹太历史学家。〕的著作里，并没有关于耶稣存在的只言片语。为了显示自己的博学，米哈伊尔·亚历山大洛维奇还顺便告诉诗人，著名的塔西伦［塔西伦（约58—约117），古罗马历史学家。］《编年史》第十五卷第四十四章中讲到的耶稣之死，也只是后人的伪造和添加罢了。

对诗人来说，主编讲的一切于他是闻所未闻，所以他听得专心，一双机敏的绿眼睛盯着主编，只是偶尔打嗝的时候小声骂一句“这该死的杏汁汽水”。

“每一种东方的宗教，”柏辽兹说，“都会有一个贞洁的处女生下神的故事。基督徒们也没想出什么新花样，他们用这种手法塑造了一个子虚乌有的耶稣。你的主要依据应该在这里……”

柏辽兹那高亢的嗓音在空荡荡的林荫道上回响。只有米哈伊尔·亚历山大洛维奇这样的饱学之士，才能钻进这么深奥的领域而不致折断自己的脖子。诗人得知了越来越多的有趣有益之事，知道了埃及的安乐神、天神和地神之子俄赛里斯［俄赛里斯，埃及宗教中的王室丧葬神，死者的主宰。］，知道了腓尼基的法姆莎神，知道了马尔杜克神［马尔杜克，古巴比伦城的守护神，公元前18世纪以后为巴比伦万神庙中的最高神祇。］，甚至知道了鲜为人知的威严之神惠齐洛波特利［惠齐洛波特利，传说中的古代墨西哥太阳神和战神。］，该神曾受到墨西哥阿兹特克人的顶礼膜拜。

就在米哈伊尔·亚历山大洛维奇向诗人讲述阿兹特克人是怎样用面团捏出惠齐洛波特利神的形象时，林荫道上出现了第一个人。

后来，许多机关提供了关于此人外貌特征的报告，但坦白地说，为时已晚。如果将这些说法加以对照，其结果不能不令人吃惊。第一份报告说，此人个子特矮，镶黄金牙套，右腿瘸。第二份报告说，此人个子巨高，镶白金牙套，左腿瘸。第三份报告则简简单单地说，此人无任何突出特征。

不得不说，这些报告中没有一份是确切的。

首先，他没有一条腿是瘸的，个子不是很高但也不是很矮，可以算是高个儿吧。至于牙齿嘛，左边镶的是白金牙套，右边镶的是黄金牙套。他身着昂贵的灰色西服，脚穿一双与西服同色的外国便鞋。灰色的无檐帽歪戴着，快压着了一侧的耳朵，腋下夹着一根手杖，黑色的手杖把造型像卷毛狗的狗头。看外表，他四十开外。嘴有点歪。脸刮得干干净净。黑发。右眼发黑，左眼有点发绿。双眉是黑色的，但一边高一边低。总之，这是个外国人。

经过主编和诗人坐的那张长椅，外国人朝他们二人瞥了一眼，随后出其不意地坐到了离他们两步之遥的一张长椅上。

“是个德国人……”柏辽兹心想。

“是个英国人吧……”“流浪汉”想，“瞧他，戴着手套也不嫌热。”

外国人打量着池塘四周的高楼，看得出，他是头一次到这个地方，对这里很感兴趣。

外国人的目光停留在了楼宇的顶层，即将和柏辽兹永别的太阳正歪歪扭扭地映在窗玻璃上，放射出令人目眩的光辉。紧接着，他的目光开始向下移动，在即将来临的黄昏中，以下的窗玻璃已经变得黯淡无光了。外国人有点傲慢地笑了笑，眯起眼睛，双手往手杖上一搭，下巴靠在了手背上。

“伊凡，”柏辽兹说，“你非常恰当和讽刺性地表现了圣子耶稣的诞生，但关键是在耶稣之前已有很多的圣子出现了，像我们说到的腓尼基的阿窦尼［阿窦尼，古代腓尼基神话中的丰产神，后被古希腊、罗马广泛崇拜，是传说中的美少年。］，弗里吉亚的阿提斯［阿提斯，弗里吉亚神话中的丰产神。］，波斯的密特拉［密特拉，古波斯、古印度及古代东方国家的光明、纯洁、真理之神，太阳神。］。简而言之，他们没有一个出生过，也没有一个确实存在过，包括耶稣。所以，写他的降生，或是术士们的到来，你就要把那些事说成是荒谬的传言。而你写出来的故事，却让人觉得他的降生真的确有其事！……”

此时，“流浪汉”正憋着一口气，想把折磨着他的嗝压下去，可不知为什么，他打嗝的声音更大，也令他更加难以忍受了。此刻，柏辽兹忽然打住了，因为那外国人正起身朝他们这边走来。

两人吃惊地看着他。

“请原谅，”来人说话带些外国腔调，但用词准确，“我们不认识，很冒昧……但二位的学术讨论的确有趣得很……”

说着他还彬彬有礼地摘下头上的贝雷帽，这使得那两位也只好手足无措地起身还礼。

“不对，他更像法国人……”柏辽兹想。

“该不是波兰人吧？”“流浪汉”想。

应该补充几句，那外国人一开口就没给诗人留下好印象，但柏辽兹倒像是有些喜欢他，怎么说准确呢，应该是对他感兴趣吧。

“我能坐下吗？”外国人礼貌地问道，那两位不由得挪了挪身子；外国人很利落地往他们中间一坐，立刻加入到了他们的谈话当中。

“如果我没听错，你们刚才是在说世上从来没有耶稣这个人？”外国人问道，他左边的绿眼睛正望着柏辽兹。

“是的，您没听错，”柏辽兹彬彬有礼地答道，“我说的正是这个。”

“哦，挺有意思！”外国人兴奋地叫了一声。

“他要干什么？”“流浪汉”蹙了一下眉头，心里嘀咕着。

“那您同意对方的观点吗？”这位陌生客朝右转过身，对“流浪汉”问道。

“百分之百同意！”“流浪汉”肯定地说。他用词讲究，爱打比喻。

“太好了！”不速之客惊叹一声，接着莫名其妙地看了看四周，随即压低了自己的嗓音，“请原谅我刨根问底，可我还想知道，除此之外，你们是不是也不信上帝？”他眼露惊恐之色，接着说：“我保证不告诉任何人。”

“对，我们不信上帝，”对这外国旅游者的惊恐，柏辽兹报以微笑，“对此您尽可以放心地说。”

外国人往椅背上一靠，好奇得惊叫一声：

“你们，是无神论者？！”

“是的，我们是无神论者。”柏辽兹笑着回答道。而“流浪汉”有点生气地想：“这个外国货，没完了！”

“哦，太棒了！”惊异的外国人叫了起来，脑袋左右晃着，一会儿看看这个，一会儿看看那个。

“无神论在我们国家已经是常识了，”柏辽兹用彬彬有礼的外交语气说，“我们大部分人早就自觉地不再信上帝了。”

外国人这时做了一件颇感意外的事——他站起身，握住莫名诧异的主编的手，说了下面这番话：

“请允许我向您致以衷心的谢意！”

“您谢他什么呢？”“流浪汉”眨巴着眼睛，问道。

“感谢他给了我一个非常重要的信息，这对我这样一个外国旅游者来说，是非常有趣的。”那外国怪物意味深长地举起了一根手指，这样解释说。

看来，这个重要的信息的确对这位游客产生了很大的影响，否则他的眼睛不会惊恐地四处张望，像是害怕每个窗口出现一个无神论者。

“他大概不是英国人……”柏辽兹想。而“流浪汉”也在想：“他打哪儿学来的这口地道的俄语呢？真是有意思！”想着想着，他又皱起了眉头。

“我还想问一问，”一番担惊受怕的思忖后，外国游客说道，“要证明上帝的存在，你们知道，是不是有五个依据？”

“唉！”柏辽兹有些惋惜地说，“这些论据都是没有价值的，人类早就将它们束之高阁了。您也得承认，没有一个论据能够从理性上证明上帝的存在。”

“说得好！”外国人叫了一声，“说得好！您完全表达了那个不安分的老头伊曼努尔［伊曼努尔 · 康德（1724—1804），德国哲学家。］的思想。不过可笑的是，他彻底推翻了那五个论据，而后又像是嘲讽自己似的提出了自己的第六个论据！”

“康德的论证，”饱学的主编微笑着进行反驳，“同样是没有说服力的。难怪席勒［裴迪南德 · 席勒（1864—1937），英国哲学家。］说，康德在这个问题上的论证只能使奴隶们满意，而施特劳斯［大卫·弗里德里希·施特劳斯（1808—1874），德国哲学家。］则干脆加以嘲笑。”

柏辽兹一边说着，一边心里在想：“嗯，他到底是什么人呢？他的俄语怎么会说得这么好呢？”

“要是能把这个康德抓起来，凭他那些论据就能让他到索洛韦茨岛［索洛韦茨岛位于俄国北部，是历代的流放地。］上去待三年！”“流浪汉”出人意料地嘀咕了一句。

“伊凡！”柏辽兹有些发窘，低声制止道。

但是，把康德流放到索洛韦茨岛的提议不仅没有让外国人吃惊，反而让他兴奋起来。

“正是，正是，”他叫喊着，左边那只绿眼睛亮闪闪地看着柏辽兹，“他就该在那个地方！吃早餐时，我就对他说过：‘教授，您想怎样讲是您的自由，可您想出来的，是些多么荒诞不经的东西呀！它们也许有道理，但实在是令人费解。后人会嘲笑您的。’”

柏辽兹不由得瞪大眼睛。“吃早餐……对康德说？……他在胡说些什么呀？”他心里想。

“不过，”外来客接着说，看来他没有因为柏辽兹的惊讶不好意思，此时已经把身子转向了诗人，“把康德送到索洛韦茨岛已经不可能了，一百多年前，他已经居住在了比索洛韦茨岛更远的地方，用什么办法都不能使他离开那个地方了，我肯定！”

“真是遗憾！”好斗的诗人回应道。

“我也觉得遗憾，”陌生人附和着，目光扑朔，“但正是这个问题让我不安：如果没有上帝，那么请问，是谁主宰着人类的生活，是谁建立了地球上的秩序？”

“是人类自己在主宰呀，”“流浪汉”生气地立刻回答道。说实话，对这个问题他也不清楚。

“对不起，”陌生人轻声道，“要实行管理，就需要制订一个适合某个阶段的精确计划。那我问您，如果人们连制订一个短得可笑，比如说一千年的计划都不可能，甚至连自己的明天怎样也无法保证，那他怎么来管理呢？实际上，”陌生人转身对着柏辽兹说，“让我们想象一下，就譬如说您吧，您在管理、支配着别人和自己，正津津有味的呢，突然，您身上……嘿嘿……长了个肺部肿瘤……”外国人美美一笑，肺部肿瘤的说法似乎让他十分得意，“是的，长了肿瘤，”他像猫一样眯起了眼睛，重复着那几个吓人的字眼，“于是您的管理就结束了！除了您自己，任何人的命运都不再能引起您的兴趣。亲人们开始骗您。在您不舒服的时候，您开始找医生，找江湖骗子，甚至找算命先生。医生也好，骗子也好，算命先生也好，您自己很清楚，他们都于事无补。一切将悲剧性地结束：那个不久前还在颐指气使的人，现在正一动不动地躺在木头匣子里。旁边的人呢，他们知道，这个躺着的人再也没用了，他们会把他放进炉子里烧了。更糟的事情也不是没有：一个人刚刚还打算到基斯洛沃茨克去疗养，”外国人眯起眼睛看了看柏辽兹，“这好像是小事一桩，但这桩小事也不可能实现了，因为他不知为什么会跌一跤，而且恰巧倒在了有轨电车的车轮下！您难道能说，这是他自己安排的吗？把这说成是另外某个人的所为不是更合理一些吗？”说到这里，陌生人发出了一阵奇怪的笑声。

柏辽兹专心致志地听着这场关于肿瘤和有轨电车的令人不快的谈话，心里开始忐忑不安起来。“他不是外国人……不是……”他想，“他是个可怕至极的东西……可他到底是什么人呢？”

“我看，您想抽烟了吧？”陌生人冷不丁地对“流浪汉”说，“您喜欢什么牌子？”

“您那里什么牌子都有，是吧？”诗人闷闷不乐地问道，他身上的香烟的确抽光了。

“您抽什么牌子的？”陌生人又问了一遍。

“那，就来‘咱们牌’的吧。”“流浪汉”恶作剧地说道。

陌生人很快从兜里掏出一个烟盒，把它递给了“流浪汉”。

“咱们牌。”

令主编和诗人大为吃惊的是，不仅烟盒里果真有“咱们牌”香烟，还因为那个烟盒本身。这是一个特大号的烟盒，赤金质地，在开盖一面的内侧上，还有一个用钻石镶出的三角形图案，正放射出蓝白相映的光芒。

两个文人对此有不同的想法。柏辽兹想：“看来，他的确是个外国人！”而“流浪汉”则想：“怕是见鬼了！”

诗人和烟盒的主人各点了一支烟，柏辽兹因为不抽烟而拒绝了。

“应该这样来反驳他，”柏辽兹想，“不错，人有一死，谁也不能否认。但问题在于……”

还没等他说出这些话，外国人又开始说起来：

“是啊，人有一死，这也算不了什么。糟糕的是，他有时候会突然死亡，这就怪了！就是他今天晚上要做些什么，他自己也不可预料。”

“这问题提得有点荒唐……”柏辽兹暗自思忖着，并反驳道，“这，有点夸张吧。我对今晚的事情多少还是有数的。当然，如果我走在铠甲街上，一块砖头砸到了头上，那就……”

“砖头不会无缘无故地砸过来的，”陌生人打断了他的话，“我敢肯定，这种事不会落到您的头上。您会死于其他原因。”

“也许，您知道这个原因？”柏辽兹的问话带有一种明显的讽刺意味，他已经被卷入了一场实在荒唐的谈话。“您能告诉我吗？”

“愿意效劳。”陌生人回答道。他打量着柏辽兹，像是要为他量体裁衣的裁缝，嘴里还念念有词："一，二……水星在二……月亮隐……六是大灾……晚是七……"随后他兴奋地大声宣布："您的脑袋要搬家！"

"流浪汉"的一双眼睛恶狠狠地盯着这个出言不逊的陌生人，而柏辽兹似笑非笑地说：

"被谁呢？被敌人？还是武装干涉者？"

"不是，"对方说，"是个俄罗斯姑娘，一个共青团员。"

"哼……"陌生人这个玩笑让柏辽兹很恼火，他说话有点含混不清了，"这，对不起，好像不太可信呀。"

"请您原谅，"外国人回答说，"但事情确实如此。对了，我还想问您，如果不是秘密，您今天晚上会干什么？"

"没有秘密。现在我先去环线，晚上十点在莫文协有个会，我是这次会议的主席。"

"不行了，这已经不可能了。"外国人肯定地说。

"为什么？"

"因为，"外国人眯起眼睛往天上看了一眼，空气中已有了些夜晚的凉爽，黑色的鸟儿在悄无声息地画着直线，"安奴什卡已经买了葵花籽油，不仅买了，而且还洒了。所以，那个会开不成了。"

显然，这话使椴树底下陷入一片沉寂。

"对不起，"短暂沉默之后，柏辽兹看了一眼这个胡说八道的外国人，"这和葵花籽油有什么关系……这个安奴什卡又是谁呢？"

"有葵花籽油是因为，""流浪汉"突然开腔了，他显然是决定向这个不速之客宣战了，"这位公民，您是不是什么时候在精神病医院待过啊？”

“伊凡！”柏辽兹轻轻地喊了一声。

但外国人不仅没表现出丝毫的不快，反而还高兴地笑起来。

“待过，待过，还不止一次！”他笑着嚷道，但那双盯着诗人的眼睛却丝毫不见笑意。“哪儿我都去过！只可惜我那时没抽出时间问问教授，什么叫精神分裂症。看来您自己已经从他那儿知道这个了，伊凡·尼古拉耶维奇！”

“您怎么知道我的名字？”

“得了吧，伊凡·尼古拉耶维奇，谁不认识您啊？”外国人立刻从兜里掏出了昨天的《文学报》，伊凡·尼古拉耶维奇于是在第一版上看到了自己的照片，照片下面是自己的诗作。不过，这昨天给诗人带来荣耀和名誉的证明，此时让他怎么也高兴不起来了。

“对不起，”他说，脸色阴沉下来，“您能不能等一分钟？我想对我的同伴说几句话。”

“哦，当然了！”陌生人高声说道，“在这椴树底下多好，我呢，反正也不急着赶路。”

“怎么样，米沙，”诗人把柏辽兹拉到一旁，小声地说，“他不会是个旅游者，是个间谍吧？这是个潜回国内的俄罗斯侨民。你去让他出示证件，别让他跑了……”

“你这么想？”柏辽兹心里也在嘀咕，想着，“也许他说的是对的……”

“别不信我，”诗人继续跟他咬耳朵，“他在装傻，想从我们嘴里套出点什么有用的东西来。你没听见，他的俄语说得多好。”诗人一边说着，一边用眼角瞟着陌生人，生怕他溜掉了，“走，逮住他，要不然他就跑了……”

诗人边说边拽住柏辽兹的手，往长椅那边走去。

陌生人并没坐着，而是站在长椅一侧，手里拿着一个深灰色硬面小本子，一个质地很好的信封和一张名片。

“对不起，刚才只顾和二位争论，我忘记自我介绍了。这是我的名片、护照，还有我到莫斯科来做顾问的邀请信。”陌生人很从容地说，目光深邃。

那两位有些不自在。“见鬼，全让他见了……”柏辽兹暗想，用一个彬彬有礼的手势表示不用对方出示证件了。就在外国人要把证件递给主编的时候，诗人一眼瞥见名片上用外语印着的“教授”两个字和他姓名的头一个字母“W”。

“幸会。”主编有点不好意思地嘟哝着，外国人也在这一刻把证件放进了口袋。

三人的关系恢复了正常，他们重新坐回了长椅上。

“您是被邀请来当顾问的，教授？”柏辽兹问。

“对，当顾问。”

“您是……德国人？”“流浪汉”问。

“我吗？”教授像是在问自己，并很快陷入沉思。“对，也许，是德国人吧……”他回答。

“您的俄语讲得真棒。”“流浪汉”又说。

“是这样，我懂多种语言，大部分语种我都精通。”教授回答说。

“那您的专长是什么呢？”柏辽兹又问。

“我是魔法大师。”

“我的天！……”柏辽兹的脑袋嗡地一响。

“那……您就是到我们这里来干这个的？……”柏辽兹结结巴巴地问。

“对，就是来干这个的。”教授答道，并进一步解释说，“最近，国家图书馆发现了十世纪的魔法师赫伯特·阿甫里拉克斯基的手稿。我是被邀请来鉴定的。我是世界上在这方面的唯一专家。”

“哦……原来您是历史学家？”柏辽兹恭敬地问道，心里如释重负。

“我是历史学家。”这位学者做了肯定回答，接着又莫名其妙地补充说，“今天傍晚，牧首塘边要发生一件有趣的事情！”

主编和诗人又一次目瞪口呆。教授招手让二位靠近。当两人凑到他跟前时，他对他们轻声道：

“请听好，耶稣的确曾经存在过。”

“您看，教授，”柏辽兹回应着，笑得有些勉强，“我们对您渊博的学识深为钦佩，但在这个问题上我们还是有保留意见。”

“不应有任何异议，”这个奇怪的教授说，“他的确存在过，没说的。”

“那何以为证……”柏辽兹打算开始滔滔不绝地演说。

“什么证明都不需要，”教授答道，他的声音不大，而且口音全无，“听好了：一个人身着红衬里的白披风，迈着沙沙的骑兵步，在春季尼散〔尼散，犹太教历的一月，约晚于公历一月。〕月十四日的清晨……”

第 二 章

本丢·彼拉多

春季尼散月的十四日清晨，犹太总督本丢·彼拉多［本丢·彼拉多，公元26—36年间任罗马帝国驻犹太总督。传说他曾主持了对耶稣的审判，并下令把耶稣钉在十字架上。］身着红衬里的白披风，迈着沙沙的骑兵步，来到了希律［希律（前73—前4），罗马统治时期的犹太国王，亦被称为希律王、希律大帝或希律一世。］宫两配殿间一个带顶的柱廊里。

总督最讨厌玫瑰油的气味，而这气味打今天一早就弥漫在他周围，看来这不是个好兆头。总督觉得，这气味好像来自花园里的柏树和棕榈树，在这该死的气味中，还掺杂着皮革装备的味道和卫队人马的汗臭味。在宫殿尽头的偏殿内，驻扎着跟随总督来耶路撒冷的罗马第十二闪击军团第一大队。这时，各小队的伙夫已开始生火准备午饭，袅袅炊烟从这里升起，高高地飘过花园上空，在柱廊内弥漫开来。在这略带苦涩的炊烟中，甚至还能闻到那股浓郁的玫瑰味。

“诸神啊，诸神，你们为何要这般惩罚我？……对了，不错，就是它，就是那治不好的可怕的偏头痛……一犯病半个脑袋就痛……无可救药……最好还是别晃脑袋……”

喷泉旁的彩石地面上已经放好了一把椅子，总督目无旁人地往上一坐，一只手朝旁边一伸。书记官恭恭敬敬地把一小条羊皮纸递了上去。被病痛折磨得龇牙咧嘴的总督斜眼瞟了一眼上面的文字，又把羊皮纸还给了书记官，费劲地说：

“案犯是加利利［加利利，巴勒斯坦北部地名。耶稣在此地长大，之后的传道活动也始于此地。］人？此事上报四分领执政官［四分领执政官，对古希腊和古罗马帝国行省四分之一地区执政长官的称谓。］了吗？”

“上报了，总督。”书记官答道。

“他怎么说？”

“他拒绝对此案进行裁决，并把犹太教公会［犹太教公会，古犹太的长老会议，具有最高政治、司法职权。］的死刑判决交由您来最后裁夺。”书记官禀告说。

总督这时因头疼咧了咧嘴，声音也低了许多：

“把案犯带上来。”

说话间，一名约莫二十七岁的青年被两名士兵从廊柱下的花园空地带到凉台上，引领到正坐在椅子上的总督跟前。青年穿着一件破旧的蓝色长衫，头上包一块白布，额头上缠着一根皮条，双手被反绑在身后。他的左眼下有一大块青紫，嘴角上结了一块血痂。他带着不安和好奇的眼光看着总督。

总督沉默了一小会儿，接着用阿拉米语［阿拉米语，古叙利亚和美索不达米亚语。］轻声问道：

“就是你聚众捣毁耶路撒冷圣殿的吗？”

总督此时一动不动地坐着，只有说话时微微启合着嘴唇。他之所以保持这种纹丝不动的姿态，是因为他不敢去晃动疼得要命的脑袋。

两手被反绑着的人朝前挪了挪，答道：

“大善人！请相信我……”

总督立刻打断了他，不过身子依然一动不动，嗓门也并没有提高：

“你把我叫作善人吗？你错了。在耶路撒冷，所有的人都说我是残暴的恶魔，一点儿不错。”随即，他用同样的声调吩咐：“传中队长鼠见愁。”

当第一中队队长、绰号“鼠见愁”的马克来到凉台上的总督跟前时，大家立刻觉得四周暗了下来。“鼠见愁”比军团里个子最高的士兵还要高出一头，宽大的双肩几乎把正在升起的太阳都遮住了。

总督用拉丁语对中队长说：

“这罪人叫我‘善人’。把他从这里带到一边，告诉他该怎么和我说话。不过别把他弄残废了。”

除了总督纹丝不动，其他人都眼巴巴地看着“鼠见愁”马克朝案犯挥了挥手，示意他跟着自己出去。

不管在哪里，“鼠见愁”都很引人注目，一是他的个子大，二是初次与他见面的人都会被他那张破了相的脸吓一跳：他的鼻子被日耳曼人的木槌砸扁了。

马克那双笨重的靴子敲打着大理石地面，双手被捆住的年轻人静静地跟在他身后。柱廊内一片寂静，凉台旁的花园空地上鸽子在咕噜咕噜地叫着，喷泉里的水花正唱着悦耳、奇妙的歌。

总督真想站起身来，把头伸到水流下，让太阳穴尽情地接受水的冲刷。可他知道，泉水也帮不了他的忙。

把囚犯从柱廊带到花园后，“鼠见愁”从站在青铜雕像基座旁的一名士兵手里抢过鞭子，轻轻一挥，朝着囚犯的背上抽去。中队长的动作似乎心不在焉，而且很轻松，但被绑住双手的人却立刻瘫倒在地，像是被人砍断了双脚。他嘴里倒吸着气，脸色很快变得煞白、双眼无神。

马克用左手把瘫在地上的人轻轻举了起来，就像举起一只空布袋，然后又把他放到自己的双脚下，用蹩脚的阿拉米语瓮声瓮气地说：

“见到罗马帝国的总督应该叫——大人，不能叫别的。恭恭敬敬地站好。你明白了吗，还是想接着挨揍？”

囚犯的身子晃了晃，最后终于站稳了。他的脸上有了些血色。他喘了喘气，用嘶哑的嗓音答道：

“我明白了。请不要打我。”

很快，他又重新站在了总督的跟前。

一个沉闷而无力的声音响起：

“名字？”

“我吗？”囚犯慌忙答道，还竭力做出老实回答一切提问的样子，生怕再惹怒总督大人。

总督的声音也不大：

“我的名字我已经知道啦。别装傻。你的名字。”

“耶舒阿。”囚犯忙不迭地答道。

“有绰号吗？”

“拿撒勒人。”

“籍贯？”

“伽玛拉。”囚犯答道。他用头示意，在他右前方很远的北方就是伽玛拉城。

“哪族人？”

“我也说不清楚，”囚犯很快地回答说，“我不记得父母是谁。别人告诉我，说我父亲是叙利亚人……”

“你定居哪里？”

“我没有固定的居所，”囚犯有些不好意思地说，“我在城市间游历。”

“这可以简单到用一句话来说嘛，那就是流浪汉，”总督说完了又问，“有什么亲戚？”

“无亲无故，孑然一身。”

“识字吗？”

“识字。”

“除了阿拉米语，还懂什么语言吗？”

“嗯，还懂希腊文。”

总督的一只眼抬起肿胀的眼皮死盯着囚犯，眼里满是被病痛折磨的痛苦。另一只眼依旧是闭着的。

彼拉多开始说起了希腊语：

“那么是你想毁了我们的圣殿，并且聚众闹事？”

听完问话，囚犯反而兴奋起来，他眼中已全无惧色，也开始用希腊语回话：

“我，善……”说到这里有一丝惊恐从他的眼里闪过，大概是因为差点失言吧，“我，大人，我从来就没想过要毁了圣殿，也没有煽动过任何人去做这种失去理智的事情。”

正趴在一张低矮的桌前记录口供的书记官一脸惊诧。他抬了抬头，随即又把头低向了羊皮纸。

“节前有各色人等涌进城里。什么魔法师呀，占星术士呀，预言家呀，杀手呀，”总督干巴巴地说，“还有蛊惑人心的骗子，比如说你就是这号人。这里写得很清楚：煽动捣毁圣殿。还有人证。”

“这些善良的人啊，”囚犯这么说完又赶紧补充，“大人。”他接着说，“他们什么也没学会，还把我说的话搞错了。我现在开始担心，这种误传还会流传很久。这都怪那个没有把我的话准确记录下来的人。”

一阵沉默。现在，总督那双病恹恹的眼睛正无力地盯着囚犯。

“我再说一遍，这也是最后一遍：别装疯卖傻的，你这狗贼，”彼拉多声音温和、干巴，“有关你的事，记录在案的不多，可也足够判你绞刑。”

“不，不，大人，”囚犯竭力想使总督相信自己，“有个人总是拿着羊皮纸跟在我身后，并且不停地记。有一天我往羊皮纸上一看，吓了我一跳。那上面写的话我压根儿就没说过。我求他说：看在上帝的分上，你把这些羊皮纸烧了吧！哪知他一把从我手里夺过羊皮纸，跑了。”

“是谁？”彼拉多有点不耐烦地问，他的一只手正摁在太阳穴上。

“利未·马太［利未·马太，耶稣的十二个门徒之一。］，”囚犯很乐意说出这个名字，“他原是一名税务官，我是在去伯法其［地名，是去耶路撒冷的必经之地。］的路上和他相识的。就在那个无花果园的拐角处，我们攀谈起来了。起初，他对我不很友好，甚至侮辱了我，他以为把我叫作狗就是对我的一种侮辱，”囚犯说着笑了起来，“可我并没觉得这畜牲有什么不好的地方，何至于要为此而生气呢……”

书记官停下记录，用一种诧异的目光朝这边看了一眼，但他的目光并不是投向囚犯的，而是投向了总督。

“……不过，他听了我的话以后，态度又缓和下来，”耶舒阿接着说，“最后，他把钱往路上一扔，说是要和我一起去游历……”

彼拉多的半边脸颊笑了起来，露出黄黄的牙齿。他朝书记官转过身，说：

“哦，耶路撒冷城啊！从他的嘴里你还有什么听不到的呢！你们听，一个税务官把钱往路上扔！”

书记官不知如何作答，只是逼着自己学彼拉多的样子笑了笑。

“可他说，他从此会视金钱如粪土了，”耶舒阿这样解释了利未·马太的奇怪举动，并补充说，“从此他就成了我的同路人。”

总督一直龇牙咧嘴地笑着。他看了看囚犯，又看了看正在不断升起的太阳，太阳已经超过右前方远处赛马场上的铜马雕塑了。突然，一阵痛苦的折磨几乎使他想把这个古怪的囚犯干脆拉出凉台，下一道“绞死他！”的命令算了。把卫队也赶走，离开凉台回寝宫去，吩咐仆役把窗帘拉上，然后躺到床上，喝几口凉水，叫来爱犬班加，向它诉诉这偏头痛带来的苦楚。此刻，服毒的念头也很诱人地在总督那疼痛不堪的脑袋里闪现。

他用迷迷蒙蒙的眼神看着囚犯，好一会儿没吱声儿。他在使劲地想，这个鼻青脸肿的家伙为什么在耶路撒冷一大早的炎炎烈日中出现在自己的面前，以及还有些什么没用的问题可以向他提。

“利未·马太？”正犯头痛病的人用嘶哑的嗓音问道，说话时还闭上了眼睛。

“对，是利未·马太。”一个高亢的、让他听着更不舒服的嗓音传到他的耳朵里。

“对于圣殿，你又对集市上的人们说了些什么呢？”

回答者的嗓音就像直刺彼拉多太阳穴的针尖，令他痛不堪言。他说：

“大人，我说旧的信仰之殿将倒塌，新的真理之殿将建立。为了明白易懂我才这么说的。”

“为什么你，一个流浪汉，居然在集市上妖言惑众，说那些你都弄不明白的真理？什么是真理？”

总督这时又暗暗想:“我的诸神!我怎么会在审他时问这些没用的话呀……我的脑子已经不听使唤了……”他的眼前又出现了盛着黑色液体的小碗。“给我毒药,毒药……”

他听见那个声音继续说:

“真理首先是你在头疼,疼得你甚至想一死了之。你现在不仅没有力气和我说话,甚至连看我一眼都难受。所以,不经意间我成了残害你的刽子手,这让我很难受。你什么事都无法思考,只是希望你的爱犬到跟前来,看来它是你唯一依恋的东西了。不过,你的痛苦很快就会结束,头痛就快过去了。”

书记官瞪大眼睛看着囚犯,手中的笔也停下了。

彼拉多抬起备受折磨的眼睛瞧了瞧囚犯,同时也看见太阳已经从赛马场上方高高地升起了。光线照进了柱廊,正向耶舒阿脚上那双破平底鞋靠近,而耶舒阿则在避着太阳的照射。

总督从沙发椅上站起身,双手捧着脑袋,一种恐惧的神色出现在了他那张被剃得光光的黄脸上。不过,他很快控制了自己的恐惧感,重新坐到了沙发椅上。

囚犯这时还在继续着自己的演说,但书记官再也不记一个字,却像是一只伸着脖子的鹅,生怕听漏了一个字。

“瞧,已经不痛了,”囚犯善意地看着彼拉多,说道,“我为此而感到十分高兴。我斗胆地建议你,大人,暂时离开您的宫殿,到郊外去走走吧,哪怕到橄榄山的园子里呢。要打雷了……”囚犯转过身,眯起眼睛看看太阳,“再晚一点吧,黄昏的时候。散步对你大有好处呢,我倒是很乐意奉陪的。我有些新的想法,我想这也许会令你觉得有趣,再说,我也很高兴与你分享,你给我的印象是个非常聪明的人。”

书记官面如死灰，羊皮纸也掉落在了地上。

“不幸的是，”这时谁也拦不住囚犯的滔滔不绝了，“你太自闭，还彻底丧失了对人的信念。你也许会同意，把自己全部的爱恋放在一条狗身上是不行的。你的生活太贫乏无味了，大人。”滔滔不绝的人自己也笑了起来。

书记官现在只是想，是该相信自己耳朵听到的，还是不信。他不得不信。他现在努力想象着，在囚犯这种粗鲁的冒犯之后，被激怒的总督该以一种什么样的乖戾方式来发泄心头之恨。虽然他很清楚总督的脾气，但依然没想到结果会是这样。

只听总督带着有点嘶哑的破锣嗓用拉丁语说：

“给他松绑。”

只见一个士兵把长矛往地上一戳，等另一名士兵接过长矛，他就跑过来为囚犯解开了绳索。书记官捡起地上的羊皮纸，决定暂时什么也不记录了，并且也不会为什么事情而惊异。

“你老实说，”彼拉多用希腊语低声问，“你是个神医吧？”

“不，总督，我不是医生，”囚犯答道，说着还一边揉搓被绳子勒得红肿的双手。

彼拉多紧蹙眉头，两眼死死地盯着囚犯。这双眼里已看不到烦乱，而是出现了人们熟悉的火花。

“我还没问你，”彼拉多说，“你可能也懂拉丁语吧？”

“是的，我懂。”囚犯回答。

彼拉多蜡黄的脸上开始有了些血色，接着他开始用拉丁语问道：

“你是怎么知道我想唤我的爱犬呢？”

“这很简单，”囚犯用拉丁语回答，“你的手刚才在空中舞动着，”囚犯模仿了一下彼拉多的动作，“好像是在抚摸的样子，嘴唇还……”

“不错。”彼拉多说。

两人都没作声。接着彼拉多用希腊语问道：

“这么说，你是医生？”

“不，不是，”囚犯连忙答道，“请相信我，我不是医生。”

“那好吧。如果你不想说出来，那就别说。这与事情没什么直接关联。你肯定，你并没有煽动大家捣毁……或者是放火，或者是以另外一种什么方式来毁掉圣殿？”

“大人，我再说一遍，我没有煽动谁来干类似的事情。难道我是个傻子吗？”

“哦，不错，你没那么傻，”总督小声答道，脸上露出了有点奇特的笑容，“那你就发誓，你从没干过。”

“你想让我怎样来发誓呢？”刚刚被松绑的人兴致颇高地问道。

“那，就用你的性命来起誓吧，”总督说，“用它来起誓现在最是时候，因为它现在就系在一根头发丝上。你要明白这点。”

“你不会认为，是你把它系在头发丝上的吧，大人？”囚犯问，“如果你这么想，那就大错特错了。”

彼拉多浑身一哆嗦，咬牙切齿地说：

“我可以把这根头发丝剪断。”

“你错就错在这里，”囚犯一边用手去遮挡阳光，一边爽朗地笑着反驳道，“你应该知道‘解铃还须系铃人’这句话吧？”

“不错，是这样，”彼拉多微笑作答，“我现在一点也不怀疑，耶路撒冷城里的游手好闲之徒的确会追随着你。我不知道谁让你这么能说会道，但结果的确不错。顺便问一句，当你骑在驴上经过苏兹门进入耶路撒冷的时候，迎接你的人群是不是像迎接一位先知那样朝着你欢呼呀？”总督说着又指了指羊皮纸卷。

囚犯不解地看了看总督。

“我根本就没驴可骑，大人，”囚犯说，“我的确是经过苏兹门进入耶路撒冷的，但我是步行，身边只有利未·马太一个人，没有谁向我欢呼，因为当时在耶路撒冷城没有人认识我。”

“你不认识这些人吗？”彼拉多接着问道，眼睛并没离开囚犯，“比如狄士马什，还有格士塔萨，还有一个叫瓦—拉旺的？”

“这些善人我都不认识。”囚犯说。

“真的吗？”

“真的。”

“那你告诉我，你是一直用‘善人’来称呼别人吗？你对所有的人都是这么称呼？”

“对所有的人，”囚犯答道，“世上没有恶人。”

“我头一次听到这样的说法，”彼拉多笑着说，“也许，我对生活很无知！……你们可以不用记录了。”他转身对书记官说，其实书记官早已不记了。他又接着对囚犯说：“你是从哪本希腊的书上读到这些的？”

“不，这是我自己思考得出的。”

“你就是宣讲这些？”

“是的。”

“那，比如说中队长马克，别人叫他‘鼠见愁’，他也是善人吗？”

“是的，”囚犯回答说，“他的确是个不幸的人。自从那些善人毁了他的容貌，他才变得残酷和铁石心肠。我想知道，是谁毁了他的脸呢？”

“我很愿意把这事告诉你，”彼拉多说，“我就是这件事的见证人。那些善人朝他扑过去，就像一群扑向一只熊的狗。日耳曼人掐住他的脖子，拽住了他的手脚。步兵中队落入了对方的口袋阵，要不是我指挥的骑兵队从侧翼冲杀进去，你，哲学家，就不可能和‘鼠见愁’说话了。这事发生在伊齐斯塔维索战役，就在女儿谷。”

“假如能和他谈谈，”囚犯突然有点异想天开地说，“我相信他定会转变。”

“我想，”彼拉多应道，“如果你突发奇想要去和军官或士兵谈话，军团的总督是不会高兴的。不过，这已经不可能了，因为这事首先得我同意才行。”

这时，一只燕子径自飞进柱廊，贴着鎏金天花板飞了一圈，接着又俯冲向下，尖尖的翅膀差点擦着神龛里铜像的脸，随后又飞到了柱廊的穹顶。可能它是想在那里筑巢。

就在燕子飞来飞去的时候，总督那明晰和轻松起来的大脑里有了一份公文的底稿。它是这样的：经总督大人的审讯，流浪哲人、绰号拿撒勒人的耶舒阿没有任何犯罪迹象。而且，他的行为与不久前在耶路撒冷发生的骚乱也没有任何联系。流浪哲人系精神病。鉴于此，本总督对犹太教公会对拿撒勒人的死刑判决不予批准。但是，拿撒勒人荒唐的言辞也可能成为耶路撒冷不安定因素，所以总督下令将耶舒阿驱逐出耶路撒冷，将其囚禁在地中海的科撒利亚岛，即总督府所在地。

现在只需向书记官口授这项判决即可。

燕子的翅膀在总督大人的头顶上扑扇着，最后终于自在地朝喷泉飞去。总督抬眼看了看囚犯，只见其身后扬起了一阵尘土。

“他的事完了？”彼拉多问书记官。

“很遗憾，还没有。”书记官出人意料地答道，说完将另一张羊皮纸卷呈上。

“还有什么？”彼拉多问了一句，眉头皱了起来。

看了一眼呈上的羊皮纸卷，他的脸色大变。大概是一股血涌上了他的脖颈和脸颊，或者是出了别的什么问题，总之他的脸色立刻由蜡黄转为通红，眼睛也好像塌陷下去了。

看来，又是血流在作祟，它涌入和冲击着太阳穴，使总督的视力也出现了一点问题。现在，他看到囚犯的头颅飘向了别处，他的脖子上又出现了另一颗头颅。这秃顶的头颅上，戴着一顶稀齿的金冠。他的额头上有一圈皮肤已经溃烂了，涂着药膏。落光了牙齿的嘴瘪着，下唇怪怪地耷拉下来。彼拉多似乎看到，凉台上玫瑰色的圆柱、花园外远处耶路撒冷城里那些高高矮矮的屋顶都消失了，都沉入了卡普里岛那浓浓的绿荫之中。他的听觉也发生了某种奇怪的变化——远处似乎有一阵不大但很威严的号声传来，一个傲慢的声音拖着长长的鼻音一字一句地说：“亵渎君王，处置如下……”

一些零碎、奇怪而互不相干的念头出现在他的脑海里：“完了！……”接着是“全都完了！……”其中夹杂了一个完全荒诞的、关于永生的念头，这念头不知为何还令他不由自主地产生了一些惆怅。

彼拉多强打精神，赶走幻象，把目光收回到凉台上来，囚犯的眼睛又重新出现在了他的面前。

“听着，拿撒勒人，”总督开口说话了，他看着耶舒阿时表情有些怪异：他的脸看上去很威严，但眼神却有些小心翼翼的，“你是不是发表过有关恺撒君王的什么言论？说！说过，还是没……说过？”彼拉多把“没”字拖得稍长，完全不像是在审讯，甚至他看耶舒阿的眼神里都包含着某种意味，好像是要给囚犯一种暗示。

“说真话既轻松又愉快。”囚犯答道。

“我并不想知道，”彼拉多压低声音恶狠狠地说，“你说了真话是否轻松愉快。但你必须如实说。不过，如果你想摆脱必定会令你备受折磨的死神，你最好掂量掂量你说的每一个字。”

谁也不知道这位犹太总督是为什么，可他的确是举起了自己的一只手，好像要挡住刺眼的阳光。其实，这只手就像是盾牌，总督在它的遮掩下向囚犯递过去了一个意味深长的眼色。

“那么，”他说，“你认不认识一个叫犹大［犹大，耶稣的十二门徒之一，因出卖耶稣而后悔自尽。］的加略人？如果你说过恺撒什么，那你就是对他说的？”

“事情是这样的，”囚犯很痛快地答道，“前晚我在圣殿附近认识了一个年轻人，他自称叫犹大，加略城的人。他邀请我去下城他家做客，还请我……”

“一个善人？”彼拉多问道，眼里闪着魔鬼般的目光。

“一个善良好学的人，”囚犯肯定地回答，“他对我的想法很感兴趣，所以十分殷勤地款待了我……”

“还为你点了好几盏灯……”彼拉多学着囚犯的语气一字一顿地说，双眼熠熠放光。

“是的，”耶舒阿继续说，他对总督如此知情有些惊讶，“他请我谈谈对国家政权的看法。他对这个问题很有兴趣。”

“那你说了些什么？”彼拉多问道，“可能你把说过的话都忘了吧？”彼拉多的说话声听上去透露了一种绝望。

“简单地说，我告诉他，”囚犯回答道，“任何政权都是施予百姓的暴力，总有一天，恺撒的政权，或别的什么政权都将消亡。人类将进入真理与公正的王国，在这里，任何政权都不复存在了。”

“接着说！”

“接着就没说什么了，”囚犯说，“当时跑进来很多人，他们把我捆了起来，送进了监狱。”

书记官飞快地在羊皮纸上记录着，生怕漏掉一个字。

“在世界上，从来不曾有过，也不会再有比提比略大帝的政权更伟大、更顺乎民意的政权了！”总督扯着病恹恹的破嗓子喊道。

总督这时看了看书记官和卫兵，他的目光不知为什么显得有些厌烦。

“这不是你，一个没脑子的罪人该谈论的问题！”彼拉多嚷嚷起来，“把卫兵撤下去！”说着，他又转身对书记官补充道，“让我单独和犯人谈，事关国家大事。”

卫兵拿起长矛，军靴底上的铁掌均匀地敲击着地面，他们离开凉台到花园里去了，书记官跟着他们也退了下去。

凉台上好一阵沉默，只有喷泉的歌声打破着这种寂静。彼拉多在看着，水流是怎样在顶端形成一个盘状，又是怎样在它的边沿分散，然后倾泻而下。

还是囚犯首先打破了这种沉默：

“我感到，我和这位加略青年的谈话会导致某种不幸。我有一种预感，大人，他会遇到不幸，我很怜悯他。”

“我想，”总督莫名其妙地笑了笑，“这世界上还有比加略的犹大更值得你怜悯，或者比他更坏的人！……比如‘鼠见愁’马克，他是个冷血和顽固的刽子手。还有，”总督指了指耶舒阿那张被打得鼻青脸肿的脸，“那些因为你布道而把你打成这样的人，还有江洋大盗狄士马什和格士塔萨，他们与同伙一起打死了四名士兵，还有那个可耻的叛徒犹大，他们都是善人吗？”

“是的。”囚犯说。

“真理的王国还会到来吗？”

“会的，大人。”耶舒阿肯定地回答。

“它永远也不会到来！”彼拉多突然大声喊起来，令耶舒阿打了个趔趄。许多年前的女儿谷，彼拉多也是这样对着自己的士兵喊叫：“杀了他们！杀了他们！巨人‘鼠见愁’被他们包围了！”他提高了在指挥作战中已经喊破了的嗓门大声叫嚷，想让花园里的人也能听见：“你这个贼犯！贼犯！贼犯！”

随即，他又压低了嗓子，问道：

“拿撒勒人耶舒阿，你信神吗？”

“上帝是唯一的，”耶舒阿回答道，“我信奉他。”

“那就向他祈祷吧！好好地祈祷吧！不过……”彼拉多的嗓子这时说不出话来了，“他也帮不上忙了。有家室吗？”彼拉多的问话不知为何有些忧伤，他也不明白自己这是怎么了。

“没有，我是一个人。”

“这个该死的城市……”总督突然嘟嘟囔囔地骂了一句，他的两肩耸了一下，像是打了个寒战，他的双手还搓了搓，像是在洗手的样子,“如果在你见到犹大之前就处决了你,说真的,那倒好些。”

“放了我吧,大人,”囚犯出人意料地请求道,他的嗓音变得有些颤巍巍的,“我知道他们想杀我。”

一阵痉挛使彼拉多的脸走了样,他用一双红肿而布满血丝的眼睛盯着耶舒阿,说道:

“你以为,不幸的人,罗马的总督会释放一个刚说了你说过那番话的人吗?哦,诸神!诸神!可能你还觉得,我也想跟你一样?我可不同意你的说法!你听着,从现在起,如果你还要和别人讲一个字,你小心点!再说一遍,你小心点!”

“大人……”

“住口!”彼拉多大吼一声,狂怒的眼睛盯着又飞进了凉台的燕子。“来人!”彼拉多命令道。

书记官和卫队回到原位。彼拉多宣布,批准犹太教公会对拿撒勒人耶舒阿作出的死刑判决。书记官记下了彼拉多的裁定。

瞬间,“鼠见愁”马克就出现在总督面前。总督命他将犯人押送机密部,并向机密部头领传达口谕,命他单独关押拿撒勒人耶舒阿,且不许和他交谈或回答他的任何问题。

马克一声令下,卫队立刻围拢将囚犯带离了凉台。

随后,一位留着浅色胡须的美男子来到总督跟前。他头戴饰有鹰翎的头盔,身穿一件金光闪闪、胸前饰着狮面的铠甲,佩剑带上镶着金块,脚蹬三层底、筒靴及膝的靴子,左肩上斜披着一件绛红色披风。他,就是统率罗马军团的司令。

总督问他,塞巴斯蒂步兵队现在何处。司令禀报说,他们正在赛马场执行警戒,那里即将当众宣布对罪犯的判决。

总督于是开始布阵，吩咐司令官将步兵队分为两路。一路由“鼠见愁”带队，负责押送犯人和运送行刑工具到骷髅地，到达后在山顶布防。另一路人马现在就赶往骷髅地，立刻在那里警戒。为确保骷髅地的安全，总督又令司令官增派一个增援骑兵团，也就是叙利亚人骑兵团听候调遣。

司令官离开后，总督又吩咐书记官召犹太教公会大祭司和他的两名成员、耶路撒冷圣殿禁卫队队长进宫，并嘱咐在这干人等进宫之前，他要先和大祭司单独谈谈。

总督的指令得到了快速无误的执行。这些天来格外炽烈地烘烤着耶路撒冷城的太阳还未升至最高点时，在那个有两头守护扶梯的白色大理石狮子旁的花园顶层露台上，总督见到了履行犹太教公会大祭司职责的犹太教大祭司约瑟夫·该亚法。

花园里一片寂静，一棵棵棕榈树的树干就像巨大的大象腿。总督走出柱廊，步入阳光普照的花园顶层露台，他所憎恨的耶路撒冷的全城景观顿时展现眼前，那里有一座座桥、一个个碉堡，最醒目的当数那座耶路撒冷圣殿，它的屋顶用的是一整块巨大的大理石，上面配以金色的龙鳞片作为装饰，其形状难以用笔墨描绘。一阵尖细的声音从下面很远的地方传进总督的耳朵，在下面，一堵石墙将王宫花园底层的凉台与城市广场隔开，那远远的嘈杂声就是从广场上传来的，其中还偶尔夹杂着微弱和尖细的声音，既像是呻吟，也像是喊叫。

总督明白，广场上已经聚集了不计其数的耶路撒冷居民，最近的骚乱事件使他们情绪激昂，他们正急切地等待着宣判，不安分的卖水人也在人群中高声叫卖着。

总督想请大祭司到凉台上去避开无情的暑热，可大祭司礼貌地谢绝了，他解释说在逾越节前他都不能那样做。彼拉多把风帽拉到自己略微谢顶的头上，开始了他们的交谈。他们谈话时用的是希腊语。

彼拉多告诉大祭司，他已经审完了拿撒勒人耶舒阿的案子，并且已批准了死刑判决。

最后，他们商定今天对三个盗贼，即狄士马什、格士塔萨和巴拉巴，还有就是这个拿撒勒人耶舒阿进行处决。前两位煽动百姓反对恺撒，由罗马军经过激战将其捉拿，这理应由总督处决，所以在此无需讨论。后两位，即巴拉巴和拿撒勒人是被地方政府抓获，应该由犹太教公会判决。按照法律和风俗，这两名罪犯中的一位在逾越节前夕应该被释放。

正为此事，总督想弄清楚，犹太教公会准备释放哪个罪犯：是巴拉巴，还是拿撒勒人？

该亚法低下头，表示他已经明白对方的用意所在，说道：

“犹太教公会请求释放巴拉巴。”

总督早已料到大祭司会这么回答，但他的地位使他必须装作这个回答很令他吃惊的样子。

彼拉多把这个吃惊的表情做得很到位。只见他高高扬起眉毛，两眼惊异地直盯大祭司的眼睛。

“坦率地说，这个结果真令我吃惊，”总督语气柔和地说，“也许，其中有什么误会吧？”

彼拉多解释说，罗马当局丝毫不想干预地方宗教司法部门行使其权力，大祭司对此应该是十分清楚，但在此事上是明显有误的。对如何纠正这个错误，当然，罗马当局十分关注。

事实是，就犯罪程度来说，巴拉巴和拿撒勒人是完全不可比。如果说后者，一个明显的疯子，他罪在疯言疯语扰乱了耶路撒冷等地的民心，那前者的罪责可要大得多。他不仅直接号召百姓叛乱，而且还打死了去抓捕他的卫兵。所以巴拉巴比拿撒勒人危险得多。

根据以上陈述，总督请大祭司改变决定，将两个犯人中罪行较轻的一个释放，如此看来，显然该是拿撒勒人。意下如何呢？

该亚法用低沉而坚决的口吻说，犹太教公会仔细了解过此案，接着再一次告诉总督说，他们希望释放的是巴拉巴。

“怎么？我求情也不行吗？我代表罗马当局求情也不行吗？大祭司，请再说一遍。”

“我第三次通报，我们还是主张释放巴拉巴。”该亚法的声音不大。

显然，再说什么都无济于事了。加—诺茨里永远离去了，总督那可怕和该死的头痛再也无人救治；除了一死，别无选择。不过，此念并没有使此刻的彼拉多害怕。倒是在凉台上时就已产生的一种莫名忧伤，现在从头到脚地困扰着他。他正在努力地寻找原因，而原因竟是如此奇怪：他懵懵懂懂地觉得，好像还有什么话没对那囚犯说完，抑或是还有什么话没听他说完。

彼拉多赶跑了这个念头，于是它就像出现时一样顷刻无踪了。那念头溜走了，而无以名状的忧伤却仍然萦绕在他的心里，当然也不能用另一个转瞬即逝、十分简短的字眼来解释，那就是：“永生……永生已经来临……”谁的永生来临了呢？总督并不清楚，可这个谜一样的永生的念头令他在烈日下感到阵阵寒意。

“好吧，”彼拉多说，“就这样吧。”

说着他环顾了一下四周，吃惊地发现他所看到的景象已经变了。稠密的玫瑰花丛不见了，顶层露台上的柏树不见了，还有那棵石榴树，绿荫中的白雕塑，甚至连绿荫本身也不见了。到处流淌着的，是一股浓稠的红色液体，水草在里面浮动着，它流到哪里，彼拉多就随它漂到哪里。现在，一种令他窒息的愤怒在烧灼和折磨着他，这是一种对无力的愤怒。

“好闷，”彼拉多说，“闷死我了！”

他伸出汗涔涔冷冰冰的手一把扯开风衣领口上的搭扣，搭扣啪嗒一下掉落在了沙地上。

“今天的确很闷，什么地方还在打雷吧，”该亚法应声道，眼睛一刻也没离开总督那张发红的脸，预见到了未来将要出现的苦难，“喔，今年的尼散月真是可怕！”

“不，”彼拉多说，“不是因为天气闷热，而是因为跟你在一起，该亚法。”说着，彼拉多眯起眼睛笑了笑，又说了一句，“多多保重，大祭司。”

大祭司的黑眼睛一亮，其惊讶的表情与总督刚才的表现如出一辙。

“什么意思，总督？”该亚法傲慢而平静地说，“在你自己批准了判决之后又来恐吓我？怎么会这样？我们过去常常看到的是，罗马总督在说话前总是斟字酌句的。不会有人听到我们的谈话吧，大人？”

彼拉多用死巴巴的眼神看了大祭司一眼，咧了咧嘴，挤出了一个微笑。

“瞧你说的，大祭司！谁会就现在，在这里听我们的谈话呢？难道我像那个年轻的、今天就要被处决的流浪疯子那么傻吗？我还是个毛头小伙？我知道什么地方说什么话。花园有警戒，宫里也有警戒，老鼠都休想钻空子！老鼠尚且如此，更不用说那个叫什么来着……从加略来的人了。对了，你认识那个人吗，大祭司？是的，要是那个人来了这儿，他定会后悔至极，不用说，这点上你是信我的吧？所以，你小心，大祭司，你从今往后就不会有安宁的日子了！不论是你，还是你的教民，"彼拉多往右边的远处指了指，那里是高耸的圣殿，"这是我，本丢·彼拉多，金矛骑士对你说的！"

"我知道，知道！"留着黑胡须的该亚法毫无惧色地说道，两眼熠熠发光。他举起一只手往天上一指，继续说："犹太百姓知道，你恨他们，恨之入骨，你给他们带来了许多的磨难，但最终你还是消灭不了他们！有上帝在保佑着他们！他听见我们说话了，万能的恺撒听见了，他会护佑我们逃脱刽子手彼拉多的魔爪！"

"不！"彼拉多吼了起来，他说一句话就感到轻松一点：他再也不用伪装，再也不用字斟句酌的了。"你已经在恺撒面前说了我太多的坏话，现在轮到我说你了，该亚法！现在我就要差人将消息送出去，不是送达驻安吉奥希亚的地方长官，也不是送达罗马，而是直接送达卡普里岛上的陛下，禀报你是如何替耶路撒冷公然造反的罪犯开脱死罪的。到那时，我让耶路撒冷喝下去的，已经不是有益于你们的所罗门池里的水了！不，已经不是水！你该没有忘记，我是怎样不得已地把刻着帝王封号的盾牌从墙上取下，调兵遣将，就像你现在看到的，不得不亲临此地，来看看你们搞了些什么名堂！你记住我的话：你在这里看到的将不仅仅是耶路撒冷的步兵队！富尔米纳特统帅的整个兵团将兵临城下，阿拉米骑兵部队也会到来，到时候你会听到呼天抢地的哭喊！到时候你会记起被你救起的瓦—拉旺，也会后悔把和平布道的哲学家送上了断头台！”

大祭司的脸红一阵白一阵，两眼直冒金星。像总督一样，他也咧着嘴笑了笑，回答说：

“总督，你相信你自己现在说的话吗？不，你不相信！那个蛊惑民众的人，带给耶路撒冷的不是和平，绝不是和平，就连你这个金矛骑士对此也是十分清楚的。你想解救他，让他来蛊惑百姓，诋毁我们的信仰，把百姓驱赶到罗马的利剑之下！但是我，犹太教的大祭司，如果任由亵渎我们信仰的行为，不能保护自己的百姓，那我活着还有什么意义！你听见了我说的话吗，彼拉多？”该亚法边说边威吓地举起一只手：“你听好了，总督！”

该亚法停了下来，总督此时又听到一阵喧嚣声如海啸般涌向了大希律宫花园的墙边。这阵喧嚣由总督的脚下一直涌向他的脸颊。从他身后，也就是配殿的后面，传来了一阵阵让人心惊的号角声，数以百计的兵丁所发出的沉重的脚步声，还有铁器的撞击声，——总督明白，罗马步兵队开始出发，去执行他的命令进行临刑列队，以威慑那些叛乱者和盗贼。

“你听见了吗，总督？”大祭司低声地重复道，“难道你会告诉我，这一切，”说着大祭司举起了双手，深色风帽从他的头上落了下来，“都是那个微不足道的盗贼瓦—拉旺挑起的吗？”

总督用手背抹了抹汗津津冷冰冰的额头，先往地上看了一眼，又眯眼看了看天，此时日头已升至头顶，而该亚法的影子已经移到了狮子的尾部，于是，他平静而淡漠地说：

“半天已经过去了。我们只顾说话，好多事还得干呢。”

他优雅地向大祭司表示了歉意，请他在玉兰树荫下的长椅上小候片刻，他需要去叫其他人进行最后的商议，然后下达行刑的指令。

该亚法把手放在胸前礼貌地鞠了鞠身，留在了花园，而彼拉多转身去了凉台。他吩咐在那里等候的书记官把军团副帅、各支部队的指挥官、犹太教公会的两名执事和圣殿禁卫军头领请进来，刚才他们都在底层花园露台上那个带喷泉的小圆亭里候着。说完彼拉多又加上一句，说他现在要独自离开花园，回宫中去一趟。

就在书记官召集人们商议的时候，总督在一间被深色窗帘挡住了阳光的屋里会见了一个人。尽管屋里的光线对他并没有任何妨碍，但此人还是将半张脸埋在了风衣帽里。这个会面很快就结束了。总督低声地对那人说了几句话，那人便立刻离开了，而彼拉多随即也穿过柱廊，回到了花园。

在这里，总督希望见到的人都来齐了，他郑重而毫无感情色彩地说，他已经核准了对拿撒勒人耶舒阿的死刑判决，并特意征求犹太教公会执事们的意见，看哪个罪犯能获准释放。结果是巴拉巴。总督说：

“很好，”他吩咐书记官将结果记录在案，说着接过了书记官从沙地上拾起的搭扣，把它紧紧攥在了手里，然后郑重其事地说：“是时候了！”

于是，所有出席会议的人都沿着宽阔的大理石阶梯，在两旁香气扑鼻的玫瑰花墙，朝着下面、朝着宫墙、朝着通向宽敞平整的广场的大门走去。在广场的尽头，是一些圆柱和耶路撒冷城的竞技雕像。

就在这队人马从花园来到广场，登上了高高在上的广场石坛时，彼拉多眯起眼睛环顾了一下四周。刚才他走过的那片空地，也就是从宫墙到石坛的这段路上，现在已经空无一人，但在彼拉多前方的广场上，已经看不见其他东西——只见人头攒动。若不是塞巴斯蒂的士兵在彼拉多左边排了三列，伊杜列的士兵在右边辅助的话，人群早就冲上石坛，把它占满了。

此时，彼拉多登上了石坛，拳头还下意识地攥着那个没用的搭扣，眼睛眯缝着。总督眯眼睛不是因为太阳光刺眼，不是的！不知为什么，他不想看到那些犯人，他很清楚，他们接着很快也要被带到这高台上来了。

当鲜红衬里的白色披风出现在人海上方的石坛高处，一阵“啊——啊——啊”的叫喊声如浪一般涌入目中无人的彼拉多耳中。这叫喊声开始时并不大，像是从赛马场那边传来，随后越来越大，还持续了几秒钟，然后又低沉下去。“他们是看见了我。”总督这样想。这声浪还没有消失，突然间另一浪又升起来，似乎还高过了前一浪，而在这后一浪里，男人的口哨声和透过雷声也清晰可闻的女人呻吟如海里的浪花一般翻腾着。“这是囚犯被押上来了……”彼拉多想，“这呻吟声大概是人们向前推拥时，几个被踩着的女人发出的。”

他等了一会儿。他知道，在人们没有把郁积在心中的一切倾泄出来时，他们是不会安静下来的，任何外在的力量都将无济于事。

总督向上高高扬起了右手，人群中最后的一阵嘈嘈声才得以平息。

此时彼拉多深深地吸了一口滚烫的空气，扯着嗓子喊开了，千万个人头之上回响着他那破锣一样的声音：

“以恺撒皇帝的名义！……”

一阵阵铿锵有力的喊声响起，原来是全体士兵都向上挥举着长矛和旗帜，发出了可怕的吼声：

“恺撒万岁！！”

彼拉多昂起头，向着太阳。他眼里迸发出了一股像是能点燃他大脑的绿焰，那嘶哑的阿拉米语再次在人们头顶上响起：

“在耶路撒冷擒获的四名罪犯，因杀人罪、谋反叛乱罪、诋毁法律和信仰罪，被处以极刑——钉十字架！现押解至骷髅地立即执行！这四名罪犯是：狄士马什、格士塔萨、巴拉巴和拿撒勒人。在此示众的正是他们！”

彼拉多瞧也没瞧地用手指了指右边，他知道他们都在自己该站的地方站着呢。

人群里立即响起一阵喧哗，像是惊讶，也像是释然。待人们安静下来，彼拉多接着说道：

“不过，他们中只有三人今天受刑，因为按法律和惯例，为欢度逾越节，仁慈宽厚的恺撒皇帝将根据犹太教公会的选择和罗马政权的核准，将贱命返还给其中的一位！”

彼拉多一边喊着，一边听见刚才喧闹的人群立刻静了下来。现在，无论是叹息还是低语都听不见了，他甚至在刹那间觉得周围的一切都消失了。他所憎恨的城市死了，只有他一人站在这里，仰视苍穹，经受着阳光的烤灼。彼拉多没有立刻打破这份安静，停了停才开始说：

“即将被当众释放的是……”

他又停顿下来，没有说出这个犯人的名字，他在考虑是否已经把该说的话都说了，因为他明白，在他讲出这个幸运儿的名字之后，这死一般的城市又会复活，而且人们不会再听他讲任何一句话了。

“说完了吗？”彼拉多暗自思忖着，“讲完了。该说出那名字了！”

于是，他拖着长长的“拉”音，对着这个寂静的城市大喊了一声：

“巴拉——巴！”

顷刻之间，他觉得太阳在他头顶上轰地裂开，火焰开始纷纷进入他的耳朵。怒吼、尖叫、呻吟、大笑和口哨在这火焰中此起彼伏。

彼拉多转身向高坛后面的台阶走去，他目不旁视地盯着脚下的彩色石阶，生怕被它绊倒。他知道，人们正将分币和枣子冰雹般地投向他身后的高坛，他们正你推我搡地向前涌来，踩在别人肩上，好亲眼看看奇迹的发生——一个被死神攥在手里的人，是怎么挣脱死神之手的！他知道，士兵正给那人松绑，不小心碰着了那人被拷打得脱臼的胳膊，尽管他会疼得蹙眉咧嘴，可仍会露出白痴一般的傻笑。

他还知道，行刑队此时正押解着被捆住双手的另外三个犯人，走向旁边的台阶，从那里进入一条向西的大道，这条路通向城外的骷髅地。直到走下高坛，来到它的背面，彼拉多才睁开眼睛，他知道自己现在安全了。他已经看不见那些犯人了。

人群的喧闹声渐渐弱下来，只听见几个通告官尖声尖气地用阿拉米语或希腊语大声重复着总督刚刚在高坛上宣读的内容。此外，传到彼拉多耳朵里的，还有越来越近的细碎的嘚嘚马蹄声，以及短促而欢快的军号声。与之相呼应的是男孩子们那尖厉的呼哨声，他们爬上从集市通向赛马广场那条大道两旁的房顶。“小心！”的叫喊也夹杂在这呼哨声中。

一个手握旗帜的兵丁，孤零零地站在清场后那空旷的广场上。他小心翼翼地挥了挥旗帜，总督、副司令官、书记官和卫队都停了下来。

一队骑兵风驰电掣般冲进了广场。他们想绕开人群，从广场边爬满葡萄藤的石墙下面那条小胡同，抄近路去骷髅地。

飞马而来的骑兵指挥官身材矮小得像个孩子，皮肤黝黑像个混血儿，这是一个叙利亚人。他策马来到总督跟前，尖声地喊了几句什么，并将剑从剑鞘里拔了出来。他那匹汗津津的乌鬃烈马向旁一闪，两蹄离地地立了起来。把剑放回剑鞘后，指挥官朝马脖子抽了一鞭，让马重新站好，然后撒开四蹄向墙边的小胡同里跑去。他身后的骑兵们三人一列地在飞扬的尘土中疾驰而去，经过总督跟前时，他们手中的轻兵器竹矛矛尖上下起伏着，在白色缠头的映衬下，他们的脸更显黝黑，笑起来时露出了一口亮晶晶的白牙。

在扬起一阵遮天蔽日的尘土之后，骑兵队进了胡同。最后一个从总督眼前策马而过的是个号兵，他背上的冲锋号在阳光的照射下闪闪发亮。

彼拉多用手遮挡着尘土，不满地蹙着眉头。他快步走向御花园的大门，副司令官、书记官和卫队紧随其后。

这时是上午十点左右。

第三章

第七个论证

“是的，是上午十点钟光景，尊敬的伊凡·尼古拉耶维奇。”教授说。

诗人用手抹了抹脸，仿佛如梦初醒，他发现此时的牧首塘上已是暮色朦胧。

湖水的颜色深了，一条轻盈的小舟在湖面荡漾，船桨激起的阵阵水声和一个女子的嬉笑声在湖上响起。林荫道边的长椅上已坐了一些游人，但他们坐的是环湖其他三面的椅子，这一面还是只有我们的交谈者。

莫斯科城的上空似乎褪了颜色，一轮圆月已高高升起，不过它还没有变成金黄，只呈现出了淡淡的白色。呼吸变得顺畅起来，人们在椴树底下的交谈声也变得温和了，如夜里的窃窃私语。

“在我稀里糊涂的时候，他是怎么编出这个完整的故事呢？”“流浪汉”暗地里吃了一惊，“瞧啊，天都快黑了！也可能这不是他讲的，而是我刚才打了个盹儿，做了个梦吧？”

不过，这个故事一定是教授讲的，否则只能说柏辽兹也做了一个同样的梦，因为他此刻正仔细打量着那个外国人的脸，对他说：

“您的故事实在是太有趣了，教授，虽然它与福音故事完全不同。”

“对不起，”教授宽容地笑笑，说，“别人怎么说暂且不论，可你们要知道《福音书》上的故事是子虚乌有的，如果我们把福音里的故事当成了史实，那……”他又笑了笑，此时柏辽兹竟哑口无言，因为刚才沿铠甲街朝牧首塘走来的路上，他就是这么对“流浪汉”说的，一字不差。

“是这个理，”柏辽兹说，“可谁也无法证明，您刚才所说的一切就是真的呀。”

“哦，不对！有人能证明这一点！”教授的话又开始带上外国腔调，不过说得十分肯定，还意外而神秘地招呼两个朋友向他靠近一点。

二位从两侧向他靠拢，他接着讲了起来，这时他已经没有一点外国口音，鬼知道他的口音怎么会时有时无：

“是这么回事……”教授怯生生地朝四周看看，压低嗓门说，“我本人当时就在场。本丢·彼拉多在凉台上时，他和该亚法在花园里交谈时，以及他在高坛上时，我都在场，只是隐身了，所以请你们不要对别人透露一个字，要绝对保密！……绝对！”

谁也没吱声，柏辽兹的脸已经变得煞白。

“您……在莫斯科待了多久啊？”他的声音有些颤抖。

“我是刚刚才到的呀，”教授有点惊慌。此时，两个朋友才想起来看看他的眼睛。他们发现，他的左眼是绿色的，显得十分疯狂和缺乏理性，他的右眼是黑色的，显得极为空洞而毫无生气。

“事情再清楚不过了！”柏辽兹有点心烦意乱地想，“来了个德国疯子，或者他刚刚在牧首塘边犯了疯病。就这么回事儿！”

的确，刚才的一切有了答案：和已故哲学家康德共进那场奇特的早餐，关于葵花籽油和安奴什卡的一席疯话，关于脑袋被搬家的预言，等等，——这是个疯教授嘛。

柏辽兹此刻在嘀咕着怎么办。他往椅子背上靠了靠，在教授的身后朝“流浪汉”使了使眼色，要他别和教授对着干，但已经惊惶失措的诗人显然没明白这种暗示。

“好，好，好，”柏辽兹兴奋地说，“这都是有可能的！……

可以说是很有可能啊，本丢·彼拉多啊，凉台啊，诸如此类的事吧……那您是一个人来的呢，还是和夫人一起来的？”

“一个人，一个人，我总是独来独往。”教授的回答显得很不开心。

“那您的行李呢，教授？”柏辽兹有些讨好地问道，“在大都会饭店吗？您在哪里下榻呀？”

“我嘛，无处可去，”德国疯子回答说，他那只绿眼睛正迷茫而古怪地在湖面上扫视。

“怎么会？那……您会住在哪儿呢？”

“您的公寓。”疯子突然间变得放肆起来，还朝他挤挤眼。

“我……很高兴，”柏辽兹嘟囔道，“不过，说实话，您在我家会觉得不方便的……大都会饭店的房间才棒呢，那可是一流的饭店哪……”

“那魔鬼也不存在啰？”疯子突然显得很愉快地问伊凡·尼古拉耶维奇。

“魔鬼也……”

“别跟他唱反调！”柏辽兹挤眉弄眼地在教授身后用嘴唇向诗人示意。

“哪有什么魔鬼！”已经被这一通瞎话搞得晕头转向的伊凡·尼古拉耶维奇喊了起来，说出了他不该说的话，“简直是遭罪！您别装疯卖傻的了！”

疯子听后哈哈大笑，震得停在头顶椴树上的麻雀都惊飞了。

“哦，简直太有趣了，”教授笑得浑身发颤，“您是怎么回事，无论问您什么，都说没有！”他突然不再大笑，而是像一般的精神病患者一样，大笑后又进入了另一个情绪极端——暴怒，还厉声吼道:“这么说，就是没有?”

“息怒，教授，息怒，息怒，”柏辽兹低声嘟哝着，生怕这病人的情绪又激动起来，“您和‘流浪汉’同志在这里稍坐片刻，我呢，到那边去打个电话，然后我们就把您送到您想去的地方。您可是不熟悉这个城市呢……”

柏辽兹的想法倒是不错：应该赶紧到最近的公用电话亭给外事办公室打个电话，告诉他们牧首塘边有个外国咨询员显然是精神不正常了。请他们尽快采取措施，否则后果不堪设想。

“去打电话？那就去打吧，”病人神情悲伤地说，接着又急切地请求说，“不过临别之际我求您啦，请您相信这个世界上有魔鬼吧！我对您已经别无所求。您知道吗，第七条论据就可以证明这一点，而且不会有错！它马上就会向您证明这一点。”

“好的，好的，”柏辽兹装作很亲密的样子对教授说，一边又向神情不安的诗人使了个眼色。此时，诗人正因为要被留下来稳住这精神错乱的德国人而不满呢。在铠甲街和叶尔莫拉耶夫胡同的交会处有个出口，柏辽兹朝那边走了过去。

而教授在这时似乎又正常了，并且显得容光焕发。

“米哈伊尔 · 亚历山大洛维奇！”他冲着柏辽兹的背影喊了一声。

柏辽兹哆嗦了一下，转过了身，不过他很快又想到，教授也许只是从某个报纸上知道他的名字和父称的。而教授此时双手合成喇叭状，对着他喊开了：

“要不要我替您找个人，给您基辅的叔叔拍个电报？”

柏辽兹再一次打了个冷战。这疯子怎么会知道我在基辅有个姑父呢？报纸上可没有报道过啊。嗳，难道“流浪汉”都说对了？那么，他的证件就是假的啦？看来，这个人很可疑……得打电话，得打电话！立刻就打！赶快搞清楚他的底细！

眼下，柏辽兹已不打算听他说下去，拔腿便往前跑。

就在通向铠甲街的那个出口，有个人从面对主编的长椅上猛地站了起来，这就是刚才阳光下水汽所凝成的那个人。不过他现在已不是那个空气人了，而是一个有血有肉的人。在渐浓的暮色中，柏辽兹清楚地看见了他那活像两撮鸡毛的小胡子，他的眼睛很小，带着嘲讽和迷蒙，下面的格子裤被系得高高的，露出了脏兮兮的白袜。

米哈伊尔·亚历山大洛维奇倒抽一口凉气，随即又找理由安慰自己，觉得这不过是巧合，况且他现在已经没有时间多想了。

“在找出口的旋转门，公民？”穿格子裤的家伙用尖细的嗓门大声说道，“您这边请！直走就能出去了。给您指了路，给点酒钱吧……让我这个……以前的教堂合唱指挥补补身子！”他一边拿腔捏调地说着，一边从头上摘下硬檐帽伸过去。

柏辽兹没有搭理这个行乞的合唱指挥的胡言乱语，而是径自朝旋转门跑去，伸手推门。就在他举步迈向电车铁轨的时候，红白两道光线在他眼前呼地一闪，他看清一个玻璃匣子上印着的一行字：“小心电车！”

正在此时，一辆电车沿新铺的轨道由叶尔莫拉耶夫胡同向着铠甲街飞驰而来。它拐过弯来以后改直线行驶，车内突然间灯火通明，电车在一阵吼叫声中加速向前奔去。

虽说是站在安全的地方，但一向小心翼翼的柏辽兹还是决定退到门里去。他正准备把手搭在门轴上往后退，不想手一滑没抓住。于是，一只脚像踩在冰上站不稳似的滑向朝车轨斜过去的卵石路上，另一只脚也跟着滑了过去。柏辽兹就这样被送到了车轨上。

尽管柏辽兹拼命想抓住点什么，但还是仰面朝天地摔了下去，后脑勺磕在卵石路上，不过并不十分严重。所以他还来得及看清了那轮高挂天上的黄月亮，但左右已经分不清了。他甚至来得及侧过身，并在一瞬间把双腿收向腹部。就在转身的一刻，他看清了女司机那张被吓得煞白的脸和头上那条火红的头巾，它们正以不可阻挡之势朝他扑来。柏辽兹没叫出声，但他周围一整条街上都响着女人们绝望的喊声。女司机紧急拉下电动刹车闸，车头立刻朝前一冲，车身顷刻间颠了一下，接着是一阵打碎玻璃的声音。这时，有个声音在柏辽兹的脑海里绝望地响起“果真如此？……”月亮又一次，也是最后一次闪动了一下，不过它已成了碎片，接着，世界陷入了黑暗。

电车吞没了柏辽兹。在牧首塘林荫道边的栅栏下，一个圆圆的黑乎乎的东西被抛到鹅卵石的斜坡上。接着，这东西又从斜坡上一跳一跳地沿铠甲街的卵石路向下滚去。

这东西就是柏辽兹被切下来的脑袋。

第四章

追缉

女人们歇斯底里的叫声停息下来，警笛也不再嘶鸣。两辆救护车离开了：一辆把没有头颅的躯干和被轧掉的脑袋运往停尸场；另一辆运走了被碎玻璃划得到处是伤的漂亮女司机。系着白围裙的清洁工扫净了地上的碎玻璃，用沙土盖住了血迹。伊凡·尼古拉耶维奇呢，还没跑到旋转门就跌倒在一张长椅上，再也动弹不得。

他几次想起身，可双腿就是不听使唤，这“流浪汉”像是瘫了一样。

听见第一声惨叫，诗人就朝旋转门跑去，此时他看见那人头正在大街上翻滚。他惊呆了，跌倒在长椅上之后，他使劲咬着自己的手指，甚至咬出了血。对那个德国疯子，他显然已经把他忘到了九霄云外。诗人只是不明白，这真是令人匪夷所思，刚才他还和柏辽兹说话呢，转眼间，他的脑袋却……

人们情绪激动，在诗人身边的林荫道上跑来跑去，嘴里还喊着什么，可伊凡·尼古拉耶维奇一个字也没听进去。

有两个女人偶然打他身边经过，其中一个没戴头巾的尖鼻子女人就像是在诗人的耳旁对自己的同伴大声说：

“就是安奴什卡，我们的那个安奴什卡！花园街那位！就是她干的！她在日杂店买了葵花籽油，有一公升呢，瓶子被她撞在转轴上摔碎了！一条裙子都沾上了油……她还骂骂咧咧的呢！可是这一位呢，真倒霉呀，一滑就上了车轨……”

从那女人喊出的话中，只有一个词进了伊凡·尼古拉耶维奇那混乱的大脑：“安奴什卡”。

“安奴什卡……安奴什卡？”诗人喃喃低语，随即惊恐地环顾四周，“等等，等等……”

由“安奴什卡”，诗人想到的是“葵花籽油”，后来不知为什么又想到了“本丢·彼拉多”。他把彼拉多暂时放到一边，由“安奴什卡”这个词开始清理思路。线索很快就清楚了，事情的源头就是那个疯教授。

那个该死的！他刚才不是说过，因为安奴什卡洒了葵花籽油就开不成会了吗。瞧，托他的福，这会还真的开不成了！还有呢，他不是还说过，是一个女人搬了柏辽兹的脑袋吗？！对，对呀！开车的可不就是个女的吗！怎么会是这样？怎么会？

毋庸置疑，神秘的顾问准确地预见了柏辽兹之死的全部惨状。诗人的脑子里顿时产生了两个想法。其一，是“他压根儿就不疯！我们刚才真是太蠢了！”其二，是“这一切也许就是他安排的吧？！”

不过，他又是通过什么方式来安排的呢？

“不行！我们一定要搞个水落石出！”

伊凡·尼古拉耶维奇使出全身的力气从长椅上爬起来，立刻向刚才和教授说话的地方奔去。幸好，那人还没走。

铠甲街的路灯已经亮了，牧首塘上空的月亮也变得黄灿灿的。在模糊不清的月光下，伊凡·尼古拉耶维奇觉得那人还在原地站着，可腋下夹的不是拐杖，而像是一把长剑。

那个骗子指挥，则坐在刚才伊凡·尼古拉耶维奇坐过的位子上。现在，这个指挥的鼻子上架着一副显得多余的夹鼻眼镜，因为眼镜早就缺了一块镜片，而另一块镜片的玻璃已经裂了。所以，和刚才那个将柏辽兹指引向铁轨的人相比，这个穿格子裤的人显得更加令人讨厌。

伊凡神情冷峻地朝教授走去，他打量着那张脸，十分肯定在这张脸上现在没有，也不曾有过任何疯病的迹象。

“老实说，您是谁？”伊凡低声问道。

外国人皱了皱眉，打量着眼前的诗人，仿佛他从没见过他似的，最后还不太友好地回答说：

“不明白……俄语说……”

“他不懂俄语！”指挥从长椅上站起身，尽管并没有人请他帮忙解释外国人说的话。

“别装了！”伊凡厉声说道，心里感觉到了一阵凉飕飕的。“您刚才的俄语讲得很好嘛。您不是德国人，也不是教授！您是个杀手，间谍！把证件拿出来！”伊凡怒吼道。

神秘的教授厌恶地撇了撇他那张歪嘴，耸了耸肩。

“公民！”那个让人讨厌的唱诗班指挥又插嘴道，“您为什么要惹这位旅游者不高兴呢？您会为此而受到最严厉的处罚的！”那位可疑的教授此时也一脸不屑，干脆扭头离开了伊凡。

伊凡有些失落，叹了叹，对唱诗班指挥说：

“哎，公民，帮忙抓住那罪犯啊！您也是有义务的嘛！”

唱诗班指挥兴奋起来，一下子蹿起来大声地喊道：

“罪犯？在哪儿？是那个外国游客？”指挥兴奋得小眼儿放光。“那位？如果他是罪犯，那我们该做的第一件事就是大喊：‘来人哪！’要不然他就跑了。来，我们一起喊！喊吧！”指挥说着张大了嘴。

慌了神的伊凡相信了唱诗班指挥的把戏，大喊一声“来人哪！”可那唱诗班指挥却只张开了口，没喊出声。

伊凡一声孤零零的嘶哑喊叫并没招来什么好结果。两个过路的姑娘听到这喊叫后立刻闪到一旁，伊凡还听她们说了一句：

“酒鬼！”

“啊，原来你和他是一伙的？”情绪极度愤怒的伊凡嚷嚷道，“你这是干吗？要我？去你的！”

伊凡冲向右边，那个指挥也跟着向右！伊凡向左，那混蛋竟然也向左。

“你成心捣乱是吧？”气急败坏的伊凡大声喊道，“我这就把你交给民警！”

伊凡想要抓住那个混蛋的衣袖，但他落了空，什么也没抓着。唱诗班指挥像溜进了地缝，不见了。

伊凡抬眼发现那个可恶的陌生客正在远处呢，他“啊”地叫了一声。陌生客已经在牧首胡同口，而且还不止一人。那个可疑的唱诗班指挥竟然赶上了他。还不止如此，这对搭档中间还出现了第三者——是一只不知从哪儿冒出来的猫，这猫大得如同阉过的公猪，黑得像烟灰或乌鸦，还留着一撮神气活现的小胡子。他们三个走进了牧首胡同，而且那猫是立着两个后爪走的。

伊凡立刻追过去紧跟着那几个坏蛋，不过他很快明白，要追上他们几乎是不可能的。

那三位一眨眼就穿过胡同，来到了斯皮里多诺夫卡街上。无论伊凡怎么加快步伐，他与他们的距离始终未见缩短。不知不觉中，诗人已经穿过寂静的斯皮里多诺夫卡街，来到了尼基塔门跟前，而情况对他来说更加糟糕。这里人山人海，伊凡一不小心碰到别人，就会招来一顿臭骂。这时那几个恶棍还采用了盗贼常用的伎俩——分散逃跑。

唱诗班指挥以超乎寻常的敏捷登上了驰往阿尔巴特广场的公共汽车，溜了。失去了一个追踪目标，伊凡现在可以专心追那只黑猫了。只见那只奇怪的猫走进一辆停靠站台的公共汽车头节车厢的踏板，粗暴地把一名妇女挤到一边，那妇女被它挤得尖叫起来。黑猫抓住扶手，甚至想通过打开的车厢通风窗把硬币递到售票员手里。

猫的举动简直把伊凡惊呆了，在街角一个食品杂货店的门口，他吃惊得已经迈不开脚步。更令他吃惊的，是那售票员的反应。她一见钻上汽车的猫，气得浑身发抖，立即恶狠狠地叫喊起来：

“猫不能上车！猫是不能带上车的！下去！快下去，要不我叫民警啦！”

无论是售票员还是乘客，人们吃惊的并不是猫上汽车，这种事并非闻所未闻。人们吃惊的是，这猫居然还打算买票！

这只猫不仅有钱支付，甚至还是一个守纪律的畜牲。售票员叫嚷开之后，它停止了动作，甚至从踏板上跳下去坐到了站台上，用硬币捋着胡子。但是，当售票员拉动信号绳，电车开始启动的时候，那猫的举动又与任何一个被赶下车去而又急着赶路的乘客无异了。三节车厢从眼前开过去了，黑猫嗖地蹿上最后一节车厢的横杠，爪子拽住伸出车身的橡皮管，扬长而去，还省下了十戈比的硬币。

光顾去看这只无赖猫，伊凡差点丢掉了三人中最重要的那个目标——教授。所幸，那人还没溜掉。在熙熙攘攘的人群中，伊凡发现了那顶灰色无檐帽，它一会儿出现在尼基塔大街街口，一会儿出现在赫尔岑大街街口。眨眼的工夫，伊凡来到了赫尔岑大街街口。可他并没追上。诗人加快步伐，甚至开始推开行人一路小跑。即使这样，他与教授的距离也丝毫不见缩小。

不论自己有多么心焦，伊凡还是暗暗为自己的追赶速度惊异。不到二十秒的时间，伊凡·尼古拉耶维奇已经穿过尼基塔门，来到了灯火耀眼的阿尔巴特广场。几秒钟的工夫，伊凡·尼古拉耶维奇又追进了一个路面歪斜、黑灯瞎火的胡同。在这里伊凡还摔了一跤，磕破了膝盖。很快，伊凡又追到了一条灯火通明的大街——克鲁鲍特金街。接着，他进了一条小胡同，随后是奥斯托任卡街，之后又是一条胡同，既冷清又肮脏，灯火稀落。在这里，伊凡·尼古拉耶维奇最终失去了自己奋力追踪的目标。教授不见了。

伊凡有些慌乱了，不过他很快就定下神来，因为他忽然料定教授会躲进这里的13号楼，并且是里面的47号。

进了13号楼，伊凡冲上二层，很快便找到了47号，急促地摁起了门铃。不一会儿，一个五岁大小的女孩来开了门，她一句话没说，开完门转身走了。

这套住宅的前厅很大，不过里面空荡荡的，高高的天花板又黑又脏，一个低功率的灯泡发出了昏黄的亮光。墙上装饰着一辆缺了轮胎的自行车，墙边放着一个包了铁皮的大木箱。在衣架的横隔板上，摆着一顶冬季的棉帽，两只长长的护耳耷拉着。从一间屋里传来收音机的声响，一个男人正用愤怒的声音在朗诵着一首诗。

出现在这个陌生的住宅里，伊凡并没觉得有什么不自在。他径自进了走廊，断定“那家伙必定躲在浴室”。走廊里漆黑一片。他手扶着墙往前走着，只见一间屋的门缝透出了一线微光。他碰到了一个门把手，轻轻一推，门开了。门上的搭钩应声而脱，他走进的正是浴室。伊凡暗暗有些庆幸。

可是，伊凡并没有他想象中那么走运！门开了，热烘烘的湿气迎面扑来。借着热水器里跳跃的火光，伊凡看见了两只吊在墙上的大铁盆，以及放在地上的一个浴缸。浴缸表面的搪瓷已经开始剥落，露出了一块块难看的黑斑。浴缸里站着一个赤条条的女人，浑身上下都是肥皂沫，手里还拿着一把搓澡的擦子。女人眯起近视的眼睛，看见了推门而入的伊凡。由于光线太暗，她显然把伊凡当成了另外的什么人，还口吻轻浮地小声说：

“基留什卡，好宝贝！别闹啦！你疯了吗！……我男人马上就要回来了！你赶紧出去吧！”她一边说着，一边朝伊凡挥着手里的擦子。

她显然是认错人了。这本来是伊凡的不对，可他并不想道歉，反而大声骂了一句：“呸，骚货！……”很快，他又神奇地出现在了厨房。这里没人，炉台上放着十来个没点火的煤油炉。月光从好久没有擦过的脏脏的窗玻璃透进来，昏暗的光线投向了一个满是蜘蛛网的角落。这里摆着一尊早已被人遗忘的圣像，圣像的神龛里还有一对婚礼上用过的蜡烛的烛头。在这尊大圣像的下方，还别着一张尺寸不大的纸质圣像画。

谁也不清楚伊凡当时的行为动机，总之在他从后门离开的时候他偷了一支蜡烛和那张圣像画。揣着这两样东西，他离开了这套不知谁是主人的住宅。他一边走一边嘟哝着。想到刚才闯入浴室的情景，他不觉有些难为情。随后，他又不由自主地开始猜测那个基留什卡到底是什么人，那顶难看的护耳棉帽就是他的吗？

伊凡在空荡僻静的小胡同里四下察看，希望寻到逃跑者的踪迹，可哪有那人的影子呢。于是他断定：

“嗯，他一定在莫斯科河边，错不了！得去看看！”

眨眼的工夫，伊凡就来到了莫斯科河边花岗岩堤岸的台阶上。

伊凡走到一个留着大胡子的人身边，此人眉目和善，正吸着自制的烟卷，身边是一件破旧的托尔斯泰式白布短衫和一双鞋带散开了的旧皮鞋。伊凡脱去外衣，拜托大胡子看管着，抡起胳膊挥舞了几下，使身体尽快适应这寒冷的空气，然后像燕子似的一头扎进了莫斯科河。河水冰冷刺骨，伊凡被冻得有些喘不上气来，他甚至想到，自己恐怕再也不能浮出水面了。不过他终究还是浮出了水面。他大口地喘着气，惶恐不安地把眼睛睁得大大的，在这散发着汽油味的黑乎乎的河水中游了起来，岸边的路灯投影到河里，荡漾出弯弯曲曲的水波。

沿着堤岸的一级级台阶，浑身水淋淋的伊凡蹦跶到刚才托大胡子看管衣服的地方。他发现，不仅衣服没了，那大胡子也踪影全无。在原先放衣服的地方，现在只留下了一件条纹布的长衬裤、一件破旧的托尔斯泰式短衫、一支蜡烛、一张圣像和一盒火柴。伊凡既愤怒又无可奈何，他朝远处恐吓性地挥舞了几下拳头，最后穿上了小偷留下的衣服。

此时，有两件事情让伊凡深感不安：第一，他任何时候都随身携带的“莫文协”会员证让人偷走了；第二，现在的这副穿戴打扮很难顺利通过莫斯科城区，因为他下面只穿了一条衬裤……当然，这不关别人的事，但说不定也会有人找茬儿，说不定还会被民警拘留。

伊凡把衬裤裤脚处的扣子扯掉，想让这条裤子看起来像夏天的单裤，接着他又拾起地上的圣像、蜡烛和火柴，一边离开一边自言自语地说：

“我得去格里鲍耶多夫！肯定，他在那里。”

城市的夜晚降临了。一辆辆大卡车一路扬着尘土，拖着一条晃晃悠悠的铁链子，咣当咣当地向前疾驶而过，一些大汉仰面躺在车厢里的大麻袋上。街边的窗户都敞开着，灯光透过橘黄色的灯罩从窗户、房门、门洞、房顶和阁楼里倾泻而出，从地下室和院落里传出了歌剧《叶甫盖尼·奥涅金》中波罗乃兹舞曲那低沉的旋律。

伊凡担心的事情还是发生了。他的打扮引得来往行人纷纷注目，有的讥笑他，有的都已经走过了，还要回头多看几眼。最后，伊凡决定索性绕开大街，只钻胡同。他想，胡同里的行人不会这么死死地盯住他不放，他们大概也不会留意他脚上是否穿鞋，更不会对他身上那条像西裤的衬裤产生无穷的疑惑。

伊凡照着自己的想法做了，他钻进了阿尔巴特街四周密布的一个个神秘的胡同，他走路紧贴着墙根，眼睛的余光怯怯地瞟着两侧，时不时回头看一眼，一会儿进了胡同，一会儿要避开有红绿灯的路口，一会儿又要绕过外国使馆漂亮的大门。

在整个艰难的行走过程中，不管他到哪儿，收音机里传出的那个旋律都在他的周围响着，一个低沉的男低音在乐队伴奏下一直在诉说着对塔季扬娜的爱情。不知为什么，这歌声让伊凡感觉到了一种说不出的痛苦。

第　五　章

格里鲍耶多夫之乱

花园环路的路边，一排铁艺栏杆将人行道与一个花草已渐凋零的花园隔开了。花园尽头，有一栋古色古香的奶黄色两层小楼。楼前有一片不大的空地，地面上铺着柏油。冬天，这里堆着小山似的积雪，上面插着铁锹；夏天呢，它又变成了一个舒适的露天餐厅。

这栋楼被称为“格里鲍耶多夫之家”，据说这里是作家格里鲍耶多夫的姑妈亚历山德拉·谢尔盖耶夫娜·格里鲍耶多娃的宅第。但这里究竟是否是她的宅第，我们也无从考证。在我们的印象中，格里鲍耶多夫并没有一个拥有房产的姑妈……尽管如此，人们仍然这么称呼它。更有甚者，莫斯科一位吹牛大王还证据凿凿地说，就在这栋楼二层的圆柱大厅里，那位姑妈曾躺在沙发上听这位知名作家为她朗诵过《智慧的痛苦》片段。可话说回来了，谁知道呢，也许真有其事吧，反正这事已无关紧要了！

重要的是，现在这栋楼属于“莫文协”，也就是说，已故的米哈伊尔·亚历山大洛维奇·柏辽兹在去牧首塘之前就领导着在这里的这个团体。

莫斯科文协的会员们为图方便，谁也不把这里叫作“格里鲍耶多夫之家”，而只是简称它为“格里鲍耶多夫”。他们会说：“昨天我在格里鲍耶多夫排了两小时的队。”“结果怎样？”“给了去雅尔塔［雅尔塔，苏联著名疗养胜地，位于克里木半岛。］一个月。”“真有你的！”或者：“去找找柏辽兹，他今天下午四至五点在格里鲍耶多夫接待来访。”

莫斯科文协的人们把格里鲍耶多夫装饰得美妙绝伦。一踏进小楼，你就会（不管你是否愿意）看到各体育团体的海报和会员们的集体及个人照，这些照片统统被挂在通往二楼的楼梯两侧。

上到二楼，你会看到第一个房间的门上写着“钓鱼别墅组”几个大字，旁边还画了一条上钩的鲫鱼。

第二间房门上的话让人摸不着头脑：“创作一日游。请到玛·弗·波德洛日娜雅处办理。”

下一间房门上只是写了“别列雷基诺”［苏联政府为作家和艺术家修建的别墅群。］几个字，这就更让人不明就里。再往前走，桃木门上名目繁多的告示会让初来乍到的人产生一种目不暇接的感觉：“纸张预定请到波可列夫金娜处登记”“财务处。滑稽剧作者个人结账”……

在一道门前的队伍最长，一直排到了楼下传达室门口，这道门上贴着“住房问题”几个字，而且分分钟都有可能被推开。

在“住房问题”之后，一幅宏大的宣传画映入眼帘，上面画着陡岩绝壁，悬崖的边沿伫立着一位身披斗篷、肩背马枪的策马骑士。骑士下方，画的是一丛棕榈树和一个阳台，阳台上坐着一个年轻人，他目光深邃，仰望苍穹，手握一支自来水笔，头上装饰着一束蓬起的羽毛。落款处写着：“两周（短篇小说和故事）至一年（长篇小说，三部曲）的全包创作假。雅尔塔、苏乌克苏、波罗沃耶、齐希克里、马欣扎乌里、列宁格勒（冬宫）”。这道门前也照样排着队，只是不很长，约莫一百五十人的样子。

顺着这个起伏回转、装潢精致的格里鲍耶多夫之家往前，就到了“莫文协理事会”“第二、三、四、五财务室”“编委会”“莫文协主席室”“台球房”，各色类似的部门走过以后，最后才到达圆柱大厅，也就是姑母欣赏天才侄子朗诵戏剧片段的地方。

任何一个来访者，当然只要他不是很迟钝，一踏进格里鲍耶多夫的门，立刻就会产生这样一个念头——“莫文协”的这些幸运儿活得可真是不错啊。接着，一种恶狠狠的嫉妒心理开始折磨他，他一定会责怪老天不长眼，为什么在他出生时不赋予他文学天才，因为没有文学天才，自然就不会拿到“莫文协”的会员证——一种褐色的、散发着贵重皮革味、烫着宽阔金边、在莫斯科人人皆知的证件。

而谁会为这种嫉妒辩护呢？嫉妒是一种卑劣的品行，但是我们也不妨设身处地地为产生嫉妒的来访者想想。要知道他们在楼上看到的并不是这里的一切，还远远不是。要知道，姑母的楼下还设有一个大餐厅。那是个什么样的餐厅啊！把它誉为莫斯科的顶级餐厅应该是名副其实。这不仅因为它的面积大，占据着整整两个大厅，宽阔的天花板是穹顶形的，上面绘着一匹匹长着古亚述式鬃毛的淡紫色骏马；这里的每张桌子上都放着一盏蒙着薄纱的台灯；这里不是大街上的路人谁都能进来的地方，而最主要的是因为这里的菜肴远远超过莫斯科的任何一家餐厅，可价钱却又极其低廉，谁都付得起。

所以，如果你某一次恰巧在格里鲍耶多夫的铁栅栏旁听到下列的对话就不觉得奇怪了，对于本书的作者来说句句是实：

“你今天在哪里吃的晚饭，阿姆甫罗希？”

“那还用问吗，亲爱的佛卡，当然在这儿了。今天阿尔奇巴尔特·阿尔奇巴尔多维奇悄悄告诉我，说今晚有鲜鲈鱼，随吃随叫，口味没得说！”

“你真会生活啊，阿姆甫罗希！”对着红光满面、满头金发、身材魁伟的诗人阿姆甫罗希，佛卡感叹道。他身体瘦弱、衣着随便、脖颈后面还长着个疖子。

“我也没有什么特别的要求，”阿姆甫罗希不以为然地说，“只是过像人的生活这种正常愿望。佛卡，你可能会说，大马戏饭店也供应鲈鱼。可那里的鲈鱼要卖到十三卢布十五戈比一份，而我们这里呢，只要五卢布五十戈比！这还不算，大马戏饭店的鲈鱼是放了三天的鲈鱼。这还不够，去那种地方说不定还会遭遇某个从剧院胡同来的小年轻的巴掌呢。不，我是绝对不去大马戏饭店的！”美食家阿姆甫罗希让整个街心花园都能听得到他的嚷嚷声。“你可别劝我，佛卡！”

“我倒不是劝你，阿姆甫罗希，”佛卡细声细气地说，“在家里吃饭也可以嘛。”

“鄙人，”阿姆甫罗希扯着大嗓门说，“能想象出尊夫人在公用厨房里用小铁锅煎出的鲈鱼是什么滋味！哼……哼……哼……再见吧，佛卡！”阿姆甫罗希一边哼着小曲儿，一边朝帆布遮阳伞下走去。

嘿嘿……是啊，是有过这样的事！……老莫斯科人都记得鼎鼎有名的格里鲍耶多夫！清蒸鲈鱼算什么！亲爱的阿姆甫罗希，这是便宜货！吃过鲟鱼吗？吃过银锅鲟鱼、虾仁和鲜鱼子烩鲟鱼吗？吃过碗装蘑菇泥炖鸡蛋吗？鸫鸟肉片您喜欢吗？配地菇的呢？热那亚烤鹌鹑呢？才九个半卢布！还有爵士乐伴奏，还有礼貌周到的服务！到了七月，全家都去了别墅，而脱不开身的文学活动又把您留在了城里——那就坐到这凉台上来，阳光穿过枝叶茂密的葡萄架，金色的光影散落在洁净的台布上，您正喝着蔬菜汤，那是什么滋味？您记得吗，阿姆甫罗希？那还用问吗？从您的嘴唇就能看出来，您是记得的。您的鲑鱼和鲈鱼又算什么？您尝过沙锥、姬鹬、时鲜丘鹬、鹌鹑和蛎鹬吗？还有到嗓子眼儿里还嗞嗞响的纳尔赞矿泉水呢？！不过够了，这会让读者您分心的！还是接着往下看吧！……

柏辽兹在牧首塘出事的当晚十点半，格里鲍耶多夫楼上只有一个房间的灯亮着，这里聚集着十二个前来开会的文学家，他们正焦急地等待着米哈伊尔·亚历山大洛维奇的出现。

在“莫文协”理事会的办公室里，人们正忍受着闷热的折磨，他们有的坐椅子，有的坐桌子，有的甚至坐到了窗台上。窗户大开着，却没有一丝风儿吹进来。莫斯科城的柏油路面正将积聚了一天的热量散发出来，很显然，就是到夜里也不会凉快。姑母楼房的地下室里飘出了一股洋葱味，那里现在是餐厅的厨房，大家这时候都想喝点什么，个个变得急躁和不快起来。

小说家别斯库德尼科夫掏出了怀表，这是个内向文静、衣着讲究的人，他的眼神专注而又让人琢磨不透。指针滑向了十一点。他用一个手指敲敲表面，把它指给旁边的诗人德乌勃拉茨基看。诗人坐在桌上，两只穿着黄色胶底便鞋的脚因为无聊而来回晃悠着。

“这是怎么啦。”德乌勃拉茨基嘟囔道。

“这家伙大概是掉到克利亚济玛河里去了，”娜斯塔西娅·鲁基尼什娜·涅普列缅诺娃用低沉的嗓音接过话头。她是一个孤儿，出身于莫斯科的一个商人家庭。成了作家之后，她常常以“领航员乔治”的笔名发表海战题材的短篇小说。

“真是的！”通俗喜剧作家扎格利沃夫说得也不客气了，“我自己还想舒舒服服地在阳台上喝茶呢，省得在这里受这份罪。我们的会说好了是在十点钟开吧？”

“现在的克利亚济玛河畔多好啊，”“领航员乔治”知道克利亚济玛河畔的别列雷基诺作家别墅村是大家向往的地方，于是故意刺激在场的人，“这个时候，夜莺该在歌唱吧。在郊外我的工作状态永远都是那么良好，特别是春天。”

“我妻子得了甲状腺炎，为了送她去那片乐土，我这已经是第三年交钱了，结果呢，连个影儿还没有。”短篇小说作家耶罗尼姆·波普里欣苦涩而愤愤地说。

“这事得靠运气吧。”坐在窗台上的批评家阿巴勃科夫瓮声瓮气地说。

“领航员乔治”的小眼睛里闪烁出了快乐的火花，她尽量把自己的语气放得柔和些：

“同志们，大家就不要妒嫉别人啦。别墅只有二十二栋，现在还正修着七栋，可我们‘莫文协’有三千人哪！”

“是三千一百一十一个人！”不知谁从角落里站起来说。

“瞧见了吧，”“领航员”继续说道，“怎么办？当然，别墅应该让给我们当中最有才华的人……”

“那就给将军大人们！”剧作家格卢哈列夫单刀直入地说。

别斯库德尼科夫故意打了个哈欠，走出了房间。

“在别列雷基诺，一个人配五个房间。”格卢哈列夫紧接着又说。

“拉夫罗维奇一人配了六间，”杰尼斯金嚷嚷道，“餐厅还是用橡木装饰的呢！”

“哎，现在可不是讨论这件事的时候啊，”阿巴勃科夫瓮声说道，“现在的问题是，已经十一点半了。”

房间里一片嘈杂声，像是一场暴动酝酿成熟了。人们开始往别列雷基诺挂电话，结果电话接错了，打到了拉夫罗维奇住处。当被告知拉夫罗维奇已到河边散步的消息时，大家的情绪更是激动。人们又不假思索地把电话打到美文委员会所在的930分机，当然，那里不会有人应答了。

“他打个电话给我们也好啊！”杰尼斯金、格卢哈列夫和克万特纷纷嚷道。

唉，他们再叫也是白搭，因为米哈伊尔·亚历山大洛维奇已经不可能给任何地方打电话了。在远离格里鲍耶多夫的地方，在一个有好几只千瓦灯泡照着的大厅里，前不久还活生生的米哈伊尔·亚历山大洛维奇已躺在了三张包着锌皮的桌子上。

第一张桌子上，放着他被脱光的躯干，血污已干，一只胳膊已经被轧断，胸脯被轧开了；第二张桌子上，放着已被撞掉门牙的头颅，浑浊的双眼还睁着，但已经不害怕刺眼的光线了；第三张桌子上，放着他的衣服，已经变硬了。

在这具无头尸的旁边，站着法医学教授、病理解剖学家和他的助手，还有侦查机关的代表以及被电话招来的作家热尔德宾，他是米哈伊尔·亚历山大洛维奇·柏辽兹在“莫文协”的副手，当时正在生病的妻子身边。

作为侦查的第一步，人们用车把热尔德宾带到（此时已半夜时分）被害者的住宅，封存那里的所有文件，然后大家才一起来到停尸房。

现在，他们站在死者旁商议该怎样更好：是把掉下来的脑袋缝到脖子上去，还是把死者摆放在格里鲍耶多夫供人瞻仰时，干脆用一块黑布从脚蒙到下巴？

是啊，米哈伊尔·亚历山大洛维奇不可能给谁打电话了，杰尼斯金也好，格卢哈列夫也好，还有克万特和别斯库德尼科夫也好，他们生气和争执都是徒劳的。而就在这午夜时分，十二个文学工作者从楼上下到了餐厅。在这里，他们又骂骂咧咧地抱怨了米哈伊尔·亚历山大洛维奇几句，因为此时阳台上的桌子肯定都被占满了，他们只得下到华丽而闷热的大厅里就座。

午夜十二点，第一个大厅传来轰隆一声，接着是金属敲击的声音，像是什么东西撒了一地，并在不停地跳动。同时，一个尖细的男声在音乐的伴奏下绝望地喊道："哈里路亚！！"著名的格里鲍耶多夫爵士乐队现在登场了。一张张汗津津的脸立刻生动起来，就连天花板上画的马儿也活了，台灯的灯光似乎也更亮了。猛然间，两个大厅像是挣脱了锁链的束缚都跳起舞来。接着，阳台上的人也开始翩翩起舞。

格卢哈列夫和女诗人塔玛拉·波卢麦夏茨舞起来了，克万特也跳起来了，小说家朱科洛夫和一位身穿黄色连衣裙的电影演员也跳起舞来。德拉贡斯基、契尔达克奇、小个子的杰尼斯金和大个子的"领航员乔治"也加入到了跳舞者的行列。美女建筑师谢梅金娜—高尔被一个穿白色粗帆布裤的不知名男子紧紧搂着。跳舞的人中有"莫文协"的人，也有被邀请的客人，有莫斯科人，也有外地来的。作家约加尼来自喀琅施塔得，一个叫维佳·库伏吉克的来自罗斯托夫，他好像是个导演，整个脖子上长满了深红色的皮癣。"莫文协"诗歌分部的几位显赫人物也出现在了舞者当中，他们是：帕维阿诺夫、博戈胡里斯基、斯拉德金、施皮奇金和阿杰尔芬娜·布兹佳克。跳舞的人中还有一些职业不明的年轻人，他们梳着朋克式发型，衣服的垫肩高高的。一个上了岁数的老头也在跳舞，长长的胡须里还夹着一小块绿绿的葱叶，他的舞伴是一位瘦弱的、面无血色的姑娘，身上的黄色连衣裙也有些皱巴巴的。

服务员们个个大汗淋漓，他们将装得满满的啤酒杯高高地举过头顶，嘴里不时发出气咻咻的喊声：“劳驾，公民！”不知什么地方还有一个喇叭在指挥着：“卡尔斯基，一杯！祖布利克，两杯！男士们，来大杯的！！”那个尖细的声音已经不再唱了，而改作大喊：“哈里路亚！”洗碗女工把碗碟放到倾斜的传输带上送进厨房，爵士乐队的金钹声时而还盖过了碗碟相撞发出的巨大噪声。一句话，这里简直就是一座地狱。

午夜时分，幽灵在这座活地狱里出现。此时，一个黑眼睛的美男子出现在阳台上，他身穿燕尾服，留着连鬓短须，像一个帝王在巡视自己的领地。据神秘主义者说，该美男子当年并没穿燕尾服，而是在腰间系了一条宽皮带，皮带里插着两把枪，黑黑的头发上扎着一条鲜红的绸巾，一艘双桅帆船在他的指挥下航行于加拉伊布海上，船上还挂着一面黑色的、象征不祥的骷髅旗。

不，没有的事，没有的事！这都是神秘主义者的蛊惑之词，世上根本没有加拉伊布海，也没有什么海盗，没有什么巡航战船的追击，更没有波涛之上的硝烟。什么也没有，什么也不曾发生过！有的只是这凋零的椴树，有的只是那铁栅栏，还有那栅栏后的园子……还有高脚杯里浮着的冰块，还有邻桌那双布满血丝的牛眼睛，可怕，可怕呀……哦，诸神，我的诸神，给我鸩酒，鸩酒！……

突然，“柏辽兹！！”几个字从一张小桌边传出来，爵士乐队也像是被重重地挨了一拳似的戛然住声。“什么，什么，什么，什么？！！”“柏辽兹！！”大家纷纷站起，纷纷叫喊起来……

是的，柏辽兹的噩耗掀起了一阵悲痛的浪潮。有人跑来跑去，叫喊着，说必须立即，也就是此时此刻，拟一份集体的唁电，而且要马上发出去。

可我们又要问了，怎么写这份电报，往哪里发？以什么理由？还有，发给谁？他还用得着吗，那个后脑勺已被轧扁、脑袋正被戴橡皮手套的尸体解剖员捧在手里的人，那个脖子正被医学教授用针在缝合的人，他还用得着电报吗？他已经死了，他已经不需要什么电报了。一切都已了结，就不要给电报局增加负担了吧。

是的，他死了，死了……可我们却还活着！

是的，悲痛的浪潮被卷起，潮起了，涌动着，又慢慢落下。有人已经回到了自己的餐桌前——开始是偷偷地，随后就大大方方地——继续刚才的吃喝。说实话，总不能把鸡肉饼扔了吧？我们能帮得了柏辽兹吗？我们饿着肚子就能让他活过来吗？我们可还活着啊！

当然，钢琴被锁上了，爵士乐队也散了，几个记者也赶回自己编辑部写悼念文章去了。大家也得知，热尔德宾已经从停尸房回来了。他刚到楼上死者的办公室坐下，有关他接替柏辽兹的传言就传开了。热尔德宾把十二位理事从餐厅叫上来，就在柏辽兹的办公室召开了紧急会议，并讨论了以下几个急需解决的问题：如何把格里鲍耶多夫的圆柱大厅布置出来，如何把遗体从停尸房运到大厅，什么时候开始接待前来吊唁的人，以及其他和这个不幸事件有关的事宜。

餐厅又恢复了夜生活的正常秩序，如果不是发生了意外的情况，它应该营业到凌晨四点。这件事完全超乎了人们的想象，甚至比柏辽兹的死讯更让餐厅的客人们吃惊。

首先是那几位守在格里鲍耶多夫之家大门口的司机吃了一

惊。只听一个司机从车座上嗖地蹦起来大声喊道:“嘿,快看哪!”

随着他的喊声望去,只见一个小亮点从栅栏边升起,渐渐朝着阳台的方向靠近。桌边的人们也纷纷起身观望,只见还有一个白色的幽灵随着那亮点正摇摇晃晃地向餐厅走来。幽灵走到了葡萄架下,食客们个个顿时目瞪口呆,手里拿着叉上鲟鱼的叉子僵立在那里。此时,从餐厅衣帽间到院子来抽烟的看门人踩灭了烟头,想走到幽灵跟前阻止他进餐厅,可不知为什么他却没有那么做,反而傻傻地笑了起来。

于是,那幽灵穿过葡萄架下的缺口,顺顺当当地上了阳台。这时,大家才看清,这哪是什么幽灵,他就是大名鼎鼎的诗人“流浪汉”伊凡·尼古拉耶维奇啊。

诗人光着脚,上身穿一件破破烂烂的托尔斯泰式白短衫,胸前用一枚英国别针别着一个圣像,圣徒的脸已经模糊不清,不知这到底是哪位圣徒;诗人的下身穿着一条白色条纹衬裤;他的手里还握着一支正在燃烧的婚礼蜡烛,右边脸上有一道刚刚被划伤的痕迹。阳台上静得出奇,连一根针掉到地上都能听到。一个服务员手里的啤酒杯已经歪斜,啤酒正往下淌着呢。

诗人将蜡烛举过头顶并大声说:

“太好啦,朋友们!”他朝旁边的桌子弯下身去,略带忧郁地说,“不,他不在这儿!”

有两个人在低声说话,声音低沉的那位显得有点幸灾乐祸:

“喝多了,发酒疯呢!”

一个女人的声音有些怯生生地说:

“民警怎么会允许他这个样子满街跑呢?”

她的话被伊凡·尼古拉耶维奇听见了,他回答道:

“他们两次都差点抓住我，一次在斯卡捷尔特大街，一次就是这儿，铠甲街，可我跨过了栅栏，瞧，我的脸都被划破了！”说着，他举起了蜡烛大声喊道，“文学界的弟兄们！（刚才还嘶哑着的嗓音恢复了正常，并且越说越激动。）大家请听我说！他出现了！一定要抓住他，否则他会祸害无穷！”

“什么？什么？他在说什么？谁出现了？”大家七嘴八舌地问。

“顾问啊！”伊凡回答，“就是这个顾问刚刚在牧首塘杀害了米沙·柏辽兹。”

大厅里的人们纷纷涌上阳台，团团围住了手举蜡烛的伊凡。

“不好意思，请您说得详细点，”伊凡·尼古拉耶维奇的耳边响起一个低沉而礼貌的声音，“请您说说，怎么杀的？谁杀的？”

“就是那个外国顾问，教授，密探！”伊凡一边回答一边环视四周。

“他姓什么？”人们低声问道。

“还说呢！”烦躁的伊凡不由得吼叫起来，“我要是知道他的姓就好了！我没看清他名片上的姓……只记得第一个字母是W，W开头的姓！什么姓是W开头的呢？”伊凡摸着自己的额头，自言自语地说：“维，维，维，瓦……沃……瓦格涅尔？瓦格涅尔？瓦伊涅尔？瓦伊涅尔？维格涅尔？温特尔？……”因为紧张，他的头发好像都竖起来了。

“是沃尔夫吧？”一个女人脱口而出，声音里充满同情。

伊凡勃然大怒。

“傻瓜！”他一边大骂一边用眼睛在寻找那个说话的女人，“这跟沃尔夫有什么关系？沃尔夫有什么错！沃……沃……还是不对！我怎么也想不起来了！怎么样，公民们，我们现在就报警吧，让他们马上派五辆摩托车去追捕那个教授，还要带上手枪。另外，别忘了告诉他们，还有两个家伙和他在一起，一个是高个儿，穿格子衣服……他的夹鼻眼镜被打碎了……还有一个是只黑猫，肥肥的！现在我要来搜查格里鲍耶多夫……我断定他就在这儿！”

伊凡开始忙乎起来。他推开周围的人，挥舞着手里的蜡烛，弄得自己全身上下都是蜡烛油滴，他不时地查看着桌子的下面。只听有人喊了一声："医生！"很快，一张肉乎乎、笑眯眯的脸就出现在了伊凡的面前，这张脸被刮得干干净净，上面架着一副玳瑁眼镜。

"'流浪汉'同志，"这个人开始用一种严肃庄重的语气说话，"请您镇静！这都是因为我们尊敬的米哈伊尔·亚历山大洛维奇……算了，简单说就是米沙·柏辽兹的死才让您这么悲伤的。我们对此都很理解。可您现在需要平静。同志们现在就安顿您休息，您先睡一会儿吧……"

"你！"伊凡打断他的话，脸色有些难看，"难道你不知道，现在应该去抓那个教授？可你还跑来跟我胡说八道！白痴！"

"'流浪汉'同志，请您原谅。"对方的脸有些红，身子也在往后缩，好像对自己卷入这件事情有些后悔。

"不！要是别人倒是可以，但我就是不原谅你！"伊凡·尼古拉耶维奇低声却又恶狠狠地说。

他的脸因为抽搐而变得有些难看。他快速地把蜡烛从右手换到左手，朝着那张关切自己的脸狠狠地扇了过去。

此时，人们才明白过来应该把伊凡抓起来，于是，大家朝他扑了过去。蜡烛熄灭了，眼镜落到地上后很快就被踩得粉碎。伊凡发出了可怕的叫喊，连林荫道上都能听见，他开始拼命地挣扎。餐具从桌上落了一地，响起阵阵清脆的粉碎声，女人们发出尖叫。

几个服务员已经用一条长长的毛巾把诗人捆了起来。衣帽间里，前双桅横帆船船长和看门人进行着对话。

“你看见他是穿着衬裤的吧？”海盗冷冷地问。

“倒是，阿尔奇巴尔特 · 阿尔奇巴尔多维奇，”看门人战战兢兢地回答道，“可我怎么能不让他进来呢，他是‘莫文协’的会员哪。”

“你看到他是穿的衬裤吧？”海盗又说了一遍。

“请原谅，阿尔奇巴尔特 · 阿尔奇巴尔多维奇，”看门人急得满脸通红，“我能怎么办呢？我知道，阳台上有很多女士……”

“这和女士没什么关系，她们才不在乎呢，”海盗回答说，他那凶狠的目光简直可以把看门人活活烧死，“但民警局就不会不在乎！只有一种情况下你可以穿着衬裤在莫斯科的大街上跑，那就是要在民警的押解下，而且还只能去一个地方，那就是民警部门！既然你是门卫，你就应该知道，如果遇到这种人就应该立刻吹响警笛！你听见了吗？你听见阳台那边传来的声音了吗？”

此时，傻呆呆的看门人听见一阵阵“哎哟”声、碗碟的破碎声和女人的尖叫声从阳台那边传来。

“那为此该怎么处置你呢？”海盗问。

看门人的脸色难看得像得了伤寒，两眼看上去已经失了神。他仿佛看见，在被梳成分头的乌黑头发上，又有了一条鲜红的绸巾。白衬领和燕尾服消失不见了，只看见对方腰间那条宽皮带和露出的枪柄。看门人想象自己已经被吊死在了桅杆上。他亲眼看见了自己那伸得长长的舌头，还有无力地耷拉在肩上的脑袋，甚至还听见了海浪拍打船舷的啪啪声。看门人的两腿开始瑟瑟发抖。不过，海盗此时已经收回了刚才的凶相，目光变得温和起来。

“小心点，尼古拉！这是最后一次。像你这样的门卫，我们餐厅白给也不要。你该去看教堂的大门。”说完这席话，船长随即简短迅速地下了一道命令：“叫茶点部的潘捷列过来。报警。记录。叫车。送到精神病院。”接着还补充了一句：“快吹警笛！”

一刻钟后，不仅是餐厅里的人们，还有林荫道上，甚至街对面大楼里窗户朝这一侧的人家，都吃惊地看到潘捷列、看门人、民警、服务员和诗人柳欣是怎样把像玩具娃娃一样被包起来的年轻人抬出格里鲍耶多夫大门的，年轻人泪雨滂沱，朝柳欣这边吐着唾沫，哭骂声响彻整个胡同：

“你这个流氓！……流氓！……”

脸色阴沉的卡车司机发动了汽车。旁边的马车夫用褐色的缰绳抽打着马屁股，想让马儿兴奋起来，还大声喊着：

“来坐这匹赛马驾的车吧！准保很快就能送到精神病院！”

周围的人群炸开了锅，他们还在说着刚才这件稀罕事儿呢。总之，这真是件令人不快的丑闻，直到卡车把不幸的伊凡·尼古拉耶维奇、民警、潘捷列和柳欣从格里鲍耶多夫门前带走，这场让人好奇的闹剧才算结束。

第 六 章

正是精神分裂症

新落成的精神病医院坐落在莫斯科近郊的河边。午夜一点半，一个蓄着山羊胡、身穿白大褂的人步入了这所著名医院的门诊部。三个男护士正目不转睛地盯着坐在沙发上的伊凡·尼古拉耶维奇。坐在一旁的是万分焦急的诗人柳欣。那条用来捆绑伊凡的毛巾，也被团成一堆扔在了沙发上。伊凡·尼古拉耶维奇的手脚现在是自由的了。

见有人进来，脸色苍白的柳欣清了清嗓子，说话有些怯生生的：

"您好，医生！"

医生朝柳欣弯了弯腰，但眼睛并没看他，而是看着伊凡·尼古拉耶维奇。伊凡一动不动地坐在那边，板着脸，皱着眉，就连医生进屋他也没理睬。

"是这样，医生，"柳欣神秘兮兮地压低了声音，一边说还一边紧张地瞟着伊凡这边，"这是著名的诗人伊凡'流浪汉'……您都看到啦……我们担心他是不是得了酒后狂躁症啊……"

"喝得厉害吗？"医生的问话有些含混。

"倒是不厉害，爱喝点，但还不至于……"

"他有没有抓过蟑螂、老鼠、奇怪的动物或是野狗什么的？"

"没有啊，"柳欣哆嗦了一下，"我昨天和今早都见过他。当时他完全是好好的……"

"他为什么只穿着衬裤？从床上被拉起来的？"

"医生，他到餐厅的时候就是这副样子了……"

"噢，明白了，"医生似乎对这个回答很满意，"他脸上怎么有伤？打架了？"

"他跨过栅栏时跌倒了，后来在餐厅里还打人……另外还打了个什么人……”

“哦，是这样，是这样，”医生说着朝伊凡转过身去，随即对他说：“您好！”

“好！这个坏蛋！”伊凡恶声恶气地答道。

柳欣很难为情，甚至不敢抬眼去看那个彬彬有礼的医生。不过医生倒没介意。他用习惯性的灵活姿势摘下眼镜，撩起白大褂的下摆，随即把眼镜放到了裤子的后兜，接着问伊凡：

“您的年龄？”

“你们都给我见鬼去吧！”伊凡粗鲁地大吼一声，把身子转到了一边。

“您为什么要生气呢？难道我说了什么不合适的话吗？”

“我二十三岁，”伊凡的情绪激动起来，“我要控告你们。尤其是你这个混蛋！”他指的是柳欣。

“您要控告我们什么？”

“控告你们把我这样一个健康的人强行绑到疯人院！”伊凡愤怒地说。

柳欣此时仔细地打量了伊凡一番，浑身顿时感到一阵寒意：在伊凡的眼里可丝毫也看不到丧失理智的样子。在格里鲍耶多夫他所见到的那双浑浊的眼睛，此时已经恢复了过去的清澈。

“天哪！”柳欣想想就感到害怕，“他本来就是正常的吗？真是见鬼了！可我们为什么要把他弄到这里来呢？他是正常的，正常的，只是脸上被抓破了……”

“您现在不是在疯人院，”医生平静地说着，顺势坐到了一个镀铬的白色圆凳上，“这是门诊部，如果没有那个必要，谁也不会强迫您留在这里的。”

伊凡·尼古拉耶维奇有点不太相信地睨了医生一眼，最后还是嘟囔着说：

“谢天谢地！在一群白痴中间总算还有一个明白人，头号白痴笨蛋当然就是萨什卡了！”

“谁是您说的头号白痴萨什卡呀？”医生问。

“这不，就是他柳欣啊！”伊凡一边说一边用脏兮兮的手指指着柳欣。

柳欣气得差点没蹦起来。

“真是恩将仇报啊！”柳欣心里充满了苦涩。“他就这样来回报我！真是个十足的混蛋！”

“真是典型的富农心理，”伊凡·尼古拉耶维奇开口道，看来，他是要揭柳欣的老底了，“而且是经过巧妙伪装、披着无产阶级外衣的富农！看看他这副假惺惺的嘴脸，再想想他写的那些响亮的颂诗！哼……哼……哼……还‘飘扬吧！’还‘招展吧！’……而您再看看他的内心世界，看看他在想什么，会吓您一跳！”说完，伊凡·尼古拉耶维奇还恶毒地放声大笑起来。

柳欣气得差点背过气去，他满脸通红，心里只有一种感受，那就是他在自己的怀里焐热了一条蛇，而这家伙原来是个歹毒的敌人。可重要的是自己一点办法都没有：怎么和一个精神有毛病的人计较呢！

“那，他们为什么要送您到这里来呢？”仔细听完“流浪汉”的一通批判揭发以后，医生问。

“鬼知道，这帮蠢货！他们抓住我，用那些破布条把我捆起来塞上货车就来了！”

“那请问，您为什么只穿着睡衣就去餐厅了呢？”

“有什么值得奇怪的，”伊凡说，“我到莫斯科河去游泳，有人拿走了我的衣服，就给我剩下了这点破东西！我又不是什么都没穿就在莫斯科街上走！有什么就穿什么吧，因为我急着去格里鲍耶多夫餐厅啊。”

医生疑惑地看了看柳欣，柳欣这才嘟嘟囔囔地开了口：

“餐厅就是这个名儿。”

“哦，”医生说，“为什么要这么着急呢？有重要约会吗？”

“我正在抓一个顾问呢。”伊凡·尼古拉耶维奇边说边警觉地打量着四周。

“什么顾问？”

“您知道柏辽兹吗？”伊凡意味深长地问。

“他……是作曲家吧？”

伊凡有点不耐烦起来。

“还有个作曲家叫柏辽兹？喔，对……唉，不是的！作曲家和我们这位米沙·柏辽兹同姓。”

柳欣原本是不想说话的，但现在又不得不开口解释：

“‘莫文协’书记柏辽兹今晚在牧首塘被电车轧死了。”

“你不知道就别说！”伊凡对着柳欣发了火，“是我在现场，又不是你！他是故意把他轧死的！”

“那除了您，还有谁见过那位顾问吗？”

“麻烦就在这里，当时就只有我和柏辽兹。”

“原来是这样。那为了抓住凶手您做了什么呢？”医生边说边转身，向坐在桌旁的那位穿白大褂的女医生使了个眼色。女医生拿出一张纸，在这张表格的空白处填写起来。

“就是这样。我在厨房拿了根蜡烛……”

“就是这个吗？”医生指着放在女医生面前那张桌上的一段被弄折的蜡烛问，蜡烛的旁边是一个圣像。

“就是这个……”

“那圣像是怎么回事？”

“圣像嘛……”伊凡的脸红了，“就是这个圣像把他们吓坏了。”他用手指了指柳欣那边，“事情是这样的，他，就是那个顾问，他……我们直截了当地说吧……他通晓一种妖术……不是我们随便就能抓到的。”

男护士们不知为什么都垂着手，但眼睛还是紧盯着伊凡。

“的确如此，”伊凡继续说，“他通晓妖术！事实明摆在那里嘛。他和本丢 · 彼拉多说过话。别这么看着我！我说的都是真的！他都看见了——露台，棕榈树。总之，他的确是到过本丢·彼拉多那里，我敢保证。”

“那接着呢……”

“你们都看见了，我就把圣像别在了胸前，跑去追他了……”

挂钟此时突如其来似的敲了两下。

“哎呀！”伊凡嚷了一声就从沙发上站起了身，“两点了，我还在这里和你们消磨时间！抱歉，电话在哪里？”

“让他打电话吧。”医生对男护士吩咐道。

伊凡拿起了听筒，一旁那位女医生低声问柳欣：

“他结婚了吗？”

“单身汉。”柳欣小心翼翼地回答。

“是工会会员吗？”

“是的。”

“民警局吗？”伊凡对着听筒大声喊道，“民警局吗？值班同志，请立刻派五辆摩托车，配备机枪，去抓一个外国的顾问。什么？你们跟我走就行了，我亲自带着你们去……这是诗人‘流浪汉’在疯人院里报警……你们的地址是哪里？”“流浪汉”用手捂着听筒，低声问旁边的医生，接着又对着听筒大声喊，“您在听吗？喂！……太不像话了！”伊凡突如其来地骂了一句，把听筒朝墙上摔了过去。随后，他转身向医生伸出了一只手，干巴巴地说了声“再见”就打算离开。

“请问，您要去哪里？”医生紧紧地盯着伊凡的眼睛说，“深更半夜的，就穿着内衣……您又感觉不舒服，就留在我们这里吧！”

“就让我走吧，”伊凡对把守在门边的男护士们说，“你们让开还是不让？”诗人的喊声听上去很可怕。

柳欣打了个寒战，那位女医生摁了一下桌面的按钮，桌上玻璃板下立刻弹出一个发亮的盒子和一个密封的细颈玻璃瓶。

“这是怎么回事？！”伊凡像发疯的野兽一样四下环视着，“那好吧！再见啦！！”说完一头朝挂窗帘的地方冲去。

只听得一声巨响，但窗帘后面的玻璃却丝毫无损。很快，伊凡·尼古拉耶维奇就被男护士们拿下了。他呼哧呼哧地喘着气，张口想咬身边的人，嘴里高喊：

“你们竟然安上了这种玻璃！放开我！放开我！……”

医生手中的注射器亮闪闪的，那位女医生一把撕开了伊凡身上那件短衫的衣袖，其手上的力气甚是非女人能比。空气中一股乙醚的气味弥漫开来，伊凡在四个人的手中已无法动弹，敏捷的医生趁机在他的手上扎了一针。伊凡在护士的手中起先还挣扎了几下，但很快就被摁到了沙发上。

“强盗！”伊凡大吼一声从沙发上蹦了起来，但立刻又被摁了下去。人们一松开手，他又想起身，但这次他是自己坐下的。他没出声，莫名其妙地打量着四周，突然打了个哈欠，接着又恶狠狠地笑了笑。

“还是被你们关起来啦。”说着，他又打了个哈欠。猛然，他倒了下去，把头枕在了枕头上，像孩子似的把拳头放到腮边，嘴里嘟嘟囔囔像是在说梦话，语气已经不像刚才那么凶巴巴的了：“这下好了……你们会自食其果的……我已经警告了你们，随你们的便吧！……我现在最感兴趣的是本丢 · 彼拉多……彼拉多……”说着说着就闭上了眼睛。

“洗澡，十七号单间，设看护，”医生戴上眼镜，吩咐道。柳欣此时又打了个寒战，只见两扇白门悄无声息地敞开，里面是一条在蓝色夜灯映照下的长廊。一辆胶皮轮手术车被推了出来，人们把已经安静的伊凡抬到上面，手术车又被重新推进长廊，两道门随后立即就被关上了。

“医生，”一脸惊恐的柳欣轻声问道，“这么说，他真的有病？”

“噢，是的。”医生回答。

“他得的是什么病啊？”柳欣战战兢兢地问。

疲惫的医生看了柳欣一眼，有气无力地说：

“行为和语言障碍……妄想症……情况看来不简单……应该是精神分裂症。加上酒精中毒……”

柳欣没听懂医生说的话，只知道伊凡 · 尼古拉耶维奇的情况有点糟。他叹了口气，问：

“他为什么老是说一个什么外国顾问啊？”

“可能他是看见了一个人，这个人使他情绪激动不安。也可能是一种幻觉……”

几分钟后，卡车载着柳欣踏上了返回莫斯科的路程。天已经亮了，公路边的路灯依然亮着，灯光已经没有用了，反而有些刺目。司机有些恼火，因为这一夜就这么被耽搁了。他开足了马力，以至于在拐弯处车的一侧都被带离了地面。

迎面的一片森林很快被抛到身后，一旁的河流向远方流去，各种景色在卡车的前方交替出现：带着角楼的围墙，劈柴垛子，被高高竖立的电线杆和塔架，塔架上绕成一团的线圈，成堆的碎石，被沟渠分隔开的土地，——总之，这一切会让人感到莫斯科就在眼前了，也许拐个弯，它就会扑到我们的怀抱。

柳欣被颠得东倒西歪，被坐在身下的木头老是动来动去，让他坐不稳当。餐厅的毛巾满车厢乱滚，这是早先坐电车回城的民警和潘捷烈扔下的。柳欣本来想把它收拾起来，但不知为什么又恶狠狠地嘟囔道：“见它的鬼！凭什么我要像个傻瓜一样满地乱爬？……”他用脚把毛巾往旁边一蹬，再也没看它一眼。

他的心情很恶劣。显然，到精神病院去走这一遭给他心里留下了极其沉痛的阴影。柳欣想弄明白，自己到底为什么如此沮丧。是脑海中那个挥之不去、在蓝光映照下的长廊？还是大悲莫过于丧失理智的念头？是的，是的，当然是这个原因了。但是，这不过是一个笼统的说法嘛。那就应该另有原由。那又是什么呢？是委屈。是啊，是啊，是“流浪汉”当着众人说的那些侮辱人的话。可令人难过的不是那些话侮辱了他，而是那些话包含着客观事实。

诗人已经不往别处看了，他的眼睛停留在了肮脏、颤动的车厢板上，嘴里还自言自语地说着什么，真是一种自我折磨。

是啊，那些诗……他——三十二了！说实在的，还有什么前途？以后每年写几首。然后到老？不错，到老。那些诗又会给他带来什么呢？荣耀？“简直妄想！别再自欺欺人了。写这种拙劣诗句的人永远也不会有什么荣耀。它们差在哪儿呢？实话，他说的是实话！”柳欣毫不客气地自省着，“连我自己都不相信自己写的那些东西！……”

车子往前摇晃了一下，患有神经衰弱的诗人才发现，身下的车厢板已经不再颠簸。柳欣抬头一看，卡车早已进入了莫斯科市区，莫斯科的上空已被金色的朝霞点燃。在街心花园边的拐弯处，汽车排起了长队。距他不远的地方，伫立着一座石头基座的青铜塑像［此处指的是俄罗斯著名诗人普希金的塑像。这尊塑像位于莫斯科市中心特维尔大街上。］，铜像的头微微侧着，神情冷漠地注视着街心花园的方向。

一个古怪的念头掠过身体欠佳的诗人脑海。“这就是一个成功的典范……”想到这里，他起身站在卡车的车厢中，举起一只手数落起这位并没招惹谁的塑像来，“不论他在生活中迈出了哪一步，不论发生了什么，一切都会朝着对他有利的方向发展，一切都会把他引向荣耀！可他到底做了什么？我不明白……‘雾霭笼罩的风暴……’这样的诗句好在哪里？不明白！……不过是幸运，幸运！”柳欣猛然间得出了这样恶毒的结论，这时，他感到卡车又开始晃动起来。“那个白匪朝他开了枪，开了枪，打碎了他的胯骨，使他得以永垂不朽……”

车队的长龙开始移动。不到两分钟，已经病倒，甚至开始衰老的诗人就来到了格里鲍耶多夫的凉台上。凉台上空荡荡的。角落里还有几个人在喝剩下的酒，领头的是那位著名的报幕员，他头戴绣花小圆帽，手里举着一杯阿布劳酒。

柳欣抱着一堆毛巾，迎面碰上了亲切地向他走来的阿尔奇巴尔特·阿尔奇巴尔多维奇，并把这堆脏抹布交给了他。如果没有到医院去一趟，没有坐在卡车上的那番思索，柳欣也许会很乐意告诉别人自己的见闻，并且一定会为这个故事添油加醋。但现在，他甚至不像往常那样，对周围稍加关注了。经过卡车上那番煎熬，他开始用一种尖锐的目光注视海盗，他清楚了，尽管海盗在询问着"流浪汉"的事情，甚至发出了"啊呀！啊呀！"的惊叹，但是，他对"流浪汉"的命运压根儿是漠不关心的，也没有丝毫的同情。"真是好样的！做得对！"带着一种自我毁灭又幸灾乐祸的心理，柳欣没有去讲精神分裂症的故事，而是请求说：

"阿尔奇巴尔特·阿尔奇巴尔多维奇，请给我一小杯酒好吗？"

海盗做出一副同情的样子，轻轻说：

"我明白……这就来……"说着对服务员挥了挥手。

一刻钟的工夫，凉台上就只剩下柳欣孤零零的一个人了，他弯腰对着一碟鱼，一杯接一杯地喝着。他心里明白并且也承认，什么都不可能改变他的生活了，他能做的事就是忘记。

当大家在饮酒欢歌的时候，诗人却白白地浪费了这个夜晚，现在他明白，时光已无法索回了。只需把头从灯下抬向天空，你就会明白，夜晚已经一去不返了。服务员们正忙着把桌布从桌上撤下来。在凉台上跑来跑去的猫们，也换成了一副早上的神态。白天，正不可阻挡地降临到诗人的头上。

第七章

凶宅

假如某个早晨有人对斯乔帕·利哈捷耶夫说:“斯乔帕，如果你现在不起床，就立刻毙了你！”那斯乔帕也会睡意朦胧地用刚刚听得见的声音回答说:“开枪吧，爱怎么样就怎么样，反正我不起床。”

莫说是起床，就是睁眼，他也觉得很难，因为只要他睁眼睛，眼前就会划过一道闪电，脑袋就会像是要裂开了花。脑袋里仿佛有一口沉沉的钟在轰鸣，一些带红绿边的褐色小点在眼球和闭着的眼皮间游走，最糟糕的是，他还觉得恶心，这是不知什么地方传来的留声机的声响造成的。

斯乔帕努力地在回忆，但他只想起来了一点——好像就在昨天吧，具体地点已经记不起了，他手拿一张餐巾纸正准备去亲吻一位陌生的女士，并且还答应她，次日的十二点整会去拜访她。这位女士拒绝了:“不用了，不用了，我明天不在家！”可斯乔帕仍坚持说:“我既然说了，就一定去！”

那位女士是谁，现在几时，今天是何月何日——斯乔帕统统不知道，更糟的是，他竟不知道自己身在何处。他尽量想弄清楚最后一个问题，所以勉强睁开了左眼皮。昏暗中，他看到了一个亮闪闪的东西。终于，他看清了，那是一面镜子，他明白了自己正仰面躺在卧室里这张曾经属于珠宝商遗孀的大床上。此时，又是一阵剧痛向脑袋袭来，他重新闭上了眼睛，并发出了轻轻的呻吟。

事情就是这样:斯乔帕·利哈捷耶夫是杂技团的经理，他早晨是在自己家中醒来的。他和死去的柏辽兹共同瓜分了这套住宅。住宅位于花园街上一栋巨大的六层楼建筑内。

还必须交代一下，这套序列为50号的住宅早已享有不是太坏，但肯定也说不上太好的名声。两年前，这套公寓的主人是珠宝商德富日列的遗孀。安娜·弗朗采夫娜·德富日列是位年纪五旬、受人尊敬的能干女人。她将五间房里的三间出租给了外人：一位房客好像姓别洛穆特，另一位已经记不清姓名了。

就在两年前，这套公寓开始接连发生怪事：住在里面的人都消失得无影无踪了。

一个休息天，一位民警出现在这里，他把第二位房客（就是记不清姓名的那位）叫到前厅，说是要他去一趟民警局签一份文件。房客嘱咐安娜·德富日列家一直忠心耿耿的女仆安菲莎，说有人打电话就请转告对方，说他十分钟以后就回来。说完他就跟着那位和和气气、戴着白手套的民警走了。但是，他不仅十分钟以后，而且从此以后就再没回来。最令人惊异的是，那位民警也和他一起消失了。

笃信上帝的，说得更确切一点，就是有些迷信的安菲莎非常直白地对心烦意乱的安娜·德富日列说，这是有人施了巫术，说她很清楚是谁把房客和那民警给弄走的，只是半夜里她不想说出来。

她还说，一旦兴妖作怪开了头，人们就休想让它停下来。记得第二个房客是在星期一失踪的，到了星期三，那位叫别洛穆特的也不见了。不过，情形有些不同。那天早晨，接他上班的汽车把他接走了，后来就再没把他送回来，那辆车也不见了踪影。

别洛穆特夫人的痛苦和恐惧是无法用语言来描述的。不过，这样的悲伤和惊恐并未持续多久。一天夜里，当有事去了一趟别墅的安娜·德富日列带着安菲莎急匆匆地回到家时，别洛穆特夫人已不知去向。还有，别洛穆特夫妇租用的那两间房的房门竟然被查封了！

两天时间就这样匆匆而过。第三天，近来一直失眠的安娜·德富日列又急急忙忙地去了别墅……还应该说的是，她也再没有回来！

孤零零的安菲莎大哭一场，直到深夜一点多才上床睡觉。后来她怎样了，人们不得而知，只是附近有居民说，50号房里似乎一夜都有叮叮当当的敲打声，而且彻夜灯火通明。第二天大家得知，安菲莎也不见了！

关于失踪者和这套让人诅咒的公寓，各种各样的传言一直在人们中间流传。比如，那个瘦骨嶙峋、笃信上帝的老太太安菲莎干瘪的胸前有个麂皮袋，里面装着属于安娜·德富日列的二十五粒大钻石。还有，在安娜·德富日列急忙赶过去的那座别墅的柴火棚里，无端地冒出了无数的金银珠宝，甚至还有沙皇时期的金币……诸如此类，我们无从知其真伪，也就不好妄加评说了。

不论怎样的传言，这套公寓才关闭和空置了一个星期，就有人家搬进来了——死去的那位柏辽兹和夫人，以及眼前这位斯乔帕和他的太太。自然，从搬进这套不吉利的住宅，他们的生活也就接连出了怪事。两个太太在一个月内相继失踪。不过她们也并非全无影踪。关于柏辽兹的太太，有人说在哈尔科夫的街上看见她正和一个芭蕾导演在一起，而斯乔帕的太太则似乎被安排进了养老院，杂技团的经理凭借自己神通广大的社会关系为她搞到了一个单间，但条件是她再别在花园街的家里出现……

此刻，斯乔帕在床上呻吟着。他想叫女佣格鲁尼娅给他拿一点治头痛的氨基比林来，不过他很快反应过来这纯属愚蠢之举，格鲁尼娅哪会有什么氨基比林。他又想叫柏辽兹帮忙，嘴里还嘟嚅地发出两声“米沙，米沙”的叫喊，不过我们已经知道，他的呼喊是得不到回应了。公寓里现在一片宁静。

斯乔帕动了动脚趾，明白自己是穿着袜子的，又摸了摸大腿两侧，想知道自己是否还穿着裤子，不过这点他还无法确定。最后，他明白自己是被孤零零地抛在这里了，谁也不能帮他，他决定无论如何得咬牙起身。

斯乔帕硬是睁开了粘在一起的眼皮，看到窗前的镜子中出现了一个人影，他的头发乱蓬蓬地支棱着，眼皮浮肿，上身穿了件脏兮兮的硬领衬衣，打着领带，下身是一条长裤，脚上是一双短袜。

这是他在镜中看到的自己的模样，但他身旁还有一个穿黑衣戴黑帽的家伙，他并不认识这人。

斯乔帕坐到床上，尽量睁大眼睛打量眼前这位陌生人。

陌生人首先打破了沉默，他说话的声音低沉，略带外国腔：

“日安，最最可爱的斯乔帕·波格丹诺维奇！”

片刻无声，斯乔帕随后费了很大的劲才挤出一句话：

“您有什么事？”说完他对自己的声音都感到大吃一惊。“您”字用的重音，“有”字用的低音，而“什么事”则几乎听不见了。

陌生人友好地笑了笑，掏出一只翻盖上用钻石镶了个三角形图案的大金表。金表响了十一下，他说：

“十一点！我等您醒来足足等了一个小时，因为您叫我十点在这里等候的。我来了！”

斯乔帕从床边的椅子上拿过裤子，嘟囔道：

“对不起……”他一边穿裤子一边操着嘶哑的嗓音问，“请问贵姓？”

他说话十分艰难。每说一句，就像是有人用针扎了一下他的脑袋，让他头痛难忍。

“怎么，连我姓什么都忘记了？”陌生人微微一笑。

“抱歉……”斯乔帕的嗓子依然十分嘶哑，喝醉酒的感觉更厉害了：床周围的地板随意漂浮着，眼看着他就要一头栽进地狱。

“亲爱的斯乔帕 · 波格丹诺维奇，”来客的脸上露出了洞悉一切的微笑，“什么氨基比林对您来说都没用，您还是试试老办法——以毒攻毒。现在唯一能救您的方法，是两杯白酒配辣辣的炒菜。”

斯乔帕是个机灵人，尽管现在病着，他还是明白，既然自己这副样子被人家撞见了，那就索性实话实说了。

“老实说，”他的舌头还有些僵硬，“昨天我是喝了点……”

“别说了！”对方说着，坐到了一旁的椅子上。

斯乔帕瞪大了眼睛，那边小桌上有个托盘，里面放着切好的白面包片、一小盘压得结结实实的黑鱼子酱、一盘油浸白蘑菇，还有一个装着东西的小罐，最后是用珠宝商遗孀家的长颈玻璃瓶盛着的伏特加。尤其让斯乔帕感到惊讶的是，玻璃瓶的外面还冒着冷气。当然，这也可以理解，酒瓶可能曾经被放到装有冰块的瓷缸里了。总之，面前摆着的这些东西既干净，又周到。

不等斯乔帕的惊异暂时还没发展到反常的地步，陌生人赶紧给他倒上了大半杯酒。

“您呢？”斯乔帕的声音又尖又细。

“当然！”

斯乔帕哆哆嗦嗦地刚把酒杯凑到嘴边，陌生人已经一口气把自己杯中的酒喝光了。斯乔帕吃了一口鱼子酱，说话的速度有些

迟缓:

“您也……吃点什么吧?”

“谢谢,我从来不吃下酒菜。”陌生人说完又给自己倒了一杯。小罐子被揭开了,里面是茄汁小泥肠。

这时,斯乔帕感到眼前那该死的阴影消失了,舌头也灵活起来,重要的是,他能想起点事情了。这都是昨天滑稽剧作家胡斯托夫位于斯霍德尼亚的别墅里闹的,还是那个胡斯托夫叫出租车把他拉去的呢。他甚至还记得,就是在大都会饭店附近叫的出租车,身旁还有一个长得有几分像演员的人,手里提着一个装留声机的箱子。是的,没错,就是在别墅里!还有,他记起那留声机还招来了一阵狗叫。只是斯乔帕想亲吻的那位女士的长相仍然很模糊……鬼知道她是谁……好像是个播音员,又好像不是。

昨天的一切,就这样一点点清晰起来,而更让斯乔帕感兴趣的是今天,这个陌生人怎么到了他的卧室,还带来了酒菜。这可得搞清楚!

“怎么样,您现在该想起来我姓什么了吧?”

斯乔帕有些难为情地笑了笑,摊开了双手。

“您瞧!我觉得您是喝了白酒又喝红酒!您哪,怎么能这样干呢!”

“这件事就您知道,请别告诉其他人。”斯乔帕有点讨好地说。

“哦,那当然,那当然!不过我可不能替胡斯托夫保证。”

“您也认识胡斯托夫?”

“昨天在您的办公室见过一面,我一眼就能看出这是一个恶棍、流氓、投机分子和马屁精。”

“太对了！”对这个关于胡斯托夫的简洁而又准确的评语，斯乔帕在心里暗暗叫绝。

是啊，昨天的事情已经被一点点地拼接出来，可杂技团经理的心里还是不踏实。因为还有一个巨大的黑洞没有被填上。就是眼前这位戴着黑帽的陌生人，斯乔帕并不记得在办公室见过他。

“魔法教授沃兰德。”见斯乔帕一脸的疑惑，来访者郑重其事地做了自我介绍，并原原本本把一切告诉了他。

他是昨天从国外到莫斯科来的，他很快去找斯乔帕，建议杂技团作巡回演出。斯乔帕立即打电话给莫斯科演出管理委员会，得到了他们的许可（斯乔帕这时候脸色煞白，不住地眨巴眼睛），然后与沃兰德教授签订了演出七场的合同，并嘱咐他今天的十点钟找他讨论演出的细节问题……沃兰德这就来了。是女佣格鲁尼娅给他开的门。格鲁尼娅告诉他，她自己也刚刚到，柏辽兹不在家，如果有人想见斯乔帕·波格丹诺维奇，那就自己到卧室里去。她还说斯乔帕·波格丹诺维奇睡得正熟，她不敢去叫醒他。沃兰德进门发现斯乔帕这副样子，便立刻吩咐格鲁尼娅到附近的食品店买了些酒菜，还到药房买了些冰块……

“那我得把钱还您。”被弄得稀里糊涂的斯乔帕开始找自己的钱包。

“嗨，小事一桩！”巡回艺术家大声说道，根本不打算往下听。

这样，酒菜的事情就清楚了，可斯乔帕的脸色还是难看：他根本想不起来合同的事情，就是打死他，他昨天也没见过这位沃兰德。的确，胡斯托夫来过剧院，而这个沃兰德没来过。

“那请您把合同给我看看，好吗？”斯乔帕低声问道。

“请吧，请看吧……”

斯乔帕看了一眼，差点晕了过去。的确是个合同。首先，那上面有他龙飞凤舞的签名！旁边是财务经理里姆斯基的斜体签名，还注明同意演员沃兰德在七场演出费三万五千卢布中预支一万卢布，上面甚至还附有沃兰德收到这笔款项的签字。

“这是怎么回事！”不幸的斯乔帕心里暗暗叫苦，他已经晕头转向了。难道自己真的失忆了吗？！不过，既然合同已经看了，再要表现出惊讶就失礼了。斯乔帕请客人容他离开一会儿，于是只穿着袜子就朝前厅的电话跑去。他边跑边朝厨房的方向喊了一声：

“格鲁尼娅！”

没人回答。于是他又朝紧挨着前厅的柏辽兹的房间那边看了一眼。这一看让他呆住了。只见书房的门把手上有一个用绳子拴着的封条。“天哪！”斯乔帕的脑子轰地一声响。“还有没有完！”斯乔帕的脑子完全乱成了一锅粥。黑色无檐帽，冰镇酒，莫名其妙的合同——这就够乱的了，又来了个门上的封条！就是说，你随便对谁说柏辽兹闯祸了，人家也不会相信，不会相信的！可封条就在眼前！这不……

这时，斯乔帕不安地想起了一篇文章的事。前不久他把一篇文章塞给了亚历山大洛维奇·柏辽兹，想麻烦他帮忙在杂志上发表。说句实话，那篇文章写得真不怎么聪明！既产生不了什么影响，也没几文稿费……

提起那篇文章，就不能不让人想起他和柏辽兹之间那场充满疑惑的谈话。记得那是四月二十四日的晚上，他们正在厨房吃晚饭。当然，还不能完全说这场谈话是可疑的（他斯乔帕也不会去和别人进行这样的交谈），不过，它涉及了一些毫无必要的话题。公民们，大家完全有自由不去触及那些话题嘛。在这封条出现以前，毫无疑问，这谈话简直就是小事一桩，可封条出现以后就不同了……

“哎，柏辽兹，柏辽兹！”斯乔帕的脑子里像炸开了锅，“这可真是没想到啊！”

不过，斯乔帕并没为这事苦恼多久，因为他拨通了杂技剧团财务经理里姆斯基办公室的电话。斯乔帕目前的处境有些尴尬：首先，那外国人可能会不高兴，因为他刚刚出示了合同而斯乔帕还要去核实真伪，再次，在电话里和财务经理谈这件事也说不清楚。他总不至于说：“我昨天是否和一位魔法教授签过一份三万五千卢布的合同？”这样问会很失礼！

“喂！”电话那头传来里姆斯基尖细的声音，让人听着不太舒服。

“您好，格里高利·达尼洛维奇！”斯乔帕把声音压得低低的，“我是利哈捷耶夫。是这么回事……嗯……我这儿有一位……是演员沃兰德……是这样……我想问问，我们今天晚上有什么安排？”

“啊，是魔术吗？”里姆斯基在那头说，“现在我们就把海报贴出去。”

“哦，”斯乔帕的声音很微弱，“好，再见……”

“您很快就到吗？”里姆斯基问。

“半小时以后吧。”斯乔帕说完挂了电话，双手按了按滚烫的脑袋。唉，这不争气的东西！公民，你什么记性？啊？

在前厅耽搁太久可不礼貌，于是斯乔帕心里又盘算开了：一定要千方百计掩饰自己的健忘症，当务之急是要巧妙地从外国人嘴里套出话来，看看他希望斯乔帕领导的杂技团今天演出什么节目。

斯乔帕刚一转身，就看见镜子里有一个奇怪的身影，尽管偷懒的格鲁尼娅好久都没有擦拭放在前厅里的这面镜子了，但那个人影还是可以看得清清楚楚。那人又高又瘦，戴着一副夹鼻眼镜（要是伊凡·尼古拉耶维奇在这里就好了！他立刻就能认出这是谁！），那人影晃了一下，很快就不见了。斯乔帕更是胆战心惊地朝前厅看了看，他又一次被吓一跳，一只肥硕无比的黑猫映在镜中，随后也很快消失。

斯乔帕心里一惊，打了个趔趄。

“这是怎么回事？”他想，“我的神经还正常吧？这镜子里的影子打哪儿来的？”他朝前厅望了一眼，声音有些胆怯地喊道：

“格鲁尼娅！我们这里怎么有只猫啊？打哪儿来的？还来了个什么人吧？！”

“您别担心，斯乔帕·波格丹诺维奇，”一个声音答应道，不过不是格鲁尼娅，而是从客人待的卧室里传出的，“那猫是我的。别紧张。格鲁尼娅不在，我让她回沃龙涅日了。她埋怨你们老不给她放假。”

这番话显得很唐突和出人意料，以至于让斯乔帕怀疑自己是听错了。当他沮丧地跑到卧室门口，眼前的情形让他惊呆了。他顿时感到毛骨悚然，细密的汗珠从额头上渗出来。

卧室里已不是刚才那一个客人，而是一群人。前厅里闪过的那个人，正坐在第二张沙发椅上。现在可以看清他的长相了：蓄着小胡了，夹鼻镜的一只镜片闪着光，另一只镜片已不知去向。卧室里还有更糟的事情：在珠宝商遗孀的软垫小凳上，正放肆地坐着这一伙的第三位，就是那只硕大无比的猫，它的一只爪子正抓着酒杯，另一只爪子拿着叉子，上面还叉着一块油浸蘑菇。

卧室的光线本来不亮，现在斯乔帕就更觉黯淡了。“瞧，现在可真的要疯了！”他想着，一把扶住了门框。

“亲爱的斯乔帕·波格丹诺维奇，我发现您有些吃惊吧？”沃兰德向牙齿打颤的斯乔帕说道，“其实您不必吃惊。他们是我的随从。”

黑猫这时将杯里的酒一饮而尽，斯乔帕扶着门框的手滑了下来。

“我的随从也得有地方安置，”沃兰德接着说，“我看咱们这儿有人多余。我认为，这个多余的人正是您！”

“是他们，是他们！”穿着格子衣服的瘦高个说话像山羊叫，他说到斯乔帕时用的是复数。“现在他们越来越堕落。饮酒作乐，玩弄女人，占着职位却什么也不干，也干不了什么，他们从来都不想想自己的职责。只知道花言巧语骗上级！”

“还开着公家的车到处跑！”嘴里嚼着蘑菇的黑猫还在一旁火上浇油。

就在快要瘫倒的斯乔帕伸出无力的手去扶住门框的当儿，屋里发生了第四件，也是最后一件怪事。

一个身材矮小的人从镜子里直接走了出来。他肩膀很宽，头戴圆顶礼帽，一颗虎牙长长地从嘴里伸出，本来就丑得少见的脸更加难看。他还长着一头火红的头发。

“我嘛，”这新来的插进了谈话，“简直就不明白他是怎么当上团长的，”红头发的鼻音越来越重，“他都当了团长，我就能当主教了。”

“你可不像个主教，阿扎泽洛。”黑猫边说边把一根小泥肠夹到了盘子里。

“我也这么说，”红头发的鼻音很刺耳，说着他转身对着沃兰德恭恭敬敬地说，“主人，请允许我把他赶出莫斯科去？”

“滚！”黑猫突然叫了一声，身上的毛都竖起来了。

整个卧室在斯乔帕的眼前天旋地转起来，他的头磕到了门框上，在失去知觉的那一刹那他还在想：“我完了……”

不过他并没完。他微微地睁开了眼睛，发觉自己是坐在一块石头上。四周闹哄哄的。当他完全睁开双眼，发现这是海浪的声音，而且，浪头已经打到了他的脚边。简单说，他现在正坐在防波堤的尽头，头上是耀眼的蓝天，身后是一座建在山上的城市。

斯乔帕感到莫名其妙。他哆哆嗦嗦地站起身，沿着防波堤朝岸边走去。

防波堤上站着一个人，此人正抽着烟，并不时地往海里啐唾沫。当他看到斯乔帕，目光看上去很古怪，也停止了啐唾沫。

斯乔帕这时做了以下举动——他跪到了这位陌生的吸烟者面前，央求说：

“请求您告诉我，这是哪个城市？”

“瞧你这副样子！”吸烟人的话听上去没什么同情心。

“我不是酒鬼，”斯乔帕的声音有些嘶哑，“我遇到点事……我病了……我这是在哪儿？这个城市叫什么？”

“嗨，雅尔塔……”

斯乔帕轻轻地叹了口气，身子倒了下去，头也磕在了防波堤上发烫的石头上。他失去了知觉。

第八章

教授与诗人的辩论

斯乔帕在雅尔塔失去知觉的时候，大约是正午的十一点，此时，“流浪汉”伊凡·尼古拉耶维奇从长时间的沉睡中醒来。好一会儿他都想不明白，自己怎么会躺在这个陌生的四面白墙的房间，床边放着个古怪的金属床头柜，窗帘也是白白的，窗外阳光明媚。

伊凡晃了一下脑袋，奇怪的是头不疼了，他想起来自己这是在一家医院里。接着，他又回忆起了柏辽兹的死，不过这件事已不再引起他强烈的反应了。熟睡过后，伊凡的心情平静很多，意识也开始清醒。在这张干净、松软和舒适的弹簧床上躺了一会儿之后，伊凡发现身旁有个小按钮。平时伊凡就喜欢随手摆弄东西，于是他习惯性地摁了一下电钮。他原本以为会有铃声响起，或者是摁下按钮后会出现什么，但结果却完全不是想的那么回事。

床脚上一盏圆柱形毛玻璃小灯亮起，小灯写着：“喝水。”不一会儿，圆柱灯旋转起来，停下的时候小灯上写的是“护士”。不用说，这个灵敏的小灯让伊凡兴奋不已。“护士”以后，灯上的字换成了“请医生”。

“嗯……”伊凡嗯了一声，不知道接下来该怎么办。不过他碰巧很走运：在出现“请医生”的字样时，他又摁了一下按钮。这时圆柱灯有了回应，它停止转动，灯也熄灭了。一个身穿洁净的白大褂、身材丰满、模样很讨人喜欢的女人走进房间，她跟伊凡打了个招呼：

“早上好！”

伊凡不答，因为在这种地方的问好显然有些不合时宜。他们实际上是把一个健康的人关进了精神病院，却还要装作这样做十分必要的样子。

这时，那女人的脸上仍不失温和的表情，她按了一下电钮，窗帘被卷上去了，阳光透过宽阔而精巧的金属窗棂，一下子倾泻到了整个地面。窗棂外是一个阳台，阳台下方是一条蜿蜒伸展的河岸，岸的对面是郁郁葱葱的松林。

“请您洗澡吧。”女人做了一个请的姿态，随手一按，一道内墙徐徐打开，里面是一个独立的浴室，设备上乘。

虽然伊凡下决心不搭理那女人，可当他看见一大股水流从亮闪闪的水龙头里倾泻而出的时候，还是有些忍不住嘲讽地说：

“呵！这不是在大都会吗！”

“不，”那女人自豪地说，“比大都会饭店还要好得多！国外都见不到这么好的设备。专家和医生们都特意到我们医院来参观。我们这里天天都要接待外宾。”

一说到“外宾”，伊凡立刻想起了昨天那个顾问。他的脸马上就沉了下来，并双眉紧锁地看了她一眼，说：

“外宾！……你们干吗要宠着那些外宾！告诉你，他们中间什么人都有！比如，我昨天就碰到这么一位，那可真叫好啊！”

他差一点讲本丢 · 彼拉多的故事，但还是忍住了，他知道，跟这个女人讲这件事是无济于事的，反正她帮不了忙。

伊凡·尼古拉耶维奇洗完以后，那女人已经把一切准备妥帖：熨好的衬衣、短裤和袜子。不仅如此，她还打开了衣橱，指着里面对他说：

“您想穿什么，是睡袍还是睡衣？”

被强行留在这里的伊凡，见女人对自己的态度如此随便，不由得有些诧异。他用手指了指橱柜中一件鲜红的睡衣，没有做声。

随后，伊凡被领着穿过了一条空空荡荡、悄无声息的走廊，来到一间巨大无比的办公室。伊凡决定用嘲讽的态度，对待这个建筑中设备精良的一切，于是在踏进这间办公室的时候，他便给它起了个名字——“厨艺加工厂”。

这真是名副其实。这里有许多橱柜和玻璃柜，里面放着各种亮闪闪的镀镍器皿。几把结构相当复杂的椅子，发亮的灯罩罩在大个灯泡的外面，各种各样的玻璃瓶，煤气喷嘴以及电线，还有一些谁也叫不出名的仪器。

进了办公室，立刻有三个人过来接待伊凡，两女一男，都穿着白大褂。他们首先把伊凡带到角落的一张小桌旁，显然是想问他点什么。

伊凡思忖着自己的处境。摆在他面前有三条出路。第一条出路对他十分有诱惑力：把这些灯啊器皿啊统统砸个稀巴烂，这样可以表达自己对于被强制住院的抗议。不过今天的伊凡显然和昨天的伊凡大不相同了，他对走第一条路有些疑虑：他们更会把他当成狂躁型精神分裂症患者，除此没什么好结果。于是伊凡放弃了第一条路。第二条出路是立即把外国顾问和本丢·彼拉多的事告诉他们。但是昨天的经验表明，人们要么不相信他，要么会误解他的话。所以，伊凡也放弃了这条路，最终选择了第三条路：保持高傲的沉默。

但这办法完全不能奏效。对着一连串的提问，不管情愿还是不情愿，他都得皱着眉头回答哪怕是一两句。最后，人家还是把他的身世问了个清楚，甚至包括十五年前他得过猩红热的事。那个穿白大褂的女人在记满一页之后将记录本翻到新的一页，开始询问伊凡的家庭情况。她问得十分详细：谁去世了，什么时候，是什么原因，是否酗酒，是否患过性病，诸如此类。最后，他们又请伊凡谈了谈昨天在牧首塘发生的事，不过并没有盘问不休，对本丢·彼拉多的事也没有表示惊讶。

后来，问话的女人把伊凡交给了那个男人，那男人什么也没有问。他给伊凡量体温，数脉搏，用一种灯照着检查了伊凡的眼睛。后来有个女人过来帮忙，他们往伊凡的背上扎了几下，但并不疼，用锤子样的笔在他胸前画了些记号，接着又用小锤敲敲他的膝盖，伊凡的小腿不自觉地向上抬起，他们还往他指头上扎了一针，取出一滴血，又在他的肘弯处扎了针，把一个胶皮圈戴在了他的手腕上……

伊凡只是暗地里苦笑，心想这一切是多么愚蠢和古怪。真是亏他们想得出！他原本想提醒大家，这个来历不明的顾问会给大家带来危险，他想把那个家伙抓住，结果自己反倒落入这个神秘的办公室，甚至还得告诉他们自己有个叫费奥多尔的叔叔，这个住在沃洛格达市的叔叔是怎么酗酒等等诸如此类的琐事。简直是荒唐至极！

他们终于放过了伊凡。他被带回到自己的房间，他们给他送来了一杯咖啡，还有两个溏心鸡蛋和一片抹了黄油的白面包。

吃喝完毕，伊凡决定等待这个机构的某个负责人来召见他，而且希望这个人能关心他，还他以清白。

他还真等到了这样一个人，并且很快，就在他吃完早餐以后。伊凡病房的门突然间开了，一群穿白大褂的人走了进来。走在前面的，是一个举止优雅、年约四十五岁的男人，他的脸部像演员的脸那样经过细心的打理，目光和蔼但透着犀利。随从们个个对他毕恭毕敬，使他的到来显得非常郑重其事。就“好像自己是本丢·彼拉多似的！”伊凡暗暗想。

不错，这毫无疑问是个头面人物。他在小凳上坐了下来，其他的人则依然立在一边。

“我是斯特拉文斯基医生。”那人坐下后向伊凡作了自我介绍，友善地看了看伊凡。

“这就是亚历山大·尼古拉耶维奇。”一个络腮胡子被修剪得整整齐齐的人轻声说，立刻把一张密密麻麻的写着伊凡病情的报告呈给了上司。

“他们还弄出了一整套啊！”伊凡心想。上司很熟练地浏览着病历，嘴里念念有词“嗯……嗯……”并不时用伊凡听不懂的语言与旁边的人交谈几句。

“和彼拉多一样，他也会说拉丁语……”伊凡心情沮丧。这时，一个词让伊凡听了一激灵，这个词就是“精神分裂症”。昨天那个该死的外国佬在牧首塘说过，今天斯特拉文斯基教授在这里也提到了它。

“他连这都知道！”伊凡十分不安。

看样子，这个领导给自己定了一条规矩，那就是不管别人说什么他都欣然赞同，还要向对方说“太好了，太好了”。

“太好了！”斯特拉文斯基说着把病历还给了一旁的人，接着转身对伊凡说：“您……是个诗人？”

“对。”伊凡的脸阴沉下来，突然间平生第一次对诗歌产生了一种莫名其妙的厌恶，也对还能想得起来的那些自己写下的诗歌作品感到非常憎恶。

他皱着眉头，现在轮到他来问问斯特拉文斯基了：

"您……是教授？"

对这个问题，斯特拉文斯基谦虚礼貌地点了点头。

"您是这里的负责人吗？"伊凡又问。

斯特拉文斯基朝他躬了躬身。

"我想和您谈谈。"伊凡·尼古拉耶维奇意味深长地说。

"我就是为此而来的。"斯特拉文斯基答道。

"事情是这样的，"伊凡觉得该他讲话的时候了，"他们把我当成了精神病，谁也不愿意听我说！……"

"哦，不会。我们会非常认真地听您讲话。"斯特拉文斯基认真地安抚着伊凡。

"那您就听我说。昨天傍晚我在牧首塘碰到了一个神秘的人物，说外国人又不是外国人，他预知了柏辽兹的死，还亲眼见过本丢·彼拉多。"

随行而来的人们一声不吭地听着诗人的讲述。

"彼拉多？就是那个和耶稣基督生活在同一时代的彼拉多吗？"斯特拉文斯基眯着眼瞧着伊凡，问道。

"正是。"

"噢，"斯特拉文斯基说，"而那个柏辽兹是被有轨电车轧死的？"

"这是我昨天亲眼所见，就在牧首塘公园旁边，这时那个神秘人物……"

"就是那个认识本丢·彼拉多的人？"斯特拉文斯基问，他的理解力显然比其他人强。

"正是他，"伊凡肯定地说，心里在琢磨斯特拉文斯基这个人，"他预言了安奴什卡会把葵花籽油打翻……还有柏辽兹恰好要在那个地方滑倒！您说这事有趣吧？”伊凡意味深长地说着，他希望自己这番话能带来巨大效果。

但是，他所希望的效果并没有产生，斯特拉文斯基只是简单地问了一句：

“安奴什卡是什么人？”

这个问题使伊凡颇感不快，他脸上的肌肉抽搐了一下。

“安奴什卡在这件事上无关紧要，”伊凡有点不高兴地说，“谁知道她是什么人，反正是花园街附近的一个傻娘们儿。重要的是那个家伙知道，您明白吗，他事先就知道葵花籽油要被打翻！您明白我说的话吗？”

“很清楚，”斯特拉文斯基认真地回答道，并拍了拍诗人的膝盖，说：“别激动，接着讲。”

“好，”伊凡说，他尽量学着斯特拉文斯基的语气，痛苦的经验使他懂得，只有冷静才能帮他的忙，“那个可怕的家伙，他谎称自己是个顾问，他可是有一种非同寻常的本领……比如说，你如果追他，可是你却不可能追上他。他身边还有跟班，也很了得：瘦高个儿的戴着一副被打碎了镜片的夹鼻眼镜，另外还有一只大得出奇的黑猫，它能自己去坐电车。还有，”谁也没打断伊凡，他神情兴奋，语气肯定，“他还到过本丢·彼拉多的阳台，这可是千真万确的事。您说这人是什么来历啊？是不是？应当立即逮捕他，否则他会带来无法形容的灾祸。”

“所以您就在竭尽全力地抓他？我这样理解对吗？”斯特拉文斯基问。

“他真是聪明，”伊凡想，“应该承认，知识分子中间偶尔也会有少数几个聪明人。这点不能否认。”于是他答道：

“完全正确！您想想，我能不竭尽全力吗！可是我却被扣在了这里，被人拿小灯照我的眼睛，在浴室里给我洗澡，对我叔叔费佳的事都刨根问底！……可我叔叔早就去世了！我希望你们立即放我出去。”

“行，太好了，太好了，”斯特拉文斯基说，“现在一切都清楚了。的确，把一个健康人强留在医院里算什么？好吧，只要您对我说一声您是正常的，我立刻就让您出院。不需要提供什么证据，您说一声就行。那么，您正常吗？”

屋里一片沉默，早晨护理伊凡的那个胖胖的女人用一种崇敬的眼光看了看教授。伊凡此刻又不禁感慨：“的确是个聪明人。”

伊凡对教授这个建议很是欢喜，不过在回答之前，他还是皱着眉头认真地想了一会儿，最后才斩钉截铁地说：

“我，精神正常。”

“那太好了，”斯特拉文斯基如释重负地大声说道，“如果是这样，那我们就来讨论一下事情发展的逻辑。就说您昨天的经历吧。”教授转过身，立即有人把伊凡的病历递过来。“昨天，为了寻找那个在您面前自称见过本丢·彼拉多的陌生人，您做了这么几件事，”斯特拉文斯基开始掰着长长的手指数起来，时而看着病历，时而看着伊凡，“您把一个圣像挂在了胸前，对吧？”

“是的。”伊凡蹙着眉头承认了。

“您翻了栅栏，划破了脸，对吗？您手举一支点着的蜡烛出现在餐厅里，还只穿着内衣，并在餐厅打了人。人们把您捆起来送到了这里。到了这里之后，您给民警局打过电话，还叫他们带枪过来。随后您还想跳窗而出。是这样吧？请问，就凭您这样子怎么能把人家抓住，或者说是抓捕？如果您还正常，那么您自己都会回答：绝不可能。您希望离开这里吗？请吧。不过，我请问您，您准备去哪里？”

“当然是去民警局。”伊凡的语气已不那么坚定，在教授的注视下他的目光有些茫然失措。

“就直接从这里走？”

“嗯。”

“您不先回一趟自己的家？”斯特拉文斯基紧接着问。

“哪还有工夫回家？！等我在家里走两圈，他早就跑掉了！”

“是这样。那您到了民警局首先说什么呢？”

“说本丢·彼拉多。”伊凡·尼古拉耶维奇应道，他的眼前出现了阴沉的烟霭。

“呵，太好了！”斯特拉文斯基发出了一声感叹，说着还转身吩咐那个络腮胡子，“费多尔·瓦西里耶维奇，请给公民‘流浪汉’开一张出院回城证明。不过这间病房不要安排别人，被褥也不必换。两小时后公民‘流浪汉’还会回到这里。怎么样？”他对诗人说，“我还不想祝您成功，因为我根本就不相信您会成功。很快就会再见的！”他站起身，随从们跟着也动了起来。

“您凭什么说我还会回来？”伊凡有些不安。

斯特拉文斯基像是在等他这么问，他重又坐了下来，说道：

“就凭您穿着衬裤走进民警局，并告诉他们您见过一个亲眼见过本丢·彼拉多的人，他们立马就会把您送到这里来，您还得住进这间屋子。”

“这跟衬裤有什么关系？”伊凡有些乱了方寸，他朝四下看了看，问道。

“主要是本丢·彼拉多。当然衬裤也有关系。因为我们会要求您把我们的衣服脱下，换上您自己的衣服。可您就是穿着衬裤到我们这里来的。您连回趟家都不肯，尽管我还一再地暗示和提醒您。还有接下来的彼拉多……这就足够了！”

这时，伊凡·尼古拉耶维奇的身上正发生着一种奇怪的变化。他的意志似乎已经崩溃，他觉得自己是那么虚弱，那么需要别人的建议。

“那我该怎么办？”这次的问话显得有些怯懦了。

“这就太好了！”斯特拉文斯基答道，“这才是最明智的问题。现在我告诉您，您到底出了什么事。昨天您是受到了强烈的惊吓，有人给您讲了诸如本丢·彼拉多之类的事情来吓唬您。于是，神经紧张、心情焦虑的您就满城乱跑，到处去讲本丢·彼拉多的事。自然，别人把您当精神病也不奇怪了。现在，您只有一条路可走，那就是保持绝对安静。所以，您必须留在这里。”

“但是一定要抓住那个家伙呀！”伊凡大声说，声音里充满了哀求。

“好的，不过您何必要亲自去呢？您把您的怀疑和指控写成书面材料。再没有把您的检举信递交上去更省事的了。如果像您说的，这事确实涉及犯罪，那么很快就会水落石出的。但是有一个前提条件，那就是您不可用脑过度，而且要尽量少去想本丢·彼拉多的事。讲点别的不好吗？不是什么都可以相信的。”

“明白了！”伊凡果断地说，“请给我纸和笔。”

“给他纸和尽量短的铅笔头。”斯特拉文斯基对胖女人吩咐道，转而又对伊凡说，“不过，我建议您今天不要写。”

“不行，不行，就今天，一定要今天写。”伊凡激动地大声说。

“那好。只是别过分用脑。今天写不出来，明天再写！”

“他会跑掉的！”

“不会的，”斯特拉文斯基很肯定地反驳说，“他跑不到哪儿去，我向您保证。而且，您要记住，在我们这里您可以得到全面的帮助，离开我们的帮助，您什么都做不成。您听明白了吗？”斯特拉文斯基的问话有些意味深长，同时他的双手握住了伊凡的手。他一边握手一边久久地盯着伊凡的眼睛，反复说：“在这里您能得到帮助……您明白吗？……大家会帮助您的……您在这里会感觉轻松的。这里安静，很踏实……在这里大家会帮你的……”

伊凡·尼古拉耶维奇忽然打起了哈欠，脸上的肌肉松弛下来。

“好的，好的。”他轻声说。

“瞧，太好了！”斯特拉文斯基用他习惯性的语言结束了这场谈话，并站起身来，“再见！”他握了握伊凡的手。快要走到门口时，他又回过头来对络腮胡子说：“您用氧气试试看……加上洗浴。”

眨眼间，斯特拉文斯基和他的随从就在伊凡的眼前消失了。窗栅外，河对岸那片松树林正欢天喜地地沐浴着正午的阳光，而近处的河流在阳光下也泛起了粼粼波光。

第九章

卡洛维约夫的把戏

尼卡诺尔·伊凡诺维奇·博索伊是莫斯科花园街附302号的物业主任，死去的柏辽兹就曾住在这幢楼里。自那个星期三的半夜开始，他就忙得不可开交了。

我们知道，热尔德宾所在的委员会在那天半夜曾到过这里。他们叫来了尼卡诺尔·伊凡诺维奇，将柏辽兹的死讯告诉了他，然后同他一起进入了第50号公寓。

在公寓内，他们封存了死者的手稿和全部遗物。无论是女佣格鲁尼娅，还是轻浮的斯乔帕，当时都不在家。委员会当即向尼卡诺尔宣布，死者的手稿由委员会带走供研究之用，他的住房，也就是三个房间（原珠宝商的书房、客厅和餐厅）交给物业处管理，死者的遗物应该得到妥善保管，而且要确定继承人。

柏辽兹的死讯以神奇的速度传遍全楼，人们从星期四早晨七点钟开始就往博索伊家打电话，随后有许多人亲自登门递交申请，他们都希望搬进死者的房间。两小时之内，尼卡诺尔·伊凡诺维奇就接到了三十二份这样的申请。

申请的内容五花八门，包括请求、恐吓、诬陷、告密、自费修缮房屋的承诺、对住房拥挤的描述等，还有的说无法与强盗同居一室。其中，第31号公寓的住户还生动地描写了他的饺子是怎么被人放进外衣口袋里偷走的事，另外还有两个人以死相威胁，还有一个女人坦白了自己已经怀孕的事。

尼卡诺尔·伊凡诺维奇常常被人叫到自己的门厅，他们拽着他的衣袖，对他嘀嘀咕咕，向他使眼色，也对他许诺。

尼卡诺尔·伊凡诺维奇就这样被折腾到中午十二点多。他想从家里逃到位于大门边的物业处办公室，但是他看到那边也有人候着，所以又赶紧绕开那里跑开了。他很艰难地甩掉了紧随身后的几个人，他们当时正穿过铺了柏油地面的大院追过来。尼卡诺尔躲进了六单元，上到五楼。那套不吉利的第50号公寓就在这里。

身体肥胖的尼卡诺尔·伊凡诺维奇累得上气不接下气，在公寓门前歇了好一会儿才伸手摁门铃，里面没人来开门。他又连续摁了好几次，最后开始小声地骂起来。尽管如此，还是没有人来给他开门。尼卡诺尔·伊凡诺维奇已经失去了耐心，从口袋里掏出物业处的备用钥匙，用他那只大权在握的手把门打开，走了进去。

“喂，保姆！”尼卡诺尔·伊凡诺维奇站在半明半暗的门厅里喊了起来，“那个谁……是格鲁尼娅，对吧？你在吗？”

没人回答。

于是尼卡诺尔·伊凡诺维奇从公文包里取出一把折尺，用它扯开了书房门上的封条，抬腿就要跨进去。就在他踏进房门的一刻，一阵惊恐令他在门口止了步，他甚至打了个寒噤。

死者柏辽兹的书桌后坐着一位陌生人，他又瘦又高，穿一件格子上衣，头上一顶骑手帽，戴着夹鼻眼镜……总之，这是个陌生人。

“公民，您是什么人？”尼卡诺尔·伊凡诺维奇怯生生地问。

“哈！尼卡诺尔·伊凡诺维奇！”这位不速之客的声音尖厉刺耳，他一边大喊大叫一边从椅子上跳起来，出其不意地强行握住尼卡诺尔的手。这种礼遇并没让尼卡诺尔高兴起来。

“请原谅，”尼卡诺尔用一种狐疑的口吻说道，“您是什么人？您是公职人员吗？”

“嗳，尼卡诺尔·伊凡诺维奇！”陌生人的话透着亲切，“什么叫公职人员和非公职人员啊？这一切都取决于看问题的角度。尼卡诺尔·伊凡诺维奇，一切都是变化和相对的。今天我不是公职人员，可明天你瞧吧，我又成了公职人员！也可能相反，什么事不可能啊！”

这番言辞让物业主任怎么听怎么不顺耳。他天生多疑，现在更是觉得眼前这个夸夸其谈的人绝非公职人员，可能就是个无业游民。

“您到底是什么人？您姓什么？”主任显得更严厉了，身子也往前倾了过去。

“我的姓名吗，”主任的严厉并没使陌生人产生丝毫的畏惧，“嗯，我嘛，就叫卡洛维约夫。您不想来点下酒菜吗，尼卡诺尔·伊凡诺维奇？别客气！啊？”

“对不起，”尼卡诺尔气坏了，“来什么下酒菜！”（应该说，这样说不太礼貌，可尼卡诺尔·伊凡诺维奇这人天生就有些粗鲁。）“不许您强占死者的住房！您在这儿干什么？”

“您请坐，尼卡诺尔·伊凡诺维奇。”那个公民大声说道，一点儿不显得慌张，还给主任递过来一把椅子。

尼卡诺尔完全被激怒了，他推开椅子，大声吼道：

“您究竟是谁？”

“我呢，是住在公寓里一位特别来宾的翻译。”自称卡洛维约夫的人自我介绍道，还把穿着两只黄色脏皮鞋的鞋后跟咔嚓地碰了一下。

尼卡诺尔·伊凡诺维奇惊得张大了嘴巴。一个外国人光顾这里，还带着翻译，这对他来说完全是个意外，所以他得把事情搞清楚。

翻译很乐意地进行了一番解释。外国演员沃兰德先生愉快地接受了杂技剧团团长斯乔帕·波格丹诺维奇·利哈捷耶夫的邀请作巡回演出，大概有一周的时间会借住他家，对此斯乔帕昨天已致信尼卡诺尔·伊凡诺维奇，并请他替外宾办个暂住证明，因为斯乔帕本人要去一趟雅尔塔。

“他没给我写过什么申请啊。”主任诧异了。

“尼卡诺尔·伊凡诺维奇，您不妨在公文包里找找。”卡洛维约夫讨好地说。

尼卡诺尔·伊凡诺维奇耸耸肩打开了公文包，里面果然有一封利哈捷耶夫写的信。

“我怎么会忘了呢？”尼卡诺尔·伊凡诺维奇看着已经拆开的信，目瞪口呆，喃喃地说。

“这是常有的事，常有的事，尼卡诺尔·伊凡诺维奇！”卡洛维约夫捏着嗓子说，“注意力不集中，过度疲劳，血压上升，我亲爱的朋友尼卡诺尔·伊凡诺维奇！我也患过严重的健忘症。哪天我们喝酒的时候我跟您讲讲我的那些事儿，您准会笑破肚皮！”

“利哈捷耶夫什么时候去雅尔塔了？”

“他已经走了，走了！”翻译大声说，“您知道吗，他简直是十万火急！天晓得他现在在什么地方啊！”翻译挥动着两只手臂，就像扇动着两只风磨的叶片。

尼卡诺尔·伊凡诺维奇说他需要亲自见见那个外国人，可这次他被翻译一口回绝了：绝对不行。他说他正忙着，在训猫呢。

“如果您愿意，我可以带您去看看那只猫。”卡洛维约夫提议说。

这次，轮到尼卡诺尔·伊凡诺维奇拒绝翻译的建议。不过接着翻译又向主任提出了另一个建议，虽然这个建议有些出人意料，不过倒令人有些兴趣。

原来，沃兰德先生说什么也不愿意住旅馆，他喜欢住得宽敞一点，所以，希望物业处能让他在这里住个把礼拜，也就是他在莫斯科巡回演出期间吧，他希望租用这一整套公寓，当然也包括死者的三间房。

“对死者来说，现在这些都无所谓了。”卡洛维约夫嘀嘀咕咕地说，“尼卡诺尔·伊凡诺维奇，您说对吧，房子对死者来说还有什么用处呢？”

尼卡诺尔·伊凡诺维奇有些犹豫，他说按理外宾是应该住到大都会饭店去，他们是不能住私人住宅的……

“您不知道，他这人的脾气有多怪！”卡洛维约夫低声说，“他就是不愿意住饭店！他就是不喜欢旅馆！他们都骑到我脖子上了，这些外国游客！”卡洛维约夫用亲近的口吻抱怨说，还指了指自己那青筋爆起的脖子，“您相信吗，他们把我折腾得精疲力竭！他们到这里来……这些狼心狗肺的家伙，不是搞间谍活动，就是到处惹是生非：这也不对，那也不对！……可对物业处来说，尼卡诺尔·伊凡诺维奇，这可是很划算的事情啊，明摆着有一大笔收入呢。他可不在乎钱。”卡洛维约夫先看看四周，然后把嘴凑到了主任的耳朵跟前：“他是个百万富翁！”

翻译的建议显然具有实际意义。这个建议就意味着有一笔可观的收人，不过，对方的口气，他的衣着，还有那副让人反感和形同虚设的夹鼻眼镜，又让人觉得这个建议很靠不住。为此，主任的心里有些七上八下的，但最后他还是决定接受这个建议。原因嘛，嗨，就是物业管理处的资金紧缺。入秋前就应该备好供暖用的油料了，可资金到现在还没有着落。如果有了外宾的这笔租金，问题就可能解决了。不过，办事认真谨慎的尼卡诺尔·伊凡诺维奇还是说，这事他必须事先向外事局请示一下。

“我理解，”卡洛维约夫大声说，“怎么能不经过请示呢！一定要请示！请您打个电话，尼卡诺尔·伊凡诺维奇，现在就向他们请示。至于租金，您不必客气，”卡洛维约夫一边小声地说着，一边把主任引到门厅的电话机前，“不赚他的钱，赚谁的钱！您没看见他在尼斯的那幢别墅！要是明年夏天您出国的话，不妨专门去看一下，那才会让您感叹不已呢！”

电话请示外事局的事进行得非常顺利，这么快就能办妥，让主任也着实吃惊。原来，他们已经知道沃兰德先生要借住利哈捷耶夫私人公寓的事，他们对此不反对。

“啊，太好了！”卡洛维约夫大叫一声。

这刺耳发颤的叫声使主任多少有点儿吃惊，他表示，物业处同意把第50号公寓租给演员沃兰德一个星期，租金嘛……尼卡诺尔迟疑了一下，说：

“每天五百卢布。”

卡洛维约夫的反应又让主任大吃一惊。他贼头贼脑地朝卧室看了看，那只肥猫跳到地上的声音从那边传来，他说话的声音变得有些嘶哑：

“一周的话，就是三千五百卢布喽？”

尼卡诺尔·伊凡诺维奇心想，他接下来准会说：“您的胃口可不小嘛，尼卡诺尔·伊凡诺维奇！”但是，他听到的话完全相反：

“这还算个钱吗！跟他要五千，他也会给。”

尼卡诺尔·伊凡诺维奇有些不知所措地笑了笑，接下来，他自己也不知道怎么的就来到了柏辽兹的写字台边，而卡洛维约夫则以快得惊人的速度和敏捷起草好了一式两份的合同。随后，他跟在卡洛维约夫后面飞快地去了一趟卧室，出来时，两份合同上已经署上了外国人潇洒的签名。主任自己也签了名。最后，卡洛维约夫还请主任写一张五千卢布的收条……

“大写，大写，尼卡诺尔·伊凡诺维奇！……五千卢布……”说话的时候，他像在闹着玩：“一、二、三！”话音落下，五沓像刚从银行取出的新票子就摆在了主任的面前。

尼卡诺尔数着钞票，卡洛维约夫则在一旁开起了玩笑，说什么“钱款要当面点清”“耳听为虚，眼见为实”等等诸如此类的话。

点好钱，主任从卡洛维约夫手里接过了外国人的护照，以便帮助办理暂住证，接着他把护照、合同和现金都放进了公文包，最后还是忍不住提了一个请求，说话时有些扭捏，问能否给他几张入场券？

“没话说！”卡洛维约夫大声说，“您需要多少张？尼卡诺尔·伊凡诺维奇，十二张？十五张？”

主任有些目瞪口呆，连忙解释，说只要两张就够了，他带彼拉盖娅·安东诺夫娜去，这是他夫人。

卡洛维约夫当即掏出记事本，利索地给尼卡诺尔·伊凡诺维奇开了两张前排座位的入场券证明。翻译左手把免票证明麻利地塞给尼卡诺尔·伊凡诺维奇，右手则把厚厚一沓、窸窣作响的钞票放到了主任的另一只手里。尼卡诺尔·伊凡诺维奇瞥了一眼，脸变得通红，并伸手把钱推开。

“这可不行……”他的声音很低。

“我不听这些，”卡洛维约夫凑到了主任的耳朵根，“我们之间不行，可人家是外国人。人家会生您气的，尼卡诺尔·伊凡诺维奇，那样才不行呢。再说您这么辛苦受累……”

“这可是重罪啊。”主任的声音低得几乎听不见了，他边说边左顾右盼。

“谁来证明啊？”卡洛维约夫把嘴凑到主任的另一只耳朵，“请问，谁能证明啊？您这是怎么啦？”

按照主任事后肯定的说法，这时发生了一个奇怪的事：那沓钞票自己进了他的公文包。后来，精疲力竭快要瘫倒在地的主任已经站到了楼梯上。各种各样的念头在他脑子里飞快地转过。尼斯的别墅，那只受过特别训练的猫，的确没有证人，免费的票肯定能让彼拉盖娅·安东诺夫娜开心。这些事情虽然没有什么关联，但都是让人高兴的事。但是，主任感觉内心深处的某个地方似乎有根针在隐隐地扎他。这根针让他有些不安。除此之外，一个念头又给站在楼梯上的主任当头一棒：“书房的门上明明贴着封条，翻译怎么进去？！而他尼卡诺尔·伊凡诺维奇，怎么就没问一声呢？”主任像山羊似的在楼梯上发了一会儿呆，最后决定不去想它了，何必让这些伤脑筋的事情来折磨自己呢……

主任刚一离开第50号公寓，卧室里就传出一个低沉的声音：

“我不喜欢这个尼卡诺尔·伊凡诺维奇。这个骗子、滑头。你能不能想办法让他别到这里来？”

“先生，您吩咐得对！……”卡洛维约夫的回答不知从哪儿冒出来，声音清脆响亮，完全不是刚才那种颤音了。

现在，这可恶的翻译来到门厅，拨了个电话号码，然后对着听筒哭腔哭调地说了起来：

“喂！我认为自己有义务举报，我们花园街附302号的物业处主任尼卡诺尔·伊凡诺维奇·博索伊倒卖外汇。他家第35号公寓卫生间的通风管道里，有一个报纸包着的小包，里面有四百美元。我是同一个楼里第11号公寓的住户，叫季莫菲·克瓦斯佐夫。不过请不要透露我的姓名。我怕这位主任报复。”

他挂了电话，这个卑鄙之徒！

第50号接下来发生了什么事，我们不知道，不过我们知道尼卡诺尔·伊凡诺维奇家发生的事情。他把自己锁在了卫生间，从公文包里取出了翻译塞给他的那沓钞票，数了数是四百卢布。他用报纸把钞票包好，塞进了通风管道。

五分钟后，主任坐到了自家那个小小餐厅里的桌子旁。妻子从厨房里端出了切好的青鱼，上面密密地撒着一层葱花。尼卡诺尔·伊凡诺维奇往一个小高脚杯里倒了一杯伏特加，一饮而尽，又倒上一杯，又一饮而尽，然后用叉子叉起了三片青鱼……这当儿，门铃响了起来。而彼拉盖娅·安东诺夫娜正把一个热气腾腾的锅端进来，看一眼就能猜出锅里是红红的甜菜汤，里面还有世上最美味的东西——带髓的牛骨头。

尼卡诺尔·伊凡诺维奇咽了口唾沫，像小狗崽一样呼哧呼哧地说：

“让人没处躲没处藏！饭都不让人吃啦。谁也别让进门，我不在，不在。告诉他们，那套房子的事就别忙活了，一个星期以后再开会……”

妻子朝门厅跑去，而尼卡诺尔·伊凡诺维奇正用汤勺把一块裂了缝的骨头从红彤彤的湖泊里捞出来。就在这一刻，两位男性公民走进了餐厅，走在一旁的彼拉盖娅·安东诺夫娜的脸色不知为什么有些苍白。看见来人，尼卡诺尔·伊凡诺维奇脸色也顿时煞白，并立即站起身来。

“厕所在哪儿？”前面那位穿斜领白衬衫的人很关切地问。

有东西掉在餐桌上发出了声响（这是尼卡诺尔·伊凡诺维奇手里的勺子掉到了桌布上）。

“在这儿，在这儿。”彼拉盖娅·安东诺夫娜飞快地说道。

来人很快朝走廊冲了过去。

“这是怎么回事？”尼卡诺尔·伊凡诺维奇盯着来人，低声问道，“我们家不可能有那种……你们有证件吗……对不起……”

前面的人边走边向尼卡诺尔·伊凡诺维奇出示证件。这时，另一个人已经站到了卫生间的小凳上，并把一只手伸进了通风管道。尼卡诺尔·伊凡诺维奇的眼前一阵发黑。纸包被打开了，里面不是卢布，而是一种没见过的钞票，说蓝不蓝，说绿不绿，上面还印着个老头儿像。不过，尼卡诺尔·伊凡诺维奇并没把这一切看个真切，他只觉得好像有些小点在眼前游动。

“通风管道里藏着美金。”头一个进来的人若有所思地说，并温和而礼貌地问尼卡诺尔·伊凡诺维奇：“这包东西是您的吗？”

“不是！”尼卡诺尔·伊凡诺维奇的声音很吓人，“这是坏人搞的鬼！”

“这种事也是有的。”先来那人没有反驳这个说法，不过还是客气地补充了一句，“那好吧，把其余的也交出来吧！”

“我没有！没有，我对天发誓，我手上从来没有过这种东西！”主任的喊声透着绝望。

他跑到五斗橱前，哗地拉开抽屉，从里面取出了公文包，嘴里前言不搭后语地嚷嚷道：

“我有合同……那个混蛋翻译塞给我的……叫卡洛维约

夫……戴着夹鼻眼镜！”

他打开公文包，朝里面看了看，又把手伸进去摸了摸，脸色立刻发了青，包也掉进了桌上的红菜汤里。包里空无一物：没有斯乔帕的信，没有合同，没有外国人的护照，没有现金，也没有免费入场券。一句话，什么也没有，只有一把折尺。

“同志们！”主任歇斯底里地喊道，“快抓住他们！我们楼里出了鬼啦！”

这时，彼拉盖娅·安东诺夫娜好像中了邪一样，她忽然把手一拍，大声说：

“老实交代吧，伊凡诺维奇！那样可以减刑！”

尼卡诺尔·伊凡诺维奇瞪着充血的眼睛，把拳头举到了妻子的头顶，咆哮道：

“呸，你这个该死的娘们儿！”

说着说着，他无力地瘫倒在椅子上。显然，他知道自己在劫难逃了。

这时，那位季莫菲·康德拉季耶维奇·克瓦斯佐夫正站在主任家门前的楼道里，一会儿眯着眼往锁眼儿里看，一会儿把耳朵贴在门上听，正好奇着呢。

五分钟后，一些在院子里的本楼居民看到，主任在两个人的陪同下朝院子的大门走去。他们说，当时尼卡诺尔·伊凡诺维奇的脸色十分难看，走路东倒西歪，像喝醉了酒似的，嘴里嘟嘟囔囔。

又过了一个小时，一个陌生人走进了第11号公寓。此时，季莫菲·克瓦斯佐夫正在厨房里上气不接下气地对其他人讲述主任被抓走的经过。来人勾了勾手指，把季莫菲叫到了门厅，对他说了句什么，他们便一起消失了。

第 十 章

来自雅尔塔的消息

在物业主任尼卡诺尔·伊凡诺维奇不幸入狱之时，距离花园街附302号院不远的杂技剧院财务经理里姆斯基的办公室里坐着两个人：一个是里姆斯基本人，另一个是该剧院的总管瓦列努哈。

这间宽敞的办公室位于剧院的二楼，两扇窗户朝着花园大街，另一扇窗正好在经理办公桌的后面，对着杂技剧院的花园，花园里有冷饮部、靶场和露天舞台。办公室的陈设除了一张办公桌，墙上还张贴了好些旧海报，一个小桌几，上面放着一个长颈玻璃瓶，四把椅子，墙角里有个木架子，架子上摆着一个陈旧的布满灰尘的布景模型。当然，屋里除了上面所说的摆设以外，理所当然有一个不大的保险柜，保险柜的漆皮已经斑驳，它紧靠着写字台边放着，在里姆斯基的左手。

坐在办公桌后面的里姆斯基打一早起就情绪低落，而瓦列努哈则刚好相反，显得精力充沛精神抖擞，正愁没地方施展他的能量呢。

现在他是暂时躲进财务经理的办公室，那些想得到免票的人总是缠着他，特别是在新节目上演的前两天。今天就是这样的日子。

桌上的电话刚一响，瓦列努哈便拿起听筒，开始编瞎话骗人：

“找谁？瓦列努哈？他不在。出去了。”

“请你再给斯乔帕打个电话！”里姆斯基很不高兴地对瓦列努哈说。

“他不在家呀。我让卡尔波夫去过了。他家里没人。”

“鬼知道这是怎么回事啊。”里姆斯基一边嘀咕着，一边啪啪地摁着计算器。

门打开了，领位员把一大捆刚刚印好的、作为补充的海报拉了进来。绿纸上是巨大的红字：

自今日起，本剧院特邀

沃兰德教授

表演幻术并揭秘幻术机关

瓦列努哈把抽出的一张海报搭在布景模型上，又退后两步欣赏了一番，随即吩咐领位员将所有海报赶紧张贴出去。

“很好，很醒目。”领位员离开时瓦列努哈如此评价说。

“可我特别不喜欢，”架着玳瑁眼镜的里姆斯基恶狠狠地盯着海报说，“奇怪了，他怎么会批准上演这种东西！”

“可别这么说，格利高里·达尼洛维奇，这台演出一定是卖座的。最精彩的是它还有揭秘这个环节。”

“我搞不懂，不懂，这有什么精彩可言。他老是想出这些玩意儿！至少也得让我们看看这个幻术家是什么模样啊。你见到他吗？鬼知道他是从哪里把这个家伙发掘出来的！”

事情原来如此，和里姆斯基一样，瓦列努哈也没见过这个幻术家。昨天斯乔帕（用里姆斯基的话是“跟疯子一样”）跑进财务经理的办公室，手里拿着一份签好的合同，吩咐他立即誊清并马上预付演出费。要是幻术家溜了呢，因为除了斯乔帕，谁也没见过他长什么样。

里姆斯基掏出表来一看，已经两点过五分，他有些忍无可忍了。岂有此理！利哈捷耶夫是十一点来的电话，说他半小时后就到，可两个小时都过去了，他不但没到这里来，连家里也没了他的影儿。

“我这里有多少事在等着他呢！”里姆斯基指着桌上一大堆等待签署的文件，大声吼道。

“他不会和柏辽兹一样，也钻到车轮子下面去了吧？”瓦列努哈说话时正把听筒紧贴着耳朵，里面是一遍又一遍长长的毫无希望的忙音。

“真是这样就好了……”里姆斯基用刚能听到的声音含混地说。

就在这时，一个头戴制帽、身穿制服和黑裙、脚穿布鞋的女人走了进来。她从腰间一个小挎包里取出一个正方形白色信封和一个小本子，问道：

“这里是杂技剧院吧？加急电报，请签字。”

瓦列努哈在她的小本子上龙飞凤舞地签了字，等那邮递员刚一出门，他便急切地拆开了信封。

看完电报，他眨巴着眼睛把它递给了里姆斯基。

电文如下：“雅尔塔致莫斯科杂技剧院今十一时半一穿短睡衣西裤赤脚精神异常者来刑侦局自称系杂技剧院经理利哈捷耶夫请速告雅尔塔刑侦局该利哈捷耶夫踪迹。”

“天，这是真的吗！”里姆斯基大声说，随后又加了一句：“又是一个意外！”

“这是个冒名的家伙！”瓦列努哈说，他拨通了电报局的电话：“是电报局吗？记在杂技剧院账上。拍份加急电报……您在听吗？‘雅尔塔刑侦局……本院利哈捷耶夫院长正在莫斯科财务经理里姆斯基’……”

因为要及时告知雅尔塔有人冒名顶替的事情，瓦列努哈再次打电话找斯乔帕，当然，他哪里也找不到。

正当瓦列努哈拿着听筒考虑该往哪儿打电话的时候，刚才那位送电报的女邮递员又走了进来，并把另一份电报交给了瓦列努哈。瓦列努哈急忙打开，读完电文后还吹了一声口哨。

“又怎么啦？”里姆斯基神经质地抽搐了一下。

瓦列努哈没说话，把电报递了过去。财务经理见电报中这样说：“请相信我被沃兰德用催眠术移至雅尔塔并向刑侦局证明我的身份利哈捷耶夫。”

里姆斯基和瓦列努哈头挨着头，把电文又读了一遍，面面相觑说不出一句话来。

“公民们！”女邮递员腾地发了火，“请签个字，然后你们再发呆，呆多久都行！我还得去送加急电报！”

瓦列努哈的两眼并没离开电报，只是伸手在邮递员的小本儿上签了字，邮递员很快就走开了。

“你不是十一点多还和他通过电话吗？”剧院总务完全被搞糊涂了。

“说来真是好笑！”里姆斯基尖声叫道，“不管有没有通过电话，反正他现在绝不可能在雅尔塔！真是好笑！”

“他喝醉了吧……”瓦列努哈说。

“谁喝醉了？”里姆斯基问，两人又相互对视。

有一个冒名者或是疯子从雅尔塔发来了电报，这点是毫无疑问的。可奇怪就奇怪在，这个雅尔塔的骗子怎么会知道昨天才到达莫斯科的沃兰德的？他怎么会知道利哈捷耶夫和沃兰德是什么关系？

“‘用催眠术’……”瓦列努哈重复着电报中的这几个字。“他怎么会知道沃兰德？”他眨巴着眼睛，忽然肯定地大声说：“不会，是他瞎编的，瞎编的！”

“这个沃兰德在哪里呢，真是鬼才知道？”里姆斯基问。

瓦列努哈立刻接通了外事办公室的电话，让里姆斯基大为吃惊的是，对方告诉他，沃兰德住在利哈捷耶夫家呢。随后，瓦列努哈又打通了斯乔帕家的电话，他等了很久，里面仍然是等待的铃声。等待铃声时，不知从哪个遥远的地方传来了忧郁沉重的歌声“……悬崖，我的安身之地……”瓦列努哈想，这大概是广播剧院的广播和电话串线了吧。

“没人接电话，”瓦列努哈挂上了听筒，“要不再试试……”

还没等他把话说完，那位女邮递员又出现在了办公室的门口。里姆斯基和瓦列努哈两人同时起身迎了上去。这回她从挎包里取出的不是白色信纸，而是深色信纸。

“这下子热闹了。”望着匆匆离去的邮递员，瓦列努哈一字一句地说。里姆斯基先拿起了那张纸。

深色传真纸上是两行清晰的黑色笔迹：

“此为我的笔迹和签名请回电加以确认并请暗中监视沃兰德斯乔帕。”

凭着在戏剧界二十多年的工作经历，瓦列努哈什么没见过啊，可眼下他却觉得自己的脑子被一块布给蒙住了。他什么话也说不出来，除了一句人们常常用来表达难以置信的话：

“这怎么可能！”

里姆斯基的反应完全不同。他起身打开门，大声吩咐坐在门外的女秘书：

“除了邮递员，谁也不许进来！”说完他还把门反锁起来。

随后，里姆斯基从办公桌里取出了一沓信纸，开始比对传真上那粗大、微微向左倾斜的字迹和信纸上斯乔帕的笔迹，还有那带着尾花的签名。瓦列努哈俯身在一旁观看，嘴里呼出的热气都喷到了里姆斯基的脸上。

“是他的笔迹。”最后，财务经理断言，而瓦列努哈的话则像是他这话的回声：

“是他的笔迹。”

看了里姆斯基一眼，瓦列努哈惊奇地发现这张脸变了。经理那张原本就瘦削的脸现在越发显得苍老，玳瑁眼镜后那双眼睛已失却了以往的尖刻，而被代之以担忧，甚至悲伤。

一个受到极度惊骇的人会有的举动，瓦列努哈都有了。他在房间里来来回回地走着，有两次像是被钉上十字架似的张开双臂，从玻璃瓶里倒出满满一杯有些发黄的水，一饮而尽，然后大声说：

“不明白！不明白！我——不——明——白！”

里姆斯基望着窗外，紧张地思索着。财务经理现在的处境很难。他必须立即对这些反常现象作出一个正常的解释。

财务经理眯起眼睛，开始想象穿着一件短睡衣、打着光脚的斯乔帕，大约在今天上午十一点半登上了一架他从未见过的超音速飞机，同样是在这个时候，脚上又穿着双袜子的斯乔帕站在了雅尔塔机场……真是令人费解啊！

也许，今天不是斯乔帕本人从家里打来的电话？不对，那是斯乔帕。斯乔帕的声音怎么会听不出来！就算今天打电话的不是斯乔帕，那么昨天傍晚该是他吧，因为他就是拿着那张愚蠢的合同从自己的办公室跑到这里来的，还对我这个财务经理发了一通脾气，说我过于轻率。再说他怎么也不跟剧院打个招呼就远走高飞了呢？就算他是昨天晚上乘飞机走的，那今天中午也到不了呀！也许真的到了？

“雅尔塔离莫斯科多远？”里姆斯基问。

瓦列努哈站住脚，大声说：

“我想过！我也想过了！坐火车到塞瓦斯托波尔大约是一千五百公里。到雅尔塔还要加八十公里。如果坐飞机，当然要近些。”

嗯……对呀……坐什么火车也到不了。那怎么去的呢？乘战斗机？什么战斗机，是谁又会允许斯乔帕连鞋都不穿呢？他为什么不穿鞋？也许是在到达雅尔塔之前把鞋脱掉的？那又要问，他为什么要把鞋脱掉呢？其实，他就是穿着鞋，也不会被允许上战斗机的！何况战斗机跟这事一点关系都扯不上。电报上明明写着他是十一点半到刑侦局的，而他在莫斯科打电话的时间是……让我想想……里姆斯基的眼前出现了他那只怀表……他回忆起了时针在那一刻的位置。太可怕了！那是十一点二十分。这说明什么？我们假设斯乔帕一放下电话便直奔机场，就算他五分钟到达，顺便说一句，这也是不可能的。那么，战斗机也必须在五分钟内飞行一千多公里？照这样，飞机的时速要达到一万两千公里！！这是绝对不可能的，可见，他并不在雅尔塔。

那么是怎么回事呢？用催眠术吗？世界上也绝没有能把人一下子移到千里之外的催眠术啊！要不就是斯乔帕出现了幻觉，以为自己在雅尔塔？就算他有幻觉，那雅尔塔刑侦局的人总不至于也出现幻觉吧？不对，这怎么可能！……但他们却从当地发来了电报？

财务经理的脸色阴沉得可怕。这时有人在转动着门把手，只听得守在门口的女秘书拼命地喊：

“不行！我不放您进去！杀了我也不放！里边在开会！”

里姆斯基尽量保持着镇静，他摘下了电话听筒：

“请接雅尔塔，紧急电话。”

“聪明！”瓦列努哈心里很是佩服。

但是，雅尔塔的电话没有接通。里姆斯基放下电话，说：

“真倒霉，线路故障。”

看得出，线路故障让他特别沮丧，甚至使他陷入沉思。他想了想，一只手又拿起了听筒，另一只手开始记录，记下了他对电报局口授的电文：

“请发一份加急电报。我是杂技剧院。对。雅尔塔。刑侦局。对。‘今十一时半利哈捷耶夫在莫斯科与我通话。句号。此后他未上班，打电话未寻出其下落，句号。笔迹属实，句号。已采取措施监视该演员。财务经理里姆斯基’。”

“太聪明了！”瓦列努哈暗暗赞叹，可还没来得及细想，脑子里又响起了另一个声音：“愚蠢！他绝不可能在雅尔塔！”

这时，里姆斯基把几份电报和自己的回电底稿仔仔细细地叠好装进了一个信封，封好，在上面写了几个字，然后把它交到了瓦列努哈手里。

“伊凡·萨维里耶维奇，请你亲自送去，立刻。让他们把这事查清楚。”

“这才是真正的高明！”瓦列努哈想着，并把信封放进了公文包。随后，他抱着姑且一试的念头，再一次拨打了斯乔帕家的电话，只见他把听筒紧紧地贴在耳朵上，兴奋而神秘地挤眼睛做鬼脸。里姆斯基伸长了脖子。

“可以请演员沃兰德接电话吗？”瓦列努哈甜滋滋地问道。

“他们很忙，”听筒里传来了一个尖细刺耳的颤声，“您是哪位？”

“杂技剧院总务瓦列努哈。”

“伊凡·萨维里耶维奇？”那个声音高兴地喊道，“听到您的声音太高兴了！您身体好吗？”

“谢谢！”瓦列努哈吃惊地说道，“您是哪位呢？”

“我是助手，是他的助手兼翻译卡洛维约夫，”听筒里的声音又尖又细，“愿为您效劳，尊敬的伊凡·萨维里耶维奇！您有什么事尽管吩咐。请讲！”

“请问，斯乔帕在家吗？”

“哦，不在，不在！”听筒里的人大声说，“他出去了。”

“去哪儿了？”

“开车到城外兜风去了。”

“什……么？去……兜风？……他什么时候回来？”

“说是呼吸点新鲜空气就回来！”

“是这样……”瓦列努哈有点不知所措了，“谢谢。请您转告沃兰德先生，他今晚的演出安排在第三个单元。”

“遵命。一定照办。很快就办。务必办。现在就去告诉他。”听筒里的人一字一顿地说。

“祝您一切顺利。”瓦列努哈感到有些惊异。

“也请接受我的，”听筒里说，“最美好、最热烈的问候和祝愿！祝您成功！祝您幸福美满！再见！”

“瞧，这还用说！我说过的嘛！”剧院总务激动地说，“根本不在雅尔塔，他是到城外兜风去了！”

“如果真是这样，”财务经理气得脸色发白，“那就实在是太荒唐了，太不像话了！”

财务经理正说着，剧院总务站起身来一嚷，倒把他吓了一跳。

“想起来了！想起来了！普希金诺有一家羊肉馅饼餐厅叫‘雅尔塔’！这就清楚了！他去了那儿，喝得稀里糊涂的，就从那儿给我们拍了电报！”

“太过分了，”里姆斯基脸都气歪了，两眼冒着怒火，“瞧啊，他得为这次郊游付出昂贵的代价！……”说到这里，他又顿了一下，不太有把握地加了一句：“不过，刑侦局……”

“废话！全都是他一人捣的鬼。”心直口快的剧院总务打断了财务经理的话，问道：“那这包东西还送吗？”

“一定要送。”里姆斯基答道。

此时办公室的门又开了，走进来的还是那位……“又是她！”里姆斯基一想到这个心里就发愁。他们俩起身迎了上去。

这次来的电报这样写道：

“多谢确认身份速汇五百卢布至刑侦局转我明飞返莫斯科利哈捷耶夫。”

“他疯了……”瓦列努哈无精打采地说。

里姆斯基用钥匙打开保险柜，从抽屉里拿出钱，点出了五百卢布，按铃吩咐秘书取走了钱，并嘱咐他到邮局去寄出。

“请原谅，格利高里·达尼洛维奇，”瓦列努哈简直不敢相信自己的眼睛，“我觉得，你不该汇这笔钱。”

“钱还会回来的，”里姆斯基声音低沉，“不过他要为这次野餐负全部责任呢。”然后指了指瓦列努哈的公文包，说，“去一趟吧，伊凡·萨维里耶维奇，别耽搁。”

瓦列努哈拿起公文包很快地走了出去。

他来到底层，看到售票窗口前面排起了长长的队伍，女售票员告诉他，再过一小时晚场就爆满了，因为新的海报一贴出，人们就像潮水般涌了过来。于是，瓦列努哈又吩咐售票员把包厢和池座里最好的三十张票留下来。走出票房，他又从那些死皮赖脸缠着他要赠票的人堆里脱开身，一头钻进了自己的办公室，想到那里去取帽子。这时，电话叮铃铃地响了起来。

“喂！”瓦列努哈大声应道。

“是伊凡 · 萨维里耶维奇吗？”听筒里传来一个瓮声瓮气的声音，听上去让人很不舒服。

“他不在剧院！”瓦列努哈正大声地说着，但电话那头却立即把他的话打断了。

“别装蒜，伊凡·萨维里耶维奇，您听好了。不许把这些电报送到别处去，也不许给任何人看。”

“你是谁？”瓦列努哈愤怒了。“公民，请您不要开这种玩笑！我们现在就能把您查出来。您的电话号码是多少？”

“瓦列努哈，”那个万恶的声音回答说，“俄语你听得懂吧？不许把电报送到任何地方去。”

“您还有完没完？”剧院总务已经怒不可遏了，“那您就等着瞧吧！您会为此付出代价的！”他本来还想说句什么话威胁一下对方，可他很快就打住了，因为他觉得对方已经把电话挂断了。

这间小小的办公室此时很快就黯淡下来。瓦列努哈快步走出了办公室，门在他身后砰的一声关上了。他经过侧门朝花园方向急匆匆地走去。

此时，剧院总务的情绪激昂、精神饱满。刚才那个放肆的电话使他更加深信不疑，一定有一个流氓团伙在搞鬼，而且利哈捷耶夫的失踪也与此有关。揭发这个流氓团伙的愿望极大地鼓舞着剧院总务，而且说来也怪，他心里总觉得有什么好事在等着他似的。当一个人希望自己成为人们关注的焦点时，当一个人希望带来某种轰动效应的时候，他的心情往往就会是这样的。

一阵风从花园那边迎面扑来，尘土吹进了剧院总务的眼睛，好像要挡住他的去路，也像是在向他发出警告。二楼的窗户发出了砰的一声响，险些把玻璃震下来，槭树和椴树的树梢被吹得沙沙作响。天色更加黯淡，令人感觉更加凉爽了。剧院总务揉了揉眼睛，此时，一片泛黄的乌云正低低地掠过莫斯科的上空。远处响起了隆隆的雷声。

尽管瓦列努哈急着要去送电报，但一阵无法克制的便意使他不得不立刻去一趟花园的厕所，也顺便去看看电工是否给那里的灯装上网罩。

跑步经过靶场，瓦列努哈走进茂密的丁香花丛，浅蓝色墙面的厕所就在里面。电工显然是个尽职的人，男厕屋顶上的电灯已经装上了粗铁丝编织成的网罩。不过剧院总务还是很不满意，因为在这雷雨来临前的昏暗光线下，墙壁上那些用炭笔或铅笔涂写的污言秽语还是依稀可见。

“这像什么话啊！……”瓦列努哈刚想嘟囔几句，身后却忽然响起了一个像猫叫的声音：

“是您吗，伊凡·萨维里耶维奇？”

瓦列努哈吓了一跳，回头看见自己的面前站着一个矮胖子，长着一张猫脸。

“是我。”瓦列努哈满脸不高兴。

“非常，非常高兴，”猫脸胖子捏着嗓子叫喊道，随后他突然抡起胳膊，大大地扇了瓦列努哈一个耳光，打得剧院总务的帽子从头上飞进了粪坑。

就在矮胖子手起手落之时，一道闪电在瞬间把厕所照得通亮，天空响起了一声炸雷。接着，又是一道闪电，剧院总务的眼前又多了一个人——此人个头不高，却长得虎背熊腰，一头火红的头发，一只眼睛里长着白翳，嘴里还有颗獠牙。这人显然是个左撇子，他照着瓦列努哈的另一侧脸颊又来了一下。好像老天也在呼应似的，空中又响起一声炸雷，接着，一场倾盆大雨落在了厕所的木板屋顶上。

“你们干什么，同……”被打得晕头转向的剧院总务正要说“同志”，不过猛然间他又意识到，“同志”这个词对在公共厕所里动手打人的歹徒来说已经不合适了，所以又声音沙哑地说：“公……”正要把“公民”说出口，他又觉得连这个称谓他们都不配。正当他犹豫不决的时候，第三记耳光又打了过来。他没看清这次是两人中谁动的手，但鼻血很快就流出来了，身上的托式衬衫被染红了一片。

“你这个寄生虫，公文包里是什么？”猫脸用刺耳的声音尖叫道，“电报吧？不是警告过你，不要把电报送到别处去吗？是不是有人警告过，我问你？”

“是……警……告过……”剧院总务上气不接下气地说。

“你还是要送？把公文包交出来，浑蛋！”正是电话里那个瓮声瓮气的声音。这后来出现的家伙这么说着，还一把将公文包从瓦列努哈瑟瑟发抖的手上夺了过去。

他们架起剧院总务的两条胳膊，把他拖出了花园，带着他沿花园街飞奔而去。雷声大作，雨水哗哗地流进了下水道，地上处处是溅起的水泡，积水的地方还掀起了一阵阵波浪，屋顶的雨水顺着管道倾泻而下，泛起泡沫的水流朝门洞方向哗哗地流去。雨水把花园街上的人都冲跑了，没有人能够来搭救伊凡·萨维里耶维奇。两名歹徒蹦蹦跳跳地在浊流中向前走着，闪电不时地照着他们的身体，眨眼之间，半死不活的剧院总务就被他们带到了附302号楼。他们飞也似的把他拽进门洞，那里还有两个光着脚的女人，她们紧靠墙壁站着，手上拿着自己的鞋子和袜子。接着两人把失去知觉的瓦列努哈拖进了六单元，上到五楼，进了他所熟悉的斯乔帕·利哈捷耶夫家昏暗的前厅，把他扔到了地板上。

前厅里，两名歹徒已消失得无影无踪，代替他们的是一个裸体女郎。她长着一头红发，两眼闪着火辣辣的磷光。

瓦列努哈明白，今天遭遇中最可怕的一幕就要降临了。他呻吟着，朝墙上靠了过去。那女郎也紧紧地逼过来，把两手搭在了他的肩上。瓦列努哈的头发顿时竖了起来，透过身上这件冰冷的、已经湿透的托式衬衫，他能感觉到这双手更冷，简直比冰块还要冷。

“来，让我亲亲你。”姑娘说话很温柔。瓦列努哈看到，两只磷光闪闪的眼睛正向着他的眼睛贴近。一时间，瓦列努哈失去了知觉，那个吻他已经感觉不到了。

第十一章

伊凡的双重人格

一小时前，河对岸的那片松林还在五月的阳光照耀下，现在它却黯淡模糊，消失不见了。

窗外，下起了滂沱大雨。空中，偶尔会亮起一道闪电。闪电将天空撕开，那令人恐惧的闪光立刻照亮了整个病房。

看着浑浊、泛起水泡的河水，坐在床上的伊凡轻声哭了起来。遇到打雷的时候，他会用双手捂着脸，害怕地大叫一声。写满字的稿子铺得到处都是。雷雨前刮进来的一阵大风，已把它们吹落了一地。

诗人想就那个可怕的顾问写份检举信，但他的想法落了空。从那位丰满的名叫普拉斯科维娅·费多罗夫娜的女医生手里接过了纸和铅笔，他便煞有介事地搓着手，迫不及待地坐到了小桌子前。开头的几个字写得倒很顺利：

“致民警局。莫斯科文协会员伊凡·尼古拉耶维奇·波内廖夫（流浪汉）。检举信。昨晚，我和已故的米·亚·柏辽兹一起来到牧首塘……”

写到这里，诗人被卡住了。主要是“已故的”这几个字，此处有些不恰当：怎么可能是和已故的人一起呢？死人是不会走路的！这样的话，人家可不就得把我当成疯子吗！

想到这里，伊凡·尼古拉耶维奇开始修改，变成了这样：“和米·亚·柏辽兹一起，此人后来亡故……”这还是不能令他满意。他接着改了三遍，结果比前两次更糟：“……和后来被电车轧死的柏辽兹一起……”此处还必须加个注，以便与同名的著名音乐家有所区别，即：“……非系音乐家……”

伊凡被两个柏辽兹弄得晕头转向，索性把这两个人的名字统统划掉，决定重新写个精彩的开头，好把大家的注意力吸引住。

比如，写黑猫是怎样坐的电车，然后再回头描写被轧掉的脑袋。脑袋和顾问的预言使他联想到了本丢·彼拉多。为了更有说服力，伊凡决定不分巨细地把这位总督的事统统写进去，从身披红衬里白披风的彼拉多走进大希律宫两个配殿之间的柱廊写起。

伊凡写得很认真，还不时划掉一些写好的句子，加上更正的话，甚至还画了一幅本丢·彼拉多的像，以及用后腿直立行走的黑猫。但是，图画也无济于事，诗人的检举信越写越乱，越写越令人费解。

此时，远处出现了一片乌云，它的周边带着烟雾般的白边。乌云霎时间笼罩住了对岸那片松林，狂风大作。伊凡感觉浑身虚弱无力，已经写不出这封检举信了，于是他没有去收拾那些被吹落的纸片，而是时急时缓地哭了起来。

电闪雷鸣的时候，善良的女医生普拉斯科维娅·费多罗夫娜进来看了看诗人，他的哭泣让她很担忧。为了不让雷电吓着病人，她急忙拉上了窗帘，然后拾起散落在地上的稿子找医生去了。

医生来了，往伊凡的胳膊上打了一针，并安慰说，他不会再哭了，一切都会过去，一切都会好转，一切都会被遗忘的。

医生的话果然不错。很快，对岸的松林又恢复了原貌。雨后天空重现了之前的湛蓝，松林在天空下露出新绿。一打完针，伊凡的忧伤情绪便荡然消失，此刻，他平静地躺在床上，望着横贯蓝天的彩虹。

他就这样躺到了傍晚，甚至没有注意到彩虹是什么时候消散的，天空是什么时候黯淡下来的，松林是什么时候变成了黑乎乎一片的。

一杯热牛奶下肚，伊凡又躺下了。他甚至大为惊异，自己的想法怎么变了。那该死的猫已经不那么可憎了，那颗被轧下的头颅也不是那么让人害怕了。伊凡不再去想那颗头颅的事情，他开始觉得，其实住在这家医院也挺不错的，斯特拉文斯基既聪明又有名气，和他打交道是件十分愉快的事情。雷雨过后，傍晚的空气显得特别清新甜美。

医院大楼已经睡去。走道里一片静谧，白色磨砂灯已经熄灭了，按规定，这时应该只有光线微弱的浅蓝色夜灯亮着，门外女医生们走在橡胶地板上所发出的小心翼翼的脚步声越渐稀少。

此刻，伊凡舒服地躺在床上。他偶尔会望望灯罩下的小灯，小灯正把柔和的光线从天花板上泻落下来；他时而又会望望黑乎乎的松林后面升起的月亮，自言自语地咕哝起来。

“柏辽兹被电车轧死，我何苦要那么激动呢？”诗人说着，“说到底，他与我有什么关系！我是谁，是他的教父还是姻亲？如果认真地想想就会明白，其实我对死者丝毫不了解。的确，我对他知道些什么呢？除了知道他是个秃子，知道他口若悬河。再说了，公民们，”伊凡继续说着，像是在发表演讲，“我们再来说说，谁能解释：我干吗要对一个神秘的顾问，一个幻术师，一个独眼教授大发雷霆呢？我干吗要穿着衬裤、举着蜡烛、傻乎乎地追他呢，接着又在餐厅里出尽洋相？”

“不，不，不，”突然间，过去那个伊凡既不像是从内心，又不像是在耳旁对现在的伊凡严肃地说，“柏辽兹的头会被轧掉这件事他不是事先就知道了吗？这点怎么能不令人惊奇和激动呢？”

“同志们，这是什么话！”新伊凡反驳了老朽的旧伊凡，“这事明摆着不清楚，连小孩子都明白。他百分之百不是个简单人物。可这正是此事有趣的地方！一个亲眼见过本丢·彼拉多的人，还有比这更让您感兴趣的事吗？要是我不在牧首塘边上胡闹一通，而是有礼貌地向他请教彼拉多和那个被捕的拿撒勒人后来的情况，岂不是聪明得多吗？可我呢，都干了些什么啊！最要紧的是，杂志主编被电车轧死了！那又能怎样，杂志会因此而停刊吗？谁能怎么样？这个人是注定要死的，预言应验了，而且是死于非命。愿他在天堂安息！瞧着吧，会来另一位主编，也许，他会比原来那个更加能说会道。”

稍息片刻之后，新伊凡用嘲讽的口吻问旧伊凡：

“那么，我在这个事件中扮演了什么角色呢？”

“一个傻瓜！”不知从何处传来了一个斩钉截铁的男低音，它既不是新伊凡发出的，也不是旧伊凡发出的，倒是很像那个顾问的声音。

不知为什么，伊凡并没有因为听到“傻瓜”而生气，反而感到了惊喜。他咧嘴笑了笑，迷迷糊糊地像是进入了梦乡。梦渐渐地靠近了伊凡，他仿佛看见一棵粗得像大象腿的棕榈树，还有一只猫从旁边跑过，那猫并不可怕，倒叫人喜欢，总之，伊凡眼看着就要被睡梦征服了。突然，铁栅栏悄无声息地向一旁移挪过去，一个神秘的人影出现在阳台上。他避着月光，还举着一个手指威胁伊凡。

伊凡丝毫没有恐惧感。他从床上坐起，看见了阳台上那个男人。这男人把一个指头贴近嘴唇，轻轻地说了声：

“嘘！”

第十二章

幻术揭秘

一个蹬一辆普通两轮自行车的小个子男人出现在杂技剧院的舞台上。只见他头戴一顶破旧的黄帽，长着一个鸭梨状的酒糟鼻子，下身是一条格子裤，脚穿一双漆皮鞋。伴随着狐步舞曲，他围着舞台绕场一圈。在一阵惊叫声中，他竖起了车的前轮，车立了起来，仅仅靠后轮在台上绕行。骑着后轮跑了一圈之后，这小人儿来了个翻身倒立，两脚朝天，在行进中巧妙地卸下了前轮，把它扔进了侧幕，随后，用双手代替双脚转动着脚蹬子，让自行车就这样在台上继续绕行。

一个金发女郎骑着一辆独轮自行车出场了。她端坐在高高的车座上，车座被一根桅杆状的金属杆支撑着。她体态丰满，穿一件紧身衣，下身穿了一条缀着亮片、闪闪发光的超短裙，她也开始在台上绕起圈来。每次与女郎相遇，那小人儿便发出一阵欢呼，还用脚摘下自己头上的帽子向她致意。

最后上场的是一个八岁左右的男孩。他生着一张老头儿脸，骑着一辆两轮自行车在大人中间穿来穿去。在这辆小车上，还安了一个硕大无比的汽车喇叭。

骑过几圈，三人伴着乐队紧迫急促的鼓点一齐冲到了前台。前排观众惊叫着急忙向一边躲闪，他们以为这三人会骑车冲进乐池。

眼看着要砸到乐师们的头顶了，自行车停住了。三位车技演员大喊一声“停”，随后一起跳下车并向观众鞠躬致谢，金发女郎向人们抛着飞吻，小男孩则揿响了自己车上的那个大喇叭，发出一阵可笑的声响。

整个剧场掌声雷动，蓝色幕布此时由两侧向中心缓缓合拢，把演员们挡在了里面。门边照在“出口”字样上的绿色灯光熄灭了，白色的灯光透过纵横交错的绳梯和秋千从高高的屋顶倾泻而下，把剧场照得如同白昼。这是最后一个单元节目之前的剧场休息。

此时，只有格里高利·达尼洛维奇·里姆斯基对朱利一家的高超演技没有丝毫的兴趣。他独自坐在自己的办公室，咬着薄薄的嘴唇，脸上的肌肉时时地抽搐着。自利哈捷耶夫莫名其妙地失踪后，剧院总务瓦列努哈竟也没有任何先兆地不知去向了。

瓦列努哈出去的事，里姆斯基是知道的，可他一去就……再没回来！里姆斯基耸了耸肩膀，自言自语地说：

“他出什么事了？！”

奇怪的是，像财务经理这样能干的人，往瓦列努哈去的地方打个电话，问问是怎么回事，这本来是件简单容易的事，可直到晚上十点钟之前，他仍没有拿定主意打这个电话。

十点钟了，里姆斯基勉强地拿起了听筒，电话不通。接线员说，楼内的其他电话也出了问题。这当然令人不快，但也不是什么大不了的事情，只是不知什么缘故，里姆斯基心里还是有些惊异。不过，他同时也暗自庆幸，可以不打这个电话了。

这时，财务经理头顶那盏小红灯亮了，说明幕间休息时间到了。秘书进来报告，说那位外国演员到了。经理不知为什么打了个寒战，脸色阴沉下来，准备起身到后台去接待这位巡回演员。除了他，剧院没有人可以做这件事了。

走廊里响起了静场的铃声，可许多人还在好奇地往大化妆间里张望。里面有穿着鲜艳的长袍、头上包着头巾的魔术演员，有穿着白色线衣的滑冰演员，还有把脸抹得雪白的说书人，以及化妆师等等。

著名幻术家的打扮的确让人大开眼界，他穿着样式奇特、长得出奇的燕尾服，黑色面具下只能看见半张脸。他的两个跟班更是令人吃惊：一个穿着方格上衣、戴副夹鼻眼镜的瘦高个男人，还有一只硕大无比的黑猫。它是用两只后腿立着走进化妆室的，进屋后便大模大样地坐到了沙发上，眯起眼睛看向那些化妆灯。

里姆斯基强作欢颜，岂料这样反使他的脸色越发难看，甚至还带上了一种恶意。他向沙发上的幻术家点头致意，紧挨黑猫坐着的幻术家却目无表情。他们甚至没有握手。穿方格的瘦高个儿主动作起了自我介绍，说自己是“这位先生的助手”。眼下的情形不仅让财务经理吃惊，更令他不悦，因为合同上根本没提什么助手的事。

格里高利·达尼洛维奇最后还是克制住了自己的情绪，干巴巴地问这位不速之客，演员的道具放到什么地方了。

“最尊敬的经理先生，您就是上天赐予我们的钻石，”助手的声音又尖又细，“我们的道具总是放在身边的。您瞧！一，二，三！”当着里姆斯基的面，他边说边搓着青筋暴绽的手，突然间从黑猫的耳朵里掏出了里姆斯基那块带表链的金怀表。这只表原先是放在他背心口袋里的，背心外面是西服，西服的纽扣扣着，表链是穿在扣眼儿里的。

里姆斯基不由得往怀里摸了摸。周围响起一片赞叹之声，正朝门里张望的化妆师佩服得直咂巴嘴。

“是您的表吧？请您收好！”穿方格上衣的人懒懒地笑着，把放在脏脏的手心里的表交给了不知所措的主人。

“坐电车可别挨着这种人。”说书人兴奋地对化妆师低声说道。

黑猫紧跟着也露了一手，比刚才的夺表一幕还要精彩。只见它出人意外地从沙发上站起身来，用两条后腿走到化妆镜台前，用一只前爪拔下了长颈玻璃瓶的瓶塞，倒出一杯水，一口气喝光了它，然后又盖好了瓶塞，还用化妆棉擦了擦胡子。

此时的人们连“啊”都喊不出来了，只剩下无声地张着大嘴，最终还是化妆师先发出了一句低声的赞叹：

“嗬，绝了！”

第三遍铃声此刻急促地响了起来，已经被刺激得兴奋异常的人们预感到好戏就要开场，都跑着离开了化妆室。

很快，观众席上方的那些大灯熄灭了，舞台前区的脚灯亮起来，淡红色的灯光直接打到了幕布的下方。一个胖子从幕布间被照亮的缝儿里走了出来，他的脸刮得干干净净，神情如孩子般欢快，外穿一件皱巴巴的燕尾服，里面是一件旧衬衫。他就是全莫斯科家喻户晓的报幕员乔治·本加尔斯基。

“嗨，诸位公民，”本加尔斯基说着，脸上露出了婴儿般的微笑，“接下来出场的是……”说到这里他忽然停住，紧接着换了一种腔调，“我发现，观众在第三部分节目开始之前又增加了许多。今天，全城有一半人都到我们这里来了！明天如果我遇到一位朋友，我会问他：‘你为什么不来呢？昨天城里一半的人都来了。’他一定会回答我：‘我属于另外那一半啊！’”本加尔斯基稍作停顿，期待着观众们的笑声，可谁也没笑，于是他只好继续说下去：“好，下面由外国著名的幻术大师沃兰德先生给大家表演幻术！大家知道，”本加尔斯基露出一副智者的微笑，“世界上既没有神也没有鬼，那些都是人们的迷信，沃兰德先生只不过是出神入化地掌握了幻术的技巧，关于这一点，在最有趣的部分，也就是幻术揭秘的时候，大家就会一目了然了。现在我们急于想欣赏到幻术的高超技法，也急切地希望知道它的秘密，那么，我们有请沃兰德先生出场！”

一番溢美之辞过后，本加尔斯基将双手合在一起，朝大幕的缝隙处挥了挥。随即，大幕发出了轻微的沙沙声，朝两侧慢慢退去。

幻术师带着瘦高个儿助手和那只猫上了台。那只猫直立着走到台前，很讨观众的喜欢。

“给我来把椅子！”沃兰德低声吩咐道。说话间，一把椅子不知从什么地方就飞到了舞台的中央，幻术师坐了上去。“请告诉我，亲爱的法戈特，”沃兰德问穿格子上衣的瘦高个儿小丑，看来，此人除“卡洛维约夫”这个名字外还有一个名字，“你说，莫斯科居民是不是发生了很大变化？”

幻术师朝鸦雀无声的观众席看了一眼，大家还沉浸在对那把凭空飞来的椅子的惊叹中。

“正是这样，先生。”法戈特—卡洛维约夫低声回答。

“你说得对。这城市的人确实大变……表面上看，城市也是大变了。穿着方面就不用说了，还出现了什么……有轨电车，还有汽车……”

“是公共汽车。”法戈特恭敬地提醒道。

观众专心地听着他们的对话，把这当作幻术表演的开场白。侧幕里挤满了演员和场务人员，他们中间，就有里姆斯基那张紧张而苍白的脸。

站在前台侧幕的报幕员本加尔斯基脸上开始显出疑惑的神

情。他抬了抬眉毛，趁着舞台上的一个间隙，开始说起来：

“这位外国演员是在赞赏莫斯科的技术进步，也在赞美莫斯科人。”本加尔斯基说话时两次露出了微笑，一次是对着池座，一次是对着楼座。

沃兰德、法戈特和黑猫齐刷刷地向报幕员转过了脸。

“我表示赞赏了吗？”幻术师问法戈特。

“没有，先生，您压根儿就没有赞赏什么。”法戈特回答。

“那这个人在说什么？”

“他就是在骗人嘛！”穿格子衣服的助手对着整个剧场响亮地说，接着又转过身来对着本加尔斯基说，“恭喜，公民，恭喜您成了骗子大王！”

楼座那边传来笑声，本加尔斯基打了个寒噤，瞪大了眼睛。

“当然，我感兴趣的不仅仅是公共汽车、电话和其他的……”

“设备！”花格子在一旁提示。

“完全正确，谢谢。”幻术师声音低沉，语速缓慢，“我感兴趣的是比这更加重要的问题，那就是，城市居民们的内心是否发生了变化？”

“对，先生，这是最为重要的问题。”

挤在侧幕内的演员们开始面面相觑，耸起了肩膀。本加尔斯基满脸通红地站在一旁，而里姆斯基则脸色煞白。可就在这时，幻术家像是看透了人们的疑惑和不安，对助手说道：

“亲爱的法戈特，我们俩只顾着聊天，观众们可有些坐不住了。你给大家先表演个小节目，作为开场戏吧。”

观众席里响起了一阵如释重负般的低语。法戈特和黑猫沿台前的脚灯分别走向了舞台的两侧。法戈特打了个响榧，高声喊道：

“三、四！”说着他朝空中一伸手，一沓扑克牌便到了手里。他洗了洗牌，又顺手给黑猫扔了过去，扑克牌竟在空中形成一条长链。黑猫接住这长长的纸牌链子，转手又原样扔了回去。像蛇一样柔滑的纸牌链在半空中发出了吱吱的声响，像鸟一样张着大嘴的法戈特把牌一张张地衔住，并逐一吞进了肚去。

把戏结束之后，黑猫走到台前把双腿往前一并，赢得了令人难以置信的喝彩和掌声。

“太棒了，太棒了！”站在侧幕里的人发出了阵阵惊叹。

而法戈特用手往池座一指，说道：

“尊敬的公民们，这副牌现在就在第七排一位叫帕尔切夫斯基的公民身上，而且就夹在一张三卢布的钞票和一张法院的传票之间。这张传票是有关他向女公民泽尔科娃支付抚养费事宜的。”

池座里一阵骚动，人们开始欠起身来四处张望。最后，一个男性公民，准确讲就是那个帕尔切夫斯基，又惊又窘地从皮夹子里掏出了一副扑克牌，举着它在空中舞了舞，不知该拿它怎么办好。

“您留下它作个纪念吧！”法戈特大声说，“您昨天吃晚饭的时候不是说过吗，要是没有扑克牌，您在莫斯科的生活简直无法忍受。”

“老掉牙的把戏！”楼座上有人这么说，“池座里那家伙跟他们是一伙的！”

“您这么想？”法戈特大声说着，眯起眼睛朝楼座那边望了望，“这么说，您和我们也是一伙的，因为您的口袋里也有一沓东西！”

楼座里响起一阵骚动，传来一个兴奋的声音：

“真的！在他身上！这不，这……慢！这可是十卢布的钞票！”

池座里的观众纷纷扭头向后望。楼座里的一个男人有些不知所措，他发现自己口袋里的确有一沓十卢布的钞票，还是用银行的封条捆得好好的，上面写着：“一千卢布。”

旁边的观众都向他拥了过去。他诧异地用指甲划开了封条，想搞清楚眼下是真的钞票还是魔术道具。

“天哪！是真的！十卢布一张的钞票！”楼座里的人们欢天喜地地叫开了。

“也给我变一沓吧！”坐在楼座中间里的一个胖子笑嘻嘻地请求说。

“愿意效劳！”法戈特答道，“不过，为什么只给您一个人变呢？大家都来参与吧！”于是他命令说：“大家往上看！……一！”他手里出现了一支手枪。他又喊：“二！”这次手枪枪口朝上。他又大喊：“三！”只听得砰的一声响，一道亮光闪过，一片白花花的钞票从剧院拱形屋顶穿过纵横交错的软梯飘飘洒洒地朝观众席落了下来。

钞票在空中旋转着，向四面八方飘散去，有的飘往了楼座，有的飘向了乐池或舞台。霎时间，这场钱雨越下越密，已落到了观众席间。人们开始争先恐后地抓抢纸币。

数百双手伸向空中，好些人还手拿纸币透着舞台的灯光察看，他们看到了最可靠的水印花纹。那气味也让人更加坚信不移：这就是新钞票那股无与伦比的香味！整个剧场先是兴奋，后来是惊讶。只听得到处都传来“十卢布”“十卢布”的叫声，还有

“啊”“啊”的惊叹声和快活的笑声。有人在过道上爬着，甚至钻到了椅子下面去摸。许多人已经站到了座椅上，正伸手在空中捕捉那些不听话的、盘旋着的钞票。

民警的脸上渐渐出现了困惑的神情，而其他演员则已经大大方方从侧幕走到前台拾钞票去了。

从楼座上传来了一个人的叫嚷声：“你抢什么？这是我的！是朝我这边飞来的！”另一个声音说：“别推我，我也这么推你，行吗！”突然，一个响亮的耳光声响起。民警们的头盔出现在二楼，很快就有人被带走了。

剧场里的骚动愈演愈烈，要不是法戈特突然对着空中打了个呼哨最终制止了这场钱雨，真不知会闹出什么结果来。

有两个年轻人交换了一个快活而意味深长的眼神，起身径直朝剧院小卖部走去。整个剧场已经沸腾起来，人们的眼睛都放着兴奋的光芒。是啊，是啊，要不是本加尔斯基鼓足勇气讲几句话，这情形还不知道会怎么收场。他尽量稳住自己的情绪，习惯性地搓了搓手，用尽可能大的声音说道：

“公民们，我们刚才看到的，就是所谓群体催眠术。这是一种纯粹的科学试验，再也没有什么比这个更能向我们证明，世界上根本不存在巫术和妖法的了。现在，有请沃兰德先生向我们披露这其中的奥秘。现在，公民们，你们即将看到这些钞票会在瞬间神奇消失，就像它们出现在我们面前那样。”

说着，他带头鼓起掌来，不过这掌声是孤零零的。此刻，他的脸上虽然还挂着自信的微笑，不过从他的目光里已经看不到这种自信了，更多的反倒是一种祈求。

本加尔斯基的话让观众们大为不悦。全场鸦雀无声，还是穿方格上衣的助手打破了这种沉默。

“这话又是在骗人，”法戈特提高了羊叫似的嗓音，“公民们，这钞票可是真的！”

“好……好！”楼上的高处有个男低音在拖着长音喝彩。

“顺便说一句，这个人，”法戈特指了指本加尔斯基，“让我讨厌。本来不关他什么事，可他老是出来贫嘴，打断了我们的演出。我们该怎么处置他？”

“把他的脑袋拧下来！”楼座上有个人恶狠狠地说。

“您说什么？啊？”法戈特立即呼应了这个荒唐的建议，“拧脑袋？好主意！别格莫特！”他在叫黑猫，“你来吧！一，二，三！”

前所未见的一幕开始了。只见黑猫全身毛发竖立，发出一阵撕心裂肺的尖叫。接着，它将身子一缩，像一只豹子一样朝本加尔斯基的胸部猛扑过去，再从他的胸部一下跳到了他的头上。黑猫的喉咙里发出了呼噜呼噜的响声，毛茸茸的爪子已经揪住了报幕员稀疏的头发。只见它左右一转，随着一声凄厉的叫喊，人头就被它从肥胖的脖子上拧下来了。

剧场里两千五百名观众不约而同地大叫一声。鲜血从断裂脖颈的动脉里喷涌而出，染红了本加尔斯基的白衬衣和燕尾服。那无头的躯体奇怪地向前晃动着两腿，并一屁股坐到了地上。观众席上传来了妇女们歇斯底里的尖叫。黑猫把人头递给了法戈特，只见法戈特揪着那人头的头发向观众作了展示，而那人头还在用绝望的声音向全场的人请求着：

“快快请医生来！”

“你以后还胡说八道吗？”法戈特对着正哭哭涕涕的人头厉声地问。

“再也不了！”人头用嘶哑的声音回答说。

“看在上帝分上，别折磨他了！”包厢里有个女人大喊一声，声音压过了剧场的骚动，幻术师朝发出声音的方向转过脸去。

“公民们，怎么办？饶了他吗？”法戈特问观众。

“饶了他！饶了他！”起初只是几个女人稀稀拉拉的声音，接着男人们也跟着这么说起来。

“先生，您怎么吩咐？”法戈特问戴着面具的沃兰德。

“那就算了吧，”沃兰德沉思着说，“他们，终究还是人嘛。人喜欢钱，历来如此……他们爱钱，不管这钱是用皮革造的，用纸造的，用青铜造的，还是用黄金造的，他们都爱。唉，缺乏意志力嘛……怎么说呢……恻隐之心常有……血肉之躯嘛……总之，跟过去的人没什么两样……只是住房问题让他们变坏……”于是，他高声下令：“把头装回去！”

黑猫接过人头，仔细对准以后，把它往脖子上一放，那头便归了原位，好像从来不曾挪动过似的。最重要的是，那脖子上连个伤口都没有留下。黑猫接着又用爪子在本加尔斯基的燕尾服和衬衣上舞动了两下，那上面的血迹也消失得无踪无影。法戈特把坐在台上的本加尔斯基提起来站好，往他那燕尾服的口袋里塞了一沓十卢布的钞票，随即将他赶下了舞台：

“快滚！没你我们要快活得多！”

报幕员毫无目的地四处张望着，跌跌撞撞地回到了那个让自己很难堪的岗位，可怜巴巴地喊着：

“我的脑袋，脑袋！”

里姆斯基和大家一齐朝他跑过去。报幕员哭着，两手在空中胡乱抓着，嘴里念念有词：

“把脑袋给我！给我脑袋！你们可以把房子收走，把那些画拿走，只是把脑袋还给我！”

秘书跑去请医生去了。人们想让本加尔斯基坐到化妆间的长沙发上休息一会儿，可他怎么也不肯，显得狂躁不安。人们只好叫来了急救马车。马车拉走了不幸的报幕员。里姆斯基在这之后又急忙返回到前台，看到上面又出了新花样。哦，顺便说一句，不知是在这时，还是在稍早一点的时候，幻术大师沃兰德连同他坐的那把旧安乐椅已经从舞台上消失了，而且必须说明的是，观众竟丝毫没有察觉，他们完全被法戈特的精彩把戏吸引住了。

打发走吃到苦头的报幕员之后，法戈特向观众宣布：

“总算把那个讨厌的家伙打发走了，现在我们来开一家妇女用品商店！”

瞬间，舞台上便铺上了波斯地毯，还出现了好几面巨大的穿衣镜，绿色的灯管从两侧把镜子照得通亮。穿衣镜间摆着橱窗，有个橱窗里陈列着来自巴黎的连衣裙，五彩斑斓，款式各异，这只是货品的一部分。另一个橱窗里则陈列着上百顶各式女帽：插翎毛的，不带翎毛的，带飘带的，不带飘带的。还有的橱窗里摆着几百双女鞋：黑的，白的，黄的，皮革的，锦缎的，麂皮的，还有带纽袢的和镶宝石的。鞋子之间，还摆放陈列着各式各样的香水瓶，以及堆成小山一样的各种手袋：羚羊皮的，麂皮的，丝织的；手袋之间，是一大堆昂贵的烫金小方盒，女人们常用它来装唇膏。

一个身穿黑色晚装的红发女郎不知打哪儿出场了。要不是脖子上那道古怪的伤疤，她可称得上是个十足的美人。她站在橱窗旁，脸上露出职业的微笑。

法戈特满脸堆笑，他宣布：观众可以用身上的旧衣服旧鞋子免费随意更换这里的各式巴黎时装和巴黎女鞋。接着他还补充说，手袋和其他东西也可以随意更换。

黑猫将后腿并拢作直立状，前爪打开，模仿看门人做了一个开门迎客的动作。

红发女郎声音沙哑，但语调又像唱歌似的婉转动听。大家听不太懂她说了些什么，但从坐在前排的女性观众的表情上看，她的话有相当的诱惑力：

“姣兰，夏奈尔五号，美津香，黑水仙，晚礼服，酒会礼服……”

法戈特热情地招徕着，黑猫在一旁鞠躬邀请，红发女郎将玻璃橱窗逐一打开。

“来吧！”法戈特大声邀请，“请大家不要拘束和顾虑！”

观众有些坐不住了，只是还没人敢走上来。最后，坐在池座第十一排的一位黑发女子离开了座位。她脸上的笑容似乎在表明，她对什么都无所谓，什么她都不在乎。她从舞台侧面的小台阶走上了舞台。

“太棒了！”法戈特大喊道，“欢迎我们的第一位顾客！别格莫特，把椅子拿来！夫人，我们先从鞋子开始吧！”

黑发妇人在椅子上刚一坐定，法戈特便在她面前的地毯上摆好了一长排的女鞋。黑发女人脱下右脚的鞋子，挑了一只紫色的鞋试了试，在地毯上踩着，还看了看后跟。

“这鞋不会挤脚吧？”她像是在仔细掂量着。这话似乎让法戈特感到了委屈。

“瞧您说的！”黑猫也委屈地怪叫了一声。

“那我就要这双了，先生。”黑发女子很坦然地说着，把另一只鞋也穿在了脚上。

黑发女子把旧皮鞋往幕布后面一扔，跟着红发女郎进了侧幕，而法戈特也提着好几个挂着时装的衣架跟了进去。黑猫来来回回地忙着打下手，脖子上还煞有介事地挂了条皮尺。

一会儿工夫，黑发妇人就从帷幕后走了出来，她的一身装束令全场观众眼前一亮，啧啧称奇。这位泼辣的女人现在漂亮得出奇，她在穿衣镜前站定，微微晃动了一下裸露的双肩，把头发朝脑后拢了拢，尽量侧过身去看自己的后背。

“公司还请您笑纳这个纪念品。”法戈特说着，把一个打开的小盒递给了黑发女子，盒子里面是一瓶香水。

“谢谢。”黑发女子矜持地答道，然后走回到池座。她走过时，观众们纷纷起身观望，甚至还有人去摸摸那小盒子。

这就开了头，接下来女人们便从四面八方朝舞台奔过去。在女人们兴奋的说话声、嘻笑声和赞叹声中，一个男人的声音响起：“我不许你去！”一个女人的声音接上来：“暴君！小市民！我的胳膊快被你拽折了！”女人们纷纷走进帷幕，褪下自己的旧衣服，穿着新装走了出来。一排四脚镀金的小凳上坐满了女人，她们正兴奋地穿着新鞋在地毯上走来走去。法戈特单腿跪地，用金属鞋拔子帮女人们试着鞋。黑猫在橱窗和小凳间气喘吁吁地跑来跑去，怀里抱着一大堆手提包和鞋子。颈上有疤的那位红发女郎也在跑进跑出，忙得讲话时都开始了满口的法语。可奇怪的是，哪怕她话只说了一半，所有的女人，就连那些一个法文字不识的，也都会明白她的意思。

最令全场惊异的是，有个男人居然也挤到了台上。他声称自己的妻子正患流感，所以希望他给自己带点什么回去。为了证明自己确实在婚，他说愿意出示自己的身份证。这位体贴丈夫的表白引得大家哄堂大笑。法戈特大声说，他相信他就像相信自己，不必出示身份证，说完当即送了他两双丝袜，黑猫又主动给他加了一盒唇膏。

后来的女人还在不断地涌向舞台，走下舞台的则是一个个心满意足的女人，她们有的穿着参加舞会的长裙，有的穿着绣龙图案的睡袍，有的穿着接待宾客的套装，有的把帽子歪戴在头上，只露出一边的眉梢。

这时，法戈特宣布，由于时间已晚，公司再过一分钟就关门，明晚继续营业。这个消息立即引来了舞台上的一片混乱。好多女人已顾不得试穿，一把拽住了手边的鞋子。一个女人像一阵风似的冲进了帷幕，脱掉身上的衣服，随手抓了件绣着大花的真丝家居服套在身上，还顺手抓走了两瓶香水。

一分钟刚过，就只听见一声枪响。穿衣镜消失了，橱窗和小凳也没了踪影，地毯和帷幕也在空气中蒸发了。最后，堆积如山的旧衣旧鞋也都消失了，舞台恢复到了刚才的空荡、寂静和冷清。

此时，一个新的角色登场了。

一个响亮、悦耳、干脆的男中音在楼上二号包厢里响起：

“演员公民，希望您尽快当着大家的面揭开谜底，披露幻术的机关，特别是那个变钞票的戏法。另外，我们还希望报幕员能回到舞台上来。大家对他的下落深为不安。”

这男中音不是别人，他是今晚这场演出的贵宾阿尔卡季 · 阿波罗诺维奇 · 谢普列亚罗夫，莫斯科剧协声学委员会主席。

阿尔卡季 · 阿波罗诺维奇正和两个女宾坐在包厢里：一个上

了些年纪，但穿着华贵入时；一个年轻漂亮，穿着一般。后来做笔录时才清楚，年纪大一点的那个是阿尔卡季·阿波罗诺维奇的夫人，年轻的那个是他的远房亲戚，一个刚刚起步但颇有前途的女演员，来自萨拉托夫市，目前正寄居在阿尔卡季·阿波罗诺维奇家里。

“对不起，”法戈特回答说，“我很遗憾，这里没什么机关可揭秘的，一切都是清清楚楚的。”

“不，对不起！一定要有揭秘。要不你们这些精彩节目就会给人留下很糟糕的印象。广大观众要求你们的解释。”

“广大观众，”法戈特粗暴地打断了谢普列亚罗夫的话，“他们好像没提出什么要求呀？不过，阿尔卡季·阿波罗诺维奇，我接受您这个令人敬重的愿望，那么，我现在就来揭秘。为此，我还想表演一个小节目，好吗？”

“行啊，”谢普列亚罗夫的口气里充满了鼓励，“不过，一定要揭秘！”

“遵命，遵命！那么，请问，阿尔卡季·阿波罗诺维奇，您昨晚在什么地方？”

听到这个不太恰当，甚至有些放肆的问题，阿尔卡季·阿波罗诺维奇的脸色都变了，可以说变得非常难看。

“阿尔卡季·阿波罗诺维奇昨晚参加声学委员会的会议去了！”阿尔卡季·阿波罗诺维奇的夫人十分傲慢地回答说，“可我不明白，这跟您的幻术表演有什么关系？”

“噢，夫人！”法戈特振振有词地说，“自然，您是不明白的。要说开会，您可上了当了。他是出去开会了，顺便告诉您，那个会根本就没计划在昨晚开。在清水塘声学委员会办公楼前，阿尔

卡季 · 阿波罗诺维奇下车并放走了司机（全场鸦雀无声），然后改乘公共汽车到叶洛霍夫大街去找区剧团的女演员米利查 · 安德列耶夫娜 · 波科巴季科去了，并且在那里逗留了大约四个小时。”

“嗬！”寂静中不知是谁痛苦地叫了一声。

阿尔卡季 · 阿波罗诺维奇身旁那位年轻的亲戚猛然间哈哈大笑起来，她的声音听起来低沉而可怕。

“全明白了！”她大声说道，“我早就怀疑了。现在搞清楚了，为什么她那种庸才能得到露易丝这样的角色！”

说着，她出其不意地挥起紫色的短把阳伞，照着阿尔卡季 · 阿波罗诺维奇的脑袋砸了过去。

那个卑鄙的法戈特，也就是卡洛维约夫，大声喊道：

“看到了吧，各位尊敬的公民，这就是阿尔卡季 · 阿波罗诺维奇硬逼我披露的内幕之一！”

“混蛋，你竟敢打阿尔卡季 · 阿波罗诺维奇？”阿尔卡季 · 阿波罗诺维奇的夫人厉声道。她从座位上站起身，高大的身躯立即出现在了包厢里。

年轻的亲戚又发出一阵短促、狰狞的笑声。

“别人是别人，”她哈哈大笑着说，“可我就敢！”又是一个清脆的声响，伞柄再一次落到了阿尔卡季 · 阿波罗诺维奇的头上。

这时，黑猫一跃跳到了脚灯前，竟然对着全场的观众说起了人话：

“演出到此结束！音乐家们！来个进行曲！”

乐队指挥像是神经错乱似的挥舞着指挥棒，他也不明白自己在干什么；乐队也不是在演奏，甚至连“吹吹打打”都算不上，调也拿不准了，就只是像黑猫所说的那样，来了个让人听不明白又有气无力的进行曲。

此刻，不知从哪儿传来了一阵暧昧、含混的歌声配合着这乐曲，听起来像是来自南国星空下的一个夜总会：

这可敬的大老板，
爱的是宠物鸟，
领着群漂亮妞
玩玩又闹闹！！！

也许，和着这音乐唱的不是这些词儿，而是另外一些不堪入耳的脏话。可重要的不是这个，而是自此以后剧场开始陷入一片混乱。民警跑向谢普列亚罗夫的包厢，喜欢热闹的人纷纷爬上了栏杆，无所顾忌地大笑和疯狂地叫喊和着乐队响亮的铙钹声响彻整个剧院大厅。

很快，舞台在一瞬间就变得空空荡荡了。就像早先幻术大师和他那把褪色的安乐椅消失得无影无踪一样，法戈特吹气唤来的一切，连同那只叫别格莫特的公猫，都统统消失在了空气之中。

第十三章

主角出场

在精神病院的病房里，陌生人正举着一根手指对伊凡发出警告："嘘！"

伊凡的两条腿垂在床前，他仔细打量来者。来人也正从阳台上小心翼翼地往屋里张望。只见他深色头发，脸刮得干干净净，尖鼻子，一绺头发耷拉到了前额，眼神有些不安，大概三十八岁的样子。

神秘的来访者确信屋里只有伊凡一人，又侧耳听了听，最后放心地走了进来。伊凡此时才发现，来人穿的是病号服。他只穿着内衣，光脚趿着拖鞋，肩上披着一件棕色的袍子。

他朝伊凡使了个眼色，把一串钥匙藏进了口袋，低声问道："可以坐下吗？"见主人点头同意，他就在椅子上坐了下来。

"您怎么进来的？"因为刚才那根干瘦手指头的警告，伊凡压低了声音，"阳台上的铁栅栏不是锁着的吗？"

"是锁着的，"来客证实说，"但是那个普拉斯科维娅 · 费多罗夫娜呀，是个最好心的人，不过就是有点马虎。一个月以前我就从她手里偷来了这串钥匙，这样我就可以随便进出公共阳台了，这阳台跟各个房间都是相通的，所以我就能偶尔出来串串门儿。"

"既然您能进出阳台，那么您怎么就不逃走呢？是因为这楼太高了？"伊凡对此来了兴趣。

"不是，"来人很坚定地说，"我不能逃走，倒不是因为楼高，而是我无处可逃。"他停了一会儿，接着说："所以，我们就得在这里待着了。"

"待着吧。"伊凡答道，说话间深深地凝视着对方那双褐色而显得异常不安的眼睛。

“是啊……”来客突然显得有些紧张，“您，不会是狂躁型的吧？您知道，我这人最忍受不了吵吵嚷嚷、打打闹闹这种事情了。我特别不喜欢喊叫声，痛苦的叫声也好，愤怒的叫声也罢，只要是喊叫都不喜欢。您就让我安安心，告诉我，您是狂躁型的吗？”

“昨天我在餐厅里扇了一个人的狗脸一耳光。”诗人说得理直气壮的。

“为什么？”来客厉声问道。

“我也承认，没什么理由。”伊凡有点难为情地答道。

“太不像话了！”来客数落起伊凡来，接着又说，“可您刚才说，扇了一个人的狗脸一耳光？我不太明白，那人到底长的是狗脸还是人脸？我想应该是人脸吧。所以，您要知道，动拳头……别，您还是收手吧，再也别这样了。”

就这样，来人把伊凡教训了一通，最后问：

“您的职业？”

“诗人。”不知为什么，伊凡说这话时很不情愿。

来者大为扫兴。

“嗨，我真不走运！”他大喊一声，但很快又住了嘴，向伊凡道了歉，接着问：“您贵姓？”

“流浪汉。”

“唉，唉……”来客连连叹气，皱起了眉头。

“怎么，你不喜欢我的诗吗？”伊凡好奇地问。

“特别不喜欢。”

“您读过哪些？”

“您的诗，我一首也没读过！”来客有点神经质地提高了嗓音。

“那您怎么说不喜欢呢？”

“这种东西，”来客回答，“我读得还少吗？有什么好的？那好，我相信您。您自己说说，您的诗好吗？”

“不堪入目！”伊凡忽然勇敢而坦率地承认道。

“以后就不要写了！”来客央求说。

“我答应，我发誓！”伊凡郑重其事地说。

因为这个承诺，两人的手紧紧地握在了一起。这时，走廊里响起了轻轻的脚步声和说话声。

“嘘！”来客轻轻地嘘了一声，转身跳上阳台，并随手关上了窗子的护栏。

普拉斯科维娅·费多罗夫娜进来看了看伊凡，问他有无不适，还问他愿意开灯睡还是关灯睡。伊凡请她不要关灯，于是，普拉斯科维娅·费多罗夫娜向病人道了晚安，离开了。待四周安静下来，那位客人又回来了。

他悄悄地告诉伊凡，第119号病房刚住进一个病人，是个红脸膛的胖子，嘴里还不停地嘟哝着什么通风道里的外汇，还发誓说，他们花园街闹鬼了。

“他把普希金骂了个够，并且还一个劲儿地嚷嚷：‘库罗列索夫，再来一次，再来一次！’”客人说着话，身子还不时地抽搐一下，像是受到了惊吓。情绪稳定后，他坐了下来，接着说：“算了，别去管他。”随后又和伊凡聊起来：“他们为什么把您送到这里来的？”

“因为本丢·彼拉多。”回答时，伊凡神情忧郁地盯着地板。

“什么？！”来人毫无顾忌地大叫一声，但很快又用手捂住了自己的嘴,“真是个惊人的巧合!求求您,求求您,快告诉我是怎么回事!”

奇怪的是,伊凡居然很相信眼前这个陌生人,于是便把昨天发生在牧首塘边的事情原原本本地讲给他听了,开始时他还有些拘谨和胆怯,后来他越讲胆子就越大了。的确,从这个偷钥匙的神秘来客的表情上看,伊凡·尼古拉耶维奇算是找到了一个愿意听他说话的人!他不但没有把伊凡看成疯子,甚至对他所讲的故事表现出了极大的兴趣,随着故事的发展,他最后的表情简直可以说是欣喜若狂了。他还不时地打断伊凡,发出一阵阵惊叹:

“嗯,嗯,后来呢,后来呢,求您讲下去!看在上帝分上,千万别漏掉什么细节!”

伊凡一个细节也没有漏掉,这样的讲述倒让他觉得更轻松。最后,他讲到了身披红衬里白披风的本丢·彼拉多迈着大步走到阳台的细节。

此刻,来客双手合拢作祈祷状,同时低声地说:

“啊,被我猜中了!啊,我全猜到了!”

当伊凡讲到柏辽兹死时的惨状,来客眼露凶光,说了几句莫名其妙的话:

“有点遗憾,怎么不是评论家拉通斯基或者文学家姆斯季斯拉夫·拉夫罗维奇去替代柏辽兹呢。”接着,他压低嗓音气汹汹地说:“讲下去!”

黑猫在电车上买票的细节让来客简直乐不可支。伊凡还学着黑猫的样子蹲在地上,一边跳一边把一个十戈比的银币举到胡子旁边。看着伊凡已陶醉于自己绘声绘色的讲述,来人不禁哑然失笑,连气都有些喘不上来了。

“就是这样,”讲完了“格里鲍耶多夫”发生的事情后，满脸愁容、情绪低落的伊凡结束了自己的讲述,“我被送到了这里。”

来客很同情地把手搭在这位可怜的诗人肩上，说:

“不走运的诗人！不过，亲爱的，这可全是您的错。怎么能在他面前那么放肆和粗鲁呢。瞧，这就是您所付出的代价。不过还得谢天谢地，因为您所付出的还算少呢。”

“他到底是什么人呢？”伊凡激动得晃了晃拳头。

来客打量着伊凡，反问道:

“您听了不会心惊胆战的吧？我们这儿的人都招惹不起……您不会又是叫医生，又是打针的吧？”

“不会，不会！”伊凡大声说,“请告诉我，他到底是谁？”

“那好。”来客郑重其事、一字一顿地说:

“昨天您在牧首塘见到的，是撒旦。”

遵照自己的承诺，伊凡并没有被吓破胆，但也着实吃惊不小。

“这不可能！世界上哪有撒旦！”

“可别这么说了！人家怎么说由他去，您可不能这么说。显然，您是首批受害者中的一个。您都到疯人院了，还说他不存在。真是，奇怪！”

伊凡被他说得哑口无言。

“您刚一描述他的样子，”来客接着说,“我就已经猜出您昨天是在和谁交谈了。不过说实话，柏辽兹真是让我吃惊！您嘛，显然还是个简单的人，”话一出口，来客又马上道了歉,“可他不一样，据说他好歹是个读了点书的人！那教授几句话一说，我就清楚他是谁了。我的朋友，你们怎么会认不出他呢？当然，您……恕我直言，您可是胸无点墨的人，我没说错吧？”

“没错，”伊凡表示同意，他现在好像变了个人。

“就是嘛……就凭您刚刚描述的那副长相——不对称的眼睛，眉毛！请原谅，顺便问一句，您可能连歌剧《浮士德》也没听说过吧？”

不知为什么，伊凡感到特别难为情，他的脸涨得通红，结结巴巴地说起去雅尔塔疗养院的事……

“您看，您看……这没什么奇怪！可柏辽兹呢，我再说一遍，倒让我很吃惊……他不仅博览群书，而且老奸巨猾。话说回来，就是比他更狡猾的人，沃兰德也能叫他成瞎子，这当然就不能怪他了。”

“什么？”这回轮到伊凡叫了起来。

“小声点！”

伊凡使劲拍了拍自己的脑门，声音嘶哑地说：

“我明白了，明白了！怪不得他名片上的第一个字母是‘B’！哎呀！原来是这么回事！”伊凡心烦意乱地半天没吭声，随后又望望栅栏外移动的月亮，说道：“这么说，他的确可能见过本丢·彼拉多？他那个时候就已经出生了？可他们还说我是疯子！”伊凡气愤地指了指门外，补充了一句。

来客的嘴角露出了一丝苦笑。

“让我们面对现实吧，”来客把脸转向了窗外，明月正穿梭在夜晚的云层之中，“您和我是疯子，没什么可说的！您瞧，他吓了您一跳，您就疯了，可见您身上是有引发疯狂的诱因的。不过，您刚才所讲的那些事，毋庸置疑是千真万确的。然而正因为它太不同寻常，所以连高明的精神病学家斯特拉文斯基也不肯相信您。他给您看过病了？（伊凡点了点头。）和您交谈的那个人他的确见过彼拉多，也曾经和康德共进早餐，现在他又拜访莫斯科来了。”

“谁知道他会把这里折腾成什么样啊！应该把他抓起来才对吧？”那个还没有被彻底击败的旧伊凡又有些抬头了，但他说话的口气已经不那么坚决了。

“您已经试过了，再试也会是这种结果。”来客的回答有些讥讽，“我可不会建议别人也来尝试尝试。至于说他要怎么折腾，那倒是显而易见的。唉！真可惜，怎么是您碰见了他，而不是我呢！尽管我吃尽苦头、万念俱灰，但我发誓，我情愿用普拉斯科维娅·费多罗夫娜的钥匙来换得和他见上一面，我也没什么东西可以拿得出手了。我现在是个穷光蛋！”

“您为什么想见他呢？”

来客很长时间都显得闷闷不乐，脸上的肌肉不时地抽搐着。最后，他还是开了口：

“您看，天底下真有这么蹊跷的事，我到这里来的原因跟您来的原因一样，就是因为本丢·彼拉多。”说到这里，来客还不安地打量一下四周，“事情的起因，是我在一年前写过一本关于本丢·彼拉多的小说。”

“您是作家？”诗人有了兴趣。

来客把脸一沉，举着拳头吓唬着伊凡，接着说：

“我是……大师。”他表情严肃，还从大袍子的口袋里掏出了一顶油渍斑斑的黑色小帽，上面用黄丝线绣着字母“M”。他戴上帽子，侧脸让伊凡看看他的侧脸，又转身让他看看正脸，说明自己的确是大师。“是她亲手给我缝的！”他又十分神秘地说。

“请问您贵姓？”

“我再也没有姓氏了，”这奇怪的来客用一种阴郁而不屑的语气答道，“我放弃了姓氏，因为我已经放弃了生活中的一切。忘记我的姓氏吧。”

“那您就讲讲那部小说吧！”伊凡很委婉地请求道。

“好吧。我的生平，应当说，很不寻常。”来客开始了讲述。

……从专业上讲，他是个历史学家。两年前他在莫斯科的一家博物馆工作，此外，他也从事翻译。

“翻译哪一国语言呢？”伊凡好奇地问。

“除了母语，我还精通五种语言，”来客答道，“英语、法语、德语、拉丁语和希腊语。另外，我还能读点意大利语。”

“嗬，您真棒！”伊凡低声说，心里很是羡慕。

这位历史学家孤身一人，举目无亲，在莫斯科连个熟人都没有。可是您能想象得到吗，有一天他中了十万卢布大奖。

“您能想象得出我的惊喜，”头戴黑帽的来客把声音压得低低的，“我把手伸进装脏衣服的箩筐，拿出一看，那上面的号码竟跟报纸上的一样！就是那张有奖债券，”他解释说，“是博物馆的人给我的。”

得到十万大奖以后，眼前这位神秘的来客忙开了：买了一大堆书，迁出了肉铺街上的那间屋子……

“噢，那个该死的窝！”他气乎乎地说。

……在阿尔巴特街附近的一条小巷里，他找到了一幢带小花园的小楼，向主人租下了楼里的两间地下室。辞去了博物馆的工作，他开始专心创作一本有关本丢·彼拉多的小说。

“啊，那可是神仙过的日子！”来客两眼放光、低声地讲着，“那可是一套完全独立的居室，有前厅，甚至安装着水池，接着自来水管。”不知为什么他特别自豪地强调这一点，“两扇小窗户就露在通向栅栏门的那条路面，窗户对面，大概有四步远的栅栏边上，种着丁香、椴树和槭树。啊哈！冬天，很少有黑乎乎的脚从小窗户边经过，也很少听到脚踩着雪地发出的吱嘎声。屋里的炉子总是烧得暖融融的！转眼间，春天不知不觉来了，透过灰蒙蒙的窗玻璃，我先是看到光秃秃的树干，接着变得绿绿的树干上开满了一簇簇丁香花。就在去年春天，发生了一件比中十万大奖还要让我兴奋的事情。当然，那也是一笔巨款！”

“那当然。”正在专心听讲的伊凡表示赞同。

“那天，我把两扇窗子都打开了。我坐到了另外一间屋里，那里非常窄小，”来客用手比画着，“里面是这样摆的……这边是沙发，对面是另一张沙发，中间有张小桌，桌上放着一盏漂亮的台灯，靠窗放着一些书，还有一张小书桌。另外那间屋呢，很大，有十四平方米，这里是书，那里是书，还有一个炉子。嗬，我那里环境很不错吧！还有丁香花扑鼻的香气！我的脑海里文思泉涌，彼拉多也飞快地接近了尾声……”

“白披风，红衬里！我知道！”伊凡激动起来。

“正是如此！彼拉多飞快地接近尾声，就要结束了，连全书的结尾我都想好了：‘……第五任犹太总督，骑士本丢·彼拉多。’当然，我也要出去走走。十万卢布可是笔巨款，于是我做了一套漂亮的西服。偶尔，我也会到一个便宜餐馆吃顿饭。阿尔巴特街上有一家很好的餐厅，不知道如今还在不在。”

来客的眼睛睁得大大的，他望着窗外的月亮，继续低声地说着：

“她手里捧着一束难看的、让人看着就不舒服的黄花。鬼知道那花叫什么名字，不过它在莫斯科却总是开得最早。在她身上那件黑色薄大衣的衬托下，那束黄花显得十分醒目。她手捧着一束黄花！那可是不吉利的颜色。她从特维尔大街拐进小巷，转身看了看。您知道特维尔大街吧？特维尔大街上来来往往有成千上万的人，可我向你保证，她眼里就看到了我一个。她的眼神不仅显得不安，甚至还有些病态。不仅是她的美丽震撼了我，而且还有她眼神中那种不同寻常的孤寂，这样的眼神我从未见过！

“循着这个黄色信号的指引，我也拐进了小巷，紧跟在她的身后。我们默默地沿着这条弯弯曲曲、人迹稀少的小巷走着，我走在小巷的这一侧，她走在另一侧。您能想象吗，小巷里居然一个人也没有。我心里忍受着折磨，因为我觉得应该和她说说话，我真担心自己还没来得及和她说句话，她就走掉了，而且我就永远也见不到她了。

“就在这时，您相信吗，她忽然开了口：

“‘您喜欢我的花？’

“我很清楚地记得她的声音，相当低沉，而且很有穿透力。也许我这话很愚蠢，但我当时的确觉得整条小巷都回荡着她的声音，还从那脏兮兮的黄色墙面反射了回来。我快步走向她那一侧，到了她跟前的时候才说：

“‘不喜欢。’

“她很吃惊地看了我一眼，就这一瞬间，完全出人意料，我一下子明白了，我一生所爱的就是眼前这个女人！就是这么回事，信吗？您肯定会说我是个疯子吧？”

“绝不会，”伊凡大声说，接着又催促道：“求求您，快接着讲！”

来客继续讲了下去：

“是的，她惊讶地瞥了我一眼，然后问道：

“‘您不喜欢花？’

“我觉察出她的声音里似乎带着敌意。我和她并肩走着，努力和她步调一致。很奇怪的是，我当时一点儿也不觉得拘束。

“‘不，我喜欢花。只是不喜欢这种花。’我说。

“‘那您喜欢什么花？’

“‘我喜欢玫瑰。’

“说定了以后我就有些后悔，因为她歉疚地笑了笑，并把手里的花扔进了水沟。我一时有些不知所措，把花捡起来要递给她。她微微一笑，把花推开，我只好把它握在了自己手上。

“我们俩就这样默不作声地走了一段路，后来她把花儿从我的手中拿走并扔到路上，伸出了一只戴着喇叭口黑手套的手挽住了我的胳膊，于是我们又开始并肩而行。”

“后来呢，”伊凡说，“请您不要漏掉什么细节！”

“后来？”来客反问道，“后来的事情，大概您也猜得出。”他突然间举起右手的衣袖擦去了夺眶而出的泪水，继续说了下去：“爱情降临到了我们的面前，就好像是从小巷的地底下突然窜出来的杀手，又好像是一道闪电，或者是一把芬兰利刃，将我俩双双击倒！后来她坚持说不是这样的。她说，我俩早就相爱了，在很久很久以前，尽管那时我俩还互不相识，也未曾谋面，而且她还在和另一个男人生活在一起……我呢……同另一个……她叫什么来着……”

“和谁？”“流浪汉”问。

“和那个……那个叫……”来客答道，打了个榧子。

“您那时已经结婚了？”

“是啊，所以我打了个榧子……和一个叫……瓦莲卡……要不就叫玛涅奇卡……不，是瓦莲卡……她穿着一件彩色条纹的连衣裙……是在博物馆……我实在记不清了。

“她说，她那天拿着黄花，就是为了能让我最终找到她。她还说，要是这事错过了，她一定会服毒自杀，因为她的生活十分空虚。

“是的，爱情在瞬间把我们征服了。我明白这一点，因为就在那天，在我们见面一小时之后，我俩就不知不觉来到了克里姆林宫墙外的滨河路上。

“我们交谈着，就像两个如胶似漆的情侣，就像两个多年不见的老友。我们相约第二天仍在那个地方，也就是莫斯科河边见面，第二天我们也真的见了面。五月的阳光照在我们身上。很快，这个女人就成了我的秘密的妻子。

“她每天都到我家里来，我也从一早就开始等她。等待的时候，我总爱把桌上的东西移来挪去。每隔十分钟，我便会坐到窗户跟前去听听，看是否有人在推动那道栅栏的门。说来好笑，和她相遇之前很少有人走进这个小院，可以说是没有人进来，可这时我却觉得全城的人似乎都在往这里跑。栅栏门一响，我的心就咯噔一跳，您相信吗，这时窗外必定有一双不知是谁的脏靴打我的眼前经过。是个磨刀的。唉，我们这个院子里有谁需要磨刀的？磨什么？有什么刀？

“她每天走进栅栏只有一次，可我的心在这之前至少要咯噔十次，我不说假话。就在她要来的时候，也就是时针指着正午之前，我的心总是狂跳不已，直到她那双镶有黑色麂皮蝴蝶结、带着一个金属扣袢的便鞋悄然无声地出现在我的窗外。

“有时她很淘气，走到第二个窗前，她会用脚尖踢踢窗户玻璃。我立即跑到这个窗口，可那双鞋不见了，把窗户光线挡住的黑裙子也不见了——我就会马上跑去给她开门。

“谁也不知道我们之间的事情，我向您保证，虽说这几乎不可能。她丈夫不知道，朋友们也都不知道。在这个有点年头的独门小院里，当然是有人知道的，他们看见有个女人常来找我，但并不知道她姓甚名谁。”

“那她到底是谁呢？”伊凡问道，对这个爱情故事产生了极大的兴趣。

来客做了个手势，表明他永远也不会把这个女人的姓名告诉别人，随后又接着讲了下去。

伊凡开始明白，大师和这位陌生女人已经爱得分不开了。伊凡甚至能生动地想象出小楼地下室那两间屋子里的情形。在丁香花和栅栏的掩映下，屋内的光线始终是半明半暗的。伊凡也能想象出那些已经磨损的红木家具，那个小书桌，桌上那个每隔半小时就会报时的自鸣钟，从地板一直堆到熏黑的天花板上的书，还有那个炉子。

伊凡也明白了，眼前这位来客和他那位秘密妻子在相遇的最初日子里就清楚地意识到，特维尔大街拐角处的邂逅对他们而言是命中注定，他们就是为了彼此才来到这个世界的。

从来客的讲述中，伊凡知道了这对恋人是如何度过每天的光阴的。她来了以后的第一件事情就是系上围裙，在那个带水池的狭小前厅里（那可是这位可怜的病人有点引以为豪的地方）点上小木桌上的煤油炉开始准备早餐，然后把做好的早餐端到进门第一个屋子里那张椭圆形的小桌上。在五月的雷雨天气，雨水顺着昏暗的窗户哗哗地流进门缝，好像要淹没这对恋人最后的栖身之所。这时，他们便生起炉子烤土豆吃。土豆冒着热气，熏黑的土豆皮把指头也染黑了。小小的地下室里传出开心的笑声。雨后，花园中折断的树枝和白色的花瓣撒了一地。

雷雨的日子过去，闷热的夏天来了。花瓶里插上了两人期盼已久的心爱的红玫瑰。那位自称是大师的人，激情地书写着自己的长篇小说，这部小说也吸引了那位无名女子的全部身心。

“说实话，我有时候都会嫉妒她对这部小说的痴情。”这位在月夜中从阳台上进来的来访者静静地对伊凡说。

她把指甲被修剪得尖尖的小手伸进发间，没完没了地读着写就的篇章，读完了，就开始缝这顶帽子。有时，她会蹲在书架前，或者踩在椅子上，用抹布擦去书架上下落满的灰尘。她预言他会获得无上的荣誉。她鼓励他，开始称他为大师。她迫不及待地等待着，等待他所说的第五任犹太总督最后的几句话。她常常会像唱歌一样大声吟诵她所喜欢的句子。她说，她的全部生活都在这小说中了。

八月份，小说脱稿了。他交给一位素不相识的女打字员打出了五份。此时，是他告别这个隐秘的蜗居、投入到真正的生活之中的时候了。

“当我手捧小说进入生活之时，便是我生命的结束之日。”大师低头喃喃地说，他的头久久地摇晃着，头上还戴着用黄丝线绣着“M”的充满悲伤之情的黑色小帽。他继续讲着自己的故事，但开始有些前言不搭后语了。不过有一点是清楚的，伊凡的这位客人遭遇了某个灾祸。

“这是我平生第一次踏进文学圈，可是今天，当一切已经结束，当我的毁灭已成事实，回忆仍使我不寒而栗！”大师很郑重地说，同时还挥了挥手，“真是不寒而栗，他实在令我感到恐惧，啊，太让我恐惧了！”

“谁？”伊凡的声音低得几乎听不清，他生怕打断激动的讲述人。

“那个编辑啊，我告诉你，就是那个编辑。是的，他读完了我的小说。他瞅着我，好像我的脸肿了似的，又好像是在看一个屋旮旯似的斜着眼，甚至嘿嘿地发出几声尴尬的笑声。他下意识地搓着我的稿子，声音像鸭叫一样难听。他向我提了一大堆问题，在我看来，只有白痴才会提这样的问题。他抛开小说本身，盘问了我姓甚名谁，打什么地方来的，从事写作多久，为什么以前从没听说过我这个人，甚至还提出了一个在我看来真是愚不可及的问题：是谁指使我写这样一部题材奇怪的小说的？

“最后我终于忍无可忍，直截了当地问他，他到底还打算不打算出版我的小说。

“他一听着了急，忙支支吾吾地说，这事情他一个人做不了主，我的作品还需要其他的编委们审读，具体说就是需要文学评论家拉通斯基和阿利曼，以及文学家姆斯季斯拉夫·拉夫罗维奇来审读。他让我两个星期之后再去一趟。

“两个星期后我去了，接待我的是个年轻女子，大概因为假话说多了，她的两只眼睛斜得都快靠上了鼻子。”

“这是拉普申尼科娃，编辑部秘书。”伊凡笑着说，他对来客如此愤恨地描述的那个世界太熟悉了。

“可能吧，”来客生硬地说，“就这样，我从她手里取回了我的小说原稿，上面满是油渍，而且已经破损。跟我说话时，拉普申尼科娃尽量躲避着我的眼睛。她告诉我，编辑部的存稿都够用两年了，所以有关小说的出版问题，用她的话来说，就是‘悬’了。

“这之后，我还记得起一些什么呢？”大师一边揉着太阳穴，一边喃喃地说，“对了，我还记得撒落在书页上的红色花瓣，还有我女朋友的那双眼睛。是啊，我记得那双眼睛。”

来客的讲述开始混乱不清，而且吞吞吐吐。他讲到了一场偏东雨，讲到了地下室那两间屋子里的绝望气息，还讲到了他去的一个什么地方。他那低低的嗓音像是在吼叫：虽然是她鼓动他去斗争去争取的，但他一点也不埋怨她。是的，一点也不！

接下来，伊凡听明白了，原来发生了一件意想不到的怪事。有一天，我们的主角在报上看到一篇批评家阿利曼的文章，题目是《敌人的进攻》。阿利曼在文章中警告大家甚至是每个人，他，也就是我们的主角，正企图在出版物中为耶酥基督辩解。

“噢，我记得，我记得！”伊凡大叫起来，“但我忘记您的名字了！”

“别提了，我再说一遍，别提我的姓名，我不再有姓名了，”来客说，“问题也不在姓名上。第二天，另一份报纸刊登了一篇署名姆斯季斯拉夫·拉夫罗维奇的文章。文章指出，对那些借彼拉多主义之名并企图将其塞进（又是这该死的字眼！）出版物的拙劣圣像画匠，应该予以坚决而毫不留情的打击。

“我被‘彼拉多主义’这个闻所未闻的字眼吓呆了，接着我又打开了第三份报纸。上面刊登了两篇文章：一篇是拉通斯基的，另一篇署名‘马·兹’。我不骗您，跟拉通斯基所写的这篇文章相比，阿利曼和拉夫罗维奇的文章简直是小玩意。我只要把拉通斯基这篇文章的题目告诉您就够了——《好战的旧教徒》。我在专注地读着报纸上这篇与我有关的文章，竟没有发现她已经站在我的面前（我忘了关门）。她手里拿着湿漉漉的雨伞和被淋湿的报纸。她两眼喷着火花，双手冰冷、发抖。她先是扑过来吻吻我，然后用手拍打着桌子，嗓音嘶哑着说要毒死拉通斯基。”

伊凡很难为情地哼唧了两声，什么也没有说。

“悲凉的秋天到了，”来客继续说，“我的小说这倒霉的遭遇，对我来说就像是有人剜走了心头上的一块肉。说实话，我已经没事可做，活着只是为了每天的约会。就在这时，我身上又出了点事。鬼知道是怎么回事，大概只有斯特拉文斯基才能明白。具体讲，我变得很忧郁，脑子里还涌现出无数的预感。您知道，那种批判文章还在不断出现。起初，我是一笑了之。后来，随着它们的增多，我的态度也发生了改变。再后来，我开始感到惊奇。尽管这些作者的语气显得理直气壮、气势汹汹，但文章的字里行间却透露出一种虚假和心虚。我总有一种感觉，这种感觉我始终无法摆脱，那就是这些文章的作者是言不由衷的，而且这似乎也是他们之所以愤恨的原因。接着，我又进入到第三个阶段——恐惧阶段。但我并不是恐惧那些文章，您明白吗，是恐惧那些与批判文章和我的小说完全无关的东西。比如，我开始怕黑。总之，我的心理开始出现问题。我常常感觉到，尤其是入睡的时候，好像有一条非常柔软和冰冷的章鱼正挪动着它的足须，径直地朝我的胸口爬过来。所以我睡觉时不得不开着灯。

“我心爱的女人也有很大变化（当然，我没有把章鱼的事讲给她听，可她看出了我的异样）。她瘦了，脸色苍白，不再有笑脸，还一再地请我原谅她，因为是她建议我发表小说片断的。她希望我搁下这一切到南方的黑海去，哪怕花光十万卢布奖金所剩下的部分也在所不惜。

“她很固执，而我呢，当时就预感到这趟旅行我不能成行。为了不和她发生争执，我答应她近日里就去办手续。可她说要亲自替我去买票。于是，我把剩下的钱，大概有一万卢布吧，全都交给了她。

“‘为什么给这么多？’她很吃惊。

“我说怕被人偷，所以请她在我走之前替我保管，就是诸如此类的话。她接过钱，放进了自己的小包，然后一边吻我一边说：你都这样了，我还抛下你一个人走掉，这真比让我去死还难受。可家里在等着她，她说她必须回去，可明天她还会来的。她让我什么也不要怕。

“这是一个傍晚，十月中旬吧。她走了。我躺在沙发上，睡着了，没有开灯。恍惚中，我觉得章鱼就在一旁，这念头吓醒了我。在黑暗中摸索一阵后，我终于打开了电灯开关。怀表的时针指着午夜两点。躺下时我已感到不适，醒来时我成了病人。突然间，我觉得秋夜的黑暗已破窗而入，进入并弥漫了整个屋子，我就像是浸在墨水里，憋闷得喘不上气来。我失去了自控力。我大声地叫喊起来，希望跑去找个什么人，哪怕是上楼去找房东也好。我和那个失去理智的自己进行着搏斗。我勉强地走到火炉前，点燃了炉子里的柴火。当木柴噼里啪啦地燃起、炉门也发出当当声响的时候，我感觉似乎轻松了不少。我跑到前厅，把那里的灯也打开了，还找到了一瓶白葡萄酒，于是开了瓶盖，对着瓶嘴喝了起来。喝过酒，恐惧感也慢慢在消失，这至少让我没跑去找房东，而是回到了炉前。我打开炉门，热气让我的脸和手都暖和过来。我低声自语着：

"'你该感觉到我会出事的吧……快来吧，快来，快来呀！……'

"可是没有人来。炉火熊熊地烧着，雨滴击打着窗户。那件事情接着就发生了。我从书桌的抽屉里拿出厚厚一沓小说打印稿和一本本手稿，开始将它们投入火中。要做这件事其实很不容易，因为写满字的纸不易点燃。为了将手稿本一个个撕开，我的手指甲都被折断了，最后我将撕开的本子插进劈柴中，用捅火钩将纸页打散。烧后的灰烬时而还会捉弄我，把火苗压灭，我又得去捣开它们。就这样，我的长篇小说顽强地抵抗着，最终走向了灭亡。那些熟悉的词句在我的眼前掠过，被烤焦的黄色斑迹正随着火势不可阻挡、自下而上地吞噬着纸页，但是在这些烧黄的部分，字迹仍然清晰可辨。直到纸页被烧成了黑色的灰烬，上面的字迹才完全消失，而我则恶狠狠地用捅火钩把这些灰烬捣得粉碎。

"就在这时，只听见有人在轻轻地用手指弹敲窗户。我的心顿时咯噔一下，把最后一个手稿本扔进炉膛之后，我赶紧跑去开门。由地下室通向院子的门口，有一道砖砌的台阶。我跌跌撞撞地跑到了院子的门后，低声问道：

“‘谁呀?’

“一个声音，就是她的声音，回答了我：

“‘是我……’

“我已经不记得我是怎样取下链条，又是怎样用钥匙打开门的了。刚一进门，她就扑到我的怀里，浑身都湿透了，满脸是水，头发披散着，身体在瑟瑟发抖。我已经说不出话来：

“‘你……你?’我的喉咙哽噎住了，于是我们一道朝下面跑去。她在前厅脱了大衣，我们很快进到第一个房间。她轻轻叫了一声，把手伸进炉膛抢出了烧剩下的最后一本手稿，把它扔到了地上。屋里顿时烟雾弥漫。我忙用脚把火踩灭，她则一头倒在沙发上大哭起来，浑身不停地抽搐着。

“待她平静下来，我对她说：

“‘我恨这部小说，我害怕。我病了。我觉得恐惧。’

“她站起身来，说：

“‘天哪，你病得这么厉害。这是怎么回事，为什么呀？可是我要救你，要救你。这算是怎么回事啊?’

“她的眼睛因为烟熏和哭泣肿了起来，她抚摸我额头的手也是冰凉的。

“‘我会把你治好的，一定会治好。’她把头靠在我的肩上，喃喃地说着，‘你要把小说重新写出来。我怎么……我怎么就没有留一份打印稿呢!’

“她恨得咬牙切齿，嘴里还自言自语地不知说了几句什么。后来，她紧咬着嘴唇，默默地收拾起那些烧得发烫的手稿，并一张张地把它们抚平。这是小说的中间章节，具体哪一章我已记不清了。她把手稿叠得整整齐齐，用纸包好，用带子捆上。这些举动说明她满怀决心，并且从容自如了。她让我给她一杯酒，喝干了它，说话的语调就更显平静了。

“‘瞧，说谎要付出多大的代价啊，’她说，‘我再也不愿说谎了。我本来现在就可以留在你的身边，但我不想以这种方式来做这件事。我不希望给他留下这样的永久记忆，那就是我在深夜里抛下他离家出走了。他从来没做过什么伤害我的事情……他是被突然叫走的，因为他们厂里失火了。不过他很快就会回家。明天早上我就跟他说清楚，我要告诉他，我爱上了别人，然后我就永远地回到你的身边。告诉我，你也许并不希望我这么做吧？’

“‘我可怜的人，可怜的人，’我对她说，‘我不能让你这么做。我的前途险恶，我不希望你跟着我一起毁灭。’

“‘就是这个原因？’她问道，她的眼睛逼视着我的眼睛。

“‘正是。’

“她的精神出奇地振奋起来。她贴紧我，搂着我的脖子，说：

“‘我就要和你一起毁灭。早晨我就会回到你的身边。’

“这时，我见到了此生将会记住的最后一件东西，那就是从前厅射进来的一线光芒。这光芒映照着她的一绺散乱的头发，映照着她头上戴着的小圆帽，映照着她那双毅然决然的眼睛。至今，我还记得她站在前厅敞开着的大门门槛上的情景，记得她那黑黑的身影和夹在腋下的那个白纸包。

“‘我该送送你的，但我已没有力气独自回来，我害怕。’

“‘别怕。再忍耐几个小时。明天早晨我就来了。’

“这是她在我的一生中对我说的最后几句话……嘘！”病友

突然中断了谈话，举起了一根手指，“今天这个月夜不太平啊。”

他躲到阳台上去了。伊凡听见走廊里响起了轮子滑动的声音，还有人在哭泣或者是在无力地喊着什么。

周围一切重归寂静，客人又返身回来。他告诉伊凡，120号病房住进了一个病人。这人被送来之后，就一直在央求别人把脑袋还给他。两个交谈者心神不宁地沉默着，待定了定神以后，他们又回到了刚才的话题。客人正要张口，又被外面的声音打断了，这可真是个不安宁的夜晚。走廊里的声音不绝于耳，客人只好凑到伊凡的耳根同他耳语起来，除第一句外，他的声音低得只有伊凡一个人听得见。这第一句话是：

“她走后大概一刻钟，就有人来敲我的窗户……”

病友对着伊凡耳语，看来是件让他十分激动的事。他的脸部时而有些抽搐，恐惧和愤怒在他的眼里闪动和游弋着。他边说边用手指了指月亮的方向，其实月亮此刻早已不在阳台那边了。待外面已悄无声息的时候，客人才将身子从伊凡身边挪开，声音也稍微大了一些：

“嗯，就这么回事，这事发生在一月中旬，一个深夜，我穿的还是那件大衣，不过扣子已经被人拽掉了。因为天冷，我缩在我的小院子里。我的背后是个雪堆，它已盖住了丁香花树枝，而离我前面稍远的地方，就是我的窗户。拉上的窗帘透出了微弱的灯光。我把耳朵贴近第一扇窗户，听见屋里的留声机正响着。我只是听到这些，但什么也看不到。我停留了一会儿，便走出栅栏，来到小巷。巷子里风雪交加。一只狗从我脚边经过吓了我一大跳，为了避开它我急忙奔向巷子的另一边。寒冷和恐惧，使我陷入近乎疯狂的境地。我走投无路，最简单不过的办法，就是跑到巷子外面的那条街上，往电车轮子下一钻了事。远远地，我看见外面已经结冰但里面灯火通明的车厢，连车轮子轧在冰雪上那难听的吱嘎声也清晰可闻。可是，我亲爱的邻居，问题的关键就在于，恐惧在此刻控制了我身体的每一个细胞。就像害怕狗一样，我也害怕电车。是的，在这栋楼里，再没有比我病得更厉害的了，我保证。”

“不过您还可以和她联系嘛，”伊凡对眼前这位可怜的病友十分同情，“再说，您的钱不是还在她手里吗？她一定会替您保管好那些钱吧？”

“您放心，她当然会保管好的。不过，您显然不理解我。或者确切地说，是我失去了曾经拥有的那种描述能力。不过，我倒不觉得有什么遗憾，因为它对我来说已经毫无用处了。她呢，”面对黑漆漆的夜，来客的眼神显得十分虔诚，“自然可以收到一封疯人院的来信。难道还可以往这里写回信吗？给一个精神病患者？简直是开玩笑，我的朋友！给她带去不幸？不，我不能这么做。”

伊凡没有反驳客人的这番话。他默不作声，很同情和怜悯这位诉说者。因为这些痛苦的回忆，对方戴着黑帽的脑袋微微晃动着。他继续说了下去：

“真是个可怜的女人……不过，我还是有个希望，希望她把我忘了……

“您会好起来的……”伊凡有些怯生生地说。

“我已经无可救药了，”来客回答得十分坦然，“斯特拉文斯基说他能使我重返生活，我不信。他心肠好，不过是想安慰我。可我也不否认，我的病的确好多了。哦，刚才我讲到哪里了？

讲到严寒，讲到飞驰而过的电车……那时，我已经知道有这么一所医院，所以我开始徒步穿过城市，想到这个医院来。真是疯了！要不是一个偶然的机会救了我，我可能已经冻死在城外了。那是离城区四公里的地方，一辆大卡车半路抛锚。我走上前去求助，让我吃惊的是，那司机居然动了恻隐之心。他的车正好走的也是这个方向。他把我带过来了。我很幸运，只是冻伤了左脚的脚趾。现在已经治好了。我来这里已经三个多月了。您知道吗，我倒觉得这里真是非常的不错。亲爱的邻居，在这里不必订什么伟大计划，千真万确！比如说，我打算环游地球什么的。其实，那不过是空想，是不能实现的。我只能见到这个地球上一小块微不足道的地方。我想，这虽不是最好的那一块，可我想再说一遍，它倒也不会差到哪里去。你看，夏天就要来了，阳台上又会爬满常春藤，就像普拉斯科维娅·费多罗夫娜说的那样。况且这串钥匙还扩大了我的活动空间。夜里，月亮会升起。哟，月亮已经落下了！天凉了，夜已经深了。我该走了。”

“能不能告诉我，耶舒阿和彼拉多后来怎么样了？”伊凡恳求说，“求您告诉我，我想知道。”

“啊，不行，不行，”来客像病人一样抽搐了一下，回答说，“一想起我的小说，我就浑身打颤。您在牧首塘认识的那位比我讲得还要好。谢谢您能和我交谈。再见。”

没等伊凡回过神来，铁栅栏门已轻轻地关上，来客也消失得无影无踪了。

第十四章

感谢雄鸡

没等写完演出记录，里姆斯基就跑回到自己的办公室，就像人们平时所说的那样，他的神经已经绷不住了。坐到桌边，魔法变出来的十卢布钞票仍在他那两只红肿的眼睛前飞来飞去，他的大脑已陷入极度的混乱。外面传来一阵阵嘈杂声。观众如潮水般由杂技剧院涌向大街。突然，一声尖厉的警笛刺激了他那非常敏锐的听觉。警笛声响总不会有什么好事。警笛又一次响起，紧接着是一声更威严、更持久的呼啸，还伴随着人们“抓住他，抓住他”的吆喝声、哄笑声。财务经理立即明白，外面一定出现了诸如流氓滋事之类事件。而且，这次一定与剧院的演出、与魔法师及其助手们所表演的节目密切相关，尽管他是多么不愿意承认这一点。敏感的财务经理一点也没猜错。

他来到面朝花园街的窗口，往下一看，脸色大变。他并不是小声说，而是咬牙切齿地喊：

“我就知道会这样！”

借着明亮耀眼的街灯，他看到窗下人行道上走着一个女人，她只穿了一件小背心和一条淡紫色内裤。她的头上戴着帽子，手里竟然还拿着一把伞。

兴奋的人们将她团团围住，令她陷入十分尴尬的境地。她一会儿蹲下，一会儿试图夺路逃走。人们大声地哄笑着，这笑声让经理的后背阵阵发凉。女人身边有个男士急得团团转，他正忙着把自己的风衣脱下来。可是因为着急，他的胳膊卡在了风衣的袖子里，衣服怎么也脱不下来。

这时，从另一个地方，也就是剧院左侧出口处，也传来了一阵尖叫和哄笑声。格里高利·达尼洛维奇扭头朝那地方一看，这边是一个只穿着粉红色内衣的女人。她从马路跳上人行道，想躲进出口的通道，但鱼贯而出的人群挡住了她的去路。这个赶时髦图虚荣、被卑鄙的法戈特公司欺骗的女人，现在就只是想找个地洞钻进去了。一个民警吹着警笛，急忙向那个不幸的女人跑去，一群头戴鸭舌帽的年轻人嘻嘻哈哈一窝蜂地紧随其后。他们正是那帮嘻笑哄闹的人。

一个蓄着小胡子、长得精瘦的马车夫，赶车追至头一个半裸女人的面前，用力勒住了那头瘦骨嶙峋的马儿，发出一阵阵兴奋的讪笑。

里姆斯基用拳头敲了敲自己的脑袋，啐了口唾沫，离开了窗口。

他重新坐到桌前，侧耳听着街上的动静。震耳欲聋的口哨声从四面八方传来，可是不一会儿就听不见了。里姆斯基感到有些意外，这场闹剧怎么这么快就结束了。

应该采取行动了，自己酿下的苦酒必须得自己喝。电话机在节目进行第三单元时已经修好了，应该立即打个电话，向上级汇报情况并请求帮助，把这一切责任都推到斯乔帕身上，让自己摆脱干系。呸，这个恶魔！

忐忑不安的经理两次拿起听筒，又两次把它放了回去。突然，寂静无声的办公室里响起了一阵急促的电话铃声。那铃声像是直冲着财务经理来的，把他吓得一哆嗦，顿时手脚冰凉。“我的神经系统显然出了问题。”他一边这么想着一边拿起听筒。刚一接听，他就不由往后退了一步，脸色变得像一张白纸。听筒里传来一个女人文静又不失妩媚，甚至还带些妖冶的声音，她悄声说：

“别打电话，里姆斯基，否则情况就会更糟……”

听筒里又没声了。财务经理脊背发凉，起了一身的鸡皮疙瘩。放下听筒，他不由自主地回头看了看窗外。槭树枝上有了点点新绿，透过稀疏的枝干，一轮明月正在薄云中穿行。里姆斯基的目光不知为何被树枝所深深吸引，他越是盯着它看，就越是强烈地感到惊恐不安。

财务经理费了很大的劲，才把目光从月光普照的窗外收回来。他终于站起了身。无论如何,打电话的事是不可能再考虑的了。现在，财务经理的心中只装着一个念头，那就是尽快离开剧院。

他仔细听了听，整个剧院已经悄无声息。里姆斯基意识到，整个二楼上早就只剩下他一人了。就像一个孩子，这种念头一产生而随之出现的那种恐惧感紧紧地攫住了他。想到自己现在要独自穿过空荡荡的走廊和下楼梯，他浑身上下都在哆嗦。他从桌上抓起那沓魔法变出来的十卢布钞票，把它放进公文包。为了给自己壮胆，他还装模作样地咳了一声，可那声音听上去却有些沙哑和无力。

这时，他感到一股发霉的潮气正从办公室的门缝里钻进来。财务经理的脊背一阵战栗。墙上的挂钟恰好在此时突然开始敲响，那敲击声表明此刻正是午夜时分。钟声使经理更加心惊肉跳。当听到有人正轻轻转动钥匙开启门上的那把英国锁时，他的心骤然间缩紧了。财务经理双手冰冷，紧紧抱住公文包的手都有些潮湿了。他觉得，如果锁孔里钥匙转动的声音再长一点，他一定会忍不住放声大叫。

终于，办公室的门被用力推开了，瓦列努哈悄无声息地走了进来。站着的里姆斯基此时两腿一软，瘫坐在了沙发椅上。他大口地吸着气，脸上露出讨好的笑容，轻声说：

“天哪，你把我吓坏了……”

的确，深更半夜突然来个人肯定会吓人一跳的，但这种事情同时又给他带来巨大的惊喜：总算有了理清这一团乱麻的线索。

“来，快说说！快说！”里姆斯基的嗓子已经嘶哑。他恨不得马上就拽住这条线索。“这究竟是怎么回事？！”

“对不起，”瓦列努哈进来后声音低沉地说着，并随手关上了身后的门，“我还以为你已经走了呢。”

瓦列努哈连帽子也没摘，就径直走到沙发椅跟前，坐到了办公桌的另一侧。

应当说，瓦列努哈的回答有些蹊跷，这让财务经理立刻就觉察到了。就灵敏度而言，他丝毫不亚于世界上任何先进的地震测量仪。这是怎么回事呢？既然知道经理已经走了，那他瓦列努哈为什么还要来经理的办公室呢？因为他瓦列努哈本人也有自己的办公室啊。这是其一。其次，不管他瓦列努哈从剧院的哪道门进来，他都会碰见值夜班的，而这些人曾被告知，格里高利·达尼洛维奇会在自己办公室多待一会儿。

财务经理并没在这个奇怪的问题上想下去。他现在还顾不上这个。

“你怎么连个电话也不打？雅尔塔那件荒唐的事究竟是怎么回事？”

“瞧，被我说中了，”剧院总务吧唧了一下嘴，像是在害着牙疼，“人们在普希金诺的一家酒馆里找到了他。”

“怎么会是普希金诺？！就是在莫斯科的郊区？电报可是从雅尔塔发来的？！”

“什么雅尔塔，见鬼去吧！他灌醉了普希金诺的报务员，两人便开始胡闹，也包括发送这些注明是‘雅尔塔’的电报。”

“哦……哦……那就好，那就好……”里姆斯基高兴得简直不是在说话，而是在唱歌。他的两眼闪烁着黄灿灿的光芒，脑海里出现了斯乔帕被免职的欢快场面。没有阻碍的了！财务经理早就盼着把利哈捷耶夫这个障碍给扫除掉！也许，斯捷潘·波格丹诺维奇的下场会比革职还要惨……“慢慢说。”里姆斯基一边用吸墨器拍打着桌子，一边说。

瓦列努哈开始详细地讲了起来。一到财务经理指派的地方，人家立刻接待了他，认真听了他的汇报。当然，谁也不认为斯乔帕真的会在雅尔塔。他们立刻同意了瓦列努哈的推测，那就是利哈捷耶夫肯定是在普希金诺的“雅尔塔”餐厅。

“他现在在哪里？”财务经理激动地打断了剧院总务。

“哼，他还能在哪里，”剧院总务讥讽地笑了笑，“自然是在醒酒所喽。”

“那好，那好！唉，真是谢天谢地了！”

瓦列努哈还在继续着自己的讲述。他越往下讲，一个流氓恶棍无赖的形象就越是清晰地出现在财务经理的面前，那些事情真是一件比一件恶劣。在普希金诺电报局门外的草地上，醉醺醺的斯乔帕搂着报务员跳起了舞，一个无聊的家伙还拉起手风琴给他们伴奏！他还追逐妇女，把她们吓得哇哇直叫！就在“雅尔塔”餐厅，他竟然还想要动手打服务员！“雅尔塔”餐厅的大葱被他扔得满地都是！他摔碎了八瓶“爱达尼尔”白葡萄酒。他砸坏了出租汽车的计价器，因为人家不肯让他搭车。有人去阻止他，他就威胁说要把人家抓起来，送到监狱去……总之，简直是搞得昏天黑地！

在莫斯科戏剧圈，斯乔帕可是个知名人物，谁都知道他可不是盏省油的灯。可剧院总务刚才讲到的这些事，放到斯乔帕身上也实在离谱了。是啊，是离谱了，甚至可以说太离谱了……

里姆斯基一双锐利的眼睛紧盯着桌子对面剧院总务的脸，总务越是往下讲，那双眼睛就越是阴沉难看。种种细节被剧院总务渲染得越是活灵活现，财务经理就越是不信。当瓦列努哈讲到斯乔帕公然对抗前来带他回莫斯科的人时，财务经理已经确信，深夜归来的剧院总务对他讲述的一切都是谎言！是一个彻头彻尾的谎言！

瓦列努哈根本没去过普希金诺，斯乔帕也根本不在普希金诺。既没有什么喝醉了的电报员，也没有什么小酒馆里的碎玻璃，更没有什么人要用绳子去捆斯乔帕……这一切都是子虚乌有。

当财务经理意识到剧院总务是在向他撒谎，一种恐惧感立刻由下往上朝他全身袭来，他感到，那种潮湿腐烂的气息又一次顺着地板向他蔓延而来。他目不转睛地盯着剧院总务，对方正以一种奇怪的姿势蜷缩在椅子里，并且一直把自己藏在台灯蓝幽幽的阴影里，还令人奇怪地用报纸挡着脸，像是灯光妨碍了他似的。财务经理此刻只是在琢磨，这到底是怎么回事？在这栋空无人烟的大楼里，剧院总务为什么会在深更半夜里跑来跟他胡说八道？财务经理感到一种莫名却又可怕的危险正在靠近自己，心绪十分不安。财务经理装作没察觉出他用报纸遮遮掩掩的样子，开始仔细打量起他的那张脸来，而对他的滔滔不绝已经不再理会了。比起他编造那个发生在普希金诺的故事，他在外貌和举止方面的变化更令剧院经理觉得费解。

尽管剧院总务尽量把鸭舌帽往眼睛前拉以使阴影遮住自己的脸，或者是用报纸左挡右遮，但财务经理还是看出，他的右脸上紧挨着鼻子的地方有一大块青伤痕。另外，历来红光满面的剧院总务现在面如死灰，像得了什么大病，而且不知为什么，在这种闷热的夜晚却古怪地围着一条老式的花格围巾。如果再加上他这趟外出以后新添的两个特别难看的习惯性动作——抽鼻子和吧嗒嘴，还有他那变得又粗又低的嗓音，以及眼睛里那种贼头贼脑、躲躲闪闪的神情，可以肯定地说，伊凡·尼古拉耶维奇已经变得叫人认不出来了。

还有点什么东西让财务经理更加惶惑不安，可他不能明确那究竟是什么，无论他那亢奋的大脑怎样冥思苦想，无论他怎样去打量对方的脸，最终都无济于事。不过他很清楚地感到，剧院总务坐在他这把熟悉的沙发椅上很不协调，很不自然。

“就这样，他总算被制服了，被扔到了汽车上。”瓦列努哈闷声闷气地说着，从报纸后面偷偷打量着财务经理，一只手掌还捂着脸上的伤痕。

里姆斯基突然伸出了一只手，手指弹着桌面，又像是无意地把手掌朝电铃按钮摁了下去，但他很快又僵住了。此时，空荡荡的剧院里应该响起刺耳的铃声。可是铃声并没响起，按钮也毫无生气地陷入了桌子里面。按钮失灵，电铃也坏了。

财务经理的这点小动作并没逃过瓦列努哈的眼睛，他的面部肌肉抽搐了一下，眼里露出凶光，问：

“你为什么要按铃？”

“我是无意识的，”财务经理把手缩了回来，声音有些沙哑，接着以一种犹豫的口吻问道：“你脸上怎么了？”

“被汽车擦的，撞到车门把手上了。”瓦列努哈回答说，目光有些躲闪。

"撒谎！"财务经理心想。就在这一瞬间，他的两眼一下子瞪得溜圆，像个神经错乱的人，傻愣愣地盯着对方的椅子背。

椅背后面的地板上是两个重叠的影子，一个浓黑，一个浅灰。沙发椅椅背和椅子的细长腿都清晰地映在了地板上，可椅背的上方却没有映出瓦列努哈的头，椅子腿的下方也没有剧院总务的腿的影子。

"他没影子！"里姆斯基心里暗暗叫道，浑身不由自主地哆嗦起来。

瓦列努哈贼头贼脑地四下看了看，他顺着里姆斯基疯狂的目光看了过去。当看到椅背后面的时候，他立刻明白，他已经露馅了。

他从沙发椅上站起身来，（财务经理也跟着站起身，从桌边往后退了一步，怀里抱着公文包。）说：

"该死的，你看出来了！你倒是聪明啊。"剧院总务说着，脸上浮现出恶毒而讥讽的微笑。猛然间，他从沙发椅边一跃而到了办公室的门口，并飞快地把那把英国锁锁了起来。财务经理绝望地看看四周，退到了面朝花园、落满月光的那扇窗户边。只见一个裸体女人的脸正紧贴着窗户的玻璃，一只光光的胳膊已经伸到了通风窗里边，正想去拉下面的窗栓。而上面一个窗栓已经被打开了。

里姆斯基觉得桌上的台灯正黯淡下去，写字台也开始倾斜。他就像被劈头盖脸地浇了一头冰水，所幸他勉强撑住了。他用仅有的一点力气喊了一句，可喊出来的声音就像在说悄悄话：

"救命……"

瓦列努哈看住门，不时地在旁边跳来跳去，并长时间双脚离地，人就在半空中摇来晃去。他张开弯曲的手指朝里姆斯基的方向招了招手，吱吱地叫着，吧唧着嘴，朝窗外那女子挤眉弄眼。

那女子看上去很着急，长着棕红色头发的脑袋已伸进了通风窗。她尽量地往下伸着胳膊，手指尖已经碰到了下面的插销，窗框被摇晃得咔嚓作响。她的胳膊越变越长，就像是橡皮做的，上面长着一层绿色的尸斑。最后，死尸那发绿的手指终于抓住了插销的拉头，把它一转，窗户被打开了。里姆斯基轻轻地惊叫一声，往墙上一靠，将公文包放在了胸前，就像加了个挡箭牌似的。他知道，自己死到临头了。

窗户已经大开，但扑面而来的不是深夜清新的空气和椴树的芳香，而是棺材的腐烂味。女鬼跨上了窗台。里姆斯基清楚地看到她胸前有一块烂肉。

就在此刻，一声令人振奋的鸡叫从花园的方向传来。原来，靶场后面有一个低矮的鸡舍，那里养着一群专门用来表演的鸡。一只受过特别训练的金嗓子雄鸡一声高歌，宣告黎明正从东方降临莫斯科。

女鬼面露狂怒之色，嗓音嘶哑地骂着脏话，而把守在门口的瓦列努哈则一声尖叫，从空中落到了地上。

又是一声鸡叫。女鬼把牙齿咬得咯咯直响，棕红色头发根根倒竖。第三声鸡叫响起时，她转过了身，一下子就逃得无影无踪了。紧接着，瓦列努哈也从地上跳起，在空中放平了身子，缓缓地越过写字台朝窗外飞去，就好像是飞翔中的丘比特。

刚才还是满头黑发的里姆斯基，此刻已变成了白发苍苍的老头，他的头上竟找不出一根黑发来了。他跑到门前，打开锁，拉开门，顺着黑漆漆的走廊飞快跑去。在楼梯的拐角处，害怕得哼哼唧唧的里姆斯基摸到了电灯开关。楼梯被照亮了。浑身打战、瑟瑟发抖的老头跌倒在楼梯上。他觉得，瓦列努哈的身体正软软地朝他压过来。

里姆斯基下了楼，见值班人正坐在前厅售票处的椅子上打瞌睡。他踮起脚尖从他身边走过，溜出了剧院的大门。走到大街上，他感觉轻松了不少。他已经恢复了神智，摸着脑袋时，居然想起自己把帽子落在办公室了。

当然，他并没有转身去取帽子，而是气喘吁吁地穿过宽阔的马路，朝着对面电影院拐角处一点淡红色的灯光跑去。一眨眼，他就已经到了那盏灯的旁边。还没有人租这辆车。

“我要去赶列宁格勒的特快。茶水钱另付。”老人捂着胸口，说话呼吸有些困难。

“我要回车库。”司机面露鄙夷的神色，说完后就转过身离开了。

里姆斯基拉开公文包，从里面数出五十卢布，从开着的前窗递给了司机。

不一会儿，这辆摇摇晃晃的车便像一阵风似的飞跑在了花园路上。乘客在座位上被颠得东倒西歪。透过司机前侧的那面破反光镜，里姆斯基看到的时而是司机那快活的眼神，时而又是自己呆滞的双眼。

在站前大楼跟前，里姆斯基下了车。他冲着一个迎面而来穿着白色外衣、戴着胸牌的人喊道：

“头等车票，一张，我出三十卢布，”他急忙从公文包里拿出几张十卢布钞票，“如果没有头等，二等也行，硬座我也买。”

戴胸牌的人回头看了看站前的夜光钟，从里姆斯基手里一把将钞票抓了过来。

五分钟后，一辆特别快车驶出了车站的玻璃顶棚，很快便消失在黑暗之中。里姆斯基也随着它一起消失了。

第　十　五　章

尼卡诺尔的梦

不难猜到，那个住进医院119号病房的红脸胖子就是尼卡诺尔·伊凡诺维奇·博索伊。

不过，他并不是一开始就落入斯特拉文斯基教授之手。此前，他在另一个地方待着。

尼卡诺尔·伊凡诺维奇对那个地方的记忆所剩无几，他只记得那里有一张书桌，一个衣橱，一张沙发。

在那里，人们同尼卡诺尔·伊凡诺维奇有过一场谈话。当时尼卡诺尔热血沸腾、情绪激动，以致眼前模糊一片。所以，他的话让人感到莫名其妙和无比混乱，说得确切点，那根本就不是对话。

人们向尼卡诺尔·伊凡诺维奇提出的第一个问题是这样的：

“您是花园街300号附2号物业管理处主任尼卡诺尔·伊凡诺维奇·博索伊吗？”

尼卡诺尔·伊凡诺维奇报以两声大笑，那笑声让人汗毛倒竖，然后他一字一顿地说：

“我是尼卡诺尔，当然是尼卡诺尔！可我算什么主任啊！”

“这怎么讲？”对方眯缝着眼睛，问道。

“这么说吧，”尼卡诺尔回答，“我要是主任，我就应该一眼看出他是个鬼！不是鬼是什么？戴着一副破眼镜……穿得破破烂烂……就他那副样子还会是外宾的翻译！”

“您在说谁？”对方问道。

“卡洛维约夫呀！”尼卡诺尔·伊凡诺维奇大喊一声，“他占了我们楼的第50号公寓！你们记一下：卡洛维约夫。应当立即逮捕他！再记一下：是六单元，他就住在里边。”

“您的外币是从哪里来的？”对方的问话显得十分诚恳。

“上帝是公正的，上帝是全能的，”尼卡诺尔·伊凡诺维奇说，

“可能我就是该倒这个霉。我压根儿就没有碰过外币，也没动过心！这是上帝在惩罚我的罪孽，”尼卡诺尔·伊凡诺维奇情绪激动地说，一会儿把衬衫扣子解开，一会儿又扣上，一会儿还画十字，“我拿了人家的钱！我是拿过，可拿的是我们国家的钱，是苏联货币！谁给我送钱，我就把房子给谁，我不否认，是有过这样的事。我们的书记普罗列日涅夫也是好样的，也够好的！实话告诉你们，房管部门的都是小偷。不过外币我可没拿过！”

对方叫他不要装傻，还是把往通风管道里藏美元的事原原本本说出来为好。尼卡诺尔于是双膝跪地，身子歪斜着，嘴张得老大，像是要把镶木地板囫囵吞下肚去。

“如果你们愿意，”他含含糊糊地说，“我可以用嘴啃地来证明我没拿过外币。那个卡洛维约夫，真的是个鬼！”

任何忍耐都是有限度的，办公桌后面坐着的人提高了嗓门，他在暗示尼卡诺尔·伊凡诺维奇，是他该说人话的时候了。

尼卡诺尔·伊凡诺维奇从地上猛地跳起，尖叫一声，那声音在这个只有一张沙发的房间里嗡嗡回响。

“他来了！他就在橱柜后面！还在笑呢！还戴着夹鼻眼镜……抓住他！在房间里洒上圣水！”

尼卡诺尔·伊凡诺维奇的脸上没有一点血色。他浑身发抖，手在半空中画着十字，冲到门口又跑了回来，嘴里在咕咕哝哝地祈祷着，进入了彻底的疯癫状态。

显而易见，与尼卡诺尔·伊凡诺维奇已无法进行任何谈话了。他被带走并被安置在了一个单人房间，这时他已稍稍镇静一些，不过还是在不停地祈祷和抽泣。

当然，人们还是去了一趟花园街，看了看第50号公寓。人们并没有找到什么卡洛维约夫，同楼的人也没有谁知道或见过这个卡洛维约夫。这套由已故的柏辽兹和去了雅尔塔的利哈捷耶夫合用的第50号公寓内空无一人，书房柜子上的火漆封印完好无损，并没有人动过。人们就这样一无所获地离开了花园街，不过他们在离开时带走了惊慌失措的物业管理处书记普罗列日涅夫。

当夜，尼卡诺尔·伊凡诺维奇被送到了斯特拉文斯基教授供职的这家医院。在医院，他表现得十分狂躁不安。人们不得不给他注射斯特拉文斯基药方上的针剂。直到后半夜，尼卡诺尔·伊凡诺维奇才在119号病房里睡去，还不时发出沉重而痛苦的呻吟。

渐渐地，他的睡眠更深更沉。他不再翻身和呻吟了，呼吸也开始变得均匀平缓，守护他的人们这才离去。

这时的尼卡诺尔·伊凡诺维奇开始做起梦来，所梦见的基本上是他这天的经历。开始，是一群手握金喇叭的人来迎接他，场面非常隆重，他们一直把他送到了一扇油漆大门跟前。在大门前，这群吹喇叭的护送者为尼卡诺尔·伊凡诺维奇吹起了迎宾曲，接着，一个响亮的男低音在半空中愉快地响起：

“欢迎光临，尼卡诺尔·伊凡诺维奇！请把外币交出来吧！”

尼卡诺尔·伊凡诺维奇诧异万分，他抬眼看见自己的头上有个黑漆漆的大喇叭。

随后，他又不知怎地坐到了剧院的大厅里，大厅的镏金大顶上挂着流光溢彩的水晶吊灯，墙上装着壁灯。很多装饰华丽的小剧场里该有的东西，这里一样不少。舞台上挂着紫红色的天鹅绒大幕，幕布上装饰着十戈比硬币大小的亮片，就像天空中群星在闪烁，台前有个提词室，观众席上甚至座无虚席。

让尼卡诺尔·伊凡诺维奇感到吃惊的是，所有的观众都清一色是男性，而且不知为什么都留着长胡须。另外，还让他吃惊不小的是，剧场里竟没有一把椅子，大家都坐在油光铮亮的地板上。

来到这么一个人多的新地方，尼卡诺尔·伊凡诺维奇起初有些手足无措，不过迟疑片刻后，他也开始学着大家的样子，像土耳其人那样盘腿坐到了镶花的地板上。他的一侧是个红头发壮汉，留着大胡子；另一侧是个面色苍白的连腮胡子，满脸是浓密的胡茬子。席地而坐的人们没有谁去注意这个新来的观众。

此时，一阵轻柔的铃声响起，大厅灯光渐渐黯淡下来，大幕拉开，露出一个灯火通明的舞台。台上是一把沙发椅，还有一张小桌，桌上放着一个金色的铃铛。舞台深处还有一道黑色的天鹅绒幕布。

一个穿礼服的演员从侧幕内走到了台前。这是一个五官端正的年轻人，脸刮得干干净净，梳着分头。观众们顿时活跃起来，纷纷将脸转向了舞台。演员走到提词室前，搓着手。

“大家都还坐着？”他面带着微笑，用柔和的男中音问道。

“对，坐着。”观众席上的回答声高低不齐。

“这样……”演员若有所思地说，“我不理解，你们怎么就不厌烦？现在，别人都在逛大街，享受着春天的阳光和温暖，过着像个人的日子，而你们却要挤坐在这闷热的地板上！难道我们的节目就这么吸引人？不过，各有所爱嘛。”演员最后富有哲理地讲道。

紧接着，他换了一种音色和音调，愉快而大声地宣布：

“现在，请欣赏我们的下一个节目，由房屋管理委员会主任兼营养食堂经理尼卡诺尔·伊凡诺维奇·博索伊表演。有请尼卡诺尔·伊凡诺维奇！”

观众报以整齐的掌声。吃惊的尼卡诺尔·伊凡诺维奇瞪大了眼睛，而那位报幕员正用手挡着灯光，在席地而坐的人群中找到他后，还亲切地对他用手指了指舞台。于是，尼卡诺尔·伊凡诺维奇自己也不知怎么的就已经站到了舞台上。脚灯和顶灯灯光齐刷刷地直射他的眼睛，观众大厅立刻隐入了一片黑暗之中。

“嗳，尼卡诺尔·伊凡诺维奇，请给我们大家做个榜样，”年轻演员说话的样子十分诚恳，“请把外币交出来！”

全场鸦雀无声。尼卡诺尔·伊凡诺维奇喘了口气，轻声说：

“我向上帝起誓，我……”

没等他把话说完，全场就响起了一片愤怒的喊声。尼卡诺尔·伊凡诺维奇手足无措，赶紧闭嘴。

“我很了解您，”主持人说，“您想向上帝起誓，说你没有外币吧？”他充满同情地看着尼卡诺尔·伊凡诺维奇。

“是啊，是没有。”尼卡诺尔·伊凡诺维奇回答。

“是吗，”演员说，“那么请原谅我提一个冒昧的问题：公寓卫生间里发现的四百美元是怎么回事呢，你们夫妇二人是那套公寓唯一的住户啊。”

“是闹了鬼吧！”黑压压的观众席里有人这么说道，带着明显的嘲讽意味。

“是啊，是闹了鬼，”尼卡诺尔·伊凡诺维奇怯生生地不知是在回答谁，既像是在对演员说，又像是在回答黑乎乎的观众席，紧接着他还解释说，“是闹鬼了，是一个穿格子衣服的翻译搞的鬼。”

大厅里再次响起了一片愤怒的喊声。等叫喊声停息后，演员说：

“我简直就是在听拉封丹的寓言啊！别人偷偷地放了四百美元，在座各位都是倒腾外币的，我倒要向你们这些专家请教，天下能有这样的好事吗？”

“我们可不是倒卖外币的，”观众席里有几个人纷纷抱屈，“不过，世界上也的确没那种好事。”

“完全同意，”演员肯定地说，“那我要请教大家，什么东西才有可能被偷偷地放到别人家？”

“婴儿。”有个观众答道。

“完全正确。”主持人的语气肯定，“有人可能会偷偷地把婴儿、匿名信、传单、定时炸弹这一类东西放到你家里，但谁也不会把四百美元偷偷放到你家里，天下哪有这样的傻瓜！”一席话后，主持人向尼卡诺尔·伊凡诺维奇转过身来，说话的语气既失望又挖苦：“尼卡诺尔·伊凡诺维奇，您真让我失望！我对您抱有多大的希望啊。怎么办，我们的节目泡汤了。”

大厅里嘘声一片，人们朝着尼卡诺尔喝倒彩。

“他才是外币贩子，”有好多观众这么喊着，“就是因为他，我们才在这里无辜受罪！”

“别骂他，”主持人温和地说，“他会觉悟的。”接着，他用一双热泪盈眶的蓝眼睛看着尼卡诺尔·伊凡诺维奇，说：“好了，尼卡诺尔·伊凡诺维奇，回到您的座位上去吧！”

随后，演员摇响了铃铛，大声宣布：

“幕间休息，你们这些混蛋！”

尼卡诺尔·伊凡诺维奇深为震惊，自己怎么就莫名其妙地成了戏剧节目的参与者，他重新回到了自己在地板上的位子上。梦境中的这个大厅陷入了浓重的黑暗，四面墙上跳动出熊熊燃烧的

红色大字:“交出外币!”接着,大幕重新拉开,主持人再次发出邀请:

“请谢尔盖·格拉尔多维奇·顿奇尔上台!”

顿奇尔仪表堂堂,因为久被羁留而显得衣冠不整,年纪五十上下。

“谢尔盖 · 格拉尔多维奇,”节目主持人对他说,“您在这儿已经坐了一个半月,拒不交出您手里的外币。而目前国家需要外汇,它对您来说又毫无用处,您干吗要坚决抗拒呢。您可是个知书达理的人,这些道理您很明白,但您就是不和我配合。”

“很遗憾,我的确无能为力,因为我确实没有外币。”顿奇尔平静地回答说。

“那么,您至少有钻石吧?”演员问。

“钻石也没有。”

演员侧过头想了想,然后拍了拍巴掌。一个中年女子从侧幕里走出。她穿着时髦,一件无领的春季大衣,配着一顶小巧的圆帽。女子显得神情不安,顿奇尔连眼皮都没抬地看了她一眼。

“这位夫人是谁?”节目主持人问顿奇尔。

“是我妻子。”顿奇尔傲慢地说,并带着些许厌恶的神情看了看那女子细长的脖颈。

“让您受惊了,顿奇尔夫人,”节目主持人对那女子说,“我们只是想问问您,您丈夫还有外币吗?”

“他当时就已经全部上缴了。”顿奇尔夫人的情绪有些激动。

“是这样,”演员说,“那好,既然您也这么说,那就算是这样吧。既然都已经交出,那我们就应该立即同谢尔盖·格拉尔多维奇告别了,有什么办法!如果您愿意,您现在就可以离开剧院,谢尔盖·格拉尔多维奇。”说罢，演员做了个手势，颇有帝王的气度。

顿奇尔自若而又尊严地转身朝侧幕走去。

“且慢！”主持人叫住了他，“请允许我在临别之际请您欣赏我们这个节目的另外一幕。”他又拍了拍巴掌。

台后的黑色帷幕徐徐拉开，一个年轻貌美的女子款款而出。她身穿一袭舞会晚装，手捧一个金色托盘，里面是厚厚的一沓纸币，用一根花花绿绿的丝带捆着，还有一条钻石项链，闪烁出红黄蓝三种颜色的光芒。

顿奇尔退后了一步，脸色刷地变得煞白。全场鸦雀无声。

“这里有一万八千美元和一条价值四万金卢布的钻石项链，”演员郑重其事地宣布，“这是谢尔盖 · 格拉尔多维奇放在哈尔科夫市他的情妇伊达 · 格尔库拉诺夫娜 · 沃尔斯家的东西，我们现在有幸见到的就是她，是她帮助我们发现了这些价值连城而对个人而言又毫无用处的东西。伊达 · 格尔库拉诺夫娜，非常感谢！”

美人儿微微一笑，露出两排洁白闪光的牙齿，浓密的睫毛也随之上下忽闪着。

“在道貌岸然的外表掩盖下，”演员对着顿奇尔劈头盖脸地说，“您原来竟是个贪婪的毒蜘蛛，一个高明的骗子和一个说谎的小人。您的顽固态度让大家在这里受了一个半月的罪。您现在回家去吧，您妻子为您设下的地狱正等着惩罚您呢。”

顿奇尔摇摇晃晃，眼看要摔倒，幸好一双同情的手把他扶住。此时大幕飞快落下，舞台上所有的人都被遮挡住了。

一阵疯狂的掌声响起。尼卡诺尔 · 伊凡诺维奇觉得，屋顶的水晶吊灯好像都被这阵掌声给震得摇晃起来。当大幕再次升起时，舞台上就只剩下节目主持人了。他示意停下再次响起的雷鸣般的掌声，对观众鞠了个躬，然后说道：

“顿奇尔刚才在我们的节目里扮演了一个愚蠢而又自负的角色。我昨天曾有幸告诉过大家，私藏外币是没有用的。请大家相信，任何人在任何情况下都不能使用外汇。以顿奇尔为例，他拿着高薪，想买什么都可以。他住着豪华的房子，有妻子，还有一个漂亮的情人。可是他并不满足！如果他把外币和钻石交出来，就可以舒舒服服地过太平日子，可他就是贪心，想守着这些钱财，结果是当众出丑，夫妻不和。这可是教训。还有谁要交的？没有人吗？好吧，我们开始下一个节目。我们特邀戏剧表演天才、著名演员萨瓦·波塔波维奇·库罗列索夫给大家表演诗人普希金的戏剧片断《吝啬骑士》。”

很快，应邀的库罗列索夫上了台。他身材高大，脸盘饱满，身穿燕尾服，配着白领结，脸上刮得干干净净。

他没有一句开场白便开始了表演。只见他脸色阴沉，眉头紧锁，目光瞥着那只金色的铃铛，用假嗓子朗诵道：

“就像一个年轻的浪荡公子，我在等待狡猾风骚的情人……”

接着，库罗列索夫历数了自己的种种不是。尼卡诺尔·伊凡诺维奇听到了他的坦白，说有个不幸的寡妇曾在早春的雨天里跪地向他苦苦哀求，可这个狠心的人却不为所动。

在做这个梦之前，尼卡诺尔·伊凡诺维奇从没读过普希金的作品，可这个名字他是熟悉的，并且每天总要念叨好几回，比如：“怎么，由普希金来付房租吗？”或者：“这么说，楼道里的灯泡是让普希金给拧走了？”或者是：“看来，柴油要普希金去买吗？”

现在，尼卡诺尔·伊凡诺维奇欣赏着诗人的其中一部作品，一边又有些闷闷不乐起来，他想象着那个寡妇拖儿带女地跪在雨中哀求，便不由得在心里暗暗骂道：“这个库罗列索夫真不是东西！”

而台上那位则提高了嗓门，继续数落着自己，最后把尼卡诺尔也说得糊涂起来，因为他像是忽然跟一个什么人讲起话来，而台上并没那个人，接着他又充当那个台上并没有出现的人回答自己的问话。他一会儿成了“大公殿下，”一会儿又是“男爵”，一会儿称自己为“父亲”，一会儿又把自己叫作“儿子”，一会儿用“您”，一会儿又改为“你”。

尼卡诺尔·伊凡诺维奇只看懂了一点，那就是这个演戏的死于非命，而临死前还在喊着：“钥匙！我的钥匙！”说到这里，他倒在了舞台上，喘着气，小心翼翼地把领结从脖子上摘下来。

死了的库罗列索夫又站了起来，他掸了掸燕尾服裤子上的尘土，向观众鞠个躬，假惺惺地笑着，在稀稀拉拉的掌声中退了下去。节目主持人又开始说起来：

“刚才我们欣赏了库罗列索夫的精彩表演《吝啬骑士》。这个骑士曾经希望各路女神都会到他的身边去，还要给他带来这样那样的好事，可她们一个都没来，缪斯们也没有给他任何的馈赠。他没有任何建树，相反，他死得很惨，撞到了自己存放外币和珠宝的藏金柜上，就去见他姥姥了。因此我想警告大家，如果你们拒不交出外币，你们也会落得这样的下场，甚至比这还要惨！”

不知是普希金的诗剧起了作用，还是节目主持人这席实实在在的话有了效果，只听得大厅里传来一个人羞怯的声音：

“我交出外币。”

“请您到台上来。”节目主持人望着黑漆漆的观众席彬彬有礼地说。

一个浅色头发、身材矮小的男子上了台，看上去他有三个星期没刮脸了。

“对不起，请问您贵姓？”节目主持人问。

“卡纳夫金，尼古拉。”来人腼腆地回答。

“噢！非常高兴，卡纳夫金公民，怎么回事呢？”

“我愿意交出来。”卡纳夫金轻声说。

“多少？”

“一千美元和二十枚十卢布金币。”

“太好了！是全部吗？”

节目主持人直视着卡纳夫金。尼卡诺尔甚至觉得，这双眼睛里射出的是两道X光，它们能把卡纳夫金给看个完全彻底。在场的所有人都屏住了呼吸。

“我相信您！”演员大叫一声，终于熄灭了眼中的亮光。“我相信您！您的眼睛告诉我，您没撒谎。我曾经多少次地告诉你们，你们主要错在对人的眼睛的作用估计不足。你们要懂得，人的舌头可能掩盖真相，但眼睛永远做不到！有人会出其不意地向你们提出问题，你们可能连动也不会动一下，瞬间就能镇定下来，明白该说什么就能把真相掩盖起来，而且总是可以说得天衣无缝，而你们脸上的皱纹可以一动不动，但是，很可惜啊，切中问题要害的真相会在一瞬间从您的心底蹦到你的眼睛里，一切就都明了啦。真相毕露，你们也就被抓着了。”

演员以极大的热情讲了这番令人信服的话之后，非常和蔼可亲地问卡纳夫金：

“钱藏在什么地方了？”

“在我姨妈波罗霍夫尼科娃家，在普列奇斯坚卡……”

“哦！这就是说……等等……就是克拉芙季娅·伊利尼奇娜家了，对吗？”

“是的。”

“哦，是的，是的，是的！那是一个小巧的宅院吧？对面还有一个小花圃？嗨，我知道的，知道！那您藏在那里的什么地方了？”

“地窖的一个盒子里……”

演员拍着双手。

“你们见过这种人没有？”他很痛心地叫道，“那种东西放在这种地方会受潮发霉的！把外币交给这样的人能让人放心吗？啊？简直儿戏，天哪！”

卡纳夫金也明白自己做了错事，所以低下了乱蓬蓬的脑袋。

“纸币，”演员继续往下说，“应该存放在国家的银行里，放到干燥、保险的专设地点，而绝不是什么姨妈家的地窖里，再说放在那种地方会被老鼠咬坏的！真的，卡纳夫金，很丢脸呀！您是个成年人了。”

卡纳夫金此刻没处躲没处藏，只好一个劲儿地用指头去抠自己外套衣服上的小洞。

“好，算了，算了，”演员的语气缓和下来，“不算旧账了……”突然间，他又出其不意地说，“不过，顺便说说……跑一趟就行了……干吗要汽车来回奔波呢……您姨妈家不是也有外币吗，啊？”

卡纳夫金怎么也没料到事情会发生这样的转折，不由得打了个寒战。剧场内顿时又安静下来。

“唉，卡纳夫金，”节目主持人带着温和的语气责备道，“我刚才还夸你呢！可你不识抬举！这可不好，卡纳夫金！我刚才还讲过眼睛的作用。因为看得出来，您姨妈家里也有外币。那么，您何必要我们费脑筋呢？”

“有！”卡纳夫金大胆地喊了一声。

“好！”节目主持人大喊。

“好！”观众席里一阵叫好。

等大厅安静下来之后，主持人向卡纳夫金表示了祝贺，握着他的手，说要用汽车送他进城回家，同时又吩咐侧幕里的人说，汽车在返回时顺便去接上卡纳夫金的姨妈，请她光临女子剧院观看演出。

“对了，我还想问问，您姨妈有没有说过她把钱藏在什么地方了？”主持人问道，殷勤地向卡纳夫金递了香烟，还划着一根火柴伸了过去。卡纳夫金一边点烟，一边苦笑了一下。

“我信，我信。”演员叹了叹气，说道，“这个爱财的老太婆别说是外甥了，就是魔鬼来了，她也不会说的。不过我们还是要试着唤醒她身上的人性。也许，在她那丑恶的灵魂里还有一两根弦没有锈烂。祝您一切顺利吧，卡纳夫金！”

幸福的卡纳夫金坐车走了。演员又询问道，在场还有没有人愿意把外币交出来。全场报以沉默。

“一群怪物，天哪！”演员说完耸了耸肩膀，大幕渐渐将他遮住。

灯都熄灭了，场内好一阵子一团漆黑。黑暗中，一个男高音的歌声由远处传来：

“那里有座金山，它们属于我！”

接着，又从远处的某个地方两次传来隐隐的掌声。

“女子剧院里有个女人交出了外币。”尼卡诺尔 · 伊凡诺维奇旁边那个红发大胡子突然对他说。随后，大胡子叹了口气，又接着说:“唉，要是没有我那些鹅呀！……亲爱的，我在利阿诺左沃养了几只斗鹅……我真担心，要是我不在家，它们就完蛋了。斗鹅很娇气，需要呵护……唉，要不是那几只鹅呀！普希金的什么也不会让我这样担惊受怕。”说完，他又叹了叹气。

此时，场内突然间大放光明。尼卡诺尔 · 伊凡诺维奇梦中剧场的大门都敞开了，一群头戴白色厨师帽、手拿汤勺的厨师从这些大门里拥了进来。他们把一大桶菜汤和一大箱切好的黑面包拖进了大厅。观众活跃起来。快乐的厨师在满地的观众间来回穿梭，给人们的汤钵里舀汤，给大家分发面包。

“伙计们，吃饭啦，”厨师们喊道，“吃完就把外币交出来！你们干吗要在这里磨蹭啊？还想喝这种清汤寡水的菜汤啊！回家多好，喝点儿酒，再来点儿菜，多好！”

“喂，就拿你来说吧，你干吗要待在这儿呢，老伯？”一个身强体壮、脖子有些红红的厨师冲着尼卡诺尔 · 伊凡诺维奇说，一边说一边把一钵菜汤递给他，汤里孤零零地漂着一片卷心菜。

“我没有，没有，没有。”尼卡诺尔 · 伊凡诺维奇吼起来，声音听上去很可怕，“你懂吗，我没有！”

“没有？”厨师厉声说道，“没有？”他的声音又变成了温柔的女声。“没有，没有，”他这样安慰着尼卡诺尔 · 伊凡诺维奇，最后竟摇身一变，成了护士普拉斯科维娅 · 费多罗夫娜。她轻柔地摇了摇在梦中呻吟的尼卡诺尔 · 伊凡诺维奇的肩膀。于是，厨师不见了，拉上大幕的剧场也消失了。透过泪眼，尼卡诺尔 · 伊凡诺维奇看见了病房和两个穿白大褂的人，但他们却不是那些对着别人指手画脚的厨师，而是一位大夫和无处不在的普拉斯科维娅·费多罗夫娜，她手里拿的也不是汤钵，而是一个罩着纱布的托盘，纱布下面放着注射器。

“这算怎么回事，”尼卡诺尔·伊凡诺维奇一边接受注射，一边痛苦地说，“我没有就是没有！叫普希金给他们交外币吧。我可没有！”

“你没有，没有，”好心肠的普拉斯科维娅·费多罗夫娜安慰他说，“既然没有，那就没什么可说的。”

注射之后，尼卡诺尔·伊凡诺维奇安静下来。他很快便陷入沉睡，不再做梦了。

不过，他的吼叫声惊醒了120号病房的病人，那人一睁眼就开始寻找自己的脑袋。他的叫声又惊动了118号病房那个无名的大师，他把手背到身后，神情忧伤地望着月亮，回忆起他这辈子最后的那个秋夜，似乎又看到了从地下室门缝里透进来的那道月光，还有那披散着的头发。

经过阳台，这忧伤从118号病房又传递给了伊凡，他醒过来，开始哭泣。

但是，医生最终使这些被惊扰和大脑出现问题的病人都安静了下来，让他们纷纷进入了梦乡。伊凡是最后入睡的病人，当时，窗外那条河流的上空已经开始泛白。服药后，药力迅速作用于他的全身，宁静的感觉像浪一样涌来，将他完全淹没。他的身子变得轻飘飘的，睡意像一阵温暖的风向他的头部缓缓吹来。他睡着了，入睡前听到的最后声响是黎明前林中小鸟的啁啾。鸟鸣渐渐隐去，他进入了梦乡，梦境中骷髅地上空的太阳正在缓缓西下，而山冈被两道封锁线紧紧地围住了……

第十六章

行刑

挂在骷髅地上空的日头渐渐西沉，两道封锁线已经把整个山冈紧紧围住。

正午时分为总督出行而阻断道路的那个骑兵团，现在正快速地朝耶路撒冷城的希布伦门进发。道路现在畅行无阻。此前，卡帕多基亚大队的步兵曾经把满街的行人、骡马、骆驼等撵到路旁。出了城门，骑兵团一路快马扬鞭，掀起了漫天的尘土，转眼间他们已到了两条大路交会的十字路口：南路通向伯利恒，西北路通向雅法。骑兵团拐上了通向西北方向的道路。卡帕多基亚大队兵分两路，及时把沿路正赶往耶路撒冷过节的骆驼队赶到路旁。一群群朝圣者跑出他们临时搭建在草地上的条纹布帐篷，拥到卡帕多基亚士兵的身后看热闹。骑兵团跑了大概一公里，便超过了闪电兵团的第二步兵队，又跑了一公里后，他们便首先到达了骷髅地脚下。在这里，他们下马步行。团长下令骑兵团分为许多小队，众小队分散开来，将这座不高的山冈团团围住，只留下一个通道，供来自雅法大道的人们上山。

很快，第二步兵大队继骑兵团后也抵达山下，他们登上半山腰，在那里布下第二道封锁线。

最后，“鼠见愁”马克率领的人马到达了骷髅地。他们兵分两路沿大路两侧前进，中间走的是马车。由秘密警卫队押解的三名死囚坐在第一辆马车上。死囚们脖子上都挂着块白木牌，上面分别用阿拉米语和希腊语写着“强盗”和“叛匪”几个大字。

后面几辆马车分别载着刚刚做好的十字架、绳子、锹镐、水桶和斧头等等器具。六名刽子手也分别坐在马车上。几个骑马的人紧随其后，他们是中队指挥马克、耶路撒冷圣殿警卫队队长，还有那个戴风帽、在王宫秘室里同总督彼拉多进行过简短密谈的人。

行刑车队的末尾是一队士兵警卫。他们身后，是一大群不畏烈日酷暑，一心想看热闹的好奇者，大概有两千人。

在这群城里的好奇者后面，还尾随了一群群爱看热闹的朝圣者。公文发言官也随着人群到达骷髅地脚下，他们扯着单薄的嗓门在人群中一遍遍地宣读着总督在正午时分的判决。

骑兵团把众人一律放进山腰，而那里的第二中队只放行与行刑有关的人员。随即，他们又迅速将人群分散到山腰各处。这样，看热闹的人就处在了两层包围圈之中，上面是步兵，下面是骑兵。现在，人们可以透过步兵并不严密的包围圈，把行刑的场面看得一清二楚了。

在行刑队到达之后，三个多小时过去了。虽然骷髅地上空的太阳开始渐渐西落，但酷热还是让人难以忍受，上下封锁线上的士兵们又热又闷，不由得在心里诅咒那三个强盗，打心眼儿里希望他们早点死。

坐守上山通道的是位小个子骑兵团长，他额头上冒着大粒的汗珠，白色上衣的后背已经被汗水浸透，变成了深灰色。他偶尔会到第一小队的皮水桶里捧一口水喝，再用水把缠头巾浸湿。暑热得到稍许的缓解之后，他又回到通往山上那条尘土飞扬的路上继续巡视。他身上佩带的长剑不时地碰在系鞋带的高靿皮靴上。团长想给自己的士兵做个吃苦耐劳的榜样，不过他又心疼士兵，允许他们把长矛插在地上搭成金字塔形状的架子，再把白披风盖在上面做成帐篷。于是，叙利亚骑兵便可以钻到里面去躲避无情的烈焰了。水桶很快就见了底，各小队的人轮流到山下的小山沟里去打水。几株桑树稀稀疏疏的树荫下，一条浑浊的水溪在这恶魔般的酷热下几近干涸。树下站了几个马夫，他们随树荫的移动而变换着自己的位置，无聊地看守着驯服的马儿。

士兵的疲惫不堪和对三个强盗的诅咒是可以理解的。总督曾经担心，在他所憎恨的耶路撒冷城行刑可能会引起骚乱。幸好，这种事情没发生。当行刑的仪式延续了三个多小时以后，原来在山腰步兵封锁线和山脚骑兵封锁线之间的那一大群看热闹的人，竟跑得一个都不剩了。在烈日炎炎的暴晒下，人们纷纷逃回耶路撒冷去了。在罗马的两个骑兵中队所布下的封锁线内，现在就只剩下两条不知怎么跑进来的野狗。这两条狗也被晒蔫了，它们趴在地上伸着舌头，费劲地喘着气，丝毫不在意身边的绿背大晰蜴。这个唯一不怕烈日的家伙，正自在地在滚烫的石头和一种长着巨刺的藤萝间钻来钻去。

无论是在军队严密把守的耶路撒冷市内，还是在有两道封锁线团团围住的骷髅地，人们并没有发现有暴乱的迹象。老百姓都回城去了，因为行刑的场面的确没什么新鲜的，而在城里，大家正在为迎接即将来临的伟大的逾越节之夜进行着各种准备呢。

与半山腰警戒的罗马步兵相比，骑兵更苦。中队长“鼠见愁”只允许士兵摘下头盔，用浸了水的白头巾缠住头，但是还必须持矛站立。他自己也缠着一条头巾，不过并没有浸水，是干的。他在几个刽子手周围走来走去，并没有取下挂在胸前的两块镀银的狮头甲以及护腿、佩剑和佩刀。阳光直射到他的身上，可他丝毫不在意，胸前的银狮头发出刺眼的强光，就像是一团被太阳烤化了的银水，让人睁不开眼睛。

在“鼠见愁”那张残疾的脸上，既没有表现出疲惫，也看不出丝毫的不满，似乎这个巨人还有足够的力气可以这样走上一整天，再加上一夜，再加一天，总之，该走多久，他就能走多久。而且，他还会始终如一，双手叉在挂有铜牌的腰带上走来走去，时而以严厉的目光看看钉着受刑者的十字架，时而又看一眼封锁线上的士兵，或者用毛茸茸的皮靴尖漫不经心地踢开脚下碰到的那些年代久远而泛白的人骨或小碎石。

戴风帽的人坐在离十字架不远的一张三腿小凳上，纹丝不动，只是偶尔出于无聊用小树枝在沙地上划一下。

上面说到，步兵封锁线外已没有一个闲杂人等，其实不然。这里还是有一个人，但别人看不见他。他没有待在有进山通道便于观看行刑场面的一面，而是待在了山麓的北坡，这里的路面陡峭不平，难以通行，其中还有不少沟壑和石缝。石缝中，一棵半死不活的无花果树紧紧地依附在一小块被老天遗忘的土地上苟延残喘。

就在这棵没有一点阴凉的树下，坐着唯一的观众。他不是参加行刑的，而是一开始就坐在了这块石头上，就是说，他在这里已经待了三个多小时。是的，如果要观看行刑，那么他选中的并不是最佳位置，而是最差的。不过，在这里还是能勉强看见那些十字架，能看见封锁线内“鼠见愁”胸前那两个闪闪发光的白点。显然，对于一个不想引人注目也不想被打扰的人来说，这已经足够了。

然而在四小时前，就在行刑开始的时候，这个人的举动却完全不同，并且非常引人注目。大概正因如此吧，他现在才改变做法，避开了众人。

当车队经过封锁线刚刚登上山顶时，他就第一个上了山坡，好像还很后悔自己来迟了似的。他大口地喘着气，不是走着而是挤开众人跑着上的山；当他看到，在自己和众人的前面已经筑起了一道封锁线时，他有了一个天真的想法，那就是装作听不懂士兵的愤怒呵斥，从士兵中间冲到行刑地点去——当时囚犯们已经被士兵从囚车上推下来了。为此，他的前胸被矛柄狠狠地捅了一下。他惨叫一声，立刻从士兵的身旁躲开，他这样做倒不是因为疼痛，而是因为绝望。他只是用浑浊的眼睛看了看捅他的那个士兵，眼神里好像对此并不在意，而且也没有察觉皮肉上的痛苦。

他捂着胸口，一边咳嗽一边气喘吁吁地绕着山腰跑了一圈，想在北坡的封锁线上找个空子钻进去。可是已经晚了，封锁线早已合拢。他的脸因为痛苦而变了形，最后他只好放弃冲向囚车的打算。十字架已从马车上被卸下来。他知道，再往里冲是不会有什么结果的，相反还可能会被抓起来。今天他可没有当囚徒的打算。

于是，他来到这个石缝处，这里安全，也不会有人来打扰他。

现在，这个留着黑胡子、被烈日和失眠折磨得眼皮发肿的人，正坐在石头上难过。他一会儿叹着气，解开身上那件陪伴他流浪多时、现在已从天蓝色变得灰不溜秋的长袍，露出被长矛捅伤、恶汗淋漓的胸脯；一会儿又痛苦不堪地抬眼望着一直在空中盘旋的三只白兀鹫，它们在等待着即将出现的美食；一会儿又绝望地低下头，盯着脚下那片黄土，看着地上那半块被打碎的狗颅骨头和一旁爬来爬去的大蜥蜴。

他正经受着巨大的痛苦，这痛苦使他不由得自言自语起来。

“唉，我真笨哪！”他喃喃地说道，坐在石头上的身体痛不欲生地摇晃着，边说边用手去抓扯黑黝黝的胸膛，“我真像个没脑子的娘们儿！我是个孬种！我是行尸走肉，不是人！”

说完，他低下脑袋，不再吭声。接着，他取出木制水罐喝了几口温温的水，精神好了很多。他一会儿摸摸藏在怀里的刀子，一会儿又去摆弄一下石头上那张羊皮纸。羊皮纸的旁边有一根削尖的小木棒，还有一个装墨汁的小皮囊。

羊皮纸上有一行字：

“光阴飞逝，我，利未·马太在骷髅地，还没有死！”

接下来还有一句：

“日落，死神未至。”

这时，利未·马太又用尖木棒绝望地写下了这样的话：

“上帝！你为何迁怒于他？请赐他一死！”

写完，他又干嚎了一阵，不断用手去抓扯自己的前胸。

利未之所以这样伤心，是因为耶舒阿和他遭受到了沉重的失败，而且他觉得，这失败也是他马太造成的。前天，耶舒阿和马太在耶路撒冷城郊伯大尼的一个菜农家做客，这个菜农对耶舒阿的布道非常入迷。整个早上，两个客人都在菜地里帮主人干活，他们打算等傍晚天凉快了再进城去。可耶舒阿不知为什么着起急来，说是城里有急事，大概在中午就独自离开了。这是利未·马太的第一个失误。为什么，他为什么要放耶舒阿一个人走呢！

傍晚，利未·马太没能进城。他突然得了一种可怕的急症，浑身发抖，身体像炭火一样滚烫，上下牙直打架，还不停地要喝水。他根本无法走路。他躺在菜农家棚子里的马披上，等待星期五黎明的到来。没想到的是，他的病一夜后竟不治而愈，就像它莫名其妙地降临一样。虽说身体虚弱，两腿无力，但一种不祥的预感催促着他告别主人，踏上了回城的路。进了城，他立刻明白，他的预感没有欺骗他。不幸发生了。挤在人群里的利未·马太听到了总督的宣判。

囚犯被押解上山时，混迹在看热闹的人群中的利未·马太紧紧跟随在押解囚车的士兵身旁。他千方百计地想悄悄地让耶舒阿知道，他利未·马太在他耶舒阿的身边，他没有在耶舒阿生命的最后一程上抛弃他，他在为他耶舒阿的速死而祈祷。但是，耶舒阿始终注视着人们押解他而去的远方，自然没有看到利未·马太。

眼下，车队已走出了半里地。紧跟着押解士兵、被人群挤来挤去的利未·马太忽然想到一个既简单又高明的办法，他兴奋地骂自己为什么没有早点想到这个主意。士兵们的队列并不是很紧密。他们之间是有间距的。只要有足够的灵活敏捷，只要是看准时机，只需一弯腰就可以从士兵中间穿过去，冲到囚车旁，跳上去。那么，耶舒阿就能免受这折磨之苦了。

只要一瞬间就够了。他可以把刀插进耶舒阿的后背，对着他喊道："耶舒阿！我来救你，我要和你一起走！我是马太，你忠实和唯一的门徒！"

假如上帝再赐给他一个瞬间，他便来得及把刀子刺进自己的胸膛，免除钉上十字架之苦。不过，前税务官马太对这一点倒没有多加考虑。他对自己怎么死已无所谓。他只是希望，耶舒阿，这个一生没有做过一丁点儿恶事的人能免遭酷刑。

这个计划很妙，可问题是利未·马太没有带着刀。而且，他身上连一文钱也没有。

利未·马太对自己怒不可遏，他冲出人群，向城里跑去。他那燃烧着的脑袋中只有一个疯狂的想法，就是立刻，不惜任何手段，到城里去搞到一把刀，然后再跑回来追上囚车。

他一口气跑到城门口，在蜂拥入城的骆驼队中穿梭着。进了城，只见左侧有一家开着门的面包铺。在大热天的马路上跑得气喘吁吁的马太让自己镇定下来，不慌不忙地进了面包铺。他向柜台里面的老板娘问了声好，请她把货架最上层那个大圆面包递给他，不知为什么他对那个面包特别中意。等老板娘一转身，他不声不响、动作飞快地从柜台上抄起那把再合适不过的磨得十分锋利的长刀，一溜烟逃出了面包铺。

几分钟后，他已跑回到雅法大道。行刑车队已没了踪影。他拔腿就追。他有时不得不顺势趴倒在地，好好地喘上几口气。他就那样躺着，使骑在骡子上或徒步走向耶路撒冷的人都非常吃惊。他躺在地上，听着自己的心脏不仅在胸膛跳动，也在他的脑袋耳朵里怦怦地跳着。缓过一口气之后，他又起身继续奔跑起来，只是速度越来越慢了。当他终于看见远处尘土中长长的车队时，他们已经到达山脚下了。

“哦，上帝啊……”利未·马太呻吟着，他明白自己已经来不及了。他的确是来迟了。

行刑已经进行了四个多小时，马太的痛苦达到了极点，他愤然地从石头上站了起来。他将偷来而现在已毫无用处的刀扔到了地上，一脚踩了木水罐，断了自己的水源；他还扯下了头巾，猛揪稀疏的头发，诅咒着自己。

他咒骂着自己，大声喊叫着一些没有意义的字句，对着自己又是发狠，又是唾唾沫，甚至咒骂自己的爹妈，为什么生下他这种笨蛋。

他发现，诅咒和辱骂都无济于事，烈日下的一切已无法改变了。于是，他眯起双眼，把攥紧的两只干瘦的拳头伸向了天空，伸向了太阳。太阳已越来越低，影子越来越长，眼看它就要沉入地中海了。马太在祈求着上帝，希望他赐耶舒阿一死。

他睁开了眼睛，他知道山上的一切并没有改变，只是中队长胸前的两个亮点熄灭了。受刑者面朝着耶路撒冷城，一抹余晖照着他们的后背。利未·马太大声叫道：

“上帝，我诅咒你！”

他声嘶力竭地喊着，说他确信上帝并不公正，说他再也不信上帝了。

“你是聋子！”利未·马太大吼，“要是你不聋，你就应该听到我的呼喊，让他马上死去！”

利未·马太闭上了眼睛，他在等待天火降临，等待自己被它烧死。他没有如愿。利未·马太又开始恶毒地咒骂和责怪着老天。他还大声地喊出自己对上帝的失望，说别的神别的宗教是存在的。没错，那些神是绝对不会，也永远不可能让耶舒阿这样的人在十字架上被太阳晒死的。

“是我错了！”利未·马太继续喊着，他的声音已经完全嘶哑了，“你是万恶的神！你的双眼难道被圣殿的香烟给遮住了？你的耳朵难道只听得见司祭们的歌功颂德？你不是万能的神。你是黑暗之神。我诅咒你这个强盗之神，你这个强盗的庇护者和强盗的灵魂！”

就在此刻，前税务官觉得一阵风从面前吹过，脚下又有什么东西在沙沙作响。又是一阵风儿吹来，他睁开了眼睛。也许是他的诅咒起了作用，也许是其他的什么原因，总之，他眼前的世界变了。太阳消失了，但并没有落入每个黄昏都要沉入的大海。它被西天升起的一团浓密的乌云吞噬了。乌云的边缘泛着白色的水花，在乌云黑漆漆的中心，一道黄光穿越而出。乌云在咆哮着，一条条火舌不时从其中迸出。一阵狂风袭来，在雅法大道上，在贫瘠的吉翁谷，在朝圣者的帐篷上空，卷起了一根根尘柱。

利未停止了咒骂。他在想，这场就要降临到耶路撒冷的雷雨，会不会改变耶舒阿不幸的命运。于是，他凝望着劈开乌云的闪电，祈求它们能击中耶舒阿的十字架。乌云尚未遮住的天空中，有几只白兀鹫振翅高飞，它们是想躲避这场雷雨。利未想到自己竟愚蠢地诅咒起了上帝，现在好了，上帝再也不会听他的祈求了。

利未 · 马太把目光转向了山脚，转向了骑兵严密警卫的那片地区。他发现那里也发生了很大的变化。站在高处往下看，他清楚地看到骑兵们正忙着拔起插在地上的长矛，披上斗篷，马夫们也牵着乌鬃马飞快地朝大路跑去。显然，骑兵要开拔了。利未用手挡着扑面而来的尘土，心里很纳闷，这是怎么回事，骑兵为什么要撤离？他把目光往上移，只见山腰上一个披紫红战袍的人，正朝山顶的刑场走去。一种欣喜的预感，使这位前税务官的心中不由得安宁下来。

在三名大盗受刑四个多钟头的时候，罗马军大队长由耶路撒冷策马上到山顶，他身边还带着一名传令兵。“鼠见愁”一声令下，封锁线上的士兵们立刻闪出一条路来，中队长也向这位大队长敬了个礼。大队长把“鼠见愁”带到一旁，对他耳语了几句。“鼠见愁”再一次行了礼，转身走到了坐在十字架下面的石头上那几个刽子手跟前。大队长朝坐在三脚凳上的那位走去，那人毕恭毕敬地站起身来迎上前去。大队长对他低声说了几句，两人便一起朝十字架走了过去。圣殿警卫队长也跟在后面。

“鼠见愁”鄙夷地扫了一眼十字架旁那堆脏兮兮的破布片，

那是三名死囚的衣服，刽子手们都不愿要。他向其中的两名刽子手命令道：

“随我来！”

从离得最近的一副十字架那边，传来了一阵嘶哑含混的歌声。这是死囚格士塔萨。近三个小时的蚊叮虫咬和烈日暴晒之后，他的精神错乱了，此刻他正轻轻地哼着一支有关葡萄的歌曲，缠着头巾的脑袋偶尔还能晃动一下，他脸上的苍蝇有气无力地飞起，很快又落了回去。

第二副十字架上的狄士马什所受的折磨比其他两位都厉害，因为他一直都是清醒的，所以他不时地左右晃动脑袋，让耳朵去够肩膀。

耶舒阿比另外两位幸运。被钉上十字架以后的头一个钟头，他就感到阵阵头晕目眩，很快便失去了知觉。他的头耷拉着，缠头巾松开了。苍蝇和牛虻落满了他的脸，就像给他的脸戴了一副不停蠕动的黑色面具。在他的腹股沟和肚子上，在他的胳肢窝里，成群结队的牛虻叮着他裸露在外的蜡黄的身体。

戴风帽的人用手势命令一名刽子手取来长矛，又命令另一名刽子手把水桶和海绵放到十字架跟前。第一个刽子手举起长矛分别在耶舒阿的两条胳膊上敲打着，这两条胳膊笔直地被绳子牢牢地捆在了十字架的横木上。耶舒阿那肋骨突出的躯体动了一下。刽子手又将矛尖在他的肚子上划了一下。耶舒阿抬起了头，苍蝇嗡的一声飞走，受刑者的脸露出来了。这张脸被叮肿了，眼睛也浮肿着。这张脸现在已面目全非。

拿撒勒人费力地睁开眼睛，往下看了看。一双曾经总是清澈的眼睛，现在已浑浊不堪了。

“拿撒勒人！”刽子手喊道。 230

拿撒勒人动了动浮肿的嘴唇，声音嘶哑沉闷地问道：

“你要干什么？为什么到我跟前来？”

“喝吧！”刽子手说着，用矛尖挑起了浸满水的海绵，把它举到了耶舒阿的嘴边。耶舒阿的眼里闪烁出喜悦，他把嘴唇贴到海绵上，贪婪地吸吮着海绵里的水分。旁边一副十字架上的狄士马什的声音传来：

“不公平！他和我一样，也是强盗！”

狄士马什使足了劲，但仍然转动不了身子，他的胳膊有三处被紧紧地捆在十字架的横木上。于是他收紧肚子，手指抠进了横木的末端，把头扭向了耶舒阿十字架的方向，眼里满是怒火。

一片裹着尘土的乌云向平台压过来，上空霎时变得昏暗。待到尘埃落定，中队长大喝一声：

“第二副十字架上的，闭嘴！”

狄士马什不再做声。耶舒阿的嘴离开海绵，他尽量想让自己的声音显得柔和而有说服力，可是他没能做到。他的声音还是那么嘶哑：

“给他喝吧。”

天色越来越暗。乌云已经遮住了半边天空，并飞快地朝耶路撒冷方向扑过去，白色云团翻滚在前，饱含恶水和雷电的乌云紧随其后。电光一闪，一个巨雷在山头上炸开。刽子手把海绵从矛尖上取了下来。

“感谢宽宏大量的总督大人吧！”刽子手郑重其事地小声说道，然后将长矛轻轻地刺进了耶舒阿的心脏。耶舒阿浑身一颤，喃喃地说：

“总督大人……”

鲜血顺着他的肚子往下流着，他的下巴抽搐起来，脑袋垂了下去。

第二个炸雷响起时，刽子手已经给狄士马什喂了水，也讲了一句同样的话：

“感谢总督大人吧！”于是也结束了他的性命。

当刽子手走到精神错乱的格士塔萨跟前时，他恐怖地大叫一声，而当嘴唇碰到海绵时，他吼了句什么，随即用牙齿很快将海绵死死地咬住。片刻，他的身子也坠了下来，要不是有绳子捆着，他都可能已经落到地上。

戴风帽的人跟在刽子手和中队长的后面，在他身后是圣殿警卫队队长。戴风帽的人走到第一副十字架跟前，仔细地看了看满身是血的耶舒阿，用一只白皙的手碰了碰耶舒阿的脚掌，对旁边人说：

“死了。”

在另外两副十字架跟前，他也重复照着做了一遍。

最后，大队长向中队长做了个手势，转身带着圣殿警卫队长和戴风帽的人下了山。天色显得昏暗，一道道闪电不时地划破黑漆漆的天空。突然，天空中迸裂出一道强光，炸响的雷声湮没了中队长那一声“撤！”的命令。兴高采烈的士兵们一边披上披风，一边朝山下狂奔而去。

黑暗笼罩了耶路撒冷。

士兵们刚刚跑到半山腰，滂沱大雨便倾泻而至。雨水来势凶猛，当士兵们跑到山脚时，水流已经咆哮着由山上滚滚而来。士兵们在打滑的山路上东倒西歪地走着，不时摔倒在泥泞之中。他们急急忙忙地朝着平坦的大路跑去，那里也被水淹得快看不见了。他们就这样朝耶路撒冷走去，浑身湿得像落汤鸡。几分钟以后，在这个雷、雨、电交织着的烟雾蒙蒙的山上，就只剩下一个人了。

他挥动着总算没有白白偷来的刀子，走在又滑又烂的山路上，揪住手边一切可以拽住的东西，有时甚至跪地而行，就这样一路朝着那几副十字架奔去。他时而被淹没在黑夜之中，时而又被闪电所照亮。

当他好不容易走到十字架跟前，积水已经浸到了他的脚踝。他脱下被雨水浸透而变得沉甸甸的长袍，身上只剩了一件衬衫。他匍匐到耶舒阿的脚边，割断了绑在耶舒阿小腿上的绳索，爬上十字架下方的那条横木，抱住了耶舒阿，解开了捆在耶舒阿双臂上的绳索。耶舒阿那赤裸裸、湿淋淋的身子压到了利未的身上，将他仰面朝天地扑倒在地。利未·马太本来想把耶舒阿背在背上，但一个念头又使他改变了主意。他把耶舒阿仰面朝天、双臂打开地放到了水中，接着又拖着已经无法站立的两腿在泥水中朝另两副十字架跑去。他割断了捆在那两人身上的绳子，两具尸体都瘫倒在地。

几分钟以后，山顶上只留下了两具尸体和三副十字架。两具尸体被雨水敲打和冲刷着。

此时，山顶上也不见了利未·马太的踪影，耶舒阿的尸体也消失了。

第十七章

混乱的一天

星期五的早晨，也就是那场该死的演出之后的第二天，杂技剧院的全体在职员工——会计瓦西里·斯捷潘诺维奇·拉斯托奇金，两个出纳，三个打字员，两个售票员，还有通讯员、领座员和勤杂女工等等，总之，凡是能出勤的，没一个在自己的工作岗位上，而是坐到窗户朝着花园街的窗台上，看着剧院门前的热闹。只见靠着剧院的墙根排着两列长队，队尾一直伸到了库德林广场，少说也有好几千人。站在队伍最前面的，是二十来个莫斯科戏剧圈有名的票贩子。 234

排队的人们个个兴奋异常，他们谈论着昨天那场前所未见的魔法表演，吸引了不少行人的目光。昨晚，会计瓦西里并不在场，但人们的谈话还是让他感到了极大的不安。谁知道领座员都给他讲了些什么，应该包括这场著名的演出散场后，有好几个妇女不顾体面只穿着内衣满街乱跑等等这样的细节。听着这些逸闻趣事，内向腼腆的瓦西里只知道眨巴眼睛，真的不知道该怎么办，然而恰恰是他必须采取点措施，因为在杂技剧院这群职工中，他是最年长的一位。

将近十点，排长队购票的事已传到了民警局。民警局以惊人的速度派来了步警和骑警，这才使这条长龙稍许恢复了秩序。不过，这条长达一公里的长龙本身就具有巨大的吸引力，引得花园街上的行人万分惊讶。

这是外面的情形，而剧院里面更是不妙。一大早起，利哈捷耶夫的办公室、里姆斯基的办公室、会计室、售票处和瓦列努哈的办公室里便电话铃声不断。起初，瓦西里还答几句，售票员和领座员也对着电话支吾几句，后来他们索性不接电话了，因为对电话里诸如利哈捷耶夫、瓦列努哈、里姆斯基在哪里这类问题，他们根本就答不上来。开始时他们想用“利哈捷耶夫在家里”这样的话来搪塞一下，可对方却说已经往他家打过电话，家里又说利哈捷耶夫去杂技剧院了。

有个情绪激动的女人来电话，说她找里姆斯基，人们就建议她给里姆斯基的妻子打电话，对方一听，号啕大哭，原来她就是里姆斯基的妻子，并且说哪儿都找不到里姆斯基。一定是出什么事了。清洁女工告诉大家，她去收拾财务经理的办公室时，只见办公室的门大敞着，灯也亮着，朝着花园的窗玻璃被砸碎了，沙发椅倒在地上，屋内空无一人。

十点多钟，里姆斯基的妻子来到杂技剧院。她号啕大哭，两手不停地搓来搓去。瓦西里手足无措，不知该怎么安慰她才好。十点半，民警局来了人。他们的第一个问题合情合理：

“公民们，你们这里出什么事了？怎么回事？”

大家往后退了退，把脸色苍白、惶惶不安的瓦西里·斯捷潘诺维奇推到了前面。他只好据实相报，说杂技剧院的所有行政领导：经理、财务经理、剧院总务全部失踪了，至今下落不明，而报幕员在昨晚的演出之后被送进了精神病院。简单说，昨晚那场演出就是一场灾难。

民警们尽量安慰了号啕不已的里姆斯基太太，送她回家去了。他们感兴趣的是，清洁女工所讲的财务经理办公室的情况。他们劝导所有的职工都回到工作岗位，去做自己的事情。过了一会儿，刑侦人员带着一条体格非常健壮、两眼异常机敏、听觉十分发达的浅灰色警犬进了剧院。杂技剧院的职工中就有人说，这狗一定是大名鼎鼎的警犬“方块爱司”。不错，的确是它。它的表现让大家吃惊不小。刚一跑进财务经理的办公室，它便龇着两只黄黄的大獠牙狂吠不已，接着它又趴下来，眼睛里流露出忧伤而又愤怒的眼神，朝着那扇被打碎的窗户爬了过去。终于，它战胜了恐惧，猛地一跃上了窗台，昂着尖尖的头，发出一阵凶狠和疯狂的叫声。它不愿离开那扇窗户，大声叫着，身子颤抖不已，最后才终于从窗台上跳下来。

警犬被带离了办公室，又被牵到剧院的前厅。它穿过入口通道，来到了大街上，把刑侦人员领到了出租车车站。在这里，它的追踪线路便中断了。随后，"方块爱司"便被带走了。

刑侦人员在剧院总务瓦列努哈的办公室里坐定，开始询问昨晚演出时都有哪些职工在场。可以说，侦查工作每进行一步都碰到了意想不到的困难。线索刚出现，随即又断了。

贴过海报吗？贴过。但是，一夜之间它们都被新的海报给遮盖住了，打死也找不到一张！这个魔法师是怎么来的？谁知道呢。那么，是否和他签有合同？

"应该有。"瓦西里·斯捷潘诺维奇有些忐忑地回答说。

"如果有，那么会计就应该经手吧？"

"当然。"瓦西里·斯捷潘诺维奇激动地说。

"那合同在哪里呢？"

"没有啊。"会计两手一摊，脸色十分难看。的确，无论是在会计室，还是在财务经理的文件档案中，或是在利哈捷耶夫和瓦列努哈的文件堆里，连这份合同的影子都没有。

这个魔法师姓什么？瓦西里·斯捷潘诺维奇不知道，因为他昨晚不在演出现场。领座员也不知道。只有一个女售票员皱着眉头冥思苦想一番，最后说：

"沃……好像叫沃兰德。"

也可能不叫沃兰德吧？也许他不叫沃兰德。可能是法兰德吧。

经了解，外事管理局也没听说有个叫沃兰德的，就是叫法兰德的也没有，更没听说有个什么魔法师来了。

通讯员卡尔波夫反映说，这个魔法师好像住在利哈捷耶夫家。警方立即派人去了一趟。那里从来没有过什么魔法师。利哈捷耶夫本人也不在家。女佣格鲁尼娅也不在，而且谁也不知道她到哪里去了。物业管理处主任尼卡诺尔·伊凡诺维奇不见了，普罗列日涅夫也不知去向！

真是很荒唐：剧院的行政首脑都蒸发了，昨天晚上那场可怕的演出是谁安排的，受谁指使——这些问题竟无从得知。

查来查去就到了中午，售票处又得营业了。当然，售票是根本不可能的了！杂技剧院门口很快挂出一块巨大的牌子："今日停演！"排队的人群开始哄闹起来，特别是排在最前面的那几位。不过闹了一会儿之后，队伍开始渐渐散开，一个小时后，花园街上的这条长龙已经没有了踪影。侦查人员因为忙别的案件已经撤走了，剧院里除了值班的，全都被遣散回家，剧院也关门大吉。

会计瓦西里·斯捷潘诺维奇有两件急事要办。一是去演出委员会递交有关昨晚演出的汇报；二是去财务部上缴昨天的票房收入——两万一千七百一十一卢布。

瓦西里·斯捷潘诺维奇一向是个办事认真的人。他先用报纸把钱包好，再用绳子把纸包捆牢，最后放进公文包。他非常清楚办事的规矩，自然不会携带公款去乘公共汽车或者电车，而是直接朝出租车站走去。

出租车站上只停着三辆空车，三个司机看到这个手提鼓鼓囊囊的公文包、急急忙忙向车站走来的乘客，一溜烟就把空车从他鼻子底下开跑了，而且莫名其妙、恶狠狠地瞪了他一眼。

会计被这场面弄糊涂了，他在那里傻傻地站了很久，纳闷这到底是怎么回事。

过了两三分钟，有一辆空车驶来，可司机一看见乘客，脸色立马就沉了下来。

"是空车吗？"瓦西里·斯捷潘诺维奇难堪地清了清嗓子，问道。

"把钱拿出来看看。"司机眼皮都没抬一下就恶狠狠地对他说。

会计对此十分惊讶，他把贵重的公文包夹在了胳肢窝下，然后从皮夹子里抽出一张十卢布的纸币，把它举到司机面前。

"不去！"司机干脆地说。

"对不起，我……"会计刚开口，司机就打断了他：

"有三卢布票面的钞票吗？"

稀里糊涂的会计又从钱包里抽出两张三卢布的钞票给司机看。

"上车吧！"司机大声说着，啪的一声把计价器往下一摁，差点把计价器扳下来。车开动了。

"是不好找零吧？"会计怯生生地问。

"我兜里都是零钱！"司机大声吼道，反光镜里映出他那充满血丝的眼睛，"今天我碰到三回了。其他人也碰到过。那狗娘养的给了我一张十卢布的钞票，我找他四卢布五十戈比……他就溜了，那个畜牲！过了不到五分钟，我一看，十卢布钞票竟成了从瓶子上撕下来的商标！”接着，司机又骂了几句不堪入耳的脏话。“另一个呢，是在祖波夫广场上碰到的。又是一张十卢布的钞票。我找他三卢布。又叫他溜走了！我把手刚一伸到钱包，里面就飞出了一只蜜蜂，把我的手指狠狠地蜇了一口！真他妈的！……”司机又骂了一串不堪入耳的脏字儿。“就是那张十卢布的钞票也不见了。那些十卢布钞票，都是昨晚一个混蛋魔法师在杂技剧院（又是几句脏话）变出来的……（又是一串脏话）”

会计都蒙了。他稳稳地坐在车上，做出压根儿没听说过杂技剧院这个词的样子，可心里却暗暗叫道：“瞧这事儿闹的！……”

到达目的地，会计老老实实地付了钱。他进了大楼，匆匆地顺着走廊径直朝领导的办公室走去。但他很快就明白，来的不是时候。演出委员会里显得有些乱哄哄的。一个眼睛鼓鼓的女通讯员从他身边跑过，她的头巾都滑到后脑勺下面去了。

“没了，没了，我的天！”不知她在对着谁叫喊，“上衣和裤子都立在那儿，可里面是空荡荡的！”

她进了一个什么房间，里面立即传来砸碎杯盘的声音。有人从秘书室里冲了出来，这是会计的熟人，委员会一处的处长。这时他并没认出会计，而是一眨眼就不知躲到哪里去了。

十分诧异的会计到了秘书室门口，这是委员会主席办公室的外间，这里的情形让他彻底惊呆了。

里间办公室的门紧闭着，一阵威严的责骂声传出，听得出，这是普罗霍尔·彼得罗维奇的声音。“可能是在训谁吧？”会计惶惶不安地想着。他掉过头去，又看到了另一幅景象：普罗霍尔·彼得罗维奇的私人秘书，大美人安娜·理查多夫娜正瘫在皮椅上号啕大哭。她的头靠着椅背，两条腿快伸到了秘书室中央，手里拽着的手帕已经湿透了。

安娜·理查多夫娜的下巴全被口红染红了，两行被睫毛膏浸黑的泪水正顺着粉红的脸颊滚滚落下。

一见有人进来，安娜·理查多夫娜霍地跳起身来，冲到会计跟前，一把抓住了他上衣的翻领，一边摇晃着他一边高声喊道：

“感谢上帝！总算来了个有胆量的人！都跑了，都不管了！走，我们到他那儿去！我简直不知道该怎么办！”说完，她又开始大哭，并拖着会计往里屋走。

一进办公室，会计的手瞬间松开，公文包就掉到了地上，他的脑子里也立刻乱成了一锅粥。应该说，这也是被吓的。

宽大的办公桌上摆着一大瓶墨水，办公桌后面坐着一件西服上装。一支干巴巴的笔尖正在纸上写写画画。西服里佩着领带，上衣口袋里还插着一支自来水笔。领子里不见脖子，也没有脑袋，袖子里也不见伸出手来。空空的衣服似乎正专注于办公，对周围的状况毫无觉察。听到有人进来，西服上衣往椅背上靠了靠，衣领上面就传来会计所熟悉的普罗霍尔·彼得罗维奇的声音。

“怎么回事？门口不是挂着牌子，说我不接见来访者吗？”

大美人女秘书掰着两手，发出了一声尖叫：

“您看见了吗？看见了吧？！他没了！没了！把他找回来！找回来！”

这时，有人在办公室门口探了探头，也被吓得大叫一声，拔腿就逃。会计只觉自己的两腿在打哆嗦，便顺势坐到椅子边，不过他没有忘记把公文包从地上捡起来。安娜·理查多夫娜扯着会计的上衣，在他身边又是跳又是叫：

"每次他张口骂鬼，我都让他别那么说！瞧，鬼就找上门来了！"说完，美人儿跑到了办公桌前，虽然哭过以后带着鼻音，但她的声音还是像唱歌一样温柔动人："普罗沙［普罗霍尔的昵称。］！您在哪里？"

"谁是您的'普罗沙'？"上衣傲慢地回答道，说完后又往椅子里靠了靠。

"认不出来了！他连我都认不出来！您知道吗？"女秘书又是一阵痛哭。

"不要在办公室里大哭大闹！"发火的条纹西装恶巴巴地说，衣袖又伸过来取走一份卷宗，看来是准备在上面批阅。

"您知道吗，我正坐着，"安娜·理查多夫娜激动得浑身发颤，又扯着会计的衣袖讲了起来，"进来了一只公猫，黑色的，个子健壮得像头河马。我当然对它喝了一声：'滚！'它不见了，不过又进来了一个胖子，长着一张猫脸。他说：'您像话吗，女公民，怎么对着客人大喊'滚'呢？'说完后就径直朝普罗霍尔·彼得罗维奇的办公室闯去。我当然追了上去，冲着他喊了一声：'你疯了？'可这个无赖直接走到了普罗霍尔·彼得罗维奇的面前，一屁股坐到他对面的椅子上！而那位……他呀，就是个好心眼儿的人，只是脾气不太好——他被激怒了！'您怎么回事，没有申请就进来了？'可那个不要脸的，您能想象得出吗，他居然大模大样地坐在椅子上，嘻皮笑脸地说：'我呢，是来和您谈点事的。'普罗霍尔·彼得罗维奇又火了：'我正忙着！'您想，那家伙竟然回答说：'您什么事也不忙……'想得到吗？

当然，普罗霍夫·彼得罗维奇也忍无可忍了，拍着桌子呵斥道：‘这是什么话？把他轰出去，真见鬼！’您相信吗，那人竟然笑嘻嘻地说：‘想见鬼？这好办！’我还没来得及喊一声，就看到，那个猫脸已经不见了，坐……坐在那里的……就成了一件衣服……呜！……”安娜·理查多夫娜咧着嘴放声大哭起来。

她哭得有些上气不接下气，缓过劲以后，她说的话就有点莫名其妙了。

“他就写啊，写啊，写！简直疯了！还打电话！一件上衣！……都跑了，比兔子还快！”

会计站在一旁，浑身哆嗦。可老天爷帮了他的忙。两个民警迈着干练而镇定的步子走进了秘书室。看到他们，美人儿哭得更伤心了，她还边哭边用手指着办公室的门。

“公民，请不要哭了。”头一个进来的民警平静地说。这时，会计觉得自己在这里完全多余，便赶紧离开了秘书室。一分钟以后，他已经呼吸到了外面的新鲜空气。他的脑袋里像有一阵风刮过，发出了呼呼的响声，就像风在管道中通过。在这断断续续的呼呼声中，似乎领座员在对他讲着光临昨晚演出现场的那只猫的情形。“坏了，这难道就是我们说的那只黑猫不成？”

在委员会没有什么结果，尽心尽职的瓦西里·斯捷潘诺维奇决定去一趟设在瓦甘科夫巷的分会。为了让自己的情绪稍稍平静一些，他选择了步行。

市演出委员会分会设在瓦甘科夫巷一个年代久远的深宅大院里，其前厅里有几个闻名遐迩的紫红色廊柱。

不过，今天吸引参观者的倒不是这些廊柱，而是柱子下面发生的事情。

几个参观者正围观一个坐在一张小桌旁伤心哭泣的女子。小桌上是一些演出和娱乐信息读物，那女子就是出售这些读物的人。但此刻她并没有向人们推销自己的商品，对大家关切的询问也只是摆摆手。与此同时，楼上楼下左边右边，分会的每个角落里都传来了电话铃声，至少有二十来部电话在响。

那女子哭了一会儿，突然浑身一哆嗦，声嘶力竭地喊道：

“看啊，又来了！”说完突然用颤抖的女高音唱了起来：

荣耀的大海，
神圣的贝加尔湖……

一个通讯员出现在楼梯上，他挥挥拳头威胁了一个什么人，随即也瓮声瓮声、口齿不清地用男低音和着女子唱道：

荣耀的航船，
白鲑满载！

离得稍远的人们也开始和着这歌声唱起来，加入合唱的人越来越多，最后，整个分会的每个角落都响彻着震撼楼房的歌声。离得最近的6号房间是审计处的办公室，里面传出的一个雄浑而略带些沙哑的男低音显得尤为特别。越来越急促的电话铃声成了这个合唱的伴奏。

怒吼吧，东北风，
卷起滚滚浪涛！……

通讯员在楼梯上高歌。

女子泪流满面。看得出，她在尽量咬紧牙关，可嘴巴却不由自主地张开了，她的声音比通讯员要高八度：

转眼成了好汉！

让默不作声的参观者们吃惊的是，参加合唱的人虽然分散在各处，但他们唱得非常和谐，仿佛每个合唱者正目不转睛地盯着一个看不见的指挥。

听到分会里传来如此欢乐的歌声，经过瓦甘科夫巷的行人都在院外的栅栏边停住了脚步。

第一节歌词刚一唱完，歌声就戛然而止，像是有指挥棒在指挥。通讯员轻轻地骂了一句，离开了。

此时，大门被推开，一个身着薄大衣的男人走了进来，衣服的前摆下面露出了白大褂的下摆。同他一起来的还有个民警。

“想想办法吧，医生，求求您！”女子声嘶力竭地喊道。

分会书记跑下楼来，看得出他既尴尬又难堪，说话都结巴起来：

“医生，您看，我们这儿集体中邪了……所以，必须……”话没说完，他就哽住了，并且忽然放声唱了起来：

石勒喀和尼布楚[俄罗斯远东地区地名。]……

“傻瓜！”那女子骂了一句，并没说自己骂的是谁，却突然唱出了一个华彩过渡句，也唱起了石勒喀和尼布楚。

“控制住自己！别唱了！”医生对书记说。

完全看得出来，只要能停止唱歌，书记愿意付出任何代价，可他就是停不下来，他随着合唱队一起唱着，声音传到了巷子里过往行人的耳朵里：“密林里猛兽不会碰他，射手的子弹也追不上他！”

这段歌词一唱完，那女子先喝了医生递来的一剂缬草酊，随后医生又跟着书记来到其他人身边，让他们也服了药。

“请问，可爱的公民，”瓦西里·斯捷潘诺维奇忽然问那个女子，“是不是有只黑猫到过你们这里？”

“什么黑猫？”姑娘恶狠狠地嚷道，“我们分会有一头驴，一头蠢驴！”随即又补充道：“让他听到好了！我要统统讲出来。”她果然把发生的事情原原本本地讲了出来。

原来，“将轻松娱乐进行到底委员会”(女郎语)的市分会会长热衷于组织各种各样的小组。

“他欺骗上级！”女子高声喊道。

一年中，他组建了莱蒙托夫研究小组、国际象棋小组、乒乓球小组和跳棋小组。夏天还要组织划船组和登山组。

就在今天午餐时间，他，就是这位会长，从外边回来了……

“他挎着一个狗崽子来了，”女子讲述道，“那家伙不知打哪儿来的，穿着条格子裤，戴了副破夹鼻眼镜，而……脸呢，简直是惨不忍睹！”

据女子说，会长把来人介绍给正在分会食堂用餐的人，说这是个组织业余合唱团的著名专家。

未来登山组的组员们拉下了脸，但会长却开始竭力鼓动大家。这位专家在一旁插科打诨，并保证说只占大家一丁点儿时间，还把唱歌的好处说了一火车。

这女子说，最先跳出来报名的，当然是法诺夫和科萨尔丘克，他们是分会里出名的马屁精。这下，其他工作人员知道这次是逃不过去了，所以只好都报了名。唱歌定在午休时间，因为其余时间已经被莱蒙托夫和跳棋占满了。为了给大家做榜样，会长宣布自己唱男高音。后来发生的事情，就像是一场噩梦。穿格子裤的合唱指挥家试了试音。

“哆——咪——嗦——哆！”从柜子后面，他拖出了几个害羞得想逃避唱歌的人。他对科萨尔丘克说，他有非凡的听力；他有些抱怨，说自己感到委屈，请求大家尊重他这个有资格的唱诗班指挥和歌手，说完后用手指敲了敲音叉，请大家齐唱《荣耀的大海》。

大家齐唱。唱得很好。穿格子裤的的确很在行。第一段歌词唱完了。唱诗班指挥向大家道了个歉，说：“我离开一会儿！”说完……不见了。大家以为他过一会儿就能回来。但十分钟过去了，仍不见他回来。分会的人感到很开心——那家伙走了。

突然，大家不知为什么竟自觉地唱起了第二段。科萨尔丘克领唱，他的听力虽说不上什么非凡，但他的高音区却相当好听。第二段唱完了。唱诗班指挥仍然没有回来！大家分别回到各自的办公室，还没等坐下来，又都不由自主地唱起来。想停下来——不可能。停下来三分钟，又唱起来。又停一会儿——又唱起来！现在大家明白，这是倒霉了。会长心中有愧，把自己反锁在办公室里不露面了。

女子的讲述又被打断了。缬草酊并没起什么作用。

一刻钟后，三辆卡车开到了瓦甘科夫巷这座院落的栅栏前，以会长为首的市分会全体人员被装上了卡车。

第一辆卡车刚从大门口摇摇晃晃开进巷子，车厢里的职工们就相互扶着肩膀，放声高歌起来，于是整条巷子里响彻着这支家喻户晓的歌曲，第二辆车上的人们立即应和，第三辆车上的也跟着唱了起来。三辆车就这样在嘹亮的歌声中向前驶去。行色匆匆的路人只是瞥了一眼卡车，他们一点没觉得奇怪，以为这是一群去郊游的人。的确，他们是去郊区的，但不是去郊游，而是去斯特拉文斯基教授的医院。

半小时过后，头晕脑胀的会计总算到了演出委员会的财务部，他希望最终能在这里摆脱携带公款的负担。他吸取了教训，事先仔细观望了那个长方形的大厅，只见工作人员都在有烫金标识的磨砂玻璃护板后面坐着。他没发现任何不安和混乱的迹象。里面静悄悄的，就像一个体面的机关。

瓦西里·斯捷潘诺维奇把头伸进写着“收款处”的小窗口，和那些没见过的工作人员打了招呼，很客气地请对方给一张交款单。

“您要交款单干什么？”窗口里的工作人员问。

会计感到奇怪。

“我要缴款。我是杂技剧院的。”

“等一下。”对方回答完后急忙关上了窗口上的纱窗。

“奇怪！”会计心想。他的吃惊自然有道理。这辈子他头一次遇到这样的事。人人都知道，要想得到钱有多难，为此你永远都会遇到障碍。可他当了三十年的会计，从来没有见过有谁在收进钱时这么为难，不论是法人还是自然人。

不过，纱窗最终还是打开了。会计又凑了上去。

“您缴的数目大吗？”里面问。

“两万一千七百一十一卢布。”

“嗬！”不知为什么，里面的人说话口气有点挖苦。对方还随手递给他一张绿色的单子。

会计对此轻车熟路，很快就把单子填好了，然后开始解纸包上的绳子。当他打开这个沉重的包袱，他的眼睛立刻就花了，嘴里还痛苦地嘀咕起来。

他的眼前是一沓沓外币。有加拿大的加元、英国的英镑、荷兰的荷兰盾、拉脱维亚的拉特、爱沙尼亚的克郎……

“就是他，他就是在杂技剧院变戏法的那个。”会计那麻木的脑袋顶上响起了一个威严的声音。就这样，瓦西里·斯杰潘诺维奇被逮捕归案。

第十八章

倒霉的拜访

就在尽职敬业的会计坐着出租车来到演出委员会，并且在那里见到了自行批阅文件的上衣时，一列基辅至莫斯科的火车抵达了莫斯科站。一位气度不凡的旅客手提钢制小提箱，夹杂在一群乘客中由9号软席车厢下了车。这位乘客不是别人，正是已故的柏辽兹的姑父马克西米利安·安德烈耶维奇·波普拉夫斯基，一位计划经济学家，住在基辅的老学院路。马克西米利安·安德烈耶维奇之所以来莫斯科，是因为他前天深夜收到了一封这样的电报：

我在牧首塘被电车轧了。

葬礼定于星期五，下午三时。速来。柏辽兹。

马克西米利安·安德烈耶维奇被称为基辅最聪明的人之一，他也的确当之无愧。可是，即使最聪明的人也会被这么一封电报给弄糊涂。既然这个人还可以去拍电报说他被电车轧了，那便很清楚地说明他并没有被轧死。既然如此，哪来的葬礼！或许是他伤势太重，已经预见到死亡的临近？这倒是可能，不过奇怪的是它的精确程度，他怎么知道葬礼就会在星期五下午的三点钟呢？真是一封奇怪的电报！

但聪明人之所以聪明，就在于他能将一团乱麻理出头绪来。事情很简单。是出了差错，电文码翻译错了。显然，电文中的“我”字来自于另一份电报，放到了原本应该放“柏辽兹”的地方，而“我”本应放到末尾“柏辽兹”三字的位置上。这样一改，意思就清楚了，不过，这内容还是叫人很伤心的。

马克西米利安·安德烈耶维奇陷入了巨大的悲痛之中，这让他的妻子很感动。待情绪平息下来，他立即打点行装准备动身去莫斯科。

应当揭穿马克西米利安 · 安德烈耶维奇的一个秘密。他痛惜妻子侄子的英年早逝是真心的。不过，这个精明人也明白，他也不是一定非要去参加侄子的葬礼不可。但他还是急急忙忙地赶到莫斯科。是什么原因？原因只有一个——房子。莫斯科的一套房子！这可是大事。不知为什么，马克西米利安 · 安德烈耶维奇并不喜欢基辅，他一直想迁居莫斯科，最近这个念头把他折磨得连觉都睡不着。

每当第涅伯河的春潮泛起，河水就会淹没岸边低洼的小岛，那时，水天相连，蔚为壮观。这景色竟也无法使马克西米利安·安德烈耶维奇喜欢。弗拉基米尔大公塑像下那么震撼人心的美景也不能令他心动了。春日，太阳照射在弗拉基米尔山的砖砌小路上，那太阳洒下的斑驳光影同样不能给他带来喜悦。他对基辅的一切都毫不在意，他想的只有一件事——迁居莫斯科。

他在报上登过启事，说愿意将基辅学院路上的一套公寓换莫斯科一套面积小一些的住房，此举毫无结果。他没有找到合适的人，偶尔有人找上门，却又居心不良。

这封电报使马克西米利安 · 安德烈耶维奇感到极大的振奋。错过这样的机会都是罪过。精明的人明白，机不可失，时不再来。

总之，不管遇到多大的困难，无论如何要把侄子在花园街那套住房搞到手。是啊，这件事的确复杂，很复杂，但无论有多复杂也要办到。精明老到的马克西米利安 · 安德烈耶维奇知道，要把房子搞到手首先要做的第一件事，就是要想办法把自己的名字登记注册在已故侄子那套有三间住房的公寓名下，哪怕是临时的注册。

星期五下午，马克西米利安·安德烈耶维奇走进了位于莫斯科花园街附302号的物业管理处办公室。

办公室面积不大，墙上挂着一幅陈旧的宣传画，上面用几个画面介绍了如何对溺水者实施紧急抢救的方法。木质办公桌后，孤零零地坐着一个眼神不安、胡子拉碴的中年男子。

“我可以见见物业管理处主任吗？”计划经济学家彬彬有礼地通报一声，随手摘下了帽子，并把手提箱放到一张空椅子上。

不知为什么，这个再平常不过的问题却使坐着的那个人慌了神，连脸色都变了。他惶惶不安地睨了来人一眼，含混不清地嘟囔说主任不在。

“他在家里？”波普拉夫斯基问，“我有急事找他。”

坐着的人又胡乱地说了几句什么。不过他的意思还是可以猜出来，就是说主任也不在家里。

“他什么时候来？”

坐着的人没有回答这个问题，而是有点忧郁地望着窗外。

“哦！”绝顶聪明的波普拉夫斯基没有多问，接着开始打听起书记来。

坐在桌边那个古怪的人竟然紧张得脸都红了，他又是一通含糊其词，那意思是书记也不在……什么时候来，不清楚……书记病了……

“啊！……”波普拉夫斯基也没有再问下去，“可谁在管事呢？”

“我。”对方低声地回答。

“您知道吗，”波普拉夫斯基绘声绘色地讲了起来，“我是已故柏辽兹的唯一继承人，他是我的内侄，您可能知道，他在牧首塘的车祸中丧生。根据法律，我有义务继承他的遗产，包括第50号那套公寓……”

“我不太清楚，同志……”对方闷闷不乐地打断他的话。

“可请您原谅，”波普拉夫斯基的声音提高了一些，“您是管理处的人员，有责任……”

这时一个男人走进来。见到来人，坐着那位的脸刷的一下发白了。

“是管理处的人吗？”来人问坐着的那位。

“是。”回答的声音轻得几乎听不见。

来人低声对坐着的那位耳语了几句，那位立刻紧张不安起来，他从椅子上迅速站了起来。眨眼的工夫，管理处空荡荡的办公室里就剩下波普拉夫斯基一个人了。

“唉，什么事儿！真该把他们一个个全都……”波普拉夫斯基很懊丧。他快步地穿过柏油路面的院子，急急忙忙朝第50号公寓赶去。

计划经济学家刚一摁门铃，门就开了。波普拉夫斯基走进昏暗的前厅。他心里很纳闷，不明白是谁给他开的门：前厅里空无一人，只有一只硕大无比的黑猫蹲在椅子上。

马克西米利安·安德烈耶维奇咳了两声，跺了跺脚，书房的门这才打开，卡洛维约夫从里面走了出来。马克西米利安·安德烈耶维奇彬彬有礼但又不失尊严地向他点了点头，说道：

“我姓波普拉夫斯基，是他姑父……”

还没等他把话说完，卡洛维约夫就从兜里掏出了一块脏兮兮的手帕，捂着鼻子哭了起来。

“……就是那个已故的柏辽兹……”

“还用说，还用说，”卡洛维约夫把手帕从脸上挪开，打断了他，“我一看到您，就猜出您是谁了！”说完，他又开始抹起眼泪，还大声说，“太不幸了，是吧？这是怎么搞的嘛？啊？”

“是有轨电车轧的吗？”马克西米利安·安德烈耶维奇低声问。

“可不是！”卡洛维约夫嚷嚷道，眼泪就像自来水似的从夹鼻眼镜后哗哗往外流。“可不是吗！我亲眼所见。您相信吗，咔嚓一下！脑袋到一边去了！右腿咔嚓一下，成了两截！左腿咔嚓一下，也成了两截！您看，这些有轨电车都干了些什么呀！”说完，他像是体力不支了，顺势把脸贴到了穿衣镜旁的墙上，浑身抖动地号啕大哭起来。

陌生人的举动深深地感动了柏辽兹的姑父。“谁说现在这个世道没有好人！”他这么想着，觉得自己的眼泪也快要不由自主地流出来了。可就在此刻，一片不祥的乌云从他的心头飘过，一个恶狠狠的念头像蛇一样嗖地朝他游过来，这个好心人会不会已经在死者的公寓名下登记了，生活中这样的事情是有的。

“请问，您是我家死去的米沙的朋友吧？”他一边问，一边用袖子擦着干巴巴的左眼，用右眼观察着哭得悲悲切切的卡洛维约夫。可卡洛维约夫还在号啕不止，只能听清他在一遍遍地说：“咔嚓一下，成了两截！”捶胸顿足地哭够了以后，卡洛维约夫才把脑袋从墙上移开，嘟嘟囔囔地说：

“不行，我再也受不了啦！我得去喝三百滴乙醚和缬草酊！……”他把一张泪水涟涟的脸转向波普拉夫斯基，又说了一句：“瞧它们，那些该死的有轨电车！”

“对不起，是您给我拍的电报吧？”马克西米利安·安德烈耶维奇问。他心里犯起了疑惑，这个哭得如此伤心的人究竟是谁呢？

“是他！”卡洛维约夫用手指了指黑猫。

波普拉夫斯基瞪大了眼睛，以为自己听错了。

“不行，我没劲儿了，受不了了，”卡洛维约夫抽了抽鼻子说道，“我老是想到这些情景：车轮轧过大腿……一个车轮有十普特重呢……咔嚓一声响！……我得去睡了，干脆做个梦把这些事都忘掉吧。”说完，他离开了前厅。

这时，黑猫动了动，从椅子上一跃而起，像人一样用两条后腿站立着，前爪叉在腰上，张嘴说起了人话：

“对，是我拍的。那又怎么样？”

马克西米利安·安德烈耶维奇顿时感到天旋地转，手脚发软，箱子从手里滑了下去，人也一屁股坐到了黑猫对面的椅子上。

“我好像是在用俄语跟您说话嘛，”黑猫说话很严厉，“还有什么要问？”

波普拉夫斯基没再吭声。

“身份证！”黑猫喝令道，一只毛茸茸的爪子伸了过来。

除了猫眼里闪烁的两个火星，波普拉夫斯基的脑子里什么都不能想，眼睛也什么都看不见。他把身份证从口袋里掏出来，好像在抽出一把刀。黑猫从梳妆台上拿起一副黑色宽边眼镜，把它架在猫脸上，显得更加神气活现，还一把将身份证从波普拉夫斯基那瑟瑟发抖的手里抢过来。

“有好看的，我该不会晕过去吧？”波普拉夫斯基心想。远处传来卡洛维约夫的抽泣声，前厅中弥漫着一股乙醚和缬草酊的气味，还有一种令人恶心的膻味。

“这个证件是哪个分局发的？”黑猫一边问，一边翻着身份证。可他没有听到回应。

“第四百一十二分局，”黑猫自问自答着，爪子在倒着拿的身份证上比画着，“嗯，正是！这个分局我了解！谁去它就给谁发！要是我，比方说，我就不会发给您这种人！无论如何也不发！一看到您这张脸，我立刻就拒绝发！”黑猫竟然气得把身份证扔到了地上。“您参加葬礼的资格被取消了，”黑猫用公事公办的口吻继续说，“立即返回原居住地。”说罢对着房门大喊一声：“阿扎泽洛！”

一个红头发矮子应声进了前厅。他瘸着腿，身穿一件黑色紧身衣，皮腰带上插着一把钢刀，一颗黄獠牙从嘴里伸出来，左眼里还长着白翳。

波普拉夫斯基觉得胸口发闷，立刻从椅子上站起身来，手捂着胸口往后退去。

“阿扎泽洛，送客！”黑猫命令道，说完便退出了前厅。

“波普拉夫斯基，”进来的矮子闷声闷气地低声说，“我想，一切都明白了吧？”

波普拉夫斯基点了点头。

“立即回基辅去，”阿扎泽洛继续说，“就在那里不声不响、老老实实地待着，别再想什么莫斯科的房子，明白吗？”

这个长着獠牙带着刀、斜着一只眼睛的矮子，把波普拉夫斯基吓得要死。虽说这矮子只够得着经济学家的肩膀，可行动起来却灵活、狠毒、有计谋。

他先是从地上拾起身份证，把它递到马克西米利安·安德烈耶维奇伸上来的僵硬的手里。然后，这个名叫阿扎泽洛的人一手提起手提箱，一手打开门，拽住柏辽兹姑父的肩膀，把他拖到了楼道上。波普拉夫斯基的身子靠到了墙上。阿扎泽洛并没用钥匙就打开了手提箱，从里面拿出一只缺了一条腿的肥烧鸡，包着烧鸡的报纸油浸浸的。烧鸡被扔到了楼道的地上。接着，他又从里面拿出两套内衣、一条磨剃胡刀的皮带、一个小册子和一个小盒子，随后抬起一脚，把这些东西都踢下了楼梯，只留下了那只烧鸡。空箱子也被踢了下去。只听楼下发出咚的一声，听这声音就知道，箱盖已被踢飞了。

接着，这个红头发的强盗一手提着烧鸡剩下的那条腿，呼地将烧鸡朝波普拉夫斯基的脖子砸过来。鸡身子飞了出去，鸡腿却留在了阿扎泽洛的手里。正如著名作家列夫·托尔斯泰所生动描述的那样，奥布朗斯基家的一切都乱套了［列夫·托尔斯泰小说《战争与和平》的第一句话。］。要是看到此情此景，托尔斯泰也会这么说。一点没错！在波普拉夫斯基的眼里，一切也都乱套了。一条长长的火花从他眼前掠过，火花很快变成一条黑乎乎的蛇，五月的白昼在瞬间便黯淡下来——于是，手拿身份证的波普拉夫斯基顺着楼梯滚了下去。到了拐角处，他的脚碰到了一扇窗子，上面的一块玻璃被他踢碎，他也就这样停在了楼梯上。那只没腿的烧鸡蹦蹦跳跳地滚过他身边，落进楼梯护拦间的空隙中。站在楼梯上面的阿扎泽洛一眨眼工夫就把鸡腿啃得干干净净，还把剩下的骨头往上衣口袋里一插，转身回屋，砰的一声关上了门。

就在这时，楼下传来小心翼翼的脚步声。

波普拉夫斯基一口气跑到了下一层，气咻咻地坐到这层楼道里的木椅上喘气。

一个上了年纪的小个子男人上到这层楼来，在波普拉夫斯基身边停住了脚步。只见他身穿一套老式柞蚕丝西装，戴一顶饰有绿带的硬草帽，脸色十分忧郁。

“对不起，公民，我想打听一下，”穿着蚕丝衣服的人满面愁容地问，“第50号公寓在哪里？”

“往上！”波普拉夫斯基干脆地回答。

“非常感谢，公民。”满脸愁容的小个子老头道了谢，朝着楼上走去，而波普拉夫斯基也起身往楼下跑去。

也许你要问，这个马克西米利安·安德烈耶维奇是不是急着去民警局报案，说有两个强盗大白天对他行凶？不，绝对不会，我们可以很有把握地说。到民警局去报案，说刚才有只戴眼镜的黑猫查我的身份证，后来又有个穿紧身衣的人拿着刀……不，公民们，他才不会呢，马克西米利安·安德烈耶维奇可是个绝顶聪明的人！

来到楼下，他看到大门入口处旁边有一扇门，里面是一间不知道做什么用的小屋，小屋门上的玻璃碎了。波普拉夫斯基把身份证藏好，再四下里看看，希望找到被踢下楼的那些东西。可连一点影子都没看到。波普拉夫斯基自己也觉得奇怪，丢了这么多东西他怎么就不难过呢。他产生了一个有趣而诱人的想法——就在这里等着那个小老头，看看他又会怎么讲这套该死的房子。既然他打听这套公寓的楼层，可见他也是第一次来。现在看来，他已经落入那伙坐等在第50号公寓里的歹徒的魔爪了。波普拉夫斯基预感，小老头很快就会从那套公寓里出来。现在，马克西米利安·安德烈耶维奇当然已经不再打算去参加什么侄子的葬礼了，离去基辅的火车开车还有好些时候，他有足够的时间。经济学家回头看了看，便一头钻进了那间小屋。

这时，上面传来了关门声。“看来他进去了。”波普拉夫斯基的心不由得拧紧了。小屋阴暗潮湿，散发着一种老鼠和烂皮鞋的臭味。马克西米利安·安德烈耶维奇在一个类似木墩的东西上坐了下来，决意等小老头出来。他所处的位置很不错，从这里正好可以清楚地看到六单元里面的动静。

但是，等待的时间远比这位基辅人所估计的要长得多。不知为什么，楼梯上始终没有响动。终于，五楼上有门响的声音清楚地传来。波普拉夫斯基屏住了呼吸。对，正是他的脚步声。"他正在往下走。"下一层的门打开了。脚步声停下来。一个女人的声音。那个小老头忧心忡忡的声音……对，这就是他的声音……好像在说："看在基督的分上，饶了我吧……"波普拉夫斯基把一只耳朵伸出被打碎的玻璃门。这耳朵捕捉到了一个女人的笑声。一阵飞快、利落的脚步声从上而下传来；随即一个女人的背影闪过。这个女人手拎着一个绿色的漆皮小包走出六单元的门，来到了院子里。小老头的脚步声又响起。"奇怪，他像是又要回到那个公寓里去！他该不会是这帮歹徒的同伙吧？不错，他是回50号去了。听，楼上的门又打开了。怎么办，还是再等等吧。"波普拉夫斯基如此这般在心里嘀咕着。

这次没让他等多久。门响了。脚步声响起。脚步声停住。一声惨叫。一阵猫叫。急促、细碎的脚步声传来，下来了，下来了，下来了！

波普拉夫斯基终于等到了头。小老头忧心忡忡地从屋里跑出来，不停地画着十字，嘴里嘟囔着什么，头上的草帽也不见了，表情呆滞，光秃秃的脑袋顶上有好几道被抓的伤痕，裤子已经湿透了。他使劲拉着门把手，因为慌乱不知开门是应该推还是拉。终于，他打开了大门，来到了阳光普照的院落。

关于这套房子的事情搞清楚了。现在，波普拉夫斯基也不再去想已故的侄子和那套房子的事了，一想到刚才那番历险，他就直哆嗦。他嘴里只是一个劲儿地嚷嚷:“明白了！明白了！”边说边往外跑。不一会儿，一辆无轨电车便载着这位计划经济学家朝基辅火车站的方向驶去。

就在经济学家在楼下小屋坐等时，小老头遭到了令人痛心的对待。他是杂技剧院小卖部的管理员，名叫安德烈·福基奇·索科夫。侦查员们在剧院进行盘查的时候，安德烈·福基奇躲到了一边，人们只是发现他比平时显得更加闷闷不乐了，除此，他只是向通讯员卡尔波夫打听过来访的魔法师的住处。

事情是这样，在楼道里和经济学家分手后，这位小卖部管理员便上了五层，摁响了50号的门铃。

门马上就打开了，但小卖部管理员却打个了寒战愣住了，他非但没进门，还往后退了一步。原来，给他开门的是一个几乎一丝不挂的女子，她只是在腰间系了一条花边镂空围裙，头上戴着一条白色的发带，脚上是一双金色的皮鞋。这女子的身材和长相真可以说是无可挑剔，如果硬要说她有什么缺陷的话，那就是她脖子上有一道紫红色的伤疤。

“喂，怎么啦，按了门铃就进来吧！”女子说着，一双放荡的碧眼牢牢地盯住了管理员。

安德烈·福基奇哦了一声，摘下草帽，边眨巴眼睛，边走进前厅。这时，前厅的电话响了。这个不知羞的女人把一条光溜溜的腿往椅子上一搭，取下了听筒电话:

“哈啰！”

小卖部管理员不知该把眼睛往哪里瞧，他站在一边，双脚交替倒着，心里暗暗想道：“咳！外国人的女佣就这样！呸，真是恶心！”为了避开这个恶心的家伙，他把目光转向一旁。

这个前厅宽敞而昏暗，散乱地堆放着各种奇特的道具和服装。椅背上搭着一个大红衬里的黑斗篷，镜前桌上放着一把纯金柄的长剑，闪闪发光。另外还有三把银柄剑被随便地扔在了屋角，像是些不值钱的雨伞或手仗。墙上有几只鹿角，上面挂着几顶插有鹰翎的小圆帽。

“是的，”女佣对着话筒说道，“怎么？您是麦格尔男爵？请讲。是的！演员先生今天在家。对，他很高兴见到您。对，有客人……请穿燕尾服或者黑色外套。什么？午夜十二点以前。”女佣结束了讲话，挂好听筒后转身问小卖部管理员：“您有什么事？”

“我需要见演员公民。”

“什么？见他本人？”

“见他本人。”小卖部管理员愁眉苦脸地说。

“我问问，”女佣显得有点迟疑，她把已故的柏辽兹的书房打开了一条缝儿，向里面报告说：“骑士先生，有个小老头儿来了，说是要见先生。”

“让他进来。”书房里传来卡洛维约夫颤颤巍巍的声音。

“请到客厅。”女子大大方方地打开通向客厅的门，把客人让进去，然后自己转身离开了前厅，丝毫没有因为自己的赤身露体而感到不自然。

走进被请进来的客厅，小卖部管理员顿时被屋内的陈设惊得目瞪口呆，甚至把要办的事都忘了。太阳光透过几扇彩色玻璃大窗（这是失踪珠宝商遗孀想象力的杰作）照射进来，那种特别的感觉就像是走进了教堂。尽管已是燥热的暮春时分，但老式的大壁炉里还熊熊燃烧着劈柴。但屋子里一点也不热，反倒让人感到像进了地窖一样的潮湿阴森。壁炉前铺着一张虎皮，上面端坐着一只硕大的黑猫，它正心满意足地眯缝着眼睛，望着熊熊燃烧的炉火。屋里还有一张桌子，看到桌上的那张台布，敬畏上帝的小卖部管理员就打了个寒战，原来那是一块教堂专用的锦缎台布。台布上放着一大堆发霉和落满灰尘的大肚瓶子。瓶子中间是好几个闪闪发光的盘子，一看就知道这些盘子是纯金制的。壁炉旁有个红发的小个子男人，他腰间别着一把刀，正用一把长剑的剑尖挑着几块肉在炉子上熏烤，肉汁滴在火上，溅起的油烟飘进了烟道。屋里不仅有一股烧烤味，还弥漫着一种浓郁的香料和神香的味道。因为小卖部管理员已从报纸上得知了柏辽兹的死讯，想到这又是他的住所，所以闻到这个气味时他脑子里还有过一闪念，以为这是在给柏辽兹举行安魂弥撒呢。但是，他立刻放弃了这个显然有些荒唐的念头。

突然，一个浑厚的男低音传到了目瞪口呆的小卖部管理员耳朵里：

“请问，有什么地方需要为您效劳？”

小卖部管理员这才发现，他要找的人正坐在暗处。

魔法师仰面瘫坐在一张低矮、宽大的沙发床上，上面还放着好些枕头。小卖部管理员觉得，这个演员穿的也好像只是黑色内衣和一双黑色尖头便鞋。

“我是杂技剧院小卖部管理员。”安德烈·福基奇苦着脸说。

魔法师连忙伸出一只手来，似乎想堵住小卖部管理员的嘴。只见他好几个手指上都戴着闪闪发光的宝石戒指。他说话时显得十分激动：

“不，不，不！不要说了！千万别再说了！我决不沾您那个小卖部的东西！最可敬的先生，我昨天从您的小卖部经过，可到现在还忘不了当时所闻到的鲟鱼肉和羊奶干酪的气味。我亲爱的！羊奶干酪不应该是绿色的，这是别人骗了你们吗？它应该是白色的！还有，茶水呢？那简直就是泔水嘛！我亲眼看见一个脏兮兮的姑娘用木桶往大茶炊里加生水，而这边还开着龙头倒茶给顾客喝。不行，亲爱的，这是绝不允许的！”

“请原谅，”安德烈·福基奇被这一番突如其来的数落惊呆了，“我不是为这事儿来的，鲟鱼肉也跟这事儿没关系。”

“如果它变了质，也跟这没关系吗！”

“送到我们小卖部的，是二级鲟鱼鲜肉。”小卖部管理员振振有词地说。

“亲爱的，这是胡说八道！”

“为什么是胡说八道？”

“二级鲜肉就是胡说八道！新鲜度只有一个——那就是一级，这也是最末的一个级数。如果说是二级鲟鱼鲜肉，那么这肉已经腐烂了！”

“请原谅……”小卖部管理员又开始辩解，不知道怎么来躲开魔法师的数落。

“我不能原谅。”魔法师坚决地说。

“我不是为这事儿来的。”已经不知所措的小卖部管理员悻悻地说。

“不为这事？”外国魔法师有些诧异了，“那您还会有什么事找我呢？要是我没记错，在和您的行当比较接近的人当中，我只知道一个随军女商贩，不过这是很久远的事了，那时您还没出生呢。不管怎么说，我还是很高兴见到您。阿扎泽洛！给小卖部管理员先生端个凳子来！”

那个正在烤肉的人转过身，小卖部管理员立刻被他那颗大獠牙吓得半死。他动作敏捷地搬来一张深色的柞木矮脚凳。除了这种矮脚凳，客厅里没有其他的椅子。

小卖部管理员说：

“非常感谢。”说罢就往下一坐。没想到，矮凳的一条腿咔嚓一声折断了，他哎呀一声重重地跌坐到了地上。与此同时，他伸出的脚又碰到了搁在他前面的一个凳子，上面满满一大杯红葡萄酒全都洒到了他的裤子上。

魔法师大声说道：

“哎呀！您没事吧？”

阿扎泽洛扶起了小卖部管理员，给他端来了另一张凳子。主人劝他脱下裤子，把它挂到壁炉前烤干，他哭腔哭调地谢绝了。穿着这身湿透了的内衣和西裤，他极不舒服而又心神不宁地坐到了另一张矮凳上。

“我喜欢坐得矮一些，”魔法师说，“坐得矮点，摔下去也不会有危险。对了，我们刚才谈的是鲟鱼肉吧？我亲爱的！新鲜，新鲜，再新鲜，这应该是每个小卖部管理员的座右铭！噢，对了，要不要尝尝……”

只见那把长剑在炉火的红光中一闪，阿扎泽洛就把一小块嗞嗞作响的烤肉放进了金盘，再浇上柠檬汁，连同一把两齿金叉一起递给了小卖部管理员。

“非常感激……我……”

“不行，不行，您尝尝！”

出于礼貌，小卖部管理员叉起一小块烤肉放进嘴里，立刻觉得这块肉的确很新鲜，更主要的是它非常可口。正当小卖部管理员津津有味地吃着香喷喷美滋滋的烤肉时，竟差点被噎住和再一次摔倒。原来，从隔壁房间里飞来了一只巨大的黑鸟，它呼扇着翅膀从小卖部管理员的秃头上轻轻地飞过去。鸟儿落在了壁炉搁架上的那台座钟旁，这原来是只猫头鹰。“我的上帝！”像所有小卖部管理员一样，安德烈·福基奇也很神经质，“这是套什么公寓呀！”

“来杯葡萄酒？白的还是红的？在白天这个时辰，您喜欢喝哪个国家的葡萄酒？”

“非常感激……我不会喝酒……”

“太遗憾了！那么您玩不玩掷骰子？或许您喜欢玩别的？多米诺骨牌？扑克？”

“我不会玩。”小卖部管理员回答，他已经精疲力竭了。

“那太糟了，”主人在作总结似的说，“当然，随您的便，但是一个男人不喝酒，不玩牌，不跟漂亮女人交往，又不喜欢在餐桌上谈天说地，那他必然有什么不对头的地方。这种人不是身患重症，就是仇视他人，与别人格格不入。当然也有例外。曾经和我一起花天酒地的人当中，偶尔也有极其卑劣的小人！好吧，我听听您找我有什么事。”

“您昨天变魔术……”

“我？”魔法师样子吃惊地大声说道，“您别小瞧我。那多不符合我的身份啊！”

“对不起，”小卖部管理员急忙说，“是……表演幻术吧……”

“噢，是的，是的！我亲爱的！我向您透露一个秘密：我根本不是什么演员，我不过是想更多地观察莫斯科人，而剧院是进行这种观察的最佳场所。于是我的跟班，”他朝黑猫那边扭扭头，“就安排了这场演出，而我只是坐在一旁观察莫斯科人。不过您不必惊慌，您告诉我，您来找我跟那场演出有什么关系？”

“想必您也注意到了，其中有一个钞票从天而降的节目……”小卖部管理员压低了声音，难为情地回头望了一眼，“后来，那些钱都被捡走了。后来，有个年轻人到小卖部来买东西，他付了张十卢布的钞票，我找给他八卢布半……后来又来了个人……”

“也是年轻人？”

“不，是上了点年纪的。接着，又来了第三个，第四个……我都给他们找了钱。可今天我结账的时候一看，那些钱都变成了碎纸片儿。小卖部一共损失了一百零九个卢布。”

“哎——呀——呀！”演员大声叫道，“难道他们竟会以为那是真钞票？我看他们不是有意这么做的。”

小卖部管理员撇了撇嘴，神情不快地回头望了望，没有接对方的话茬儿。

“难道他们几个是骗子？”魔法师有些担心地向来客问道，“难道莫斯科人中间还有骗子？”

小卖部管理员报以苦笑，于是，对方的疑问就被打消了：是的，莫斯科人中间的确有骗子。

“这太卑鄙了！”沃兰德气愤地说，“您还是个穷人……对吧，您……是个穷人吧？”

小卖部管理员把脑袋缩进了肩膀，显而易见，他是个穷人。

“您有多少存款？”

问话者的口吻充满了同情，但这样的问题毕竟还是有失分寸。小卖部管理员有些难堪。

“在五个储蓄所里共存有二十四万九千卢布，”隔壁有个颤巍巍的声音尖声尖气地说道，“另外还有二百个十卢布的金币藏在他家的地板下。”

小卖部管理员像是跟凳子粘在了一起，动弹不得了。

“当然，这算不了多少，”沃兰德宽宏大量地对客人说，“不过，就这么点钱，您也用不了啦。您什么时候死？”

小卖部管理员这下火了。

“这种事谁会事先知道，而且也不关别人的事。”他回答说。

“是啊，是不会事先知道，”隔壁那个可恨的声音又传了过来，“你以为是牛顿定律啊！他会在九个月后，也就是说在明年的二月份，因患肝癌死于莫斯科大学第一附属医学院第四病房。”

小卖部管理员的脸色变得蜡黄。

“九个月，”沃兰德若有所思地说，“除以二十四万九千……抹去零头，每个月平均二万七千卢布吧？少了点，但是过得节俭一点也够了……再说还有那些十卢布的金币……”

“那些十卢布的金币兑换不了，”那个可恨的声音又在插嘴，说得小卖部管理员的心都凉了，“安德烈 · 福基奇死后，他的房子很快就会被拆，那些金币将被全部上缴国家银行。”

“我劝您别住医院，”魔法师继续说，“在病房里那些无可救药的病人的呻吟和鼾声中死去，那多没意思。还不如拿出二万七千卢布办一桌酒席，在阵阵美妙的音乐声中，拥着一群喝得醉醺醺的美女，在一帮难兄难弟的陪伴之下，喝着毒药去见上帝，这不是更好吗？”

小卖部管理员一动不动地坐在矮凳上，显得十分衰老。眼圈黑黑的，脸颊也塌陷下去，下巴耷拉着。

“算了，那都是我们的想象，”主人大声说，“还是谈正事吧。把您的破纸片给我看看。”

小卖部管理员激动地从兜里掏出一个纸包，解开一看，傻眼了。报纸里是一沓十卢布的钞票。

“我亲爱的，您真的患病了。”沃兰德耸了耸肩膀，说道。

小卖部管理员模样古怪地笑了笑，站起身来。

“如果，”他有些结巴起来，“如果它又……”

“嗯，”外国演员沉思道，“那您再来找我。欢迎光临！我很高兴认识您。”

这时，卡洛维约夫从书房里跑了出来，他一把抓住小卖部管理员的一只手，使劲儿地摇晃着，像是要安德烈·福基奇向所有的人鞠躬致谢。小卖部管理员昏头昏脑地走回前厅。

“赫勒，送客！”卡洛维约夫高声喊道。

那个红发裸女又出现在了前厅！小卖部管理员从打开的门缝里侧身挤了出去，一边尖声尖气地喊着“再见”，一边像个醉汉似的摇摇晃晃走了出去。往下走了没多远，他就停住了，在楼梯上坐了下来，掏出纸包看了看——钞票还在。这时，一个手拎绿提包的女人从楼道对着的另一间公寓里出来。当她看到有个人坐在楼梯上，两眼盯着一沓十卢布钞票发愣的时候，不由得微微一笑，而且若有所思地说：

“我们这栋楼怎么了？这人一早就醉了。楼道的玻璃又给砸碎了！”她仔细地打量了小卖部管理员一眼，接着说：“嗳，公民，您怎么有这么多钞票！分点给我，行吗？”

“看在基督的分上，饶了我吧！”小卖部管理员吓了一跳，赶紧把钱藏了起来。女人见状哈哈大笑：

“见鬼去吧，小气鬼！我开玩笑的……”说着她朝楼下走去。

小卖部管理员慢慢站起身来，抬起胳膊想扶扶头上的草帽，这时他才发现草帽没有了。他很怕再回去，可心里又可惜那顶草帽。犹豫片刻，他还是转身去摁响了门铃。

“您还有什么事？”那个该死的赫勒问。

“我把帽子给忘了。”小卖部管理员指了指自己的秃头，说话声音细得像蚊子。赫勒转身走了，小卖部管理员在心里呸了一句，闭上了眼睛。当他睁开眼睛的时候，赫勒正要把他的草帽和一把黑柄剑递给他。

“不是我的。”小卖部管理员轻声说着推开了剑，并很快把草帽戴在了头上。

“您来的时候没带着剑吗？”赫勒有些奇怪。

小卖部管理员嘀咕了一句，飞快地朝楼下走去。他觉得帽子戴在头上有些不舒服，而且太热；他摘下了帽子，这回把他吓得跳了起来，还轻轻地叫了一声。拿在他手里的是一顶天鹅绒小圆帽，上面插着一根折断了的公鸡尾巴羽毛。小卖部管理员画了画十字。就在此刻，小圆帽忽然“喵”地叫了一声，变成一只小黑猫，从安德烈·福基奇的手上又蹿回到他的头上，几只爪子一齐抠进了他的秃顶。小卖部管理员一声惨叫，没命地朝楼下跑去，而那只小黑猫则从他的头上跳下来，顺楼梯跑回去了。

出了大楼，小卖部管理员一溜烟向大门跑去，永远离开了附302号这栋鬼楼。

对于他后来的情况，我们也知道得清清楚楚。从大门里连滚带爬地出来以后，小卖部管理员惊魂未定地左看右瞧，像是在找东西。片刻，他已到了街对面的一家药房。他刚一说“请问……”，柜台后面的女售货员便大声喊了起来：

“公民！您头上全被抓破了！”

五分钟后，小卖部管理员的头上已经缠满了纱布。他打听到，贝尔纳茨基和库兹明两位教授是大家公认的最优秀的肝病治疗专家。他又向售货员打听谁住得近，当他得知库兹明就住在这个院子旁边的一栋独立小白楼里时，简直是欣喜若狂。两分钟以后，他已经进到那栋小白楼里。

小楼显得有些破旧，不过非常非常舒适。小卖部管理员记得很清楚，首先迎上来的是一个上了年纪的老保姆。她想上前接过他的帽子，当她发现客人并没戴帽子的时候，便努了努空落落已经没牙的嘴，走到一边去了。

随后，一个中年妇女走到了穿衣镜旁的拱门下，对他说，现在只有挂十九日的号，更早的没有了。小卖部管理员马上就想出了办法。他眯起眼睛朝拱门里望了望，看到前厅里只有三个人在候诊，于是就用细得几乎听不见的声音说：

“我病得快要死了……”

那个女子狐疑地看了看小卖部管理员缠满纱布的脑袋，有些心软了，于是说：

“那好吧……”她放他进了拱门。

就在这时，对面的房门打开了，里面的一副金丝边夹鼻眼镜闪了闪，有个穿白大褂的女人说：

“公民们，这个病人不须排队……”

小卖部管理员还没来得及看看周围，就已经到了库兹明教授的诊室。在这个狭长的诊室里，一点儿也没有医院那种令人感到恐怖、肃穆的气氛。

“您怎么了？”库兹明教授和言悦色地问道，有点担心地看着那个缠满纱布的脑袋。

“我刚刚得到可靠的信息，”小卖部管理员一边回答，一边用眼睛死死地盯住装着镜框的一张集体照片，“我在明年二月份将死于肝癌。我请求您制止病情的发展。”

库兹明教授坐着，将身子靠在哥特式皮椅的高背上。

“对不起，我不明白您的意思……您去看过别的医生？您的脑袋上为什么缠着绷带？”

“那是什么医生？……这种医生，还是别去见到好！……”说到这里，小卖部管理员的上下两排牙齿突然打起架来，“您别管我的脑袋，脑袋跟这个没关系。去他的脑袋，脑袋跟这事儿没什么关系。我得了肝癌，我求您制止肝癌的发展。”

“请问，是谁跟您这么说的？”

“请相信他的话！”小卖部管理员激动地说道，“他对此很清楚！”

“我一点也不明白，”教授耸了耸肩，人和坐着的椅子都往后退了退，离桌子稍远了一些，“他怎么可能知道您什么时候死？何况他还不是医生！”

“会死在第四病房。”小卖部管理员说。

教授看了看自己的患者，看着他的脑袋和湿漉漉的裤子，心想：“这还有什么好说的！一个疯子！”

“您喝酒吗？”教授问。

“滴酒不沾。”小卖部管理员回答。

一分钟后，他已脱了外衣，躺在了冷冰冰的人造革面的沙发床上，教授正在按他的肚子。顺便说一句，小卖部管理员现在已经喜笑颜开了。教授非常肯定地告诉他，现在，至少是目前，小卖部管理员身上还没有任何癌症的征兆，但是既然……既然他担心，况且那个江湖骗子又把他吓得灵魂出窍，那就索性做一次彻底的检查……

教授在处方上一面写着，一面告诉他应该去哪里、应该把什么送过去。另外，他还写了张字条儿，让小卖部管理员转交神经内科专家布勒教授，并对小卖部管理员说他的神经严重紊乱。

“教授，我应该付给您多少钱？”小卖部管理员掏出鼓鼓囊囊的钱包，用柔和而颤抖的声音问。

“随便您吧。”教授生硬而又干巴巴地说道。

小卖部管理员拿出三十卢布，把钱放在了桌子上，然后又突然轻轻地，像猫爪子一样无声地把一沓用报纸包着的叮当作响的十卢布金币放在上面。

“这是怎么回事？”库兹明用手捻着胡子，问道。

“请别推辞，教授公民，”小卖部管理员轻声说道，“只求您别让我生癌。”

“请您马上把金币收起来，”教授很自尊地说，“您最好还是去看看您的神经。明天请把小便送来化验。别喝过多的茶。要绝对忌盐。”

“菜汤里也不能放盐吗？”小卖部管理员问。

“吃什么都不许放！”库兹明像是在下命令。

“唉……”小卖部管理员满脸忧郁地叹了叹气，感激地望着教授，把金币收拾起来，倒退着向门外走去。

这天下午教授的病人并不多，天快黑时最后一个病人也走了。教授一边脱下白大褂，一边朝小卖部管理员放钱的地方看过去。他发现桌子上根本没有十卢布的钞票，只有三张阿布劳—久尔索牌香槟酒的商标。

“真是闹鬼了！”库兹明嘟囔着走过来，顾不得白大褂在地板上拖着，拿起那三张商标摸了摸，“看来，那人不仅是精神病，而且还是个骗子！可我不明白，他干吗要来骗我呢？难道就是为了骗一张小便化验单？噢！他一定是把大衣偷走了！”于是，教授快步冲到前厅，白大褂还有一只袖子仍然在他身上穿着。“克谢尼娅·尼基季什娜！”他在前厅的门口高声喊道，“快看看，大衣还在不在？”

大衣都在。可是，当教授终于把白大褂的另一只袖子也脱下来，回到桌子跟前的时候，他的脚好像在地板上生了根，两眼也好像被牢牢地粘在自己的桌子上移动不了啦。在原来放着商标纸的地方，现在蹲着一只长相可怜的小黑猫，它正把头埋在一小盘牛奶上，一边吃一边喵喵地叫着。

“你说这是怎么回事儿啊？！这太……”教授感觉自己的后脑勺有点发凉。

教授轻声的抱怨还是招来了克谢尼娅·尼基季什娜。她赶紧跑过来宽慰教授说，这一定是哪个病人故意留在这里的，这种事儿别的教授也常常碰到。

“可能是家里穷吧，”克谢尼娅·尼基季什娜解释说，“而我们这儿，当然……”

他们开始寻思和猜测是谁把小猫留下的。疑点落到了一个患有胃溃疡病的老妇人身上。

“应该是她，”克谢尼娅·尼基季什娜说，“她会这样想：我迟早要死，这只小猫咪多可怜哪。”

“也不对啊！”库兹明喊道，“那牛奶是怎么回事呢？！也是她带来的？还有这小盘子呢，啊？”

“牛奶是她装在小袋子里带来的，到了这里她才倒在了小盘子里。”克谢尼娅·尼基季什娜作了这样的解释。

“不管怎么说，请把小猫和盘子拿走。”库兹明说着，把克谢尼娅·尼基季什娜送到房间的门口。当他转身回屋，情况又发生了新变化。

教授把白大褂挂到衣钩上，只听见院子里有人在哈哈大笑，他往外看了一眼，简直让他目瞪口呆。一个女人只穿着一件衬衣，正穿过院子朝对面的侧屋跑去。教授甚至还知道，她叫玛丽娅·亚历山德罗夫娜。一个小男孩儿正冲着她大笑。

“像什么话！”库兹明鄙夷地说。

这时，从隔壁女儿的房间里传来了留声机的声音，正在播放狐步舞曲《哈利路亚》。而就在这当儿，教授又听到背后有只麻雀在唧唧喳喳地叫。他转过身来，看见一只巨大的麻雀正在他的桌子上跳来跳去。

“嗯……要冷静……”教授心里暗暗地想，“它是在我离开窗口的时候飞进来的。一切正常！”教授暗示着自己，但他已经感觉到这一切完全不正常，特别是这只麻雀。待走近了仔细观察，教授才发现，它根本不是一只普通的麻雀。这只卑鄙的麻雀左腿是瘸的，但很明显它是假装的，它一瘸一拐地做着动作，总之，它是在和着音乐跳狐步舞，就像酒柜旁的醉鬼。这麻雀做出各种下流动作，还无耻地瞟着教授。

库兹明把手放到电话上，想拨个电话给老同学布勒，问问他，在六十岁时幻觉中出现这样大的麻雀，而且还伴有突然的头晕，这说明出了什么问题。

麻雀这时坐到了别人赠送的墨水瓶上，并往瓶子里拉了泡屎，(绝不说笑！)随后它就向上飞起来，停在了半空中，用钢铁般坚硬的喙向镜框里那张第九十四届毕业生的合影猛啄一口。玻璃被啄得粉碎，而麻雀此时已飞出窗外。

教授改打了另一个电话号码。原来他想给布勒打电话，现在改给水蛭所打了电话，说自己是库兹明教授，请他们立刻送些水蛭到他家。

教授放下听筒，朝桌子的方向转过身来，立刻又吓得大叫一声。只见这张桌子的对面坐着一个头包三角头巾的女护士，怀里抱着一个包，上面写着"水蛭"两字。教授再一看她的嘴，惊得叫出声来。这是一张男人的嘴，快歪到耳朵根上了，嘴里伸出一颗獠牙。护士的眼睛像是死人的眼睛一样无神呆滞。

"我是来收回这些钱的，"护士用男低音说，"放在这里也毫无用处。"在用一只鸟爪把商标收起来之后，她立即消融在了空气之中。

两小时过去了。库兹明教授已经坐在自家卧室的床上，他的两个太阳穴、耳朵后和脖子上都爬着水蛭。在库兹明教授脚边一床绗过的绸面被上，坐着胡须花白的布勒教授。他充满同情地看着库兹明，宽慰他说，那不过是些荒唐小事。窗外，夜已经深了。

莫斯科在这天夜里还发生了什么怪事，我们并不知道，当然也用不着去知道，何况我们应该转入这部句句真实确凿的小说的第二部了。请跟随我来，我的读者！

第二部

第十九章

玛格丽特

请随我来，我的读者！谁说世上没有真正忠贞永恒的爱情，真该割掉这个说谎者的烂舌头！

请跟随我，我的读者，只要您跟随我，我就会让您见识这样的爱情！

不！大师错了，在那个午夜之后，他居然在医院里伤心地对伊凡说，她把他忘了。这是不可能的，她当然没有忘记他。

首先，我们向大家透露一个大师不愿向伊凡公开的秘密。他深爱的女人名叫玛格丽特·尼古拉耶夫娜。大师对可怜的诗人所讲的有关她的一切，句句千真万确。他对自己心爱女人的描述很准确。她美丽，聪明。而且还要补充一点，可以肯定地说，只要能过上玛格丽特·尼古拉耶夫娜所过的那种生活，大多数女人一定会心甘情愿奉献一切。三十岁的玛格丽特没有子女，是一位声名显赫的专家以及国家级重大发明者的妻子。丈夫年轻、英俊、善良、诚实，对妻子十分宠爱。夫妻二人住在阿尔巴特街附近的一条小巷里，占用着一幢漂亮的花园小楼的整个二层。那真是个迷人的地方！只要你愿意看一看那花园，你就会相信此言不虚。你就来问我吧，我会告诉你地址，为你指路——那幢花园小楼至今完好无损。

玛格丽特·尼古拉耶夫娜从不缺钱。她可以买下她喜欢的任何东西。她丈夫的朋友中也不乏风趣优雅的人士。玛格丽特·尼古拉耶夫娜也从不下厨。她也从不知道与人合住的烦恼。总之……她是幸福的了？一分钟都不！自从她十九岁出嫁住进了这幢小楼，她就从来不知道幸福为何物。诸神啊，我的诸神！这个女人她到底需要什么？！这个眼睛里永远燃烧着某种莫名火花的女人，她需要什么？这个一只眼睛稍稍有点斜着，每逢春天就爱用合欢花打扮自己的女人，她需要什么？我不知道。我无从知道。显然，她说的是真话，她需要的是他，是大师，而不是什么哥特式小楼，不是独家的花园，也不是金钱。她爱他，她说的是实话。

就是我这个诚实的讲述人和旁观者，一想到第二天玛格丽特来到大师的小屋，发现这里已经人去屋空时的感受，我的心都抽搐起来。幸好，她没来得及和未能如期而归的丈夫说明真相。她想尽一切办法打听他的下落，当然，这不会有什么结果。于是，她回到花园小楼，在原来生活的地方苦苦地受着煎熬。

被踩脏的白雪在人行道和柏油路上融化了，躁动不安而略带些腐烂气息的春风吹进小窗了，可玛格丽特 · 尼古拉耶夫娜的忧伤却比冬天时更加浓稠。她经常偷偷地痛哭。她不知道她爱着的那个人，现在是已经死了还是活着。这绝望的日子一天天过去，尤其是夜深人静的时候，玛格丽特会更加无奈地意识到，她思念着的人已经死了。

或许早就应该忘了他，或许该一死了之。这样的生活再也不能过下去。不能！忘记他吧，无论如何要忘记！但他不可能被遗忘，这就是她痛苦的原因。

“是的，是的，是的，我犯了一个同样的错误！”玛格丽特坐在壁炉边，望着熊熊燃烧的炉火自言自语地说，那火焰让她回想起了大师写作本丢 · 彼拉多的日子，“为什么那天夜里我离开了他？为什么？我简直是疯了！我第二天回去了，老实说，我没有失约，但是已经晚了。是啊，就像不幸的利未 · 马太，我也去得迟了！”

这些话当然都没有道理，因为如果她那晚留在了大师身边，又能改变什么呢？她能救他吗？可笑！——我们可以这么大叫一声。不过面对这样一个濒临绝境的女人，我们不会这么做。

就在那天，在那个星期五，莫斯科因为魔法师的出现而发生了种种混乱，柏辽兹的姑父被赶回了开往基辅的火车，会计被捕了，还发生了许多荒诞不经、令人匪夷所思的事情。这天的正午时分，玛格丽特在自己面向小楼塔尖的卧室里醒来。

就像往常一样，醒来以后的玛格丽特没有哭泣，因为醒来时她有一种预感，今天终于要发生点什么事情了。有了这种预感，她的心开始为之而振奋，而牵挂，生怕这种感觉离她而去。

“我相信！”玛格丽特很认真地轻声说，“我相信！一定会有什么事情发生！没有理由不发生，凭什么就要让我承受终生的痛苦？我承认，我曾经撒过谎，骗过别人，过着一种不为人知的秘密生活，但不能因此而如此残酷地惩罚我吧。一定会有事情发生的，因为天底下没有什么一成不变的事情。而且，我的梦总是很灵验，我敢保证。”

无论是望着洒满阳光的大红窗帘，还是慌慌忙忙地穿衣服，或者是坐在三面镜前梳理着卷曲的短发，玛格丽特·尼古拉耶夫娜一直就这么念叨着。

玛格丽特昨夜梦见了大师，这的确非同寻常。在痛苦的冬天，她从未梦见过大师。他在夜晚总是离她而去，只让她在白天里备受煎熬。可昨夜，他在梦中出现了。

那是一个玛格丽特陌生的地方——无望，悲凉，早春的天空阴沉沉的。灰色的云团在天空中奔跑着，一群白嘴鸦在天空中静静地飞着。一座歪歪斜斜的小桥，春天浑浊的河水在小桥下流淌，几棵毫无生气、瘦弱枯萎的树，一株孤零零的白杨，再往远去——树丛深处的一个菜园后面，有一幢不起眼的圆木屋，不像是独立的厨房，也不像是浴室，鬼知道是做什么用的。周围一片死寂，悲凉得让人想在桥边那株白杨上吊死。不见风的吹拂，不见白云飘动，不见人烟。对活人来说，这里简直就是个地狱！

可是，您能想象到吗，那小屋的门开了，他出现了。尽管离得很远，可他的轮廓还是清晰可见。他衣着破烂，你甚至无法分辨出他穿的什么。头发乱蓬蓬的，满脸胡子拉碴。他眼露病态，神情恐惧不安。他向她招招手，唤她过去。她踩着坑坑洼洼的小路朝他跑去，可令人窒息的空气让玛格丽特感到呼吸困难。这时，她醒了。

“这个梦只能有两种解释，”玛格丽特·尼古拉耶夫娜如此分析起来，“如果他死了，在召唤我过去，那说明他接我来了，我就快要死去。这样很好，我的痛苦也就到头了。或者是他还活着，这个梦就意味着他在暗示我，他还活着！他想告诉我，我们还会见面。对，我们很快就会见面的。”

玛格丽特一直处于这种兴奋状态。她穿好衣服，并不停地说服自己相信，事情一定会很顺利，这么好的机会应该抓住并好好利用。丈夫出差去了，三天后才回来。这整整的三天是属于她自己的，没有人妨碍她思考想考虑的问题，没有人妨碍她幻想自己所喜欢的一切。花园小楼二层的五个房间，整个这套令莫斯科数百万人羡慕不已的住房，都由她自由支配。

尽管获得了三天的自由，但玛格丽特在这套豪华的寓所里挑选了一个远远不是最好的去处。喝过茶，她来到了一个黑乎乎没有窗户的房间，那里放着几只箱子和两个放有各种旧物件的大柜子。她蹲下身，打开头一个柜子最下面一个抽屉，从一堆丝绸碎布中取出她生命中唯一爱惜的东西。玛格丽特捧在手上的是一本褐色皮面的旧相册，里面有大师的一张小照片，一个写着他的名字、共有一万卢布的银行存折，夹在两张卷烟纸中已经干枯的玫瑰花瓣，以及半本边缘已被烤焦的练习本，上面打满了字。

玛格丽特·尼古拉耶夫娜捧着这些宝物回到了自己的卧室。她把照片放在三面镜上，坐了大概一个钟头，膝上放着那本被炉火烧得残缺不全的练习册，反复地翻阅着这被烧得没头没尾的小说："……从地中海袭来的黑暗笼罩着这座总督所憎恨的城市。连接圣殿和恐怖的安东尼塔楼之间的吊桥看不见了，无尽的黑暗从天而降，淹没了赛马场上空的双翼天使、遍布枪眼的哈斯莫尼宫、集市、棚屋、小巷和池塘……耶路撒冷，这座伟大的城市消失了，似乎它从未在这个世界上存在过……"

玛格丽特想读下去，可接下去除了被烧得黑乎乎的毛边，什么也看不清了。

玛格丽特·尼古拉耶夫娜放下练习本，擦了擦眼泪，把两肘支在镜台上，对着镜中的影子坐了很久，眼睛一直没有离开那张照片。后来，泪水干了，玛格丽特认真地整理好这些宝物，几分钟后，它们又被埋到了那堆丝绸碎布中间，最后，黑洞洞的房间被砰的一声锁上了。

玛格丽特·尼古拉耶夫娜在前厅穿好大衣，打算出去散散步。美人儿娜塔莎，她的女佣，问她第二道菜做什么，她回答说无所谓。为了消遣，娜塔莎和女主人攀谈起来，开始讲述昨天在剧院一位不知道是打哪儿来的魔术师如何变魔术，如何看得大家目瞪口呆，还说这位魔术师给每位观众免费赠送了两瓶外国香水和一双丝袜，可后来散场了，观众们走到大街上一看，哎呀，个个都赤身裸体！玛格丽特·尼古拉耶夫娜乐得一下子坐到了前厅穿衣镜前的椅子上，哈哈大笑起来。

“娜塔莎！您真不害臊，”玛格丽特·尼古拉耶夫娜说，“您是个有文化的聪明姑娘，排队的人们瞎编乱造，您也跟着学舌！”

娜塔莎的脸涨得通红。她激烈地反驳说，那不是胡编乱造，并且说，她今天在阿尔巴特街的食品店里就亲眼看到一个女人是穿着皮鞋进来的，可她到收款处付款时，脚上的皮鞋就不见了，就剩下一双袜子。大家眼睛都直了，那袜子的后跟上还有个窟窿呢！那鞋就是双魔鞋，就是表演的时候变出来的。

“她就这么走了？”

“就这么走了！”娜塔莎喊了起来，因为女主人不相信她的话，她的脸越来越红了，“也是在昨天晚上，玛格丽特·尼古拉耶夫娜，警察抓了一百多人。那家剧院散场后，特维尔大街上满街都是只穿一条内裤的女人。”

“这肯定是达莉娅讲的，”玛格丽特·尼古拉耶夫娜说，“我早就发现她净瞎说。”

这场令人发笑的谈话最后以一件让娜塔莎感到意外的高兴事儿而告结束。玛格丽特·尼古拉耶夫娜先回到卧室，出来时她手里多了一双丝袜和一瓶香水。她对娜塔莎说，她也想变个戏法，说着把一双丝袜和一瓶香水递给了她，还说对她只有一个请求——别只穿着袜子在特维尔大街上乱跑，也不要听达莉娅胡说。主仆彼此亲吻了几下便分手了。

无轨电车在阿尔巴特街上行驶着。玛格丽特·尼古拉耶夫娜靠坐在舒适柔软的椅座上，一会儿想着自己的心事，一会儿听着坐在前排的两个男人的低声细语。

他们似乎在谈论一件什么怪事，还不时地回头看看，生怕被人听见。靠窗是位壮实的胖子，长着一双猪一样机灵的眯眯眼，他对身边的小个子说什么“只好用黑布把棺材罩起来……”

“这不可能，”小个子惊讶地轻声说，“这可是闻所未闻……热尔德宾怎么办的？”

在无轨电车均匀的叮哐声中，窗边的声音又传了过来：

“刑事侦查……丑闻……简直太神了！”

从这些只言片语中，玛格丽特·尼古拉耶夫娜大体了解了事情的来龙去脉。他们在悄悄谈论着一个死者，究竟是谁——他们没说。今天上午这位死者的脑袋被人从棺材里偷走了！所以，那个热尔德宾现在很着急。无轨电车上这一番窃窃私语，似乎和那个脑袋被盗的死者也有某种关系。

“还来得及去买花吗？”小个子不安地问，“你说，火化在两点？”

诸如从棺材里偷走脑袋的这些秘密谈话简直让玛格丽特·尼古拉耶夫娜忍无可忍，到站的时候，她甚至不由得有些高兴起来。

很快，玛格丽特·尼古拉耶夫娜已经坐在了克里姆林宫墙下的一张长椅上。坐在这里，她正好可以看到前方的驯马场。

强烈的阳光照射，使玛格丽特不得不眯起了眼睛。她回想着今天那个梦，想起正好在一年前，也是同一天，就在这个时候，他和她并肩坐在这同一张椅子上。和那次一样，也有一只黑色的手提包放在她身边的长椅上。今天他不在身边，而玛格丽特·尼古拉耶夫娜仍然默默地用心在和他交谈：“如果你被流放，为什么你不给我捎个信？大家都是这样把消息传递出来的。你不爱我了吗？不，我怎么也不会相信这是真的。这么说，你在流放时死了……那就请你放开我，让我自由地生活和呼吸。”玛格丽特·尼古拉耶夫娜替他回答了自己：“你是自由的……难道我阻止你了吗？”接着自己又反驳他说：“不，这是什么回答！不，你要从我的记忆中消失，这样我才会获得自由。”

玛格丽特 · 尼古拉耶夫娜身边人来人往。一个男人瞟了一眼这个穿着讲究的女人，被她的美丽和孤独所吸引住。他咳了一声，在玛格丽特·尼古拉耶夫娜坐的那张椅子的另一头坐了下来。他鼓足勇气说：

“今天必定是个好天气……”

玛格丽特阴郁地看了他一眼，对方便赶紧起身走了。

“看到了吧，”玛格丽特暗暗对那个牢牢地占据着自己身心的人说，“其实，为什么要赶走这个男人呢？我很寂寞，这个爱追逐女人的家伙也没什么不好的，难道就因为他刚才说了个愚蠢的字眼‘必定’吗？为什么我要像一只猫头鹰似的独自待在宫墙下面？为什么我被关在了生活的门外？”

她耷拉着脑袋，陷入忧伤之中。此时，上午那阵期待和激动的情绪又突然涌上心来。“对，一定会发生点什么事！”那股情绪的热浪又一次向她涌来，现在她才明白，那是一股音乐带来的热浪。在市区的喧闹声中，一阵击鼓声和有点走调的喇叭声由远而近地传来，越来越清晰可闻。

首先出现的是几个骑警，他们骑马从公园的栅栏前缓缓经过，紧接着是三个步警。一辆载着乐队的卡车跟在后面缓缓前行。再后面，是一辆缓缓移动的崭新的敞篷灵车，整个灵柩上都覆盖着花圈，灵柩的四边有四个人：三男一女。

就是隔着一段距离，玛格丽特也都能清楚地看到，灵车上为死者送行的人们个个表情怪异，一副失魂落魄的样子。那个站在灵柩左后侧的女人特别显眼。她的双颊鼓鼓的，好像嘴里含着太多的秘闻趣事，一种捉摸不定的火花在她那浮肿的小眼睛里闪烁着，好像再过一会儿，她就会憋不住向死者眨着眼睛说："您见过这样的事吗？简直神了！"随后是步行着跟在灵车后面的送殡队伍，大概有三百之众，他们脸上带着同样惶惑不安的表情，缓缓地走着。

玛格丽特目送着送葬的队伍渐渐走远，那单调的听着让人丧气的嘭嘭嘭的土耳其鼓声也渐渐远了。她想："这是多么奇怪的葬礼啊……这嘭嘭嘭的鼓声听着真叫人难受！唉，真的，只要能知道他到底是死是活，就是把我的灵魂抵押给魔鬼，我也情愿！有趣，这些表情怪异的人到底是在为谁送葬呢？"

"为柏辽兹，米哈伊尔·亚历山大洛维奇，"旁边传来一个男人稍带鼻音的声音，"他是'莫文协'主席。"

玛格丽特·尼古拉耶夫娜转过身，看到一个男人和自己坐着同一张长椅。显然，他是在玛格丽特出神地望着出殡队伍时悄悄地坐下来的，而且，玛格丽特也觉得自己必定在无意中把心里想的最后一个疑问说出了声。

这时，出殡的队伍暂时停了下来，显然是被前面的红绿灯给挡住了。

"不错，"陌生的公民又说，"他们的心情很奇怪。他们一边送灵，一边心里在寻思，他的脑袋到哪儿去了！"

"什么脑袋？"玛格丽特一边问，一边打量着身旁这位不速之客。只见他个子矮小，棕红色头发，长着一颗獠牙，身着浆洗过的衬衣和一条质地精良的条纹西服，脚穿漆皮鞋，头上是一顶圆礼帽，还系着一条颜色鲜艳的领带。奇怪的是，在男人们放手帕或者插钢笔的前袋里，这位公民插了一根啃干净的鸡骨头。

“是啊，您看到了吗，”红头发在一旁解释说，“今天上午在格里鲍耶多夫之家的大厅里，死者的脑袋被人从棺材里给偷走了。”

“这怎么可能？”玛格丽特不由得问了一句，此时她又想起了无轨电车上的那些悄悄话。

“鬼知道！”红头发放肆地回答说，“不过我认为，这事不妨问问别格莫特。干得太漂亮了。这是多大的丑闻！主要是让人弄不明白，是谁偷了那个脑袋，要这颗脑袋有什么用！”

尽管玛格丽特·尼古拉耶夫娜有自己的心事，但这位陌生人奇怪的谈话还是让她很震惊。

“请问！”她突然大声说，“哪个柏辽兹？就是今天报……”

“那可不，那可不……”

“这么说，跟在棺材后面的都是文学界人士？”玛格丽特问道，而且突然变得怒容满面。

“那是自然，正是那帮家伙！”

“您认识他们！”

“一个不落。”红头发回答。

“请问，”玛格丽特说着，声音变得低沉起来，“里面有没有评论家拉通斯基？”

“怎么会没有他？”红头发答道，“那不，第四排边上那个就是。”

“是黄头发的那个吗？”玛格丽特眯起眼睛问道。

“灰头发的那个……瞧，他正两眼望天呢。”

“像个神父的那位？”

“对，对！”

玛格丽特再也没问什么，两眼死死盯着拉通斯基。

“我看，”红头发微微一笑，说道，“您恨这个拉通斯基。”

“我恨的不止他一个，”玛格丽特咬牙切齿地说，“不说这些没意思的事了。”

这时，送葬的队伍又开始前行。步行的人群后是小汽车，但其中的大部分都是空的。

“当然没有意思，玛格丽特·尼古拉耶夫娜！”

玛格丽特诧异了：

“您认识我？”

红头发没有回答，只是摘下帽子，把它往旁边一放。

“简直一副强盗嘴脸！”望着这个和自己谈话的路人，玛格丽特心想。

“我可不认识您。”玛格丽特冷冷地说。

“您哪能认识我呢！不过我今天被派来找您有点事儿。”

玛格丽特的脸刷地变白了，身子也不由得往后一闪。

“早就该这么直截了当地明说了，”她说，“也用不着跟我胡扯脑袋被盗什么的！您是来逮捕我的？”

“绝对不是，”红头发大叫，“这是什么事儿啊，只要上前说话，就是要抓人！我不过是找您有点事儿。”

“我实在不明白，究竟是什么事儿？”

红头发朝四周看看，神秘地说：

“我被派来请您今晚去做客。”

“您在胡说什么，做什么客？”

“去一位非常显赫的外国人那儿做客。”红头发眯着眼睛意味深长地说。

玛格丽特大为恼怒。

“现在又出了个新行当：马路皮条客！”说着，她站起身打算走。

“谢谢您给我的新差事！”红头发气呼呼地大声嚷嚷道，随后又冲着玛格丽特离去的背影嘟哝说：“傻瓜！”

“浑蛋！“玛格丽特扭头回敬了一句，随即听到红头发在背后说：

“从地中海袭来的黑暗笼罩着这座总督所憎恨的城市。连接圣殿和恐怖的安东尼塔楼之间的吊桥看不见了……耶路撒冷，这座伟大的城市消失了，似乎它从未在这个世界上存在过……您就跟您那些烧焦的练习本和干枯的玫瑰花一起滚吧！您就一个人坐在这长椅上，求他放过您，让您自由地呼吸，并且从您的记忆中消失吧！”

脸色煞白的玛格丽特回到了长椅前。红头发看着她，眯着眼睛。

“我一点不明白，”玛格丽特 · 尼古拉耶夫娜轻轻地说，“那本子上写的东西倒是可以知道……悄悄溜进来偷看……娜塔莎被收买了，是吗？不过您怎么会知道我的想法呢？”她痛苦地皱着眉头，继续说，“请问，您是谁？是哪个机关的？”

“真是没劲，”红头发嘟囔着，接下来声音大了些，“对不起，我已经对您说过，我哪个机关的都不是！请坐，请。”

玛格丽特无条件地服从了，但坐下后又开始提问：

“您到底是谁？”

“好吧，我叫阿扎泽洛，不过对您来说，这也说明不了什么。”

“那您能不能告诉我，您是怎么知道练习本上的内容和我的想法的？”

“我不能告诉您。”阿扎泽洛干巴巴地说。

“那您知道他的事情？”玛格丽特轻声地哀求道。

“嗯，可以算是知道吧。”

“求您，只是请您告诉我一件事：他还活着吗？别折磨我了。”

“嗯，活着，活着。”阿扎泽洛不太情愿地回答说。

“上帝啊！”

“请别激动，也别大叫。”阿扎泽洛皱起了眉头。

“对不起，对不起，”现在已经很顺从的玛格丽特喃喃地说，“当然，我刚才生了您的气。不过您想想，大马路上邀请一个女人去什么地方做客……我并不守旧，请您相信，”玛格丽特苦笑了一下，“但是我从来没见过什么外国人，也不想跟他们来往……另外，我丈夫……我的悲剧就在于，我和一个自己不爱的人生活在一起，但我认为，毁坏他的生活也是不道德的。他非常善良……”

听着这些与此事毫无关系的话，阿扎泽洛显然觉得十分无聊，他只是干巴巴地说了句：

“请您暂时不要说了。”

玛格丽特顺从地住了嘴。

“我请您去见的那个外国人完全没危险。而且，绝不会有人知道这次造访。我可以向您保证。”

“他为什么要找我呢？”玛格丽特问得很委婉。

“您以后就会知道的。”

“我明白了……是要我向他献身。”玛格丽特若有所思地说。

阿扎泽洛很傲慢地哼了一声，竟然回答说：

“世界上任何一个女人，请您相信，都巴不得呢。”一个微笑使阿扎泽洛原本丑陋的脸更加难看了，“但我只能扫您的兴了，不会有这样的事。”

“这个外国人真是您说的这样？！”玛格丽特激动得大声叫道，长椅旁经过的行人们都不禁回过头来看着她，“那我去他那儿还有什么意思呢？”

阿扎泽洛朝她俯下身来，意味深长地轻声说：

“嗳，意思可大了……您就利用这个机会……”

“什么？”玛格丽特大声说着，两只眼睛瞪得圆圆的，“要是我没理解错您的意思，您是说我可以从他那儿打听他的消息？”

阿扎泽洛默默地点了点头。

“我去！”玛格丽特使劲地大喊一声，随即一把抓住了阿扎泽洛的手，“去哪儿都行！”

阿扎泽洛如释重负地松了一口气，仰面往椅子背上一靠，遮住了刻在椅背上的两个大字“纽拉”，并有些挖苦地说道：

“这些女人可真不好对付！”他把两手插进裤兜，远远地朝前伸直了两腿，“为什么要派我来办这事儿？让别格莫特来办不是更合适吗，他讨人喜欢……”

玛格丽特勉强地苦苦一笑，说：

“您别故弄玄虚了，也别用哑谜来折磨我了……我是个不幸的人，您就利用了这点。我正在朝一个莫名其妙的怪事里钻，可我发誓，都是因为您提到了他！您那些不明不白的话把我的头都搞晕了……”

“没那么严重，没那么严重，”阿扎泽洛说话时还在挤眉弄眼，“您也要为我想想啊。打剧院总务一个耳光啊，把姑父赶出屋门啊，拿枪把谁悄悄地干掉啊，干诸如此类的小事，我都很在行。可要和一个热恋中的女人打交道我可真就没办法了。您瞧，我都劝您半小时了。您这就去吗？”

“我去。”玛格丽特·尼古拉耶夫娜回答得很干脆。

“那就麻烦您收下这个，”阿扎泽洛说着，从口袋里掏出一个纯金的小圆盒，把它递给玛格丽特，“把它藏好，免得让过路人看见。您用得着它，玛格丽特·尼古拉耶夫娜。最近半年您由于伤心过度已经衰老了很多。”玛格丽特的脸一下红了，但什么也没说，而阿扎泽洛在继续往下说，“今天晚上九点半整，请您把衣服脱了，把这种软膏抹在脸上和身上。然后，随便做什么都行，只是不要离开电话机，十点钟时我会给您打电话，需要您做什么，我会告诉您。您什么也不用担心，会把您送到该去的地方，绝不会有任何麻烦。明白吗？”

玛格丽特起先没有吭声，最后才回答说：

“明白了。这东西是纯金的，掂掂分量就知道了。好吧，我很清楚，这是在收买我，把我拉进一个见不得人的事件中，我得为此付出巨大的代价。”

“您这是什么话，”阿扎泽洛几乎叫了起来，“您又变卦了？”

“不，等一等！”

“把软膏还给我。”

玛格丽特把盒子攥得更紧了，说道：

“不，等等……我知道我这是要去干什么。但为了他，我哪儿都去，因为在这个世界上我已经没有任何其他的希望了。但我想告诉您，如果您毁了我，您会感到羞耻的！对，会感到羞耻！我是在为爱情而死！”玛格丽特望着太阳拍着胸脯。

“把东西还给我，”阿扎泽洛恶狠狠地大叫，“把东西还我，让这一切都见鬼去吧。让他们派别格莫特来吧。”

“噢，不！”玛格丽特大叫，把行人都吓了一跳，“我什么都同意，同意演这场喜剧，抹上这种软膏，同意去那些很远的鬼地方。我不会还你这东西的！”

“叭！”阿扎泽洛突然一声大叫，朝公园的栅栏瞪大了眼睛，手指在指着什么地方。

玛格丽特朝阿扎泽洛所指的地方转过身，并没发现那里有什么特别的东西。于是，她又朝阿扎泽洛回过身来，想听听他来解释这一声莫名其妙的“叭”。可是，没有人来对她作出解释了：刚才还和玛格丽特 · 尼古拉耶夫娜说话的那位神秘的陌生人消失了。

玛格丽特飞快地把手伸进手提包，那声大叫前她刚刚把盒子放进去。现在她确定，那盒子仍然在。于是，玛格丽特不再思前想后，匆匆忙忙地从亚历山大公园跑了出去。

第 二 十 章

阿扎泽洛的软膏

一轮满月挂在洁净的夜空，透过枫树的枝叶清晰可见。花园里，椴树和刺槐的树影向地面投下了一幅斑驳的画面。天窗上的三扇窗户都敞开着，明亮的灯光从拉上的窗帘里透了出来。玛格丽特·尼古拉耶夫娜的卧室里灯火通明，一片凌乱。

床上的被单上堆着衬衫、丝袜和内衣，地板上是几件揉成一团的内衣，旁边还有一包在忙乱中不小心踩坏的香烟。一双皮鞋放在床头柜上，一旁是一杯没喝完的咖啡和一个烟灰缸，里面还有一个正冒着烟的烟头。椅背上搭着黑色晚礼服。房间里弥漫着香水味，还夹杂着一股不知打哪儿飘来的烧红了的熨斗的气味。

玛格丽特·尼古拉耶夫娜坐在镜前，身上只穿着一件长长的浴衣，脚上是一双黑色的麂皮鞋。一只配着金表带的腕表摆放在玛格丽特·尼古拉耶夫娜的面前，旁边是阿扎泽洛给她的那个小盒子。玛格丽特正目不转睛地看着手表。有时她甚至怀疑手表坏了，觉得那上面的指针没有动弹。其实指针是在走动的，只是走得很慢，像是被粘住了似的。终于，长针指到九点二十九分。玛格丽特的心一阵狂跳，她甚至都拿不住盒子了。她克制着内心的激动，打开了盒子，只见里面装着浅黄色的软膏。一股像是沼泽地水藻的气味扑面而来。她用指尖挑了一点放在手心里，顿时，那股沼泽地水藻的味道更浓了。接着，她用手掌把软膏均匀抹在了额头和面颊上。

软膏很快就抹匀了，玛格丽特感觉到它似乎一下子就挥发了。抹了几次，玛格丽特朝镜子里看了一眼，这一看让她不禁失手把盒子掉到了手表上，表面被砸裂了。玛格丽特闭上眼睛，随后再一次睁眼朝镜子里看了看，放声大笑起来。

用镊子修过的眉毛变得浓密了，像两道齐整的黑色弯弓卧在碧绿的眼睛上。去年十月大师失踪时出现在眉心上的皱纹完全消失了，两鬓的黄色暗斑和眼角的鱼尾纹也不见了。现在的她两腮红润，额头白皙光洁，在理发店做的卷发也变直了。

一个天生乌黑卷发的二十岁女子，正露出洁白闪亮的牙齿从镜子里冲三十岁的玛格丽特哈哈大笑呢。

一阵痛快的大笑过后，玛格丽特纵身脱掉了浴衣，抠出一大块松软的油膏，在全身上下使劲地涂抹起来。身体很快就开始发红，发热。紧接着，她感觉刹那间好像有人从她脑袋里拔走了一根刺，而那根刺自打在亚历山大公园遇到那个陌生人后痛了一夜的太阳穴不再痛了，胳膊大腿上的肌肉也变得强壮起来，很快，玛格丽特感觉身体也失去了重量。

她轻轻一跳，悬在了离地毯不远的空中，随后，又一股力量把她慢慢往下拉，于是她又重新回到了地面。

“哎呀，这是什么油膏！什么油膏！”玛格丽特一边大叫一边坐到了沙发椅上。

这软膏不仅仅改变了她的外貌，现在她的浑身上下，甚至是身体的每一个细胞，都充盈着欢乐。她清楚地感受着这欢乐，它就像疱疹一样刺痛着她的身体。玛格丽特感到自己自由了，一种彻底的自由。此外，她十分清楚地意识到，这就是早上预感要发生的事情，而且，她将永远告别这幢小楼，告别自己过去的生活。但是，从这原来的生活中又剥离出一个念头：在她开始崭新、非凡、腾空而飞的生活之前，她必须履行最后一项义务。于是，赤身裸体的她连跑带飞地从卧室跑进了丈夫的书房，打开灯，冲到了写字台前。她撕下一页便签，用铅笔迅速而流畅地写下了一张字条，笔迹粗大有力：

“请原谅我并尽快地忘记我吧。我将永远离开你。不要找我，不会有结果的。我所遭受的痛苦和灾难使我变成了妖魔。我该走了。永别了。玛格丽特。”

玛格丽特带着彻底放松的心情飞回卧室，娜塔莎拿着一大堆东西跟着她跑了进来。一时间，她手上的东西——衣架上的连衣裙、花边头巾，整理架上的蓝色绸面便鞋和腰带——全都掉到了地上，娜塔莎随即拍了拍腾出的双手。

“怎么，漂亮吗？”玛格丽特·尼古拉耶夫娜大声问道，声音有些沙哑。

“这是怎么回事？”娜塔莎喃喃地说着，朝后退去，“您这是怎么弄的，玛格丽特·尼古拉耶夫娜？”

“这是抹了油膏！油膏，油膏！”玛格丽特指了指闪闪发光的纯金盒子，身体在镜子前转来转去。

娜塔莎已经忘记了地上那一堆皱皱巴巴的衣服。她跑到镜子跟前，贪婪的眼光直愣愣地盯着剩下的软膏。她的嘴里在嘀咕着什么。她朝玛格丽特转过身，脸上带着一种虔敬的表情：

“您的皮肤怎么了？看这皮肤！玛格丽特·尼古拉耶夫娜，您的皮肤都亮闪闪的。”此时她已回过神来，赶紧跑到连衣裙跟前，捡起来抖了抖。

“扔了！扔了！”玛格丽特喊道，“让它见鬼去吧，全都扔了！哦，算了，您拿去做个纪念吧。我说，您拿去做纪念吧。把房间里所有的东西都收拾了拿走。”

娜塔莎像是僵住了，一动不动地看了玛格丽特好一会儿，接着，她扑了过来，搂住玛格丽特的脖子，一边吻她一边大叫：

“就像缎子！发光！发光的缎子！还有这眉毛，瞧这眉毛！”

“把衣服都拿走吧，还有香水，放到您自己的包袱里，收好！”玛格丽特喊着，“可是首饰您别拿，否则人家会说您偷东西。”

娜塔莎把随手能拿的连衣裙、鞋子、袜子和内衣打成一个包袱，拎着匆匆地跑出了卧室。

这时，一阵响亮的华尔兹舞曲从小巷对面一扇开着的窗户里传来，伴随着汽车驶进大门的轰隆声。

“阿扎泽洛的电话这就要来了！”听着小巷里回荡着的舞曲，玛格丽特大喊着，“他会打电话的！那个外国人也并不危险。对，我现在明白了，他不会带来危险！”

汽车发动机声又响起来，接着，它驶出了大门。栅栏门啪地关上，花园的方砖小径上响起了脚步声。

“这是尼古拉·伊凡诺维奇，脚步声一听就知道，”玛格丽特想，“临别前应当拿他好好开心一下。”

玛格丽特倏地拉开了窗帘，侧身坐到了窗台上，双手抱着膝盖。月光从右侧抚摩着她的身子。玛格丽特抬头望着月亮，一脸沉思和诗意的表情。脚步声又笃笃地响了两声，突然停住了。玛格丽特又欣赏了一会儿月亮，优雅地叹了口气，这才向花园转过头来。不错，那就是楼下的邻居尼古拉·伊凡诺维奇。他坐在长椅上，完全看得出，他是一屁股坐到长椅上去的。他脸上的夹鼻眼镜歪戴着，两手紧紧地把公文包抱在怀里。

“啊，您好，尼古拉·伊凡诺维奇，”玛格丽特语调忧伤地说，“晚上好！您刚开完会？”

尼古拉·伊凡诺维奇没有回答。

“我呢，”玛格丽特说着朝花园里探了探身子，“您看我，一个人挺无聊地坐在这儿，看看月亮，听听华尔兹。”

玛格丽特用左手把头发往耳朵后掖了掖，有点生气地说道：

“这很不礼貌，尼古拉·伊凡诺维奇！我到底是个女士嘛！女士跟您说话您却不搭理，这太不像话了！”

月光洒在尼古拉·伊凡诺维奇的浑身上下，他身上那件灰色背心的每一颗扣子，还有浅色山羊胡上的每一根胡须，都能看得清清楚楚。突然，他怪笑一声，从长椅上站了起来。显然，他很尴尬，没有摘下帽子，而是朝一边挥了挥公文包，两腿一弯，像是要蹲下去跳伸腿舞。

“哎，您真是个乏味的家伙，尼古拉·伊凡诺维奇！”玛格丽特接着说，“反正，你们这些人我都腻味透了，叫我说什么好呢，能和你们告别，我很高兴！你们都见鬼去吧！”

这时，玛格丽特身后的卧室里响起了电话铃声。玛格丽特跳下窗台，抓起听筒，把尼古拉·伊凡诺维奇忘了个干净。

“我是阿扎泽洛。”对方说。

“亲爱的，亲爱的阿扎泽洛！”玛格丽特大声叫道。

“到时候了！飞出来吧。”阿扎泽洛在那边说着，听得出来，玛格丽特发自内心的真诚和喜悦使他很高兴，“飞过大门时，您喊一句‘隐身’！随后在城市上空停留一会儿，习惯习惯，接着再向南飞，飞出城区，直接飞向河流。有人在等您！”

玛格丽特挂上电话，隔壁房间就传来一阵木板被撞击的声音，接着有人来敲门。玛格丽特把门打开，一个地板刷子头朝上、跳舞似的飞进了卧室。刷子的把儿敲击着地板，击打出了急促的马蹄声，刷子就像一匹急于飞出窗外的马一样尥着蹶子。玛格丽特兴奋得大叫一声，飞身骑上了刷子。直到这时，骑手才突然想起自己在忙乱中没有穿上衣服。她骑着刷子跃到床前，顺手抓起一件离得最近的衣服，一件蓝色衬衫。就像挥舞着一面军旗，她挥着衣服飞出了窗外。华尔兹舞曲更加响亮地回荡在了花园的上空。

玛格丽特从小窗滑翔到了楼下，只见尼古拉·伊凡诺维奇仍然坐在长椅上。他好像被粘在了长椅上，吃惊而仔细地听着从二楼住户那明亮的卧室里传出的喊声和喧闹。

“永别了，尼古拉·伊凡诺维奇！”玛格丽特高声喊道，胯下的刷子像马似的在尼古拉·伊凡诺维奇面前又蹦又跳。

尼古拉·伊凡诺维奇“啊”地叫了一声，坐在椅子上的身子直往后躲。他的双手在椅子上挪动着，公文包被碰落了。

“永别了！我要飞走了！”玛格丽特的喊声盖过了华尔兹舞曲。此时她意识到自己根本就不需要衣服，便发出一阵恶狠狠的笑声，一甩手，把衬衣蒙在了尼古拉·伊凡诺维奇的脑袋上。尼古拉·伊凡诺维奇眼前一黑，咕咚一声从长椅上跌倒在砖头小路上。

玛格丽特转过身，想最后看一眼让她忍受了那么多痛苦的小楼。在灯火辉煌的窗口里，她看见了娜塔莎那张惊恐万状的脸。

“永别了，娜塔莎！”玛格丽特拉长了声音喊着，把刷子往上一提。“隐身！隐身！”她的喊声越来越大。她穿过不断抽打脸庞的树枝，飞出大门，飞到了小巷的上空。她的身后回响着近乎疯狂的华尔兹舞曲。

第二十一章

飞翔

隐身了，自由了！隐身了，自由了！飞过门前小巷，玛格丽特来到了与之相交叉的另一条小巷的上空。这是一条弯曲漫长、破败不堪的小巷，路边还有一家门面歪斜的煤油铺子，里面出售散装的煤油和小瓶装杀虫剂。她嗖地一下飞了过去，但是心里明白，尽管自己现在完全自由和隐形了，也必须在尽情的欢快中保持适当的理智。幸好她神奇般地顿了一下，否则就撞死在街角那盏破旧歪斜的路灯上了。玛格丽特绕过它，将刷子握得更紧了。她放慢了飞行速度，特别留神了空中的电线和横挂在人行道上方的广告牌。

第三条小巷直接通到阿尔巴特街。现在，玛格丽特已经能自如地操纵这把飞翔的刷子了。她明白，只要手或脚轻轻一碰，刷子便会听从她的指挥，而在城市上空飞翔也需要特别小心，不能性急。除此，她也很清楚，到了这条小巷，人们已经看不见她这个飞天女了。再也不会有人抬头看着她，大声喊“快看，快看”，也没有人吓得躲到一边，吓得晕倒或者发出粗野的狂笑了。

玛格丽特静悄悄地飞着。她飞得很慢，很低，大概就只有两层楼高吧。尽管如此，在通向灯火辉煌的阿尔巴特街的出口处，她的肩膀还是不小心撞到了一个画着箭头、闪着亮光的圆盘。这让玛格丽特十分恼火。她勒住了听话的飞刷，让它往侧面飞了飞，然后就猛地朝着圆盘撞去。刷子的柄端把圆盘砸了个粉碎。碎片稀里哗啦往下掉，路人吓得左躲右闪，不知什么地方还响起了警笛。完成了这个多余的举动，玛格丽特放声大笑起来。“到了阿尔巴特街要特别小心，”玛格丽特想，“这地方永远混乱得让你搞不清接下来会发生什么事情。”她开始在电线间上下穿行。玛格丽特的下方，流动着无轨电车、公共汽车和轿车的一个个车顶；人行道上，川流不息的人们在玛格丽特看来变成了一条流淌着帽子的河流。这些河流又分出无数支流，分别流向了商店那大大张开的血盆之口。

“唉，连个转身的地方都没有！”玛格丽特气呼呼地想。她飞过阿尔巴特街上空，升得高了一些，大概有四层楼的高度吧。接着，她飞过矗立在街角剧院大楼上辉煌闪亮的霓虹灯，随后进入了一个两旁高楼林立的小巷。所有的窗户都开着，里面传出阵阵无线电播放的音乐声。玛格丽特好奇地朝一扇窗户里看去。这是一间厨房。两只煤油炉在灶台上正嗞嗞作响，旁边站着两个手持勺子的女人。她们正在吵架。

“我告诉您，彼拉盖娅 · 彼得罗夫娜，上完厕所应该随手关灯！”一个女人说，她面前的锅里正热气腾腾地煮着什么，“要不然，我们只好写报告要求您搬家了！”

“您也不差呀。”另一个回答。

“你们两个都不差。”玛格丽特脱口而出，说话间已经越过了窗台进到厨房里。两个女人循着声音转过身来，手里握着脏乎乎的勺子愣住了。玛格丽特小心地把手从她们中间伸过去，转动两个炉子的开关，把火关掉了。两个女人“啊”了一声，嘴巴张得大大的。不过玛格丽特对厨房已经腻味透了，她重新飞向窗外的小巷。

在小巷的尽头，一幢显然是刚刚竣工的八层楼豪华公寓吸引了玛格丽特的注意。她开始下降，落地。只见公寓的大门宽大，正面贴着黑色大理石，门卫那镶着金线的制帽和亮闪闪的纽扣透过大门的玻璃也能看得一清二楚。大门上方有几个金色的大字：“戏文之家”。

玛格丽特眯起眼睛看着这个招牌，心里在暗自琢磨这“戏文”二字是什么意思。她把飞刷夹在胳肢窝底下，推门走了进去。玻璃门撞到了一脸惊愕的门卫身上。而此时玛格丽特看到了电梯旁边的墙面上有一块巨大的黑色标牌，上面用白字写着住户的姓名和居住的门牌号。看到标牌顶端“戏剧与文学家之家”这几个醒目的大字，玛格丽特发出了一声猛兽般的嗥叫。她腾空而起，全神贯注地浏览着标牌上的名字：胡斯托夫、德乌勃拉茨基、克万特、别斯库德尼科夫、拉通斯基……

“拉通斯基！”玛格丽特尖叫一声，“拉通斯基！这不就是他吗……就是这个人毁了大师。”

大门边吃惊的门卫瞪着大大的眼睛，他甚至好奇地跳起来看了看黑色的标牌，竭力想搞清楚这个怪事：为什么住户牌会突然发出尖叫声。

此时，玛格丽特已飞快上了楼，嘴里欣喜若狂地念叨着：

“拉通斯基，84号！拉通斯基，84号……”

嗯，这左边是82号，右边是83号，还得往上走，左边——84号。就是这里了！看，还挂了个牌子：“奥·拉通斯基”。

玛格丽特跳下飞刷，发热的脚底踩在楼道石质地面上令她感到一阵凉爽和惬意。玛格丽特摁了摁门铃，一次，两次。没有人来开门。玛格丽特加大力度又使劲地摁了摁，里面传出一阵急促的铃声。是啊，八层84号公寓的住户真应该感谢已故的柏辽兹。因为这位“莫文协”主席死于无轨电车车祸，而治丧委员会会议又恰好定在今天晚上召开。评论家拉通斯基可真是吉星高照，他幸运地避开了与玛格丽特这个在星期五已变成女魔的人见面！

没有人来开门。于是，玛格丽特飞快地向下跑去，她数着楼层，到达底楼后直冲到了大街上。在街上，她又抬起头从外面开始数着楼层，判断哪个窗口是拉通斯基家的。她断定，位于八层的大楼拐角处那几扇黑洞洞的窗户就是目标。确定之后，玛格丽特腾地飞了起来。眨眼的工夫，她已经从一扇打开的窗户飞进了一个没有灯光的房间，这里只有一道银色的月光洒在地面上。顺着这道月光，玛格丽特跑过去摸到了开关。一分钟之后，这套公寓已是灯火通明了。刷子被立在墙角。确信屋里没人以后，玛格丽特打开门核实了一下门上是否有那个门号牌。号牌仍然挂在老地方，玛格丽特找对地方了。

是啊，据说评论家拉通斯基至今一想起这个可怕的夜晚就会脸色发白，并对柏辽兹的名字感念不已。真难以想象，那天晚上原本将发生多么惨烈的刑事案件——当玛格丽特从厨房返回来时，她的手里拿了一把很重的榔头。

裸体的隐身飞女极力克制和说服了自己，她的双手因为忍受而颤抖着。仔细看准了以后，玛格丽特抡起榔头朝钢琴琴键上砸了下去，顿时，房间里响起了琴键的第一声哀号。无辜的别克牌三角钢琴开始了狂呼乱喊。琴键塌下去了，骨质的键面四处飞溅。钢琴狂嗥着，惨叫着，悲泣着，哀鸣着。就像得到了一声枪响的号令，光洁铮亮的钢琴盖板立时被榔头砸了个稀巴烂。玛格丽特一边喘着粗气，一边还用榔头在琴弦间来回地搅动和拉扯着。终于，她累了，走到了一旁，一下坐到了沙发椅上想歇歇气。

浴室里的水流得哗哗直响，厨房里也是一样。“水好像已经漫到地板上了。”玛格丽特想着，不由说出了声：

“不过也不能坐得太久。”

一股水流已经从厨房漫到了走廊。玛格丽特光脚踩在水里，把一桶桶水从厨房提到评论家的书房，然后倒进写字台的抽屉。接着，她用榔头砸碎了书橱的玻璃门，转身冲进了卧室。她砸碎了镶有镜面的衣柜门，把评论家的衣服从里面拽出来，然后把它们统统泡进了浴缸。她从书房里拿来满满一瓶墨水，把它泼在了卧室里那张松软舒适的双人床上。上述这些破坏行为令她十分痛快。她甚至还觉得不解恨。于是开始见什么砸什么。在放钢琴的那个房间里，她砸了几盆无花果。砸了几下，她又冲回到卧室，用菜刀割破床单，还砸了镜框。她并没有感觉到疲惫，可汗水还是不住地从身上直往下淌。

这时，拉通斯基家的楼下，也就是82号，戏剧家克万特的女佣正在厨房里喝茶。从楼上传来的击打声、跑步声以及碎裂声让她十分纳闷。她抬头朝天花板上看了看，猛然间发现雪白的天花板上有一块渐渐变大的青灰色。她眼睛直愣愣地看着它，又发现从里面突然渗出了一些水珠。女佣就这么坐着看着，心里直犯嘀咕，大约两分钟的时间过去了。很快，天花板上下起雨来，滴滴答答地滴到地板上，女佣这才跳了起来，在滴水的地方放了一个脸盆。当然，这样毫无用处。下雨的区域越来越大，煤气灶和餐桌都已经受到了威胁。克万特家的女佣一声大叫，从房间冲到了楼道上。很快，拉通斯基家的门铃就发疯一样地响起了。

“有人摁门铃了，该走了。”玛格丽特说。她骑上飞刷时，耳朵里已听到一个女人的声音从锁孔里传进来：

“开门，开门！杜霞，快开门！你们家怎么跑水啦？把我们淹了。”

玛格丽特飞起了一米多高，一榔头朝水晶吊灯砸去。两个灯泡被打碎了，挂坠被砸得四下散落。锁孔里不再有喊声传来，接着响起一阵吧嗒吧嗒下楼的脚步声。玛格丽特飞出窗外，转身抡起榔头狠狠地朝窗玻璃砸去。只听得玻璃发出一声脆响，碎片就像瀑布一样沿着大理石墙面纷纷落下。玛格丽特飞向了另一扇窗户。在低低的人行道上，人们突然奔跑起来，停在门口的两辆轿车中有一辆按着喇叭，一溜烟跑开了。

砸完拉通斯基家的玻璃，玛格丽特又飞向隔壁一家的玻璃窗。敲打声频频响起，碎裂声和坠落声在一整条巷子里回响。第一单元门里跑出一个门卫，他抬头看了看，迟疑着，显然是不知道该怎么办。接着，他把哨子塞进嘴里拼命地吹了起来。这哨声似乎使玛格丽特更加兴奋，她砸完八楼最后的一块窗玻璃后，又飞低了一些，开始砸七楼的窗玻璃。

站在玻璃门内执勤的那个门卫一直没事可干，闲得无聊，现在一门心思都放在了吹哨子上。他像是在仔细观察着玛格丽特的动作，为她的动作进行伴奏。他利用玛格丽特从一扇窗户飞向另一扇窗户的间隙憋足了气，每当玛格丽特砸一下，他便鼓着腮帮子使劲地吹一下，那尖厉的哨声直刺夜空。

门卫和狂怒的玛格丽特的努力两相结合，产生了巨大的效果。公寓已经陷入一片混乱。一些暂时还完整的玻璃窗都打开了，人们纷纷探出脑袋张望片刻，很快又把头缩了回去。而那些开着的窗户则刚好相反，全都一一关上了。对面几幢大楼里那些开着灯的窗户中，隐隐约约浮现着一些黑色的人影，他们拼命想搞清楚，对面这幢新建的戏文楼上的玻璃窗怎么就莫名其妙地碎了。

巷子里的人们都朝戏文楼这边跑过来，大楼里面，惊恐的人们又在各层楼梯间进行着无谓的奔跑。克万特家的女佣对着上上下下奔跑的人们喊着，说他们家被水淹了。不一会儿，克万特楼下的80号住户胡斯托夫家的女佣也跟着喊起来，说水又漏进了他们家的厨房和厕所。

最后，克万特家厨房的天花板突然轰地掉下一大块，砸在了桌上没来得及清洗的餐具上。随后，一场真正的暴雨下起来了：瓢泼大水从天而降，顺着已经坠下的隔板哗哗地流着。于是，一单元的楼梯里接连响起了叫喊声。在飞经四楼倒数第二个窗户时，玛格丽特朝里面看了一眼，只见一个男人正在慌慌张张地戴防毒面具。玛格丽特一榔头砸向了他家的玻璃，把他吓得赶快从房间里溜了出去。

突然，奇特的击打声停住了。玛格丽特下降到了三楼，朝靠边上一个挂着深色窗纱的窗户看了一眼。屋里只有一盏罩着灯罩的小灯亮着。一个四岁左右的男孩坐在带护栏的小床上，表情惊恐地听着外面传来的声音。房间里没有大人，显然他们跑到外面去了。

“砸玻璃啦，”男孩开始喊道，“妈妈！”

没人回应，他又喊了起来：

“妈妈，我怕。”

玛格丽特撩开窗帘，飞了进去。

“我害怕。”男孩又喊道，浑身开始哆嗦。

“别怕，别怕，小宝贝，”玛格丽特说着，尽量把自己在风中被吹得嘶哑的有着复仇意味的嗓音放得柔和一些，“这是几个淘气的孩子在砸玻璃呢。”

“用弹弓吗？”男孩问，他已经不再哆嗦了。

“对，用弹弓，”玛格丽特肯定地回答说，“你睡吧。”

“是西特尼克干的，”小孩说，“他有弹弓。”

“可不是嘛，就是他！”

男孩机灵地往四处看了看，问道：

“你在哪里啊，阿姨？”

“没有我这个人，”玛格丽特回答，“我是你梦见的。”

“我也这么想。”男孩说。

“睡吧，”玛格丽特命令说，“把一只手放在你的脸颊下面，你就能梦见我了。”

“好吧，我要梦见你，梦见你。”男孩立刻顺从地躺好，并把一只手搁在了腮帮子下。

“我给你讲个故事，”玛格丽特说着，把热乎乎的手搭在了小男孩剃得平整的头上，“从前有个阿姨，她没有孩子，也没有幸福。开始的时候她哭啊哭啊，后来她就变得凶狠了……”很快，玛格丽特住了声，把手抽回来，孩子睡着了。

玛格丽特轻轻地把榔头放到了窗台上，飞向了窗外。大楼周围此时一片混乱。柏油路面的人行道上到处是碎玻璃，人们来来回回地跑着，喊着。已经有民警的身影在里面闪动。一阵叮当声骤然响起，一辆带云梯的消防车由阿尔巴特街向小巷驶来……

玛格丽特对后来的事情就没有什么兴趣了。她找准一个能避开电线的方向，把飞刷使劲一握，刹那间，她便飞到了这幢倒霉大楼的上空。她身下的小巷被甩一边了，渐渐隐去。接着，玛格丽特的脚下出现了一大片屋顶，屋顶形成的各个边缘处纵横交错着一条条灯火明亮的小路。很快，这些景色又退向一边，闪光的链条又模糊了，连成了一片。

玛格丽特进行了一阵快速的飞行。连成一片毫无间断的屋顶都沉下去了，一片星星点点的灯火汇成了一个波光粼粼的湖泊。这湖泊时而突然地竖立起来，时而又升起在玛格丽特的头顶，一轮明月反倒落在了她的脚下。玛格丽特明白，是她的身子翻了个个儿，于是她调整成了正常的飞行姿势。待她回头望去，湖泊已经没了踪影，而身后的地平线上只留下了一抹红红的灯光。很快，这灯光也消失了。玛格丽特现在明白，陪伴她飞行的，只有自己左上方的月亮。玛格丽特的头发被吹得高高飘起，月光在她的呼啸飞行中沐浴着她的全身。看着身下两行稀疏的灯光汇成两条连绵模糊的光带，看着这光带又迅速地在身后消失，玛格丽特意识到自己正以惊人的速度飞行着，可令她惊奇的是，自己并没有因此而累得喘不上气来。

过了几秒钟，在下方一个远远的地方，又一个灯火之湖出现在漆黑的地面，而转眼，它又已到了女飞人的身下。灯湖旋转着，霎时又沉入地下不见了。过了几秒钟，又出现了同样的景象。

“城市！城市！”玛格丽特叫了起来。

后来，她曾有两三次看到，身下有一件仿佛马刀一般闪亮的东西横卧在敞开的黑盒子里，她明白，这是河流。

女飞人把头转向左上方，欣赏到了这样一幅景色：月亮在她的上方发疯似的朝莫斯科飞去，可相对她来说又像是停止不动的，这让她清楚地看到月亮里面那个非龙非马的神秘阴影，它的尖脸正朝着她刚刚离开的那个城市。

玛格丽特此时心想，其实她不必这么拼命地催赶飞刷的。否则的话，她会失去欣赏美景和享受飞行的绝好机会。直觉告诉她，她即将飞达的那个地方一定会等着她，她完全不必如此乏味地在高高的苍穹间进行如此疯狂的飞行。

玛格丽特把刷子的鬃毛往前一按，刷子的尾巴就竖直了，速度降了下来，高度也接近了地面。就像坐着一个空中雪橇，这种向下的滑行给她带来了极大的快感。地面在她眼前清晰起来，月夜那特有的神秘和美妙在原先的一片模糊中显现出来。大地迎面扑来，玛格丽特已经闻到了绿色丛林的气息。她飞过薄雾笼罩下露珠闪烁的草地，飞过水塘。她的身下，青蛙在齐声歌唱，不知从哪儿传来的一阵火车轰隆声撞击着她的胸膛。玛格丽特很快看到了火车。它在慢慢地爬着，像条虫子似的往天空喷着火星。玛格丽特超过了火车，飞到了又一个映着月亮、表面如镜的湖上。她又下降了一些高度，继续向前飞着，双脚几乎碰到了松树高高的树梢。

一阵划破夜空的凄厉呼啸自后而来，越来越清晰地传到了玛格丽特的耳朵里。呼啸声中，一个颇似炮弹的飞行物随声而至，还伴着几里路远都能听清的女人的狂笑。玛格丽特一回头，发现一团黑乎乎的物体在追赶着自己。等到离得近一些，玛格丽特才看清，有个人正骑着一个什么怪物在飞行。最后终于看清楚了，这是娜塔莎。赶上玛格丽特以后，她也放慢了速度。

娜塔莎赤裸着身体，披散的头发在空中飘舞着。她骑的是一头肥大的骟猪，猪的前蹄搂着公文包，后蹄在空中拼命地蹬踏。猪鼻子上的夹鼻眼镜已经向下歪到了一边，靠一根绳子系着，飞行中还不时泛起亮光。猪头上的帽子不时地滑落到它的眼睛上。仔细一打量，玛格丽特才认出这骟猪就是尼古拉·伊凡诺维奇，于是，她的笑声也和着娜塔莎的笑声，响彻在森林的上空。

“娜塔莎！”玛格丽特尖声叫着，“你也抹油膏了？”

“亲爱的！”娜塔莎的回答声足以唤醒正在沉睡的松林，“我的法兰西王后，我给他的秃顶也抹了点儿，就是他！”

“公主！”骗猪一面驮着骑手飞着，一面哭丧着脸大叫。

“亲爱的！玛格丽特·尼古拉耶夫娜！”与玛格丽特并肩飞翔的娜塔莎叫喊着，“我承认我拿了软膏。我们也想好好生活和飞翔！原谅我，主人，我不会回去的，说什么也不回去了！唉，多好啊，玛格丽特·尼古拉耶夫娜！他向我求婚了，”娜塔莎指了指正尴尬喘气儿的骗猪的脖颈，“求婚！你叫我什么来着，啊？”她贴着猪耳朵大叫一声。

“女神，”骗猪答道，“我不能飞这么快！这样会遗失重要文件的。娜塔丽娅·普罗科菲耶夫娜，我抗议！”

“让你那些文件见鬼去吧！”娜塔莎粗野地哈哈笑着，叫着。

“您怎么啦，娜塔丽娅·普罗科菲耶夫娜！别人会听见的！”骗猪大声哀求。

娜塔莎和玛格丽特并肩飞着，狂笑着将玛格丽特飞出小楼大门以后所发生的事情告诉了她。

娜塔莎说，她并没有去整理赠送给她的那些东西，而是飞快地脱了衣服，冲到那个盒子跟前，把里面的油膏抹到了自己身上。她的身体也出现了与主人相同的变化。正当她站在镜前欣赏着自己的天仙美貌而乐得哈哈大笑时，门开了。尼古拉·伊凡诺维奇出现在了她的面前。他表情不安，手拿着玛格丽特·尼古拉耶夫娜的衬衫，还有自己的帽子和公文包。看到娜塔莎的样子，尼古拉·伊凡诺维奇顿时惊呆了。稍稍镇定之后，他红着虾一样的脸解释说，他认为有义务把捡到的衬衫亲自送来……

“你说什么，混蛋！”娜塔莎高声狂笑，“你说什么，你是怎么诱惑我的！说要给我大笔的钱。还说，克拉夫吉娅·彼得罗夫娜什么也不会知道。什么，你说我撒谎？”娜塔莎朝骟猪大声地喊着，骟猪尴尬得把脸扭到了一边。

在卧室里进行了一番胡打瞎闹以后，娜塔莎把软膏也抹到了尼古拉·伊凡诺维奇的秃顶上，结果连她自己也惊呆了。这位可敬的邻居的脸缩成了一张猪脸，手和脚成了猪蹄子。从镜子里看到自己的模样，尼古拉·伊凡诺维奇顿时绝望得嚎叫起来，不过为时已晚。几秒钟后，他已经成了娜塔莎的坐骑，痛哭着离开莫斯科，飞向鬼才知道的地方。

“我要求你还我本来面目！”突然，骟猪用嘶哑的声音哼哼起来，像是不满，也像是央求。“我不想去参加什么非法集会！玛格丽特·尼古拉耶夫娜，您应该管教好您的女佣！”

“嘿，我在你眼里现在又成了女佣啦？我是女佣吗？”娜塔莎揪着骟猪的耳朵连声责问道，“我原来不是女神吗？你是怎么叫我的？”

“维纳斯！”骟猪哭腔哭调地回答说，一面在石间的小溪上飞行，蹄子碰到了榛树上，发出沙沙声响。

“维纳斯！维纳斯！”娜塔莎得意地说，一手叉腰一手指着月亮，“玛格丽特！王后！替我求个情，就让我做个魔女吧。您什么都能办到。您有这个权力！”

玛格丽特回答：

“好，我答应你。”

“谢谢！”娜塔莎喊道，突然，她又发出了一阵尖厉而忧伤的叫喊：

“哎！哎！快点！快点！加把劲儿！”她的腿对着在疯狂飞奔中瘦下来的骟猪两肋一夹，骟猪猛地往前一蹿，空气中发出呼呼的风声。很快，娜塔莎变成了前方的一个黑点，随后就彻底消失了，飞行的风声也听不见了。

玛格丽特仍然像原来那样慢慢地飞着。她飞过了荒野和陌生的地方，飞过了巨松间散落着卵石的丘陵。玛格丽特一边飞着一边想，自己现在一定是远离莫斯科了。飞刷现在已不在松林的树梢上飞行了，只是它的一侧还是映着月光的松树树干。女飞人灵巧的影子向着前方的地面伸展开来——现在，月亮只是照着玛格丽特的后背。

玛格丽特感到附近有水，所以猜想目的地已临近。松树没有了，玛格丽特飞落到了一个白垩岩的悬崖上。悬崖下的阴影中，有一条大河。雾气在笔直峭壁下灌木丛中弥漫。对岸是一片低矮的平地。上面有几棵孤零零的、枝叶稀疏的大树，树下正燃着篝火，一些舞动的身姿影影绰绰。玛格丽特似乎听到，有一阵令人心动和愉悦的音乐声传来。远远望去，银色的旷地上并没有人类或动物居住的迹象。

玛格丽特飞身跳下悬崖，很快到了河边。一阵急速的飞行之后，河水吸引了她。她扔掉飞刷，跑过去一头扎到河里。她轻盈的身体像箭一样直插水中，河水溅起的大浪几乎触摸到了月亮。河水是暖和的，就像浴室里的水一样。玛格丽特把头抬出水面，独自一人在这深夜的河里尽情地游着。

玛格丽特的旁边没有人，不过从稍远一点的灌木丛后面，传来了一阵击水声和喷鼻声，那边像是有人在游泳。

玛格丽特上了岸。身体在游泳之后有些微微发热。她丝毫也没有感觉疲倦，不禁兴奋得在湿润的草地上跳起舞来。突然，她停止了舞动，警觉起来。喷鼻声越来越近，一个胖子裸身从爆竹柳后面钻出来，他的后脑勺上扣着一顶黑色圆筒礼帽，双脚满是污泥，像是套着一双黑皮鞋。他不住地喘气和打嗝，像是酒喝多了。同时，另一件事也可以印证，那就是河水突然散发出一股白兰地的气味。

看到玛格丽特，胖子仔细地打量了好一会儿，随后兴高采烈地大叫起来：

“这是怎么回事？我看到的是她吗？克洛吉娜，这是你吗，乐天的寡妇？是你在这儿吗？”说完他就蹭上前来要问好。

玛格丽特往后退了一步，自尊地回答道：

“见你的鬼去。谁是你的克洛吉娜？你看看，你这是在跟谁说话。”想了想，她又甩出了一长串平日说不出口的脏话。这对轻浮的胖子起了清醒作用。

“哎呀！”他轻轻叫一声，浑身哆嗦了一下，“请您宽宏大量，圣明的玛戈王后！我看错人了。都是白兰地惹的祸，这该死的酒！”胖子单膝跪地，把圆顶礼帽放到旁边，行了个大礼，接着便一句俄语一句法语地聊了起来，说到他的巴黎朋友格萨尔那场血腥的婚礼，说到了白兰地，还说他为刚才那个错误而感到难过。

“你最好穿上裤子，狗娘养的。”玛格丽特说道。她已经消了气。

看到玛格丽特不再生气，胖子咧着嘴笑了起来。他还高兴地报告说，他现在没穿裤子，是因为刚才他在叶尼塞河游泳时不小心把裤子落在那里了，他这就飞过去穿上，好在离得不远，而且他希望得到王后的好感和庇护。说着便往后退去，直到他脚下一滑，仰面跌进河里。尽管跌倒了，他那张留着一小圈络腮胡子的脸上仍保持了欣喜和忠诚的微笑。

玛格丽特发出一声尖厉的呼哨，骑在应声而来的飞刷上，越过河面，到了对岸。这里没有白垩岩悬崖的影子，月光洒遍河岸。

玛格丽特刚一踏上湿润的草地，柳树下的音乐立刻变得更加激越，篝火也更加欢快奔放。月光照在柳树垂下的串串轻柔的枝条上，树下坐着两排宽嘴的青蛙，它们鼓着橡皮一样的肚子，在演奏着一支雄壮的进行曲。柳枝上挂着一块块磷光闪闪的朽木，它们和着乐谱的节奏在摆动着，篝火那飘忽不定的火光在一张张青蛙的脸上跳动着。

进行曲是为迎接玛格丽特而演奏的。为她举行的欢迎仪式无比隆重。银色的美人鱼在河面上停止了自己的环舞，一起挥动着水草向玛格丽特致敬，在空旷而绿茵茵的河岸上，远远都能听见她们隐约的欢呼声。裸体妖女们从柳树后纷纷跳出，排成一行，向玛格丽特行王宫的屈膝礼。一个长着羊腿的人飞过来吻着玛格丽特的手，并把一块丝巾铺在草地上，问王后刚才的沐浴是否舒心，还虔敬地恭请王后躺在上面休息休息。

玛格丽特照着他说的做了。羊腿人又为她献上一杯香槟酒，她一饮而尽，一股暖流顿时涌入心房。她问娜塔莎在哪里，得到的回答是娜塔莎已经沐浴完毕，现在坐骟猪飞回莫斯科了，这样才能先行禀报玛格丽特的驾临而开始为她准备好服装。

玛格丽特在柳树下进行短暂休息之前，有一个细节需要说明。当时，空中响起一阵呼哨，一个黑影显然是不小心重重地掉进了河水。不一会儿，那个留着一圈络腮胡子的胖子，也就是刚才在对岸一丝不挂的那个冒失鬼，现在已经站到了玛格丽特的面前。看来他是到叶尼塞河去了一趟，现在身上已经穿着燕尾服，只是从上到下都湿透了。白兰地又一次发挥了作用，让他在降落时还是掉进了河里。即使如此尴尬的时刻，他的脸上也仍然挂着笑容。得到情绪高昂的玛格丽特的允许后，他甚至上前吻了吻她的手。

接下来，大家要准备出发了。美人鱼结束了在月光中的翩翩起舞，很快消失了。长着羊腿的人恭恭敬敬地问玛格丽特，她是乘什么来的。当他得知她骑的是飞刷时，说道：

"噢，这又何必，这不方便。"说话间，他用两截树枝竟然做成了一个可疑的电话，让人立刻派一辆汽车来。果然，仅仅用了一分钟，他的命令就得到执行了。一辆浅黄色的敞篷轿车轰地落在了小岛上。不过司机座上坐的不是一般的司机，而是一只头戴漆皮帽、手上是一双喇叭口手套的黑色长喙白嘴鸦。小岛又空荡荡的了。魔女们飞走的身影渐渐消融在了皎洁的月光中。篝火燃尽，木炭蒙上了一层白色的灰烬。

络腮胡子和长着羊腿的人把玛格丽特扶上了轿车，她在宽敞的后座上坐了下来。轿车大吼一声，腾空而起，几乎冲上了月亮。小岛消失了，河流消失了，玛格丽特又向莫斯科飞了回去。

第二十二章

烛光下

轿车在远离地面的高空飞行着，均匀的轰隆声使玛格丽特昏昏欲睡，月光温暖着她的身体，让她感到舒适愉悦。她闭着眼睛，任风吹打着自己的脸，心中有些伤感地回想起刚才离开的那个陌生的河岸。凭直感，她知道自己再也见不到那条河了。经历了今晚的种种魔法和奇迹之后，她已经猜到这是叫她去哪儿做客，不过这并没使她害怕。她希望能在那里找回自己的幸福，这念头让她无所畏惧。但是，在车上幻想幸福的时候并不长。不知是白嘴鸦技术高明，还是轿车的性能优越，反正过了不一会儿，当玛格丽特睁开眼睛时，身下已不再是黑压压的森林，而是莫斯科灯火汇成的一泓闪亮的湖水了。黑毛鸟司机在飞行中卸下了车的右前轮，然后把车降落在了绝无人烟的多罗戈米洛夫区墓地。

玛格丽特什么也没问，带着自己的飞刷在一块墓碑旁下了车。白嘴鸦启动了马达，让车子独自朝墓地后面的谷地开去。轿车轰隆一声坠下谷底，在那里报废了。白嘴鸦恭敬地行了个举手礼，坐着车轮子飞走了。

此时，一袭黑色披风从一块墓碑后闪了出来。一只獠牙在月光中闪了闪。玛格丽特立刻认出，这是阿扎泽洛。阿扎泽洛举手示意玛格丽特坐上飞刷，而自己则纵身跨上了一柄长剑。他们一起飞着，几秒钟后便悄悄降落在了花园街附302号大楼的附近。

两个腋下分别夹着飞刷和长剑的旅伴穿过了门洞。这时，玛格丽特发现有个戴便帽、穿高靿靴的人懒洋洋地待在门洞里，看样子像是在等人。尽管玛格丽特和阿扎泽洛的脚步很轻，但他还是听见了，并不安地伸了伸脖子，不明白这脚步声是从哪里传来的。

在六单元附近，他们又遇到了一个人，此人和他们刚才遇到的那位长得惊人的相似。他也把脖子伸了伸。有脚步声……他不安地转身看看，皱起了眉头。门打开，又关上。他追在这些看不见的身影后面，朝门里看了一眼，当然，他什么也看不见。

第三个人长得又和第二个人一模一样，当然，也就是说和第一个人一模一样。他在三楼楼道值班。他抽着很冲的香烟，当玛格丽特从他身边经过时，也不禁咳嗽起来。抽烟的人像是被针扎了一下，倏地从坐着的长椅上跳了起来，并开始不安地打量四周，还走近楼梯栏杆往下看了看。玛格丽特和她的领路人这时已经来到50号公寓的门口。阿扎泽洛并没摁门铃，而是悄无声息地用钥匙开了门。

首先让玛格丽特震惊的，是她置身其中的这片黑暗。这里黑得像是在地底深处，让玛格丽特不由得伸手拉住了阿扎泽洛的披风，生怕不小心跌倒。这时，有个亮点在头顶上方稍远处闪闪烁烁，渐渐靠近。阿扎泽洛边走边抽出了玛格丽特腋下的飞刷，很快，飞刷便无声地消失在了黑暗之中。现在，他们开始攀登一级级宽阔的台阶。在玛格丽特看来，这台阶似乎没有尽头。她很惊异，在莫斯科普通住宅的前厅里，怎么能安置得下这种非同寻常、无穷无尽、看不见摸得着的楼梯。楼梯终于还是到了尽头，玛格丽特感觉自己现在是站在楼梯之间的小平台上。那个亮点渐渐近了，映出了一张男人的脸。这人瘦高，黢黑，那盏小灯就是他举在手里的。凡是这几天和他不幸相遇的人，只要借助一丝豆大的光线，就能马上认出他来。他就是卡洛维约夫，也就是法戈特。

的确，卡洛维约夫的模样全变了。闪烁不定的灯光照到的，不再是以前那副早该扔进臭水沟的夹鼻眼镜，而是一副单片眼镜，当然，它依然还是破的。两撇小胡子在蛮横的脸上微微翘着，抹得油光锃亮。他的黢黑也是有原因的——他穿了一身黑色燕尾服，只是领口露出了一点白色。

魔法师，唱诗班指挥，巫师，翻译，或者鬼才知道他到底是谁——简单说就是这个卡洛维约夫吧，他深鞠一躬，挥了挥举着灯的手做了个邀请的手势，让玛格丽特随他进去。阿扎泽洛不见了。

“真是个奇怪的夜晚，”玛格丽特想，“我什么都想到了，就没料到会是这样！他们这里是停电了吗？最让人惊奇的是这个公寓的面积。怎么可能把这么多东西塞进一所莫斯科的公寓里？根本就不可能。”

不管卡洛维约夫手里的灯光多么暗淡，玛格丽特还是明白，她正置身于一个宽敞无比的大厅里，大厅甚至还带着廊柱，乌黑，一眼看不到尽头。在一张小沙发边，卡洛维约夫站住了。他把灯放到了一旁的托架上，摆手请玛格丽特坐下，接着自己也在她旁边摆了一个油画上的姿势——把胳膊支靠在托架上。

“请允许我自我介绍一下，”卡洛维约夫尖声尖气地说，“卡洛维约夫。您奇怪这里没有灯吧？为了节约，您当然会这么想？不是——不是——不是。今天稍晚一些时候会来几个刽子手，他们还能荣幸地吻您的膝盖，您就是让他们随便哪一位在这个托架上把我的脑袋剁下来，我也还会这么说的！简单说，就是先生不喜欢灯光，不到万不得已的时候我们是不开灯的。那时候，请相信灯光不会不足。您甚至可能会觉得，灯光弱一些更好。”

卡洛维约夫很讨玛格丽特的喜欢，他这一阵闲聊的确对她起了镇静的作用。

“不，”玛格丽特回答，“最让我惊奇的是，哪儿会有这么大面积的房子。”她挥挥手，强调了这大厅的宽敞。

卡洛维约夫温和地笑一笑，鼻子两侧出现了两道颤动的阴影。

“这是最简单不过的事情！”他答道，“凡是熟知五维空间的人，都可以任意将住房扩大到理想的程度。我还要告诉您，尊敬的女士，可以把它扩大到鬼才知道的程度！不过，”卡洛维约夫继续絮叨着，“我就知道有那么一些人，他们并不懂得什么五维空间，或者是其他的什么概念，但是，他们在扩大自己住房面积方面却创造了一个又一个奇迹。比如，有人告诉我说，有位公民在土地街分到了一套三居室住房，他根本不懂得五维空间或者诸如此类的东西，但是他砌了一道墙将其中的一间房一分为二，这样，三居室一下就成了四居室。

“他又用这套房子换了两套分别在莫斯科两个区的住房——一套三居室，一套两居室。您看，现在就成了五居室。他又把三居室换成了两套两居室，您看，这就是六居室了。不错，它们就零散地分布在莫斯科的各个地区。他已经准备好使出最后的，也是最精彩的一招，那就是在报上登个启事，条件是用分散在莫斯科不同地区的六间房换土地街上的一套五居室住房。不料，由于种种并不取决于他的原因，他的换房活动终止了。也许，他现在好歹还有一间房，但我敢向您保证，他绝对不在莫斯科了。您看看，多会钻营，而您还在这里谈论什么五维空间！”

虽然玛格丽特自己根本没谈论过什么五维空间，而谈论这个话题的恰恰是卡洛维约夫自己，但是，听了这个挖空心思换房的故事，她还是乐得哈哈大笑。卡洛维约夫接着说："不过，言归正传，言归正传，玛格丽特·尼古拉耶夫娜。您是个非常聪明的女人，当然，您已经猜到了我们的主人是谁。"玛格丽特的心咚咚一跳，点了点头。

"那就好，那就好，"卡洛维约夫说，"我们最讨厌吞吞吐吐，躲躲藏藏。每年先生要举办一次舞会。他叫它逾越节舞会，或者是百王舞会。真是人山人海啊！"卡洛维约夫说着突然捂住了腮帮，像是患了牙疼。"不过，我希望您能亲眼所见。是这样，先生是独身，和您一样，当然，这您也明白。还需要一位女主人，"卡洛维约夫两手一摊，"您也知道，没有女主人……"

玛格丽特专心地听卡洛维约夫说着，尽量一字不漏，与此同时她的内心里阵阵发冷，对幸福的期望把她搞得头晕目眩。

"我们有个传统，"卡洛维约夫接着说，"舞会女主人的名字一定得是玛格丽特，这是一；第二，她一定得是个当地人。我们呢，您也看到了，是在旅行，眼下正在莫斯科。我们在莫斯科发现了一百二十一个玛格丽特，您相信吗，"说着，卡洛维约夫绝望地拍了拍自己的大腿，"竟没有一个合适的。最后，这份幸运……"

卡洛维约夫粲然一笑，深深鞠了一躬，玛格丽特心里又感到了一阵寒意。

"简单点说！"卡洛维约夫大声道，"直截了当吧，您不会拒绝承担这个义务吧？"

"不拒绝。"玛格丽特坚定地回答说。

"好吧！"卡洛维约夫说完举起了灯，补充了一句，"请跟我来！”

他们在廊柱间走了好一阵子，最后终于走进了另一个大厅。不知为什么，这里弥漫着一股浓郁的柠檬味，还能听到一阵阵沙沙的声响。有什么东西碰到了玛格丽特的脑袋。她顿时浑身一颤。

“别怕，”卡洛维约夫亲切地安慰她说，并挽起了她的手臂，“这都是别格莫特为晚会布置的玩意儿，没什么可怕。我斗胆地告诉您，玛格丽特·尼古拉耶夫娜，永远也别怕什么。害怕那是愚蠢之举。舞会会十分豪华，不瞒您说。我们会看到许多当年权倾一时的王公贵族。不过说实在的，一想到他们的能力比起我有幸侍奉的主人来说是那么的渺小和微不足道，我就感到好笑。我甚至想说，可悲的是……您自己也有王室血统。”

“我怎么会有王室血统呢？”玛格丽特惊讶地小声问道，和卡洛维约夫离得更近了。

“哎呀，王后，”卡洛维约夫尖刻地说，“血统问题，这可是世界上最复杂的问题！要是详细问问那些曾祖辈的老奶奶，特别是那些德高望重的老人，您准会发现许多惊人的秘密，尊敬的玛格丽特·尼古拉耶夫娜。如果让我来说说这副洗得十分巧妙的纸牌，我肯定能说得一点都不错。有的东西，比如说等级观念，或者是国家的隔阂，这些都起不了作用。我可以向您透露，有个生活在十六世纪的法国王后，她非常漂亮迷人。如果有人告诉她，她的曾曾曾曾曾孙女在许多年后的莫斯科将被我挽着胳膊带进舞会大厅，那她一定会非常惊讶的。瞧，我们这就到了！”

卡洛维约夫吹灭了手里的灯盏，灯盏从他手中消失了。玛格丽特看到地板上有一道光束，这是从前面那道乌黑的房门里透出来的。卡洛维约夫轻轻地敲了敲这道门。玛格丽特此刻激动万分，上下牙打起了架，后背也感到一阵阵发凉。

门开了。是个不大的房间。玛格丽特看到了一张宽大的橡木床，上面摆放着一些皱巴巴、脏兮兮的床单和枕头。床前是一张雕花腿橡木桌，桌上放着一个枝形烛台。七个鹰爪形的金色烛孔里，燃烧着七支粗大的蜡烛。此外，桌上还有一个很大的国际象棋棋盘，上面摆着做工非常独特的棋子。在床前的一小块破旧地毯上，放着一张低矮的长凳。另一张桌上放着一只金杯，以及一个枝干形状的蛇形烛台。房间里充斥着一股硫磺和焦油的气味。两个烛台枝杈交错的阴影倒映在地板上。

从在场者中，玛格丽特立刻认出了阿扎泽洛。现在他穿着燕尾服，立在床脚一侧。与玛格丽特在亚历山大公园所遇见的那个强盗相比，一身礼服打扮的阿扎泽洛简直判若两人。他向玛格丽特鞠了一躬，姿势非常优雅。

一个裸体妖女，就是那个令小卖部管理员大为尴尬，以及在那场著名的演出后幸亏被公鸡惊走的赫勒，正坐在床前的地毯上，搅拌着锅里的什么东西。锅里正冒着有硫磺气味的蒸气。

除此，房间里还有一位，那是一只硕大无比的黑猫。它正蹲在棋桌前的高凳上，右爪握着象棋中的“马”。

赫勒欠了欠身，向玛格丽特行礼致意。黑猫也跳下高凳。它的右后腿往前一并，也行了个礼。棋子从它的爪子里掉了下去，它很快便钻到床下，找“马”去了。

在蜡烛诡异的阴影中所看到的这一切，把玛格丽特惊呆了。她的目光被那张床吸引住了。床上坐着那位在牧首塘边竭力证明魔鬼不存在的可怜的伊凡。现在，那不存在的魔鬼也坐在床上。

他的眼睛死死盯着玛格丽特的脸。右眼，眼底闪着金光，足以看穿任何人的灵魂；左眼呢，空洞，乌黑，像细小的针鼻，也像一切黑暗和幽灵出没的洞口。沃兰德的脸歪到了一边，右嘴角微微下斜，在宽阔光秃的额头和浓浓的剑眉上，刻着几道深深的皱纹。脸上的皮肤似乎是经过了太阳的暴晒。沃兰德四仰八叉地斜靠在床上，身上只穿了一件长长的睡衣，睡衣很脏，左肩上还打了个补丁。一条光溜溜的腿蜷曲在身下，另一条腿伸到了低矮的长凳上。赫勒正把一种冒着气的药膏涂抹在这条黑腿的膝盖上。

玛格丽特还看到，沃兰德敞开的无毛胸前还挂了一条金项链，上面有一只用黑宝石精雕而成的甲虫，虫背壳上还刻着什么字。沃兰德身边放着一个底座笨重的地球仪，这个地球仪很古怪，它像是有生命似的，一半边洒满了阳光。

片刻的沉静。“他在琢磨我。”玛格丽特心想，并尽量克制着双腿的抖动。

沃兰德终于开了口。他微微一笑，那只金光闪闪的眼睛似乎一下子被点燃了：

“欢迎您，王后，请原谅我这一身家常便服。”

沃兰德的声音低沉，有些音节听起来嘶哑、拖沓。

沃兰德从床上拿起长剑，弯着腰朝床下挥了挥，说：

“出来吧！别下棋了。有客人来。”

“千万别……”卡洛维约夫在玛格丽特的耳边不安地说道，像是在给她提台词。

“千万别……”玛格丽特重复着。

“先生……”卡洛维约夫又朝她耳朵里嘀咕一句。

“千万别，先生。”玛格丽特控制着自己，轻声却又清楚地回答道。随后，她又笑着继续说：“我请求您不要中断棋局。我想，如果象棋杂志要想公开这一局棋谱，它应该为此而付上巨款。”

阿扎泽洛赞赏地轻轻咳了一声。沃兰德凝神地看了玛格丽特一会儿，像是在自言自语地说道：

“是啊，卡洛维约夫说得对！纸牌洗得多妙！血统！”

他举手招呼玛格丽特走上前去。玛格丽特走了过去，踩在地板上的光脚似乎都不听使唤了。沃兰德把自己那只重得如岩石、热得似火焰的手搭在了玛格丽特的肩上。他把她拉到自己身边，让她在身边的床上坐下。

“既然您是如此的迷人可爱，”他说，“那我们就不说其他，免了客套吧。”他又俯身朝床下喊道，“床下的闹剧还要演多久？出来，该死的小丑！”

“我找不到‘马’，”黑猫捏着嗓子从床下答道，“它溜了，倒是有只青蛙在这里。”

“你以为你是在集市上呢？”沃兰德装着生气的样子问道。“床底下根本没有青蛙！留着这些蹩脚的戏法到杂技剧院去表演吧。你要是还不出来，就算你输了，该死的逃兵。”

“凭什么，先生！”黑猫大叫着，不一会儿就从床底下爬了出来，爪子里攥着“马”。

“我来给您介绍……”沃兰德刚要开口，就自己打断了自己，“算了，我见不得这副样子的小丑。您瞧瞧，他在床底下把自己变成什么模样了！”

浑身上下满是灰尘的黑猫用两条后腿立着，向玛格丽特鞠躬致意。现在，它的脖子上戴着燕尾服的白领结，胸前的皮链上挂着一个珍珠色女士望远镜。另外，黑猫的胡子现在已染成了金色。

“这算什么！”沃兰德大喝一声，“你干吗把胡子染成了金色？要是不穿裤子，你还戴什么鬼领结？”

“猫不兴穿裤子，先生，”黑猫很自尊地回答说，“您不会命令我连靴子也一起穿上吧？穿靴子的猫只有童话里才有，先生。但您见过舞会上不戴领结的吗？我不想让人家笑话，也不想被人掐着脖子轰出舞会！人人都尽可能地打扮自己。戴望远镜也是这个意思，先生！”

“那胡子呢？……”

“我不明白，”黑猫冷冷地表示着意见，“为什么今天阿扎泽洛和卡洛维约夫刮过脸就可以扑白粉啊？白粉就比金粉好吗？我往胡子上扑了点金粉，就这么回事！如果我刮了胡子，那就是另一回事了！刮掉胡子的猫——这实在是不像话，我说过多少回了。总之，”黑猫委屈得声音都在发颤，“我知道，您这是故意挑我的毛病。看来，我面临着一个严肃的问题——要不要参加舞会？您对此怎么说，先生？”

黑猫气得肚子鼓鼓的，似乎下一秒钟就要气炸了。

“哎呀，这个骗子，骗子，”沃兰德摇着头说，“每次到了要输棋的时候，他就开始耍嘴皮子，就像最近在桥上看到的那个骗子。快坐下，停止你这些胡说八道。”

“我这就坐下，”黑猫说着坐了下来，“但我反对您刚才说的话，我的话绝对不是胡说八道，就像您当着这位女士说的那样。这是严格的三段论法，连塞克斯都·恩坡里柯、马尔提阿尼·卡佩拉这样的名家，兴许还有亚里士多德本人，都会给予足够评价的。”

“将军。”沃兰德说。

“来吧，来吧。”黑猫回应着，对着棋盘举起了望远镜。

“这样吧，”沃兰德转身对玛格丽特说，“夫人，我给您介绍一下我的随从。这只装疯卖傻的黑猫叫别格莫特。阿扎泽洛，卡洛维约夫，您已经认识了。还有我的侍女赫勒，机灵，懂事，没有她不会做的事。”

美人赫勒笑笑，绿莹莹的眼睛看着玛格丽特，两手不停地把膏药抹在沃兰德的膝盖上。

“就这样了。”沃兰德介绍完了。在赫勒特别使劲地按住他的膝盖时，他皱紧了眉头。“您全都看见了，人不多，但有男有女，都很忠诚。”他不再说话，而是用手转动起了面前的地球仪。地球仪的做工非常精巧，上面的蓝色海洋波浪滚滚，帽子形状的极地上就像覆盖着真正的冰雪。

这时，棋盘上的局势一片混乱。披着白袍的国王陷入困境，只能在方格中原地踏步，绝望地举起了双手。三个手举斧钺的白方步兵正慌慌张张地望着挥舞利剑指挥他们向前冲锋的军官。原来，在前方的黑白两个格子里，沃兰德的两个黑方骑兵正骑着烈马扬起蹄子严阵以待。

玛格丽特感到特别有趣和诧异，原来那些棋子都是活的。

黑猫把望远镜从眼睛边移开，轻轻地在本方国王的背上推了一下。国王绝望地用手捂住了脸。

“情况有点不妙啊，亲爱的别格莫特。”卡洛维约夫轻轻地说，声音里透着一种恶毒。

“情况是挺严重，但绝不是没有希望，”别格莫特答道，“重要的是，我对最后的胜利完全充满了信心。应该好好分析一下形势。”

他的分析方法十分古怪，就是冲着自己的国王不断地做鬼脸、眨眼睛。

“一点用都没有。”卡洛维约夫在一旁评论。

“哎呀！”别格莫特叫了起来，“鹦鹉全飞跑了，我早就跟你们说过！”

果然，远处传来一阵扑扑的翅膀扇动声。卡洛维约夫和阿扎泽洛冲了出去。

“啊，让你们那些舞会上的花样都见鬼去吧！”沃兰德嘟哝着，眼睛并没有离开地球仪。

卡洛维约夫和阿扎泽洛一离开，别格莫特挤眉弄眼得更厉害了。白方国王终于猜到了他的意图。突然，他脱下了自己的袍子，把它扔在了格子上，从棋盘上逃走了。军官把国王扔下的战袍披在自己身上，站到了国王的位置上。

卡洛维约夫和阿扎泽洛回来了。

“又是瞎话，跟以前一样。”阿扎泽洛斜了别格莫特一眼，抱怨道。

“我的确听到了。”黑猫回答说。

“怎么样，还要拖多久？”沃兰德问，“将军。”

“我是听错了吧，我的老师，”黑猫回答，“没有将军，也不可能将军啊。”

“我再说一遍，将军。”

“先生，”黑猫装作担心的样子说，“您太累了，哪儿来的将军啊！”

“国王在D2格上。”沃兰德说，并没有看棋盘。

“先生，太可怕了，”黑猫大声叫着，猫脸上一副吃惊的样子，“这个格里没有国王啊。”

“什么？”沃兰德有些不相信，他仔细地看了看棋盘。原来站着国王的格子里现在站着军官。他把头转到了一边，手还捂在脸上。

“啊，你这个卑鄙的家伙。”沃兰德若有所思地说。

“先生！我又要求助于逻辑推理。”黑猫把两只爪子捂在胸脯上说，“如果棋手宣布将军，而此时棋盘上已没有了国王，那么，将军应被视作无效。”

“你认不认输？”沃兰德的声音大得可怕。

“让我想想，”黑猫温顺地答道，将两肘撑在桌上，两爪捂着耳朵，开始思考起来。它想了好一阵，最后终于说：“我投降。”

“揍扁这个顽固的畜生。”阿扎泽洛嘟囔着。

“是的，我认输，”黑猫说，“可是我认输完全是因为旁观者的恶言恶语，我没法在这种气氛里下棋！”它站起身，棋子便一下子溜进了盒子。

“赫勒，到时候了。”沃兰德说完，赫勒就已经从房间里消失了，“这腿疼得厉害，可这舞会……”

“让我来吧。”玛格丽特低声请求道。

沃兰德凝神地看了她一眼，把膝盖挪到了她面前。

岩浆般滚烫的膏药灼烧着她的手，但玛格丽特连眉头都没皱一下。她把软膏往沃兰德的膝盖上抹着，尽量不让他感到疼痛。

“我的手下都说这是关节炎，”沃兰德一边说着，一边目不转睛地看着玛格丽特，“可是我很怀疑，这膝盖疼的毛病是一位迷人的魔女留给我的纪念。我和她相识于1571年，在布罗肯山的魔鬼舞会上。”

“哎呀，这倒是有可能！”玛格丽特说。

“这是小事！三百年以后就会好的。有人曾经给我介绍过很多种药，但我还是一直采用老奶奶的方法。我的奶奶，一个讨厌的老太婆，她传下来的草药可真灵验！顺便问问，您有没有什么病痛啊？也许您有什么事让您伤心和苦闷了吧？”

“不，先生，没有。”聪明的玛格丽特答道，“现在，在您这儿，我觉得非常好。”

“血统，这真是个了不起的东西。”不知道沃兰德在高兴什么，他接下来把话锋一转，又说，“我看您对我的地球仪很感兴趣。”

“哦，是的，我从来没见过这样的好东西。”

“是个好东西。坦率地说，我不喜欢电台里广播的新闻。都是些念不清地名的姑娘在广播。另外，她们中有三分之一的人口齿不清，好像是故意挑出来的。我的地球仪就方便多了，再说，我需要准确了解发生的事件。譬如，您看到这块地方了吗，它紧靠着大海？瞧，这里是一片火海。那里已经开始打仗了。如果您凑近一点，就会看到许多细节。”

玛格丽特朝地球仪俯下身去，真的看到一块地方在扩大，变色，正在变成一个地图模型。她还看到了一条带状的河流，河流的两旁是一些村庄。一座豌豆大小的房屋在长大，变成了火柴盒的样子。突然，它的屋顶上有一团黑烟无声地腾空而起，接着，墙体坍塌了，刹那间，一幢两层的小楼除了一片冒着黑烟的废墟外，什么都没有留下。玛格丽特把眼睛再往前凑了凑，看到了一个倒在地上的小个子女人，在她身边的血泊中，还躺着一个张开胳膊的婴儿。

“完了，”沃兰德笑着说，“他还没来得及作恶。阿巴冬办的事情没什么可说的。”

“要是我的话，就不会站在和这个阿巴冬敌对的一方，”玛格丽特说，“他在哪一方呢？”

“我越是和您交谈，”沃兰德殷勤地说，“就越是觉得您是非常聪明的人。您放心吧。他是绝对公正的，而且对交战双方都抱有同情心。因此，结果对双方来说总是一样的。阿巴冬！”沃兰德轻轻呼唤一声，一个瘦瘦的戴着墨镜的人影从墙上显现出来。这副墨镜使玛格丽特产生了巨大的恐惧，她发出一声轻轻的惊叫，把脸埋向了沃兰德的大腿。“哦，别怕！”沃兰德叫喊道，“现在的人真是神经太脆弱了。”他挥手在玛格丽特的背上拍了一巴掌，一阵金属的铛铛声在她的全身上下响起。“您都看到了，他戴着眼镜。不管在什么人面前，也不论将来还是现在，他都不会过早现身。再说，说到底是有我在这里。您是我的客人！我只是想让您见识见识。”

阿巴冬一动不动地站着。

“能让他把眼镜摘下来一会儿吗？”玛格丽特说着，哆哆嗦嗦地往沃兰德身边靠了靠。她显然有些好奇。

“这可不行，”沃兰德严肃地回答说，朝阿巴冬挥了挥手，阿巴冬不见了。“你想说什么，阿扎泽洛？”

“先生，”阿扎泽洛回答，“请允许我禀报。我们这儿又来了两个外人，一个是美人，哭着求着让我们把她留在女主人身边；另外，和她一起来的，还有……抱歉，还有她的一头骟猪。”

“美人的举止总是这么怪异。”沃兰德说。

“这是娜塔莎，娜塔莎！”玛格丽特激动得大声叫道。

“那就把她留在女主人身边。骟猪嘛，把它赶到厨师那儿去！”

“宰了？”玛格丽特恐惧地喊了一声，“请您饶恕他吧，先生，这是尼古拉·伊凡诺维奇，我楼下的邻居。这是一个误会，您看，是她也给他抹了油膏……”

“怎么会，”沃兰德说，“为什么要宰了它？谁来宰它？是让它去跟厨师坐坐，就这么简单！您看，我不能把它放到舞会大厅里去吧！”

“那当然……”阿扎泽洛附和着，随即又报告，“午夜快到了，先生。”

“哦，那好吧，”沃兰德转身对玛格丽特说，“那么，就请您……我提前向您表示感谢。别慌张，也不要怕，只能喝水，否则，您会感到全身无力，痛苦无比。我们走吧！”

玛格丽特从地毯上站起身来，卡洛维约夫重又出现在了门口。

第 二 十 三 章

撒旦的盛大舞会

午夜临近，应该抓紧时间了。周围的一切在玛格丽特的眼里都是模模糊糊的。她记住了那些烛光和一个散发出天然光泽的浴池。玛格丽特一到池中，赫勒和给赫勒帮忙的娜塔莎就把一种滚烫、黏稠的红色液体浇到了她身上。玛格丽特感到嘴里有股咸味，她明白了，这是在用鲜血给她洗澡。很快，这种血红的液体又被另一种黏稠而透明的玫瑰香油所代替，浓郁的玫瑰香熏得玛格丽特的脑袋昏昏沉沉的。随后，玛格丽特被赫勒和娜塔莎扔到了一张水晶卧榻上。她们用一种说不上名字的大绿叶把她的皮肤擦得亮晶晶的。这时，黑猫也进来帮忙了。它蹲在玛格丽特的脚边，使劲为她擦着双脚，就像个大街上擦皮鞋的。

玛格丽特已经不记得，是谁用白玫瑰花瓣为她缝了一双便鞋，也不记得这双鞋是怎么被穿到她的脚上，并被系上了金色的扣袢。一股力量将她拽了起来，并让她坐到了镜子的面前，接着，她的头发上出现了一顶闪闪发光的钻石王冠。卡洛维约夫不知打哪儿钻了出来，把一只沉甸甸的带椭圆坠的项链戴在了玛格丽特的胸前，椭圆坠上是一个黑毛狮子狗的雕像。这个装饰让女王实在是不堪重负。项链磨得她脖子生疼，雕像重得让她快直不起腰来了。尽管黑毛狮子狗项链给她带来种种不便，但玛格丽特毕竟得到了某种补偿。这就是卡洛维约夫和别格莫特从此就对她毕恭毕敬起来。

“没办法！没办法！没办法！”卡洛维约夫站在浴池门口一个劲儿地说，“没办法，应该，应该，应该……王后，请允许我给您最后一个忠告。今天的来宾形形色色，噢，真的是形形色色，但对谁，玛戈王后，您都不要过于青睐！如果有谁让您讨厌……我明白，您当然不会表现在脸上……不要，不要，连想都不能这么想！他会发现的，他立刻就会发现。应当爱他，爱他，王后！舞会的女主人将会为此而得到百倍的补偿！还有，不能怠慢任何人！如果您没有时间和他说话，哪怕给他一个微笑，哪怕对他点点头都行。怎么都行，就是不要不理睬。否则，他们会很快打蔫儿的……"

这时，玛格丽特在卡洛维约夫和别格莫特的陪伴下走出浴室，进入一片漆黑之中。

"我，我，"黑猫低声说，"我这就给信号！"

"来吧！"卡洛维约夫在黑暗中回答。

"舞会开始！"黑猫一声刺耳的尖叫，随后，玛格丽特也惊叫一声，把眼睛闭上了好几秒钟。在一片灯光、音乐和花香的交织中，舞会隆重地开始了。玛格丽特被卡洛维约夫挽着手臂走着，她发现自己已经置身于一片热带森林中。红胸脯绿尾巴的鹦鹉在藤蔓上攀附蹦跳着，还兴奋地高叫："我真高兴！"森林很快到了尽头，浴室里那种闷热立刻被舞会大厅的凉爽所代替。大厅里立着无数闪闪发光的黄宝石圆柱。这个大厅也像刚刚经过的森林一样空空荡荡，只是在圆柱边上一动不动地站着一些头缠银色头巾的裸体黑人。当玛格丽特和她的随从进入大厅时，他们的脸因为激动而变成了深褐色，阿扎泽洛也不知从哪儿钻了出来。现在，卡洛维约夫松开了玛格丽特的手臂，并在她耳边轻声低语：

"直接朝郁金香走过去！"

一道白色郁金香组成的矮墙出现在玛格丽特的面前。只见这道墙后有无数罩着罩子的小灯，灯光下显现出了雪白的胸脯和穿黑燕尾服的肩膀。玛格丽特此时才明白，舞会的音乐原来源于这里。突然，一阵嘹亮的小号声向她袭来，接着，激越的小提琴声就像血液似的奔涌而出，流过她的整个身体。一个一百五十人组成的大型乐队正在演奏波罗乃兹舞曲。

一个身穿燕尾服的人高高地站在乐队面前。他一看见玛格丽特，脸色就开始发白，微笑也绽开在了脸上。突然，他双手一挥，整个乐队都站起来了。乐队站着，却一刻也没有中止演奏，玛格丽特沐浴在了美妙的音乐声中。乐队前面的那个人转过身来，两手用力地张开，然后深深地鞠了一躬。玛格丽特微笑着朝他挥了挥手。

“不，还不够，不够，”卡洛维约夫轻声说，“他会一整夜睡不着觉的。请您对他喊一声：‘向您致敬，华尔兹之王！’”

玛格丽特果真这样喊了一声，让她吃惊的是自己竟声如洪钟，大得盖过了乐队。那人幸福得哆嗦了一下，将左手放在胸口以示感谢，右手则继续朝乐队挥舞着白色指挥棒。

“还不够，不够，”卡洛维约夫轻声说，“请往左面看，那些前排的小提琴手，请您向他们点头致意，好让他们觉得您认出了他们中的每一个人。他们全是世界知名人物。请向那位点个头，就是坐在第一排乐谱架后面的那位，——那是斐厄当。对，很好。现在，我们向前走吧。”

“这指挥是谁啊？”玛格丽特一面飞着，一面问。

“约翰·施特劳斯，”黑猫叫道，“如果什么时候开一场由这么一支乐队来演奏的舞会，就是把我吊死在热带雨林花园的藤蔓上，我也愿意。是我请来的！您发现没有，无一人因病告假，也无一人因事拒绝出席。”

接下来的这个大厅里没有圆柱，而是在两边各设了一面花墙，一面由大红、粉红和奶白色玫瑰组成，一面由日本的复瓣茶花组成。花墙间喷泉飞舞，流水淙淙。三个酒池里不断冒起香槟的气泡，其中一个酒池为紫色，另一个是红宝石色，第三个似水晶般晶莹剔透。几个缠红头巾的黑人在一旁奔忙着，用长柄的银勺把酒池里的酒舀进扁平的酒樽里。玫瑰墙下面是个通道。在通道内侧边的舞台上，一个身穿红色燕尾服的人正激情万分地指挥着。他面前的乐队正把一首爵士乐奏得震天响，让人简直无法忍受。一见玛格丽特走近，他便躬身行礼，手都快触到了地上。接着，他挺起身，尖声高喊道：

“哈利路亚！”

他拍了拍自己的膝盖，又伸出另一只手交替地拍打着另一个膝盖，随后从一旁的乐师手里拿过金钹，在圆柱上猛敲了一下。

玛格丽特在飞离的时候看到，为了和那边的波罗乃兹舞曲一争高下，这个强盗似的爵士乐指挥正拿着金钹挨个儿地击打那些强盗乐师的脑袋，而挨打的乐师们则蹲下身，滑稽地扮着受到惊吓的样子。

终于飞到了一个平台上。玛格丽特明白，这就是黑暗中卡洛维约夫举着灯迎接她的地方。现在，站在这里的她被一旁葡萄状水晶吊灯的光芒刺得睁不开眼。玛格丽特被安排站到了指定位置，在她的左下方，是一个低矮的紫水晶圆柱。

“如果感觉累，可以把手放到这上面。”卡洛维约夫轻轻说。

一个黑人把一只绣着金色狮子狗图案的垫子扔到了玛格丽特脚下。不知是谁推了一下，她膝盖一弯，右脚踩到了垫子上。

玛格丽特试着朝周围看了看。卡洛维约夫和阿扎泽洛两手下垂，直立两旁。阿扎泽洛的旁边有三个年轻人，他们的样子竟使玛格丽特隐约想起了阿巴冬。背后袭来一股冷气。玛格丽特回头一看，发现身后的大理石墙上喷出了一股咝咝作响的葡萄酒，接着又缓缓流向墙边一个冰水池里。她感觉左脚边有些热烘烘、毛乎乎的，原来是别格莫特。

玛格丽特高高在上，脚下是向下延伸、宽阔无比的台阶，台阶上铺着地毯。在远远的楼梯底下，仿佛是透过望远镜的另一端往下看，玛格丽特见到了远处的一个门厅。这个门厅气势恢宏，墙边是一个异常宽大的壁炉，壁炉的炉口阴森森、黑洞洞的，足以开进一辆五吨大卡车。金碧辉煌、令人目眩的门厅里和楼梯上空无一人。传到玛格丽特耳朵里的小号声已经很远了。他们就这样默默地站了大概一分钟。

“客人呢？”玛格丽特问卡洛维约夫。

“就来，王后，就来，这就到。来宾绝对不会少。说实话，我宁愿去劈柴，也不想站在这里迎来送往的。”

“劈柴有什么，”饶舌的黑猫马上接过了话茬，“我倒愿意去当个电车售票员，世界上再没有比这更糟糕的差事了。”

“什么都得事先预备好，王后。”卡洛维约夫解释说，他的一只眼睛透过碎裂的单片眼镜熠熠闪光，“最糟的事情就是，第一拨客人来了，但他们却跑来跑去不知道该干吗，一旁那个合法的老婆还不停地抱怨着，说他们来得太早。这样的舞会就应该被扔到臭水坑里，王后。”

“一定要扔进臭水坑。”黑猫在一旁帮腔。

“不到十秒，午夜就到了，”卡洛维约夫说，“马上就要开始了。”

这十秒钟对玛格丽特来说显得特别漫长。时间肯定是过了，但什么事也没有。正当此刻，那个大壁炉里轰地响了一声，里面伸出了一副绞刑架，上面晃晃悠悠地吊着一个已经开始腐烂的尸体。尸体叭的一声从绞索上掉下来，摔到地上，霎时化作一个身穿燕尾服、脚蹬漆皮鞋的黑发美男。紧接着，壁炉里又蹦出一个小一号的开始腐烂了的棺材，棺材盖裂着口子，一具女尸从里面走了出来。黑发男子殷勤地走上前去，向她伸出了手，女尸眨眼间变成一个风骚的裸体女人。她穿着一双小巧的黑皮鞋，头上还插了几根黑羽毛。于是，这对男女快步登上了楼梯。

“这是第一批来宾！”卡洛维约夫大声说，“雅克阁下和夫人。这样说吧，王后，这是一位极其有趣的男子，一个自以为是的伪币制造者，叛国贼，也是一个很不错的炼金术士，因此而声名远扬。”卡洛维约夫凑到玛格丽特耳朵边悄悄说，“他毒死了国王的情人。这可不是每个人都能做到的事情！您看，他多英俊！”

脸色苍白的玛格丽特正张着大嘴往下看，只见绞刑架和棺材消失在了大厅一侧的一扇门里。

“非常高兴！”黑猫对着正拾级而上的雅克阁下大叫道。

这时，下面的壁炉里又蹦出一个缺了条胳膊的无头骷髅。刚一落地，骷髅就变成了一个穿燕尾服的男子。

雅克夫人此时单膝跪在玛格丽特的面前。她的脸色因为激动而有些发白。她不断地亲吻着玛格丽特的膝盖。

“王后。”雅克夫人有些语无伦次了。

“王后很高兴。”卡洛维约夫大声说。

“王后……”美男子雅克轻声说。

“我们十分高兴。”黑猫大声答。

三个年轻人，即阿扎泽洛的同伴们面带毫无生气却礼貌的微笑，把雅克夫妇请到了一边，几个手捧香槟的黑人正站在那里迎候着。一个穿燕尾服的男子箭步如飞地从楼梯下跑上来。

“是罗伯特伯爵，”卡洛维约夫对玛格丽特轻声说，“还是那么风趣。请注意，王后，可笑的是，他的情况正好相反：他是王后的情人，他毒死了自己的妻子。”

“我们很高兴，伯爵！”别格莫特大声说道。

壁炉里又接连蹦出了三具棺材，棺材纷纷落地开裂。接着，一具黑衣尸体从壁炉那漆黑的嘴里跳了出来，紧随其后的一具尸体在他后背上刺了一刀。远处一声惨叫。接着，一具完全腐烂的尸体从壁炉里蹦出来。玛格丽特眯了一下眼睛，有只手立刻把一个装着白色粉末的小瓶递到她的鼻子底下。玛格丽特觉得这好像是娜塔莎的手。台阶上已经宾客盈门。远远看去，现在的每级台阶上都站着一模一样的男女，男的穿着燕尾服，女的赤身裸体。女人们的区别仅仅在于头上羽毛和脚上鞋子的颜色。

一位左脚穿着一只古怪木靴的太太一摇一晃地朝玛格丽特走来。她像修女似的垂着双眼，身材瘦小，神态谦卑，不知为什么脖子上竟系着一条宽大的绿带子。

“这个绿带子是谁？”玛格丽特的问话有些例行公事了。

“一位极其迷人、极其有名的女士，”卡洛维约夫轻声说，“这样向您作个介绍吧，这是托凡娜太太。她在那不勒斯和巴勒莫那些迷人的少妇中间很有名气，特别是那些讨厌自己丈夫的少妇，没有不知道她的。这种事不是常有吗，王后，丈夫让人讨厌……”

“是啊。”玛格丽特声音低沉地回答说，一面对两个身着燕尾服的男子微笑。他们正一个接一个地走上前来，向她行礼，并亲吻她的膝盖和手。

“可不是吗，”卡洛维约夫油腔滑调地对玛格丽特说，接着又不知对谁喊了一声：“公爵，来杯香槟！真高兴！……是啊，所以托凡娜夫人非常理解这些可怜少妇的处境，把一种装在小瓶里的水卖给她们。妻子把这种水倒进丈夫的汤里，丈夫喝了汤，还感谢妻子的体贴，心里觉得挺美。哪知，几个小时后，他就不断地要喝水，接着就病倒了。第三天，为丈夫做汤的那不勒斯美少妇就已经像春风一样自由了。”

“那她脚上穿的是什么？”玛格丽特问，同时把手伸给那些走在跛脚的托凡娜夫人前面的客人。“她为什么要在脖子上系条绿带子呢？是觉得脖子显得难看？”

“很高兴，公爵！”卡洛维约夫大声招呼着，同时又对玛格丽特耳语说：“脖子很漂亮，不过是在监狱里遇到了麻烦。她脚上穿的，王后，是西班牙木靴。系带子的原因，是狱卒们听说大概有五百名婚姻失败的丈夫因此而永远离开了那不勒斯和巴勒莫，于是，一怒之下便在狱中把她吊死了。”

“我太幸福了，黑王后，我竟然有这么巨大的荣幸。”托凡娜像个修女似的轻声说，并打算单腿跪下。西班牙木靴妨碍了她。卡洛维约夫和别格莫特把她扶了起来。

“我很高兴。”玛格丽特回答她，又把手伸给了其他的宾客。

此时，楼梯上人流如潮。玛格丽特已经无法看清大厅里发生的情况了。她机械地把手抬起，又放下，单调地对着宾客们咧着嘴，笑一笑。平台上一片嘈杂，乐声如海浪般从玛格丽特刚刚离开的那几个舞会大厅涌过来。

“快看，这是个乏味的女人。”卡洛维约夫已不再低声耳语，而是大声嚷嚷了，他知道在这片嘈杂声中别人已听不清他说的话了，“酷爱舞会，但又老想抱怨那块手帕。”

在拾级而上的客人中，玛格丽特一眼就发现了卡洛维约夫所说的那个女人。这是个二十岁左右的少妇，身材出众，但惶恐不安的眼神不太讨人喜欢。

“什么手帕？”玛格丽特问。

“有个服侍她的侍女，”卡洛维约夫解释说，“三十年来，天天夜里都把这块手帕放到她的床头柜上。只要她一睁眼，这块手帕就在她眼前。她曾经把它放到炉子里烧了，还扔进了河里，最后还是不管用。”

“什么手帕？”玛格丽特轻声问着，抬起手来又放下。

“一条带蓝花边的手帕。事情是这样的，她曾经在咖啡店里当过招待，有一次老板把她叫进了仓库。九个月后，她生下了一个男孩。她把孩子抱进树林，把手帕塞进了他的嘴。后来，她把孩子埋了。在法庭上，她说她没法养活这个孩子。”

“那咖啡店老板呢？”玛格丽特问。

“王后，”突然，脚下的黑猫尖声插了进来，“请问您，老板跟这有什么关系？又不是他在林子里把孩子捂死的！”

玛格丽特不停地微笑，向来宾们伸着右手，同时用左手尖利的指甲掐住别格莫特的耳朵，轻轻对它说：

“畜牲，要是你再敢插嘴……”

别格莫特声嘶力竭地大叫起来，全然不顾这是在舞会上：

“王后……耳朵会肿的……为什么要肿着耳朵去破坏舞会的气氛呢？……我是说法律……从法律角度上看……我闭嘴，我闭嘴……别把我当猫，把我当鱼好了，请您把我耳朵放开吧。”

玛格丽特放开了它的耳朵，那双忧郁的、不讨人喜欢的眼睛已经来到了她的面前。

“王后陛下，能受邀参加逾越节的盛大舞会，我真是太幸福了。”

“我也很高兴见到您，”玛格丽特回答，“很高兴，您喜欢喝香槟吗？”

“您这是要干什么，王后？！”卡洛维约夫绝望而又轻声地对着玛格丽特的耳朵说，“会发生拥堵的！”

“我喜欢香槟，”女人用乞求的口吻回答说。突然，她开始机械地重复起来：“弗莉达，弗莉达，弗莉达！我叫弗莉达，王后！”

“那您今天就一醉方休吧，弗莉达，什么也别想。”玛格丽特说。

弗莉达向玛格丽特伸出了双手，但卡洛维约夫和别格莫特很敏捷地挽住了她的胳膊，她很快便消失在了宾客中间。

现在，由下而上的人们形成了一堵墙，他们仿佛正在攻打玛格丽特占领的这个平台。裸体的女人们跟随在穿燕尾服的男子中间步步上升。这群黝黑的、白皙的、咖啡色的或者是漆黑的身体，像波浪似的朝玛格丽特涌来。在耀眼的灯光照射下，价值昂贵的宝石在红色、黑色、栗色和亚麻色的头发间闪烁、舞蹈。又仿佛是有人向正在冲锋的男子洒下了一片光的水滴——他们胸前的钻石领扣闪出了点点耀眼的光亮。现在，玛格丽特每秒钟都在感受着膝盖被嘴唇碰触，每秒钟都要伸出手去让客人们亲吻，她脸上的微笑似乎已经凝固了。

“我很高兴，”卡洛维约夫乏味地这么唱着，“我们很高兴……王后很高兴……”

“王后很高兴。”阿扎泽洛在身后闷声闷气地说。

“我很高兴。”黑猫跟着喊道。

“这个侯爵小姐……”卡洛维约夫小声介绍说，“她为了遗产毒死了父亲、两个兄弟和两个姐妹！……王后很高兴！……明金娜夫人……您看，多漂亮啊！就是有点神经质。干吗要用烫发钳去烫佣人的脸呢！所以人家当然要宰了她！……王后很高兴！……王后，请注意一下！鲁道夫皇帝，魔法师和炼金术士……又一个炼金术士——最后上了绞刑架……啊哈，她来了！她在斯特拉斯堡开的那家妓院多棒啊！……我们很高兴……莫斯科的女裁缝，我们大家都喜欢她，她能不断设计出新款式……她有个服装店，她竟想出了一个可怕又可笑的主意：在墙上凿了两个小洞……”

“太太们都不知道吗？”玛格丽特问。

“都知道，王后，”卡洛维约夫回答，“我很高兴！……这个二十岁的小伙儿从小就想象力非凡，是个幻想家，一个怪人。有个姑娘爱上了他，他竟然把她卖到了妓院。”

人的河流汹涌而上。一眼望不到这河流的尽头，而它的源头，就是那个巨大的壁炉，还在继续喷涌不息。就这样，一个小时过去，下一个小时开始了。玛格丽特开始觉得，脖子上的项链越来越重，胳膊也发生了奇特的变化。每一次抬手，玛格丽特就会皱一下眉头。卡洛维约夫那些有趣的点评已经不再吸引她了。不管是眼角上挑的蒙古面孔，还是白面孔黑面孔，在她看来都没分别了，有时这些面孔甚至成了模模糊糊的一片。而面孔之间，流动和穿梭着颤抖的空气。一种针刺般的剧痛突然向玛格丽特的右臂袭来，她咬了咬牙，把臂肘放在了紫水晶柱上。身后的大厅传来像是翅膀拍打墙壁的沙沙声，玛格丽特知道，这是那些闻所未闻的宾客在翩翩起舞。玛格丽特觉得，就连这奇特的大厅地面那些厚重而又似水晶般剔透的大理石镶花地板都在随音乐颤动。

无论是古罗马皇帝盖约·恺撒·卡里古拉，还是淫乱放荡的梅萨利娜，都已经无法引起玛格丽特的兴趣了。同样，那些国王、侯爵、情人、自戕者、下毒犯、受绞刑者、皮条客、狱卒、赌棍、刽子手、告密者、叛徒、疯子、暗探、奸污幼女犯，也都无法引起她的兴趣了。他们的名字在她的脑子里乱成一团，他们的脸粘在一起成了一张巨大的饼。只有一张痛苦的脸留在了她的记忆中，这就是马列塔·斯库拉托夫那张留着红胡子的脸。玛格丽特两腿发软，每分钟都在担心自己会哭起来。最令她感到痛苦的是不断被人亲吻的右膝。它肿得很厉害，皮肤青紫，而娜塔莎已经多次拿着海绵来到旁边，为她抹一种散发出奇香的药物。快三个小时过去了，玛格丽特绝望地往下瞧了瞧，不禁高兴得浑身一颤：宾客的潮流已经渐渐变得稀少了。

“宾客云集的舞会都这样，王后，”卡洛维约夫轻声说，“现在开始退潮了。我发誓，我们只是忍耐最后几分钟了。瞧，一群布罗肯山的浪荡子。他们总是最后到。没错，这就是他们。两个喝醉的吸血鬼……没了吗？哦不，这不还有一位，不，是两位！”

最后两位宾客沿楼梯走上来。

“这好像是个新来的，”卡洛维约夫说，镜片后的眼睛眯了起来，“啊，对，对。阿扎泽洛拜访过他，他特别害怕一个人揭发他。所以，阿扎泽洛喝酒时悄悄地教给他一种摆脱那人的办法。于是他让一个听命于他的熟人在办公室的墙上喷了毒药。”

“他叫什么名字？”玛格丽特问。

“啊，说真的，我也不知道，”卡洛维约夫回答，“应该问阿扎泽洛。”

“跟他在一起的是谁？”

“就是那个听命于他的下属。我很高兴！”卡洛维约夫对最后两位来宾说道。

楼梯上空了。出于谨慎他们又等了一会儿。壁炉里再也没有客人出来。

只是一瞬间，玛格丽特也不明白这一切是怎么发生的。她现在已经回到那个带浴池的房间，手和脚的疼痛使她哭了起来，她直接扑倒在地上。赫勒和娜塔莎安慰着她，又扶她进行了鲜血淋浴，为她进行全身按摩。现在，玛格丽特恢复了精神。

“还有事，还有事，玛戈王后，”卡洛维约夫重新出现在她身边，“得去大厅转一转，不要让尊敬的来宾们受到冷落。”

于是，玛格丽特飞离了那个带浴池的房间。在华尔兹之王的乐队曾演奏过的舞台上，现在是一支猿猴爵士乐队在大显身手。一只高大笨拙、长着一脸乱蓬蓬络腮胡子的大猩猩正手拿小号、蹦蹦跳跳地指挥着。坐成一排的猩猩吹奏着闪光的小号。而快乐的黑猩猩坐在它们的肩上拉着手风琴。两只浑身长着狮子毛的阿拉伯狒狒在两架钢琴上弹奏着，可这钢琴声已经淹没在了长臂猿、山魈、长尾猴所奏出的那些萨克斯、小提琴和架子鼓的一片轰鸣之中。在光洁如镜的地板上，一对对舞伴舞蹈着，他们像是连在了一起，动作十分轻盈果断。他们朝着一个方向在旋转着，仿佛一堵向前推进和横扫一切的墙。彩绸般的蝴蝶在这舞蹈大军的上空翩翩飞翔，屋顶洒下了花的雨滴。灯光熄灭的间歇，圆柱顶上便会有无数荧光闪烁，像是点点磷火在空气中浮动。

这时，玛格丽特来到一个大得惊人、四周立着廊柱的水池旁。一股巨大的粉红色液体从黑色塑像涅普顿的嘴里喷出。香槟酒那醉人的芳香从水池中徐徐升起。这里洋溢着一种无拘无束的欢愉。女士们嬉笑着，扔掉了鞋子，把手提包交给了自己的男伴或手捧浴巾繁忙奔跑的黑人，然后大喊着如燕子般飞进了酒池。充满泡沫的水柱高高腾起。水底的灯光透过满池的香槟照得整个酒池晶莹透亮，游动的身体在里面闪着银光，爬上酒池的女人们已个个酩酊大醉。柱廊下银铃般的笑声和洪钟般的大笑交织为一体，就像热闹嘈杂的澡堂。

一片混乱中，玛格丽特记住了一张大醉的女人脸和一双呆滞和乞求的眼睛，她回想起了一个名字——“弗莉达”！香槟的酒味使玛格丽特的脑袋有些犯晕。就在她打算离开的时候，黑猫却在酒池里玩了个把戏，玛格丽特又被吸引住了。别格莫特在涅普顿嘴边念念有词地施魔法，霎时间，一池香气四溢、波光闪闪的香槟酒咝咝地退开。涅普顿开始喷出不会冒泡的黄色液体。女士们尖叫起来。

“是白兰地！”人们从池边纷纷退到了圆柱后面。几秒钟后，酒池就灌满了，黑猫在空中连翻三个跟斗，一跃跳进了波浪起伏的白兰地中。不一会儿，它钻了出来，喷着鼻子，领结湿透了，胡子上的金粉和望远镜全没了。只有喜欢花样翻新的女裁缝和她的男伴——一个陌生的年轻黑白混血儿敢效法黑猫别格莫特，双双跳进白兰地池中。这时，卡洛维约夫挽起了玛格丽特的胳膊，陪她离开了沐浴的宾客。

玛格丽特感觉自己似乎飞到了一个什么地方，只见那里一个巨大石塘里牡蛎堆成了山。随后，她又飞翔在了一片玻璃地板上。地板下面是熊熊燃烧的地狱之火，身着白衣的魔鬼厨师正在炉间来回奔忙着。接着，她又到了一个地方。这已不需要发挥想象了，这里有许多阴暗的地下室，里面燃着小灯，姑娘们正把在炭火上嗞嗞作响的牛肉送上餐桌，并举着带把的杯子为她的健康干杯。她还看到了不少白熊，它们正在舞台上或拉着手风琴，或跳着喀马林舞。还有一个蝾螈魔术师，它居然不怕壁炉里的火烧着……她又一次感到了浑身乏力。

“还有最后一次出场，”卡洛维约夫关切地轻声说，“然后我们就自由了。”

在卡洛维约夫的陪伴下，玛格丽特又来到了舞会大厅。现在人们已不再跳舞，客人们站到了圆柱之间，在大厅中央留出了一块空地。玛格丽特已经记不清，是谁把她扶上了这个空地中央的高台。上了高台，她惊讶地听到了不知什么地方传来的午夜钟声。可照她的估计，午夜早已过去了。随着这不知何处传来的最后一声钟响，大厅陷入沉默。

现在，玛格丽特又见到了沃兰德。在阿巴冬、阿扎泽洛和几个与阿巴冬十分相似的黑衣青年的簇拥下，沃兰德缓缓走来。玛格丽特看到，在自己对面也立着一个为沃兰德准备的高台。但他没有站上去。让玛格丽特震惊的是，在这个盛大舞会上最后露面时的沃兰德仍然是刚才在卧室的穿戴。他肩上披着那件打了补丁的脏兮兮的长睡衣，脚上仍然穿着那双歪底睡鞋。沃兰德还带着一把长剑，不过这把不带剑鞘的剑此时已被用来当了拐杖。

沃兰德一瘸一拐地来到了那个为自己准备的高台旁。随即，阿扎泽洛捧着一个盘子出现在了他的面前。盘子里是一颗没了门牙的人头。四下依然寂静，只是偶尔响起一阵此时此景下令人费解的铃声。

“米哈伊尔 · 亚历山大洛维奇。”沃兰德用不高的嗓音和盘中的人头打着招呼。人头抬起眼皮，玛格丽特不禁打了个寒战。在死者的脸上，她居然看到了一双像活人一样充满着思想和痛苦的眼睛。“一切都应验了，不是吗？”沃兰德看着人头上的眼睛继续说，“您的脑袋被一位妇女轧掉，会开不成了，我住进了您的公寓。这是事实。而事实是世界上最不可改变的东西。但我们现在感兴趣的是今后的事情，而不是这些已经发生的事实。您总是热衷于鼓吹这种理论，说是人掉了脑袋，生命就终止了，他就化作灰烬，接着就不存在了。当着这些宾客的面，尽管他们所证明的恰恰与您的理论相反，但我还是很乐意告诉您，您的理论是深刻而敏锐的。但是，所有的理论都有正反两面。甚至有一种理论这样认为，说每个人都有信仰自由。就让它成为事实吧！您将消亡了，而我将愉快地用您变成的酒杯为存在干杯！”

沃兰德举起了长剑。这时人头表皮开始发黑，收缩，然后一块块地碎落，眼睛没了。很快，玛格丽特看到盘子里剩下一副浅黄色的颅骨，他的鼻子金光灿灿，眼睛像两颗绿宝石，牙齿像洁白的珍珠。颅骨顶上的合页正开着。

“这就来，阁下，”卡洛维约夫发现了沃兰德询问的目光，急忙说，“他这就来见您。在这死一般的寂静中，我听到了他的漆皮鞋走动的声音，还有他放杯子的声音，这是他这辈子喝的最后一杯香槟了。看，他来了。”

新来的客人独自走进了大厅，径直朝沃兰德走来。从外表看，他和其他男宾没有什么区别，只是因为特别激动走路有些摇晃，这从老远就能看出。他两颊通红，眼睛非常不安地左看右看。突然间他惊呆了，这当然很自然：眼前的一切让他吃惊不已，而最主要的是沃兰德的那身衣服。

客人受到了非常亲切的接待。

“啊，亲爱的迈格尔男爵。”沃兰德笑呵呵地对这位目瞪口呆的客人表示欢迎。接着，他又向所有的客人们说：“我荣幸地向大家介绍，尊敬的迈格尔男爵，演出委员会工作人员，他的职责是向外国人介绍首都的名胜古迹。”

这时，玛格丽特惊呆了，因为她突然间认出了迈格尔。她在莫斯科的剧院和饭店里曾好几次碰见过他。“难道……”玛格丽特心想，“他也……怎么……死了吗？”事情马上就清楚了。

“亲爱的男爵，”沃兰德愉快地笑着，继续说道，“听说我到了莫斯科，立即就给我打了电话，说是愿意为我提供专业服务，也就是向我介绍名胜古迹。当然，能够请他光临，我感到很荣幸。”

这时，玛格丽特看到阿扎泽洛把装着骷髅的盘子递给了卡洛维约夫。

“对了，男爵，顺便说一句，”突然，沃兰德又压低了声音亲切地说，“人们都传说您很好奇。还说，这种好奇加上您那出众的口才已经引起了大家的注意。更有甚者，那些恶毒的舌头还管您叫告密者和暗探。还有人甚至预测，不出一个月您就会遭恶报。所以，为了使您免受等待的痛苦，我们决定帮助您，就好好利用这个机会，因为您执意要到我这里来做客，想尽量摸点情况。”

男爵的脸色顿时变得比阿巴冬的脸更白，而阿巴冬那种天生的煞白已经是很少见的了。接下来发生了一件怪事。阿巴冬站在男爵面前，把眼镜摘下了一秒钟。就在这一刹那，阿扎泽洛手中有个东西闪出一道亮光，又像有谁轻轻地拍了一巴掌，男爵仰面倒下，鲜血从他胸口喷出，染红了浆洗过的白衬衫和西服。卡洛维约夫用杯子接住了喷射而出的血流，然后把盛满鲜血的杯子呈给了沃兰德。此时，地上那具男爵的躯体已经失去了生命。

“为你们的健康干杯，诸位。”沃兰德的声音并不大。他举着酒杯说完，把酒放到唇边抿了一口。

这时，沃兰德变了。打补丁的衬衫和歪底鞋不见了。只见他披着黑色披风，腰间佩一柄寒光闪闪的长剑。他快步走近玛格丽特，把杯子递给她，命令道：

“喝吧！”

玛格丽特感到头晕目眩，她的身体晃了晃，但杯子已经到了她的唇边，有声音——到底是谁，她已分辨不清——在她两侧的耳畔轻轻响起：

“别怕，王后……别怕，王后，血早已渗入地下。在血渗入的地方，已经长出了串串葡萄。”

玛格丽特闭着眼睛喝了一小口，一股甜美的感觉迅速传遍全身，耳朵里一阵轰鸣响起。她觉得，那像是无数雄鸡高亢的歌唱，又像是从什么地方传来的进行曲。宾客们已经失了形。穿燕尾服的男子和女人们都化作了灰烬。玛格丽特看着大厅在眼前腐朽，并散发出一种死尸的气味。圆柱塌了，灯火灭了，一切都在隐没。什么喷泉，什么郁金香，什么日本茶花，统统都消失了。一切还是过去的那个样子——那间珠宝商遗孀简单的客厅。一束阳光从虚掩的门缝里透了进来。于是，玛格丽特走进了这扇虚掩的门。

第二十四章

大师得救

沃兰德卧室里的陈设还是和舞会前一样。他穿着长睡衣坐在床上，而赫勒现在已不再为他治疗腿伤，只是在原先那张棋桌上准备晚餐。脱掉燕尾服的卡洛维约夫和阿扎泽洛坐在桌旁，他们的身边自然蹲着那只黑猫。尽管脖子上的领结现在已变成了脏抹布，但它还是舍不得解下来。玛格丽特摇摇晃晃地走到桌旁，两手撑在了桌面上。沃兰德照旧向她招招手，让她坐到自己身旁来。

“怎么，把您累坏了吧？”沃兰德问。

“噢，没有，阁下。”玛格丽特回答，声音小得几乎听不见。

“好人难做啊。”黑猫插了一句，用一个细长的高脚杯给玛格丽特斟了一杯透明的液体。

“这是伏特加吗？”玛格丽特无力地问道。

由于感到委屈，黑猫从椅子上跳了起来。

“得了吧，王后，”它声嘶力竭地喊道，“难道我敢给王后斟伏特加吗？这是——纯酒精！”

玛格丽特微微一笑，想把酒杯推开。

“大胆喝吧。”沃兰德说。玛格丽特立刻就把酒杯拿了起来。“赫勒，坐下吧，”沃兰德吩咐道，又向玛格丽特解释，“月圆之夜就是节日之夜，所以我一定要和我的随从亲信一起共进晚餐。怎么样，你们觉得怎样？这让人疲惫不堪的舞会开得好吗？”

“太激动人心了！”卡洛维约夫尖声说道，“全都入了迷，着了魔，陶醉了。一切都那么得体，那么妥当，那么充满了魅力和诱惑力！”

沃兰德默默地举着酒杯和玛格丽特碰了一下。玛格丽特顺从地一饮而尽，心想这酒精会要了自己的命。然而什么麻烦都没有发生。一股升腾的暖流进入到她的身体，她觉得后脑勺好像被轻轻地击打了一下，体力恢复了，就好像做过一个长长的、让人精力充沛的梦以后刚刚起床，而且，她感到自己饿得像狼一样。她想起自己从昨天早上起就没吃过东西，所以这种饥饿感就更加让她坐立不安。她开始贪婪地大口吃着鱼子酱。

别格莫特切下一片菠萝，撒上盐和胡椒，吃下去，随后又豪爽地干了第二杯，引得大家连连鼓掌。

玛格丽特喝过第二杯后，烛台里的蜡烛亮了起来，壁炉里的火焰也越来越高了。玛格丽特没感到有丝毫的醉意。她一边用洁白的牙齿嚼着牛肉，享受着肉里的汤汁，一面又观察着别格莫特是怎么把芥末抹到牡蛎上的。

“你再往上面放些葡萄。”赫勒轻声说着，还朝黑猫身上捅了一下。

“请别教训我，”别格莫特答道，“我是酒宴上的常客，常客，别担心！”

“哎呀，像这样吃晚饭真是太美了，守着小壁炉，不拘小节，”卡洛维约夫尖声尖气地说，“就几个亲近的人……”

“不，法戈特，”黑猫不赞同他的话，“还是舞会有魅力、有气派啊。”

“舞会既没什么魅力，也没什么气派，这些傻乎乎的熊和酒吧里的老虎，又嚎又闹的，让我差点犯偏头痛。”沃兰德说。

“是，阁下，”黑猫说，“如果您认为没气派，那我也一定持这种观点。”

“你瞧你！”沃兰德回答。

“我开玩笑的，”黑猫温顺地说，“至于老虎，我说应该把它炸着吃了。”

“老虎不能吃。”赫勒说。

“您这么认为？那就请您听好啦。”黑猫回答说。接着，它得意地眯起眼睛，讲述自己有一次在沙漠里奔波了十九天，而唯一能充饥的食物，就是它打死的那只老虎。大家兴致勃勃地听着这个有趣的故事，可是当别格莫特刚一说完，大家便齐声高喊：

“撒谎！”

“这个谎言妙就妙在，”沃兰德说，“它从头到尾没有一句是真话。”

“啊，是吗？是谎言吗？”黑猫大叫，大家都以为它要抗议，但它只是轻轻说了一句：“历史会为我们作出评判。”

“请问，”两杯以后变得活跃的玛戈问阿扎泽洛，“是您开枪打死了他吗，那个从前的男爵？”

“当然，”阿扎泽洛回答，“怎么能不打死他呢？他是活该。”

“我真的吓坏了！”玛格丽特大声说，“这一切太突然了。”

“这说不上什么突然，”阿扎泽洛表示异议。而卡洛维约夫则在一旁帮腔：

“怎么能不吓坏呢？连我的两腿都在发软！砰！一下！男爵倒下了！”

“我也差点犯歇斯底里症！”黑猫一边帮腔，一边舔着勺子上的鱼子。

“我不明白，”玛格丽特说，水晶杯金色的反光在她的眼睛里跳动着，“难道外面听不到音乐，也听不见舞会的喧闹吗？”

“当然听不到。王后，”卡洛维约夫解释，“这种事就是要做得外面听不到。要做得更仔细。”

“是啊，是啊……问题就是在楼梯上那个人……我和阿扎泽洛从那儿经过时……门口又有另外一个人……我想，他是在监视您的公寓……”

“对，可不是！”卡洛维约夫大叫，“就是，亲爱的玛格丽特·尼古拉耶夫娜！您证实了我的怀疑！不错，他就是在监视这个公寓！我原先还以为他是个无所事事的编外副教授，或者是个赖在这里害着相思病的人。可惜不是，不是！我这心里就不是很愉快！啊，他在监视人家的住宅！门口那个也是！还有大门门洞里的那位也是！”

“要是他们真的来逮捕你们呢？”玛格丽特问。

“一定会来的，迷人的王后，一定会！”卡洛维约夫回答，“我心里有预感，他们会来的。当然不是现在，可到时候自然会来的。不过我想，来了也没什么大不了的。”

“唉，那个男爵倒下去的时候，我真吓坏了。”玛格丽特说。看来，这生平头一次看到的凶杀到现在还让她后怕。“大概，您的枪法不错吧？”

“凑合。”阿扎泽洛回答。

“几步之内？”玛格丽特向阿扎泽洛提了一个不太明确的问题。

“得看打什么，”阿扎泽洛在行地回答，“用榔头砸评论家拉通斯基家的玻璃窗是一回事，一枪打中他的心脏又是另外一回事。”

“打中心脏！”玛格丽特大喊一声，并下意识地捂了捂自己的心脏。“打中心脏！”她用沙哑的嗓音又说了一遍。

“评论家拉通斯基是怎么回事？”沃兰德问，朝玛格丽特眯起了眼睛。

阿扎泽洛、卡洛维约夫和别格莫特有点不好意思地低下了头，玛格丽特红着脸回答道：

“是有这么个评论家。昨天晚上我把他们家的东西全砸了。”

“真有你的！为什么？”

“他，阁下，”玛格丽特解释说，“毁了一个大师。”

“那您又何必亲自动手呢？”沃兰德问。

“让我去，阁下。”黑猫高兴得跳起来大叫道。

“你就待着吧，”阿扎泽洛嘟囔着站了起来，“还是我跑一趟吧……”

“不！”玛格丽特大声说，“不，求求您，阁下，别这样！”

“随便吧，随便吧。”沃兰德答道，阿扎泽洛又坐回到自己的位子。

“我们说到哪儿啦，尊贵的玛戈王后？”卡洛维约夫说，“对，是说心脏。他打中心脏，”卡洛维约夫伸出长长的手指指着阿扎泽洛，“还可以选想打的任何一个心房或心室。”

玛格丽特没有立刻明白，等她明白以后，简直惊讶极了：

“哪儿看得见啊！”

“亲爱的，”卡洛维约夫尖着嗓子颤巍巍地说，“问题就是看不见啊！这才叫功夫！看得见的东西谁都可以打中！”

卡洛维约夫从桌子抽屉里取出一张黑桃“7”，把它递给玛格丽特，让她用指甲在一个黑桃上做个记号。玛格丽特在右上角的黑桃上做了记号。赫勒把纸牌藏到了枕头下面，喊道：

“行了！”

阿扎泽洛背朝枕头坐着，从西裤兜里取出一把黑色自动手枪，然后把枪管搁在肩上，头也没回就开了一枪，这让玛格丽特既兴奋又害怕。那张黑桃“7”从被打穿的枕头下取了出来。被玛格丽特做了记号的黑桃上有了一个窟窿。

“我可不希望在您手上有枪的时候遇见您。”玛格丽特妩媚地冲阿扎泽洛看了几眼。她历来佩服有绝技的人。

“尊贵的王后，”卡洛维约夫尖声说，“我劝大家都别遇见他，就是他手里没有武器时也别遇见！我以昔日唱诗班指挥和领唱的名誉保证，任何人也不会去向那位遇见他的人道喜。”

黑猫一直坐着没有吭声，现在它突然宣布：

“我来打破这项纪录。”

阿扎泽洛冲这句话愤愤地吼了句什么。但黑猫不予理睬，而且还要求用两支枪。阿扎泽洛从另一个西裤兜里又掏出了一把枪，并轻蔑地撇撇嘴，把两支枪一起递给了这个吹牛大王。黑桃“7”上被做了两个记号。黑猫背对枕头准备了好半天。玛格丽特捂着耳朵坐着，眼睛看了看壁炉板上那只正打盹的猫头鹰。黑猫双枪齐发，随着枪响赫勒发出一声尖叫。被打中的猫头鹰从壁炉上掉了下来，被打穿的座钟也停了摆。赫勒的一只手上满是鲜血，她尖叫着抓住了黑猫的毛，黑猫又反过来抓住了她的头发。两个扭成一团，滚到了地板上。一只酒杯从桌上掉下来，摔得粉碎。

“替我拉开这发疯的妖精！”黑猫一面叫着，一面抵挡着骑在它身上的赫勒。打架的被拉开了，卡洛维约夫朝赫勒受伤的手指上吹了口气，伤口愈合了。

“有人在一旁说话，我没法瞄准！”别格莫特嚷着，想把背上被揪下来的一大撮毛再安回去。

“我敢打赌，”沃兰德笑着对玛格丽特说，“它是故意这么干的。它的枪法很好。”

赫勒和黑猫和解了。作为和解的表示，二者相互亲吻了一下。人们从枕头底下拿出那张牌作了检查。除了被阿扎泽洛打穿的那个黑桃，其他的黑桃都完好无损。

“这不可能。”黑猫肯定地说，并对着蜡烛的亮光查看着纸牌。

欢乐的晚餐继续着。烛台上的蜡烛流着泪，从壁炉里喷吐出来的干燥和芬芳的热气如浪潮一般涌进屋子。酒足饭饱的玛格丽特感觉十分惬意。她望着阿扎泽洛的雪茄那蓝灰色的烟圈慢慢朝壁炉飘去，黑猫则用长剑的剑尖刺向烟圈。她哪里都不想去了，尽管她估计天色已经不早了。种种迹象看来，此时已近早晨六点。利用一个空隙，玛格丽特怯巴巴地对沃兰德说：

“也许我该走了……已经晚了……”

“您急着去哪儿？”沃兰德礼貌而有些生硬地问。其他几位没有做声，装出对雪茄烟圈很感兴趣的样子。

“是的，我该走了。”玛格丽特十分尴尬地重复了一遍自己刚才的话，转身像是在寻找自己的披肩或者斗篷。赤裸的身体突然让她感到很难为情。她从桌旁站了起来。沃兰德默默地从床上拿起自己那件满是油污的旧睡衣，卡洛维约夫接过来后把它披到了玛格丽特的肩上。

“谢谢您，阁下。”玛格丽特用刚刚能听见的声音说，并用询问的目光看着沃兰德。沃兰德对她客气而冷漠地笑了笑。一种莫名的忧伤突然袭向玛格丽特的心房。她觉得自己受骗了。看来谁也不会对她在舞会上的出色表现给予她什么奖赏，就像如今谁也不会挽留她一样。不过她很清楚，离开了这里，她将无处可去。回家的念头一闪而过，却引出她内心的一阵绝望。难道是让我自己提出请求吗？阿扎泽洛在亚历山大公园的这一建议使她有些心动。“不，绝不！”她暗暗对自己说。

“再见，阁下。”她大声说着，可心里在想：“要是离开这里，我就跳到河里淹死。”

“您还是请坐下。”沃兰德突然用命令的口吻说。

玛格丽特脸色都变了，坐了下来。

“也许，临走前您有什么话要说？”

“不，没什么，阁下，”玛格丽特骄傲地回答说，“另外，如果您还需要我，那么我愿意随时为您效劳。我一点不累，舞会令我非常愉快。所以，如果舞会还要继续下去的话，我仍然会乐意让几千名绞刑犯和杀人犯吻我的膝盖。”玛格丽特双眼噙着泪水，像透过一层薄雾似的看了看沃兰德。

“对！您做得很对！”沃兰德的声音洪亮而恐怖，“应当这样！”

“应当这样！”沃兰德的随从们也这样说道，就像是一阵回声。

“我们是在考验您，”沃兰德接着说，“任何时候，任何事情，都不要求人！任何时候，任何事情，特别是不要求那些比您强的人。他们的提议，他们会办！坐下吧，骄傲的女人。”沃兰德拽下了披在玛格丽特身上的那件沉重的睡衣，于是，她又坐回到他身边的床上。“好吧，玛戈，”沃兰德接着说，声音变得柔和起来，“凭您今天在我这里当了一回女主人，您想得到什么回报？凭您赤身裸体主持了这场舞会，您又希望得到什么？该怎样报答您的膝盖？我的那些客人，刚才被您称作‘绞刑犯’的，让您受到多大损失？说吧！现在别不好意思，因为是我提出来的。”

玛格丽特的心怦怦跳着。她深深地叹了口气，脑子里飞快地盘算起来。

“嗯，要什么，勇敢点！”沃兰德鼓励道，“唤醒您的想象力，让它高高飞翔！单凭您目击处死那个不可救药的混蛋男爵，就应该受到奖赏，特别是这个目击者还是一个女人。是吗？”

玛格丽特感到呼吸急促起来，就在她要说出那些早就萦绕在心头的话时，脸色却突然变得惨白，张着嘴，大大地瞪起了眼睛。“弗莉达！弗莉达！弗莉达！”一个苦苦哀求的声音在她耳边萦绕，“我叫弗莉达！”随后，只听得玛格丽特结结巴巴地说：

“那我，就是说……我可以求您……一件事？”

“说吧，说吧，我的夫人，”沃兰德答道，理解地笑了笑，“是求我办一件事！”

呵，沃兰德多么机敏和明确地重复强调了玛格丽特本人说的那几个字：“一件事！”

玛格丽特又叹了口气，说：

“我希望不要把弗莉达闷死自己孩子的那条手帕放到她跟前去了。”

黑猫两眼朝天，大声地叹了口气，但并没吱声，显然还在为舞会上被揪了耳朵而耿耿于怀。

“当然，”沃兰德笑了笑说，“您不可能从这个傻女人手里收受贿赂，这和您王后的尊严是不相称的。这样，我倒真不知道该怎么办了。也许，只有一个办法，那就是用破布把我卧室的缝隙全给堵上！”

“您说什么，阁下？”玛格丽特非常惊讶，这话的确让她费解。

“完全同意，阁下，”黑猫插进来说，“就用破布堵上。”黑猫恼怒地把爪子搭在了桌子上。

“我是指怜悯之心，”沃兰德对自己的话进行了解释，闪光的那只眼睛一眨不眨地盯着玛格丽特，“因为它有时候会突然狡黠地从最小的缝里钻进来。所以我说得用破布堵上。”

“我也这么说嘛！”黑猫大声道。为了以防万一，它尽量躲着玛格丽特，用抹着粉红色油膏的两只爪子捂住了自己的两只尖耳朵。

“滚。”沃兰德对黑猫说。

“我还没喝咖啡呢，”黑猫回答，“我怎么走？难道在这节日的晚宴上还要把客人分成两等？一种是一等，而其他的就像那个愁眉苦脸的守财奴小卖部管理员说的，是二等新鲜货？”

“闭嘴。”沃兰德命令道，然后转向玛格丽特，问道：“这么说来，您是个特别善良的人？十分高尚的人？”

“不是，”玛格丽特有力地回答说，“我知道，和您说话只能坦率，所以我坦白地告诉您，我是个轻率的人。我为弗莉达求情，只是因为我不小心给了她一个确切的希望。她在盼着，阁下，她相信我能帮她。如果我欺骗了她，我将会掉进一个可怕的境地。我将一辈子得不到安宁。毫无办法！事情已经发生了。”

“哦，”沃兰德说，“可以理解。”

“那您同意了？”玛格丽特轻轻问。

“绝不，”沃兰德回答，“是这么回事，亲爱的王后，这里可能有个小小的误会。鬼神都应该自己做自己的事情。我不否认，我们的能力的确很大，大得远远超过了那些没见识的人的估计……”

“是啊，大大超过。”黑猫又忍不住插了一句嘴，看得出它为此很自豪。

“住嘴，见你的鬼去吧！”沃兰德说罢，又转身对玛格丽特说，“简单说吧，就像我刚才所说，让我去做别人该做的事情有什么意思呢？所以，我不会去办这件事，您自己去办吧。”

“难道事情会按我的意思办成？”

阿扎泽洛讥讽地用他那斜吊着的眼睛瞥了玛格丽特一眼，喷了喷鼻子，轻轻地摇了摇棕红的脑袋。

“您就自己办吧，简直烦人。”沃兰德嘴里嘟嘟囔囔的，随即伸手去转动地球仪，注意地查看那上面的某一个地方。看来，在和玛格丽特说这话的时候，他在思考着另外一件事。

“说呀，弗莉达……”卡洛维约夫在一边提醒道。

“弗莉达！”玛格丽特一声尖叫。

房门哗地大开，一个披头散发、赤身裸体，但已看不出醉意的女人冲进了房间。她瞪着疯狂的眼睛，朝玛格丽特伸出了双手。玛格丽特庄严宣布道：

“你已被宽恕。不会再放手帕了。”

只听弗莉达一声惊叫，扑倒在地。她瘫在玛格丽特面前，双手张开，像个倒在地上的十字。沃兰德挥了挥手，弗莉达就从大家的眼皮底下消失了。

“谢谢您，再见了。”玛格丽特说着，站了起来。

“好吧，别格莫特，”沃兰德开口道，“我们不会在节日的夜晚去占一个不切实际的人的小便宜。”他朝玛格丽特转过身，“所以，这个不算数，因为我还什么都没做。您想为自己要求点什么呢？”

没有声响。卡洛维约夫打破了这种沉默，附在玛格丽特的耳边轻声说：

“尊贵的夫人，这次请您明智一点！要不然命运女神就溜了！”

“我希望，现在，此时此刻，把我的爱人、大师还给我。”玛格丽特说着，脸上因为激动而有些抽搐。

说话间，一阵风吹进了房间，烛台上的火苗被吹向了一边，厚重的窗帘被吹开了，窗户洞开，遥远的高空中露出一轮午夜的圆月，清晨还远未降临。从窗台上投下的一块浅绿色月光映在地面，月光中出现了那个自称为大师、在深夜里拜访伊凡的客人。他是一副病人的打扮——长袍，便鞋，还有那顶随身携带的小黑帽。他那张胡子拉碴的脸痛苦地抽搐着，斜着一双疯狂而惊恐的眼睛看着蜡烛的火苗，月光如水流一般倾泻在他的四周。

玛格丽特立刻认出了他，呜咽了一声，两手一拍向他跑了过去。她吻着他的额头、嘴唇，把脸紧紧地贴在他那胡子拉碴的脸上，长久以来克制的泪水此刻像小溪一样在她的脸上流淌。她只说出了一个字，而且不断地、没有目的地重复着：

“你……你……你……”

大师推开她，声音嘶哑地说：

“别哭，玛戈，别折磨我。我病得很重。”他一手抓住了窗台，像是打算跳窗逃走。他龇牙咧嘴地打量着在座各位，大叫起来：“我怕，玛戈！我又有幻觉了……”

玛格丽特哭得喘不过气来。她轻声地，一字一顿地说：

“不，不，不……什么也不要怕……我在你身边……我在你身边……”

卡洛维约夫轻手轻脚、动作麻利地把一张椅子推到大师身旁，大师坐了下来。玛格丽特跪着扑到病人的怀里，终于安静下来。激动中的她竟没有发现，突然间她已不再是赤身裸体，而是披上了一件黑色的丝绸披风。病人垂着头，眼神忧郁而病态地盯着地板。

“真的，”沃兰德顿了一下，继续说，“他被整垮了。”沃兰德对卡洛维约夫命令道：“骑士，给这个人喝点什么。”

玛格丽特用颤抖的声音安慰着大师：

“喝吧，喝吧！你怕吗？不要，不要，相信我，他们会帮你的。”

病人接过杯子，一口气喝了进去。可是手一抖，杯子掉到脚下摔碎了。

“太好了！太好了！”卡洛维约夫对玛格丽特轻声说，“看，他已经清醒过来了。”

的确，病人的目光已不再像刚才那么古怪和惊恐了。

“是你吗，玛戈？”沐浴在月光里的客人问道。

“别怀疑，是我。”玛格丽特回答。

“再来一杯！”沃兰德命令。

喝下第二杯，大师的眼神变得生动而理性了。

“您看，现在已经完全不同了，”沃兰德眯起了眼睛，“现在咱们来谈谈。您是谁？”

“我现在谁也不是。”大师回答说，一丝笑容让他的嘴咧到了一边。

“您这是从哪里来？”

“从疯人院。我有精神病。”来者答道。

玛格丽特经受不住这番对话，又开始哭起来。稍后，她擦干了眼泪，大声说道：

“说得太可怕！太可怕了！他是个大师，阁下，我告诉您。治好他吧，他值得您这样做。”

“您知道您现在在跟谁说话吗？”沃兰德问来人，“您在哪里？”

“我知道，”大师回答，“我在疯人院里有个邻居，就是那个叫‘流浪汉’伊凡的小子。他对我说了一些关于您的事情。”

“是吗，是吗？”沃兰德回答，“我很高兴在牧首塘边见到这个年轻人。他差点把我都弄疯了，他硬要向我证明我是不存在的！现在您总该相信，这的确是我吧？”

“不信也得信，”来人说，“当然，如果把您看成是产生的幻觉，那就没这么紧张了。请原谅。”大师马上住了嘴，赶紧道歉。

“好吧，为了不紧张，那您就这么想吧。”沃兰德客气地回答说。

“别，不要！”玛格丽特紧张地说，连连推着大师的肩膀，“你清醒一点！你前面的确是他！”

黑猫又插了进来：

“不过我的确挺像幻觉。请您注意我在月光下的侧影，”黑猫钻进了那道月光，本来它还想说点什么，但大家很快制止了它，于是它只好说：“好，好，我这就闭嘴。我就当个沉默的幻影吧。”说完它住了口。

“请问，为什么玛格丽特称您为大师呢？”沃兰德问。

来人苦笑了一下，说：

“这是一个可以原谅的弱点。她对我写的小说评价太高。”

“小说写了什么？”

“写了本丢·彼拉多。”

说话间，蜡烛上的火苗又开始摇曳跳动，桌上的餐具也叮当作响。沃兰德哈哈大笑起来，但这洪亮的笑声并未使人感到恐惧和惊讶。别格莫特不知为什么还鼓起了掌。

“写什么，写什么？写谁？”笑过之后沃兰德问，“就是现在写的吗？太让人吃惊了！难道您就不能找个别的题材？请给我看看。”沃兰德摊开了手掌。

“很遗憾，我已经无法拿给您看了，”大师回答，“因为我把它扔到炉子里烧了。”

“对不起，我不相信，”沃兰德回答，“这不可能。手稿是烧不掉的。”他转身对别格莫特说：“别格莫特，把小说拿来。”

黑猫立即跳下椅子。于是大家看到，原来它就坐在一叠厚厚的手稿上。黑猫毕恭毕敬地把上面那个本子递给了沃兰德。玛格丽特激动得浑身发抖，热泪纵横地大声喊道：

“就是它，手稿！就是它！”

她扑到沃兰德跟前，赞叹道：

“您是无所不能，无所不能啊！

沃兰德接过呈给他的本子，翻看了一下，把它放到一边，默默地、没有表情地注视着大师。可不知为什么，大师的脸上却满是忧伤和不安，他从椅子上站起身来，背着手，望着远方的月亮，身体颤抖着，嘴里开始念念有词：

“就是在月夜里我也得不到安宁……为什么要来困扰我呢？

哦诸神，诸神……”

玛格丽特一把抓住他的长袍，紧紧地依偎着他，流着伤心的眼泪喃喃地说：

“上帝，为什么你吃了药还不见好？”

“没什么，没什么，没什么，”卡洛维约夫在大师周围小声说着，“没关系，没关系……还有一小杯，我和您一起喝吧……”

那小杯子在月光中一闪。它确实是起了作用。大师被重新安顿到椅子上坐下，生病的面容上有了平静的表情。

“瞧，现在一切都清楚了。”沃兰德说着，用手指敲了敲桌上的手稿。

“完全清楚了。”黑猫学着舌，忘了自己要成为沉默的幻影这一承诺，“现在，这个作品的主要线索我已经清楚了。你有什么说的，阿扎泽洛？”他对沉默不语的阿扎泽洛说。

“我说，”阿扎泽洛声音低沉，“最好把你埋了。”

“发发慈悲吧，阿扎泽洛，”黑猫回答他。“可别让我的主子有这样的想法。你看吧，每个月夜我都会像这个可怜的大师一样，穿着月光衣出现在你的面前，对你点点头，召唤着你跟我走。你会怎样呢，阿扎泽洛？”

“嗳，玛格丽特，”沃兰德又接着自己的话说道，“您把想说的话都说完了？”

玛格丽特的眼睛一亮，对沃兰德哀求道：

“让我单独和他说说话好吗？”

沃兰德点了点头，于是，玛格丽特就附在大师的耳朵边，轻轻地对他说了几句。只听大师回答道：

“不，晚了。活着我什么都不想了，除了看到你。可我还是要对你说——别管我了。你会和我一样倒霉的。”

“不，我不会丢下你不管的。”玛格丽特说完，又转身对沃兰德说：“我再次求您让我们重新回到阿尔巴特街那个小巷吧，让那里的灯再次亮起来，让那里的一切回到从前。”

大师笑了起来，抱住了玛格丽特那披散着长发的头，说道：

“啊，您不要听这可怜女人的话，阁下。那间地下室里早已住进了别人，完全不是过去那个样子了。”他用脸贴着女友的脸，拥抱着她，嘴里喃喃地说：“我可怜的，可怜的……”

“您说不是那样了？”沃兰德问，“这没错。不过我们试试吧。”只听他喊了声：“阿扎泽洛！”

话音刚落，天花板上就掉下一个人来，只见他头戴鸭舌帽，只穿一件内衣，手上不知为什么还提着箱子，表情惊惶失措。他因为恐惧打着哆嗦，并在地上蹲了下来。

“莫加雷奇？”阿扎泽洛向这位从天而将的人问道。

“阿洛伊兹·莫加雷奇。”那人瑟瑟发抖地说。

“是您读了拉通斯基关于那部小说的文章，就写告密信，说他私藏地下出版物？”阿扎泽洛问。

刚出现的这人顿时脸色发青，流下了悔恨的泪水。

“您想搬到他住的房间吧？”阿扎泽洛尽量使自己的语气显得诚恳。

屋子里响起了母猫发怒的呼哧声，玛格丽特咆哮而起：

“让你尝尝女妖的厉害，尝尝！”玛格丽特用指甲抓破了阿洛伊兹的脸。

一阵骚乱。

“你在做什么？”大师痛苦地呼喊着，“玛戈，别玷污了自己！”

“抗议，这并不是耻辱！”黑猫大喊。

卡洛维约夫把玛格丽特拉到了一边。

“我另外还盖了一个浴室……”莫加雷奇满脸是血，上牙磕打下牙地说。恐惧让他说话都语无伦次了。“还刷了点白……加了白矾……”

“哦，很好，居然还盖了浴室，”阿扎泽洛赞赏地说，“该跟他租浴室了。”随后一声大吼：“滚！”

莫加雷奇此时双脚朝天地翻了个身，从沃兰德卧室里那扇打开的窗户中飞了出去。

大师瞪大了眼睛，轻轻说：

“这比伊凡说的还要神！”震惊不已的他环顾四周，最后对黑猫说，“对不起……你是……您是……”他慌张得都不知道该如何称呼黑猫了，“您就是那只坐电车的猫？”

“是我，”很是得意的黑猫肯定地说，“很高兴您能这么客气地跟一只猫说话。不知为什么，人们一般都称猫为‘你’，虽然没有一只猫跟人喝过结交酒。”

“不知为什么，我觉得您不大像猫。”大师有些迟疑地回答说，“医院里总会发现我不见了的。”他怯生生地对沃兰德说。

“管他们发现少什么！”卡洛维约夫安慰他说。突然，他手里出现了一个本子。“这是您的病历吗？”

“是的。”

卡洛维约夫一甩手把本子扔进了壁炉。

“证件没有了，人也就不存在了，”卡洛维约夫满意地说，“这是您的房本吗？”

“是的……”

“那上面写着谁啦？阿洛伊兹 · 莫加雷奇？”卡洛维约夫朝房本上一吹。“一下子，没了，请注意，从来就没有这么个人了。要是房东觉得奇怪，您就说阿洛伊兹是他做梦梦见的。莫加雷奇？哪个是莫加雷奇？什么莫加雷奇都没有过，”说着，那本系着绳子的房本便从卡洛维约夫的手里消失了。“房本已经在房东的桌子里了。”

“您说得对，”大师说，卡洛维约夫神奇的魔法让他很是震惊，“既然证件没有了，那么人也就不存在了。是啊，我这个人就不存在了，因为我没有证件。”

“我很抱歉，”卡洛维约夫大声叫起来，“您那是幻觉。看，您的证件，”卡洛维约夫把证件交给了大师。随后他把眼睛一翻，亲密地对玛格丽特耳语道：“这是您的财产，玛格丽特 · 尼古拉耶夫娜。”他递给玛格丽特一个边缘烧焦的练习本、一朵干枯的玫瑰、一张照片，还特别小心地给了她一个存折：“一万卢布，是您存的，玛格丽特 · 尼古拉耶夫娜。我们不要别人的东西。”

“我宁可烂掉自己的爪子，也不碰别人的东西，”黑猫把毛一竖，高傲地说。它在箱子上跳来跳去，想把那部惹祸的小说手稿全部塞到里面去。

“您的证件也给您。”卡洛维约夫说着把证件递给了玛格丽特。接着，他转过身恭恭敬敬地向沃兰德报告说，“就是这样了，阁下！”

“不，没有结束。”沃兰德答道，眼睛离开了地球仪，“我亲爱的夫人，您怎么安顿您的女仆呢？我这里用不着她。”

此时，娜塔莎从敞开的门里跑了进来。她依然赤身裸体，两手一拍，冲着玛格丽特大叫：

“祝您幸福，玛格丽特·尼古拉耶夫娜！”她朝大师点了点头，然后又对玛格丽特说，“我早就知道您会去哪儿。”

“佣人们什么都知道，”黑猫插嘴说，还意味深长地举起了一只爪子，“您要是以为他们是瞎子，那就大错特错了。”

“你想怎么样，娜塔莎？”玛格丽特问，“回小楼去吧。”

“亲爱的，玛格丽特 · 尼古拉耶夫娜，”娜塔莎乞求道，并跪了下来，“您求求他们，”她朝沃兰德那边睨了一眼，“让我继续当女魔吧。我不想再回小楼去了！无论工程师还是技术员，我都不嫁！昨天舞会上雅克先生已经向我求婚了。”娜塔莎松开了拳头，里面是几枚金币。

玛格丽特朝沃兰德投去了询问的目光。沃兰德点了点头。于是娜塔莎扑上去搂住了玛格丽特的脖子，响亮地吻着她，得意地叫了一声，向窗口飞去。

尼古拉 · 伊凡诺维奇在娜塔莎刚才站着的地方出现了。他恢复了人形，不过现在阴沉着一张脸，看上去很恼火。

“我非常乐意放这个人走，”沃兰德说着，厌恶地看了看尼古拉 · 伊凡诺维奇，“非常乐意，他在这里纯属多余。”

“我恳求您给我一个证明，”尼古拉 · 伊凡诺维奇奇怪地看了看周围说道，不过语气相当固执，“证明我昨天在哪里过夜。”

“干什么用？”黑猫严厉地问。

“对民警局和妻子有个交代。”尼古拉 · 伊凡诺维奇生硬地回答。

“我们一般不开证明，”黑猫皱起了眉头，“不过对您，好吧，我们破个例。”

还没等尼古拉 · 伊凡诺维奇回过神来，赤身裸体的赫勒已经坐到了打字机旁。黑猫向她口授道：

“兹证明出示证明者尼古拉 · 伊凡诺维奇该夜参加了撒旦舞会，他是作为交通工具被骑来的……括号，赫勒！括号里写上‘骗猪’。签名：别格莫特。”

“日期呢？”尼古拉 · 伊凡诺维奇尖声问。

“我们不写日期，写上日期证明就无效了。”黑猫看都不看就签了字，还不知从哪儿弄来个图章，照着别人的样子往图章上哈了几口气，盖上“货讫”两个字，然后把它交给了尼古拉 · 伊凡诺维奇。一眨眼，尼古拉 · 伊凡诺维奇便消失得无影无踪了，他的位子上又出现了一个不速之客。

“这又是什么人？”沃兰德厌恶地问道，举起手遮住了烛光。

瓦列努哈耷拉着脑袋，叹了口气，轻轻说道：

“放我回去吧。我不当吸血鬼了。那天我和赫勒差点把里姆斯基吓死！我不是个嗜血者。放我回走吧。”

“这又是一通什么胡言乱语？”沃兰德皱着眉头问道，“哪个里姆斯基？这又是什么破事？”

“别劳神，阁下。”阿扎泽洛回答说，接着转身对瓦列努哈说：“不许在电话里撒野。不许在电话里撒谎。明白吗？以后再也不这么干了吧？”

瓦列努哈高兴得脑子犯了糊涂，脸上洋溢着笑容，嘴里不知所云地嘟囔着：

“真诚的……也就是我想说，您……午餐以后立刻……”瓦列努哈把手按在胸口上，眼里充满乞求地望着阿扎泽洛。

“算了，回去吧。”阿扎泽洛话音刚落，瓦列努哈就不见了。

“现在，请让我跟他们俩单独待一会儿。”沃兰德指着大师和玛格丽特说。

沃兰德的命令立刻得到执行。一阵沉默过后，沃兰德对大师说：

“这么说，还是要回到阿尔巴特街的地下室去？谁来写书呢？您的梦想呢，灵感呢？”

“我已经没有梦想，也没有灵感了，”大师回答说，“周围的一切已不再吸引我，除了她以外，”他又把手放到玛格丽特头上，“我已经被摧垮了，对什么都没兴趣，只想回地下室去。”

“那您的小说呢，彼拉多呢？”

“它让我憎恨，这部小说，”大师回答，“因为这部小说，我受了太多的罪。”

“我求求您，”玛格丽特苦苦地哀求道，“别这么说。你为什么折磨我呢？你知道我把整个生命都献给这部作品了。”玛格丽特又对沃兰德说，“别听他的，阁下，他是被折磨得太厉害了。”

“总得写点什么吧？”沃兰德说，“要是您已经写完了这个总督，那么，再把写这个阿洛伊兹作为开始吧。”

大师微微一笑。

“这种东西是发表不了的，再说，也没什么意思。”

“那你们靠什么过日子呢？如果这样，你们会一辈子穷困潦倒的。”

“我们愿意，我们愿意！”大师回答道。他把玛格丽特拉过来，搂着她的肩膀，又说：“等她醒悟过来，她会离开我的……”

“我不这么想，”沃兰德咬着牙说，“就这样，一个写过本丢·彼拉多历史的人就要回到地下室去，就准备在那里伴着孤灯、潦倒一生吗？”

玛格丽特离开了大师的怀抱，十分激动地说：

“我做了我能做的一切，还悄悄对他说了一个最吸引人的办法，但他拒绝了。”

“您在他耳边悄悄说的我都知道，”沃兰德表示反对，“但这不是最吸引人的办法。我可以告诉您，”他对大师微微一笑，“您的小说一定会给您带来惊喜的。”

“这太糟了。”大师回答。

“不，不，这并不糟糕。”沃兰德说，“不会再有什么可怕的事情发生了。嗯，玛格丽特·尼古拉耶夫娜，一切都办好了。您对我有什么不满意的吗？”

“您说什么呢，哦，哪里话，阁下！”

“那就请您收下我的这件东西，做个纪念吧。”沃兰德说着，从枕头下取出一枚不大的金马掌，上面镶满了钻石。

“不，不，不，这怎么可以呢！”

“您想和我争执吗？”沃兰德微微一笑，问道。

玛格丽特的披风上没有口袋，所以她把马掌放到一条餐巾里，并打结包好。这时，不知是什么东西让她吃了一惊。她回头望了望窗外天空中的明月，说：

“我有点不太明白……为什么老是午夜接着午夜，按说早该是清晨了？”

“谁都乐意稍稍挽留一下节日的午夜，”沃兰德回答，“好吧，祝你们幸福！”

玛格丽特祈祷似的向沃兰德伸出了双手，但并没敢走近他，只是激动地轻声说：

“别了！别了！”

“再见。”沃兰德说。

于是，玛格丽特披着黑色的披风，大师穿着医院的长袍，来到了珠宝商遗孀家的走廊上。走廊上燃着一支蜡烛，沃兰德的随从在那里等候他们。当他们离开走廊时，赫勒提着装有小说和玛格丽特·尼古拉耶夫娜那点财产的箱子，黑猫在一旁帮着赫勒。到了门口，卡洛维约夫深深鞠了躬就消失不见了。其余几位则把他们送到了楼下。楼梯上空荡荡的。他们经过三楼楼道时，不知什么东西轻轻地响了一声，可是谁也没有在意。到了六单元的门口，阿扎泽洛往上吹了一口气，门就开了。他们来到月光照不到的院子，只见门廊上躺着一个穿靴子、戴鸭舌帽的人，看样子他睡得很沉。门边停着一辆黑色大轿车，没有开车灯。透过前窗的玻璃，模模糊糊可以看见白嘴鸦的身影。

就在快要上车的时候，玛格丽特突然绝望地轻轻叫了一声：

“上帝，我丢了马掌！”

“上车吧，”阿扎泽洛说，“等我一会儿。我去去就来，看看是怎么回事。”说着便消失在大门里。

事情原来是这样：就在玛格丽特、大师以及送行的人出门前不久，珠宝商楼下第48号公寓里走出一个瘦小的女人。她一手拿着牛奶桶，一手拿着买菜的袋子。这就是安奴什卡，就是那个星期三在公园转门旁撒了葵花籽油、让柏辽兹倒了大霉的安奴什卡。

谁也不知道，也许永远不会有人知道，这个在莫斯科的女人究竟是干什么的，靠什么生活。人们只知道一点，那就是每天都可以看见她拿着牛奶桶或者是买菜的袋子，或者两样东西一起拿着，不是出现在煤油商店，就是菜市场，或者是大楼的门口，或者是楼梯上，更多的时候是在第48号公寓的厨房里。关于她还有个人人皆知的趣闻，那就是她在哪里或者她出现在哪里，哪里就立刻会有风波。所以她还有个绰号——“瘟神”。

“瘟神”安奴什卡不知为什么总是起得特别早。今天更是没光没亮就起床了，大概是十二点刚过吧。钥匙在门上一转，安奴什卡的鼻子就伸了出来，接着，整个身体也出来了。她关上门，正打算去什么地方，突然楼上的门砰的一声响，有人从楼梯上滚了下来。安奴什卡被撞到一边，她的后脑勺在墙上撞了一下。

“你只穿着一条衬裤去见鬼啊？”安奴什卡抱住后脑勺尖叫着。那个人只穿着内衣，手提箱子，头戴鸭舌帽。他闭着眼睛，像说梦话似的对安奴什卡说了一些奇怪的话：

“热水器！白矾！光粉刷就得多少钱。”接着他又哭又气地大喊道：“滚！”

但是，他并没有从楼梯上往下摔，而是相反，是脚冲上往上摔，从那扇被经济学家踢碎玻璃的窗户飞了出去。安奴什卡甚至忘了后脑勺的疼痛，她哎呀一声，朝窗户冲了过去。她肚子贴住窗沿，朝院子里伸出脑袋，以为会在亮着路灯的柏油路面上看到摔死的人和那只箱子。但柏油路面的院子里什么也没有。

只有一个可能，那就是一个梦游的怪人像鸟一样从公寓里飞走了，没有留下任何痕迹。安努什卡画了个十字，心想：“唉，这的确就是第50号公寓啊！怪不得人家都说呢！……唉，这房子！”

她在想着，楼上的门又砰地响了一声，又有人从楼上滚下来。安奴什卡紧贴墙壁，看到一个相当有身份的公民从她身边跑过，这人留着有些稀疏的络腮胡子，脸长得有几分像小猪。他跟第一个人一样，从窗户里跳了下去，同样也没有在柏油路面上摔死。安奴什卡已经记不清自己要出门去干什么了，只是呆呆地站在楼道上，不停地画着十字，哎呀呀地叫着，还不停地自言自语。

不一会儿，第三个人又从楼上跑了下来。这人没留胡子，一张圆脸刮得干干净净，身着托尔斯泰式短衫。他也是从窗口里飞走了。

好在安奴什卡有一点值得称道，那就是她很好奇。于是，她决定再等一等，看还有没有什么新鲜事出现。楼上的门又开了，有一伙人从楼上下来。但他们没有奔跑，而是像正常人一样走着。安奴什卡赶紧离开窗户，回到楼下，飞快地开了自己的门，并躲在了门后。从她留下的细细的门缝里，她那双疯狂而好奇的眼睛正往外看着。

走在前面的那个像是病人，也可能不是，反正他模样古怪，脸色苍白，蓄着乱糟糟的胡子。他头上戴着一顶小黑帽，身上穿着一件长袍睡衣，一瘸一拐地走了下来。一位太太小心地搀扶着他。安奴什卡在昏暗中似乎觉得，那太太穿着一件黑色僧袍，不是光脚，便是穿着一双透明的、显然是进口的碎花面皮鞋。呸，见鬼！她哪儿穿鞋啦！她全身竟一丝不挂！对呀，那长袍就是披在没穿衣服的她身上的！“嗨，这房子！”安奴什卡心里高兴得真是想唱起来，她似乎尝到了明天向左邻右舍吹嘘的滋味。

在衣着古怪的太太后面，还跟着一个光着身子的太太。她手拎着一只小箱子，一只大黑猫在箱子周围跑前跑后。安奴什卡擦擦眼睛，吃惊得快叫出了声。

走在最后的，是一个矮小的外国瘸子。他斜着眼，没穿上装，只穿了一件白色的燕尾服坎肩，系着领带。一行人从安奴什卡身旁走过，下楼去了。这时，有件东西啪地掉到了楼道里。脚步声渐渐远去，安奴什卡这才像蛇一样从门后溜了出来。她把牛奶桶放在墙边，身子趴在楼道的地上慢慢摸着。突然，她的手触到那个餐巾包着的小包，沉甸甸的。她打开小包，高兴得眼皮都翻上去了。她把这宝贝举到眼前，双眼露出了狼一般凶狠和贪婪的目光。安奴什卡脑海里翻腾着种种念头："我什么都不知道！什么都没看见！……找侄子商量吗？把它分成几块……宝石可以抠出来……一颗颗地卖。到彼得罗夫卡卖一颗，再到斯摩棱斯克街卖一颗……反正，我什么都不知道，什么都没看见！"

安奴什卡把捡到的东西藏进怀里，拎着牛奶桶想先回趟自己的公寓，然后再去市里办事。不料，那个没穿上装、胸脯洁白的外国人突然间来到她的面前——鬼知道他是从哪里钻出来的，还轻轻对她说：

"把马掌和餐巾给我。"

"什么马掌？"安奴什卡反问道，装得像是在说："我可不知道什么餐巾。您是怎么啦，公民，是喝醉了吧？"

白胸脯伸出像公共汽车扶手那般坚硬和冰冷的手指，一把掐住了安奴什卡的脖子，让空气无法进入她的胸膛。牛奶桶从安奴什卡手里掉到地上。过了好一会儿，没穿上装的外国人才把手从她脖子上松开。安奴什卡张嘴深吸了一口气，赔起了笑脸。

"哎呀，您说马掌呀，"她说，"给您！原来是您的马掌呀？刚才我看到餐巾里包着……我就有意把它收了起来，如果别人捡走了，你上哪儿去找啊！"

外国人接过马掌和餐巾，双脚一并，紧紧握着她的手，带着浓重的外国口音，十分热情地表达了谢意：

“向您致以深深的谢意，太太。这马掌是个纪念品，我特别珍惜。既然您为我保存了，那么请允许我给你两百卢布表达谢意。”说着，他从坎肩口袋里掏出两百卢布，把它递给了安奴什卡。

安奴什卡绝望地笑了笑，连声嚷嚷：

“啊，太谢谢您啦！谢谢！谢谢！”

慷慨的外国人越过楼梯到了底层，不过消失之前还在楼下喊了一声，这次竟没有带一点外国口音：

“你这个死老太婆，捡到别人的东西应该上缴民警局，别往自己的兜里揣！”

楼梯上发生的一系列怪事弄得安奴什卡的脑袋嗡嗡直响，不过她还是下意识地大喊大叫起来：

“谢谢！谢谢！谢谢！”其实，外国人早就不见了。

院子里的轿车也不见了。阿扎泽洛把沃兰德的礼物还给玛格丽特，便向她告别，并没有问她这车坐着是否舒服。赫勒在玛格丽特脸上响亮地亲了亲，黑猫吻了她的手。最后，送行的三位朝一动不动、傻坐在轿车一角的大师挥挥手。轿车从门洞下睡得像死人一样的便衣身旁开出了大门。在喧闹不止的花园街上，黑色轿车的车灯灯光立刻就淹没在了其他车灯的灯光之中。

一小时后，在阿尔巴特街上那条巷子的一个地下室里，在罩着灯罩的台灯下，玛格丽特坐在桌旁轻轻地哭着。经历了非同寻常的心灵震撼之后，她找回了幸福。屋里的一切，依旧是去年深秋那个可怕的夜晚之前的摆设：桌上是丝绒的桌布，窗台上是插着铃兰花的花瓶。那本边缘已被烧焦的本子，正放在玛格丽特的面前。一旁还有高高的一沓练习本。小屋里一片寂静。隔壁那间屋里，大师正盖着医院的睡袍，在沙发上沉沉入睡。他的呼吸均匀安稳而悄无声息。

玛格丽特停止了哭泣，她从那些练习本中找到了她在克里姆林宫墙下遇见阿扎泽洛前反复阅读的地方。玛格丽特没有丝毫睡意。她温柔地抚摸着手稿，仿佛是在抚摸自己宠爱的猫。她把它放在手里摆弄着，颠来倒去地细细欣赏着，一会儿看看扉页，一会儿又翻到末尾。一个可怕的念头浮现脑海：万一这练习本突然从眼皮底下消失了，而她仍在自己小楼的卧室里，醒来以后她就只能去投河了。这最后一个可怕的想法，应该是她在久受心灵煎熬以后的反应。什么也没有消失。无所不能的沃兰德果真是无所不能。现在，玛格丽特可以尽情地翻弄这些练习本，欣赏它们，亲吻它们，反复阅读它们，哪怕直到天明：

"从地中海袭来的黑暗笼罩着这座总督所憎恨的城市……是的，黑暗……"

第二十五章

总督拯救加略人犹大

从地中海袭来的黑暗笼罩着这座总督所憎恨的城市。连接圣殿和恐怖的安东尼塔楼之间的吊桥看不见了，无尽的黑暗从天而降，淹没了赛马场上空的双翼天使、遍布枪眼的哈斯莫尼宫、集市、棚屋、小巷和池塘……耶路撒冷，这座伟大的城市消失了，似乎它从未在这个世界上存在过。黑暗吞噬了一切，耶路撒冷及其周围地区一切有生命的东西都被吓得不见了踪影。春天尼散月十四的傍晚，一片奇怪的云团从海上袭来。

乌云已经朝骷髅地压过来，刽子手们刚才草草地在这里处死了死刑犯；乌云也压住了耶路撒冷圣殿，接着又像一股巨大的浓烟从圣殿山上扑向山脚的城区。它涌进了房屋的窗户，把人们从弯弯曲曲的街上赶回了各自的家。但它并不急于释放自己的水分，而只是频频地放出闪电。每当烟雾蒙蒙的黑色云团被闪电撕碎，宏伟的圣殿便披着闪闪发光的鳞片，从这团黑色云团里直飞上天。闪电一闪而过，圣殿重新回到了黑暗的深渊。它数次地飞上天空，又数次地跌落人间，而每一次的跌落，都伴随着惊天动地的轰鸣。

远方的闪电也从黑暗的深渊中唤出了耸立在西山上的大希律宫，它与圣殿遥遥相对。那些无眼而可怕的金色塑像也随之飞上了漆黑的天空，向上伸着双手。这天火同样是稍纵即逝，那沉闷的雷声再次将金色的塑像驱入黑暗。

倾盆大雨不期而至，雷电转化成飓风。在花园里靠近大理石长凳处，也就是正午时总督和大祭司进行交谈的地方，随着一声炮击似的雷鸣，一棵柏树竟芦苇似的轻轻折断。溅起的雨水、冰雹，夹杂着折断的玫瑰花、玉兰叶、树枝和沙石被风刮到了柱廊的凉台上。狂风撕扯着花园。

此刻，柱廊下有一个人，他就是总督。

现在，总督没有坐在沙发椅上，而是躺在卧榻上。旁边是一张低矮的小桌，上面摆着各种美食和装着葡萄酒的罐子。小桌的另一侧还有一个卧榻，现在空着。总督的脚边有一片没有收拾的红葡萄酒汁，就像一汪鲜血，旁边还有好些瓦罐的碎片。雷雨前就开始为总督准备膳食的仆人，现在正被总督的目光瞪得心慌意乱，因为他的一点闪失，惹得总督生了气，罐子被叭的一声摔在了彩石地上。总督厉声质问道：

“你上菜的时候为什么不看我的脸？你偷了东西吗？”

非洲黑人的脸由黑变成了土灰色，满眼是面临死亡一样的恐惧。他浑身发抖，差点又打碎了另一个瓦罐。可不知为什么，总督的脾气来得快，也去得快。非洲人正准备弯腰收拾地上的碎片和擦去那汪红葡萄酒，可总督却朝他挥了挥手，这奴才一溜烟就跑开了。那汪红葡萄酒仍然留在地上。

飓风刮起的时候，非洲人正隐身在神龛后面，那里有一尊白色的俯首站立的裸体女性雕像。他既怕出现得不是时候，又怕听不见总督叫他的声音。

在昏暗的雷雨时分，总督斜倚在卧榻上，自斟自饮，慢慢地品着。他时而伸出手去拿一块面包，把它掰碎，一小块一小块地咽下去，时而吮吸一口牡蛎，嚼一片柠檬，又喝上一口酒。

如果不是大雨的咆哮，如果没有像是要砸扁宫殿屋顶的雷声的轰鸣，如果没有冰雹砸到凉台台阶上的噼啪声，我们就能听到总督的喃喃自语。如果一闪而过的天火能够变成一道不熄的亮光，那么我们就能看见总督由于近日失眠和饮酒过度而红肿的眼睛，看到他脸上焦躁的表情，看到他不仅注视着浸在那汪红葡萄酒中的两朵白玫瑰，而且还常常转身面向花园，任飞溅的雨花和沙石打在自己的脸上，还能发现他正在等着什么人，而且已经等得有些不耐烦了。

过了一会儿，总督眼前的雨帘开始变得稀疏起来。怒号的狂风终于平息下来了。树枝也不再噼里啪啦地下落了。电闪雷鸣渐渐远去。耶路撒冷上空已不再集聚着四周泛白的紫色云团，而只是雨后那种常见的灰云。雷雨渐渐朝死海移去。

现在已经可以清楚地分辨出雨声，能听到雨水顺着水槽、沿着台阶直流而下的声音。白天，总督就是从这里下到广场上去宣布判决的。曾经被淹没的喷泉声也终于可以听到了。天已经亮了。天空中，灰色的云团正在向东移去，一抹抹蓝色在天空中显现出来。

这时，从很远的地方，隐隐约约的军号声和数百只马蹄的踢踏声穿过淅淅沥沥的雨声传到了总督的耳朵里。听到这声音，总督的身子微微地动了一下，脸上的表情也有了生气。这是骑兵团从骷髅地回来了。据声音判断，他们现在正经过那个宣判的广场。

终于，总督听到了他等待已久的脚步声。那唰唰的声音，已经到了通向凉台前面那个花园的最高一级平台上。总督伸长了脖子，两眼熠熠放光，显得很高兴。

一个戴风帽的脑袋先出现在了两只石狮子之间，随后，一个披着紧贴全身、上下湿透的披风的身体露了出来。这就是那个宣判前在王宫密室里和总督密谈的人，也是那个行刑时坐在三腿小凳上摆弄树枝的人。

来人蹚过水洼，穿过花园的平台，已经站在了凉台的彩石地上。他举起一只手，用悦耳的声音高声道：

“祝总督健康如意！”来人说的是拉丁语。

“我的神啊！”彼拉多惊呼道，“您浑身上下都湿透了！瞧这场飓风！快到我这儿来，把衣服换换。让您费心了！”

来人掀开风帽，露出了湿淋淋的头，前额上还贴着头发。他那刮得干干净净的脸上展露出了一个彬彬有礼的笑容。他拒绝去换衣服，并告诉总督说，淋点雨对他来说没什么大碍。

“我不想听这些。”彼拉多说完，两手一拍，吩咐候在外面的仆人为客人更衣，然后送上热菜。用了不长的时间，客人擦干头发，更衣，换鞋，总之，一切收拾停当后，他很快又出现在了凉台上。现在他已穿着干爽的平底鞋，披着深红的军用披风，头发梳得整整齐齐。

此时，太阳又回到了耶路撒冷。在离去与沉入地中海之前，它向这座总督憎恶的城市洒下一片惜别的光芒，将凉台的台阶染成了金色。喷泉又开始唱起欢歌，挥洒着水珠。鸽子们又飞落到沙地上，咕咕地叫着，跳过折断的树枝，在潮湿的沙土中啄食。那汪红葡萄酒已被擦掉了，碎瓦片也被收拾干净，桌上的牛肉正冒着热气。

“我听候总督的吩咐。”来人走到桌子跟前。

“您先坐下喝酒，然后我们再谈。”彼拉多很亲切地说，指了指另一张卧榻。

来人倚在卧榻上，仆人为他斟上了一杯浓浓的红葡萄酒。另一个仆人小心翼翼地从彼拉多背后探出身来，给总督的杯子里也斟上酒。随后，总督挥手支走了两个仆人。

来人开始吃着喝着。彼拉多抿着葡萄酒，眯起眼睛打量自己的客人。坐在彼拉多面前的是个中年人，一张非常讨人喜欢的白净的圆脸上，长着一个肉鼻子。他的头发很难说清是什么颜色。头发已经干了，颜色浅淡。也说不清他是哪个民族。他的脸上带着还算仁慈的表情，不过这种表情被他的那双眼睛，准确地说不是眼睛，而是他看人的那种神态给破坏了。他像是把自己那对小眼睛藏在了半睁半闭、有些古怪而浮肿的眼皮底下。此时，这两道眼睛的细缝中还没出现带有恶意的狡黠。可以说，总督的客人还是很幽默的。有时，这种幽默之光又会从他的眼缝中消失得无影无踪。他会大大地睁着眼睛，逼视着对方，好像是要迅速看清对方鼻子上一个难以觉察的污点。但这不过是他一瞬间的表情，很快，他的眼皮又会垂下，眼睛的窄缝中重又闪烁出仁慈和狡黠的智慧之光。

来人没有拒绝再喝一杯葡萄酒，并津津有味地吃了几个牡蛎，尝了点素菜，还吃了一小块牛肉。

饱餐之后，他称赞起了葡萄酒：

“真是上品，总督，这是法隆葡萄酒吗？”

“这是采库巴，三十年陈酿。”总督亲切地回答说。

客人把一只手放到胸口上，表示他不再要什么，说自己吃饱了。于是彼拉多为自己斟上酒，客人也照此为自己斟上。二人从各自的酒杯中往盛肉的盘子里倒了一些酒，接着总督举起酒杯大声说：

“为我们，为你，为了恺撒，罗马人之父，亲爱的人中豪杰，干杯！”

两人一饮而尽。非洲人撤去了桌上的菜肴，留下水果和酒罐。总督又挥挥手，打发走两个仆人。柱廊下，只剩下他和这位客人了。

“那么，”彼拉多声音不大，“民众目前有什么反应？”

总督不由得把目光投向花园的层层平台之外。山下，柱廊被染成了金色，扁平的屋顶在夕阳中黯淡下去。

“我认为，总督，”客人回答道，“耶路撒冷的局势还是令人满意的。”

“那么，可以保证不会有骚乱的威胁了吗？”

“可以保证，”客人回答，并讨好地看了看总督，“只要这个世界上还有伟大恺撒的力量。”

“愿诸神赐他万寿无疆，”彼拉多随后接着说，“天下太平。”总督顿了顿，说：“那么，您认为军队现在可以撤走吗？”

“我认为闪电大队可以撤走，”说完，客人又补充道，“最好临走前列队绕城一圈。”

“这是个好主意，”总督表示赞许，“后天我就让他们撤走，我自己也要离开。我以十二神祇、以祖先的名义发誓，如果我今天就能走，付出再大的代价我也愿意。”

“总督不喜欢耶路撒冷？”客人和善地问。

“发发慈悲吧，”总督笑着大声说，“世界上再没有比耶路撒冷更让人绝望的地方了。我就不说它的自然环境了！每次来，我每次都生病。这还不算什么。可这些节日让我受不了——什么术士、巫师、魔法师，还有成群结队的朝圣者……宗教狂，宗教狂！今年他们又开始了等待弥赛亚！你每待一分钟，都有可能会看到最令你不愉快的流血事件。总是在调动军队，批阅各种告密和诽谤的来信，而其中有一半就是告你本人的！您看，这有多么无聊。噢，如果没有这皇帝派下来的差事多好！……”

“是啊，这些节日的确是个麻烦。”客人对总督的话表示赞同。

“我真是巴不得这些节日快点过去，”彼拉多精神抖擞地说，“那时我就能回到我的该撒利亚了。您知道吗，希律王这座怪诞的建筑，”总督对着这些廊柱挥挥手，他显然指的是这个王宫，“简直是让我发疯。我无法在里面过夜。世界上再没有比这更古怪的建筑了！……哦，我们还是言归正传吧。首先，这个该死的巴拉巴不让您担心吗？”

这时，客人将自己那特有的目光投向总督的脸上。总督正阴郁地望着远方，双眉紧锁，静静地注视着脚下这片黄昏中渐渐黯淡的城区。客人的目光也黯淡下来，眼皮又垂了下去。

“可以这么说，巴拉巴现在已成了一头羔羊，不再有什么危险了，”客人说道，圆脸上显出了皱纹。“现在他也不会随便肇事了。”

“太有名了？”彼拉多苦笑一下。

“总督对问题的判断总是一针见血！”

“不管怎么说，”总督不无担心地说，戴着黑宝石戒指的细长手指正向上举着，“应该……”

“好，总督请相信，只要我在犹太，巴拉巴每走一步就会有人盯着。”

“那我就放心了，其实，只要有您在，我就是安心的。”

“总督您过奖了！”

“现在请您告诉我一些行刑的情况。”总督说。

“总督想知道什么？”

“民众有没有表现出愤怒的情绪？这是主要的，当然。”

“一点也没有。”客人回答。

“很好。您亲自检查过，那些犯人都死了吗？”

“总督可以绝对放心。”

“您再说说……上十字架前都给他们喝水了吗？”

“给了。不过他，”这时客人闭上了眼睛，“拒绝喝水。”

“是谁？”彼拉多问。

“请原谅，大人！”客人大声说，“我没说名字吗？就是拿撒勒人。”

“这个疯子！”彼拉多说道，不知为什么还做了个鬼脸。他左眼下的肌肉抽搐了一下。“让太阳活活晒死他！为什么要拒绝法律规定？他是怎么解释的？”

“他说，”客人又闭上了眼睛，说，“谢谢，判他死刑，他不怪罪。”

“不怪罪谁？”彼拉多声音显得低沉。

“这他没说，大人。”

“他没有企图向士兵们宣讲点什么？”

“没有，大人，这次他没有多话。他说过的唯一一句话，就是在人的所有缺陷中，怯懦是最主要的缺陷之一。”

“他说这些干什么？”客人听到一个像是突然间被折断的声音。

“这真是无法理解。他就是这么怪怪的，其实，他总是这么怪异。”

“怪在哪里？”

“他总是观察别人的眼睛，一会儿看看这个，一会儿看看那个，露出一种不知所措的笑容。”

“没别的了？”那个嘶哑的声音又问。

“没了。”

总督咚地放下酒杯，给自己倒上酒。一饮而尽之后，他说道：

“问题在于，虽然我们没能发现，至少现在是这样，没发现他的什么崇拜者或者追随者，但是，我们也不能保证没有这种人，不能。”

客人注意听着，低下了头。

“所以，为了避免发生意外，”总督接着说，“我请您立刻悄悄地处理掉那三具犯人的尸体，把他们悄悄地秘密埋葬掉，这样，今后才不会有关于他们的任何传闻。”

“遵命，大人，”客人说着站起了身，“事情复杂，责任重大，请允许我立刻动身。”

“不，再坐一会儿，”彼拉多说着，做了个手势阻止自己的客人，“还有两个问题。第一，您在履行犹太总督秘密卫队长这个艰巨的职责中功勋卓著，我将非常乐意向罗马朝廷禀报。”

客人的脸上泛起红晕，他站起来，对总督鞠了一躬，说：

“我只是履行为帝国效忠的义务！”

“不过，我还有个请求，”总督继续说，“如果朝廷对您另有重用，我希望您婉言谢绝并继续留在这里。不管怎么说，我不愿和您分手。就让朝廷以别的方式奖赏您吧！”

“大人，能在您麾下效劳，我深感荣幸。”

“那我就开心了。现在谈谈第二个问题。就是关于那个，他叫什么来着……加略人犹大。”

客人又向总督投去自己那独特的目光，随后又立即熄灭了它。

“听说，”总督压低了嗓音，继续说道：“他好像拿到了一笔钱，因为他在自己家里非常热情地接待了一位疯子哲学家。”

“是将要拿到。”秘密卫队长轻轻地纠正道。

“钱的数字大吗？”

“谁也不知道，大人。”

“连您都不知道？”总督说，他的惊讶表达了一种称赞。

“可惜啊，连我也不知道，”客人平静地回答，“不过，他将在今晚拿到这笔钱，这个我知道。今天有人叫他去该亚法的府第。

“咳，这个贪财的加略老头，”总督笑着说，“是个老头吗？”

“总督从不出错，不过这次您错了，”客人讨好地说，“这个加略人很年轻。”

“是吗！能不能跟我说说他的情况？是个宗教狂？”

“噢，不是，总督。”

“这样啊。还有什么？”

“很英俊。”

“还有呢？也许，他对什么很痴迷？”

“很难细致准确地了解这么大一座城市的居民，总督……”

“噢，不，不，阿夫拉尼！别低估了自己的成绩！”

“他的确有个嗜好，总督。”客人稍稍停顿了一下，“他爱钱如命。”

“他是干什么的？”

阿夫拉尼两眼朝天，想了想，回答道：

“他在一个亲戚的钱庄帮忙。”

“哦，是这样，是这样，是这样。”总督住口，看看凉台四周有没有人，然后轻声说，“是这么回事，我今天得到消息，说有人要在今夜把他干掉。”

客人又朝总督投去了自己独特的目光，甚至还在总督的脸上稍作了停留，接着答道：

“总督，刚才您对我真是过奖了。我看我不配让您为我请功。我没有这方面的消息。”

“您完全应该得到最高奖赏，”总督说，“不过确实有这个消息。”

“我斗胆地问一句，这消息是谁提供的？”

“请允许我暂时不告诉您，再说这消息也是偶然得到的，不具体，也没有经过证实。但我必须要有预见性。这是我的职责，最重要的是我相信自己的预感，因为它从来没有骗过我。我得到的消息是这样的：拿撒勒人的一位密友对这个钱庄伙计无耻的背叛行为感到愤怒，他和几个同伴商定今夜把那叛徒给杀了，把他背叛所得的钱仍还给大祭司，再附上一个字条：‘还你这该诅咒的钱！’”

秘密卫队长没有再把颇感意外的目光投向总督，他眯起眼睛听彼拉多继续说下去：

“您想想，大祭司在节日之夜收到这样的礼物会高兴吗？”

“不要说是高兴了，”客人微微笑着，答道，“不过我认为，总督，这会引起一桩巨大的丑闻。”

“我也这么想。所以我请您做一件事，那就是不惜一切保护加略人犹大。”

“一定按照大人的吩咐行事，”阿夫拉尼说，“请大人尽管放心，歹徒的阴谋将难以得逞。您想，”客人转过身接着说，“要搞清一个人的行踪，杀死他，弄清他到底得到多少钱，再把这些钱还给该亚法，而这一切要在一夜之内办完？还是在今天？”

“至少，今天要把他干掉，”彼拉多固执地说，“我有预感，我对您说过！预感从来没骗过我。”总督的脸上一阵抽搐，他很快地搓了搓手。

“遵命。”客人顺从地回答道。他站起身，挺了挺胸，突然很严肃地问：“是要干掉他吗，大人？”

“是的，”彼拉多回答，“我寄全部希望于您惊人的才干。”

客人正了正披风下面那条厚重的皮带，说：

“那就祝大人健康如意吧。”

“啊，对了，”彼拉多轻轻地叫了一声，“我简直忘了！我还应该还您钱呢！……”

客人很诧异。

“总督，您确实不欠我什么钱。”

“怎么不！我来耶路撒冷时，记得吗，有群乞丐……我想丢几个钱给他们，可身上恰好没带着，我就从您那儿拿了。”

“噢，总督，那算什么钱！”

“几个小钱也该记住。”

彼拉多转过身，撩起搭在他身后椅子上的披风，从里面取出一个皮袋子，递给了客人。客人鞠了个躬，接过来藏进了披风里。

“我等着您的消息，”彼拉多说，“掩埋尸体，还有今夜加略人犹大的事。听着，阿夫拉尼，就在今天。我会命令卫队，只要您一来，他们就立刻叫醒我。我等着您！”

“不胜荣幸。”秘密卫队队长说完便转身离开了凉台。平台上那潮湿的沙土发出了吱嘎吱嘎的脚步声响，接着，他的皮靴又踩在了两只狮子之间的大理石地面上，发出了噔噔的声音。随后，先是他的两条腿，接着是他的身体被一段段地隐去，最后，连风帽也不见了。这时，总督才发现，太阳已经落山，黄昏降临了。

第二十六章

掩埋尸首

也许，正是这样的黄昏使总督的外表发生了惊人的变化。眼看着，他就衰老了，腰背也驼了，除此，他的情绪也开始变得惶惑不安。有一次他朝四周望了望，目光落在了椅背上搭着披风的那张空椅上，浑身莫名地颤抖了一下。节日的夜晚来临了，黄昏的影子在嬉戏着，显然，疲惫的总督产生了幻觉，他似乎看到有人坐在空椅上。他有点害怕了——走上前撩了撩披风，把它扔到一边，接着就在凉台上来回跑了起来。他一会儿搓搓手，一会儿跑到桌子跟前端起酒杯，一会儿停住脚步，看着彩石地上镶嵌的图案发愣，好像是想弄明白上面写的什么字。

今天，这种心烦意乱的感觉已经是第二次袭击他了。他揉搓着太阳穴：因为早晨极度的偏头痛，脑子里只留下了一些模糊酸胀的回忆，他要尽快搞明白自己内心痛苦的原因。尽管他很快就明白了，但又在尽量地欺骗自己。他心里清楚，今天白天他犯了一个无法挽回的错误，现在，他为挽回这个错误所采取的行动是那么微小和无足轻重，更主要的是，所有的行动都为时已晚。他欺骗着自己，并且安慰自己说，这些行动，现在的，晚上的，都和早上的宣判同样重要。可要让自己这么想也很难。

在一次转身时，他突然间停了下来，吹了声口哨。昏暗中一阵低沉的狗叫应声而起，随后，一条高大的尖耳朵灰色狼狗从花园里窜了出来。狗的脖子上戴着一个项圈，项圈上有一个镀金的牌子。

“班加，班加。”总督有气无力地叫着。

那狗踮着后腿像人一样立了起来。它把前爪往主人肩上一放，险些把他扑倒，接着又在主人的脸上舔了舔。总督坐在椅子上，班加坐到了主人的脚边。它伸着舌头，呼哧呼哧地喘着气，眼中的兴奋表明，勇猛无畏的狼狗在这个世界上唯一害怕的雷雨已经过去，它现在又可以和自己的主人在一起，这个主子受到自己的爱戴、敬重，威武盖世，还是人的主宰。所以，狗也觉得自己是尊贵的、特别的、不可一世的生灵了。但是，它刚一躺在主人的脚边，甚至没看他一眼，而只是望着暮色中的花园，便立刻明白主子遇到了不幸。于是，它改变了姿势，站起身，从桌边绕过来，把前爪和脑袋搭在总督的膝盖上，披风的下摆立刻沾上了一片潮湿的沙子。看来，班加是在以这样的举动表明，它在安慰自己的主人，而且决心与他共患难。一双斜视着主人的眼睛和两只因警觉而竖起的耳朵，也表达了同样的意思。就这俩，相互爱惜的一狗一人，在凉台上迎来了节日的夜晚。

此刻，总督的那位客人正忙碌着四处奔波。离开凉台前那个花园的最高一层平台之后，他顺着台阶来到了下一个平台，往右一拐，朝王宫后面的军营走去。军营里，驻扎着节前随总督赴耶路撒冷的两个骑兵中队和这位客人所率领的总督秘密卫队。客人在军营里稍作停留，大概不到十分钟。但是，十分钟过后，军营大院里便驶出了三辆马车。车上装载着许多挖掘工具和一大桶水，车后跟着十五个穿灰色披风的骑兵。在他们的护卫下，三辆马车从后门驶出王宫，朝西，出城门，先拐上去伯利恒的路，随后沿路往北，到了希布伦大门边的十字路口，又拐上了白天押解死刑犯所走过的雅法大道。此时，天已经黑了，月亮在天边升起。

三辆马车以及骑兵护卫刚刚离开，总督客人也骑马离开了王宫。他换了一件深色的长袍。他没有去城外，而是进了城。不一会儿，他来到城北与圣殿紧紧相邻的安东尼塔门口。客人在城堡内停留的时间并不长，随后他的身影又出现在下城那蜿蜒交错的街道上。此时，客人骑着的已是一匹骡子了。

熟悉城区的客人轻而易举就找到了他要去的街道。这条街名叫希腊街，因为街上有几家希腊人开的铺子，其中有一家经营地毯生意。就在这家铺子前，客人下了骡子，把它拴在了门前的铁环上。铺子已经关门。客人走进紧挨铺子入口的边门，来到一小块四方空地，其余三面都围着棚屋。他拐过屋角，来到一个屋子爬满常春藤的石头露台上，并四下打望了一下。小房子和板棚屋里黑洞洞的，还没有点灯。客人轻轻唤了一声：

"尼扎！"

房门吱呀一声开了。夜晚的昏暗中，一个没戴面纱的少妇出现在露台上。她在露台的栏杆上探出身子，不安地四下张望着，想知道来者是谁。认出来人后，她友好地冲他微笑着，又是点头又是招手。

"你一个人？"阿夫拉尼用希腊语轻声问道。

"一个人，"露台上的女人轻轻说，"丈夫一早就去该撒利亚了，"这时女人又回头朝屋里看了看，小声地补充道，"不过，女仆在家。"她做了一个"进来"的手势。阿夫拉尼朝四周看了看，登上了石台阶。随后，女人和他一起进到了小屋。

在这个女人家，阿夫拉尼逗留的时间更短，绝不超过五分钟。很快，他走出屋子，下了露台，把风帽拉得快要遮住了眼睛，然后快步走到街上。这时，周围房屋里已开始有了星星点点的灯光，节前的大街上挤满熙熙攘攘的人群。阿夫拉尼骑着自己的骡子，很快消失在了步行和骑马的人流当中。他后来的去向无人知晓。

被阿夫拉尼唤作尼扎的女人独自留在了家里。她开始换衣服，一副急着出门的样子。尽管在黑暗的房间里要找出需要的东西相当难，可她还是没有点灯，也没有招呼女仆帮忙。只是在她穿好衣服，头上蒙好了黑面纱后，小屋里才传出她的声音：

“如果有人问起我，就说我到埃南塔家去了。”

老仆人的埋怨声在黑暗中响起：

“去埃南塔家？唉，又是这个埃南塔！你丈夫不是不许你去她家吗！她是个皮条客，你的那个埃南塔！看我不告诉你丈夫……”

“好了，好了，闭嘴吧。”尼扎回应着，像影子一样溜出了家门。她的平底鞋敲打在小院的石板地上，发出啪啪的声响。女仆嘟嘟囔囔地关上了朝向露台的门。尼扎离开了家。

在下城一个蜿蜒下行的小巷里，一条石板小路通向池塘。路边有一栋背靠街面、窗户向里的简易房。一个年轻人从这房子跟前的栅栏门里走了出来。只见他留着修剪得整整齐齐的胡子，干净洁白的头巾垂到肩上，身上是崭新的节日服饰——一件下摆缀着流苏的青色长袍，脚上是一双吱吱作响的平底新鞋。这个身穿节日盛装的鹰钩鼻美男子精神抖擞地走着，超过了那些急于回家享用节日晚餐的行人，他还边走边欣赏着灯光在一个个窗户里亮起。年轻人走的那条路，经集市一侧直通坐落在圣殿山下的大祭司该亚法的府第。

不一会儿，他走进了该亚法宅院的大门，再过了一会儿，他又离开了这座府第。

造访过这座灯光通明、洋溢着节日欢乐气象的宅院之后，年轻人看上去更精神、更高兴了，他现在是要急着赶回下城。他刚刚走到街角拐向集市广场的路口上，一个步履轻盈的女人在熙熙攘攘的人群中跳舞似的打他身边走了过去。她头上的黑纱正好遮住了她的眼睛。走到年轻美男子的身边时，女人撩了撩面纱，看了他一眼。可是她没有放慢脚步，而是走得更快了，好像想躲开被她赶上的这个人似的。

年轻人发现了这个女人，不仅如此，他还认出了她。他猛地打了个哆嗦，停了一下，不解地望着她的背影，接着就追了上去，还差点撞倒了一个捧着瓦罐的行人。他很快赶上了那个女人，激动地喘着粗气，对她叫了一声：

“尼扎！”

女人转过身，眯着眼睛，脸上的表情冷漠、沮丧。她用希腊语冷冷地说：

“嗳，是你，犹大？我没立即认出你来。不过，这也好。照我们的说法，就是谁没有被认出来谁就会发财……”

犹大激动得心脏一阵乱跳，好像被蒙在黑布下的小鸟。他生怕旁人听到他说的话，所以声音时断时续：

“你这是去哪儿，尼扎？”

“你要知道这个干什么？”尼扎边说边放慢了脚步，很高傲地看着他。

犹大的话语中突然有了些孩子气，他不知所措地低声说道：

“那又怎么啦？……咱们不是约好了吗。我正想去你家呢。你说你一个晚上都在家的……”

“哎呀，不行，不行。”尼扎回答说，并任性地噘起了下嘴唇，这让犹大觉得，这张他有生以来觉得最漂亮的脸现在更加好看了。“我觉得无聊。你们过节，那我能干什么？让别人听我在露台上的长吁短叹？然后又害怕女仆把这件事告诉我丈夫？算了，算了，还不如去城外听夜莺唱歌呢。”

“去城外？”犹大慌忙地问，“你一个人？”

“当然是一个人。”尼扎回答。

“那让我陪你去吧。”犹大喘着气请求道。他的意识开始变得模糊。他把世上的一切抛到了脑后，用一种恳求的目光看着尼扎那双蓝色的，现在有些发黑的眼睛。

尼扎什么也没说，并且加快了脚步。

“你怎么不说话，尼扎？”犹大抱怨道，并调整步伐与她保持一致。

“和你一起去，我就不寂寞了？”尼扎突然问了一句，还停了下来。现在，犹大的脑子里已经乱成了一锅粥。

“那好吧，”尼扎终于心软了，“走吧。”

“去哪儿呢，去哪儿？”

“等一下……我们先到这个院子里去约个地方，我怕熟人撞见，然后就会去说我和情人一起逛街。”

说完，尼扎和犹大就从集市上消失了。他们走进一个院子的门洞悄悄商量起来。

“你去橄榄园，”尼扎耳语道，她把面纱拉下来遮住了眼睛，并且转身避开一个提水桶走进门洞的人，“从客西马尼门出去，过汲伦溪，明白了吗？”

“是，是，是。”

“我先走，”尼扎又说，“你别跟在我后面，得跟我分开。我先去……你过了汲伦溪……你知道山洞在哪儿吗？”

“知道，知道……”

“从榨油机旁边上山，转弯就是山洞。我就在那里等你。只是千万别跟着我，要有耐心，在这里先等一会儿再走。”说完这一席话，尼扎便出了门洞，那样子看上去好像她压根儿就没和犹大说过话。

犹大独自站了一会儿，想尽量把散乱的思想集中起来。其中有一个念头，就是怎么解释他在家庭节日晚宴上的缺席。犹大站在那里，想着怎么撒这个谎，可是因为激动，他又什么像样的理由都没有想出来，而他的两条腿已经不受他的控制，不由自主地把他带出了门洞。

现在他改变了自己的路线，不再急于去下城，反而掉转头朝该亚法的府第走去。城里已是一派节日的景象。犹大身旁的窗户不仅灯光闪烁，而且还传出了念诵赞美诗的声音。最后一批晚归的人驱赶着毛驴，吆喝着，挥鞭抽着。双腿驱使着犹大，他甚至没有发现长满苔藓、威严可怖的安东尼塔从他身边掠过，也没有听见城堡里军号的吼声，更没有注意到罗马骑兵巡逻队。士兵们手举着火把，那摇曳的火光照亮了他脚下的那条路。

过了安东尼塔，犹大一转身便看见圣殿上空高高燃着两盏巨大的五烛灯。不过犹大看得并不是很清楚，他觉得好像耶路撒冷上空又亮起了十盏见所未见的巨大神灯，正和原来那唯一的神灯——月亮——比试着光辉呢。

现在犹大什么都不管了，只顾朝着客西马尼门跑去，想尽快出城。有时候他仿佛觉得，在他的前面，在行人的脊背和面孔中间，隐约闪烁着舞蹈的人影，带领他一路向前。但这不是真实的情景——犹大明白，尼扎有意和他拉开了距离。犹大跑过几个钱庄，终于到了客西马尼门。尽管他心急火燎，可还是不得不停下了脚步。有一个骆驼队正在进城，接着是一队叙利亚巡逻兵。犹大在心里诅咒着……

但一切都总会有个结束。迫不及待的犹大已经到了城外。他看到自己的左边有一个小小的墓地，边上有几顶朝圣者的条纹布帐篷。穿过一条洒满月光、满是尘土的小路，犹大径直朝汲伦溪方向走去。他是打算从那里蹚水而过。溪水在犹大的脚下潺潺地流着。他踩着一块块石头，终于到了客西马尼园的对岸。当他看见花园的路上杳无人烟时，简直高兴极了。不远处，橄榄园那破败的大门就在眼前了。

走出闷热的城区，犹大被这春夜清新的气息所陶醉了。客西马尼园中草地上那香桃木和金合欢的阵阵清香，越过橄榄园的围墙像浪一样涌来。

园门无人看管，里面一个人也没有。几分钟后，犹大已经走到枝叶繁茂的橄榄树投下的神秘阴影之中。道路通向山上，犹大气喘吁吁地往上爬着。黑暗中，地上偶尔会显现出斑驳的光影地毯，这让犹大想起了在尼扎那爱吃醋的丈夫开的铺子里见过的地毯。过了一会儿，在犹大左侧的林中空地上，一个装着笨重石轮的榨油机和一堆木桶从眼前闪过。花园里没有人。人们在傍晚便收工了，现在，只有夜莺的婉转歌唱在犹大的头顶上响起。

离目的地已经很近了。他知道，山洞中那细语般的滴水声就会从右边的黑暗中传来。果然，他听到了。一阵凉气扑面而来。

于是，他放慢了脚步，轻轻喊了一声：

“尼扎！”

可是出来的不是尼扎，而是一个矮壮的男子。只见他从粗大的橄榄树干上跳到路上，手中有什么东西一闪，很快又看不见了。犹大往后一躲，发出一声轻轻的惊叫，但另一个人立刻挡住了他的退路。

第一个人站在前面，问道：

“刚才拿了多少钱，还想活命就快说！”

犹大心里还有一丝希望，于是他绝望地大叫道：

“三十块银币！三十块银币！全都在我身上。就这些！都给你们，饶我一命！”

前面的人一把将钱袋从犹大手里夺了过来。就在这一刹那，犹大身后如闪电般飞来一把尖刀，直刺这个多情人的后背。犹大直挺挺地面朝下摔倒，手指弯曲着的双臂向前伸着。前面那人对着犹大拔出了自己的刀，顺势将刀直至刀柄刺进了他的心脏。

“尼……尼……”犹大呼喊着，嗓音已不再高亢、清晰和年轻了，而是低沉的，并带着一种责备，接下来，再也没有了声息。他的身体重重地摔在地上，发出了沉闷的声响。

这时，路上出现了第三个人。这人穿着披风，戴着风帽。

“别磨蹭！”这人命令道。两个杀手把钱袋和第三个人取出的字条迅速包进一张皮革，并用绳子在它上面捆了个十字。第二个人把小包塞进怀里，两个杀手随后便离开小路，朝两边散去。橄榄树间的阴影立刻吞噬了他们。第三个人在死者的旁边蹲了下来，看了看他的脸。阴影中，这脸看起来像面粉一样惨白，但又显出一种兴奋的神采。

几秒钟后，路上已经了无人迹。犹大已经停止呼吸的躯体两手张开地躺在地上。他的左脚伸在一片月光中，平底鞋上的每一根皮绳清晰可见。此时，客西马尼花园上空响彻着夜莺的啼鸣。两个劫杀犹大的杀手到哪里去了，没人知道，但戴风帽的第三人的行踪却是清楚的。他离开了那条小路，飞快地钻进了橄榄树林，向南跑去。在远离正门、墙顶已经坍塌的院墙南角，他翻过了院墙。很快，他到达了汲伦溪边。他踏进溪水，在水里走了一会儿，眼前终于出现了两匹马和站在一边的马夫那模糊的轮廓。两匹马也站在溪水里。水流冲洗着马蹄。马夫骑到一匹马上，戴风帽的人纵身跃上另一匹马，两人在水流中缓缓而行，乱石在马蹄下发出咯咯的声响。两个骑者出了溪水，上了耶路撒冷的堤岸，在城墙边小步走着。这时，马夫往前拉开了距离，疾驰着，很快便从人们的视线中消失。戴风帽的人勒住马，翻身下到空荡荡的路面。他摘去披风，把衬里翻到外边，又从披风下取出一顶没插羽毛的扁平头盔，把它戴在了头上。现在，跃上马背的已是一个身着军人战袍、腰佩短剑的骑士了。他抖了抖缰绳，那匹烈马便小跑起来，轻轻地颠着背上的骑士。路并不远——骑士这就抵达了耶路撒冷的南门。

城门洞里舞动和跳跃着火把不安的火苗。闪电兵团第二中队的哨兵正坐在石凳上掷骰子。见到骑马进城的军人，士兵们赶紧站起身。军人朝他们挥挥手，径自朝城里走去。

城里一片节日的灯火。窗户里烛光闪烁，此起彼伏的赞美诗歌声交汇成了一曲不协调的合唱。骑士偶尔朝着临街的窗口里望去，只见家家户户都围坐在节日的餐桌旁，桌上摆着羊羔肉，盛着苦菜的菜盘子中间立着一个个斟满葡萄酒的酒杯。骑士嘴里轻轻吹着什么小曲儿，马儿缓缓地小跑着穿过下城空旷的街道，朝着安东尼塔的方向驰去。他偶尔抬起头，看一眼圣殿上空那两盏前所未有、熊熊燃烧的五烛巨灯，或者看一眼挂在五烛巨灯上空的月亮。

大希律宫里没有丝毫逾越节前夜的欢快。住着罗马军团大队军官和军团副司令的王宫南配殿里已经有了灯光，这里多少还能感到生活气息的流动。在王宫的前半部分，也就是正殿里，住着身不由己、孤零零的总督大人，还有他身边的廊柱，以及那些对明晃晃的月亮视而不见的金色雕塑。在这王宫的深处，笼罩着一片黑暗和寂静。就像总督对阿夫拉尼所说，他不愿回到那里去。他吩咐仆人把床铺到凉台上，也就是刚才用餐和上午审讯的地方。总督躺在铺好的卧榻上，可是并没有睡意。月亮毫无遮拦地高挂在干净的夜空，总督目不转睛地盯着它，一连过了好几个时辰。

午夜时分，睡梦终于对总督起了怜悯之心。他使劲打了个哈欠，解下披风，取下腰间束着衬衫的皮带，连同皮带上那把带着剑鞘的刀。把它们一起放到卧榻旁的椅子上之后，他脱下平底鞋，直挺挺地躺了下去。班加立即爬上卧榻，在他身边躺了下来，把头靠在主人的头边。总督把手搭在爱犬的脖子上，终于闭上了眼睛。班加也是这时才睡去的。

卧榻放置在一根圆柱投下的阴影里，一道月光从台阶处一直延伸到了卧榻前。总督和周围世界刚一脱离联系，就踏上了这条月光之路，径直朝天上的月亮走去。在梦中，他甚至高兴得哈哈大笑，在这条蓝色透明的月光之路上，一切是那么美好和特别。班加陪伴着他，身边走着那位流浪哲学家。他们正在争论着一个非常复杂而重要的问题，可谁也不能说服谁。他们在所有问题上都不能达成一致，正因如此，他们的争论就更加有趣和没完没了。显然，今天的行刑绝对是个误会——瞧这个哲学家，他想出了人人善良这种荒谬至极的理论。他正走在我身边，所幸他还活着。当然，要处死这样的人，连想想都可怕。哪有什么行刑！不曾有过！这就是踏着向上的月光之梯的旅行会如此美妙的原因了。

还有的是时间，雷雨要傍晚才会降临，而怯懦，毫无疑问是人身上最可怕的缺陷之一。拿撒勒人耶舒阿这么说道。不，哲学家，我反对，我觉得怯懦就是人最可怕的缺陷！

您看，比如说，我这个现任犹太总督，过去的罗马军团总指挥，当初在女儿谷，愤怒的日耳曼人快把巨人“鼠见愁”撕碎的时候，我没有怯懦。不过，宽恕我吧，哲学家！难道您，以您的智慧，会认为犹太总督会为一个冒犯恺撒大帝的人毁了自己的前程吗？

“是的，是的。”彼拉多在梦里呻吟着，呜咽着。

显然，他会因此毁掉自己的前程。上午他还没有，而现在，深夜，掂量一切之后，他愿意毁掉自己的前程。只要这个毫无过错的疯狂的幻想家和医生能躲过死刑，他会在所不惜地付出一切！

“从现在起，我们就永远在一起了。”衣着褴褛的流浪哲学家在梦中对他说着，不知怎的竟和金矛骑士一起走在了路上。“一个人在哪里，另一个也就在哪里！提到了我，也就是提到了你！只要提到我这个不知父母是谁的弃儿，也就是提到你这个御用星相家和磨坊主的女儿、美人皮拉的儿子。”

“是啊，你可千万别忘了我，请记住我这个星相家的儿子。”彼拉多在梦中请求着。看到与他同行的加利利乞丐点头同意，残酷的犹太总督在梦里高兴得又哭又笑。

这一切确实美好，正因如此，总督在醒来后就觉得更加恐惧。班加冲着月亮疯狂地叫着，光滑得像抹了一层油的蓝色道路在总督眼前骤然消失了。他睁开眼睛，首先想到的就是行刑判决已经执行了。总督先是习惯性地抓住班加的项圈，然后抬起病态的目光去寻找着月亮。月亮已经有些偏西，泛出了银色的光芒。这月光被凉台上出现的有些令人不安和不快的火光搅乱了。这是中队长“鼠见愁”手举着火把来了。火把熊熊燃烧着，冒着黑烟。举着火把的人既恐惧又憎恶地斜睨着准备扑上来的恶犬。

“别动，班加。”总督的声音听上去像个病人，而且还轻轻地咳了一声。他用手挡住火光，继续说道：“哪怕是在深夜，在月亮底下我也得不到安宁。噢，诸神！您干的也不是好差事，马克。您摧残士兵……”

马克非常惊诧地看着总督，总督这才醒悟过来。为了掩饰懵懂中的失言，总督忙说：

“别生气，中队长。我的情况，再说一次，比您还糟糕。您有什么事？”

“秘密卫队长求见。”马克平静地回了话。

“让他进来，进来。”总督清了清嗓子命令道，悬下来的光脚在寻找着鞋子。火光在廊柱间摇曳，中队长那双踩着彩石地面的靴子发出了笃笃的声响。中队长朝花园方向去了。

“哪怕是在月光之下，我也难以得到安宁。”总督咬牙切齿地自言自语道。

中队长走后，那个戴风帽的人出现在了凉台上。

“班加，别动。”总督轻声说着，摁住了狼狗的脑袋。

说话前，阿夫拉尼习惯性地四下张望了一下，接着退到了阴影中。在确定凉台上除了班加别无他人后，他轻轻说道：

“请把我交付法庭，总督。您果然英明。我未能保护好加略人犹大，他被杀了。请将我革职查办。”

阿夫拉尼仿佛觉得有四只眼睛在盯着他——两只狗眼和两只狼眼。

阿夫拉尼从披风下取出浸了血以后发硬的钱袋，上面封着两个火漆印。

“这就是凶手事后扔进大祭司府第的钱袋。钱袋上有加略人犹大的血迹。”

“里面有多少钱呢？”彼拉多的身子朝钱袋倾过去。

“三十块银币。”

总督冷冷一笑，说：

“不多。”

阿夫拉尼没有做声。

“死者尸体在哪里？”

“这个我不知道，”老是戴着风帽的人平静持重地回答说，“今天早上我们就去查找。”

总督一颤，不再去系怎么也系不好的鞋带。

“但您一定知道，他会被杀？”

总督得到一个干巴巴的回答：

“总督，我在犹太任职已经十五年。我开始是在瓦列里·格拉特手下当差。我不一定非得看到尸体才会说某人被杀了。现在我向您禀报，那个叫犹大的加略人几小时前已经遇害。”

“原谅我吧，阿夫拉尼，”彼拉多回答，“我还没有彻底醒来，所以我这么说。我睡得不好，”总督苦笑了一下，“总是梦见一道月光。真是可笑，是吧。好像梦见我在这道月光上行走。总之，我想知道您对这件事情的打算。您准备在哪里去寻找尸体呢？坐下吧，秘密卫队队长。”

阿夫拉尼鞠了一躬，把沙发椅拉到离卧榻很近的地方，坐了下来，佩剑发出一阵叮当声。

“我打算在客西马尼园的榨油机附近寻找。”

“很好，很好。不过为什么恰恰要到那里去寻找呢？”

“大人，按我的设想，犹大不可能在耶路撒冷城内被杀，但也不可能离城很远。一定是耶路撒冷的城郊。”

“我看您是少有的行家高手。我不知道罗马那边怎么样，但在这几个地区的确没人能和您相比。请您解释一下，您为什么会这么想？”

“我也无法想象，”阿夫拉尼声音不大，“犹大会在城内大庭广众之下被杀。大街上不可能实施谋杀。也就是说，得把他带到一个地下室。可警卫队已经查过下城了，如果是那样，肯定会找到他的下落。但城里没有尸体，我可以向您保证。如果他在离城很远的地方被杀，那么这个钱袋不可能这么快就被扔出来。他一定死在近郊。有人把他骗到了城外。”

“我不明白，他们究竟是怎么干的？”

“是啊，总督，这是整个事件中最令人头痛的问题，我也不知道能否解决它。”

“的确令人费解！逾越节前夜，一个教徒不知为什么去了城外，舍弃了节日的晚餐，并在那里毙命。是谁，又是怎样将他骗出去的呢？莫非是个女人干的？”总督突然灵机一动，兴奋地问。

阿夫拉尼平静而有力地回答道：

“绝对不会，总督。完全没有这种可能性。推理要符合逻辑。谁要犹大死？是那帮思想古怪的流浪汉，也许是某个小团体，但这里面绝对不会有女人。结婚要钱，总督，生儿育女也要钱，要雇女人去杀人，那更是需要一大笔钱。哪个流浪汉都付不起这么多钱。这个案件中没有女人，总督。我甚至还想说，这样的解释会扰乱视线，妨碍侦查，也会把我搞糊涂。”

“我想您的推断是完全正确的，阿夫拉尼，”彼拉多说，“我只是冒昧地说出了我自己的一种推测。”

“可惜这种推测是不对的，总督。”

“那究竟是怎么回事呢？”总督大声问道，并用极其好奇的目光盯着阿夫拉尼的脸。

“我觉得问题还在钱上。”

“高见！不过谁会在深更半夜跑到城外去给他钱呢？又是为什么要给他钱呢？”

“噢，不，总督，不是这样。我只有一种推测，如果我错了，那我恐怕也找不到别的解释了。”阿夫拉尼把身子往总督跟前凑了凑，小声说，“犹大想把钱藏到一个秘密的、只有他自己知道的地方。”

“一个很恰当的解释。看来，事情真的原本就是这样。现在我懂您的意思了：不是人家把他骗到城外，而是他自己去了城外。对，对，就是这样。”

“是这样。犹大生性多疑。他要把钱藏到别人找不到的地方。”

“不错，您说过打算去客西马尼园找。可为什么您恰恰想到那里去找呢？这个，我还不太明白。”

“哦，总督，这个很简单。谁也不会把钱藏在大马路上，或者是一个敞开的、一目了然的地方。犹大既不会去希布伦大道，也不会去伯法其大道。他应当去一个隐秘、偏僻、有树木遮蔽的地方。这个道理非常简单。而这种地方，除了客西马尼园，在耶路撒冷附近根本没有。他不可能走远。”

“您的道理很有说服力。那么，我们现在怎么办？”

“我立刻下令搜捕在城郊劫杀犹大的凶手。同时，我已经向您禀报了，我将去接受法庭的审讯。”

“为什么？”

“昨夜，我的卫队在他离开该亚法府第后，竟在集市上把他跟丢了。怎么会发生这种事，我不明白。这种事是我平生以来第一次遇到。我们交谈以后，他就立刻受到了监视。可在集市附近他去什么地方待了一下，兜了个奇怪的圈子，后来连影子都看不见了。”

“好吧。我向您宣布，我认为不必把您送去受审。您已经尽力了，世上再没有别人，”总督微微一笑，“比您做得更好！您就处分跟丢了犹大的探子吧。即使这样，我也把话说在前面，我不希望处罚太严厉。说到底，为保护那个混蛋，我们已经尽力了！对了，我忘了问您，”总督用手擦了擦额头，“他们是怎样把钱丢给该亚法的？”

“您知道，总督……这不是很复杂。复仇者绕到该亚法府第的后面，那里的地势比府第的后院高。他们把钱袋往围墙里一扔就了事。”

“那字条呢？”

“对，就跟您的推测一样，总督，来看看。”阿夫拉尼撕开钱袋上的封印，把钱袋里的东西拿出来给彼拉多看。

“得了，您干什么，阿夫拉尼，这也许是圣殿的封印！”

“总督不值得为这种小事担心。”阿夫拉尼合上钱袋，回答说。

“难道您有各种印章？”彼拉多笑了起来。

“那倒不是，总督。”阿夫拉尼板着脸回答说，显得十分严肃。

“我倒能想象该亚法的反应！”

“是啊，总督。这可引起了很大的恐慌。他们马上把我叫去了。”

就是在这样的昏暗中，都可以看到彼拉多的眼睛在闪闪发光。

“这很有趣，很有趣……”

“我要冒昧地说，总督，这可没那么有趣。这是最乏味、最棘手的案子。我问该亚法府上，他们是否给谁钱了，他们十分肯定地告诉我，绝对没有。”

“怎么会是这样？好吧，没给就没给吧。那么缉拿凶手就更难了。”

“说得不错，总督。”

“对了，阿夫拉尼，我突然有个想法，他会不会是自杀的呢？”

“噢，不，总督，”阿夫拉尼吃了一惊，身子不由往椅背上靠了靠，“恕我直言，这根本不可能！”

“哎呀，在这个城市什么不可能！我敢打赌，过不了多久，这种说法就会在整个城里传遍。”

阿夫拉尼很快地扫了总督一眼，想了想，说：

“这也可能，总督。”

看样子，尽管现在一切都很清楚，但总督还是放不下加略人被杀的话题。他甚至还有点异想天开地说：

“我真想看看，他们是怎么杀了他的。”

“杀他的手段很高明，总督。”阿夫拉尼有点嘲讽地看着总督。

“您怎么知道？”

“请您注意这个钱袋，总督，”阿夫拉尼回答，“我敢向您保证，犹大当时一定血流如注。被杀的人，总督，这辈子我见多了！”

“那么，他就起不来了吧？”

“不，总督，他会起来的，”阿夫拉尼回答，脸上露出了神秘的微笑，“只要大家期待着的弥赛亚号角在他头上吹响。在此之前，他是起不来了！”

“行了，阿夫拉尼！这问题已经很清楚了。那我们来谈谈掩埋的事。”

“都已经掩埋了，总督。”

“哦，阿夫拉尼，把您送交法庭简直就是犯罪。您应该得到最高奖赏。怎么进行的？”

阿夫拉尼开始了讲述。他说，在他亲自处理犹大的事情时，秘密卫队的一路人马在他的助手率领下到达骷髅地，当时天已经黑了。他们发现山顶上少了一具尸体。彼拉多不禁哆嗦了一下，声音沙哑地说：

“哎呀，我怎么没想到啊！”

“别担心，总督。”阿夫拉尼说完，继续叙述道。

狄士马什和格士塔萨已经被猛禽啄去了眼睛。收拾好这两具尸体以后，卫队立刻开始寻找第三具尸体。尸体很快被找到了。有人……

“是利未·马太。”彼拉多不是询问，而是肯定地说。

“是的，总督……”

利未·马太躲在骷髅地北坡的岩洞里等着天黑。拿撒勒人耶舒阿赤裸的尸体就在他身边。卫队举着火把进入山洞时，利未陷入了绝望和愤怒之中。他大声说他没有罪，还说按照法律，任何人只要愿意，都有权埋葬被处死的犯人。利未·马太说，他不想离开尸体。他非常激动，胡言乱语地喊了一通，又是哀求，又是威胁，又是诅咒……

“那就只好把他抓起来了？”彼拉多阴沉着脸问。

“不，总督，不，”阿夫拉尼竭力安抚着总督，“卫队解释说，他们只是来将尸体埋葬。最后，这个胆大的疯子终于安静下来。”

利未明白了他们的意图，就不再嚷嚷了，但他宣称自己绝不离开尸体，他要参加掩埋尸体。他说他绝不离开，就是把他杀了也不离开，他甚至为此还把身上的面包刀拿了出来。

“把他赶走了？”彼拉多压低嗓音问。

“不，总督，没有。我的助手允许他参加了掩埋。”

“是哪位助手指挥这次行动？”彼拉多问。

“托尔迈，”阿夫拉尼答道，并不安地问，“也许，他做得不对？”

“接着说，”彼拉多回答，“他没有错。只是我现在有点心慌，阿夫拉尼。看来，我在和一个永远不犯错误的人打交道。这人就是您。”

利未·马太上了装着犯人尸体的马车。两小时后，卫队到了耶路撒冷城北的一处荒凉的谷地。卫队的人轮流挖掘，一小时内他们就挖出了一个深坑，把三具犯人的尸体都埋了进去。

“让他们光着身子吗？”

“不，总督，卫队为此带了几件长袍。尸体的手指被戴上了指环。耶舒阿的指环上刻了一道痕，狄士马什的两道，格士塔萨的三道。坑被填上之后，上面又压上了好些石头。托尔迈知道做下的记号。”

“唉，我要事先想到就好了！”彼拉多皱着眉头说，“我也想见见这位利未·马太……”

“他就在此，总督！”

彼拉多瞪大眼睛，看了阿夫拉尼好一会儿，然后说：

“谢谢您围绕这件事所做的一切。请您明天让托尔迈来见我，还请提前告诉他，我对他做事很满意。您呢，阿夫拉尼，”说着，总督从放在桌上的腰带上取下一枚宝石戒指，把它递给了秘密卫队长，“请收下作个纪念吧。”

阿夫拉尼鞠躬致谢：

“真是荣幸之至，总督。”

“执行掩埋任务的卫队请给予奖赏。那个跟踪犹大失误的便衣给予口头警告。现在把利未·马太带上来。我要了解有关耶舒阿的一些细节。”

“遵命，总督。”阿夫拉尼应道，便鞠躬告退了。总督这时两手一拍，大声高喊：

“来人！点上廊柱的灯！”

阿夫拉尼刚走到花园，几个手举火炬的仆人便出现在了彼拉多的身后。总督跟前的桌上亮起了三盏灯，月色立刻退到了花园里，好像是阿夫拉尼把它带走了。此时，凉台上出现了一个矮小单薄的陌生人，他的身旁跟着大个子中队长。中队长发现总督投来的目光后，立刻退到了花园里，不见了。

总督用贪婪和略带惊讶的目光打量着来人，就像是在打量着一个早闻其名未见其人、日思夜想终于得见的人一样。

来人不到四十岁，黝黑的皮肤，穿着褴褛，皮肤上是长期积下的污垢，目光如狼，双眉紧锁。一句话，活脱脱一个脏乞丐，和在圣殿回廊上挤来挤去，或者在嘈杂肮脏的下城集市上的乞丐没什么两样。

沉默了好一会儿，终于，来者的一个奇怪动作打破了这种沉默。他脸色发青，身子打了个趔趄，要不是那只脏手抓住了桌沿，肯定就跌倒了。

“你怎么了？”彼拉多问。

“没什么。”利未·马太回答说，脖子一伸，像是使劲咽下什么东西。细长、裸露和肮脏的脖子鼓了起来，随后又瘪了下去。

“你怎么了，说吧。”彼拉多又问了一遍。

“我累了。”利未回答道，漠然地看着地上的彩石。

“坐吧。”彼拉多指了指沙发椅子，说道。

利未有点不大相信地看了看总督，朝椅子走了过去。他惶恐不安地朝金色扶手斜了一眼，但并没有往椅子上坐，而是坐在了圈椅边的彩石地上。

“你说说，为什么不坐椅子呢？”彼拉多问。

“我身上脏，会把椅子弄脏的。”利未回答，眼睛盯着彩石地面。

“这就给你送吃的来。”

“我不想吃。”利未回答。

“为什么要撒谎呢？”彼拉多轻轻问，“你都整整一天没吃东西了，也许还不止一天。好吧，那就不吃。我叫你来，是想看看你身上那把刀。”

“他们带我进来的时候，把它卸了。”利未回答，接着又忧郁地说，“您把刀还给我吧，我得把它还给它的主人。它是我偷来的。”

“为什么要偷呢？”

“用来割断绳子。”利未回答。

“马克！”总督喊了一声，中队长立即出现在廊柱下。“把他的刀给我。”

中队长腰间挂着两个刀鞘。他从其中一个刀鞘里抽出一把肮脏的面包刀，呈给总督，立刻又退到了一边。

“从谁那儿拿的刀？”

“希布伦门边上的一家面包铺，一进城门往左就是。”

彼拉多看了看宽大的刀刃，用手指试了试刀锋，有些令人不解地说：

“别担心刀的事，刀会还给铺子的。现在我还有另一件事。把你带在身上的羊皮纸给我看看，那上面记着耶舒阿的言论。”

利未厌恶地瞥了彼拉多一眼，恶狠狠地笑了起来。他的笑使他的脸完全走了样。

“您想夺走我的一切？连这最后的东西都不放过？”他问。

“我没说让你交出来，”彼拉多回答，“我只是说把它给我看看。”

利未在怀里摸索一阵，掏出了一卷羊皮纸。彼拉多接过来，展开，把它铺在两盏灯中间，眯着眼睛仔细研究起上面那些难以辨认的字迹。这些歪歪扭扭的字迹实在难以看清，彼拉多皱起了眉头，俯在羊皮纸上，用手指着上面的字逐一往下读起来。他多少明白了一些，上面所记下的是一些不连贯的警句、日期、生活琐事，或者是诗歌片断。彼拉多倒是读通了一句：“没有死亡……昨天我们吃了甜春饼……”

由于紧张，彼拉多的脸有些歪斜，他眯着眼睛往下读道：“我们将看见清清的生命之河……透过透明的水晶，人类将可以看到太阳……”

看到这里，彼拉多不由得打了个寒战。他还认出了羊皮纸上的最后两行：“……更大的缺陷……怯懦。”

彼拉多卷好羊皮纸，飞快地把它还给了利未。

“拿去吧，”他说了一句，随后沉默了一会儿，接着说，“我看你是个读书人，何必这么孤苦伶仃、破衣烂衫地到处流浪，无家可归。我在该撒利亚有个很大的图书馆，我很富有，想雇你为我做事。你就只管甄别、管理文献，保证你吃穿无忧。”

利未·马太站起来回答道：

“不，我不想去。”

“为什么？”总督的脸沉了下来，“你不喜欢我，你怕我？”

依然是那种不怀好意的笑扭曲了利未的脸，他说：

“不，是因为你会怕我。因为你杀了他，你会很难面对我。”

“住嘴，”彼拉多回答说，“把这些钱拿去吧。”

利未又摇了摇头，只听总督接着说：

“我知道，你自认为是耶舒阿的门徒。可我告诉你，他教你的东西，你什么都没学到。否则，你就一定会接受我的一点什么。请注意，他在临死前说，他不怪罪任何人。”彼拉多意味深长地竖起一根手指，脸上不住地抽搐着。“就是他自己，也会接受点什么的。你很残酷，而他就不。你要去哪儿？”

利未突然走到桌子跟前，两手撑在上面，火辣辣地盯住总督，小声说：

“你听着，大人，我要在耶路撒冷杀一个人。我告诉你这个，是想让你知道，还会有流血的事情发生。”

“我也知道还会流血，”彼拉多回答说，“你的话并没让我感到吃惊。你当然是想杀我了？”

“我杀不了你，”利未回答，咧嘴笑着，“我还没有愚蠢到指望自己能杀你，但我要杀加略人犹大，我会为此献出我的余生。”

总督的眼神松弛下来，他勾勾手指，让利未·马太靠自己更近了一些：

“这事你已经做不成了，你不用担心了。犹大在昨夜已经被杀了。”

利未倏地从桌旁跳开，疯狂地四处张望着，大声叫道：

“这是谁干的？”

“别妒嫉嘛，”彼拉多搓了搓手，咧开嘴答道，“恐怕除了你，他还有别的崇拜者。”

“这是谁干的？”利未又小声地问了一遍。

彼拉多回答他：

“这是我干的。”

利未张嘴望着总督好半天。只听总督又轻轻说：

“当然，这还远远不够，可我终究还是干了。”他接着又说：“那你现在准备接受点什么馈赠吗？”

利未想了想，态度有所缓和，最后说：

“那就吩咐他们给我一小块干净的羊皮纸吧。”

一小时过去了。王宫里已没有了利未的身影。现在，打破黎明寂静的，只有花园中哨兵轻轻的脚步声。月亮很快黯淡下去，一颗闪亮的启明星挂在远远的天际。灯火早就熄灭了。卧榻上躺着总督。他的一只手枕着腮帮。他睡着了，无声地呼吸着。他身边睡着班加。

就这样，第五任犹太总督本丢·彼拉多迎来了尼散月十五的黎明。

第二十七章

第50号公寓的末日

当玛格丽特读完这一章的最后一句“……就这样，第五任犹太总督本丢·彼拉多迎来了尼散月十五日的黎明”时，清晨已经来临。

小院里，麻雀们正在柳树和椴树的树枝上进行着快乐而兴奋的晨间对话。

玛格丽特从沙发椅上站起身，伸了个懒腰，此时她才感到身体像是散了架似的，只是想睡觉。顺便说一句，玛格丽特的心智现在是完全正常的。她的思维并没有紊乱，刚刚度过的那个神奇之夜也并没有把她弄糊涂。她参加了撒旦的舞会，大师奇迹般地回到她的身边，小说从灰烬中复原，告密者阿洛伊兹·莫加雷奇被赶出了小巷中的地下室，这里的一切又恢复了原貌——所有这些记忆并没有令她心中不安。总之，结识沃兰德并没有令她产生任何的心理不适。一切都似乎是再正常不过的事了。

来到另一个房间，她看到大师的确正在安详地熟睡着，于是她关了不再需要的台灯，在对面靠墙的那张沙发上躺了下来。沙发上铺着一块破旧的床单。很快，她睡着了，而且这个早晨她再没有做梦。地下室的几个房间现在静悄悄的，房东家的这栋小楼同样也静悄悄的，门外那条僻静的小巷里也是一片寂静。

然而此时，也就是星期六的黎明，莫斯科某机关大楼的整个一层楼都没有休息。从面朝着一个宽敞广场的那些窗户里，放射出了划破晨曦的灿烂光芒。几辆带刷子的清洁车正缓缓移动着，正在打扫广场的柏油地面。

整整一层楼的人都在忙于沃兰德案件的侦查工作。十个房间的灯亮了整整一夜。

应该说，从昨天，也就是星期五开始，事情已经很清楚了。

由于行政人员的失踪，由于发生在前晚那场轰动的幻术表演所引发的种种丑闻，杂技剧院不得不关门停业。但问题在于，总有新的和更新的材料源源不断地送进这个不眠的楼里。

这是一个奇特的案件。它荒诞不经，其中夹杂了催眠术等戏法，同时这又是一个非常明显的刑事犯罪行为。现在，有必要把发生在莫斯科不同地点的、形形色色的不同事件集中起来，把它们拼贴到一块儿。

第一个不得不光顾这个灯火通明的不眠之地的，是阿尔卡季·阿波罗诺维奇·谢普列亚罗夫，声乐委员会主席。

星期五的午饭后，住在石桥附近的阿尔卡季·阿波罗诺维奇家响起了电话铃声，一个男人请阿尔卡季·阿波罗诺维奇接电话。阿尔卡季·阿波罗诺维奇夫人沉着脸答道，阿尔卡季·阿波罗诺维奇现在身体不舒服，已经躺下休息了，所以不能接电话。可阿尔卡季·阿波罗诺维奇最后还是不得不接了电话。当被问到电话是从哪里打来时，电话里的回答十分简短。

“请等一下……这就去……请等一等……”一贯傲慢的声乐委员会主席夫人谦卑地说，随后像箭似的跑进卧室把丈夫叫了起来。阿尔卡季·阿波罗诺维奇这时正躺在床上，痛苦万分地回忆着头一天晚上的演出和夜间的丑闻，还伴随着萨拉托夫的侄女被夫人从家里赶走的一幕。

的确，过了不是一秒钟，但也绝不会超过一分钟，而是十五秒钟，阿尔卡季·阿波罗诺维奇便左脚趿着鞋子、只穿着一件内衣就来到电话机旁，并唯唯诺诺地说：

“对，我就是……遵命，遵命……”

此刻，他的夫人已经完全忘记了不幸的阿尔卡季·阿波罗诺维奇所有不忠的卑劣行径，满脸惊恐地朝走廊里探出身来，同时把另一只鞋子举着，轻声说：

“把鞋穿上，穿上……脚会受凉的。”阿尔卡季·阿波罗诺维奇朝妻子晃了晃光着的右脚，示意她走开，并恶狠狠地朝她瞪了瞪眼睛，一边对着听筒喃喃说道：

“是，是，是，当然，我明白……我这就来……”

阿尔卡季·阿波罗诺维奇在正进行侦破工作的那个楼层度过了整整一晚。谈话进行得非常艰难，甚至有些不快，因为他不得不毫无隐瞒地陈述那场龌龊的演出和包厢里的厮打，同时难免要牵扯到叶洛霍夫街的米利查·安德烈耶夫娜·波科巴季科，还有他那个萨拉托夫的侄女等其他许多事情，这让阿尔卡季·阿波罗诺维奇感到一种说不出的痛苦。

当然，作为一个有知识和文化素养的人，这场丑恶演出的目击者阿尔卡季·阿波罗诺维奇依然是绘声绘色地讲述了那个戴着面具的神秘魔法师和他的两个混蛋助手的所作所为，并清楚地记得那个魔法师就叫沃兰德。他的一席描述和证词大大地推进了侦破工作。通过对阿尔卡季·阿波罗诺维奇的证词和其他人，包括演出后倒霉的几位女士（除了那个穿紫色内衣、让里姆斯基大吃一惊的妇女外，还有许多人。），以及被派往花园街第50号公寓的通信员卡尔波夫等人的证词进行逐一比较，很快，制造这一系列奇闻怪事的罪魁祸首就浮出水面了。

侦查人员们去过第50号公寓，并不止一次地、格外仔细地查看过各个房间，还敲过室内的墙壁，检查了壁炉里的烟道，寻找过是否有密室。可这一切努力都毫无结果，每次去到那里都没发现有什么人的痕迹，尽管他们非常清楚屋里是有人的。他们也到那些对莫斯科外籍演员的情况比较熟悉的部门打听过，大家都十分肯定地告诉他们，莫斯科没有，也不可能有这个叫沃兰德的魔法师。

魔法师来到莫斯科后根本未在任何地方有过登记，也从未向任何人出示过自己的护照或者别的什么证件、合同或者协议，关于此人的情况，没有任何人知道一丁点儿信息！演出委员会节目处处长基泰采夫赌咒发誓地说，失踪的斯乔帕·利哈捷耶夫从没将什么沃兰德的演出节目单送给他审批，也从来没有在电话里向他汇报过有关沃兰德的情况。基泰采夫怎么也想不明白，斯乔帕怎么会在杂技剧院安排如此荒唐的演出。当侦查人员告诉他，阿尔卡季·阿波罗诺维奇在演出现场亲眼看到过这位魔法师时，基泰采夫两手一摊，两眼看向了天花板。从他的眼神可以看出来，而且我们可以大胆断言，基泰采夫真是像水晶一样干净透亮。

至于那个演出委员会主席普罗霍尔·彼得罗维奇……

顺便说一句，当民警们走进他的办公室时，他很快又恢复到了穿西装的模样，这让安娜·理查多夫娜欣喜若狂，也让受到惊吓的民警们大惑不解。还要说一句，普罗霍尔·彼得罗维奇回到自己座位上穿进那套灰色格子西装以后，完全认可了自己在短暂失踪时那件空荡荡的西装所作的所有批示。

……而普罗霍尔·彼得罗维奇本人也绝对没有听说过什么沃兰德。

随您怎么想吧，事情结果竟会是这样不可思议：几千名观众，杂技剧院的全体职工，还有阿尔卡季·阿波罗诺维奇·谢普列亚罗夫，一位如此博学的人，他们全都看到了这位魔法师，也看到过他那两名该死的助手，而结果是无论在什么地方都找不到这个人。那么，请问：结束了那场恶劣的演出之后，他是钻进地洞溜了，还是像某些人断言，他压根儿就没来过莫斯科？如果是前者，那么毫无疑问，他是在钻进地洞时也捎带着把杂技剧院的头头们抓了进去；如果是后者，那可能就是这家倒霉的剧院头头们自己作案，（想想办公室里那扇被打碎的窗户和警犬“方块爱司”的样子！）然后悄无声息地逃离了莫斯科？

应当给予负责侦破工作的人们以公正的评价。失踪的里姆斯基很快就被找到了。另外，侦破人员把“方块爱司”在电影院附近那个出租车站的表现和几个具体的时间一一联系起来，比如说演出结束的时间，里姆斯基可能离开剧院的时间，于是他们向列宁格勒发了份电报。一小时后，那边的答复来了（星期五傍晚），说里姆斯基已被查出住在阿斯托利亚饭店四楼412房间，隔壁住着正在列宁格勒巡回演出的莫斯科某剧院剧目组长。在那种房间，一律装饰着著名的灰蓝色镶金家具，并配有高档卫生设备。

人们在阿斯托利亚饭店412房间的衣橱里发现了里姆斯基后，立即逮捕并就地审讯了他。审讯以后，又一份电报到了莫斯科，内容是杂技剧院财务经理已失去了自制能力，目前不能或不愿意认真回答问题，只是反复请求将他关进铁甲囚室，并派武装人员来守护他。莫斯科电令速将里姆斯基押回莫斯科。于是，里姆斯基在星期五晚上由武装人员押送着乘上了夜班列车。

也是在星期五的傍晚，人们找到了斯乔帕·利哈捷耶夫的踪迹。在向全国所有城市发出查找利哈捷耶夫下落的电报后，雅尔塔的回电来了：利哈捷耶夫曾逗留雅尔塔，现已乘飞机返回莫斯科。

目前，唯一下落不明的人是瓦列努哈。这位在莫斯科绝对是响当当的剧院头目如今好像已石沉大海，没有音讯。

此时，人们还得应对除杂技剧院外莫斯科其他地方发生的种种事情。比如，机关工作人员齐唱《荣耀的大海》(顺便说一句，斯特拉文斯基教授采用皮下注射的方式，使他们在两小时之内恢复了正常)，又比如有人把鬼才知道的什么玩意儿当钱付给了别人或者某部门，以及还有在这些事件中的受害者。

不过，最令人不快、最恶劣和最麻烦的事情，还数发生在格里鲍耶多夫大厅的事件——光天化日之下，已故文学家柏辽兹的脑袋竟被人从棺材里盗走了。

十二个侦查人员像织毛衣一样，串联起了分散在莫斯科各个地点的作案线索。

一位侦查员来到斯特拉文斯基教授所在的医院，首先请他提供了最近三天内入院病人的名单。于是，他发现了尼卡诺尔·伊凡诺维奇·博索伊和那个不幸掉过脑袋的报幕员的名字。不过，在他们身上并没有花太多时间。显而易见，这两个人都是以那位神秘的魔法师为首的犯罪团伙的牺牲品。但“流浪汉”伊凡·尼古拉耶维奇引起了侦查员的特殊兴趣。

星期五傍晚，伊凡所住的117号病房的门被打开了。一个圆脸的年轻人走进了病房，他看上去很亲切随和，完全不像侦查员。可实际上，他却是全莫斯科最优秀的侦查员之一。出现在侦查员眼前的，是一位躺在床上、脸色煞白、面容消瘦的年轻人。他对周遭的一切毫无兴趣，眼睛时而望着上方一个似乎很遥远的地方，时而又沉入到自己的内心深处。

侦查员亲切地作了自我介绍，说是想找伊凡·尼古拉耶维奇谈谈前天发生在牧首塘的事情。

唉，要是侦查员能早些找他，他伊凡该有多么高兴啊，哪怕是，譬如说星期三深夜也行。那时，伊凡正怀着疯狂的热情，希望有人能够听他讲讲牧首塘发生的事。现在，协助警方抓住外国顾问的理想终于可以实现了，他也用不着跑去追击罪犯了。这可是他们自己找上门来的，他们就是来了解星期三傍晚发生的事件的。

可是，唉，自柏辽兹死后，伊凡完全变了。他倒是配合而礼貌地回答侦查员所提出的所有问题，可他的眼神和语调却分明透露出一种冷漠。诗人对柏辽兹的命运已经无动于衷了。

侦查员进来之前，伊凡正躺着打瞌睡，他的眼前正浮现着一些画面。他看见了一座城市，它是那么奇特、古怪和不真实。一块块巨大的大理石，久经风雨的廊柱，太阳下闪闪发光的屋顶，漆黑阴森的安东尼塔，西山下掩映在一片绿色之中的宫殿屋顶，树丛上面，沐浴着落日余晖的青铜塑像泛起了火一般的红光。古城墙下，行进着一队全副武装的罗马帝国骑兵。

半睡半醒中，一个坐在沙发椅里一动不动的人老是出现在伊凡的眼前。只见他面容光洁，黄黄的脸上显露出十分烦躁的表情。他披着一件红衬里的白色披风，两眼充满憎恶地望着面前这片郁郁葱葱的异国园林。伊凡还看见了一座光秃秃的黄色山丘，上面竖着几个空空的十字架。

牧首塘发生的事情，已经不能引起诗人“流浪汉”伊凡的任何兴趣了。

“请问，伊凡·尼古拉耶维奇，柏辽兹滑到电车下面去的时候，您离公园的转门有多远？”

伊凡的嘴唇上浮现出一丝难以察觉的冷笑。他回答说：

“我离得很远。”

“那个穿格子衣服的人就在转门边上？”

“不，他坐在不远的一张长椅上。”

“您是否清楚地记得，在柏辽兹摔倒的时候，那人的确没有走近转门？”

“记得。他没有走近。他身子摊开坐在那里。”

这是侦查员提出的最后几个问题。之后，他便站了起来，伸手和伊凡握别，祝他早日康复，并且说希望不久以后又能读到他的新作。

“不，”伊凡回答说，但他没有看着侦查员，而是望着远方，望着渐渐黯淡的天空。“我永远也好不了了。我过去写的那些诗都不是好诗，我现在明白了。”

从伊凡身上获得了重要信息后，侦查员走了。沿着事件的线索从头到尾地追踪一番，他终于找到了这些事件发生的源头。他确信，所有的事件都是从牧首塘边发生的这件凶杀案开始的。当然，无论是伊凡，还是那个穿格子衣服的人，都没有把不幸的“莫文协”主席推到电车下面去，也就是说，他跌到汽车轮下并不是有人动手的结果。不过侦查员也相信，柏辽兹钻到（或者是滑到）电车轮下是被人催眠的结果。

是的，材料已经足够多了，而且该到什么地方和该抓什么人的问题也已经一清二楚了。可问题在于你根本抓不到他。在那个罪该万死的第50号公寓里，应该毋庸置疑地再说一遍，的确是有过什么人的。曾有人用时而粗壮、时而瓮声瓮气的声音接听过打进的电话，还有人曾经将窗户打开，从里面甚至传出了留声机的声音。不过每次走进这套住宅，却连半个人影儿也看不到。人们去过好多次，而且还是在一天中的不同时间去的。人们甚至进行了拉网式搜索，查遍了房间的各个角落。公寓早就在人们的监控之下。不仅有人在门洞通往院子的路上把守着，连后门，甚至连房顶的烟囱边上也有人把守。是啊，第50号公寓里面是有鬼名堂，可人们又拿它毫无办法。

于是，事情拖到了星期五到星期六的午夜。这时，穿着晚礼服和漆皮鞋的迈格尔男爵郑重地走进第50号公寓做客来了。男爵进门的声音清晰可闻。整整十分钟之后，侦查员没按门铃就直接进入公寓。可是，他们不仅没有找到公寓的主人，更荒唐离奇的是，他们也没有发现迈格尔男爵的踪迹。

于是，就像上面所说的那样，事情拖到了星期六的清晨。这时，又有了新鲜而且非常有趣的事情发生。一架来自克里米亚的六座客机在莫斯科机场降落。从机舱里出来的旅客中，有一个很奇怪的乘客。这人年纪不大，胡子拉碴，好像三天没洗脸，眼睛微微浮肿而且表情惊恐。他没带行李，甚至连穿着也有几分古怪。只见他头戴毛皮帽，睡衣外披着一个斗篷，脚上是一双蓝色的新皮鞋。他刚一走下舷梯，立刻就有人迎了上去。他们早就在等他了，不一会儿，这位令人难忘的杂技剧院经理斯乔帕·波格丹诺维奇·利哈捷耶夫已经站到了侦查员的面前。他又提供了不少新材料。现在一切都已经清楚，沃兰德乔装成演员混进剧院，对斯乔帕·利哈捷耶夫施了催眠术，然后把这个斯乔帕从莫斯科一扔，扔出了只有天知道的多少公里以外。现在，材料是增加了，但事情并没有因此而变得轻松，也许，它甚至还稍稍增加了难度，因为既然斯乔帕·波格丹诺维奇都成了他的牺牲品，那么，能玩这种把戏的人一定是高手，要抓住他当然是谈何容易。于是，按照利哈捷耶夫本人的请求，人们把他关进了可靠的囚室。同时，刚刚回家便被抓获的瓦列努哈现在也已经站到了侦查员的面前。他失踪了几乎是两天两夜。

尽管对阿扎泽洛许下不再撒谎的承诺，但剧院总务从一开始便撒了谎。虽然如此，倒也不必对他严加指责。因为阿扎泽洛只是禁止他在电话里撒谎、撒野，可目前剧院总务讲话并不借助电话这个设备。伊凡·萨维里耶维奇转动着贼溜溜的眼睛，声称自己星期四那天一个人在杂技剧院的办公室里喝醉了，接着又去了什么地方。而到底去了哪里——不记得。随后又在一个栅栏下面躺着，什么地方——也不记得。后来，侦查员警告剧院总务，说他这种愚蠢而又轻率的行为会妨碍一桩重大案件的侦破，而他必须为此承担责任，瓦列努哈突然号啕大哭起来。他左顾右盼着，颤颤巍巍地轻声说道，他撒谎完全是出于恐惧，他怕沃兰德一伙报复，因为他曾经落入他们的手中，所以他请求、恳求、乞求把他关进铁甲囚室。

“呸，见鬼！他们全都看上了铁甲囚室。”一个主要的侦查员嘟囔道。

“他们着实被这些混蛋吓怕了。”找过伊凡的那个侦查员说。

人们尽量安慰瓦列努哈，告诉他，即使不进囚室他也会受到保护。大家这才清楚，他根本没在什么栅栏外喝过酒，他是被两个人打的，一个长着獠牙、红头发，另一个是矮胖子……

“啊，像猫吧？”

“对，对，对。”剧院总务小声说，被吓得大气都不敢出，并不时东张西望。他还详细交代，在这两天两夜里他是如何在第50

号公寓里当吸血鬼的眼线，并且他还险些要了财务经理里姆斯基的命……

这时，里姆斯基被带了进来。他是被从来自列宁格勒方向的火车上押下来的。在这个浑身哆嗦、精神崩溃的白发老头身上，人们已经很难看到原先那个财务经理的影子了。他怎么也不愿说出真相，态度极为顽固。里姆斯基肯定地说，那天夜里他在自己办公室的窗户上根本没有见过什么赫勒，也没见过瓦列努哈，他是在稀里糊涂、神志不清的情况下去的列宁格勒。不用说，在说完这些话以后，得病的财务经理同样也要求把自己关进铁甲囚室。

安奴什卡是在阿尔巴特街上的百货商店里被抓捕的，当时她正要把一张十美元的钞票递给收款员。她讲述了几个怪人是怎么从花园街那幢房子的窗口飞走的，还讲了那个照她的说法是捡起来准备交给民警局的马掌。侦查员们仔细地听完了她的讲述。

“马掌真的是金的，还镶了许多钻石？”侦查员问安奴什卡。

“我还不认识钻石吗？”安奴什卡回答。

“您说他给您的是一叠十卢布钞票？”

“我还不认识十卢布钞票吗？”安奴什卡回答。

“那么，这些钞票是什么时候变成美元的？”

“我什么也不知道，哪来的美元，我没见过什么美元。”安奴什卡尖声尖气地回答道，“我们都有这个权利！那是人家给我的奖励，我要拿这些钱买花布……”接着她又胡言乱语地说了一通，说她不会为房管部门负责，是他们让那些魔鬼住进五层的，闹得大家都不得安生。

侦查员朝安奴什卡挥了挥钢笔，因为她那副唧唧喳喳的样子太让人烦了。他当即给她开了绿色通行证。不一会儿，安奴什卡便满心得意地从大楼里消失了。

紧接着，一大串人像是排好了队似的进了大楼，其中就有刚刚被捕的尼古拉·伊凡诺维奇。他的被捕，完全是他那吃醋的太太愚蠢所致。这天清晨，她向民警局报告说他丈夫失踪了。当尼古拉·伊凡诺维奇把他参加撒旦舞会的滑稽证明放到桌上的时候，侦查员们并不惊奇。他讲述自己是怎么驮着玛格丽特·尼古拉耶夫娜家那位赤身裸体的女佣飞到一个鬼才知道的什么河里去洗了澡，还有在此以前玛格丽特·尼古拉耶夫娜是如何一丝不挂地坐在窗台上的。尼古拉·伊凡诺维奇的讲述有些偏离事实。比如，他并没有提他拿着玛格丽特·尼古拉耶夫娜扔下的衬衫进了她的卧室，也没有提到他把娜塔莎称作维纳斯。按他的说法，是娜塔莎飞出窗口，骑到了他的身上，然后驾着他离开了莫斯科……

“我是屈从于暴力，不得不去的。”讲完之后，尼古拉·伊凡诺维奇请求侦查员千万不要向他太太透露半个字。侦查员答应了他。

据尼古拉·伊凡诺维奇的供词可以断定，玛格丽特·尼古拉耶夫娜连同她的女佣娜塔莎已经失踪了，应该立刻采取措施寻找她们。

星期六的早晨就这样在马不停蹄的审讯中开始了。此时，莫斯科已经出现和传播开了五花八门的消息，其中的一丁点儿事实已经被各种各样的杜撰变得面目全非。传言说，杂技剧院散场以后，两千名观众出来时都像刚出生的婴儿一样赤身裸体；说花园街破获了一个印制魔幻假钞的工厂；说一个犯罪团伙绑架了文娱界的五个头头，但警方立刻找到了他们，等等。还有许多此类的传言，让人都懒得重复。

接近午餐时分，刑侦部的电话铃响了。从花园街传来消息，说那个该死的公寓里好像又有人的迹象了。窗子从里面被打开，传出了钢琴和唱歌的声音，还有一只黑猫蹲在窗台上晒太阳。

烈日炎炎的四点左右，一大群穿着便衣的男人在快到花园街附302号的地方，分别从三辆汽车上下来。他们很快分成两个小队，一队穿过门洞和院子，直奔六单元；另一队打开平时被钉上的通向后门的一道小门，冲进楼里。两个小队顺着不同的楼梯同时到达了第50号公寓。

此时，卡洛维约夫和阿扎泽洛正在餐厅里用早餐，卡洛维约夫是日常的装束，并没有穿节日里穿的燕尾服。沃兰德照例在卧室里，黑猫在什么地方不得而知。但根据厨房里传出的锅碗瓢盆声来判断，别格莫特肯定是在那里瞎闹，就和平时一样。

“楼梯上的脚步声是怎么回事？”卡洛维约夫一边问一边用小勺搅拌着小杯里的黑咖啡。

“这是来抓我们的。”阿扎泽洛回答道，将一小杯白兰地一饮而尽。

“啊呀，来吧，来吧。”卡洛维约夫这样回应着。

此时，从前门楼梯上来的人已经到达三楼的楼道。那里有两个管道工在修理暖气片。来人和管道工交换了一下眼色。

“都在。”一个管道工用小锤子敲着水管轻轻地说。

于是，走在前面的人毫不避讳地从大衣里掏出乌黑的毛瑟枪，而站在他旁边的人则掏出了万能钥匙。总之，准备进入第50号公寓的便衣们已经全副武装了。其中，两人的口袋里装着易于张开的薄丝网，一个带着套索，另一个带着纱布罩和麻醉剂。

只是一瞬间，第50号公寓的门便被打开，所有的人冲进了前厅。这时，厨房的门又砰地响了一声，表明从后门上来的第二小队也及时赶到了。

这次即使不能大获全胜，也应该是小有收获的。转眼之间，人们已经冲进各个房间，但是连个人影都没见着。在餐厅里，他们发现了显然是刚刚吃剩下的早餐，而在客厅壁炉架上的一个水晶水罐旁，蹲着一只硕大无比的黑猫。它的两只前爪正抱着一个汽油炉。

进到客厅的人，都默默而久久地注视着这只黑猫。

“嗬……真是不错……”有人轻轻说了一句。

“我不淘气，也不会惹谁，正在修理汽油炉，”黑猫很不客气地皱着眉头说，“另外，我认为有义务提醒你们，猫是古老而不可侵犯的动物。”

“太棒了。”又有人轻轻说了一句。接着，另一个人清楚而大声地说：

“喂，不可侵犯的说人话的猫，请到这边来。”

一张丝网唰地张开，飞了过去。让大家震惊的是，撒网人居然没网住猫，而只是网住了水罐。随着一声脆响，水罐被摔了个粉碎。

“你输了，”黑猫大叫，“乌拉！”说着把汽油炉往旁边一放，从背后拔出了手枪。它把枪对准了站得最近的人，但对方已经先开了枪，火光从毛瑟枪里射了出来。黑猫从壁炉架上一头栽倒在地，手枪也掉了下来，汽油炉被摔到了一边。

“全完了，”黑猫用微弱的声音说，四肢摊开躺在一片血泊之中，“请离我远一点，让我同这个世界告别。噢，我的朋友阿扎泽洛！”黑猫呻吟着，身上还在流血。“你在哪里？”它用渐渐暗淡的目光朝门和厨房方向看了看。“在我寡不敌众的时刻你不来帮我。你抛下了可怜的别格莫特，那就给我一杯酒吧，说真的，最好是白兰地！怎么样，就让我的死去折磨你的良心，我还要把我的勃朗宁手枪留给你……”

“拉网，拉网，拉网。”人们在黑猫周围不安地纷纷说着。可网子不知道是在谁的口袋里，半天都拿不出来。

“黑猫受了致命伤，”黑猫说，“能救它的，就只有汽油……”它利用周围的混乱，靠近汽油炉的圆嘴，狠狠地喝了一大口汽油。很快，它左前爪下就不再流血了。黑猫又立刻生龙活虎地站了起来。它把汽油炉往胳肢窝底下一夹，又跳回到壁炉上，一面撕着墙纸，一面沿着墙爬了上去，眨眼工夫，它已经高坐在来人头顶上的窗帘架子上了。

几双手同时抓住了窗帘，把它和窗帘架一起拉了下来，阳光顿时洒满了这个昏暗的屋子。可无论是装作若无其事的黑猫，还是汽油炉，都没有掉下来。黑猫没有松开汽油炉，并且巧妙地跳到了挂在屋子中间的水晶吊灯上。

“拿绳梯来！”人们在下面喊着。

“我要决斗了！”黑猫叫喊着，在人们头顶摇晃的吊灯上飞来飞去。它的爪子里又有了手枪，汽油炉被它放到了吊灯的枝干上。黑猫像个钟摆似的在来人的头顶上来回飞着，它一边用枪瞄准他们，一边朝他们开了火。枪声响彻了整个房间。水晶吊灯的碎片纷纷落到地板上，壁炉上的镜子满是星星点点的窟窿，墙上的灰土满天飞扬，子弹壳满地乱窜，窗玻璃纷纷碎裂，汽油从打穿的炉子里滴了出来。现在，已经谈不上什么活捉黑猫了，所以人们开始用毛瑟枪朝它的头部、腹部、胸部和背部射击，打得又准又狠。枪声在院子里引起了混乱。

但是，这场枪战持续的时间并不长，枪声很快自动平息了。其结果是，无论对黑猫还是对来人，枪战都没有造成任何伤害。没有人阵亡，甚至也没有人负伤；所有参战者均安然无恙，包括黑猫在内。有个人想彻底地检查一下，所以又朝那该死的畜生头上放了五枪。作为回敬，黑猫迅速地打了一梭子。结果还是一样——这次双方的射击并未给任何人造成什么伤害。黑猫在摆动幅度越来越小的吊灯上摇晃着，还朝着枪口吹了口气，并用唾沫舔着自己的爪子。站在下面的人谁都没吭声，脸上的表情十分困惑不解。这是唯一的一次，或者说是十分少见的一次，射击竟然没有造成任何伤亡。当然，也可以设想黑猫的手枪只是一种什么玩具，可来人手里的毛瑟枪绝对是真家伙。现在清楚了，黑猫一开始的受伤完全是一种戏法，是一种卑鄙的伪装，喝汽油也是一样。

人们又做了一次抓捕黑猫的尝试。套索抛出去，可它挂在了吊灯的一个烛形支架上，吊灯反而被拉下来了。吊灯落地的声音大得似乎可以震撼整幢大楼，可即便这样也是枉然。吊灯的碎片打在人们的身上，而黑猫在空中一跃，高高地落在天花板下那块壁炉镜的镀金镜框上方。它没有逃跑的企图，甚至恰恰相反，在一个相对安全的地方坐下后，它竟振振有词地讲起话来。

“我一点都不明白，”它高高在上地说，“你们为什么对我这么狠……”

这段话刚一开始，就被一个不知从哪儿传来的陌生而低沉的声音打断：

“这屋子里发生什么事了？这是在妨碍我的工作。”

另一个难听的声音瓮声瓮气地说：

“当然是别格莫特，真是见他的鬼！”

还有一个尖细的嗓音说话时有些发颤：

“阁下！星期六了。太阳就要落山了。我们该走了。”

“对不起，我不跟你们聊了，”蹲在镜框上的黑猫说，“我们该走了。”它扔出自己的手枪，打碎了两块窗玻璃，随后又把汽油往下一洒，汽油居然燃了起来，升腾的火焰直达天花板。

火烧得异乎寻常，火势迅猛，汽油在平常情况下不是这样燃烧的。很快，墙纸开始冒烟，地上被撕下来的窗帘着了火，被打碎玻璃的窗框开始燃烧。黑猫躬着身，喵地一叫，从镜框跳到窗台上，带着自己的汽油炉眨眼就不见了。窗外传出了枪声。对面铁梯上有一个人开始向黑猫频频射击，他的位置正好与珠宝商家的窗户一样高低。而黑猫呢，则从一个窗台跳到另一个窗台，朝这座马鞍形楼房一角的水管管道扑过去，并沿着这个水管爬到了屋顶。屋顶上，黑猫遭到把守烟囱的便衣们的奋力阻击，遗憾的是，这样的阻击也同样没有效果。在洒向城市的落日余晖之中，黑猫消失不见了。

此时，第50号公寓内搜捕人员脚下的地板突然起火。烈火中，黑猫刚才佯装跌倒的地方渐渐露出了昔日那位迈格尔男爵的尸体。他的下巴往上翘着，眼睛像一对玻璃球。把他从火海里拖出来是绝对没有可能了。

客厅里的人们在方格地板上跳着，一边用手扑打着正在冒烟的肩膀和胸部，一边朝书房和前厅退却。餐厅和卧室里的人们也穿过走廊冲了出来。厨房里的人也跑向前厅。客厅里已经是烟雾缭绕，一片火海。有人边跑边拨了火警电话，并朝着听筒急促地喊着：

"花园街，附302号！"

已经不可能继续留在这里了。火焰蹿进了前厅，令人呼吸都困难了。

这间鬼屋的破窗户里刚刚冒出一缕黑烟，院子里就响起了人们声嘶力竭的声音：

"着火了，着火了，我们楼里烧起来了！"

楼里的家家户户都在对着电话听筒大喊：

"花园街，花园街，附302号！"

花园街上，随着让人心惊肉跳的警笛声响起，一队长长的红色消防车从全市各地疾驶而来。此时，院子里的人们已乱作一团。他们看见，滚滚浓烟中有几个黑影从五楼的窗户里飞了出来，其中三个好像是男的，还有一个赤身裸体的女人。

第 二 十 八 章

卡洛维约夫和别格莫特的最后旅程

花园街上这些影子究竟是真的，还是这幢倒霉的大楼里居民们由于恐惧而出现的幻觉？这个当然谁也说不好。如果这些影子是真的，那他们飞到哪里去了？这个也没人知道。他们在哪里分了手？我们同样说不准。不过我们知道，花园街起火后一刻钟，斯摩棱斯克市场外宾商店的玻璃门边上出现了一个穿格子西服的高个子公民。他身边跟着一只硕大的黑猫。

这位公民灵活地绕过行人，推开了商店的大门。但是，一个又瘦又矮的门卫粗暴地拦住了他的去路，十分不满地对他说：

“不许带猫进去。”

“对不起，”高个子尖声说道，一只关节粗大的手往耳朵上靠了靠，像是耳背似的说，“您说是带猫？您在哪里看见猫啦？”

门卫瞪大了眼睛，原来这位公民的脚边根本就没有什么黑猫，倒是有一个戴破帽子的矮胖子从他身后探出头来，直想往商店里钻。说实在的，那家伙的脸确实有几分像猫。矮胖子的怀里抱着个汽油炉。

不知为什么，这一对顾客让凶巴巴的门卫很是讨厌。

“我们这里只用外币，”他声音嘶哑，眼神里充满恼怒，两道斑白的眉毛乱蓬蓬的，像是被虫子蛀过似的。

“我亲爱的，”高个子的嗓音还是那么尖细，一只眼睛在夹鼻眼镜后面闪闪放光，“您怎么知道我没有外币？您是以貌取人？千万别这样，尊贵的门卫！您会出错的，而且是大错特错。请您再去读读著名的哈里发阿里—拉希德的故事吧。不过，眼下我们还是把这个故事搁到一边。我想告诉您，我会到商店经理那里去投诉您，说您怎样怎样，那您就得丢掉这份站在亮晶晶的玻璃门边上的差事了。”

“可能我这汽油炉里装的全是外币呢。”长着猫脸的矮胖子凶巴巴地插话进来，并且一个劲儿地往里闯。

他们身后的顾客越来越多，都有些不耐烦了。门卫用憎恨又怀疑的目光看着这奇怪的一对，往旁边让了让。于是，我们的老相识卡洛维约夫和别格莫特就进到了商店里面。进了门，他们先是仔仔细细看了好久，接着，卡洛维约夫用大得让商店每个角落都能听到的声音说：

“真是个漂亮的商店！很好，很好。”

柜台边上的顾客纷纷回过头来，十分惊讶地看了看这个大声说话的人，尽管他的赞叹并非言过其实。

货架上陈列着数百种色彩绚丽的花布，花布后面是堆积如山的各种细布、绉纱和呢绒，再往前走，是一摞摞装着皮鞋的鞋盒。几个女人正坐在矮椅上，右脚穿着走了样的旧皮鞋，左脚试着光亮的新皮鞋，小心地在地毯上踩着踏着。一阵阵歌声不知打哪个角落深处的留声机里传来。

可是，卡洛维约夫和别格莫特并没有在这些好东西面前停留，而是直接朝食品部和糖果部的交接处走了过去。这里十分宽敞，也不像在花布柜台边那样挤满了戴头巾和软帽的女人。

一个矮矮的、上下一样宽的胖子，正站在柜台边吩咐着什么。他的脸被刮得发青，架着一副角质眼镜，头上戴一顶平整的缎带上没有一点污渍的礼帽，身穿一件雪青色大衣，手上戴一双棕红色皮手套。一个身穿洁白工作服、头戴小蓝帽的售货员正在为这位穿雪青色衣服的顾客服务。他用快刀将蛇皮一样亮闪闪的鱼皮从肥厚的、油汪汪的粉红色鲑鱼肉上剥下来。那把刀子很像利未·马太偷走的那把。

“这个柜台也很棒！”卡洛维约夫郑重其事地称赞道，“连外国人都讨人喜欢。”他善意地指了指身穿雪青色衣服那人的后背。

“不，法戈特，不对，”别格莫特若有所思地回答道，“我的朋友，你错了。依我看，这位穿雪青色衣服的绅士不大像外国人，他的脸上少了点什么。”

穿雪青色衣服那人的后背猛地颤了一下，不过这显然出于偶然，一个外国人不可能听懂卡洛维约夫和他的同伴说的俄语。

“是上等货吗？”雪青色衣服严厉地问。

“一流！”售货员答道，卖弄地用刀尖在鱼皮上刮着。

“我喜欢上等货，不好的，不喜欢。”外国人厉声说。

“那还用说！”售货员兴奋地说。

这时，我们的老相识离开了买鲑鱼的外国人，来到了糖果柜台边。

“今天很热。”卡洛维约夫对脸颊通红、个子娇小的年轻女售货员说，不过他没有得到回答。“橘子怎么卖？”卡洛维约夫又问道。

“三十戈比一公斤。”女售货员回答。

“什么都贵得咬人哟，”卡洛维约夫叹了叹，说道，“唉……”他又想了想，对自己的同伴发出了邀请：“吃吧，别格莫特。”

矮胖子把汽油炉往胳肢窝下一夹，拿起堆成金字塔形最顶部的那个橘子，连皮带瓤地吃了进去，接着又拿了第二个。

女售货员被吓得要死。

“你们疯了！”她大吼一声，脸唰的一下就失去了血色。“请拿出收款单！收款单！”糖果夹子从她手里掉了下去。

“心肝儿，宝贝儿，美人儿，”卡洛维约夫把身子探进柜台，朝售货员眨着眼睛，声音嘶哑地说，“我们今天没带外币……那有什么办法呢！不过我向您发誓，下一次，最迟星期一，我们一定把钱还清！我们就在附近，花园街，失火的地方。”

别格莫特吞下第三个橘子后，接着把爪子伸向用巧克力搭成的一座精巧建筑。它从下面抽出一块，当然，整座建筑就轰然倒坍了。别格莫特把那块巧克力连同金色的包装纸一起吞了下去。

手拿刀子的鱼类柜台售货员愣住了，穿雪青色衣服的外国人也朝两名强盗转过身来。原来，别格莫特错了：雪青色衣服的人脸上不是少了点什么，而是恰恰相反，他的脸上倒像是多了点什么——下垂的两腮。他的两只眼睛来回乱转。

女售货员的脸色变得蜡黄，那凄苦的叫喊响彻了整个商店：

“帕洛西奇！帕洛西奇！”

布匹部的顾客们一窝蜂朝喊声这边拥来。此时，别格莫特已经离开诱人的糖果，把爪子伸进了标有“刻赤上等鲱鱼”字样的木桶里。他从里面拖出了两条小鲱鱼，将它们整个吞了下去，然后吐出了鱼尾巴。

“帕洛西奇！”糖果柜台后面又响起了绝望的喊声。鱼类柜台后一个留西班牙小胡子的售货员也吼了一声：

“你这是干什么，畜牲？！”

巴威尔·约瑟福维奇已经朝出事地点赶来。这是个相貌堂堂的男子，穿着洁白的工作服，就像外科大夫那样在口袋里插着一支铅笔。巴威尔·约瑟福维奇显然很有经验。看见别格莫特嘴里露出的鱼尾巴，他立刻搞清楚了局势，明白了发生的事情。他没有和这两个无赖多啰嗦，而是朝远处挥了挥手，下达指令：

“吹哨！”

门卫从玻璃门里飞快地冲到斯摩棱斯克市场的拐角，吹响了让人心惊肉跳的哨子。人们渐渐围住了两个坏蛋，还是卡洛维约夫出面应付了局面。

“公民们！”他捏着又尖又颤的嗓音喊道，“这是要干什么呀？啊？我倒想要问问！一个穷人，”卡洛维约夫任自己的声音发着颤，指了指别格莫特，后者立刻哭丧着脸，显得十分可怜。“这个穷人一天到晚地修汽油炉；他太饿了……让他去哪儿弄外币啊？”

一向沉着冷静的巴威尔·约瑟福维奇猛地大喝一声：

“你别来这一套！”接着，又急忙朝远处挥了挥手。门外的哨声越发地响亮了。

可卡洛维约夫没有被巴威尔·约瑟福维奇的这一声喝吓住，他仍然接着说：

“去哪儿弄啊？我请问大家！他又饿又渴！又热！这苦命的人就是拿了个橘子尝尝。这个橘子不过才值三戈比。可他们就把哨子吹得像春天树林里的夜莺一样，还把民警给招来了，扰乱了人家的工作。他就可以吗？啊？”卡洛维约夫说着指了指穿雪青色衣服的胖子，那人脸上顿时露出惊恐不安的表情。“他是谁呀？啊？他从哪儿来的呀？做什么来了？没有他，我们就不行了吗？我们请过他吗？当然，”原唱诗班指挥嘲讽地撇了撇嘴，敞开喉咙大叫着，“看到了吗，他穿着体面的雪青色西服，鲑鱼把他吃得鼓起来了，浑身上下装满外币，可我们呢，我们呢？！我苦呵！苦呵！苦啊！”卡洛维约夫大声哀号，就像老式婚礼上的男傧相。

这些愚蠢、失礼，显然在政治上对他也有害的说法，令巴威尔·约瑟福维奇气得发抖。可奇怪的是，从围观者的眼神看来，这些话又引起了大家的同情！这时，别格莫特一边用又脏又破的袖子擦着眼睛，一边凄惨地说道：

“谢谢，我忠实的朋友，你为受苦人说了句公道话！”怪事发生了。一个穿着简朴而不失整洁、礼貌又平和的老头突然像变了个人似的。他刚刚在糖果部买了三块杏仁蛋糕。此刻，只见他两眼冒火，脸色通红，把蛋糕往地上一扔，喊了起来：

“对！”——他的声音变得像孩子似的又尖又细。接着，他拖过托盘，抖掉上面被别格莫特吃剩下的埃菲尔巧克力塔，挥动着它，左手一把摘掉了外国人的礼帽，右手将托盘底狠狠地砸向外国人的秃顶。只听得一声巨响，仿佛从卡车上卸下了一块钢板。胖子脸色煞白，仰面朝天地跌坐到了装有刻赤鲱鱼的木桶里，腌鱼的盐水像一股喷泉似的飞溅起来。这时，又一件怪事发生了。那个穿雪青色衣服的跌进木桶后，竟开始用纯正的俄语大叫起来，没有一点外国口音：

“打人啦！快叫警察！强盗要打死我啦！”显然，因为脑子受到震动，他竟意外地掌握了一门他过去根本不懂的语言。

这时，门卫的哨声停了下来，涌动的顾客群中有两顶民警的头盔在一隐一现，并渐渐向这边靠近。狡猾的别格莫特则向糖果柜里浇着汽油，就像在浴室里用小木桶往长凳上泼水似的。汽油呼的一声就燃了起来。火焰直冲向上，也向旁边的柜台蔓延，吞噬了果篮上那些漂亮的纸带。几个女售货员尖叫着从柜台里逃了出来。她们刚一逃离柜台，窗户上的亚麻布窗帘也起了火，地上的汽油也燃烧起来。人群中立刻响起一阵绝望的尖叫，大家开始四处逃窜，挤倒了多事的巴威尔·约瑟福维奇。鱼类柜台的售货员甚至来不及放下手里的那把利刀，也迅速朝后门跑去。穿雪青色衣服的人从木桶里挣扎起来，满身是浸鱼的咸汁，翻过堆着鲑鱼的柜台，也紧紧地跟在了人群的后面。出口处大门的玻璃被仓皇而逃的人挤破了，稀里哗啦落了一地。那两个坏蛋——无论是卡洛维约夫，还是嘴馋的别格莫特——都已经逃之夭夭了。逃到哪里去了——没人知道。后来，据斯摩棱斯克市场外宾商店起火时在场的目击者说，两个流氓好像是飞到了天花板下面，在那里像两个儿童气球一样地炸了。这当然值得怀疑，事情究竟怎么样，我们不知就不知吧。

但是我们知道，就在斯摩棱斯克市场出事刚过一分钟之后，别格莫特和卡洛维约夫便双双出现在有树荫的人行道上。而格里鲍耶多夫姑母的那幢楼恰恰在一旁。卡洛维约夫在栅栏边停了下来，说道：

"呵！这不是作家之家吗！知道吗，别格莫特，我可听到不少这幢房子的传闻，大家都交口称赞啊。请注意这幢房子，我的朋友！想想就让人兴奋，从这片屋顶下源源不断地走出多少天才啊。"

"就像种在温室里的菠萝。"别格莫特说。为了好好欣赏一下这幢带廊柱的淡黄色小楼，它索性爬上了铁栅栏的水泥墩儿上。

"完全正确，"卡洛维约夫同意自己这位形影不离的伙伴的说法，"这栋楼里正成长着天才，他们中间有未来的《堂吉诃德》或者《浮士德》的作者，或者，见鬼，就是《死魂灵》的作者吧。想到这些，心里真是欢喜呀！是吧？"

"想着都吃惊。"别格莫特表示赞同。

"不错，"卡洛维约夫接着说，"在这幢温室里，可望诞生一些惊世巨作。它的屋顶下聚集了数千名决心为墨尔波墨涅、波吕许谟尼亚和塔利亚献身的人［墨尔波墨涅、波吕许谟尼亚和塔利亚分别是希腊神话中的悲剧之神、舞蹈之神和喜剧之神。］。你想想，要是他们中的什么人一出手就给读者献上一部《钦差大臣》，或者至少也是一部《叶甫盖尼·奥涅金》，那该有多轰动啊！”

“这还不简单。”别格莫特又表示了赞同。

“是啊，”卡洛维约夫接下来说，并担忧地竖起了一根手指，“但是！我是说，但是，我还要再说一遍——但是！千万不能让这些娇嫩的温室植物受到什么微生物的侵害，也不能让它的根部长虫、腐烂！这种情况可常常发生在菠萝的身上！哎呀呀，这可是常有的事情啊！”

“顺便问一句，”别格莫特说着，把自己那圆圆的脑袋伸进了栅栏的窟窿里，“他们在阳台上干什么？”

“吃午餐吧，”卡洛维约夫解释说，“我还要告诉你，亲爱的，这个餐厅很不赖，也便宜。我呢，也像要出远门的旅行者一样，想在赶路之前好好吃点什么，再喝上一杯冰镇啤酒。”

“我也是，”别格莫特回答道。于是，两个坏蛋就举步沿椴树底下的柏油小径朝餐厅走去。而里面的人还没有意识到，灾祸就要降临了。

阳台的一角，一个脸色苍白、无所事事的妇女正坐在入口处一张维也纳曲木椅上。她头上戴一顶留着个尾巴的白色圆帽，脚上穿一双白袜子。入口处四周是爬满绿色植物的篱笆。女人面前的一张宽案桌上，放着一个厚得像账簿似的本子。不知为什么，进入餐厅的人都必须在上面一一登记。正因如此，这个女公民拦住了卡洛维约夫和别格莫特。

“你们的证件呢？”她吃惊地看了看卡洛维约夫的夹鼻眼镜，

又看了看别格莫特的汽油炉和他的破袖子。

“万分地抱歉，什么证件？”卡洛维约夫吃惊地反问道。

“你们……是作家吗？”女公民还是提了个问题。

“那还用说。”卡洛维约夫骄傲地说。

“你们的证件呢？”女公民还是同样的问题。

“我的美人……”卡洛维约夫想要套套近乎。

“我不是什么美人。”女公民打断了他。

“哦，那太遗憾了。”卡洛维约夫失望地说，“好吧，如果您不想当大家都巴望着当的美人，您可以不当。那么，是否为了确定陀思妥耶夫斯基是个作家，就得问他要证件呢？您可以拿着他的任何一部小说随便看上五页，就是他没有证件，您也会确信您是在和一个作家打交道。我想，他根本就没有什么证件！你说呢？”卡洛维约夫转身问别格莫特。

“我敢打赌，他没证件。”别格莫特回答。他把汽油炉放到那本登记簿的旁边，用手擦着熏黑了的额头。

“您又不是陀思妥耶夫斯基。”女公民说，她被卡洛维约夫说得有些糊涂。

“你怎么知道，你怎么知道？”卡洛维约夫回答。

“陀思妥耶夫斯基已经死了。”女公民说着，但好像又不大自信。

“我抗议！”别格莫特激动地说，“陀思妥耶夫斯基是不会死的！”

“拿出你们的证件，公民们。”那女人坚持说。

“算了吧，说到底，这是件可笑的事情。”卡洛维约夫并没有妥协。“作家不是靠证件来证明的，而是看他是不是在写作。您怎么会知道我脑袋里在构思什么呢？或者是他这个脑子？”他指了指别格莫特的脑袋，后者立刻摘下帽子，似乎想让这女公民看得更清楚一些。

“请让一让，公民们。”她已经很恼火了。

卡洛维约夫和别格莫特往旁边让了让，一个什么作家走了进去。他穿着灰色西服，里面的衣服领子翻到外面，白色的薄衬衫上没系领带，胳肢窝底下夹了一份报纸。他礼节性地朝女公民点了点头，边走边在递上来的本子上龙飞凤舞地签了个名，然后就朝阳台走去。

“唉，咱们可办不到，办不到。”卡洛维约夫伤心地说，“我们这些可怜的流浪汉想得发疯的那杯冰镇啤酒，就让他去享用吧。我们的处境艰难、可悲啊！真不知道该怎么办。”

别格莫特只能痛苦地摊开双手，把帽子又戴回到圆圆的脑袋上。那浓密的头发，真像是猫毛啊。就在这时，一个不大但却十分威严的声音在女公民的头上响起：

“让他们进去，索菲娅·帕夫洛夫娜。”

拿着登记簿的女公民诧异了。爬满绿叶的篱笆中出现了“海盗”的燕尾服、白衬胸和长长的胡须。他对两个可疑的流浪汉十分热情周到，甚至向他们做了一个请的手势。阿尔奇巴尔特·阿尔奇巴尔多维奇的权威在他执掌的餐厅里的确是掷地有声的。于是，索菲娅·帕夫洛夫娜恭敬地向卡洛维约夫问道：

“您贵姓？”

“帕纳耶夫。”后者礼貌作答。女公民记下了这个姓氏，又抬头向别格莫特投去询问的目光。

“斯卡比切夫斯基。”别格莫特尖声说道，不知为什么还指了指自己的汽油炉。索菲娅·帕夫洛夫娜登好记，又把登记簿递到了两位客人的面前，请他们在本子上签名。卡洛维约夫在“帕纳耶夫”处签上了“斯卡比切夫斯基”，而别格莫特在“斯卡比切夫斯基”处签上了“帕纳耶夫”。

让索菲娅·帕夫洛夫娜大惑不解的是，阿尔奇巴尔特·阿尔奇巴尔多维奇竟讨好地赔着笑脸，把客人带到了阳台尽头那张最好的桌子跟前。那里树荫浓密，一束阳光欢快地从密密的绿色藤蔓中挤了进来。索菲娅·帕夫洛夫娜惊讶得眨着眼睛，久久地琢磨着这两位不速之客在登记簿上留下的奇形怪状的签名。

阿尔奇巴尔特·阿尔奇巴尔多维奇也令其他几位服务员大为震惊，他们的惊讶程度一点儿也不亚于索菲娅·帕夫洛夫娜。他亲自拉开了椅子，请卡洛维约夫入座，同时朝一个服务员使了使眼色，又对另一个服务员耳语了几句什么。于是，两个服务员就围着这两位新来的客人忙碌起来。其中一位客人把汽油炉放到了自己那双已经褪为棕红色的皮鞋旁边。

餐桌上那块带黄点的旧台布立刻消失了，空中呼呼地飞来一块浆洗过的、像贝陀因人斗篷一般洁白耀眼的台布。阿尔奇巴尔特·阿尔奇巴尔多维奇此时把嘴凑到了卡洛维约夫的耳边，轻声而又十分热情地说：

“为二位点什么菜呢？这里有特等的鲟鱼鲞……从建筑师大会上弄来的……”

“您……嗯……就给我们来点什么小吃吧……嗯……”卡洛维约夫和善地小声说着，摊开四肢坐在了椅子上。

“明白了。”阿尔奇巴尔特·阿尔奇巴尔多维奇闭着眼睛，意味深长地说。

看到餐厅经理如此侍候着两位可疑的顾客，服务员们也打消了一切顾虑，认真地做起事来。别格莫特刚从口袋里掏出烟头，放到嘴上，一个服务员就及时地将划着的火柴递了过去；另一个服务员则手拿着叮当作声的绿色玻璃器皿，飞快地跑来跑去，将又轻又薄的高脚杯摆在了刀叉旁边，在荫凉下用这样的杯子喝着纳尔赞矿泉水是多么惬意啊……不是吗，我们以后回头一看，准会说：在难忘的格里鲍耶多夫阳台的树荫下喝纳尔赞矿泉水的确是很惬意啊。

“给二位来点鲜嫩的榛鸡肉。”阿尔奇巴尔特 · 阿尔奇巴尔多维奇像哼着小曲似的轻轻地说。戴破夹鼻眼镜的客人完全同意双桅帆船船长的建议，并透过那块无用的镜片欣赏地看着他。

邻桌坐着小说家彼得拉科夫 · 苏霍维夫妇，他夫人眼前的一块炸猪排就要被她吃光了。他以作家特有的观察力发现了阿尔奇巴尔特 · 阿尔奇巴尔多维奇特别殷勤，心中非常诧异。他的夫人，一位非常可敬的女士，对“海盗”如此巴结卡洛维约夫感到十分嫉妒，她甚至用小勺敲了敲桌子……意思是说，这算什么，让我们干等着……该上冰激凌了！怎么回事？

但是，阿尔奇巴尔特 · 阿尔奇巴尔多维奇只是对彼得拉科夫太太报以一个奉承的微笑，给她派去了另一个服务员，而自己并没有离开那两位尊贵的客人。嗨，阿尔奇巴尔特 · 阿尔奇巴尔多维奇真是个聪明人！他那察言观色的能力也许并不亚于作家。阿尔奇巴尔特 · 阿尔奇巴尔多维奇知道杂技剧院那场演出，也听到了许多有关这些天发生的怪事，但他和其他人不同，他没有把“穿格子衣服”或者是“黑猫”这种话当耳旁风。阿尔奇巴尔特 · 阿尔奇巴尔多维奇立刻猜到了自己的这两位客人是谁。既然他已经猜出来了，当然就不会和他们拌嘴了。索菲娅·帕夫洛夫娜倒好！亏她还想得出，挡着不让这两位去阳台！话说回来，还要她怎么样呢。

彼得拉科夫太太傲慢地用勺子戳着正在化开的奶油冰激凌，十分不满地看着，在两个穿得稀奇古怪的家伙面前，美味佳肴就像变魔术一样渐渐摆满了小桌。洗得亮晶晶的生菜叶露在装着新鲜鱼子酱的盘子边……很快，一个专用的小桌推了出来，放在上面的银质冰桶正冒着冷气……

在确定一切妥当，也就是服务员飞快地将噗噗作响的一个带盖子的煎锅端上来之后，阿尔奇巴尔特·阿尔奇巴尔多维奇才离开了这两位神秘的客人，临走时还附在他们耳边打了招呼：

“对不起！我很快就来！我去看看榛鸡肉做得怎么样了。”

他离开餐桌，消失在餐厅的内部通道里。如果有人能暗中观察到阿尔奇巴尔特·阿尔奇巴尔多维奇的行踪，那么他一定会觉得颇有些令人费解。

经理根本不是到厨房看什么榛鸡肉去了，而是去了餐厅的仓库。他用随身带着的钥匙打开了仓库，把自己也关在了里面。为了不弄脏衣袖，他从放冰的木柜里小心翼翼地取出了两条沉甸甸的鲟鱼鲞，并且用报纸包好，用细绳仔细地捆好，然后放到了一边。接着，他又到隔壁房间，看看他那件丝绸衬里的夹大衣和礼帽还在不在。这之后，他到了厨房。在这里，厨师正在认真加工“海盗”答应给客人上的那道菜——鲜嫩榛鸡。

应当说，在阿尔奇巴尔特·阿尔奇巴尔多维奇的一举一动中，并没有什么奇怪和让人不解的地方，只有不用心的观察者才会认为这些举动有些奇怪。阿尔奇巴尔特·阿尔奇巴尔多维奇的行为完全符合整个事件发展的逻辑。对近日各种事件的了解，更主要的是阿尔奇巴尔特·阿尔奇巴尔多维奇那非凡的嗅觉告诉这位格里鲍耶多夫餐厅的经理，这两位顾客的午餐虽说十分丰盛和豪华，但时间一定不长。直觉从来没有欺骗过这位昔日的海盗，这次也没有骗他。

正当卡洛维约夫和别格莫特举着杯子里冰凉的莫斯科极品伏特加第二次碰杯时，满头大汗、神情激动的新闻编辑博巴·坎达卢普斯基出现在了阳台上。这位莫斯科著名的消息灵通人士在彼得拉科夫夫妇身边坐了下来。博巴把自己那鼓鼓囊囊的公文包往餐桌上一放，立刻把嘴凑到彼得拉科夫的耳边，对他小声说了几句像是很有趣的话。彼得拉科夫太太也好奇地把耳朵贴到博巴那胖嘟嘟、油腻腻的嘴唇边。而博巴呢，不时地像是做贼似的东张西望着，嘴里咕咕哝哝，旁人只能听出个别的字句：

“我敢以人格担保！在花园街，在花园街，”博巴的声音压得更低了。“子弹打不进！……子弹……子弹……汽油，着火了……子弹……”

“这些个到处散布谣言的家伙，”出于愤怒，彼得拉科夫太太大声嚷了起来，她的低音比博巴所希望的还要响亮很多，“真应该把他们查清楚！不过也没关系，迟早会收拾他们的！这些胡说八道的害虫！”

“哪里是什么胡说八道，安东尼达·波尔菲里耶夫娜！”博巴大声说道，作家夫人的不信任使他觉得很冤枉。不过他很快又恢复了低低的嗓音:“我告诉你们，子弹打不进……现在已经着火了……他们在空中……空中。”博巴在嘀嘀咕咕地说着。他怎么也想不到，他所说的那几个人现在就在他的旁边，正欣赏着他那嘀嘀咕咕的样子呢。

不过，这欣赏很快就结束了。三个男人从餐厅的内部通道冲向了阳台。他们紧束腰带，打着绑腿，手握双枪。前面的那个一声大吼:

“不许动!”三个人瞄准了卡洛维约夫和别格莫特的脑袋，立即开了火。由于受到猛烈射击，他们很快便消融在空气之中。汽油炉里喷出了一根火柱，直冲遮阳布。一张黑边的大嘴出现在遮阳布上，并且越张越大。火焰穿过这个大窟窿，冲向了格里鲍耶多夫之家的屋顶。放在二楼编辑部窗台上的文件突然起了火，紧接着，窗帘也着火了。像是有人在一旁扇风吹气，火柱呼啸着扑向姑母这幢小楼的深处。

几秒钟后，在那条通向林荫道铁栅栏的柏油小路上，跑着还未用餐完毕的作家、服务员、索菲娅·帕夫洛夫娜、博巴、彼得拉科娃、彼得拉科夫。而在星期三晚上，那个不被任何人理解、第一个跑来报告不幸的伊凡，就是从这条路跑进去的。

及时从侧门跑出来的阿尔奇巴尔特·阿尔奇巴尔多维奇现在既不逃跑，也不急着到什么地方去。就像船长应该最后一个离开燃烧的船只，穿着丝绸衬里薄大衣的他平静地站着，两根木棍似的咸鲟鱼鲞还夹在他的胳肢窝下面。

第　二　十　九　章

大师与玛格丽特的命运注定

夕阳西下，一幢高楼沐浴在太阳的余晖之中。这是莫斯科最漂亮的建筑之一，它建于一百五十年前。高高在上的石头回廊里，现在正坐着沃兰德和他的随从阿扎泽洛。从下面的街道上是看不到他们的，因为装饰着石膏花瓶和花朵的柱形护栏挡住了人们的视线。但是，他们倒是可以把整个城市尽收眼底。

沃兰德坐在一张折叠凳上，身穿那件黑色的长袍。他那把又宽又长的剑，正垂直地插在回廊里两块石头的裂缝之间，像个日晷。长剑的影子缓慢而又不停地拉长着，渐渐伸向了撒旦脚上那双黑鞋。撒旦那尖尖的下巴正杵在他的一只拳头上，折叠凳上的身体佝偻着，一条腿屈在身下。他目不转睛地望着无边无际的宫殿、高楼和就要被拆除的低矮平房。

阿扎泽洛不再是现代的装束，他脱去了西服、圆顶礼帽和漆皮鞋。像沃兰德一样，他也穿了一身黑袍，一动不动地站在离自己君主不远的地方，像主子一样注视着这座城市。

沃兰德先开了口：

“一座多有趣的城市，是不是？”

阿扎泽洛动了一下，毕恭毕敬地回答说：

“阁下，我更喜欢罗马！”

“是呵，各有所好。”沃兰德说。

过了一会儿，他又说道：

“那边的黑烟是怎么回事，就在林荫道上？”

“格里鲍耶多夫着火了。”阿扎泽洛回答。

“我想，这一定是那对形影不离的宝贝卡洛维约夫和别格莫特干的？”

“毫无疑问，阁下。”

又是一阵沉默。站在回廊上的两个魔鬼看到，耀眼而扭着身子的太阳在大片楼房顶层朝西的窗户上燃烧着。虽然沃兰德背朝着落日，但他的一只眼睛也像一扇窗户那样燃烧着。 462

这时，不知是什么让沃兰德转过了身，并注意起自己身后房顶上的圆形塔楼来。塔楼里走出一个人来，只见他神情忧郁的脸上蓄着黑色的络腮胡子，破旧的长袍上还带着泥点，脚上是一双手工缝制的平底鞋。

“哈！”沃兰德大声说着，嘲讽地看着来者，“真没想到我会在这里看见你！你来干什么，意料中的不速之客？”

“我来找你，邪恶之鬼，黑暗之王。”来人回答道。紧锁的双眉下，两只眼睛很不客气地看着沃兰德。

“既然你来找我，那为什么不向我问个好呢，你这个过去的税务官？”沃兰德厉声问道。

“因为我不希望你健康。”来人放肆地答道。

“但你只能接受现实。”沃兰德回敬他一句，一丝冷笑让他的嘴唇稍有些歪斜。“你一来到这屋顶，立刻就干了件蠢事。我现在告诉你蠢在哪里，那就是你的语气。听你的口气，你好像并不承认有黑暗，也有邪恶。那你就费心想想这个问题：如果没有恶，哪有你的善？如果地球上没有黑暗，那将会是怎样？要知道，黑暗来自于物和人。你看，就像这个影子，它是由于有了我的长剑而出现的。树木和各种生灵都会产生阴影。你是不是想净化这个地球，铲除所有的树木，消灭所有的生灵，以满足你享受纯粹阳光的幻想啊？你很愚蠢。”

“我不想和你争论，你这个诡辩老手。”利未·马太回答。

“你也不能和我争什么，因为我已经说了，你很愚蠢。”沃兰德说完又问道："简单说吧，别让我累着，干什么来了？"

"是他派我来的。"

"他让你转告我什么，奴才？"

"我不是奴才，"利未·马太回答着，心里越来越窝火，"我是他的门徒。"

"我们的语言有所不同，永远如此，"沃兰德说，"但我们说的事情本质不会有什么变化。是这样吧？……"

"他读了大师的作品，"利未·马太说，"他请你把大师带走，赐他以安宁。难道你会觉得这点事难办吗，邪恶之鬼？"

"我做什么都不难，"沃兰德答道，"这个你很清楚。"他顿了顿，又问道："那你们为什么不把他带到你们那个光明的世界去呢？"

"他该得到的不是光明，而是安宁。"利未的声音里充满了悲哀。

"你转告他，这个一定办到。"沃兰德回答说。他的一只眼睛又燃起了怒火："快从这里离开。"

"他还请你把那个爱他、为他受难的女人也一起带走。"利未第一次对沃兰德恳求道。

"你要不说，我们就好像想不到似的。走吧。"

利未·马太消失了。沃兰德把阿扎泽洛叫到跟前，命令道："飞到他那里去一趟，把事情安排好。"

阿扎泽洛离开回廊，沃兰德独自留下来了。

独处的时间并不长。不一会儿，回廊的石板上响起了脚步声和热闹的谈话声，卡洛维约夫和别格莫特出现在沃兰德的面前。现在，矮胖子随身带着的那个汽油炉不见了，而身上又装备了其他东西。他腋下夹着一幅不大的带镀金画框的风景画，胳膊上挎着一件被火撩了一半的厨师服，另一只手上攥着一条带皮带尾的鲑鱼。卡洛维约夫和别格莫特身上散发出一股焦糊味，别格莫特满脸漆黑，头上的帽子有一半被火燎焦了。

“向您致敬，阁下。”这对吵吵闹闹的活宝大喊大叫着，别格莫特还挥动着手里那条鲑鱼。

“很好啊。”沃兰德说。

“阁下，您想想，”别格莫特兴高采烈地大叫着，“把我当成趁火打劫分子了！”

“看看你拿回来的这些东西就知道，”沃兰德看了看风景画，说道，“你就是个趁火打劫分子嘛。”

“您还相信哪，阁下……”别格莫特的声音听上去十分诚恳。

“不，我不信。”沃兰德简短地回答说。

“阁下，我发誓，我很勇敢，能抢救下的东西我都抢救出来了。您看，这就是我保住的东西。”

“那你最好说说，格里鲍耶多夫是怎么起火的？”沃兰德问。

卡洛维约夫和别格莫特两人都把手一摊，抬眼望着天空，别格莫特还嚷嚷道：

“我就是没搞明白！我们好好地在那里坐着，一点声音没出，正吃着东西……”

“突然——砰，砰！”卡洛维约夫接过了话头，“有人开枪了！我和别格莫特都吓傻了，我们赶紧跑到林荫道上。他们在后面追我们，我们又朝季米里亚泽夫跑去！”

“但是，责任感，”别格莫特又接过了话头，“帮助我们克服了这种可耻的恐惧感，我们又回去了。”

“啊，你们还回去了？”沃兰德说，“当然，那幢楼已经被烧光了。”

“烧得精光！”卡洛维约夫悲痛万分地证实道，“真的是那样，阁下，您说得非常准确。就剩下一堆炭火！”

“我直奔会议大厅，”别格莫特说，“就是带着柱廊的那个，阁下，我还指望能抢点值钱的东西出来。嗨，阁下，我老婆，要是我有的话，她就有二十次的机会差点变成寡妇了！幸好，阁下，我没有结婚。坦率地说，没结婚真是幸福啊。哎，阁下，难道可以放弃单身汉的自由，给自己套一副沉重的枷锁吗？”

“又开始胡说八道了。”沃兰德想制止他。

“是，我接着说，”黑猫回答，“这不，您看这幅风景画。再想从大厅里拿点什么东西出来已经不可能了，那火苗直往我脸上扑。我又跑到仓库，抢出了这条鲑鱼。我再往厨房跑，抢出了一件工作服。我认为我已经尽力了，阁下。可我不明白，您为什么还是一脸的怀疑呢？”

“你打劫的时候，卡洛维约夫在做什么呢？”沃兰德问。

“我在帮消防队救火，阁下。”卡洛维约夫回答说，还指了指撕破的裤子。

“噢，要是这样，那就只好盖一幢新楼了。”

“会盖起来的，阁下，”卡洛维约夫回答说，“这点我敢向您保证。”

“好吧，但愿它会比原来的那幢更好。”沃兰德说。

“肯定是这样的，阁下。”卡洛维约夫说。

“您要相信我，”黑猫补充说，“我是真正的预言家。”

“不管怎么说，我们回来了，阁下，”卡洛维约夫禀报道，“我们听候您的吩咐。”

沃兰德从矮凳上站起来，走近护栏，转身背对着自己的随从，独自望着远方，久久沉默着。随后，他又离开护栏，坐回到了小凳上，说：

“没有什么吩咐，该做的，你们都做了，我暂时不需要你们效劳。你们可以休息了。暴风雨就要来了，这是最后的一场暴风雨，它将结束该结束的一切，然后我们就要上路了。”

“太好了，阁下，”两个小丑回答道。随即，他们便很快消失在了回廊中央的大圆塔后面。

沃兰德说的这场暴风雨已经在地平线上集结起来。乌云从西方涌出，先是遮住了半个太阳，接着整个太阳都被这乌云给遮住了。回廊上刮起了一股凉风。不一会儿，天色黯淡下来。

从西边袭来的那一团黑暗笼罩了巨大的城市。桥梁和宫殿都消失不见了。一切都隐去了，仿佛它们从未在世界上存在过。一道细长的闪电划破了整个天空。一声巨雷撼动了整个城市。雷声再次轰鸣，暴风雨降临了。在铺天盖地的雨雾中，沃兰德的身影消失了。

第三十章

该走了！该走了！

“你知道吗，”玛格丽特说，“你昨夜熟睡的时候，我读到了关于黑暗的那个章节，就是黑暗从地中海袭来……还有那些塑像，啊，是金色的塑像！不知为什么，它们却总是让我不安。我看，现在像是要下雨了。你不觉得，现在凉爽多了吗？”

“那一切都是那么美好，那么可爱。”大师回答说。他一边抽着烟，一边挥手驱赶着烟雾，“那些塑像也是，愿上帝保佑他们……以后会怎么样呢，实在是说不好！”

这段对话是在太阳西下的时候进行的，正是利未·马太在回廊上出现在沃兰德面前的时候。地下室的小窗开着，要是有人朝里面看一眼，那他一定会被说话的两个人吓一大跳。玛格丽特赤裸的身体上就披了一件斗篷，大师身上仍然穿着医院的病号服。玛格丽特现在根本没有衣服可穿，因为她的所有东西都留在了小楼那边。虽说小楼离这里不算很远，但现在当然不能说要去那里取东西的话。大师呢，尽管他的衣服都在柜子里，好像他从未离开家去过什么地方，但他就是不愿意穿衣服，似乎是要不断地提醒玛格丽特，就要发生一件旷世奇闻了。的确，他刮了脸，在那个秋夜之后还是第一次（在医院里，他的胡子是用电推子剃的。）。

房间的模样也很奇怪，一片凌乱，让人看不明白是怎么回事。地毯上放着手稿，长沙发上也是手稿。一本书摊开在椅子上。圆桌上已经摆好了午餐，菜碟间还摆着几个饮料瓶子。菜肴和饮料是怎么来的，玛格丽特和大师都不清楚。他们一醒过来，这些东西就已经摆在桌子上了。

大师和他的女友在星期六的黄昏中醒来，他们感觉此时周身精力充沛，唯独一件事可能让他们回想起昨晚的种种历险——他们都感觉到了左侧太阳穴有些酸痛。但两个人的重大变化是在心理方面，如果有人此刻偷听到地下室里的谈话，他一定会对此深信不疑。但是，绝不会有人来偷听的。这个院子好就好在它永远都空无一人。窗外，一天比一天绿的椴树和白柳散发着春天的气息。一阵轻风吹来，把这气息带进了地下室。

“呸，见鬼！”大师突然大声说。“这事难以想象……”他在烟灰缸里掐灭了烟头，两手将脑袋紧紧抱住。“不，听我说，你是个聪明人，而且没有被当作疯子……你真的确信，我们昨天见到了撒旦？”

“绝对是真的。”玛格丽特回答他。

“当然，当然，”大师有些嘲讽地说道，“现在在这里不是一个疯子，而是两个！一个丈夫和一个妻子。”他把手往上伸着，大叫起来：“不，鬼知道这是怎么回事，见鬼，见鬼，见鬼！”

玛格丽特没有回答，一下子跌坐到长沙发上。她蹬着光光的两脚，哈哈大笑着，过了好一会儿才大声说：

“噢，我笑得不行了！噢，我不行了！你看你是什么样！”

大师不好意思地提了提病号服的裤子。笑过以后，玛格丽特变得严肃起来。

“刚才你无意中说对了，”她说道，“鬼知道怎么回事，这鬼，相信我吧，会安排好一切的！”突然，她两眼放光，一起身，就在原地跳起舞来，嘴里喊着：“我好幸福，我好幸福，我跟他做了笔交易！哦魔鬼，魔鬼！……您，亲爱的，以后不得不和一个女魔在一起生活了。”说完，她扑到大师身上，搂住他的脖子，开始吻他的嘴唇、鼻子和面颊。凌乱的黑发在大师的脸上跳动着，他的面颊、额头因为这一阵阵亲吻而红了起来。

“你真的像是女魔。”

“我不否认，”玛格丽特回答说，“我是女魔，而且对此很满意！”

“好吧，”大师说，“女魔就女魔吧。多荣耀多气派！所以，还从医院把我偷了出来！……这也不错啊。把我们送了回来，就算这些是……我们甚至还可以设想，谁也发现不了我们的失踪……但看在上帝的分上，你告诉我，我们以后怎么过？我说这个话，完全是为你着想，请相信我！”

这时，小窗处出现了一双圆头皮鞋和一条条纹裤子的下半段。接着，两只裤腿在膝盖处打了个弯。随后，一个笨重的大屁股挡住了光线。

“阿洛伊兹，你在家吗？”一个声音从窗外裤子上方响起。

“瞧，又开始了。”大师说道。

“阿洛伊兹吗？”玛格丽特问，说着走到了窗前，“他昨天被捕了，您是谁啊？您贵姓？”

膝盖和屁股一下子都消失了，随后栅栏门砰地响了一声。接着，一切又恢复了正常。玛格丽特跌坐在长沙发上，哈哈大笑着，笑得连眼泪都出来了。但是，笑过之后，她的神色起了很大的变化。她从长沙发上滑下来，趴到大师的膝盖旁，望着他的眼睛，一边抚摸着他的头，一边认真地说：

“你遭了多少罪，多少罪啊，我可怜的人！只有我才知道。你看，你头上都有白头发了，嘴角也永远刻上了皱纹。我的唯一，我亲爱的，你什么都不要想了！你以前想得太多，现在我来替你想吧。我向你保证，我保证一切都会很好很好的！”

“我什么都不怕，玛尔戈［玛格丽特的昵称。］。”大师突然对她说道，并抬起了头。她又看到了当初那个大师，他写出了自己没有见过，却又对其坚信不移的东西，“我不会怕，因为我已经经历过了。我受够了惊吓，现在什么东西都吓不倒我了。可我心疼你，玛尔戈，这就是我的心病，这就是为什么我总担心一件事情的原因。醒醒吧！你为什么要和一个病人、一个乞丐厮守而毁了自己的一生呢？你回家去吧！我是心疼你才这么说的。”

“唉，你呀，你呀，”玛格丽特摇着一头乱发，轻声说道，“唉，你这个没信心的不幸的人。因为你，我昨晚赤身裸体，担惊受怕了一整夜，还改变了自己的天性。一连几个月，我躲在这漆黑的斗室，心里只想着耶路撒冷那场暴风雨，我的眼泪都哭干了。现在，幸福降临了，你反而要赶我走？那好吧，我走，我走，不过你要知道，你是个多么残酷的人！他们把你的心都掏空了！”

一种痛苦的柔情弥漫在大师的心里。不知道为什么，他哭了。他把脸埋进了玛格丽特的头发。玛格丽特哭着，喃喃地说着，抚摸着大师的两鬓：

“是啊，头发白了，都白了……这头发眼看着就落上了一层白雪……唉，我的……我的受苦受难的脑袋啊。看，你的眼睛都成什么样子了！里面像是荒漠已没有了生气……这肩膀呢，像是扛着沉重的包袱……他们把你给毁了，毁了……”玛格丽特已泣不成声，身体因为痛哭而不停地颤抖着。

大师擦干眼泪，从膝盖上扶起了玛格丽特，自己也站了起来，并且坚决地说：

“好了！你让我感到惭愧。我再也不会这么胆怯，再也不会提这个话题了，你放心吧。我知道，我们俩都是自己心理疾病的牺牲品，这病也许是我传给你的……那好吧，我们一起来承受吧。”

玛格丽特把嘴凑到了大师的耳朵边，低声说：

“我以你的生命向你起誓，以星相家儿子的名义向已经注定的命运起誓，一切都会好的。”

“唉，好啦，好啦，”大师说，接着他又笑道，“当然，当人们像你我这样被洗劫一空的时候，他也只好向彼岸求救了！有什么办法，我并不反对到那里去寻求帮助。”

“你看，你看，现在你又是过去的你了，你笑了。”玛格丽特回答说，“让你那些文绉绉的字眼儿见鬼去吧！什么彼岸或者非彼岸，不都一样吗？我想吃饭了。”

说完，她拉着大师的手走到桌旁。

“我不敢肯定，这酒菜会不会立刻掉进地洞，或者是飞出窗口。”大师说，现在他的情绪已经平静了。

“不会飞走的！”

此时，窗外传来了一个瓮声瓮气的声音：

“祝你们平安。”

大师哆嗦了一下，而已经习惯奇遇的玛格丽特反倒大叫起来：

“这是阿扎泽洛！啊，这多亲切，多好啊！”接着，她又悄悄对大师说：

“你看，你看，人家没扔下我们不管吧！”说着就冲出去开门。

“你至少披件衣服吧。”大师冲着她的背影喊道。

“我才不管这些呢。”玛格丽特已经走到了过厅里。

一眨眼，阿扎泽洛已经来到跟前并鞠了个躬。他向大师问了好，那只斜眼瞅着大师忽闪忽闪的。玛格丽特大声地感慨道：

“哎呀，我太高兴了！我这辈子都没这么高兴过！对不起啊，阿扎泽洛，我没穿衣服！”

阿扎泽洛请她放心，安慰她说自己不仅见过没穿衣服的女人，而且还见过剥了皮的女人。接着，他坐到桌子边，把一个用黑绸包好的小包放到炉子边的那个角落。

玛格丽特给阿扎泽洛倒了一杯白兰地，他很愉快地将酒一口气喝了下去。大师目不转睛地看着他，偶尔会悄悄地在桌下拧一拧自己的左胳膊。但他怎么拧也没用。阿扎泽洛没有消失在空气中，说实在的，消失不消失也都无所谓了。这个红头发的小个子也没什么可怕的，难道是他那只蒙着白翳的眼睛可怕吗，可那倒也并不少见，没有什么怪异的。或者就是他那身行头——又像是僧袍，又像是披风——不太一般，可如果认真想想，这也用不着大惊小怪。他喝着白兰地很自在，跟正常人一样，连连几杯，菜都不吃。而大师喝了这白兰地后脑勺却嗡嗡直响，他暗暗想：

“不，玛格丽特是对的！当然，我面前坐着的，是魔鬼的使者。我前天夜里不是还在向伊凡证明，说他在牧首塘碰见的就是撒旦吗，怎么现在反倒因为这个念头而害怕起来了呢，还开始说这是什么催眠术和幻觉。哪来的什么催眠术啊！”

他开始仔细打量阿扎泽洛，发现对方的眼睛里有某种不自然的神情，或者说是一种不到万不得已怎么也说不出口的东西。“他不是单纯来拜访的，他还带着某种使命。”大师暗暗想。

他的观察力依然敏锐。

阿扎泽洛喝下了第三杯白兰地，其实白兰地对他不起任何作用。这位来访者终于开口了：

“这地下室还真是很舒适，见鬼！只是有个问题，在这里面，在这个地下室里能做什么呢？”

“我刚才还这么说呢。”大师笑着回答。

“您为什么来骚扰我们，阿扎泽洛？”玛格丽特问，“做什么不行！”

“您看您说的，看您说的！”阿扎泽洛大声说，“我可没有打扰你们的意思。我都这么说，做点什么不行。对了！差点忘了……我主人向你们问好，还说请你们和他一起作一次不远的旅行，当然，如果你们愿意的话。你们是什么意见呢？”

玛格丽特的脚在桌子底下碰了碰大师。

“非常愿意。”大师打量着阿扎泽洛，回答说。阿扎泽洛继续说：

“我们希望玛格丽特·尼古拉耶夫娜也不要拒绝。”

“我是一定不会拒绝的。”玛格丽特说着，她的脚又碰了大师一下。

“那就太好了！”阿扎泽洛大声说道，“我就喜欢这样！说一两句，就行了！不像当初在亚历山大公园。”

“哎呀，您就别提了，阿扎泽洛！那时我很蠢。不过，也不能怪我，毕竟不是天天都会碰到魔鬼的！”

“那还用说，”阿扎泽洛附和道，“要是天天碰到，那该多好！”

“我也喜欢干脆，”玛格丽特兴奋地说，“我也喜欢干脆、利落……就像打枪一样，砰！嗳，他的枪法可准了！”玛格丽特转身对大师说：“把一张‘7’放在枕头底下，说打哪个花就打哪个花……”玛格丽特有了几分醉意，两眼变得熠熠生辉。

“我又忘了，”阿扎泽洛一拍脑门，叫了起来，“我真糊涂！阁下还给您送了份礼物，”他这是在对大师说，“是一瓶葡萄酒。请注意，这是犹太总督喝的那种葡萄酒，法隆葡萄酒。”

非常自然，这件稀世珍品引起了玛格丽特和大师的极大兴趣。打开一块像是从坟墓里挖出来的黑绸，阿扎泽洛从里面取出了一个发霉的水罐。大家闻了闻，然后把里面的葡萄酒倒进了玻璃杯，把它对着暴风雨前夕窗外那黯淡下来的阳光照了照。他们眼前的一切，顿时像是被染上了一层鲜血。

“为沃兰德的健康干杯！”玛格丽特举着自己的酒杯大声说道。

三个人都把酒杯举到嘴边，喝了一大口。立刻，暴雨前的阳光在大师眼前熄灭了，他的呼吸开始急促，他觉得自己快要完蛋了。他还看到，面如死灰的玛格丽特无助地向他伸出双手，脑袋耷拉到桌上，紧接着，整个人也瘫倒在地。

“投毒犯……”大师来得及喊了一声。他甚至想从桌上抓起刀子向阿扎泽洛刺过去，可他的手却无力地从桌布上滑了下去。在大师周围，这个地下室里的一切都变成了黑色，接着，全部消失了。他仰面倒下，太阳穴被写字台台面的棱角擦破了。

当两个中毒者不再动弹时，阿扎泽洛开始行动了。他首先扑向窗口，转眼就到了玛格丽特·尼古拉耶夫娜曾经居住的那幢小楼。办事一向认真稳妥的阿扎泽洛想查看一下事情是否办妥。一切似乎都如事先所设想的那样妥帖。只见一个愁眉苦脸在等候丈夫归来的女人，走出自己的卧室，突然脸色发白，手捂胸口，无助地呼喊道：

“娜塔莎！来人啊……救救我！”还没来得及走到书房，她便倒在了客厅的地板上。

“一切正常。”阿扎泽洛说。刹那间，他又回到倒在地上的一对情人身边。玛格丽特趴着，脸埋在地毯上。阿扎泽洛像摆弄玩具娃娃一样，用一双铁手把她翻转身来面朝自己，并仔细地看着她。眼看着，中毒者的脸上有了变化。哪怕是在暴风雨来临前的昏暗中，也清晰可见：她脸上那短暂的、女魔特有的斜视，还有魔鬼的残暴和疯狂渐渐消失了。死人的脸上有了生气，柔和了，咧着的嘴不再显得那么凶狠，而是透出饱经磨难的女人那种柔弱。阿扎泽洛掰开她雪白的牙齿，又往她嘴里滴了几滴刚才毒死她的那种葡萄酒。玛格丽特长长地叹了口气，无需阿扎泽洛的帮助就坐了起来，并声音微弱地问道：

“为什么，阿扎泽洛，这是为什么？您都对我干了什么？”

她看到了躺在一边的大师，浑身一颤，喃喃地说：

“我没想到会是这样……杀人犯！”

“不是，绝对不是，”阿扎泽洛回答说，“他这就要站起来了。唉，您为什么这么神经质啊！”

玛格丽特立刻相信了他，红发魔鬼的声音让人不得不信。她跳起来，身手矫健，还帮着给地上的大师喂了些葡萄酒。大师睁开眼睛，沉着脸看了看周围，愤恨地重复了刚才说的最后一句话：

“投毒犯……”

“哎呀！真是好心不得好报，”阿扎泽洛回答说，“难道您眼睛瞎了？快好好看清楚一点儿吧。”

大师站了起来，两眼炯炯有神地朝周围看了看。问道：

“这重新开始意味着什么？”

“这意味着，”阿扎泽洛答道，“我们该走了。打雷了，你们听见了吗？天黑了，马在刨着地，小花园在颤动了。和地下室告别吧，赶快告别吧。”

“啊，我懂了，”大师说着，看看四周，“您杀了我们，我们已经死了。哎呀，真是太聪明！太及时了！现在我全明白了。”

“哎呀，得了吧，”阿扎泽洛说，“这种话是您说的吗？您的女朋友称您为大师，您想想，您怎么会已经死了呢？难道非得在这地下室待着，穿着衬衫和医院发的衬裤，您才会觉得自己是活着的？太可笑了！”

“您说的我都懂，”大师大声说，“别再说了，您总是对的。”

“伟大的沃兰德！”玛格丽特附和道，“伟大的沃兰德！他想出的主意比我好得多。不过那本小说，小说，”她对大师高声说道：“你得把它带着，不管你飞到哪里。”

“不用了，”大师回答说，“我已经能背下来了。”

“那你一个词……一个词都没有忘？”玛格丽特问，一边依偎到情人的身边，一边替他擦着鬓角上的血迹。

“别担心！我现在什么都不会忘记，永远不会忘记。”大师答道。

“那就放火吧！”阿扎泽洛大声说，“一切从火开始，一切也由火来结束。”

“放火！”玛格丽特惊叫了一声。地下室的小窗户啪地开了，风把窗帘吹到一边。空中响起快活而短促的雷声。阿扎泽洛把留着长指甲的手伸进炉子，取出了一块冒烟的木柴，用它点燃了桌布。接着，他又点燃了长沙发上的那沓旧报纸，接着是手稿，然后是窗户上的窗帘。

大师已经沉醉在未来的驰骋中，他把一本什么书从书架上拿了出来，随后朝桌上扔了过去。在燃烧的桌布上面，散乱的书页随着欢快的火焰呼呼地化作了灰烬。

“烧吧，烧吧，这过去的生活！”

“烧吧，苦难！”玛格丽特喊道。

房间已经在红红的火柱中晃动起来。三个人和着烟雾一起冲出房门，沿石梯向上，最后到达院里。他们首先看到了坐在地上的房东家厨娘，她身边散落着一堆土豆和几把大葱。厨娘的样子不难想象。板棚旁有三匹黑马喷着响鼻，全身抖动着，蹄下是一片飞扬的尘土。玛格丽特第一个上了马，接着是阿扎泽洛，最后是大师。厨娘呻吟一声，想抬手画个十字，却被马鞍上的阿扎泽洛厉声喝住了：

“我剁了你的手！”他打了个呼哨，马儿踩断了椴树枝丫，腾空飞起，闯入一片低低的乌云。地下室的小窗口里冒出了浓烟。躺在地上的厨娘发出了微弱可怜的喊声：

“着火了！……”

黑马已经在莫斯科大大小小的楼房屋顶上飞翔。

“我想和这个城市告个别。”大师对飞到前面的阿扎泽洛叫道。雷声吞噬了大师的后半句话。阿扎泽洛点点头，勒住了自己的马。一片乌云朝着三位骑士扑面而来，不过暂时还没有掉下雨滴。

他们在林荫道的上空飞着，只见地面上躲雨的人们正四处逃散。雨点开始落下。他们又飞过了一片烟雾——下面是燃烧后的格里鲍耶多夫之家的废墟。他们飞过黑暗已经笼罩的城市。闪电在他们上方亮起。很快，大大小小的屋顶被树林所取代了。突然间，瓢泼大雨倾泻而至，飞行者仿佛变成了漂在水中的三个大水泡。

玛格丽特已经熟悉了飞行的感觉，而大师则不然。他十分惊讶，他们居然这么快就到达了目的地。他想到和这里的一个人告别，因为除了这个人他再也没有可以告别的人了。他认出了雨雾中的斯特拉文斯基的医院大楼，认出了那条河以及河对面那片他所熟悉的松林。他们降落到林中空地边的一个树丛里，这里离医院不远。

“我在这里等你们。”阿扎泽洛大声说着，把两手拢在嘴边。他时而被闪电照亮，时而又隐没在灰蒙蒙的雨雾中。“告别去吧，但要快些。”

大师和玛格丽特下了马，像两个湿漉漉的影子飘着闪过了医院的花园。眨眼间，大师习惯性地推开了进入117号病房的阳台栅栏。玛格丽特跟在他的身后。他们无声无息地向伊凡走去，此刻，天空中雷电交加，暴雨如注。大师在病床前停了下来。

伊凡一动不动地躺着，就像大师自己在这个疗养之地第一次观察雷雨时的情形一样。可这一次他没有哭。他定睛看了看这个从阳台里闯进来的黑影，立刻欠起身子，高兴地伸出了两手，说道：

“啊，是您！我一直都在等您，等您。这不，您到底来了，我的邻居。”

大师回答说：

“我来了！可是很遗憾，我再也不能做您的邻居了。我要永远飞走了，现在我就是来向您告别的。”

“我明白，我已经猜到了。”伊凡轻轻答道，接着问，“您见到他了？”

“是的，”大师说，“我来向您告别，因为您是在这最后的时刻唯一和我说话的人了。”

伊凡变得很开心，说道：

“您能来看我，真是太高兴了。我说到做到，再也不写什么诗了。我现在对其他的事情感兴趣。”伊凡微微一笑，两只疯狂的眼睛看着大师旁边的某个地方。“我想写别的。我在这里躺着，您知道吗，想明白了很多道理。”

大师听了以后很激动，并顺势坐到了伊凡的床沿：

“这太好了，太好了。您接着为他写个续篇吧！”

伊凡的眼睛一亮。

“您自己难道就不写了吗？”伊凡说着又垂下了头，若有所思地说，“唉，是啊……我问的这是什么问题。”伊凡朝地板上瞥了一眼，恐惧地看了看大师。

“是的，”大师说，他的声音使伊凡感到陌生、沉闷，“我不会再写他了。我要做别的事情。”

远处的一声呼哨划破了雷雨的喧嚣。

“您听见了吗？”大师问。

“这是雷雨声……”

“不，这是在召唤我，我该走了。”大师解释说，并从床边站起身来。

“等等！我还有一句话，”伊凡请求道，“您找到她了吗？她对您仍然忠诚？”

“这就是她，”大师说罢，指了指墙壁。一个黑乎乎的影子从洁白的墙上下来，玛格丽特走到了床边。她看着躺在床上的年轻人，眼里充满了悲悯。

“可怜的人，可怜的人。”玛格丽特无声地说着，朝病床上俯下身去。

“多漂亮的姑娘，”伊凡说，言语中不带有任何妒意，只有一种忧伤和些许隐隐的感动。“你看，你们的结局多圆满。而我就达不到了。”他想了想，又补充道：“话说回来，也许就应该是这样……”

“是啊，是啊。”玛格丽特轻声说，身子俯得更低了，“我吻一吻您的额头，一切就会如愿以偿了……您可要相信我，我什么都见过了，什么都懂。”

躺在床上的年轻人双手搂住了她的脖子，于是她吻了他。

“永别了，孩子。”大师的话音未落，人形就渐渐融化在了空气中。他消失了，紧跟着，玛格丽特也消失了。阳台上的栅栏门关上了。

伊凡陷入了烦躁不安的情绪之中。他从床上坐起身，惊恐地四处张望，甚至呻吟了一声，接着就开始自言自语，随后又起身下床。暴风雨越来越猛，看来，是这风雨让他心绪不宁。另外，他那习惯于安静的听觉捕捉到了门外传来的嘈杂不安的脚步声，还有低沉的说话声，这也增添了他不安的感觉。他焦躁地大喊一声，浑身都在颤抖：

“普拉斯科维娅·费多罗夫娜！”

普拉斯科维娅·费多罗夫娜闻声进了病房，用询问和不安的目光看着伊凡。

“怎么啦？怎么回事？”她问，“雷雨把您吓着了？没关系，没关系……这就来，这就去叫大夫。”

“不，普拉斯科维娅·费多罗夫娜，不要叫大夫，”伊凡说话时并没看普拉斯科维娅·费多罗夫娜，而是不安地看了看墙壁，“我没什么，我头脑现在很清楚，您别怕。您现在能不能告诉我，”伊凡十分诚恳地请求道，“在隔壁，118号病房，刚才出什么事了吗？”

“118号？”普拉斯科维娅·费多罗夫娜反问道，眼珠飞快地转了转，“没出什么事呀。”可是她的声音显得很虚假，立刻就被伊凡察觉到了。他说：

“哎，普拉斯科维娅·费多罗夫娜！您是老实人……您以为我会大叫大嚷吗？不，普拉斯科维娅·费多罗夫娜，我不会的。不过您最好直截了当地告诉我。隔着墙壁我都已经感觉到了。”

“您的邻居刚刚过去了。”普拉斯科维娅·费多罗夫娜轻轻地说，她的诚实和善良使她撒不了谎。她惊恐地朝伊凡看了一眼，对方的全身上下被闪电照得清清楚楚。但伊凡并没有做什么可怕的举动。他只是意味深长地竖起了一根指头，说道：

“我就知道会是这样！请相信我，普拉斯科维娅·费多罗夫娜，现在城里还死了一个人。我甚至知道那是谁，”伊凡说着神秘地一笑，“那是个女人。”

第三十一章

麻雀山上

雷雨过去，一道彩虹横跨在整个莫斯科城上空，就像空中竖起的一座拱门，把头伸进了莫斯科河的水中。高处，在山冈的两片树林之间，出现了三个黑色的身影。沃兰德、卡洛维约夫和别格莫特坐在三匹黑马的马鞍上，望着延伸在河对岸的城市，望着阳光下千万个闪闪发亮的西向窗户，还有处女修道院里那些五彩斑斓的塔楼。

空中响起一阵呼啸，只见阿扎泽洛以及尾随在他那身黑色斗篷后面的大师和玛格丽特一起降落在等候他们的几位骑士身边。

“不得不打扰你们了，玛格丽特·尼古拉耶夫娜和大师。”沉默一会儿，沃兰德说道，“不过，你们不会怪罪我的。我想，你们也不会为此而后悔。怎么样——”他对着大师一个人说：“和这个城市告别吧。我们该走了。”沃兰德伸出戴着喇叭口黑手套的手，指了指对岸。对面，无数个太阳正在玻璃上融化；这些太阳的上面，是雾，是烟，是晒了一天之后的水蒸气。

大师翻身下马，离开了坐在马鞍上的骑士，独自奔向山冈边沿的悬崖。黑色斗篷在身后的地上拖着。大师向城市望去。在最初的一瞬间，一阵隐隐的伤感涌上他的心头，但是很快地，这种伤感就被一种甜蜜的忐忑和即将远走高飞的激动所代替。

“永别了！这是已经想好的事情。”大师喃喃低语，舌头舔了舔干裂的嘴唇。他凝神地倾听、准确地感受着心潮的每一次起伏。他觉得，他的激动似乎变成了一种流淌在血液中的深深的委屈。但这种感觉并不持久，很快，它又被一种高傲的冷漠所取代，这种冷漠预示着一种永恒的安宁。

骑士们默默地等待着大师。他们注视着悬崖边上大师那长长身影的一举一动：他时而抬头，像是要用目光横扫整个城市，直达它的边缘；时而低下头，像是在打量脚下被踩倒的枯草。

不甘寂寞的别格莫特打破了宁静。

“先生，”他说，“请让我在远行前打个呼哨，表示告别吧。”

“你会吓着女士的，”沃兰德回答，“另外，你别忘了，你今天所有的胡闹都应该到此为止了。”

“啊，不，不，阁下，”玛格丽特坐在马鞍上说，她看上去就像个亚马孙女人，两手叉腰，黑斗篷长长地拖到地上，“您就让他吹吧。远行前我也很忧伤。不是吗，阁下？这是自然的，即使知道远行的终点会有幸福在等待，人们也会忧伤的。让他使我们开开心吧，要不，我怕自己会落泪而破坏了远行的情绪！”

沃兰德朝别格莫特点了点头，后者立刻兴奋起来。他翻身下马，把手指放进嘴里，鼓起两腮，口哨声响起。立刻，玛格丽特的耳朵开始嗡嗡作响，身下的马儿也立了起来，树林里的枯枝纷纷落下，一大群乌鸦麻雀闻声四散，一道尘柱朝河里翻滚而去，驶过码头的轮渡上好几位乘客的帽子被呼地吹进了水里。

这声呼哨令大师浑身一颤，可他并没有回头，而是更加不安地往天上指了指，似乎是在警告这座城市。别格莫特傲慢地环顾四周。

“吹得不错，我不敢比，”卡洛维约夫谦虚地说，“确实不错，不过平心而论，水平也就一般！”

“我又不是唱诗班指挥。”别格莫特气鼓鼓而又很自尊地说道，还冷不丁地对玛格丽特眨了眨眼。

“我用老办法来试试。”卡洛维约夫搓搓手，朝手指上吹了吹气。

“你要注意，要注意，”沃兰德在马背上严厉地说，“别来那种伤人的把戏！”

“阁下，放心吧。”卡洛维约夫说着，把一只手放到胸口上，“开个玩笑，只是个玩笑而已……”说着，他的身体像橡皮一样突然长起来，接着，他用右手手指做了一个狡猾的动作，身体便像一个陀螺似的转了起来。接着，身体又呼呼地转了回来，猛地打了个呼哨。

玛格丽特从没听到过这种呼哨，现在她见识了：它将她连人带马抛出去了十俄丈远。她身边的一棵橡树被连根拔起，地面的裂缝一直延伸到河边。一大片堤岸连同码头和餐厅，都被掀到了河里。河水沸腾，扬起高高的水柱，一艘轮渡被抛上了对面翠绿、低矮的河岸，而乘客们居然个个毫发无损。一只寒鸦因法戈特的呼哨而毙命，落到玛格丽特身下那匹打着响鼻的马儿旁。

大师也被这呼哨声震得一抖。他用手捂住脑袋，很快回到了那帮等他的同伴身边。

“怎么样，”高高地骑在马上的沃兰德问他，“账都结了？告完别了？”

“是的，都结了。”大师回答说。情绪平稳以后，他勇敢地直视着沃兰德的脸。

群山之间回荡起了沃兰德那令人恐怖的声音，如同吹起响亮的号角：

“该走了！”又是一声别格莫特的尖厉呼哨和放声大笑。

马儿猛地向前一冲，骑士们便腾空飞起，奔驰而去。玛格丽特感觉到，胯下的烈马正咬紧拉伸着的马嚼子。沃兰德的斗篷迎风飞舞在这群骑士的头上，渐渐遮住了这片黄昏中的天空。瞬间，那黑色的斗篷又被风吹到一边。飞驰中的玛格丽特猛一回首，只见身后五彩斑斓的塔楼和盘旋在塔楼上空的飞机不见了，甚至连城市也不见了踪影。它已经沉入地下，只留下雾霭一片。

第 三 十 二 章

宽恕与永久的避难所

神啊，我的诸神！夜晚的大地多么令人忧伤！沼泽上空的雾霭多么神秘。谁曾在这迷雾中徘徊，谁曾在死神来临之前历尽磨难，谁不堪重负而在这大地上飞翔，那他才会明白这一切。一个身心疲惫的人是懂得这一切的。所以，他会毫无遗憾地告别这大地上的迷雾，告别它的沼泽和河流，坦然地投入死神的怀抱。因为他知道，唯有死神才……

神奇的乌鬃马也疲惫了，它们驮着骑士减缓了飞翔速度，无法逃避的黑夜开始追赶他们。一向不安分的别格莫特感觉到了黑夜的逼近，也安静下来，他紧紧地拽着马鞍，不声不响地认真飞着，尾巴直直地翘了起来。

黑夜用一块巨大的黑头巾覆盖了森林和草原，也在地面上一个遥远的地方点亮了无数忧伤的灯光。现在，无论是玛格丽特还是大师，他们已不再注意那些灯光，也不再需要它们了，因为那是别人的灯光。黑夜追赶上骑士，将白色的星星忽左忽右地抛撒在他们头上那片忧郁的天空。

夜色渐浓，像是在与骑士们并肩齐飞。它抓住他们的斗篷，把它从骑士们的肩上拽下来，剥去了他们的伪装。迎着扑面而来的冷风，玛格丽特睁开了眼睛，她看到骑士们在飞行过程中是如何改变了模样。当一轮火红的圆月在前方一片树梢上冉冉升起时，他们身上所有的伪装都消失了，寿命短暂的魔衣也掉进沼泽，被雾霭给淹没了。

现在大家未必能认出卡洛维约夫—法戈特，这个自称为神秘顾问翻译的人，而这个顾问实际上并不需要什么翻译。现在，他在大师女友的右侧，正与沃兰德并肩飞行着。这个刚才穿着杂技剧院破旧服装离开麻雀山的卡洛维约夫—法戈特，如今是个手握叮当作响的黄金缰绳、身披深紫色斗篷、脸上永远没有笑容的忧郁骑士。他的下巴顶着胸口，既不欣赏月亮，也不看一眼身下的大地，只是一边想着心事，一边跟在沃兰德身旁飞着。

“他怎么变成了这样？”在夜风呼呼的吹拂中，玛格丽特轻轻地向沃兰德问道。

“这个骑士曾开过一个不成功的玩笑，”沃兰德说着，把脸转向玛格丽特，右眼放射出温和的亮光，“在说到光明和黑暗时，他的一句俏皮话说得并不恰当。从此，这位骑士就不得不开更多更长的玩笑，比他想象的还要多还要长。但今天晚上是清算的时候。骑士已经清了账，全部了结了！”

夜色撕掉了别格莫特那条毛茸茸的尾巴，揪下了它身上的毛，一股脑儿地扔进了沼泽。这个原来供黑暗之王取乐的黑猫，现在变成了一个瘦削的少年，一个魔鬼侍从，一个世界上迄今为止最好的小丑。现在他安静了，静静地飞着，一张年轻的脸庞沐浴在月光之中。

最靠外边飞着阿扎泽洛，他身穿闪闪发亮的铠甲。月光也改变了他的外貌。怪诞丑陋的獠牙消失了，斜眼也是伪装出来的。阿扎泽洛的两眼完全一样，空洞，漆黑；他的脸色苍白，冰冷。现在，这个飞着的阿扎泽洛才露出了他的真实面目，一个冷漠的鬼和杀人魔。

玛格丽特无法看见自己，但她清楚地看见了大师的变化。大师的头发在月光下泛着银色，像一束辫子在脑后飘扬。每当风儿吹开了大师脚边的斗篷，玛格丽特就会看到他皮靴上如星星般忽明忽暗的马刺。就像一个年轻的魔鬼，大师眼盯着月亮飞着，偶尔会对她笑笑，像在对一个他所熟悉和心爱的女人，并且还按照在第118号病房养成的习惯，正喃喃地说着什么。

当然，飞行的沃兰德也露出了自己的真面目。玛格丽特说不清楚他的缰绳是用什么做的，她想那可能就是一条月光之链，而他的马呢，只是一团漆黑，马鬃是片片乌云，马刺是银白色的星星。

他们就这样默默地飞行了很久，直到下面的地形不再变换。忧伤的森林沉入到黑暗的地底，同时也带走了刀刃般寒光闪闪的河流。下面，出现了泛着月光的山冈，山冈间是月光无法照亮的黑色谷底。

在一个石头遍布、荒凉平坦的峰顶，沃兰德勒住了自己的马。于是，别的骑士也放慢了步伐，只听见一阵马蹄踩踏在乱石上发出的声音。月光照着这块平地，发出绿幽幽亮闪闪的光辉。玛格丽特很快就看到荒地上有一把椅子，椅子上有一个白色的身影。也许，这个坐着的人是聋子，或者他完全沉浸在了自己的思绪之中。他并没有听见岩石地面在沉重马蹄的敲击之下所发出的颤动。骑士们没惊动他，而是走到了他的身旁。

月亮帮了玛格丽特的大忙，它胜过世上最亮的电灯泡。玛格丽特看到，那个坐着的人眼睛像是瞎了，他不停地搓手，一双失明的眼睛凝望着空中的圆月。这时，玛格丽特才看清，那张在月光下闪着点点亮光的笨重的石椅边，还躺着一条身形高大、浑身漆黑的尖耳朵狼狗。它和自己的主人一样，正不安地望着月亮。这人的脚边散乱地放着好些瓦罐碎片，还有一汪永不干涸的深红色液体。

骑士们勒住了各自的马。

“您的小说我们看过了。”沃兰德朝大师转过身子，说道，“只说一点，那就是它没有完成，很遗憾。所以，我想让您看看您笔下的主人公。将近两千年了，他就坐在这块平地上睡着。而每当月圆之时，您都看见了，失眠就会折磨着他。失眠不仅折磨他，也折磨着他的忠实卫士，这条狼狗。如果怯懦真的是人最大的缺陷，那么，也许这条狗并没有犯这样的错误吧。这条勇猛的狼狗只怕一个东西，那就是雷雨。有什么办法呢，爱一个人，就应该为他分担命运。”

“他在说什么？”玛格丽特问道，原本十分平静的脸上出现了一丝同情。

“他说的是同一件事。”沃兰德说，“他说，就是在月光下他也不得安宁，他干的不是什么好差事。他睡不着的时候总是这么说，他睡着的时候，又总是梦见同一个梦境——月光之路，他希望一直踏着这条路，和被捕的拿撒勒人走下去。因为他一口咬定，在很久以前那个春天尼散月的十四日，他还有话没说完。但是，很可惜，不知为什么，他始终没能踏上这条月光之路，也没有人来这里找他。所以，有什么办法呢，他只好自言自语了。不过，他有时也说点别的，比如他也说到了月光，还常常说，世界上他最恨的东西就是自己的永生和盖世威名。他说他宁愿和衣不遮体的流浪汉利未·马太交换命运。”

“为了过去的一个月夜，要付出一万两千个月夜的痛苦，这代价太大了吧？”玛格丽特问。

“还要重复弗莉达的故事吗？”沃兰德说，“不过，玛格丽特，你就不要操心了。一切都会得到妥当的解决，世界就是按这样的秩序构成的。”

“放了他吧！”突然，玛格丽特发出一声狂叫，就像当初那个魔女。随着这一声吼，一块石头滚落进山里，顺着斜坡飞向一个无底的深渊，发出了响彻群山的轰隆声。不过，玛格丽特不能断定，这到底是落石的声音，还是撒旦的笑声。不管怎样说，沃兰德的确是在笑，他看了看玛格丽特，说：

“不要在山里喊叫，他反正已经听惯了石头滑落的声音，这样是不会惊动他的。您也不用为他求情，玛格丽特，已经有人替他求过情了，就是他盼着想与人家说话的那个人。”沃兰德又转身对大师说：“怎么样，现在您可以用一句话来结束您的小说！”

大师似乎正在等着这一刻的到来。他一动不动地站着，看着坐在椅子上的总督。他把双手拢到嘴边，一声大喊，在这骷髅地荒野中激起了阵阵回音：

“你自由了！自由了！他在等着你！”

群山把大师的喊声化作轰鸣，这轰鸣又让群山纷纷轰然倒塌。该死的石壁倒塌了。只剩下了那个平台和石椅。石壁坠落的黑色深渊上空，出现了一座灯火辉煌的城市。闪闪发光的塑像傲然统领着城市，俯瞰着花园里无数个月夜照耀下生长而成的千年古树。总督期待已久的月光之路直接伸向了花园，尖耳朵的狼狗首先冲了上去。那个身披红衬里白色披风的人从石椅上站了起来，嘴里发出了声嘶力竭的叫喊。无法分辨出，他到底又哭又笑又喊的什么。只见他紧随自己的忠实卫士，在月光之路上飞奔起来。

“我是不是该过去？”大师不安地问，拉了拉缰绳。

“不，”沃兰德回答，“何必去追赶已经逝去的一切？”

“这么说，是去那儿？”大师问道，转过身指了指后面。那里，是他们刚刚离开的城市，有着修道院色彩斑斓的塔楼，还有窗玻璃上反射出的破碎变形的太阳光影。

“也不是，”沃兰德回答，他洪亮的声音在山谷中久久回荡，“浪漫的大师！您刚才放走了您笔下的主人公，他也是您的另一个主人公所渴望见到的人。他读过您的小说了。”沃兰德朝玛格丽特转过了身：“玛格丽特 · 尼古拉耶夫娜！我们相信，您曾经为大师设计过最好的未来，不过，说真的，我向您提出的建议，还有耶舒阿向你们提出的要求，这都比您的设计还要好。让他们单独谈谈吧，”沃兰德在马鞍上向大师俯过身来，并指了指总督远去的背影，“我们不要妨碍他们，也许，他们能谈出什么结果。”说罢，沃兰德朝耶路撒冷的方向挥了挥手，城市消失了。

“那里也一样，”沃兰德指了指身后，“您能在地下室干什么呢？”窗玻璃上那个歪歪扭扭的太阳立时消失。“为什么要回去？”沃兰德坚定但又委婉地说：“噢，比浪漫还浪漫三倍的大师，难道您不想白天陪着自己的女友在花儿初放的樱桃树下散步，晚上听听舒伯特的音乐吗？难道您不喜欢在烛光下用鹅笔书写？难道您不想像浮士德一样，坐守着一个曲颈瓶，期待自己能造出一个新的小矮人？去那儿吧，去吧，那里有房子和老仆在等着你们，蜡烛已经点燃，很快就要熄灭，你们一定要去迎接黎明。顺着这条路去吧，大师，就是这条路。永别了！我该走了。”

“永别了！”玛格丽特和大师向沃兰德齐声高喊。于是，已经分不清道路的、漆黑一团的沃兰德跌进了深渊，他的随从也跟着他在一阵轰隆声中骤然落下。悬崖、小平台、月光之路和耶路撒冷都消失了，黑马也不见了。大师和玛格丽特看到了如期而至的黎明。在深夜的月亮消失以后，它就降临了。迎着清晨的第一缕阳光，大师和他的女友踏上了一座苔藓斑驳的小石桥。他们过了石桥。小溪留在了这对忠贞不渝的情侣后面，接着，他们沿着一条沙土小路向前走去。

“你听，多静啊。”玛格丽特对大师说，她的光脚踩在沙土上发出了沙沙的声音，“好好享受这辈子你都没有享受过的安宁吧。你看，前面不远就是你永久的居所，这是对你的奖赏。我已经看到了威尼斯式的窗户，弯弯曲曲的葡萄藤，它已经爬上了屋顶。这就是你的居所，你永久的栖身之地。我知道，晚上会有人来看你，是你喜欢的人，也是喜欢你的人，是不会给你带来惊扰的人。他们会为你表演，为你歌唱。当屋里燃起了蜡烛，你会看到那里有多美。你会得到安宁的睡眠，戴着你那顶沾着油渍、永不离身的小帽，嘴上还挂着微笑。睡眠会使你强壮，你也会变得非常智慧。你不再赶我走了。我将守护着你的梦境。”

玛格丽特一边说着，一边与大师一道朝着他们永久的居所走去。大师觉得，玛格丽特的话语像是身后的溪水，正淙淙地流淌着。而他的记忆，那些令他惊恐不安、如针刺般钻心的记忆正渐渐黯淡下去。大师获得了自由，如同他让笔下的主人公得到了自由一样。这个主人公去了无边的天际，一去不再复返。他就是在星期日凌晨获得宽恕的占星之王的儿子，残酷的第五任犹太总督、骑士本丢·彼拉多。

尾声

那么，在星期六傍晚的日落时分，在沃兰德离开了首都，与自己的随从消失在麻雀山上以后，莫斯科究竟又发生了些什么事呢？

很长一段时间里，各种荒唐透顶、五花八门的传言把整个首都闹得满城风雨，随后又很快传到了外省那些遥远而偏僻的地方，这些就不必多说了。重复这些谣言甚至会令人感到厌恶。

在去费奥多西亚的列车上，写下这些真实文字的作者本人就曾亲耳听到有人说，有两千人从莫斯科的一家剧院出来，赤身裸体的，是彻彻底底的那种赤身裸体，而且，人们还就这样各自坐了出租车回家。

“魔鬼……”这种窃窃私语在哪儿都能听得到：乳品店门前的队伍里，电车上，商店里，公寓里，厨房里，去别墅区和远途的火车上，大大小小的车站里，别墅中，海滩上……

最有教养和最有文化的人，自然没有参与传播魔鬼造访莫斯科之类的谣言。他们甚至还嘲笑那些传播者，并希望能说服他们。但是，事实毕竟是事实，没有合理的解释就无法回避它：的确有人来过莫斯科。单单是格里鲍耶多夫之家留下的那些灰烬，还有许多此类的事情，就足以证明这一点。

有文化修养的人们支持侦查机关的观点，即肇事者是一帮精通催眠术和腹语的人。

当然，为了捉拿这帮强盗，无论是莫斯科，还是莫斯科以外的地区，都采取了果断有力的措施，不过十分遗憾的是，这些措施完全不奏效。那个自称沃兰德的头目和他的同伙都销声匿迹了，他们不仅没有再回莫斯科，而且也没有在其他任何地方露过面，或干过坏事。很自然，有人估计他已逃到国外去了，可即使到了国外，他也再没有露过面。

此案的侦破工作持续了很长时间。不管怎么说，这是一个骇人听闻的案件！且不说烧毁了四幢楼房，以及有几百名因此而精神失常的受害者，还有丢掉了性命的人。两个人的死可以说是确凿无疑的：一个是柏辽兹，一个是专为外宾介绍莫斯科名胜古迹的倒霉职员、曾经的迈格尔男爵。他们毕竟死了。迈格尔男爵的尸体，还是在花园街第50号公寓的大火被扑灭之后找到的。是的，出了人命，命案就得查清楚。

要知道还有别的命案呢，不过这发生在沃兰德离开莫斯科之后。那丧命的，说起来让人伤心，竟是些黑猫。

全国各地有一百来只这种温顺、忠诚、对人有益的动物被射杀，或者是用别的办法让它们消失。还有大概十五六只猫，其中有的曾受到过严重摧残，也被送进了几个地方的民警局。譬如，在阿尔马维尔，一只无辜的黑猫被一位公民捆了两条前腿拖进民警局。

这位公民是在黑猫偷偷摸摸（有什么办法呢，猫就是这副样子。倒不是它们行为不端，无非是它们害怕比它们强大的动物——狗或者人——会伤害或者欺负它们。无论是狗还是人，要想做这件事都很容易，但是我敢保证，这并不值得炫耀，是的，不值得！），不错，就是在黑猫偷偷摸摸准备钻进牛蒡丛时，把它逮住了。

这位公民把黑猫压在身子底下，扯下脖子上的领带准备把它捆起来，嘴里还恶狠狠地挖苦道：

“啊哈！这么说，您光临我们阿尔马维尔来了，催眠大师先生？不过，我们这儿可不怕您。您别装哑巴。我们可清楚您是什么东西！”

这位公民牵着黑猫走进了民警局，这可怜的畜牲两条前腿被绿色领带捆着。那公民一边走一边还不住地用脚轻轻踢它，非得让它用两条后腿走路。

“您呀，”公民高声喊着，他的身边跟着一群打着呼哨的男孩，“别装蒜，别装蒜！没用的！请您像大家一样，好好地走！”

黑猫只是痛苦地翻着白眼。它天生就不会说话，根本无法为自己辩解。这可怜的畜生得以获救，首先要归功于民警局，另外也归功于它的主人，一位令人尊敬的孤老太太。黑猫刚一被送进民警局，民警就发现，这个公民身上有一股很浓的酒气，他的证词当即受到怀疑。与此同时，老太太听邻居说她的黑猫被抓走了，于是也直奔了民警局，来得还算及时。她对黑猫进行了一番尽情的夸奖，说自己对它的了解已经有五年了，那时它还是一个小不点儿。她用自己的人格为它担保，并且证明它从未干过坏事，也从未去过莫斯科。它在阿尔马维尔出生，在阿尔马维尔长大，也在阿尔马维尔学会了捕捉老鼠。

黑猫被松了绑，并被还给了它的主人。确实，它吃了苦头，这件事让它具体懂得了，什么叫错误，什么叫诬陷。

除了黑猫，还有一些小小的不快落到了某一部分人头上。有过几次拘捕行动。在被临时拘留的人当中，有列宁格勒的公民沃尔曼和沃尔彼尔，有分别来自萨拉托夫、基辅和哈尔科夫的三个沃洛金，有喀山的沃洛赫，而且不知为什么，还有一个奔萨化学副博士韦特钦凯维奇。不错，这人的确长得牛高马大，一头浓密的黑发。

除此，在各地共有九个卡罗温，四个卡罗夫金和两个卡拉瓦耶夫被逮捕。

在别尔哥罗德车站，有位被五花大绑的公民从开往塞瓦斯托波尔的列车上押了下来，原因是他用扑克牌为同行的旅客变魔术。

在雅罗斯拉夫，正好是午饭时间，一位公民怀里抱着刚刚从修理铺取出来的汽油炉，走进了一家餐厅。两个门卫在存衣处一看见他，就立刻离开自己的岗位追了过去。接着，所有的顾客和工作人员都随着他们追出餐厅。事情过后，收款处的现金莫名其妙地不见了。

这种事情还有许多，不可能都记得住。总之，真是人心惶惶。

应该再次为侦查员说句公道话。他们不仅积极抓捕罪犯，而且也努力为罪犯所造成的犯罪事实作出解释。于是，一切都得到了解释，而这些解释也不能不被认为是有根有据、无可辩驳的。

侦查机关的负责人和经验丰富的心理学家确认，犯罪团伙的成员，或者是犯罪分子中的一个（卡洛维约夫最为可疑）肯定是功力非凡的催眠大师，他们能把自己从此地挪走，挪到一个预想的地方去。而且，他们还能随心所欲地让人相信，在实际上什么也没有的地方会出现人和物，或者是相反，他们也可以把实际存在的人和物从大家的视线中移走。

按照以上的解释，一切都清楚了。甚至令人们最为不安的事情也得到了解释，那就是在50号公寓内的抓捕行动中，黑猫为什么能在枪林弹雨里毫发无伤。

当然，吊灯上根本就没有黑猫，谁也别想去射中它，人们是在放空枪，就在此时，让人们相信黑猫正在吊灯上顽抗到底的卡洛维约夫，则躲在人们的背后，做着鬼脸，欣赏着自己罪恶的杰作呢。当然，浇汽油烧房子也是他干的。

自然，斯乔帕·利哈捷耶夫也没去过什么雅尔塔（要做到这点，卡洛维约夫的功力也不够。)，更没有人从那里发什么电报。被卡洛维约夫的把戏——拿着叉子吃醋渍蘑菇的黑猫——吓晕过去以后，昏迷的他一直躺在珠宝商遗孀的寓所里，直到卡洛维约夫作弄他，往他头上扣了一顶毡帽，并把他弄到了莫斯科机场。卡洛维约夫还事先让等待斯乔帕的侦查员相信，斯乔帕的确是从塞瓦斯托波尔来的飞机上下来的。

确有其事，雅尔塔刑侦处也证实，他们接收过一个赤身裸体的斯乔帕，也给莫斯科发过关于斯乔帕的电报，可是档案中怎么也找不到这些电报的底稿。由此，人们得出了一个让人担忧而又无可辩驳的结论：这帮精通催眠术的家伙具有远距离催眠的功力，同时，他们的对象不仅可以是个别人，而且还有可能是一个很大的群体。借助这么强大的功力，他们能让心理素质最为健全的人丧失理智。

至于把扑克牌变进观众席里某人的口袋里，让女人的衣服忽然间消失，让帽子发出喵喵的叫声等等这些小把戏，那就不用说了！而任何一个中等水平的职业催眠师，在任何一个舞台上，都可以表演让报幕员身首分离的简单幻术。会说话的猫——这本来就是一种胡说八道。要让猫在人前会说话，魔法师只消掌握腹语的基本技巧就能办到了。谁也无法否认，卡洛维约夫的功力已远远不止这些基本技巧了。

是的，问题根本不在扑克牌上，也不在尼卡诺尔·伊凡诺维奇皮包里的假信上。这都是些小事！是他，卡洛维约夫，把柏辽兹赶到了车轮子底下去受死；是他，使诗人“流浪汉”伊凡精神错乱，使他在噩梦中看到了古时的耶路撒冷，看到了被太阳烤干的骷髅地和山上那三个十字架上的囚犯；是他，伙同那帮歹徒从莫斯科带走了玛格丽特·尼古拉耶夫娜和她的女佣、美人儿娜塔莎。顺便说一句，侦查机关对此事十分重视。需要弄清楚的是，这两个妇女是被这伙杀人放火犯劫走的呢，还是她们自愿跟着这个犯罪团伙走的？由于有尼古拉·伊凡诺维奇荒唐而又稀里糊涂的证词，有玛格丽特·尼古拉耶夫娜给丈夫留下的那张古怪的字条儿，说她要去当什么女魔，还有娜塔莎并没有带走她原本可以带走的东西，因此，侦查机关断定，这主仆二人也和其他人一样，是在催眠术的作用下被强盗劫走的。还有一种显然也是十分正确的看法，那就是这两个女人的美貌把歹徒给迷住了。

但是，还是有一件事令侦查人员大惑不解——这伙歹徒出于什么动机，要把一个自称是大师的精神病人从精神病医院劫走。这个问题始终没查清楚，就像人们不知道这个病人的姓名一样，大师被劫走这件事成了个谜。他就这样永远地消失了，留下了一个不变的代号——1号楼118号。

几年过去，人们渐渐淡忘了沃兰德、卡洛维约夫以及他的同伙。受到这帮歹徒轻饶的受害者的生活，也已经发生了许多变化。尽管这些变化非常微不足道和无足轻重，但还是应该作个交代。

比如说乔治·本加尔斯基，他经过三个月的治疗后康复出院了，但是他被迫辞去了杂技剧院的职务。此时的杂技剧院异常火爆，观众如潮——人们对那场幻术表演及其揭秘的过程记忆犹新。本加尔斯基离开了剧院，因为他知道，如果每天晚上出现在两千名观众的面前，他就不可避免地要被观众认出来，并被问到诸如此类挖苦人的问题：您说有脑袋好还是没脑袋好？这实在是太痛苦了。

是啊，除此之外，报幕员还丧失了大部分的快乐心情，这可是从事这个职业所必须具备的。另外，他还有了一个令他郁闷和难堪的毛病：每到春天的月圆之夜，他就会感到惶惶不安，会突然间抱住自己的脖子，惊恐万状地四处张望，然后嘤嘤哭泣。虽然这些症状会很快过去，但有了这样的隐患他就不可能重操旧业了。于是报幕员离职回家，开始靠积蓄生活。据他的保守估计，这些积蓄够他花上十五年。

他走了，再也没有碰见过瓦列努哈。在此期间，瓦列努哈以剧院管理人员们少有的热情和随和，受到了广泛的爱戴。比如说，那些索要赠票的人，都无一例外地叫他“大善人”。任何时候，只要有人往杂技剧院打电话，都会从听筒里传来一个温和而略带忧郁的声音：“请讲。”如果你是要瓦列努哈来听电话，这个声音就会赶紧说：“我很乐意为您效劳。”不过，伊凡·萨维里耶维奇也因为这种谦恭吃过苦头！

斯乔帕·利哈捷耶夫再也没有用过杂技剧院的电话。他在医院住了八天，出院后很快就被调到罗斯托夫，出任一家大型食品店的经理。有人说，他已经完全不沾波尔图酒了，只喝用醋栗嫩芽泡制的伏特加，身体也因此而好多了。又有传言说，他现在变得沉默寡言了，而且远离女色。

斯捷潘·波格丹诺维奇从杂技剧院的调离，并没有给里姆斯基带来他向往多年的快活。经过医院的治疗和基斯洛沃茨克的疗养，这位老态龙钟、脑袋不停晃悠的财务经理提交了辞职报告。有趣的是，这份报告是由里姆斯基太太送到剧院的。格里高利·达尼洛维奇本人在大白天也没有勇气走进这幢大楼：他曾经在这里看到了洒满月光的碎玻璃，看到过那只长长的、慢慢伸向插销的手。

从杂技剧院离职后，财务经理在莫斯科河南岸的儿童木偶剧院找了份工作。在这里，他不用再为音响的事和德高望重的阿尔卡季·阿波罗诺维奇·谢普列亚罗夫发生冲突了。这位谢普列亚罗夫被贬到了布良斯克，当上了蘑菇采购站主任。现在，莫斯科人吃着腌松乳菇和醋渍白蘑菇，都交口称赞，同时对他的被贬感到十二万分的高兴。事情已经过去，可以说阿尔卡季·阿波罗诺维奇在舞台音响方面并没有建树，尽管他千方百计地努力改善设备，但是它原来是什么样子，如今还是那个样子。

与剧院断了关系的人当中，除了阿尔卡季·阿波罗诺维奇以外，尼卡诺尔·伊凡诺维奇·博索伊也算一个。其实，除了喜欢赠票，他和剧院并无瓜葛。如今，尼卡诺尔·伊凡诺维奇不仅不上剧院——无论是买票还是赠票，只要一听到任何与剧院有关的话题，他就会脸色大变。他恨剧院，更恨诗人普希金和天才的演员萨瓦·波塔波维奇·库罗列索夫。他的仇恨都到了如此地步：去年，他在报纸上读到一条黑框讣告，称萨瓦·波塔波维奇在其演艺事业如日中天之时不幸去世。尼卡诺尔·伊凡诺维奇满脸通红，就差点跟着萨瓦·波塔波维奇到另一个世界去，而且对着他大喊："活该！"不仅如此，就在这个夜晚，被这消息勾出沉痛回忆的尼卡诺尔·伊凡诺维奇还独自一人，与照耀着花园街上的圆月相伴，喝了个酩酊大醉。每喝一杯，他眼前那个该死的队列就会拉长一点，站在里面的都是他所痛恨的人——谢尔盖·格拉尔多维奇·顿奇尔、女妖伊达·格尔库拉诺夫娜、养斗鹅的红头发，还有坦率的卡纳夫金·尼古拉。

那么，这些人现在怎么样了呢？算了吧！他们没怎么样，也不可能怎么样，因为他们实际上并没有存在过，就像并没有存在过的那个讨人喜欢的报幕员，那个剧院，那个让外币烂在地窖里的守财奴波罗霍夫尼科娃姨妈，当然也不存在金喇叭，以及那个粗野的厨子。这些都是尼卡诺尔·伊凡诺维奇在混蛋卡洛维约夫的催眠作用下梦见的。唯一进入这个梦境的活人，恰恰就是萨瓦·波塔波维奇——这个演员之所以卷进来，是因为电台经常播放他的演唱，他的名字深深地留在了尼卡诺尔·伊凡诺维奇的记忆中。这个人的确有过，而其他的人根本不存在。

那么，也许同样没有什么阿洛伊兹·莫加雷奇？噢，不！不仅有过这个人，而且他还活着，现在恰恰担任着里姆斯基辞去的职务，即杂技剧院财务经理。

在见过沃兰德的一昼夜之后，阿洛伊兹在一列快到达维亚特卡车站的列车上醒过来。醒来后他确信，自己是在神志不清的时候为一件什么事而离开莫斯科的，他忘了穿袜子，却莫名其妙地从房东那里偷了他根本用不着的房管证。给了列车员一大笔钱之后，阿洛伊兹弄来了一条油渍斑斑的旧裤子，从维亚特卡回到了莫斯科。但房东的那幢小楼，可惜啊，已经找不到了。它已经连同屋里的破破烂烂被烧了个精光。不过，阿洛伊兹是个很有办法的人。两个星期以后，他已经住到了勃留索夫巷一个非常舒适的房间里了。几个月后，他又坐进了里姆斯基的办公室。就像从前里姆斯基因为斯乔帕而遭罪，现在，是瓦列努哈因为阿洛伊兹而备受折磨了。瓦列努哈现在就巴望着阿洛伊兹尽快从他眼皮底下调离杂技剧院，就像他在自己的小圈子里悄悄说的那样：“像阿洛伊兹这样的混蛋，我这辈子还是头一次碰见。他好像什么事都干得出来。”

也许，剧院总务过于偏激了。人们并没发现阿洛伊兹干了什么坏事，因为他几乎什么事都没干过，当然，除了安排一个什么人来顶替小卖部管理员索科夫的职位。安德烈·福基奇因患肝癌死于莫斯科大学第一附属医院，时间正是沃兰德出现在莫斯科以后的大概九个月……

是啊，几年以后，本书所描写的那些真实事件已渐渐淡出了人们的记忆。但是，绝非所有人都淡忘了！绝非所有的人！

每年，当春季满月之日到来，一个三十或三十多岁的人就会在黄昏中出现在牧首塘边的椴树下面。此人头发为棕红色，碧眼，衣着朴素。他就是历史哲学研究所的研究人员，伊凡·尼古拉耶维奇·波内廖夫教授。

他走到椴树下，永远都坐在那张长椅上。那天傍晚，现在早已被人们遗忘的柏辽兹，就是坐在这张椅子上，生平最后一次看到了破成碎片的月亮。

现在，这月亮是完整的，在接近傍晚时分还显得很苍白，随后才会泛出金黄，在里面显现出一个非龙非马的暗影，飘浮在前诗人伊凡·尼古拉耶维奇的上空，同时，它又像是没有离开原来的位置，高高地悬挂在了天空。

现在的伊凡·尼古拉耶维奇什么都明白了。他知道，自己在年轻时曾经是恶毒的催眠师的牺牲品，经过治疗得以康复。但是他同样知道，在某个时候他会控制不住自己。这春天的月圆之夜便是他的劫数。每当这一天渐渐逼近，每当那曾高悬于两盏五烛巨灯上空的月亮渐渐变圆变大，开始放射出金黄色的光芒，伊凡·尼古拉耶维奇就会变得心神不定，烦躁不安，茶饭不思，夜不能寐，他在眼巴巴地盼着月圆。到了月圆之夜，什么都拴不住伊

凡 · 尼古拉耶维奇了。傍晚时分，他就会出门，朝着牧首塘走去。

坐在长椅上，伊凡·尼古拉耶维奇开始无所顾忌地自言自语，抽烟，眯着的眼睛一会儿看着月亮，一会儿又看着那牢牢地留在记忆中的转门。

一两个小时的时间，伊凡·尼古拉耶维奇就这样坐着过去了。随后，眼神空洞呆滞的他会从椅子上站起来，而且每次都顺着同一条路线，即穿过斯皮里多诺夫街，向阿尔巴特街附近的小巷走去。

他经过一个煤油铺子在街角拐了弯，那里挂着一个老旧的煤气灯，已经破旧、歪斜了。他悄悄走近一道栅栏，栅栏里面是一个漂亮而又光秃秃的花园，园内有一幢哥特式小楼。月亮光从侧面照射过来，照亮了一个凸出的带三扇玻璃窗的晒亭，而另一面则隐藏在了黑暗之中。

教授不知道，是什么吸引他走近这道栅栏，又是谁住在这幢小楼里。但是他知道，在月圆之夜他不能不来这里。还有，他知道自己必定会看到，栅栏里的花园中每年都会出现的同样景象。

他会看到，那条不宽的长椅上坐着一个上了年纪的魁梧男子，他蓄着络腮胡子，戴着夹鼻眼镜，面孔稍稍有点像猪。伊凡 · 尼古拉耶维奇总是看到，这位小楼的住户永远是眼望月亮，一副想入非非的样子。伊凡 · 尼古拉耶维奇也明白，在稍稍欣赏了月亮以后，坐着的人必定会把目光转向晒亭的玻璃窗，紧紧地盯着它，像是等待着窗户很快打开，而窗台上会出现某种奇迹。

接下来的事情，伊凡 · 尼古拉耶维奇都能背得出来。这时，他一定得在栅栏外躲藏好，因为坐着的人马上就会不安地左右张望，滴溜溜的眼睛开始在空中捕捉着什么东西，脸上会露出欣喜的微笑。随后，他会突然在这种甜蜜的烦恼中双手一拍，干脆大声地嘟囔起来：

“维纳斯！维纳斯！……唉，我呀，真是个傻瓜！……”

“诸神，诸神！”藏在栅栏外面的伊凡·尼古拉耶维奇会低声感叹道，他那两只火辣辣的眼睛一刻也没离开过那个神秘的陌生人。“这又是一个月夜的牺牲品……是的，这又是一个牺牲品，跟我一样。”

那坐着的人还在自言自语地说：

“唉，我呀，真是个傻瓜！为什么我不和她一起飞走？我怕什么呀，老蠢驴！还开了个什么证明！嘿，你现在忍着吧，老糊涂！”

他就这样自言自语地说着，直到小楼背光一面的窗户打开，从里面伸出一个白花花的东西来，只听得一个女人难听的声音在叫喊：

“尼古拉·伊凡诺维奇，您在哪儿？在想什么呢？想得疟疾吗？来喝杯茶吧！”

这时，这个坐着的人当然会回过神来，假惺惺地回答说：

“新鲜空气！我想呼吸点新鲜空气，我的心肝儿！外面的空气真是好极了！”

说完，他会从椅子上站起来，对着楼下那扇刚刚关上的窗户挥挥拳头，偷偷地做一个威吓的动作，然后懒洋洋地朝家里走去。

“他在撒谎，撒谎！噢，诸神，他可真会撒谎啊！”伊凡·尼古拉耶维奇一边喃喃地说着，一边离开了栅栏。“根本不是什么新鲜空气把他引到花园里来的。他肯定是在这春天的月圆之夜，在月亮上，花园里，或者在空中看到了什么。为了知道他的这个秘密，为了知道他失去了什么样的维纳斯，让我付出多高的代价我也愿意。现在，他这么毫无结果地在空中摸索着，是想抓住她吗？”

回到家里，教授已完全是一副病态。妻子装作什么也没有发现，只是一个劲儿地催他赶快睡觉。而她自己却并不睡，拿着一本书坐在灯下，痛苦的双眼看着入睡的丈夫。他知道，伊凡·尼古拉耶维奇必定会在凌晨时分痛苦地喊叫着从梦中惊醒，然后是又哭又闹。所以，在她面前台灯的台布上，放着事先准备好并泡在酒精中的一个针筒，旁边是一支装着浓浓的茶色液体的针剂。

这个和重病人拴在一起的可怜的女人现在没事了，她可以放心地睡觉了。打过针的伊凡·尼古拉耶维奇会满脸幸福地睡到第二天早晨，还会做一些她不知道却又崇高而幸福的梦。

在月圆之夜，惊扰他和让他发出惨叫的，是同一个梦境。他梦见一个没有鼻子、长相奇丑的刽子手，正蹦着跳着，把长矛刺进绑在十字架上、已失去知觉的格士塔萨的心脏。但可怕的不仅仅是刽子手，更是从翻滚着吞噬大地的乌云中射出的那道奇光，就像世界末日到来一般。

打过针后，他的梦境完全变了。一条宽阔的月光之路从床前一直伸到窗口，一个身披红衬里白披风的人出现了，开始踏着这条路朝月亮走去。他身边走着一个面容丑陋、身着破旧长衫的年轻人。他们一边走一边在激动地说着什么，争论着什么，似乎是想达成一致。

“诸神，诸神！”穿着披风的人把高傲的面孔转向了自己的旅伴，“那是多么卑劣的行刑！不过，请你告诉我，”这时，他的脸色由傲慢变成了哀求，“其实它不曾有过！求求你，你说，不曾有过行刑吧！”

“当然，是不曾有过，”旅伴的声音有些沙哑，“这是你的幻觉。”

“你能起誓吗？”穿披风的人讨好地央求着。

“我起誓。”同伴回答着，不知为什么他的眼睛在笑。

“那我什么都不需要了！”穿披风的人扯着嗓子喊了起来。他领着同伴，一步步朝着月亮攀登上去。他们的身后，紧跟着一条安静、威严的尖耳朵大狗。

月光之路翻腾起来，哗哗地流成一条月光的河流，向四周漫延开去。月亮统领着天空，它在嬉戏着、舞蹈着、喧腾着。月光如潮，潮水中出现了一位绝色女子，她挽着一个满脸胡须、表情紧张、左右张望的男人朝伊凡走来。伊凡·尼古拉耶维奇立刻认出了他。这是“118号”，他的深夜来客。伊凡·尼古拉耶维奇在梦中向他伸出了双手，急切地问：

“这么说，就这样结束了？”

“就这样结束了，我的学生。”“118号”回答说。那女子走到伊凡跟前，对他说：

“当然，就这样了。一切都结束了，一切将会结束……让我吻吻您的额头，您的一切就会如愿了。”

她朝伊凡俯下身来，吻着他的额头。伊凡向她伸出手，凝视着她的眼睛。她渐渐往后退着，退着，最后和自己的同伴一起朝月亮走去。

这时，月亮开始发了狂。潮水般的月光朝伊凡涌来，向各处弥漫延伸，房间犹如置身于月光的滔滔大水之中，月光在上下游动，在攀升，把整个床铺淹没了。此刻，熟睡中的伊凡·尼古拉耶维奇露出了幸福的笑脸。

第二天早晨，他安安静静地醒来，心绪宁静，身体健康。他那伤痕累累的记忆已经平息下来，直到下一个春天的月圆之夜。再也不会有人来惊扰教授了，无论是那个刺死格士塔萨的没有鼻子的刽子手，还是残酷的第五任犹太总督、骑士本丢·彼拉多。

1929—1940

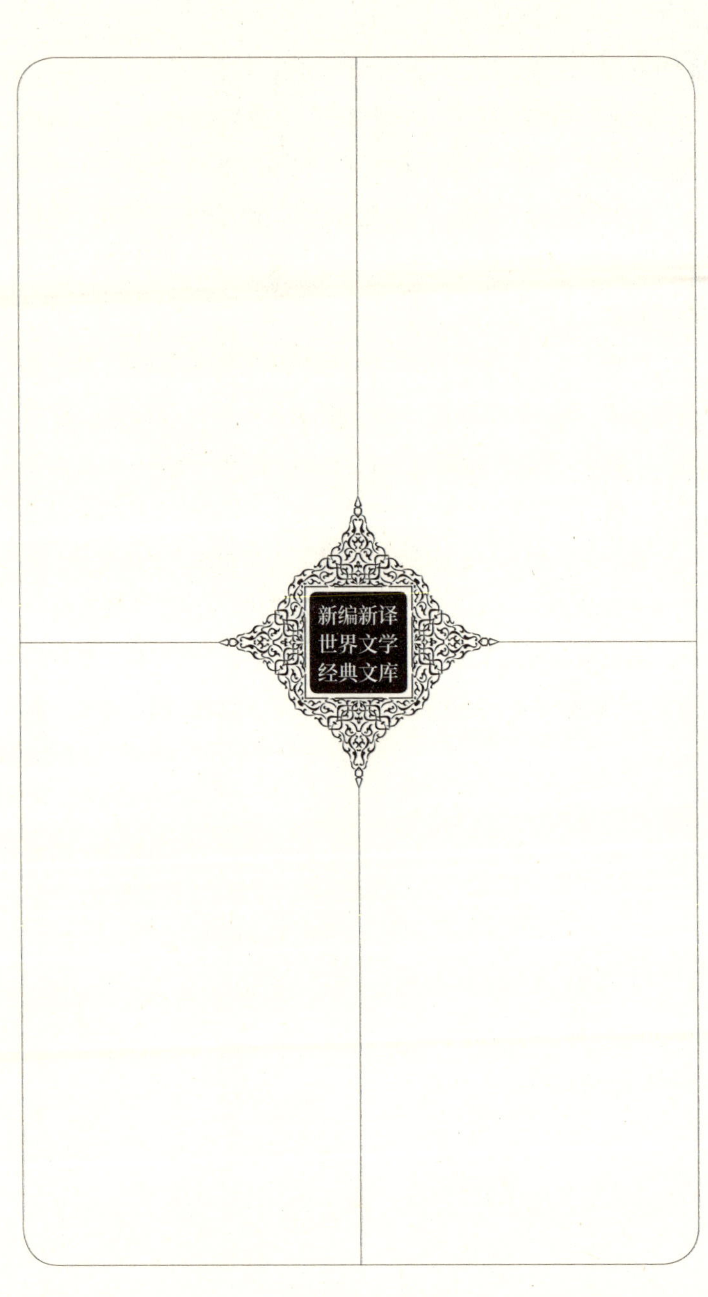
新编新译
世界文学
经典文库

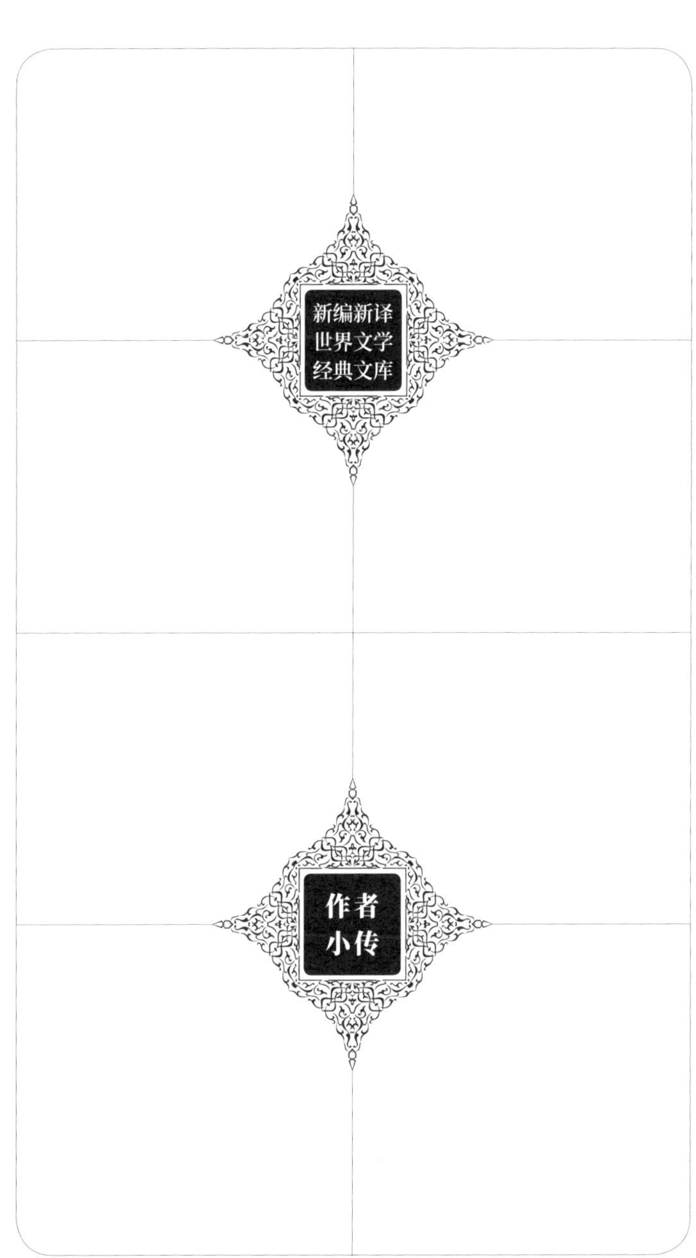
新编新译
世界文学
经典文库
作者
小传

1891—1940

布 尔 加 科 夫 小 传

苏玲

米哈伊尔·阿法纳西耶维奇·布尔加科夫1891年5月3日出生于基辅，1940年3月10日卒于莫斯科。他的父亲是基辅神学院一名副教授（1907年成为教授），布尔加科夫1909年至1916年就读于基辅大学医学系，毕业后相继在基辅、卡姆涅兹-波道里斯克、切尔诺维兹的军队医院实习，1916年夏转至西南战线的野战医院实习。1918年，布尔加科夫回到了基辅。

布尔加科夫的青年时期是在俄国的动荡时期度过的。据他的描述，在基辅他亲身经历了10次变革，城里的德国人、彼得留拉军队、红军、白军像走马灯一样轮换。1919年，布尔加科夫作为医生被征召加入自愿军队伍，在几家隶属于北高加索邓尼金的报社兼职。正当邓尼金部队从弗拉季高加索紧急疏散的时候，布尔加科夫却患上伤寒被迫留在城中。1920年3月，弗拉季高加索归属苏维埃。1921年9月，布尔加科夫“身无分文来到莫斯科”，开始了他真正步入文坛而又坎坷多艰的生命与文学之路。

学生时代的布尔加科夫

1922年至1924年间，他开始与《前夜报》《汽笛报》合作，结束报社的工作之余，他开始了第一部长篇小说《白卫军》的创作。1922年，他先是与基辅的几个兄弟失联，而后又得到母亲身

《白卫军》封面

患伤寒生命垂危的消息，这使他产生了记录基辅动荡岁月的强烈愿望。1924年3月，《白卫军》完成。1925年上半年，小说刊发在了《俄罗斯》杂志上，只是结尾部分并未刊出。因此也有研究者称，《白卫军》是在1928年前后完成的。

因为《白卫军》一书，布尔加科夫被称为“描写俄罗斯内乱实质的第一人”。小说以布列斯特条约引发的一系列事件为历史背景，集中描写了彼得留拉匪帮占领基辅的前两天（1918年12月12日）至布尔什维克占领城市的前夜（1919年2月2日晚）期间这几个月发生的事。小说以家庭小说的模式开篇，叙事空间从家庭扩展到了城市和宇宙，以诗化的日常生活与十月革命后的文学形成对比，强调了历史的反理性主义及其破坏力和个人在历史时刻的责任感，树立了在作家眼里俄罗斯所能够依靠的人物形象，他们来自于平凡的贵族家庭，具有道德健全、真诚善良、信念坚定、彼此有爱、为爱能创造奇迹等精神面貌和文化特质。

《白卫军》前后，布尔加科夫还创作了几部中篇小说，即《魔鬼纪》（1923）、《不祥的蛋》（1924）和《狗心》（1925，小说在1987年才得以在俄罗斯出版）。这一系列小说奠定了布尔加科夫“幻想现实主义”的创作风格，即首先创造出一个与合理构想完全相反的、荒诞不经的情景，在搞笑的情节、闹剧的场景和充满了低俗喜剧的氛围中，将人物置于其中，让他在不寻常的奇妙环境中与魔鬼斗争，让他的疯癫和反抗具有极其普遍的意味，让他的平庸故事具有一种典型意义。这种对幻想的预设和颠覆、虚构场景人物与现实场景人物的穿梭交织，也成了布尔加科夫创作风格的重要标志和特征。当非理性人物被赋予了理性，世上的所有人和事物就会按照新的逻辑秩序，呈现出被翻转的荒诞面貌。于是，火柴材料中央基地被设在饭店大楼、中央供应局设在贵族女子学院、生命之光成了死亡之光、可爱的狗成了一个可恶的滑头、地道的知识分子成了“强盗”……

《狗心》封面

由于《白卫军》连载被迫中断、《狗心》出版受阻，以及批评界接连不断的非难，布尔加科夫渐渐停止了小说的创作，转而开始了一个戏剧创作时期(1925—1928)。期间，他创作了《图尔宾一家的日子》(1926)、《卓依卡的住宅》(1926)、《逃亡》(1928)和《火红岛》(1928)等。《图尔宾一家的日子》由小说《白卫军》改编而来，其实是布尔加科夫与剧院人员共同完成的。在种种压力下，剧本在很大程度上减少了图尔宾一家命运的悲剧性，把事件时间从数月压缩到三个昼夜，加强了情节的紧凑性。剧作虽保留了历史纪事的特点，但缩小了故事空间，聚焦于图尔宾一家人物的心理变化以及个人与民族历史的关系。与契诃夫戏剧传统有所不同的是，布尔加科夫将戏剧冲突由象征层面转向了现实层面，让主人公直接参与行动和被迫进行选择，以最直观的方式呈现内心活动、表达政治立场与观点，由此，时代历史与个人日常自然纠缠合流，在人物的生活中，历史自然就成了生活的内容，于是，图尔宾一家就成了民族命运的承载者，三位白军军官的选择也成为革命背景下军官阶层的三种可能性选择，即死亡、投奔布尔什维克和去顿河。白军军官中的优秀分子承认了布尔什维克的正确性，也表达了旧世界必然灭亡和白军运动必然失败的历史趋势。因此，《图尔宾一家的日子》也获得了斯大林的认可，说该剧“带来的好处比坏处多”。

继《图尔宾一家的日子》以后，布尔加科夫的讽刺悲喜剧《卓依卡的住宅》在1926年也同样获得了成功。但下一部重要剧作《逃亡》却没有如此幸运。该剧于1928年3月完成，虽起初获得了高尔基的激赏，但在中央剧目和演出检查委员会会议上却被判“不能接受”，并进而遭禁，其理由是剧作以白军撤退至南方和境外的历史为背景，没有使观众坚信十月革命的正确性，而是只谈白军们的悲剧命运。斯大林认为此剧对反苏分子表达了“怜悯甚至是好感”，是在为白军军官进行“辩护或半辩护”，进而得出《逃亡》是“反苏现象”的定论。由此，布尔加科夫开始了对剧本的漫长修改，直至1937年。与之前的剧作不同，此剧的内容是八个荒诞情景中的梦，每个梦又包含了四件事。作家打破了现实与梦的界限，人物有的以善之名作恶，有的以牺牲性命来制止恶，有的行骑士之义举，有的飞升直达无生命的天地。在魔魇般的环境

中，这些人物都看到和接受了现实的虚幻和荒诞性，把自己视作了梦境中人。他们在这一段梦境般的“逃亡”中失去了祖国和家园，而他们在“逃亡”中的精神与心理状态，似乎也是作者试图摆脱现实困境的一种心理折射。布尔加科夫以“梦”的形式再次挑战了传统，使荒诞、滑稽和疯狂的交汇在剧作中有了合理性。这种滑稽与悲喜的交织，不正是布尔加科夫踏上文坛以来遭际的真实写照吗？

《逃亡》剧照

《逃亡》在1928年至1929年遇到的坎坷，开始了布尔加科夫在苏联文坛和剧坛的厄运，他的剧本几乎全被排除出苏联的舞台，他的小说一个字都不能发表。就连作家本人也说：“1929年，我的作家生涯被毁了。”他做了种种努力，向苏联政府递交出国定居申请，给斯大林、加里宁、斯维杰尔斯基（当时的艺术管理局局长）和高尔基写信，并且真实诚恳地表达了自己对文学与政治的态度，他认为自己是一个“神秘主义小说家”，借此他可以“表现我们日常生活中的无数丑恶”“对我的落后的祖国所发生的革

《逃亡》剧照

命进程感到深深的疑虑”，等等。此后近十年中，布尔加科夫创作的剧作有《亚当和夏娃》(1931)、《无上幸福》(1934)、《伊凡 · 瓦西里耶维奇》(1936)、《亚历山大 · 普希金》(1936)和《巴统》(1939)等，但无一获得上演。1936年，剧作《伪善者的奴隶》(即《莫里哀》，创作于1929年)曾获演七场之后被禁。这唯一获演的剧目主题，就是艺术家如何为发挥自己的才华而奋斗。艺术家的命运多舛，也似乎成了布尔加科夫的命运主题。就此，布尔加科夫也与合作了十年的剧院(莫斯科艺术剧院)分道扬镳，开始把精力投入到了另一部描写艺术家命运的作品中。1936年，随着喜剧《伊凡 · 瓦西里耶维奇》在排演中被撤和《亚历山大 · 普希金》的工作被停，布尔加科夫的创作环境又陷绝境。而这一时期创作的《剧院情史》(最初的篇名为《死者手记》)，被人们认为是布尔加科夫当时生活和创作的写真。小说写的是艺术家与剧院的关系如何剑拔弩张，艺术家的临终忏悔，艺术家创作个性的崇高价值。主人公马克苏多夫尽量远离文学圈和艺术圈的热闹和社交，试图在戏剧圈里找到自己的避难所。在遭遇失败后，他最终选择了自杀。艺术家的命运、艺术创作的个性、艺术创作的自我实现和创作才华不被需要等主题，都使这部小说更像一部富有自传特征的悲剧性自白。马克苏多夫在成为专职作家之前的经历和处境与布尔加科夫有多处相同，而小说中的故事情节和相关人物也都有原型。比如，长篇小说在刊载中被意外叫停，主人公与“独立”剧院创建者及活动家们间的关系突然转折，排演期间所经历的挫折与痛苦，排演中的争执乃至与剧院的分道扬镳，等等。

长篇小说《大师与玛格丽特》构思于1928年，经布尔加科夫

1928年戏剧创作旺盛时期的布尔加科夫

几番修订，最后定稿于1940年。在等待了整整二十六年之后，小说于1966年末与读者见面了（第一部刊登在《莫斯科》杂志1966年第11期，第二部刊登在该杂志1967年第1期），此时正值苏联史上“解冻”时期的末期，小说虽有大量删节，但它的出现的确可谓石破天惊。这部作品应该说是布尔加科夫的绝笔和集大成之作，也是受数代读者所崇拜的作品。小说由两部分三十二章和尾声组成，沿着三条线索展开叙事，即本丢·彼拉多和流浪哲人耶舒阿的神话、魔鬼沃兰德及其随从在莫斯科的游历以及大师与玛格丽特的爱情故事。彼拉多的故事是作为大师小说中的小说而展开的，但耶路撒冷又出现在伊万的梦中，利未·马太在沃兰德面前为大师求情，而大师、玛格丽特和沃兰德及其随从又在月光之路上与彼拉多重逢。在这一系列故事和故事中的故事里，我们可以分辨出文学的诸多体裁与样式：神话、新福音书、爱情故事、人物传奇、哲理讽喻和魔幻小说等。

《大师与玛格丽特》封面

《大师与玛格丽特》令人瞩目和引人争议的第一点，恐怕是它在1966年的出现再次翻开了苏联时期被删去的基督教历史。

《大师与玛格丽特》各种版本的封面

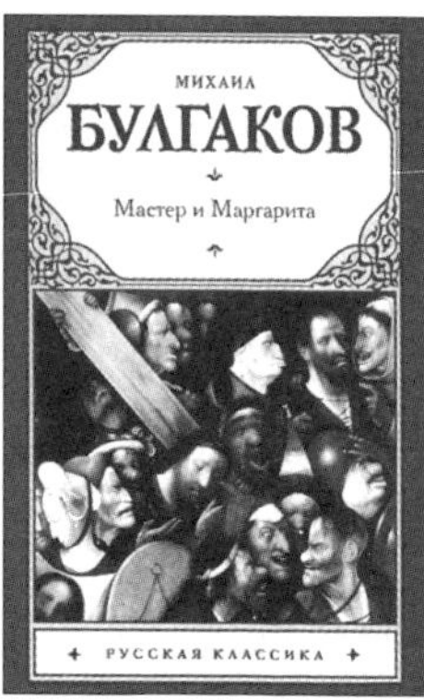

但小说中这位大师的小说，却是质疑了福音书的神圣起源以及福音故事的真实性；第二，从正统基督教观念来看，小说里耶稣的形象只能说是亵渎宗教感情的戏拟；第三，在基督受难的故事中，故事的主要人物却是残暴的犹太总督；第四，基督教最重要的象征——十字架，在故事中也只是一根木柱子。介于此，我们只能说布尔加科夫是利用了基督教神话的材料和结构，构建了一本冒牌的福音书，将社会心理内涵注入其中，讲述了凡人的故事。对

小说的另一个重要的争议，是关于魔鬼沃兰德的形象。有评论认为作家对魔鬼的刻画偏离了教会的规范，甚至是在“颂扬撒旦”。在布尔加科夫笔下，沃兰德具有超自然的力量，他既是黑暗王国的君王，是罪恶、暴力、仇恨和恐惧的化身，也是大师和玛格丽特的救星。他是恶魔、天使，也是判官。沃兰德及其随从在莫斯科的游历，可以说如一股神秘的飓风，将城市掀了个底朝天。最后，沃兰德在现实的戏剧性世界里又从一个惩罚者变成了一个慈

悲者，他赐予大师与玛格丽特以安宁的生活和“永恒的家园”。而围绕大师的主题，则又是一个天才与平庸的冲突悲剧，现实有多荒诞讽刺，童话就有多美好浪漫。在耶舒阿的苦难和死亡中，映照出了大师的个人悲剧，而大师的悲剧又何尝不是作家本人一生中的深切体会呢！

从1937年开始，布尔加科夫已不在莫斯科艺术剧院任职。家境日益困难，经常靠变卖度日，肾病也渐渐严重，生活岌岌可危。1939年，也许是感激当年斯大林对他的帮助，或者是出于在严峻的政治环境中自卫的本能，他创作了剧本《巴统》。剧本虽然是歌颂年轻时代的斯大林，却并没得到斯大林的赏识，也没能获得上演。在失败和羞愧的双重打击下，布尔加科夫的病情急剧恶化。1940年2月13日，在生命最后的日子里他完成了对《大师与玛格丽特》的最后修订。1940年3月10日，布尔加科夫走完了命运多舛又勤奋勇敢的一生，病逝于莫斯科富曼诺夫街的住所，终年四十九岁。

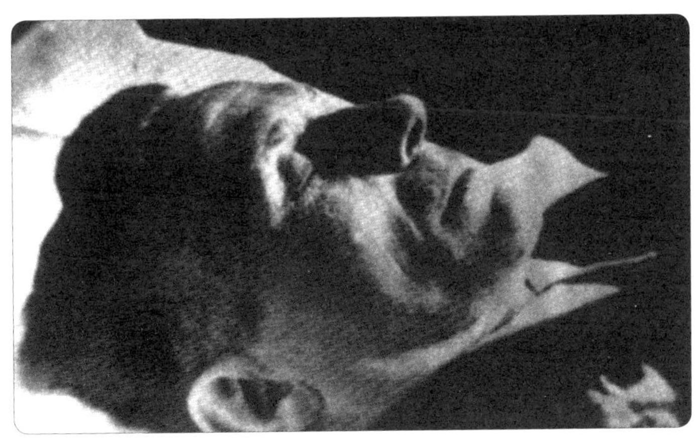

布尔加科夫临终前的影像

布尔加科夫年表

19 **1891年**

5月3(15) 日，米哈伊尔 · 阿法纳西耶维奇 · 布尔加科夫出生于基辅。

母亲瓦尔瓦拉·米哈伊洛夫娜·波克洛夫斯卡娅，教师。父亲阿法纳西 · 伊万诺维奇 · 布尔加科夫，基辅神学院教师。

米哈伊尔出生后，家中相继有薇拉、娜杰日达、瓦尔瓦拉、尼古拉、伊凡和伊莲娜等六个弟弟妹妹出生。

1907年

3月14日，父亲患肾病去世，终年48岁。

1909年

6月，中学毕业。8月进入弗拉基米尔帝国大学医学系。

1913年

4月20日，与达吉扬娜·尼古拉耶夫娜·拉帕结婚。

1916年

4月6日，获优秀医生证书。开始在战地医院工作。

1918年

2月，因健康原因返回基辅。

1919年

8月，在弗拉季高加索开始了文学创作。

1920年 作为戏剧作家公开发表作品，并在第比利斯、巴统等地参加文学活动，动念去莫斯科继续自己的文学创作。

1921年 9月，到莫斯科。进入文学创作第二阶段。在《前夜》《汽笛》等杂志和报纸上发表作品。

1924年 发表《魔鬼纪》《白卫军》。

离婚。与柳波芙·叶甫盖尼耶夫娜·别拉热尔斯卡娅结婚。

1925年 发表中篇小说《不祥的蛋》。《狗心》被禁。出版小说集《魔鬼纪》。开始剧本《白卫军》的创作。

1926年 春，被审查。《日记》被查禁。《狗心》排版。

10月5日，《图尔宾一家的日子》首演。

10月28日，《卓依卡的住宅》首演。

1925—1927年 发表《一个青年医生的札记》。

1928年 开始构思长篇小说《大师与玛格丽特》。完成剧本《逃亡》。

12月11日，《火红岛》首演。

1929年 3月，《图尔宾一家的日子》《卓依卡的住宅》《火红岛》被禁演。

在报刊上被指责围攻。

致信叶努基泽请求带着妻子无限期出国。

《白卫军》在巴黎出版。

1930年 3月，《伪善者的奴隶》被拒绝上演。

彻底绝望之下烧毁了《魔鬼的小说》和其他手稿。

3月28日，致信苏联政府。

4月18日，与斯大林通电话。

5月，作为导演助理开始在莫斯科艺术剧院工作。改编《死魂灵》。

1931年 完成剧作《亚当与夏娃》。

4月，致信苏联政府，要求出国出差。

1932年 1月，《图尔宾一家的日子》获准复演。

2月18日，《图尔宾一家的日子》在莫斯科艺术剧院复演。

10月4日，第三次婚姻，与伊莲娜·谢尔盖耶夫娜·什洛夫斯卡娅结婚。

1933年 3月5日，完成文献小说《莫里哀先生的一生》。

4月7日，拒绝修改《莫里哀》，重新回到《大师与玛格丽特》的创作。

1934年 完成剧作《无上幸福》，再次请求带妻子出国访问，又一次被拒。

10月，完成改编《钦差大臣》。

1935年 与B.B.魏列萨耶夫合作创作剧本《亚历山大·普希金》。

1936年 2月16日，《莫里哀》首演。虽获成功，也招致一些批评家和作家的批评。

3月5日，在《真理报》于3月4日关于展开优秀教材竞赛的消息发布后，开始为撰写《苏联史教程》收集材料。

3月9日，《莫里哀》被禁演。

11月15日，转至大剧院工作。

11月，开始了《死者手记》(《剧院情史》) 的创作。开始了剧作《最后的日子》(《普希金》) 的创作。完成剧作《伊凡·瓦西里耶维奇》。创作歌剧《黑海》和《米宁 · 波扎尔斯基》。

1937年 2月，构思歌剧《彼得大帝》。9月，完成《彼得大帝》第三稿。重新回到《大师与玛格丽特》的写作。

1938年 5月至6月，口述记录《大师与玛格丽特》。

6月25日，去列别姜看望正在休养的妻儿。回到莫斯科后投入《堂吉诃德》的改编。

9月8日，完成《堂吉诃德》第三稿。再次回到对《大师与玛格丽特》的修订。

1939年 5月，继续《大师与玛格丽特》的修订。继续剧本《巴统》的创作。

7月12日，到剧院朗读剧本。

7月24日，完成剧本。清除和校订整个剧本中的“明显瑕疵”。莫斯科艺术剧院准备在1939年12月21日上演《巴统》。此后剧本却被束之高阁。

8月14日，与妻子和剧组人员前往巴统，行程中接到速返莫斯科的电报。全体人员只得返回莫斯科。

9月，去列宁格勒。健康状况急剧下降。回到莫斯科后继续修订《大师与玛格丽特》。

10月，为妻子写下遗嘱。

11月，A.A.法捷耶夫探望病中的布尔加科夫。

1940年 1—2月，最后修订《大师与玛格丽特》。

2月15日，A.A.法捷耶夫再次探望布尔加科夫，答应让他去意大利休养。

3月10日，布尔加科夫去世，终年49岁。

3月24日，《图尔宾一家的日子》第900场在莫斯科艺术剧院上演。

苏玲

1963年出生，博士。目前供职于中国社会科学院外文所，任《外国文学动态研究》杂志主编。曾有《二十世纪俄罗斯戏剧概论》《传统的回声》《普希金戏剧评论集》《森林报》等著译成果，并主编了《俄罗斯当代戏剧集》(五卷本)等。

图书在版编目（CIP）数据

大师与玛格丽特／（俄罗斯）米·布尔加科夫著；苏玲译．--北京：作家出版社，2022.5

（新编新译世界文学经典文库）

ISBN 978-7-5212-1834-3

Ⅰ．①大…　Ⅱ．①米…　②苏…　Ⅲ．①长篇小说-俄罗斯-现代　Ⅳ．①I512.45

中国版本图书馆 CIP 数据核字（2022）第 041393 号

大师与玛格丽特

作　　者：［俄罗斯］米·布尔加科夫
译　　者：苏　玲
责任编辑：袁艺方　王　烨
特约编辑：孙玉琪　赵文文
装帧设计：潘振宇
封面绘画：潘若霓
出版发行：作家出版社有限公司
社　　址：北京农展馆南里 10 号　　邮　　编：100125
电话传真：86-10-65067186（发行中心及邮购部）
　　　　　86-10-65004079（总编室）
E-mail: zuojia@zuojia.net.cn
http://www.zuojiachubanshe.com
印　　刷：北京盛通印刷股份有限公司
成品尺寸：138×205
字　　数：551 千
印　　张：16.5
版　　次：2022 年 5 月第 1 版
印　　次：2022 年 5 月第 1 次印刷
ISBN 978-7-5212-1834-3
定　　价：69.00 元

作家版图书，版权所有，侵权必究。
作家版图书，印装错误可随时退换。